태풍

최인훈 전집 5
태풍

초판 1쇄 발행 1978년 11월 30일
초판 7쇄 발행 1989년 2월 10일
재판 1쇄 발행 1992년 5월 30일
재판 4쇄 발행 2007년 6월 15일
3판 1쇄 발행 2009년 5월 7일
3판 3쇄 발행 2020년 7월 13일

지은이 최인훈
펴낸이 이광호
펴낸곳 ㈜문학과지성사
등록번호 제1993-000098호
주소 04034 서울 마포구 잔다리로7길 18(서교동 377-20)
전화 02) 338-7224
팩스 02) 323-4180(편집) / 02) 338-7221(영업)
전자우편 moonji@moonji.com
홈페이지 www.moonji.com

ⓒ 최인훈, 2009, Printed in Seoul, Korea

ISBN 978-89-320-1919-2 04810
ISBN 978-89-320-1914-7(세트)

이 책의 판권은 지은이와 ㈜문학과지성사에 있습니다.
양측의 서면 동의 없는 무단 전재 및 복제를 금합니다.

최인훈 전집 5

태풍

문학과지성사
2009

일러두기

1. 『최인훈 전집』의 권수 차례는 초판 발행 연도를 기준으로 했다.
2. 이 책의 맞춤법 및 외래어 표기는 국립국어연구원의 『표준국어대사전』을 따랐다. 다만, 일부 인명(러시아말)과 지명, 개념어, 단체명 등의 표기와 맞춤법, 띄어쓰기는 작가와 협의하에 조정하였다.
3. 인용문은 원본 그대로 표기하는 것을 원칙으로 하였으나, 경우에 따라 현행 맞춤법에 맞게 옮겼다.
4. 속어, 방언, 구어체, 북한어 표기 등은 작가가 의도한 바를 그대로 따랐다.
   예) 낮아분해 보이다/더치다/좀체로/어느 만한/클싸하다 등.
5. 단편과 작품명, 논문명, 예술작품명 등은 「 」, 장편과 출간된 단행본 및 잡지명, 외국 신문명 등은 『 』 부호 안에 표기했다. 국내 신문은 부호 표기를 생략했다.
6. 말줄임표는 ……로 통일하였고, 대화문이나 직접 인용은 " "로, 강조나 간접(발췌) 인용은 ' '로 표기하였다.

차례

일러두기 • 4
전쟁 • 9
명령 • 22
시종무관 • 45
방문자 • 67
해협의 밀사 • 104
우기 • 148
아만다 • 172
학살과 어둠과 사랑 • 223
등화관제 • 288
항해 • 341
섬에서 • 400
죽음의 방주 • 438
로파그니스 — 30년 후 • 474

해설 식민지 시대의 개인과 운명/신동욱 • 499
해설 존재 전이의 서사/정호웅 • 508

1941년 초.

남태평양 일대에 퍼진 섬들을 무대로 두 나라의 군대가 공방전을 벌이고 있었다.

이 지역의 지리적 상황은, 근대에 비롯한 유럽 사람들의 항해 이래 알려진 것으로 되어 있다.

그들이 동쪽으로 동쪽으로, 신기한 물건을 찾아 나선 뱃길을 끼고 수없이 산재한 크고 작은 섬들은, 유럽 사람들로 본다면 신기한, 약탈의 대상이었으나 그곳에 원래부터 사는 사람들에게는 예로부터 살아오는 고장일 뿐이다.

어느 편이 야만인인가는 그들이 만났을 때 어느 편이 싸움에 이겼는가로 정해진다. 배를 타고 온 사람들이 이기고, 원래 살던 사람들이 연이어 졌다. 그렇게 해서 이 지역은, ~령領, ~령 하는 식으로, 그들의 고유한 이름 위에 정복자의 모국 이름이 얹혀서 불리는 신세가 되었다.

이 지역을 지나, 북으로 더 항해하면 유럽인들이 극동 혹은 동북아시아라고 부르는 지역이 나타난다.

이 지역에는 아니크, 애로크, 나파유라고 불리는 세 나라가 모여 있다. 아니크는 지구 표면의 4분의 1을 차지하는 큰 대륙이고, 애로크는 그 동쪽 끝에 붙은 반도이며, 나파유는 이 반도를 활 모양으로 바라보는 몇 개의 섬으로 이루어져 있다.

이 세 나라의 역사에 대해서 자세한 이야기를 이 자리에서 펼치는 것은 그만두기로 한다. 앞으로 전개될 본이야기 속에서 필요한 만큼은 밝혀질 것이며, 독자의 입장에서 본다면, 고대사의 그러한 페이지는 너무 전문적이고 실감이 없는 것이 될 테니까 말이다. 다만 이 자리에서 필요한 지식은 이렇다.

현재 나파유는 이 세 나라 가운데서 유럽의 식민지가 되기를 면한 오직 하나의 나라이며, 불쌍한 애로크는 삼사십 년 이래 그 식민지가 돼 있다는 것, 그뿐더러 나파유는 한때 이 지역에 팍스 아니카를 유지하던 아니크를 침략하여 그 국토의 절반 이상을 점령하면서, 계속 침공하고 있다는 것. 그리고 마지막으로 나파유는 아니크의 원조자이며, 태평양 건너편에 있는 큰 유럽인의 나라 아키레마와도 전쟁을 시작하여 몇 년째가 된다는 것—이것이 지금 현재 이 지역의 모습이다. 아키레마—나파유 전쟁의 초기에, 나파유는 아키레마 본토에 가까운 해군 기지인 이와히를 급습하여 선수를 뺏었다. 그러나, 유럽인의 오랜 번영과 기술의 계승자인 아키레마는 이 공격으로 말미암아 이렇다 할 결정적 피해를 입지 않았다. 아키레마는 태평양 전역에 걸쳐 나파유군이 점령한 반도와 섬들을 하나씩 뺏어냈다. 몇 번의 해전에서 나파유군은 해군의 주력을 바다 밑에 장사 지내고 하늘을 지키는 힘조차 잃어버렸다. 그러자, 아직도 육군의 병력에 의해 차지하고 있는 나파유 점령의 섬들은 날개 잃은 새, 지느러미 잃은 물고기가 되고 말았다. 그러나 아키레마의 마지막 대공세는 시작되지 않고 있었다. 모든 것을 끝내는 태풍이 일기 전의 약간 뜸한, 어떤 고요함의 시간이었다. 이런 시간이 패자에게는 가장 환상적인 시간이다. 어쩐지 낌새가 이상한 것 같기는 하지만, 설마 파국을 짐작하기에는 거의 모든 사람이 너무나 상상력이 모자라고, 정세에 어둡기 때문이다.

전쟁

로파그니스에 있는 나파유군 사령부는, 원래 이곳의 지배자였던 니브리타 총독부 건물이다. 오토메나크 중위는 현관에 들어서면서 자랑스러웠다. 무슨 일로 불렸는지를 알 수는 없었다. 오토메나크 중위, 1일 1시까지 사령부에 출두하라는 지시만으로는 아무것도 알 수 없었다. 그러나 포로수용소의 하급 관리장교이며, 식민지 애로크 출신인 오토메나크가 사령부의 직접 소환을 받을 일은 없었다.

총독부는, 열대 남방 영토에 세워진, 옛 지배자들의 양식이 어디서나 그런 것처럼, 위압적이고 마음껏 호화스러웠다. 이 지역에서 적을 몰아내고 진주했을 때, 오토메나크 중위는 문득, 본국에서 본 영화를 떠올렸었다. 그것은 게르마니아군이 파리에 입성하는 장면이었다. 그들의 얼굴에는, 근대식 국가의 군인들—국민개병의 제도로 종이 한 장으로 불려나온 군인들의 얼굴에서는 찾아보기 힘들게 된, 어떤 것이 빛나고 있었다. 게르마니아 사람들 자신의 말을 따른다면, 아마도 신화神話의 얼굴이라고나 할 그런 낯빛들이 줄지은 카키색 제복의 열병 행렬 위에 작은 태양처럼 빛나고 있었다. 대리석으로 된 둥글고 높은 기둥이 받치고 있는 현관으로 들어서면서 오토메나크 중위는 문득, 그 맹방盟邦 군인들의 몸짓을 몸으로 느꼈던 것이다.

오토메나크 중위는 뜨거운 바깥에서 금방 들어온 몸에는 유별나게 시원하게 느껴지는 복도를 걸어가면서, 좌우에 있는 번호패를 찾았다. 그는 몇 번이나 멈춰 서야 했다. 어마어마한 고급 장교의 한 떼가, 갑자기 문을 열고 나올 때면 그는 한옆에 비켜서야 했기 때문이다.

오토메나크 중위는 그럴 때마다, 차렷 자세로 그들을 지켜보면서, 마치 딴 나라의 군대들을 보는 느낌이었다.

그들은 시원한 건물 속에서 종이 위에서 전쟁을 하고, 자동차를 타고 다니면서 전쟁을 감독하는 사람들의 피부를 가지고 있었다. 고급 사령부란 언제 어디서나 그럴지 모르지만, 밖에서 들어온 사람의 눈에는 지독하게 하는 일 없이 태평스러워 보인다. 오토메나크 중위는 긴장한 가운데서도 그런 인상을 받았다.

연속해서 나가던 번호가 뚝 끊어지면서, 방의 번호표들이 전혀 다른 계통이 된 구역을 지나자, 오토메나크 중위는 갑자기 당황했다. 그는 방에 붙어 있는 번호만을 따라가면, 지시된 방을 찾아낼 수 있으리라고 생각했던 것이다.

키가 큰 병사 한 사람이 지나가는 것을 만나자 오토메나크 중위는 자기가 찾는 방을 물어보았다.
— 별관 이층입니다.
제대로 깍듯한 말씨만큼, 함부로 건방지게 코대답을 한 병사는, 오토메나크 중위가, 그 별관으로 가자면 어느 쪽으로 가야 하는가를 물어보려고 했을 때는 벌써 옆방으로 들어서면서 뒷손으로 문을 닫고 있었다.

오토메나크 중위는 문손잡이를 끌어당긴 하얀 손목이 사라진 부분을 노려보았다. 식민지 출신의 자격지심을 늘 지나칠 만큼의 군인 정신으로 방어해온 오토메나크는, 이런 곳이 아니었다면 결코 그런 버르장머리를 용서하지 않았을 것이었다.

그러나 당장 할 일은, 별관 이층으로 찾아가야 하는 일이었다.

처음 와본 건물에서 태연한 체하는 사람의 걸음걸이로 오토메나크 중위는 복도를 걸어갔다. 어디가 어딘지를 모르면서, 겉보기에는 가장 분주한 듯이, 한눈도 팔지 않는 낯빛을 지으면서 여러 개의 모퉁이를 돌아갔다. 오토메나크 중위에게는 이 복도를 오가는 모든 사람이 골고루 못마땅해 보였다. 이렇게 태평한 데서 일하는 모든 사람들이 자기하고는 다른 사람 같았다.

식민지 출신인 그의 마음 한구석에 늘 도사리고 있는 자격지심이 야전野戰에서보다 한결 심하게 느껴졌다. 그는 마침내 뒤뜰로 나가는 문을 찾아냈다. 드문드문 나무가 들어선 넓은 뜰을 가로질러 맞은편에 보이는 건물 쪽으로 걸어간다.

오토메나크 중위는 그 속에서도 지나가는 병사나 장교들에게 말을 물어보지 않았다. 또 이번에는 그럴 필요도 없었다. 곧 거기서

전쟁 11

이층으로 통한 계단과 마주쳤기 때문이다. 층계참에서 그는 멈춰 섰다. 대령 한 사람과 소령 두 사람이 내려온다. 그는 그들이 지나갈 때까지 차렷을 했다. 영관들은 거기 서 있는 햇볕에 그을은 한 사람의 초급 장교가 층계참 장식의 하나이기나 한 것처럼 거들떠보지도 않고 내려갔다.

그 이층에서 오토메나크 중위는 마침내 찾던 문 앞에 섰다. 문에 노크를 하자 곧 대답이 있었다. 오토메나크 중위는 버릇대로 짧은 순간의 차렷 자세 비슷한 몸짓을 한 후 문을 열고 들어섰다. 들어서면서 맞은편, 안으로 부풀어 들어온 커튼 앞에 큰 책상이 있다. 좌우 벽에는 지도가 각각 하나씩 걸려 있고 방 가운데 책상에 가깝게 안락의자와 탁자가 놓여 있다.

들어서자 왼편에 놓인 책상 건너편에서 상사가 한 사람 일어서면서 경례하였다.

"오토메나크 중위다."

"기다리고 있었습니다."

"각하는?"

"점심시간이 끝나기 전에는 들어오시지 않습니다."

오토메나크 중위는 명령받은 시간보다 약간 빨리 왔던 것이다.

"그러면……"

장군처럼 당당한 풍채를 지닌 상사를 바라보면서 오토메나크 중위는 머뭇거렸다.

"식사를 하시고 오시는 것이 좋습니다."

상사는 명령하듯이 무뚝뚝하다.

"그래야겠군. 장교 식당은 어딘가?"
"제3별관 1층입니다."
"제3별관은?"
"이 건물 뒤로 한 동棟 건넙니다."
"고맙다."
오토메나크는 방에서 나왔다.
갑자기 초라한 생각이 들었다. 명령된 시간을 기다리지도 않고, 장군이 방을 비우고 있다는 사실이 오토메나크 중위에게는 뜻밖이었다. 야전 부대의 하급 장교인 그가 사령부에서 출두 지시를 받을 일만 해도 그를 놀라게 하기에 넉넉했기 때문에 부지불식간에 오토메나크는 어떤 중대한 장면을 머리에 그리고 있었다. 대신에 그를 맞은 빈 책상과 고급 사령부 근무로 관록이 붙은 상사의 지극히 공손 건방진 태도는 오토메나크를 실망시켰다.
손질이 잘된 잔디밭이 널찍하게 퍼진 뜰에는, 하얀 여름 제복을 입은 군인들이 아까보다 훨씬 많이 오갔다. 오토메나크 중위는 꼿꼿하게 허리를 펴고 걸어갔다. 마음이 산란할 때일수록 그는 더욱 근엄해졌다. 허리를 펴고, 턱을 당기고, 입을 꽉 다물고, 그 이상 없이 정확하게 상급자를 알아보고, 하급자를 알아보는 것─ 이것이 군복을 입은 3년 이래 오토메나크가 가장 안심할 수 있는 몸짓이었다. 3년이 아니라 30년이나 군인 생활을 한 것처럼 느꼈다.
이 몸짓을 두르고 있는 한 그는 절대 안전했다. 재빨리 적을 찾아내어 사격을 가하는 식으로 상급자에게 정확하게 경례를 하고 발견된 적에게서 짐작대로의 화력火力의 사격을 기다리는 태세로 하급자에게 대했다. 상급자에게는 절대 복종하고 하급자에게는 절대 복종을 요구하는 것 — 이것이었다. 친親나파유파派의 우두머리인 아버지 그늘에서도 그는 이만큼 확실한 마음의 평화를 느껴본 적이 없었다. 학교 시절에도 이런 흡족한 나날을 보낸 적은 없었다. 아버지의 권세는 자기 권세는 아니었고, 서른 안쪽의 청년에게 학문의 세계는 끝없는 밀림과 같았다. 오토메나크 중위의 자신이 없고 초조하기만 하던 청년 시절에 처음으로 든든한 발판과 초점이 잡힌 눈을 준 것이 군인이라는 신분이었다.

이 제도 속에서 그에게 주어진 자리를 굳게 지키는 한 그는 절대로 확실한 인간이었다. 그는 사관학교 출신보다 더 사관학교 출신다운 식민지 출신 장교가 어느새 되어 있었다. 기묘하게도 상관인 나파유인들조차도 그를 어려워하는 것이었다. 오토메나크가 대학에서 전공한 나파유 고전 문학의 지식이 크게 쓸모가 생겼다. 동료인 나파유인 장교들은 자기네 고전에 대해서 오토메나크만 한 지식을 가지고 있지 않았다. 반대로 정작 대학 시절만 해도 유리 칸막이 너머로 보는 수족관水族館 속의 모습처럼 딴 세상 풍경의 서먹서먹함을 풍기며 어른거리던 나파유 고전 문학의 세계가, 군대에 들어온 지 얼마 되어갈 무렵에는, 오토메나크에게는 불시에 몸속의 피처럼 울컥 알아졌다.

전쟁이 일어나기에 앞서 일기 시작한 나파유 내셔널리즘 관계의 책들을 탐독하였다. 나파유 정신의 뛰어남을 논리적으로가 아니라 시적으로 노래한 글들을, 오토메나크는 깊이 들이마셨다. 그 '정신'만 익히면 그는 나파유 '사람'으로 거듭날 수 있었다. 오토메나크는 거듭났다. 나파유 정신이란 이름의 신화神話의 힘으로. 거듭난 사람의 눈으로 세상을 보니, 모든 사람이 너무나 비국민非國民으로 보였다. 오토메나크에게는 나파유인이든 애로크인이든 이 점에 대해서는 다를 것이 없었다. 생물학적인 인종이 아니라, 정신적인 신앙이 문제였다.

전쟁이 일어나고, 처음에 아니크 대륙에 파견됐을 때 오토메나크는 자랑스러웠다. 그의 생물적인 모국인 애로크가, 오랜 역사의 기간을 통하여 피해를 받았던 나라가 아니크였다. 그리고 한 번도 승리자로서 그 속에 발을 들여놓은 적이 없는 대륙이었다. 오토메나크는 그 역사를 읽으면서 자기 민족의 생물적인 활력의 모자람에 대해서 부끄러움을 느꼈다. 주변의 모든 민족이 한 번씩은 달려들어서 약탈한 땅에 어쩌면 단 한 번도 칼을 들고 들어서보지 못했단 말인가.

사람이란 개인을 미워할 수 있듯이 민족도 미워할 수 있다. 그리고 남을 미워할 수 있듯이 자기도 미워할 수 있다. 자기가 피를 받은 민족이 광포狂暴하지 못했다는 사실에 화가 난 청년은 자기 민족을 미워했다. 그는 부끄러운 피를 스스로 바꾸기로 결심했다. '나파유 정신'을 자기 피로 선택함으로써 그는 이 문제를 해결했다. 그리고 지금 나파유 정신이란 다름 아닌 '전쟁 정신'이었다.

"오토메나크 중위."

별관에서 나와 몇 걸음 내디디지 못했을 때였다. 자기 이름을 부르는 소리에 오토메나크는 소리 나는 쪽으로 돌아섰다. 나파유인으로는 드물게 키다리인 다라하 중위가 그의 앞에 서 있었다.

후보생 시절에 외출 시간을 어겨서 동료들에게 연대 처벌을 가져다준 그는 여전히 심드렁한 건달 군인처럼 보였다. 허리가 구부정한 자세가 더 그렇게 보였다.
"웬일인가?"
다라하 중위와 오토메나크는 남방南方 사단에 오기까지는 동행이었지만 그 후의 배속은 알지 못했다.
"출두 명령을 받았어."
"그래? 난 여기 근무야."
다라하는 오토메나크가 방금 나온 별관을 가리켰다.
"복도에서 뒷모습을 보니, 아무리 봐도 자네더군. 나파유 육군에서도 그만한 보행 자세는 많지 않을 테니깐."
그들은 나란히 걷기 시작했다.
"지금 어디로 가는 길인가?"
다라하는 건들건들 걸으면서 물어본다.
"점심시간이 끝나고 오라는군."
"나도 식당으로 가는 길이야."
후보생 시절에 오토메나크는 다라하를 좋아하지 않았다. 제멋대로 하는 것이 싫었고, 나파유인이면서 나파유 정신을 비꼬는 말 같은 것이 싫었다. 지금은 그러나, 오랜만에 만났다는 것과 생소한 식당을 혼자 찾아가서 식사를 할 참이었다는 사정 때문에 반가웠다.
"여기 근무한 지 오랜가?"
"죽 여기야."

"그랬었군."

식당에 들어서서 자리를 잡고 앉으면서 다라하는 그제서야 생각난 듯이 물었다.

"무슨 일로 출두하는 건가?"

"글쎄, 알 수가 있나?"

"그래?"

다라하는 고개를 갸우뚱해 보였다.

"아무튼 영광이군."

"글쎄."

이번에는 오토메나크가 말했다. 식당은 점점 붐비기 시작한다. 여기도 총독부의 건물답게 당당한 규모였다. 얼마 전까지 다른 민족의 통치자들이 현지민의 시중을 받으면서 기름진 음식을 드는 장소였던 곳에, 지금은 오토메나크와 같은 신분의 사람들이 자기들 식으로 조리된 음식을 앞에 놓고 먹고 있었다. 장소의 분위기 때문인지, 그들은 오토메나크의 '나파유 정신'보다도 이 건물의 전 주인들의 분위기에 가까워 보였다.

높은 천장과 돌로 지은 집이 풍기는 연상 때문인 모양이었다. 어느 나파유주의 논객의 말처럼 '돌과 나무의 싸움'이니깐. 식사를 하면서 오토메나크는 이런 데서 수많은 사람들을 거느리던 사람들이 지금 자기 감시하에 있는 것을 생각했다. 그들은 이 시간에 포로수용소의 초라한 밥상 앞에서 말없이 수저를 놀리고 있겠지. 오토메나크 중위는 자기 부대의 보통 명칭만 다라하에게 말했을 뿐, 그것이 포로 경비 부대란 말은 하지 않았다.

"왜 불렀을까?"

다라하 중위는 잠깐 수저를 멈추면서 오토메나크를 건너다보았다. 굳이 알고 싶다는 것보다 가장 자연스러운 이야기이므로 가볍게 물어보는 투였다.

"모르지. 자네는 거기서 일하지 않나?"

"우리가 뭘 알아?"

"부처가 같으니까, 혹 알 수도 있는 일이지."

"알면서 비밀이니깐 말하지 않는다?"

"안 그런가?"

어느 편에서도 가벼운 기분으로 주고받는 말이어서 농담인 줄 서로 안다.

"그렇다 치고, 곧 알게 될 테니 기다려보게."

"동기생이 있어도 별수 없군."

뜻밖에 만난, 그다지 친하지도 않은 동기생들이라 그들은 지어서 친밀한 기분을 내려고 애를 썼다.

식사를 마치고 다라하는 동기생을 안내하여 뜰에 마련돼 있는 나무 밑 의자로 데리고 갔다. 점심시간이 끝날 때까지는 갈 데가 없으므로 오토메나크는 고마웠다. 로파그니스 항구가 멀리 바라보인다. 항구에는 그다지 많지 않은 민간 선박이 출입하고 닻을 내리고 있는데 군함은 보이지 않는다. 오른편으로 밀고 나온 반도半島로 가려진 제2항구 쪽에 해군 부대가 있을 것이었다.

"상황은 어떤가?"

"글쎄. 놈들이 상당히 되살아난 게 아닌가?"

"태평양 함대가 그렇게 쉽사리 되살아날 수야 없지 않은가."

싸움이 벌어지기 직전에 나파유 해군은 이와히에 있는 아키레마의 태평양 함대를 불시에 습격하여 큰 타격을 준 것으로 되어 있다. 오토메나크는 그때의 감격을 되살렸다. 그 뉴스를 듣던 때가 식민지 애로크 사람인 오토메나크가 정신적인 나파유 사람으로 다시 태어난 결정적 순간이었다. 물론 오토메나크의 나파유주의는 뿌리가 깊었다. 합병 당시의 꽤 이름 있는 친나파유주의자인 할아버지와, 국책 회사의 중역이며 선대보다 좀더 태연한 친나파유파인 아버지를 가진 오토메나크였다. 그러나 오토메나크는 애로크 독립 운동에 대해서 전혀 모르지는 않았다. 그러나 오토메나크가 대학생이 될 무렵에는, 독립 운동은 나라 안에서는 완전히 땅 밑으로 숨어버린 시대였다. 오토메나크는 소문 이상의 것에 접할 길이 없었다. 그때 파시즘이 나파유를 휩쓸기 시작했다. 오토메나크는 사회주의와 내셔널리즘과 보수주의를 한데 묶은 그 사상 속에서 구원을 발견했다. 거의 본능적이었다.

화려한 이상주의. 유럽인에 대한 증오. 자신의 가족에 대한 안전—이런 것을 오토메나크는 나파유주의라고 불리는 그 사상 속에서 알아보았다. 오토메나크가 대학에서 전공한 나파유 고전 문학이 이 사상의 운하의 몫을 했다. 나파유 해군이 이와히의 아키레마 해군 기지를 공격했을 때 이 사상의 진실은 증명되었다. 역사의 새 책장이 넘겨지고 해와 별처럼 뚜렷해 보이던 유럽인의 시대는 끝났다—나파유의 유력한 사상가들이 그 정신적, 역사적 필연성을 국민 앞에 소리 높이 외쳤고 이름 있는 시인들이 눈물을 흘리면서 승리의 노래를 불렀다. 오토메나크는 그 노래가 자기 목소리인 것처럼 느꼈다.

지금 눈 아래 내려다보는 로파그니스 항구만 하더라도 유럽 국가 중에서도 악질의 침략자였던 니브리타가 동양 사람들을 힘으로 누르기 위해 유력한 해군을 머무르게 하고 있던 곳이다. 그들이 앉아 있는 자리에서 니브리타인들은 남의 나라에 와서 남의 운명을 자기네 이득을 위해 좌지우지하는 힘을 가지게 된 사람의 느긋한 마음을 느끼면서 저 항구를 내다봤을 것이다.

"현지의 자원을 이용해서 싸울 수 있다는 점이 있으니깐."

오토메나크 중위가 말했다.

"현지의 자원?"

"이 지역의 지하자원과 고무 말이야."

"흠."

다라하 중위는 홀쭉한 몸을 약간 젖혔다. 그리고 항구 쪽으로 눈길을 가져갔다.

"그렇잖은가?"

"그런 이론이 있었지."

"있었다?"

오토메나크는 다라하를 유심히 쳐다보았다. 다라하는 오토메나크를 흘긋 쳐다보고는 다시 방금 카무플라주를 한 배 한 척이 출발하고 있는 항구를 바라보았다.

"있었다니?"

오토메나크는 힐난하듯 한 투가 된다.

"이론상으로는—"

약간 뜸을 들이고 다라하가 입을 연다.

"이론상으로는 그럴 수 있다는 말이었지."

"그럼 실제로는 안 그렇단 말인가?"

"자네, 아무것도 모르는군."

"……"

"자원을 이용하자면 본국까지 실어가야 할 것이 아닌가?"

"그렇지."

"그게 쉽지 않게 됐을지도 몰라."

"제해권制海權은 우리 쪽에 있지 않은가?"

"글쎄, 정확한 정보는 나도 알 수 없어. 그러나 니브리타와 아키레마는 바다에서 벌어먹고 살아온 민족이야. 이와히에서 입은 타격에서 회복하는 것이 그리 오래 걸리지는 않을 수도 있지."

오토메나크는 불쾌한 낯빛을 지은 채 대꾸를 하지 않았다. 싸움이 시작된 이래 연이은 승리의 뉴스만 들어왔던 그에게는 처음 들어보는 말이다. 게다가 다라하의 말투가 마땅치 않다.

다라하는 대체 누군가. 먼 나라의 전쟁 얘기를 하듯 하는 것이 아닌가. 전쟁이 시작된 이래 아무에게도 용서되지 않았던 이런 태도에 오토메나크는 처음에는 섬뜩했다. 이야기를 들어가면서 점점 불쾌해졌다. 나파유인 중에도 이런 자가 있다는 것이 한심스러웠다. 후보생 시절에 다라하가 자기 실수로 동기생 전부에게 폐를 끼치던 일이 되살아온다. 점심시간도 끝나가고 있었다. 오토메나크는 다라하와 더 앉아 있을 까닭이 없어졌다.

명령

　제3별관 입구에서 다라하 중위와 갈라진 오토메나크는 꼿꼿한 걸음걸이로 복도를 걸어갔다. 여기는 본동本棟보다 훨씬 인적이 없었다. 오토메나크는 이층으로 올라가서 아까 그 방문 앞에 섰다. 이번에는 문이 열려 있고 대나무를 가늘게 쪼개서 이어 붙인 발이 걸려 있었다. 오토메나크는 방 안에 들어섰다.
　그 자리에 상사가 아까처럼 당당히 앉아 있다가 그를 보자 일어섰다.
　"오토메나크 중위시지요?"
　"그렇다."
　"각하께서 기다리십니다."
　상사는 앞장서서 오토메나크를 안내했다. 상사가 그를 데리고 간 방은 창문 왼쪽으로 난 문을 통해 이어진 옆방이었다. 오토메나크 중위는 문간에서 차렷 자세를 하고 경례했다. 뒷벽에 걸린 커다란 지도 앞에 장군이 서 있었다. 작달막한 키에 흰 머리칼이 얼른 눈에 띄었다.
"들어와."
똑바로 이쪽을 보면서 장군이 불렀다.
"네."
오토메나크는 힘차게, 그러나 소리는 내지 않고 앞으로 나가서 장군의 서너 걸음 앞에 섰다. 상사는 돌아 나갔다.
"오토메나크 중위, 명에 의하여 출두하였습니다."
장군은 중위를 잠깐 바라보았다.
"음."
장군은 고개를 끄덕이면서 의자에 앉았다. 오른쪽으로 몰아서 놓은 좁고 길다란 회의용 책상이다. 책상에 붙여서 놓은 여러 개의 의자들 가운데 하나다. 오토메나크는 의자에 앉은 장군과 정면으로 마주 보기 위해 약간 몸을 틀었다.
"오토메나크 중위."
장군이 갑자기 생각나는 듯이 불렀다.
"네."
"너에게 중대한 임무를 준다. 임무를 위한 지시는 따로 들어라."
"네."
"이번 일은 특별한 결단력과 용기를 필요로 한다. 네가 뽑힌 것을 영광으로 알아야 한다."
"네."

"임무를 잘해내면 상을 주겠다."

"네."

"상사가 너를 안내한다. 돌아가라."

"네."

오토메나크는 경례를 하고 물러나왔다.

상사가 그를 기다리고 있었다.

"저를 따라오십시오."

상사는 방을 나와 일층으로 그를 데리고 갔다. 건물의 뒷마당 쪽으로 구부러진 복도를 걸어가서 끝 방으로 왔다. 상사를 따라 오토메나크는 방에 들어섰다. 장군의 방보다 훨씬 작은 방이었다.

"오토메나크 중위가 오셨습니다."

방의 주인을 향하여 상사가 말했다. 방의 주인은 맞은편 책상에 앉아 있었다.

오토메나크는 경례를 하고 계급 성명을 외었다.

"이리 와."

상사가 돌아서 나가는 것을 등으로 느끼면서 오토메나크는 책상 앞으로 걸어가서 마주 섰다.

책상 건너편에 앉아 있는 소령은 안경 너머로 번쩍하고 오토메나크를 올려다보았다.

"오토메나크 중위."

"네."

"의자를 가지고 와서 거기 앉아라."

오토메나크는 문 가까이에 있는 의자를 가져다가 적당한 자리에 놓고 소령과 마주 앉았다. 소령은 오토메나크가 앉기를 기다리고 있다가 입을 열었다.

"지금부터 자네한테 임무를 준다. 먼저 상황을 설명한다. 우리 사령부가 맡고 있는 아이세노딘 군도群島는 알다시피 옛 니브리타 영토다. 우리 군은 아이세노딘 군도에서 적의 식민지 방위군을 격파하고 현재 주요한 지역에 대한 통제를 행사하고 있다. 특히 서부 3분의 2 지역의 치안 상태는 매우 좋다. 그러나 동부 3분의 1 지역은 아직 우리 군의 완전한 통제하에 있다고는 보기 어렵다. 우리 군은 서부 지역에서 현지 민간 정치 세력의 협조를 받고 있다. 옛 식민지 통치가들에 대해서 식민지 시대부터 싸워오던 독립 운동 세력이 우리 군을 지지하고 있다. 그들의 투쟁 목표가 우리 군의 진주進駐에 의해서 이루어졌기 때문이다. 이것이 아이세노딘 자치 정부이다. 우리 군은 이 자치 정부의 협력 아래 군정軍政을 실시하고 있다. 이것은 자네도 알겠지?"

"알고 있습니다, 소령님."

"그런데 아이세노딘 독립 운동에는 두 갈래가 있어왔다. 그 가운데 한 파가 현재의 아이세노딘 자치 정부인데 다른 한 파는 여기에 참가하지 않았다. 전쟁이 시작되자 이들은 대부분 동부 아이세노딘으로 도망해서, 거기에 임시 정부를 세우고 있다. 그뿐만 아니라, 이 임시 정부와 어제까지의 적이던 니브리타와의 사이에 잠정적인 동맹 관계가 이루어져 있다. 니브리타는 서부 아이세노딘 임시 정부를 승인하고 있지는 않으나 군사적인 협력 관계를 유지하고 있다. 우리 군은 몇 차례에 걸쳐 서부 아이세노딘 토벌 작전을 벌였으나 성공하지 못했다. 니브리타 방위군은 우리 군의 진주에 앞서서 상당한 양의 장비를 동부 아이세노딘으로 옮기는 데 성공했는데, 임시 정부군은 이 무기로 장비돼 있다. 현재 우리 군은 이 지역을 그다지 중시하지는 않는다. 현재로서는 대규모의 토벌 작전을 일으킬 가치도 있다고 보지 않는다. 그들이 서부 아이세노딘에 갇힌 채 움직이지 않는다면 당분간 그대로 둬도 상관없다고 본다. 그런데 최근 얼마 전부터 그들은 현재의 세력 범위에서 진출하여 주변의 우리 군 지역의 섬들에 대해서, 소규모이기는 하나 공격을 증가시키고 있다. 현재까지도 우리 군은 이 지역에 대해서 대규모의 작전을 일으킬 가치는 인정하지 않는다. 그러나 적의 게릴라전은 귀찮은 것인데, 이것은 공격받은 아군의 해당 지역 병력만으로는 뿌리 뽑을 수가 없다. 대공격은 할 수 없고, 게릴라는 섬멸해야 한다. 그런데 소규모 부대로서는 그것이 불가능하다— 이것이 현재의 상황이다."

소령은 여기서 말을 멈추고 오토메나크 중위를 쳐다보기만 했다. 오토메나크는 무슨 답할 말을 해야 할 사람처럼 기가 눌렸다.

"—그래서"

하고 소령은 다시 시작한다.

"그래서 우리는 이 문제를 특별한 방법으로 해결하기로 했다. 동부 아이세노딘 임시 정부의 수반은 현재 우리들에게 잡혀 있다. 그들은 수반 없는 정부를 세우고 있다. 우리는 그들에게 수반을 석방해서 동부 아이세노딘으로 보낼 생각이 있음을 통지했다. 우리들은 또 다른 포로를 가지고 있다. 철수하지 못한 40명의 니브리타 여자들이다. 니브리타 군대의 관계 기관에서 일하고 있던 군속들이다. 우리는 이 포로들을 석방할 용의가 있다. 이 포로들 때문에 니브리타 본국에서는 야당이 정부를 맹렬히 비난하고 있다. 비록 군속이라 하지만 적절한 시기에 그녀들을 철수시키지 않은 것은 야만과 무능의 소치라는 것이다. 니브리타 정부에게는 심각한 정치적 실책이다. 우리는 니브리타 정부와 이 40명의 포로를 가지고 흥정하기를 원한다. 수반을 포함한 5명의 아이세노딘 혁명가와, 40명의 니브리타 여자들을 석방하여 그들에게 넘겨준다. 대신에 우리가 바라는 것은 동부 아이세노딘과의 휴전이다. 일체의 적대 행동을 중지하는 것, 이것만을 요구한다. 다시 말하면 우리와 니브리타와의 전쟁에서 중립을 지키는 일이다. 그리고 니브리타가 그 중립을 존중하는 일이다. 그렇게 하기로 승인한다면 나파유군은 동부 아이세노딘을 공격하지 않는다. 현재의 실질적인 통치권을 인정한다. 뿐만 아니라 전쟁이 끝난 다음 전全 아이세노딘 통일 정부에 정당하게 참여할 권리를 보장한다─이것이 우리측의 요구다. 만일 이것이 실현된다면 우리측은 전쟁 없이 큰 이득을 얻게 된다. 동부 아이세노딘을 공격할 경우의 병력 손실을 막을 수 있다. 우리는 이것을 피하고 싶다. 둘째로 동부 아이세노딘이 니브리타의 우리측에 대한 게릴라 기지로 이용되는 것을 막을 수 있다. 이것이 우리가 바라는 결과다. 얼마 전부터 우리는 동부 아이세노딘 임시 정부와 니브리타 정부를 상대로 이 협상을 계속시키고 있다. 적의 조건은 중립은 거부하고 대신에 기한부 휴전에 응하겠다는 것이다. 이것은 속임수에 불과하므로 우리는 거절하였다. 이것이 현재의 교섭 단계이다. 전망은 성패가 반반이다. 알다시피 임시 정부 수반 카르노스는 전설적인 인물이다. 니브리타가 아이세노딘에게 가한 수백 년의 폭력 정치에 대한 아이세노딘 국민들의 원망은 깊고 치열하다. 카르노스는 국민들의 이 원한의 대변자이며 니브리타에 대한 무력 항쟁의 상징이다. 카르노스는 한 사람의 자연인이 아니라 아이세노딘 독립 운동, 그 자체다. 이 인물을 가지느냐, 못 가지느냐는 장차 이 나라의 정치적 세력 관계, 현재 동부에 도피한 파벌과 로파그니스에서 우리와 협력하고 있는 파와의 비중이 결정되는 요건이다. 니브리타의 오랜 문맹 정책으로 이 나라 국민들은 무식하다. 그들은 이론을 모른다. 그들은 한 사람의 국민적 영웅에게서 직접 자신들의 희망을 발견한다. 카르노스가 있는 곳에 아이세노딘의 희망이 있고 그가 없는 곳에는 아이세노딘 독립 운동은 없다. 동부 아이세노딘 임시 정부는 카르노스를 꼭 필요로 한다. 그러나 그들은 니브리타가 다시 돌아오는 날, 과거보다 훨씬 자치나 독립의 희망이 있다고 보기 때문에 종전과 같은 반反니브리타 정책을 보류하고 있다. 이 지역에서 니브리타 세력을 몰아내고 아이세노딘 국민에게 독립과 평화를 주고, 우리 나파유 제국帝國과 더불어 번영을 누리기 위해서 일어난, 이번 싸움의 의미를 그들은 모르고 있다. 동부 아이세노딘 정부는 카르노스의 석방은 원하지만, 니브리타의 압력을 두려워하고 있다. 이것이 그들이 마주친 어려움이다. 그들은 카르노스와 니브리타 가운데 어느 하나를 골라야 한다. 40명의 니브리타 여자 포로를 이용하여 우리는 니브리타가 동부 아이세노딘에 가하는 압력을 무력하게 만들려고 한다. 그들 니브리타 정부는 전쟁의 승리와 마찬가지로 현 정부의 정치적 생명도 함께 지켜야 한다. 이것이 우리나라와 그들 나라의 다른 점이다. 황송하옵게도……"

명령을 설명하는 자와 듣고 있던 자가 신성神聖한 이름의 앞에 붙는 이 문구가 발음되자 앉은 채로 차렷 자세가 되었다.

"──황송하옵게도 황제 폐하께옵서 다스리는 우리 제국에는 이런 일이 있을 수 없다. 우리 제국은 하늘에서 내리신 신의 후손이신 황제 폐하의 집안이 대대로 다스리시는 신성한 나라이다. 니브리타는 이와 다르다. 그들은 정권을 잡기 위해서는 반드시 다른 민족을 침략하여 거기서 얻은 재물을 국민들에게 나누어주는 실력자의 손에 정권이 넘어간다. 이번과 같이 그들이 그들 조상이 이룩한 식민지를 뺏기고 보면 그들의 정부는 바람 앞의 촛불이다. 니브리타 국민의 불만과 불안은 니브리타의 현 정부에게는 심각한 위험이다. 거기에 40명의 니브리타 여자 군속이 현지의 군대가 상황 판단을 잘못한 탓으로 우리 손에 포로가 됐다. 우리의 진격은 그렇게 빨랐던 것이다. 니브리타의 야당은 이 실패를 가지고 국민들의 불만에 기름을 붓고 있다. 니브리타 정부로서는 이것은 중대한 문제다. 그들은 동부 아이세노딘의 군사적 가치를 택하느냐, 정권의 안정을 택하느냐의 갈림길에 서 있다. 이런 상황을 종합하면, 우리측의 동부 아이세노딘 중립화의 공작은 성패가 반반이다. 우리는 적의 결단을 촉진하기 위해서 위장적인 병력 이동을 실시하고 있다. 동부 아이세노딘에 대한 대공세를 취할 용의가 있다는 것을 적에게 알리기 위해서다. 최근의 교섭 보고에 의하면 매우 희망적인 조짐이 보이고 있다."

소령은 오토메나크 중위의 얼굴을 다시 바라보았다.

"귀관의 임무는 이렇다. 귀관은 5명의 아이세노딘 독립 운동자와 40명의 니브리타인의 여성 포로를 인수하라. 귀관은 이들을 지정된 장소에서 기다리고 있는 배에 싣고, 동부 아이세노딘에 가장 가까운 지역까지 항해하여, 거기서 기다린다. 사령부는 그동안 적과 협상을 계속한다. 암호에 의한 지시에 따라 귀관은 포로를 적에게 넘겨줘라. 만일 교섭이 깨어지면 포로들은 다시 수용소로 돌아와야 한다. 항해하는 동안 배의 지휘권은 귀관에게 있다. 항해에 필요한 기술적인 문제는 선장이 책임지고, 귀관은 그의 도움을 받아 일체의 결정을 내릴 수 있다."

오토메나크 중위는 취한 듯이 듣고 있었다.

이런 중대한 임무가 자신에게 주어지다니. 애로크 사람인 자기에게. 오토메나크의 마음을 꿰뚫어 보기나 한 듯이 소령이 말했다.

"오토메나크 중위, 자네의 근무 성적을 사령부는 잘 알고 있다. 이 같은 중대한 임무가 자네한테 맡겨진 것은, 사령부가 자네의 충성을 잘 알고 있기 때문이다. 일의 중대함을 인식하고 틀림없이 임무를 치러야 한다."

오토메나크는 무릎 위에서 주먹을 꼭 쥐었다. 그 주먹이 약간 떨린다.

"잘 알겠습니다. 호송 병력의 규모는 얼마나 됩니까?"

"그것은 현재로서는 확정되어 있지 않다. 포로를 수송할 선박이 아직 미정이기 때문이다."

"알았습니다."

"귀관은 될 수 있는 대로 육지에 가까운 물길을 따라 항해한다. 근래 니브리타 잠수함이 한 번 우리측 바다에 나타난 일이 있으나, 대체로 육지에 가까운 바다는 안전할 것이다. 그러나 만일을 염려하여 잠수함 1척이 귀관의 배를 호위한다."

"네."

"특히 조심할 것은 포로들이 대부분 여자라는 점이다."

소령은 더욱 낯빛이 엄해졌다.

"만일에 군기에 어긋나는 사고가 있으면 책임은 귀관에게 있다."

"명심하겠습니다."

오토메나크는 굳은 결심을 나타내 보이기 위해서 가슴을 펴 보였다.

"또한 아이세노딘 독립 운동자들은 원래 우리들의 적이라고 할 수는 없다. 식민지 통치를 받은 세월이 오랜 탓으로 그들은 니브리타에 대한 공포에서 벗어나지 못하고 있지만, 그들은 언젠가 반성할 날이 온다. 그들에게 충분한 온정을 베풀어두는 것은, 장차의 민심 수습을 위해 중요하다. 나파유군은 니브리타군과 달리, 그들 아이세노딘의 편이라는 것을 알리기 위해서는 호송 도중 필요한 모든 친절을 다하여야 한다."

"알겠습니다."

"귀관은 곧 선장과 만나게 될 것이다. 선장과의 협조는, 귀관의 판단으로, 임무 수행에 필요한 적절한 업무 분담을 하는 일이다."

소령은 의자에서 일어서서, 책상 가를 돌아 나왔다. 오토메나크 중위는 일어서서 그를 맞았다.
"잘하면 귀관은 특별 승진을 할 수 있을 것이다."
오토메나크의 어깨에 손을 얹으면서 소령은 다정하게 웃었다.

오토메나크 중위는 문득 잠에서 깨었다. 잠깐 동안 깊은 잠에서 금방 빠져나온 사람의 멍한 상태에서, 오토메나크는 자기 자신과 숨바꼭질을 했다. 철, 철, 철—
어디선가 소리가 들린다. 물 흐르는 소리구나, 하고 그는 생각한다. 작은 꼭지에서 한 방울씩 떨어지는 물이 오락가락하는 그의 잠 깬 마음 위에 모래알처럼 떨어져 가라앉는다. 그 소리를 들으면서 오토메나크의 마음은 점점 맑아갔다. 그는 침대에서 일어났다. 목욕탕 쪽으로 걸어간다. 아까 덜 잠근 꼭지를 비튼다. 물소리가 뚝 그쳤다. 그러자 그는 완전히 제정신이 드는 것을 느끼면서 침대로 돌아왔다. 열어놓은 창문 공간을 채운, 모기 방지의 가느다란 쇠그물 너머로 로파그니스 나파유군 사령부의 장교용 숙소의 뒤뜰이 내다보였다.
널찍한 잔디밭이 눈에 보이지 않는 저 너머까지 퍼진 트인 터에, 흰 건물들이 넉넉한 사이를 두고 여기저기 자리를 잡았다. 건물이 없는 공간에는 열대의 나무들이 시원스런 줄기를 뻗고 있다. 오토메나크 중위가 내다보고 있는, 장교용 숙소 바로 앞에는 목련을 꼭 닮은 나무가 빨간 꽃을 가득 달고 서 있다. 남쪽에 온 이래로 어지간히 눈에 익었으면서도 오토메나크는 남쪽의 식물들이, 대개는 눈여겨볼 여유가 있을 때마다 약간 이상스럽게 느껴지는 것이었다. 목련을 닮은 이 나무만 해도 다름이 없었다. 복스럽게 단단한 줄기에 아주 닮은 꽃이 달려 있는데도, 목련과는 아주 다른 느낌을 준다. 어린 소녀가 짙은 화장을 한 느낌 — 그런 것이었다.

 그의 나라인 애로크나, 그의 정신의 나라인 나파유만 하더라도 그런 느낌은 괴물스런 풍경이어야 했다. 그러나 이 늘 푸른 나라에서 보는, 이 나무의 그러한 느낌은 훨씬 자연스럽게 보였다. 망고나 야자, 바나나 같은 알려진 열대 식물들도 마찬가지였다. 고향의 도회지에서 신식 카페나 바 같은 데서 관상 나무로, 장식품으로 갖추어놓은 것을 보아온 눈이었다. 여기서는 그것이 어디에나 있다. 식물들은 훨씬 부드럽고 장난스러웠다— 그의 고향에 비해서. 오토메나크의 고향인 애로크나, 식민지 모국인 나파유의 식물들은, 한결같이 생활에 찌들었거나 찌푸린 정신주의의 느낌을 준다. 이곳의 식물들은 활달하고 덩치 큰 어린아이 같은 데가 있다. 오토메나크는 원주민들에게서도 같은 느낌을 받았다.

 물론, 이것은 오토메나크의 주관에만 관계되는 일이다. 나무나 들판 자신에게 그런 성질이 있을 리 없었다. 이방인의 눈이 남의 나라 풍경을 마음대로 보고 있는 것뿐이었다. 그러나 오토메나크에게는 그것이 진실이었다. 소령이 아이세노딘 독립 운동 분열에 대해서 설명해주었을 때, 오토메나크는 어떤 짜증스러움을 느꼈다. 옛 식민지 지배자들이 저희들 고향의 집을 옮겨놓은 이 뜰에서도, 여전히 천진난만하게 풍만한 가지를 시원스럽게 풀어헤치고 서 있는 이 열대의 나무들처럼, 그렇게 원주민들의 신경에는 오토메나크로서는 이해할 수 없는 낙천성이 있었다. 적을 미워하지 않다니. 오토메나크 중위에게는 적이란, 유럽인을 뜻한다. 그의 고향인 애로크를 합병한 나파유를, 그는 적으로 생각해보지 못했다.

애로크는 나파유의 식민지가 아니라 두 나라는 자유의사로 통합된 한 나라다, 라는 것이 이 시대의 이데올로기였다. 나파유의 협박에 의해서 애로크 왕조의 마지막 신하들이 떨리는 손으로 도장을 찍은 합병 조약이었지만 언제 어디서나 그런 것처럼 이긴 사람들은 마음껏 거짓말을 했고, 그 결과 살기에 바쁜 사람들은 잊어버리고, 거짓말을 믿는 것이 편리한 사람들은 마음속으로부터 그것을 믿었다.

전쟁이 시작될 무렵부터 나파유 민족주의자들은 유럽에 식민주의라는 공격을 퍼부었다. 사실 이 지구 위의 식민지는 모두 유럽의 식민지였다. 애로크만이 오직 하나, 유별나게 유럽 아닌 나라인 나파유의 식민지였다. 독립 운동자가 되지 못한 대부분의 애로크 사람들은—그중에서도 지식인들은, 자신들의 부끄러운 신세를 보지 않기 위한 이론을 만들어냈다. 애로크는 나파유의 식민지가 아니라 두 나라는 한 나라이며, 애로크 사람은 빨리 나파유 사람이 되는 것만이 진실로 애로크를 사랑하는 길이라는 괴상스런 이론이었다. 이 괴상한 이론이 적지 않은 애로크 사람들을 사로잡았다. 그것은 자기를 잠재우는 이론이었다. 그리고 자기 속에 들어온 남의 그림자를 따르는 이론이었다. 사람이란 남의 그림자를 위해서도 미친다. 역사에 한두 번 있는 일이 아니다.

오토메나크 중위는 이런 종류의 애로크 사람이었다. 자기를 나파유 사람으로 믿고 있는 애로크 사람이었다. 이런 까닭으로, 오토메나크 중위는 옛 지배자와 협조하고 있는 동부 아이세노딘 정부의 처사를 비웃는 제 마음의 모순을 알지 못했다. 오토메나크에게는 그러한 아이세노딘 사람이 아시아 사람들의 공동의 적에게 지조도 없이 굴복하는 반역자로 보였다. 그러한 자들을 석방하고 동부 아이세노딘과 협상한다는 정책을 소령이 설명했을 때, 오토메나크는 어리둥절했다. 그러나 사령부가 그를 호출하고 이러한 비밀공작에 큰 임무를 나누어준 일이 그를 감격하게 한 것도 사실이었다. 오토메나크의 사상으로 본다면 마땅치 않아야 할 일인데 지금 그의 기분이 매우 만족한 것은 사실이었다. 이 경우에도, 이데올로기보다 공명심이 더 강하였다.

다만 오토메나크는 바보가 아니었으므로 마음 한구석에 미진한 데가 있었다. 이만한 일이 갑자기 자기에게 맡겨진 까닭을 알 수 없었다. 소령은 설명을 마친 다음, 오토메나크 중위가 원부대로 돌아가지 말고 이 숙소에서 기다리기를 명하였다. 오토메나크는 몇 시간 전에 받은 명령이 꿈결 같았다. 그러나 꿈이 아니었다. 지금 그는 분명히 로파그니스의 나파유군 사령부 안에 있는 장교 숙소의 침대 위에 앉아서 목련을 닮은 나무를 바라보고 있다.

니브리타 총독부 시대에도 같은 목적에 사용한 모양이었다. 몇 채가 아담한 독립 건물로 된 이 숙소는 야전군에만 있어온 오토메나크에게는, 거의 군대용이라고 믿기에 미상불 민망할 정도로 안락하고 미끈했다. 이토록 본국에서 멀리 떨어진 땅에 와서 이토록 완전하게 자기들 고향대로의 생활을 할 수 있었던 니브리타 사람들을 오토메나크는 언제나 증오심을 가지고 상상해보았다. 지금 오토메나크는 그들의 호사와 영화의 자리에서 그들을 더욱 궁지에 몰아넣기 위한 계획을 위해서 잠깐 쉬고 있다. 적의 침대에서 쉬는 것처럼 느긋한 일은 그리 흔하지 않은 법이었다.

저녁때가 되어 전화가 왔다. 소령이었다. 숙소로 갈 테니 저녁 식사를 하지 말고 기다려달라는 것이었다. 오토메나크는 수화기를 놓고, 침대 옆에 놓인 의자에 와 앉았다. 남쪽 나라의 저녁 해는 아직도 높이 떠 있었다. 비 오는 계절은 아직 시작되지 않아서 하늘은 개어 있었다. 오토메나크는 자기에게 주어진 임무가 언제 시작되는지 알고 싶었으나, 소령은 그 점은 밝히지 않았던 것이다. 오토메나크의 생각으로는, 협상이 진행되는 어떤 시기까지는 그 임무가 시작되지 않으리라는 점만이 짐작이 갔다. 어느 쪽이 굽히느냐는 유동적이었다. 소령의 말대로 성패는 반반이었다. 다만 오토메나크에게 궁금한 일은, 보통 같으면 이만큼 중대한 일이 애로크 출신자에게 주어진다는 것은 예상 밖이라는 점이었다.

포로수용소라고는 하지만 오토메나크 중위의 부대가 맡고 있는 포로들은 모두가 정규 군인이고 여자 포로도 없다. 그보다 훨씬 중요한 포로들은 다른 곳에 갇혀 있었는데, 오토메나크 중위는 그 소재를 알지 못했다. 사령부는 오토메나크의 포로 관리장교로서의 충실한 근무를 평가했음이 틀림없었다.

오토메나크는 포로들을 엄격하게 다루었다. 그는 관리장교로서 근무하는 사이에 자연히 니브리타 포로들을 관찰하고 그들의 성격을 파악하게 되었다. 니브리타 군인들을 다루는 데는 자기 부하를 대하는 것과는 다른 방법을 써야 한다는 것을 알게 되었다. 그들에게 이쪽의 명령을 가혹하게 준수하게 하면서, 형식으로는 그들의 체면을 존중하는 체하는 일이었다. 이것을 위해서 오토메나크는 몇 가지 방법을 썼다.

 예를 들면, 오토메나크는 나파유군이 포로들에게 강요하다가 번번이 말썽을 일으킨 문제를 그가 관리하는 포로 중대에서만은 쉽게 해결했다. 나파유 황제의 궁성 쪽을 향해서 예배를 하는 의식을 포로들은 완강히 거부했다. 오토메나크는 중대 전체를 처벌하는 대신에 포로 가운데 최상급 계급자 한 사람만을 처벌하였다. 그러자 포로들은 스스로 결의하여 처벌받은 자의 처벌을 취소하는 조건으로 명령을 따르겠다고 제안했었다. 오토메나크는 이것을 받아들였다. 오토메나크는 니브리타 군인들의 모든 행동의 원리가 장삼이사인 것을 알아냈다. 그들은 같은 내용이라도 체면이 서는 형식으로 바꾸어 제안하면, 순순히 따르는 것이었다. 식민지에 대한 오랜 군림의 결과로, 니브리타인은 자기기만의 습관에 젖어 있었다. 위신이 지켜지느냐 안 지켜지느냐에 그들은 민감하였다. 오토메나크는 니브리타인들의 그런 약점을 이용하여 그들을 조종했다. 그렇게 하면 어떤 강압 수단보다도, 목적을 쉽게 이룰 수 있었다. 그러나 이처럼 그들의 성격을 이용하면서도, 오토메나크는 그런 성격 때문에 그들을 더욱 미워했다. 그런 성격은 현지민들에게 군림하던 그들의 과거를 그만큼 강하게 연상시켰기 때문이다.

 약속한 대로 소령은 저녁 식사 때가 되자 찾아왔다. 소령과 오토메나크는 약간 구식이지만, 성능은 아직도 좋아 보이는 자동차를 타고 사령부 구내를 빠져나왔다.

"로파그니스를 구경했나?"

뒷자리에 나란히 앉아서 사령부 위병소 앞을 지나면서 소령이 물었다.

"네."

그것은 절반은 사실이었으나, 나머지 절반은 사실이 아니었다. 처음 남방에 부임했을 때, 오토메나크는 말라리아에 걸려서 부임 휴가의 대부분을 병원에서 보냈기 때문이다.

"어떤가?"

"좋습니다."

"놈들이 아까워할 만하지 않은가?"

"그렇습니다. 그러나 그만하면 충분하지요."

"충분하다고 단념하지 못하니 탈이 아닌가?"

오토메나크는, 그의 관리 아래 놓여 있는 포로들의 얼굴에 한결같이 감추어진 표정을 머릿속에 떠올렸다. 곧 도로 찾게 된다, 그동안 소홀히 다루지나 말라, 하는 표정이었다. 아이세노딘 군도群島의 중앙부에 자리 잡은 이 도시를 니브리타인들은, '아이세노딘의 보석'이라고 부른다. 달리는 차의 창문으로 내다보는 로파그니스의 밤은 참으로 보석처럼 아름다웠다. 사진이나 그림에서 보아 온 유럽 남쪽의 휴양休養 도시를 연상시킨다. 부드러운 곡선을 이룬 아치 모양의 창문이라든가, 큰 독에 담아서 집 앞에 내놓은 화초와 나무들, 낮은 울타리.

"여기는 아시아가 아니군요?"

"아시아?"

"니브리타라고 하는 편이……?"

"그렇지. 적어도 극동에 있는 우리들에게는 특히 그렇게 보이지."

"식민지도 이만큼 오래되면, 원주민들도 어느새 주인과 마찬가지 인종이 되겠습니다."

"3백 년이나 되니 그럴 만도 하지. 그러나 아이세노딘 사람들이 이곳에 살기 시작한 것은, 3백 년이란 세월조차 눈 깜짝할 사이밖에 안 될, 오랜 옛날부터야. 저 사람들을 보게. 분명한 아시아인이 아닌가."

그러나 소령의 말도, 반은 진실이었으나, 나머지 반은 진실이 아니었다. 거리에서 물건을 파는 사람들, 오가는 사람들 속에는 혼혈의 얼굴이 적지 않게 눈에 띈다. 아이세노딘 사람도 아니고, 니브리타 사람도 아닌 얼굴. 유럽인과 태평양 남방 민족의 결합으로 만들어진 이들의 얼굴은 독특한 형을 이루고 있다. 집과 거리의 모습과 더불어, 이러한 혼혈의 얼굴이 로파그니스의 로파그니스다운 특징을 이룬다. 로파그니스는 밤에 와서 밤에 떠나라 — 로파그니스 유행가의 한 구절마따나, 이 시간의 거리는 낮에 보는 로파그니스보다 훨씬 아름답다. 어딘지 힘이 없어 보이는 로파그니스인들도 밤에는 싱싱해 보인다. 야자나무 밑에서 손을 잡고 있는 로파그니스인 젊은 남녀의 모습은 그림 같다.

자동차는, 온 시가지가 다 그렇게 보이지만, 한결 더 별장 모양이 뚜렷한 집들이, 넉넉한 터를 잡고 들어앉은 구역으로 접어든다.

고무나무와 비슷한 가로수가 들어선 조용한 골목에서, 차가 멎었다. 하얀 칠을 한 양옥이다. 현관은 회랑으로 된 일층 전면의 중앙에 약간 앞으로 나와 있다. 현관에 마중 나온 남자 두 사람은 민간인 차림이었으나 오토메나크는 그들이 군인이라는 것을 알 수 있었다.

아담하고 화려한 응접실에 오토메나크 중위를 남겨두고 소령은 안으로 들어갔다.

오토메나크는 소파에 앉아서 맞은편에 놓여 있는 박제의 표범을 바라보았다. 검은 점이 박힌 죽은 짐승은 살아 있을 때처럼 힘찬 자세로 앞을 노려보고 있다. 마룻바닥은 타일로 깔렸는데, 이 고장의 도자기와 비슷한 느낌을 주는 노리끼리한 빛깔이다. 천장에는 거품이 여러 겹으로 어우러진 모양의 샹들리에가 구름처럼 드리워 있다. 망고 열매처럼 갸름한 창문은 열려 있고 발이 가느다란 커튼이 드리워 있다. 불빛은 발의 가는 올에 부딪혀서 부드러운 분위기를 만들고 있다. 창문 사이에 엄청나게 큰 산호가 세 개 마루에 놓여 있는 것이, 마치 거기서 솟아난 것처럼 이 방에 어울려 보인다.

오토메나크는 어지간히 흥분하고 한편으로 궁금해진다.

누가 사는 집인가. 이것은 꼭 소설에서 본 대로의 풍경이 아닌가. 식민지에 있는 유럽인의 호화스런 살림에 대해 모르는 바는 아니었지만, 이런 개인의 저택에 와보기는 처음이었으므로 오토메나크는 어쩐지 소설을 읽고 있는 기분이었다.

소령이 돌아와서 오토메나크를 데리고 다음 방으로 들어갔다.

그 방에는 둥근 식탁 위에 식사 준비가 되어 있었다. 그들이 들어가자, 식탁 저편에서 한 인물이 일어서서 그들을 맞았다. 소령과 오토메나크는 식탁 앞으로 가서 그 사람과 마주 섰다. 소령이 오토메나크를 그 사람에게 소개한다.

"오토메나크 중위입니다."

그러고 나서 오토메나크에게 그 인물을 소개했다.

"카르노스 선생이오."

오토메나크는 어쩐지 처음부터 알고 있었던 것 같은 생각이 들었다.

카르노스는 악수도 청하지 않고 가만히 서 있었다. 쉰 살 안팎의 남자였다. 오토메나크가 예상하기보다는 젊어 보였다. 백발이 섞인 노신사를 막연하게 생각해온 것은, 이미 나라 안팎에 전설처럼 알려진 그의 경력의 무게 탓이었을 것이다. 아이세노딘 사람의 보통 몸매처럼 그도 호리호리하고 그 대신 단단해 보였다.

"앉읍시다."

카르노스가 말했다. 나파유 말이었다.

이 인물에게 어떤 형식의 몸가짐으로 대해야 할지를 가늠할 수 없었기 때문에 오토메나크는 소령의 눈치를 보았다. 순전히 형식적인 문제에 불과한 그런 마음씀이 오토메나크에게 부담이 되었다. 그것은 마치 이 인물에게 위압을 받은 것 같은 착각을 가져왔다.

아이세노딘 소녀가 술병을 가지고 들어와서 세 사람에게 차례로 따랐다. 카르노스에게 먼저 붓고 소령, 오토메나크의 순으로 부었다. 오토메나크는 아이세노딘 소녀의 아름다움에 놀랐다. 황색 인종이나 백인종에게는 없는, 원시적인 힘 같은 것이 팽팽한 소녀다. 머리에 빨간 꽃을 달고 있다. 소녀는 세 사람의 술잔을 채워놓고 물러갔다.

카르노스가 술잔을 들었다. 아무 말도 하지는 않았다. 소령과 오토메나크가 동시에 술잔을 들었다. 카르노스는 잔을 입술에 대는 시늉만 하고 내려놓는다. 오토메나크는 소령을 따라서 역시 조금 마시는 체하고 잔을 내렸다.

"말씀드린 것처럼, 오토메나크 중위가 연락을 맡게 됩니다. 불편하신 일이 있으시면 언제든 말씀해주십시오."

소령이 이렇게 말하자, 카르노스는 오토메나크에게 잠깐 눈길을 멈추었다. 그것으로 인사를 대신한 것이다. 오토메나크는 지극히 조용한 이 인물이 아이세노딘 독립 운동의 영웅이라는 것이 약간 믿어지지 않는 기분이었다.

"아만다는 마음에 드십니까?"

술을 한 모금 마시면서 소령이 물었다. 카르노스는 여전히 조용한 목소리로 대답했다.

"좋은 소녀입니다."

소령이 고개를 끄덕였다.

"다행입니다. 선생님께서 무엇보다도 건강하셔야 모든 사람들이 기뻐할 것입니다."

"나는 언제나 건강합니다."

카르노스가 조용하게 말했다. 그러자 소령은 만족한 듯이 웃음을 지으면서 말했다.

"아무쪼록 그러셔야지요."

"그러니……"

카르노스가 조용하게 말했다.

"그러니, 내 소원대로 나를 보통 수용소로 옮겨주시오."

소령이 갑자기 껄껄 웃었다.

"또 그 말씀을 하십니까?"

카르노스는 말없이 소령을 보기만 한다.

"선생님, 왜 그런 작은 일에 구애되십니까?"

"작은 일이 아닙니다. 나는 국민과 더불어 이 어려운 세월을 고생해야 합니다."

소령은 잠깐 침묵했다. 오토메나크는 카르노스를 똑바로 바라보았다. 카르노스는 비굴하지도 거만하지도 않게 소령과 오토메나크의 중간쯤 되는 공간에 눈길을 머무르게 하고 있었다. 소령과 오토메나크, 어느 사람과도 마주 보지 않기 위한 것임이 틀림없었지만, 아주 자연스러웠기 때문에 거만하거나 비굴해 보이지 않는 것이다.

이윽고 소령이 말했다.

"오늘은 오토메나크 중위를 소개하기 위해 찾아뵈온 것이니 그 말씀은 더 말아주십시오."

"명령이라면 그만두겠습니다. 당신이 나에게 말하기를 불편한 것이 있으면 언제든지 말하라고 했기 때문에 내 뜻을 말한 것입니다."

소령은 약간 고개를 숙였다. 아만다가 야채수프를 가지고 들어와 아까와 같은 순서로 내려놓는다. 부여된 명령의 내용이 매우 까다롭다고 생각하면서 오토메나크는 두 사람을 따라 스푼을 들었다.

시종무관

 이튿날부터 오토메나크는 이 집에서 살게 되었다.
 휴전 교섭이 이루어질 때까지, 카르노스를 감시하면서 기다리게 된 것이다.
 전날 밤 카르노스와의 만찬이 끝난 다음, 소령은 오토메나크를 다시 차에 태웠다.
 "자, 다음에는 우리끼리 한잔하세."
 소령은 차 안에서 이렇게 말하면서 운전사에게 말했다.
 "십자성으로 가."
 그들은 조명 통제도 없이, 평화 시대 그대로의 밤거리를 달려서 어느 집 앞에 이르렀다. 그들은 차를 내려서 커다란 기둥이 받친 발코니식 현관을 들어섰다. 그들이 안내된 곳은 널찍한 홀이었다. 정면 무대에서는 악대가 재즈를 울리고 있었다. 홀에는 자리의 3분의 1가량을 군복, 민간복 차림의 남녀가 차지하고 앉아서 술을 마시고 있었다. 방의 조명은 극히 어두워서 얼굴을 제대로 알아볼 수는 없었다.

"어때?"

소령은 오토메나크에게 자리를 권하면서 말했다.

"네."

"자네 술 좀 하나?"

"조금 마십니다."

"조금? 술꾼이 조금이라면 잘한다는 말이야, 어느 쪽인가?"

"사실 조금입니다."

"그래? 아무튼 기분껏 마셔."

소령은 보이에게 술을 시켰다. 오토메나크는 꼿꼿한 자세로 앉아서 어둠 속의 남녀들을 바라보았다. 본국에서는 이런 장소가 사라진 지 벌써 오랬다. 보통 같았으면, 전쟁의 한복판에 이런 모습의 장소가 있는 데 대해서 반발을 느꼈을 터이었으나, 지금의 오토메나크에게 그런 충격은 일어나지 않았다. 어제오늘 겪은 일들이, 무엇인가 좀더 복잡한 이 세계의 꾸밈새 같은 것을 느끼게 한 탓으로, 점령지의 한복판에서 열리고 있는 적들의 취미대로의 환락장을 보고도 놀라지 않을 준비가 되어버렸던 모양이다.

"이 고장 재즈는 알아주지."

소령이 술잔을 들면서 말했다. 그 말투는 군인의 것도 아니고, 나파유주의의 물결이 휩쓸기 시작한 후 모든 사람이 지니기 시작한, 어떤 격앙된 가락도 아니었다. 유럽의 문물이 좋은 것의 표본이라는 것을 의심치 않았던 아시아의 모든 나라 지식 계급의 보통 말투였다.

"그렇습니까?"

오토메나크도 순순히 말했다.

"적의 음악도 징발하는 거야."

그렇다. 부지불식간에 양해가 돼 있었다. 그들은 그들의 조상처럼, 피정복자로서 이 음악에 멍청하게 귀를 내맡기고 있는 것이 아니다. 정복자로서, 술안주의 하나로, 이 소란스럽고 흥겨운 가락을 듣는 자리에 있다.

"모든 것을 징발해야죠."

오토메나크는 소령에게 친밀감을 느끼면서 이렇게 말했다.

"자."

소령이 두번째로 잔을 입에 대면서 권했다.

"마셔. 이 자리는 원래 니브리타 해군의 장교 클럽이었어."

"그렇습니까?"

오토메나크는 술맛이 나는 기분이었다.

니브리타라는 이름은 오토메나크에게 언제나 충분한 증오와 혐오를 불러내는 요술 부적 같았다. 붉은 헝겊을 본 스페인 투우 소처럼, 오토메나크라는 인간의 감정은 니브리타라는 이름에 늘 정직하게 반응했다. 반응은 늘 미움과 싫음이었다. 인간에게 혈액형이 있듯이 머리에 먹물이 든 인간에게는 먹물형^{型}이 있다.

어떤 시대, 어떤 계급에 태어난 인간은 제2의 혈액형이라고 할 만한 것을 가진다. 그것이 이데올로기다. 오토메나크는 니브리타라는 이름을 이 세계의 온갖 악의 대명사로 생각하는 이 시대의 이데올로기의 신봉자였다. 니브리타의 야만적인 세계 침략. 이 지구가 생긴 이래 똑같은 권리를 가지고 제 고장에서 살아온 나라들이 하루아침에 노예의 신세가 되고 만 것은 모두 니브리타의 식민 정책 때문이었다. 오토메나크는 자기 고향인 애로크가 나파유의 식민지라는 사실도 까맣게 잊고 있다. 나파유가 니브리타를 쳐부수고 모든 아시아 사람에게 독립을 가져오기 위해 싸운다는 대의명분이 오토메나크를 취하게 한 것이었다. 이번 싸움의 첫머리에서 얻은 나파유의 화려한 승리가 오토메나크 세대의 모든 청년들을 취하게 만든 것이다. 그 승리는, 모든 아시아인의 집단적 열등감에 파고들어 통쾌한 복수심의 만족을 가져왔고 이성을 혼란시켰다. 니브리타가 악질의 식민 제국이라는 것은 분명하다. 그 니브리타와 싸우는 나파유가 정의의 나라임은 따라서 자명했다. 사탄과 싸우는 것은 천사일 수밖에 없었다. 사탄과 싸우는 것이 또 하나의 사탄일 수도 있다는 지혜까지에는 오토메나크나, 오토메나크의 동시대나 아직도 멀리 있었다.

아무튼 이곳이 니브리타 해군의 장교 클럽이었다는 소령의 말에 애로크 출신의 나파유주의자 오토메나크는 한꺼번에 술맛이 나고 가슴이 뿌듯해졌다.

"마시겠습니다."

단숨에 잔을 비웠다.

"핫핫. 좋아 좋아, 오늘 밤은 계급장 뗀 기분으로 마시자구."

소령은 젊은 동지에게 대하듯이 유쾌하게 지껄였다.

"아시아 공동체를 위해서."

오토메나크가 두번째 잔을 들면서 말했다.

"아시아 공동체와 승리를 위해서."

소령이 받으면서 술잔을 든다.

음악 소리가 한결 돋우어지면서 댄서가 무대에 나왔다. 야자나무 잎사귀로 만든 짧은 치마를 걸쳤을 뿐인 아이세노딘 댄서다. 조명을 받은, 갈색의 커다란 망고 열매 같은 두 개의 젖이 가락에 맞추어 풍성하게 흔들린다. 머리에 꽂은 빨간 꽃송이가 문득 만찬 때에 시중을 든 소녀를 떠오르게 한다. 오토메나크는 담배를 물었다. 아이세노딘에서 나는 고급 잎담배다. 어둠 속에서 보이의 손이 나타나 불을 달아준다. 피어오르는 향긋한 연기 건너편 무대에서는, 스콜처럼 시원스런 재즈의 가락 속에서 진주처럼 하얀 이를 드러내며 아이세노딘 댄서가 활짝 웃는다.

이튿날 오토메나크는 집 안팎을 둘러보았다. 일층에는 먼저 응접실이다. 소령과 같이 찾아왔던 첫날 저녁에 오토메나크가 놀라움으로 두리번거린 그 방이다. 옆방은 식당. 식당은 그리 크지 않고, 카르노스가 손님 대접을 할 때만 쓰인다. 식당 뒤쪽이 부엌이다. 부엌과 마루 하나를 사이에 두고 침실이 있다. 일층에서 제일 큰 방인데 아이세노딘 요리사 두 사람과 특무 기관에서 파견된 군인 두 사람이 여기서 기거한다.

이층에는 카르노스의 서재가 있다. 카르노스는 여기서 산다. 침대도 여기에 마련돼 있고, 식사도 여기서 한다. 가끔 뜰을 거닐 때 방에서 나온다. 서재 옆에 침실이 있다. 이것은 아만다의 방이다. 이 방에는 초인종이 두 개 있다. 하나는 서재의 주인인 카르노스와 연결돼 있고, 다른 하나는 오토메나크의 방에 연결돼 있다. 아만다에게 심부름을 시키는 것은 이 두 사람뿐이다.

아만다의 옆방은 미술품 진열실이다. 이 집의 주인이었던 니브리타인이 사서 모은 것들이다. 모두 아이세노딘 골동들이다. 나무가면, 집기 종류, 통나무배, 조개로 만든 장신구, 진주 목걸이, 거북이, 표범, 뱀의 박제—이런 것들이 꽉 차 있다. 오토메나크는 이 방에서 가장 많은 생각을 했다. 그 숱한 수집물이 오토메나크에게는 너무나 많은 이야기를 들려주었기 때문이다. 이런 것들을 진작 볼 기회가 있었더라면 니브리타 문학의 여러 페이지를 더 쉽게 이해할 수 있었으리라는 느낌이 든다. 니브리타인들은 고향의 항구를 떠나서, 고향과 전혀 다른 이런 물건들이 쓰이고, 움직이는 세상에서 살아본 것이다. 이 물건들은 아이세노딘 사람들에게는 살아가기 위한 도구들이다. 그러나 니브리타 사람들에게는 신기한 관찰의 표적이었다. 그들은 아이세노딘 사람들의 옷이며 집이며 가구며를 뜯어보고 맞춰보고 한다. 이런 경우에 밖에서 온 사람들이 영락없이 과학적이다. 그들은 거리를 두고 볼 수 있기 때문이다. 니브리타 사람들은 아이세노딘 사람들의 삶을 곤충이나 동물처럼 연구할 수 있었을 것이다. 이런 태도는 제 고장에서만 사는 사람들에게서는 나오지 않는다.

오토메나크는 박제인 바다거북의 등을 만져본다. 안경테 같은 데 쓰는 재료가 이것이군, 하고 생각한다. 니브리타인에게는 바다거북이든, 아이세노딘 사람이든 별다른 것이 아니었을 것이다. 자기네를 편안케 하는 보물의 종류일 뿐이다. 니브리타가 근대 생물학의 발상지가 된 사정 — 인류학의 본산이 돼 있는 사정 — 을 진열실이 그 경위를 잘 보여주고 있다고 오토메나크는 생각하였다.

오토메나크는 진열실에서 나오면서 니브리타인들에 대한 미움이 더해지는 것을 느꼈다. 이 지구 위에 사는 어느 한 민족이 다른 민족에 대해 이토록 유리한 자리, 한 자리 높은 데서 굽어볼 수 있는 자리가 허락되었다는 것은 비극이었다. 이 비극은 바로잡지 않으면 안 된다. 이번 경쟁은 바로 그것이 목표였다. '아시아 공동체'는 아이세노딘 사람을 바다거북의 신세에서 풀어주자는 것이다.

오토메나크는 이층의 나머지 방인, 자기 방으로 돌아왔다. 창문 가까이 안락의자가 둘 소파 하나의 자리가 있고, 창문과 반대편에 침대, 목욕실 문이 있다. 침대 옆에 세공이 복잡한 책상과 의자가 놓여 있다. 창문은 이 건물에서 제일 전망이 좋다. 비슷한 구조인 카르노스의 방에서는 넓은 뒤뜰과 높은 나무들에 가린 이웃집들의 보일락 말락 한 지붕 너머로 멀리 교외의 논이 보일 뿐인데, 오토메나크의 방에서는 로파그니스의 주요한 거리와 항구가 한눈에 보인다.

오토메나크는 꼿꼿이 서서 이 도시를 바라보았다. 지붕 색깔의 주조는 벽돌색이다. 파파야 열매의 속빛이다.

오후 두 시, 낮잠 시간이 끝나갈 무렵의 열대의 햇빛이, 무더기로 펼쳐놓은 파파야 열매 같은 지붕 기와 위에서 끓고 있다. 기와의 부피에 지지 않을 만하게 야자나무의 푸름이 곁들여 있다. 도시 전체가 커다란 접시에다 야자 잎사귀에 받쳐서 담아놓은 싱싱한 파파야 열매다. 지붕의 선이 그렇고, 창문의 선이 그렇고, 집

전체의 생김이 둥글고 부드럽다. 창문에는 빠짐없이 나무 덧문이 달려 있는데, 바람이 잘 통하게 한 이른바 비니션 블라인드다. 그 너머에 로파그니스 항구가 눈부시게 펼쳐져 있다.

오늘은 매우 붐빈다. 거지반 아이세노딘 돛배다. 바나나 잎사귀 같은 돛이 몇 개 느리게 오가고 있다. 대부분의 돛은 깊은 낮잠을 즐기는 듯이 움직이지 않는다. 부두의 상점들도 문을 내리고 깊이 잠들어 있을 것이다. 오토메나크는 꿈 같은 도시를 내다보면서 속에서 우러나오는 파파야의 과즙같이 부드럽고, 시에스타─열대의 낮잠같이 노곤한 감동을 느꼈다. 사랑, 아무튼 그것은 사랑이었다. 지금 이 순간에는, 로파그니스가 그 속에 있는 이 세계를, 아무 조건 없이 용서하고 싶다는 느낌이었다.

오토메나크는 이 도시를 위해서 무엇인가 하고 싶었다. 좀 과장해서 말해본다면, 로파그니스의 지금 이 시간을 위해서 죽어도 좋다는 느낌이었는지도 모른다. 사람이 이런 순간에 죽을 수 있다면 그것이 제일 행복한 일임이 틀림없다. 소령이 어젯밤에 보여준, 우정이라고 하면 더 어울릴 신뢰의 표시도 오토메나크를 들뜨게 한 조건의 하나였다.

오토메나크는, 니브리타 제국이 수백 년 다스려온 아이세노딘이라는 이 커다란 섬나라의 운명의 한복판에 뛰어들고 있다. 동양에 진출해서 하루아침에 유명해진 이름 없는 니브리타 청년들. 그들의 식민지 개척 초기를 메우고 있는 수많은 입신 출세담들. 아무리 책으로 읽어봐도 격화소양이던, 그 정치적 낭만주의의 세계에 지금 오토메나크 자신이 등장하고 있었다. 이 나라 정치의 광짜리에 해당하는 인물이 지금 자기, 오토메나크의 감시 아래 놓여 있었다. 약소국의 궁중 음모에 끼어든 야심만만한 외국 청년의 처지가 오토메나크를 취하게 한 것이었다. 로파그니스 항구의 낮 풍경만이 그를 취하게 한 것은 아니었다. 외국의 황제를 감시하고 조종하는 강대국의 시종무관이 아닌가.

시종무관은 창가를 떠나서 문 쪽으로 걸어갔다.

오토메나크는 카르노스의 방문을 두드렸다.

"들어오시오."

속에서 카르노스의 조용한 목소리가 들려왔다.

오토메나크는 문을 열었다.

카르노스는 창가의 책상 위에서 현미경을 들여다보고 있었다. 오토메나크가 들어서고도 한참을 카르노스는 그대로 기구를 떠나지 않았다. 오토메나크는 현미경 위에 구부리고 있는 그의 황제 곁으로 걸어갔다. 현미경 밑에는 색깔이 현란한 나비 한 마리가 놓여 있다. 카르노스는 곤충학자로도 이름이 있다. 오토메나크는 감금된 방에서 곤충을 관찰하고 있는 독립 운동의 지도자라는 이 사나이의 운명을 신기하게 생각해본다.

카르노스는 현미경에서 얼굴을 떼었다.

"……"

오토메나크가 온 것을 알고 있었다는 것, 잠깐 기다리게 한 것이 과히 실례가 되지는 않았겠지 하는 자신, 용건이 있으면 말하라는 기다림 — 이런 내용을 갖춘 기색으로 카르노스는 감시자를 바라보았다.

"방해가 되지 않았습니까?"

오토메나크는 점잖게 웃으면서 현미경을 내려다보면서 말했다.

"괜찮습니다."

카르노스는 조용하게 말했다. 그러고는 소파 쪽으로 걸어갔다. 오토메나크는 소파의 다른 쪽에, 사이를 두고 마주 앉았다.

"심심풀이니까요."

황제가, 천천히 너무 간단했던 대꾸를 보충하듯이 말한다.

"네, 곤충학에 대해서는 일가를 이루고 계신 줄로 압니다만."

카르노스는 미소 지었다. 눈치 있게 아첨하는, 사랑하는 신하를 대하는 황제처럼.

"일가……"

카르노스는 그 말의 메아리를 좇으려는지 그렇게만 말하고 그친다.

"차를 드시겠습니까?"

오토메나크 한 사람에게가 아니라 여럿 모인 좌중에 대고 하는 듯한, 중심 없는 조용한 어투가 울린다.

"네, 고맙습니다."

오토메나크는 거꾸로 카르노스에게 무슨 중대한 허락이나 내리는 투로 무겁게 말했다. 황제에게는 가벼운 일이라도 시종무관으로서는 조심스럽다. 카르노스가 소파에 달린 단추를 누른다.

"우리들은……"

단추에서 손을 떼면서 카르노스가 말했다. 이 사람은 한꺼번에 말을 맺는 법이 없다.

말꼬리가 다른 동작 속에 잠겨버렸다가, 다른 자리에서 풀려나온다. 오토메나크는 그런 방식에 대해서 그다지 짜증스럽게 생각하지 않는 자신을 느끼며 약간 놀란다. 이런 임무도 있다는 것이니깐. 포로수용소의 관리장교와 권세 있는 시종무관 사이에는 몸가짐의 다름이 있어 마땅하다.

　아만다가 차를 가지고 들어왔다. 그녀가 가까이 와서 몸을 구부려 탁자에 차를 놓을 때, 과실 냄새 같은 것이 풍겼다. 몸냄새란, 먹는 것의 냄새다. 아만다의 몸내도 열대의 과실 냄새다. 그러나 어느 과실 하나만의 냄새는 아니고, 과일 가게의 냄새라고나 할까. 그녀는 지금도 머리에 빨간 꽃을 꽂고 있다. 냄새의 임자는 조용히 도어 밖으로 나갔다. 그들은 같이 찻잔을 들었다.

　"우리들은……"

하고 카르노스가 다시 말을 잇는다.

　오토메나크는 한 모금 입에 머금은 차 맛과 함께 카르노스의 목소리를 지그시 음미한다.

　"우리들은 혼자서 여러 가지를 해야 하는 세댑니다."

　오토메나크는 듣기만 한다.

　"모든 것이 처음이기 때문입니다. 나의 곤충학도 대단한 것은 아닙니다. 초보적인 분류를 조금 했다는 정둅니다."

　"네."

　오토메나크는 말의 뜻을 알 수 있었기 때문에 고개를 끄덕였다.

　"유럽과 접촉한 이래 모든 아시아인이 겪는 과정이었지요."

　"그렇습니다."

오토메나크가 다시 맞장구를 쳤다.

"우리는 초보적인 일도 아직 끝나지 않았습니다."

카르노스가 조용히 말했다.

"니브리타 식민주의의 우민愚民 정책 때문입니다."

"물론 그렇습니다."

카르노스가 조용하지만 힘 있게 몸을 약간 움직이면서 동의한다.

"그러나……"

역시 이 사람은 한꺼번에 말을 맺지 않는군, 하고 오토메나크는 여유 있게 속으로 생각한다.

"니브리타 때문에 아이세노딘의 불행이 시작된 것은 사실입니다. 우리 가운데 그 점에 대해서 모를 사람은 없습니다."

카르노스는 말을 끊고 차를 한 모금 마셨다.

"니브리타 사람들이 아이세노딘에 불행의 씨를 뿌렸다면, 그들은 이 씨앗에서 생긴 독초를 없애는 일에 협력하지 않으면 안 됩니다."

"아이세노딘에 독립을 주는 일이 아니겠습니까?"

"그렇습니다. 아이세노딘이 독립하고, 그들이 그것을 승인하는 일입니다."

"그런데, 그들은 독립을 주기를 원치 않았고, 아이세노딘은 스스로를 해방할 힘이 없었습니다."

"우리는 싸우고 있었습니다."

"그 싸움을 나파유가 도와서 나쁠 리가 있겠습니까?"

"중위, 사람은 자기 힘으로 자기의 주인이 돼야 합니다."

"그러면 나파유가 아이세노딘을 도와서 니브리타와 싸워서는 안 된다는 말이 아닙니까?"

"나파유가 니브리타와 싸우는 것을 우리는 상관 않습니다. 아마 나파유 사람들이 니브리타인으로부터 해방되고 싶어서겠지요."

"니브리타인들이 나파유에 대한 증오를 방패 삼아, 아이세노딘에 대한 속죄 의무를 회피할까 두려운 것입니다."

일주일쯤 별일 없이 지났다. 카르노스의 연금을 위해 마련된 특별 수용소이자, 예의상으로 카르노스의 작은 궁전과 같이 보이는 이 집의 생활 규칙을, 저마다 알 만하게 됐다. 카르노스는 자기 방에서 좀체 나오는 일이 없었다. 그는 책을 읽거나, 현미경을 들여다보는 일로 시간을 보낸다. 먼젓번처럼 내용 있는 말을 오토메나크와 주고받는 일은 거의 없었다.

그날도 오토메나크는 이 인물의 입이 열릴 줄 알았다. 오토메나크는 그쪽이 좋았다. 이 유명한 인물과 입씨름하는 자리를 가진다는 것은, 학교에서 선생에게 대들던 시절이 엊그저께인 오토메나크로서는 좋은 기회였다. 그러나 카르노스는, 말을 뚝 끊어버렸다. 상대에게 과히 불쾌한 여운도 남기지 않고, 그처럼 말끝을 흐려버리는 기술은 그의 경력에서 얻어진 모양이었다. 가장 높은 권위를 가지고 그의 추종자들에게 군림해오는 사이에, 관록이 붙은 모양이었다. 오토메나크도 그런 성미를 알고부터는 굳이 그에게서 이야기를 끄집어내려고 하지 않았다. 자기들의 적이었던 니브리타인에 대해서, 결코 격한 적개심을 비치는 일이 없는 이 인물에 대해서 오토메나크는 속으로 깔보고 있었다.

　소령이 준 카르노스의 과거를 기록한 서류를 보면, 카르노스는 청년 시절에 나파유에 유학하고 있었다. 나파유 말을 잘하는 것은 그런 까닭이다. 그 후, 카르노스는 유럽 각처를 떠돌고 있다. 그 사이에 그는 독립 운동의 여러 파벌 중 가장 유력한 파벌에서 중요한 인물이 되었고, 아이세노딘 안팎에서 일어난 큼직한 반反니브리타 운동에서 늘 지도자로 불렸다. 그의 경우에 독특한 것은, 니브리타 자체에 카르노스를 동정하는 여론을 늘 가져왔다는 점일 것이다. 오토메나크에게 말한 것처럼, 모든 니브리타인을 적으로 생각하지는 않는다는 것이 카르노스의 노선이었다. 카르노스는 빈번히, 니브리타의 야당 세력에 호소했다. '우리들의 공동의 적을 물리칩시다'라고. 카르노스는 나파유 군대가 아이세노딘을 점령하고 그에게 협조를 구했을 때 굳게 거절했다. 모든 설득이 무효였다. 그는 말했다.

　"우리 자신의 힘으로 우리를 해방해야 합니다."

　나파유 당국은 단념하고 영향력은 훨씬 못한 친나파유 세력을 끌어모아 현재의 자치 정부를 만든 것이다. 이런 행적은, 오토메나크가 보기에 달리 말할 여지가 없이, 유럽병에 걸린 패배주의자였다. 그러나 아이세노딘 사람들은 그렇게 생각하지 않는다고 한다.

　오토메나크는 기회만 있으면 그의 신념을 들어보고, 그것을 여지없이 공박할 수 있기를 바라지만, 카르노스는 그런 계제를 만들지 않았다. 별수 없이, 못마땅한 채로 지극히 예절 바른 감시를 계속하는 나날이 흘렀다.

　어느 날, 아침 식사가 끝나고서였다. 아만다가 와서 카르노스가 만나자는 전달을 했다. 오토메나크가 가보니 카르노스는 책상 곁에 서서 기다리고 있었다.

"부탁이 있습니다."

카르노스가 조용하게 말했다.

"네, 무슨 말입니까?"

오토메나크는 카르노스의 첫 부탁이 궁금해서 얼른 물었다.

"뒤뜰에서 산보하는 시간을 좀 늘려줄 수 있겠습니까?"

카르노스는 자유롭게 뜰로 나갈 수 있었다.

"시간은 제한하지 않습니다."

"그렇습니까."

카르노스는 끄덕였다.

"뜰에서 벌레를 잡아볼까 하는데요."

"좋습니다."

"고맙습니다. 그런데, 벌레 잡는 도구가 필요합니다."

"어떤 도구 말입니까?"

"채가 달린 그물 있지 않습니까?"

오토메나크가 웃었다.

"알았습니다."

오토메나크는 아래층에 있는 감시병의 한 사람인 아마다이를 불러, 포충망 한 개를 사오라고 일렀다.

"괜찮을까요?"

하고 아마다이가 조심스럽게 물었다.

"왜?"

"밖에 있는 시간이 오래면, 눈에 띌 기회가 많아집니다."

"뒷집은 빈집이 아닌가?"

"그렇긴 합니다만."

"괜찮아."

"알았습니다."

아마다이는 경례를 하고 방에서 나갔다.

오토메나크는 전화기를 들었다. 사령부와 통한 전화다. 곧 소령이 나왔다. 용건을 듣자, 소령의 나지막한 웃음소리가 흘러왔다.

"안 된달 수 없겠지. 그러나 그런 양반들은 엉뚱한 법이니까, 조심해서 감시하는 게 좋을 거야."

"뒷집은 비어 있습니다."

"비워두었네."

"네? 아, 그렇습니까."

"어떤가, 좀 심심한가?"

"저 말씀인가요?"

"응."

"아닙니다. 카르노스가 좀 개방적이었으면 하는 것뿐입니다."

"그건 무리야. 자네한테 마음을 터놓을 수야 없지 않은가?"

"네."

"이따가, 내가 한잔 사지."

"고맙습니다."

전화기를 내리고 오토메나크는 잠깐 소령의 말을 생각했다. 마음을 터놓지 않는 게 당연하다는 그 말이 약간 그를 긴장시켰다. 한 시간쯤 지나서 아마다이가 포충망을 들고 올라왔다. 오토메나크는 그것을 받아가지고 카르노스에게로 갔다.

"됐습니다."

카르노스는 포충망을 받아 들고 만족한 듯이 미소를 지었다. 카르노스는 포충망을 치켜들고 벽 쪽으로 다가선다. 도마뱀 한 마리가 천장 가까운 높이에 붙어 있다. 여기서는 귀뚜라미처럼 흔한 동물이다. 포충망이 가볍게 움직였다. 그물 안으로 찌익 하는 울음소리가 들어갔다. 카르노스는 잡은 도마뱀을 포충망을 내밀어 창밖에 털어 버렸다. 아주 손에 익은 동작이었다.

이 사람은 벌레도 조용하게 잡는 것이었다.

"그럼."

망을 고쳐 들고 카르노스는 문 쪽으로 걷는다.

오토메나크는 그를 따라서 뒤뜰로 나왔다. 집이 서 있는 면적보다 훨씬 넓은 뜰에는 나무가 여기저기 서 있어서 설사 밖에서 보는 눈이 있다 해도 그 속에서 움직이는 사람을 알아보기는 어렵다. 더구나 뜰과 면한 집은 비어 있다. 소령이 조처했다는 것이다.

카르노스는 나무 사이로 천천히 걸어갔다. 카르노스가 산보할 때면 늘 따라 나오는 아마다이가 부엌문에서 나타났다. 아마다이는 오토메나크가 같이 있는 것을 보고 언저리에 놓인 의자에 앉는다.

카르노스는 나무 사이를 걸어간다. 손에 든 포충망이 깃발을 들고 가는 모습 같다. 오토메나크는 뒷짐을 지고 카르노스와는 다른 길을 잡아 천천히 움직였다. 빈집을 올려다본다. 용의주도하게 그 집을 비워둔 일이 신선한 느낌을 주었다. 정작 보통 아닌 생활을 이미 시작했으면서 그런 조그마한 일이 자극을 주는 것이었다. 덧문이 모두 닫힌 빈집의 모습이, 오토메나크가 지금 들어와 있는 이상한 상태에 어울리는 느낌을 주었다.

옆문으로 본즉 카르노스는 포충망을 사용할 생각은 없는 모양이었다. 깃발처럼 한 손에 그물을 들고 서성거리는 모습이 이렇게 떨어져서 보니 좀 쓸쓸해 보였다. 오토메나크는 카르노스라는 이 사람에게 적으로서의 감정이 생기지 않는 것을 생각하고 신기해졌다. 하기는 이 사람은 아직 적도, 편도 아니었다. 이 사람을 몇 번씩이나 감옥에 넣은 니브리타 당국 역시 그를 완전한 적으로 다루지는 않았다고 한다. 소령이 그렇게 말했던 것이다. 그 사정을 오토메나크는 지금은 알 만하다. 소령이 준 카르노스의 경력을 적은 기록을 잘 읽어보았기 때문이다. 그리고 한 주일 이 사람과 한 지붕 밑에서 살면서 받은 느낌도 참고가 되었다. 적이 아니면 내 편이라는 틀에 잘 들어맞지 않는 사람을 오토메나크는 처음 보는 것이었다.

시야의 한쪽에서 움직임이 스쳤다. 카르노스는 포충망 속으로 한 손을 디밀고 있다.

오토메나크는 포충망 위에 몸을 구부리고 있는 카르노스를 남겨두고 부엌 쪽으로 걸어갔다. 아마다이가 의자에 앉은 채 약간 자세를 바로 했다. 가까이 오는 상관에 대한 자연스런 예의이기도 하고, 이 자리를 맡겨놓고 들어갈 모양인 상관에게 안심을 주려는 동작이다.

오토메나크는 좀더 아랫자리의 시종에게 황제를 맡긴 시종무관처럼 소리 없이 그 앞을 지나갔다. 되도록이면 불쾌한 느낌을 주지 않고 감시한다는 요령이 어찌 보면 지극히 송구스럽게 카르노스를 모시고 있는 것처럼 보였다.

이층으로 가는 계단을 다른 한 사람의 감시병인 토사이가 막 올라가려는 참이었다. 오토메나크는 그의 손의 신문 뭉치를 받아 들었다. 사령부에서 연락병이 가져오는 본국 신문이다. 오토메나크는 신문을 들고 자기 방으로 돌아와서 초인종을 눌렀다. 아만다가 곧 나타났다. 오토메나크는 몇 종류의 신문 속에서 두어 가지만 뽑아놓고, 나머지를 아만다에게 주었다. 아만다는 말없이 신문을 받아 들고 나갔다. 희미한 과일 냄새가 남았다. 아만다가 카르노스의 방문을 여는 소리를 들으면서 오토메나크는 신문을 펼쳤다.

태평양의 현 전선에서 지구전持久戰 태세에 들어간다는 참모총장의 담화가 일면 첫머리에 크게 다루어져 있었다. 점령 지역의 자원 개발도 본궤도에 들어갔으며, 현지에서 군수 지원 태세를 갖추게 될 날도 시간문제라고 말하고 있다. 큰 전투는 없고 전선은 소강 상태였다.

유럽 쪽의 전쟁은 약간 불만스러웠다. 일사천리로 진격하던 맹방 게르마니아가 동부 전선에서 전진이 저지된 채, 움직이지 않고 있다. 속전속결로 해결한다던 전략이 말대로 되지 않은 것이다. 오토메나크는 맹방의 총통의 그 용맹한 사진 모습을 들여다본다. 이 맹방의 지도자는 오토메나크 세대의 영웅이었다. 오래 계속된 니브리타 제국의 세계 질서에 도전한 것이 바로 이 인물이었다. 나파유에서 민족주의의 물결이 일어난 것도 이 인물이 일으킨 파도의 호응이었다. 총통은 동부 전선의 그의 부대에게 격려의 말을 보내고 있었다. 며칠씩 밀려 오는 신문이어서, 그때마다 멀리 떨어졌던 세계와 갑자기 만나는 느낌이었다. 대충 훑어보고 오토메나크는 신문에서 시선을 거뒀다. 신문을 볼 때마다 요즈음 맛보게 되는 느낌이 일었다. 신문에 적힌 모든 일들이 딴 세상 일 같다는 느낌이다. 지금 오토메나크가 이런 데서 신문을 읽고 있다는 사실이 바로 신문에 실려 있는 그 모든 일들과 얽혀서 되어진 일인 것이 번연한데도, 실감으로는 그렇게 멀어 보이는 것이다. 점령 지역의 거물급 정치가를 감시하고 있다는 위치에도 불구하고, 늦게 도착하는 신문은 늘 이런 느낌을 준다. 중요한 일은 며칠 전에 다른 데서 일어나버렸다——신문이 늦게 도착한다는 사실이 그런 효과를 내는 것이다.

저녁에 오겠다던 약속을 아카나트 소령은 지키지 못했다. 늦게 소령에게서 전화가 왔다. 일이 생겨서 가지 못한다는 얘기였다. 오토메나크는 자기 방에서 『아이세노딘에서의 니브리타의 식민 통치』라는 책을 읽고 있었다. 사령부 도서실에서 빌려온 책이다. 이 책 속에는 어떤 사람이라도 분개하게 할 만한 이야기들이 가득 차 있다. 니브리타인들의 민주주의가, 다른 민족을 노예로 삼은 결과라는 것이 분명하다. 오토메나크는 이런 종류의 책을 읽을 때 제일 정신이 뚜렷해진다. 열대의 한 도시에 와서 이 밤을 보내는 자기를 실감하게 된다. 자기가 지금 왜 이 자리에 있는지, 그 까닭과 직결된 자기를 느끼는 것이다. 그가 현재까지 제일 많이 읽어온 시나 소설에 가장 가까운 느낌이다. 책의 저자는 니브리타와 아키레마 두 나라를 악마라고 부르고 있다. 아시아 사람의 마음과 몸에 아편을 놓고, 고혈을 빨아내는 흡혈귀라고 쓰고 있다. 오토메나크의 시대의 모든 사람을 취하게 한 반反니브리타의 격한 숨결을 오토메나크는 느낀다. 시대의 숨결이라는 것은 옛날 사람들이 종교라고 부르는 것과 마찬가지다.

오토메나크는 신념을 다시 굳힌 사람의 만족한 기분으로 의자에서 일어났다. 밖에 나갔다 오고 싶은 생각이 들어서 방을 나선다. 이층에서 내려가는 계단을 내려가면 계단 끝에 문이 닫혀 있다. 이 계단은 해가 지면 아마다이가 자물쇠를 잠근다. 이층은 완전한 감방이 된다. 오토메나크는 안으로 이 문을 열고 일층 복도로 나와서 다시 문을 잠갔다.

오토메나크는 부엌 뒤쪽의 침실로 가보았다. 네 개의 모기장, 코 고는 소리가 들린다. 토사이다. 오토메나크는 네 개의 모기장을 한참 바라보다가 부엌문을 열고 뜰로 나갔다. 달밤이다. 오토메나크가 뜰로 한 발 내딛자, 그림자 하나가 소리 없이 매달린다.

네쿠니다. 송아지만 한 이 셰퍼드가 이 집의 불침번이다. 오토메나크는 짐승의 머리를 쓸어줬다. 네쿠니는 오토메나크를 따라왔다. 오토메나크는 네쿠니를 거느리고 집을 한 바퀴 천천히 돌았다. 낮의 더위를 생각하면 거짓말처럼 선선한 밤이다. 낮이 더우니, 밤의 시원함이 더욱 신선하다.

달빛이 뜰 가득히 차 있다. 뜰에 있는 야자, 바나나 같은 나무들의 넓은 잎사귀가 번쩍거린다. 카르노스의 방에는 불이 꺼져 있다.

카르노스는 일찍 자고, 빨리 일어난다. 언제나 오토메나크가 잠자리에 들 때면 그의 방의 불은 꺼져 있었다. 다행한 일이었다. 그렇지 않다면, 오토메나크는 아무래도 그가 잠들기를 기다려야 할 것이 아닌가. 아무튼 조용한 인물이야. 오토메나크는 중얼거렸다. 모든 간수들처럼, 오토메나크도 그의 죄수가 얌전한 것이 마음에 들었다.

방문자

이런 생활이 한 달쯤 지났을 때다.

낮잠 시간이 지나고 얼마 되지 않을 무렵에 아카나트 소령에게서 전화가 왔다.

"자네한테 손님이 찾아왔네."

"손님이라니요?"

"음 와보면 알아."

"사령부로 말입니까?"

"내 방으로 오게."

오토메나크는 수화기를 내려놓았다.

손님이 찾아오다니. 그럴 사람이 있을 리가 없었다. 오토메나크는 일어서서 못에서 모자를 벗어 손에 들고 복도로 나왔다. 맞은편 카르노스의 방문은 열려 있다. 오토메나크가 들여다보니 카르노스는 소파에 앉아 잠들어 있었다. 오토메나크는 조용히 복도를 걸어갔다. 아만다의 방문도 열려 있다. 문의 공간을 절반쯤 가린 발 너머로 그녀의 어른거리는 모습이 보였다. 요즈음 심심풀이 삼아 그녀는 나무껍질로 바구니를 짜고 있다. 지금도 그 일을 하고 있는 모양이었다. 오토메나크는 그 앞을 지나 계단을 내려갔다. 아마다이 상사가 현관으로 통하는 응접실 한 모퉁이 책상에 앉아 있다가 일어섰다.

"사령부에 다녀온다."

"네. 곧 오십니까?"

"모르겠다. 늦어지면 그때 연락하겠다."

"알았습니다."

오토메나크는 현관에 나섰다.

비 오는 철이 시작되어, 더위는 한창이지만, 그늘이나 집 안에 있으면 시원한 게 이 고장 기후다. 운전병 토사이가 오토바이를 부르릉거리면서 문간의 나무숲을 돌아 나왔다.

"다녀오십시오."

경례하는 아마다이를 뒤에 두고, 오토메나크는 탑승석에 올랐다. 토사이는 오토바이를 천천히 발차시켰다. 한적한 주택 거리다. 창문은 모두 발을 내리고 있다. 아직 시에스타에서 깨지 않았을 게다. 이 도시 전체가 그렇지만, 이 거리는 유독 어느 해수욕장의 별장 지역과 흡사하다. 지붕 색깔은 거의 파파야 빛깔이다. 회랑回廊과 테라스와 덧문, 지붕에 내민 창문과 낮은 울타리. 늘 다니면서 보는 거리요, 집인데도 볼 때마다 아름답구나, 하고 느낀다. 풍족한 삶이 여기만 있는 것은 아니겠지만, 식민지에서의 호화 생활이란 것은 모름지기 보통 도시에서의 호화스러움과는 다르다. 당당하고 거만스럽게 호사스러워 보인다. 낮은 울타리에서 현관까지 펼쳐진 뜰에는 무성한 나무가 보기 좋게 배치돼 있다. 쑥쑥 자란 나무들이다. 풍성하게 색깔 짙은 꽃들이다. 오토바이는 그 사이를 가벼운 폭음을 남기면서 달려간다. 누가 찾아왔다는 말인가?

오토메나크를 태운 오토바이는 로파그니스 주둔 나파유군 사령부 정문으로 천천히 들어갔다. 본관을 비켜 별관 옆에 있는 주차장에서 멎었다. 오토메나크는 차에서 내려 별관으로 들어갔다. 오가는 사람이 별로 없다. 설령 사람이 붐빈다 하더라도 오토메나크는 거북해하지는 않는다. 상급자이건 하급자이건, 인사를 주고받고 스쳐 지나면 그만이다. 이 건물에 근무하는 웬만한 군인보다는 월등 주요한 일을 하고 있는 자기라는 자신을 가지고 있다.

그는 소령의 방문 앞까지 와서 노크했다. 대답을 듣고 문을 연다. 소령은 얼굴을 들어 그를 알아보고, 턱으로 의자를 가리키고는, 다시 보고 있던 서류를 뒤적인다.

"잠깐만 기다리게."

서류를 다루면서 소령이 말했다.

"네."

"덥지."

"괜찮습니다."

신선한 집과 집 사이를 모터사이클로 온 것뿐이니 사실 더울 것도 없었다. 그러나 모자를 벗으니 안쪽 테는 젖어 있다.

소령은 탁, 소리를 내면서 서류를 접어서 밀어놓았다.

"됐어. 자네한테 면회 온 사람은……"

하면서 이번에는 서랍을 뒤진다.

"이번에 본국에서 어른들이 왔어."

"그렇습니까?"

"그 일행 중에 자네를 아는 양반이 있더군."

소령은 명함 한 장을 준다. 오토메나크는 받아서 보았다.

"아, 네, 이분이 오셨습니까?"

"그래."

"제가 안다기보다, 부친의 친구 되시는 분이죠."

"그래? 부친이 부탁하신 모양이군."

"네, 네."

"지금 일행이 장교 숙소로 갔네. 그리 가면 만날 수 있어."

"고맙습니다."

"오늘 저녁에는 공식 행사가 없으니 모시고 나가서 로파그니스 안내라도 하는 게 좋겠지."

"고맙습니다."

오토메나크는 전화기에 손을 가져갔다.

"왜?"

"아마다이에게 연락하려고 합니다."

"괜찮아. 내가 하지. 원로에 고향에서 온 손님인데, 잘 대접해야지. 빨리 가봐."

"그럼 가보겠습니다."

"그리고, 물론 쓸데없는 주의겠지만, 지금 자네가 하고 있는 일은 말해서는 안 돼."

"알고 있습니다."

"가보게."

소령은 다시 서류 위에 고개를 숙였다. 오토메나크는 소령의 수그린 정수리에 대고 경례를 하고 나서, 모자를 집어 들고 방을 나섰다.

아카나트 소령이 일러준 곳은, 오토메나크가 먼젓번에 가 있은 숙소였다. 당번병에게 물어서 쉽게 그들이 있는 숙소로 찾아갔다. 오토메나크는 그 동棟의 당번에게 찾는 사람의 이름을 일러주었다. 곧 그 사람이 현관에 나타났다.

"아, 자넨가."

"선생님."

총독부 기관지인 『반도신문』의 주필을 지내고, 지금은 같은 신문의 고문으로 있는 마야카는 번대머리에 뚱뚱한 체구가 당당한 사나이로 오토메나크가 군대에 들어올 때 마지막 본 기억보다 늙어 보였다.

"고생이 많군."

"뭐."

"부친도 안녕하시니 안심하게."

"네, 그렇습니까?"

"음."

"예고도 없이 이렇게 오셨습니까?"

"그렇게 됐어. 사정이 있지."

그들은 뜰에 마련된 등나무 정자 아래로 나란히 걸어갔다.

"건강해 보이는군."

마야카는 친구의 자제를 훑어보면서 인자하게 웃었다.

"자, 앉으시지요."

오토메나크는 나무 의자를 권했다. 마야카는 흰 웃저고리 앞 단추를 끄르면서 의자에 앉았다.

"고단하시지요?"

"아니야, 우리는 고노란에서 오는 길이야."

"그래요?"

고노란은 바로 해협 건너다.

"고노란 방면까지 예정이었는데, 기왕이면 로파그니스까지 가라는 권고가 있어서 갑자기 건너왔지."

"그렇습니까?"

아무튼 반가운 일이었다. 요즈음에는 머릿속에서 깨끗이 잊혔다가 어쩌다 떠오르면 되려 신기하게 된, 고향의 집이 금시 곁에 다가선 느낌이었다. 마야카는 대강 오토메나크의 본집 사정을 알려주었다. 외아들을 보내놓고 남편 탓인 것처럼 원망한다는 모친의 소식도 알려주었다. 전 같으면 어머니의 그런 일을 이야기 끝에 들어도 낯을 찌푸릴 성미였으나, 지금 오토메나크에게는 그리 거슬리지 않는다. 그만해도 객지에서 지낸 탓인가, 하고 퍼뜩 생각하는 너그러움까지 느낀다.

"노인두 참."

오토메나크는 전해준 사람에 대한 인사로 이렇게만 받았다.
"안 그렇겠나, 외아들인데."
"어느 아들은 다르겠습니까?"
"글쎄. 애로크 사람으로서야……"
오토메나크는 놀라서 마야카를 쳐다보았다. 애로크 사람으로서야? 무슨 말일까. 애로크—나파유의 동조동근同祖同根설을 애로크에서 앞장서서 선전한 사람의 하나가 마야카였다. 나파유 민족주의를 식민지 애로크에서 퍼뜨리는 데 앞장선 친총독부 언론인이었다. 그런 사람의 입에서 애로크 사람이 이 전쟁에서 나파유인처럼 사생결단할 것이야 무어 있는가, 하는 말이 나온 것이다. 오토메나크는 아무래도 잘못 들은 듯싶었다.

잘못 들은 것이 아니었다. 그날 밤, 마야카는 오토메나크와 만난 자리에서 놀라운 얘기를 했다. 장소는 카바레 '십자성'이었다. 넓은 홀은 절반쯤 차 있었다. 그들은 홀 뒤쪽에 자리를 잡고 있었다. 무대에는 댄서가 나와 춤을 추고, 밴드가 아이세노딘 음악을 빠르게 연주한다. 마야카는 한 손에 컵을 든 채 무대를 바라보고 있었다. 얼굴만 그쪽에 돌렸을 뿐이지, 딴생각을 하고 있는 모양이었다. 오토메나크는 마야카를 이 자리에 모셔오고서도 아까 뜰에서 들은 한마디가 걸려서 그를 대하기가 거북했다. 마야카는 속으로 생각하던 일을 입 밖에 내는 사람의 투로, 불쑥 말을 꺼냈다.
"오토메나크 군, 나파유는 전쟁에 집니다."
오토메나크는 부지중 사방을 둘러봤다. 다행스럽게 홀은 붐비지 않고, 가까운 자리는 비어 있다. 오토메나크는 마야카를 뚫어지게 바라보았다.

"원래 이번 전쟁은 제정신이 아니었어. 나파유는 있는 힘을 다 써버렸어. 이제 남은 것은 앉아서 기다리는 패전뿐이야."

오토메나크는 여전히 말이 없었다. 너무나 엄청난, 뜻밖의 얘기 때문에 그는 일시 말문이 막혔다. 머릿속에서 화재 같은 것이 일어난 기분이다.

"무슨 말씀이십니까?"

겨우 입을 열어, 이렇게 말했다. 자기 목소리가 뜻밖에 약하다. 둘레의 귀를 염려한 것만은 아니라는 느낌이 들어 더욱 섬뜩했다.

"자네, 지금 후방은 말이 아닐세. 말기 증상이야. 전쟁은 지고 있고, 끝장이 멀지 않았어."

무대를 바라보는 대로의 자세로, 목소리가 이어진다.

"선생님이 그런 말씀을 하실 수 있습니까?"

간신히 오토메나크는 노여운 목소리를 밀어냈다. 어두운 조명이어서, 마야카의 표정은 알 수 없었다. 약간 몸을 움직이는 기척이다.

"내가? 맞았네. 나는 이런 말을 할 권리가 없지, 공적으로는. 나야말로 끝까지 나파유주의의 나팔을 불면서 전사해야 마땅하지."

마야카의 목소리는 먼 데서 들려오는 속삭임처럼 약해졌다. 말이 끊어진다. 오토메나크는 무서운 일이 일어났음을 알아차렸다. 이럴 때 사람은, 일의 핵심을 몸으로 알아버리는 것이다. 그래서 그는, 말문이 막힌 채 돌처럼 앉아 있었다.

"자네 부친이, 내게 부탁한 것일세. 어떻게 알릴 것인가 말이야. 편지에 적을 수 있겠나, 사람을 보내겠나? 나 같은 인편이 아니고서야 말일세. 부친은 자네가 살아 돌아오기를 바라고 계시네. 자네한테 진실을 말해서, 무슨 방법으로라도 자네가 살아오기를 바라고 있어. 나파유의 패망은 눈앞으로 다가왔어. 자네는 죽어서는 안 돼. 잘못을 저지른 세대는 어떻게 되든, 자네들은 살아야 해."

깊은 바다 속으로 한정 없이 빠져들어간다. 오토메나크는 그 깊이 속에서 죽은 듯이 누워 있었다. 바닷속에 폭약이 내려와서 터진다. 밴드가 갑자기 요란하게 가락을 높였던 것이다. 오토메나크는 그 음향을 따라 바다 위로 올라왔다. 바다 위에는 홀과 음악과 마야카와, 그리고 마주 앉은 자기가 있었다.

"선생님."

오토메나크가 불렀다. 마야카는 대답하지 않았다.

"선생님은 그렇게 판단하면서, 어떻게 살아가실 수 있었습니까?"

마야카는 곧 대답하지는 않았다.

"그것은 의젓한 인생을 보내고자 하는 사람에게만 해당되는 질문일세. 나는 마음에 없는 말, 마음에 없는 일을 하면서 살아왔고 앞으로도 살 것이야. 그러나 그건 인생이라 부를 것도 없는 인생이야. 백정 있잖아? 그런 거지. 인생사에서 천한 직분을 맡은 팔자 말이야."

"알면서 애로크 청년들에게 죽음의 싸움에 나가라고 하셨단 말입니까?"

"좀 달라. 나 한 사람의 책임이야 그렇게 추궁받아도 좋아. 내 뜻은 다른 이야기야. 나 같은 사람이 뭐라 하건, 세상은 움직일 대로 움직이는 것이야. 그런 말이야. 인생이라는 연극에는 반드시 악역이 있어. 그게 내 몫이었던 게지. 요즈음 그게 알아지는군. 이제는 어쩔 수 없어. 그러나 역사의 다음 막幕이 임박했는데, 가까운 사람이 어물어물하는 것을 보는 건 참을 수 없지. 하물며 자식이 그런다면 어버이 된 심정이 어떻겠나. 부친은 나한테 이 부탁을 하면서 우시더군."

비로소 오토메나크의 마음에 노여움이 진짜로 밀려올라왔다.

"우시다니요?"

"안 그렇겠나? 부친이나 나나 한 시대에 도박을 한 게지. 처음부터 잘못된 도박이었다고 생각한 건 아니야. 일을 저지르면서 나이를 먹고 보니 비로소 잘못인 줄 알겠더군. 우리가 몸을 더럽히면서 확인한 진실을 자네한테는 알려야 하겠다는 게지. 나는 다행히 딸자식만 둘이니 자네 부친보다는 낫지."

오토메나크는 대꾸하지 않았다. 마야카는 잠깐 오토메나크의 눈치를 살피는 모양이었다. 그는 술을 한 모금 마셨다.

"부친은 자네를 위험 지구에서 빼내고 싶다는 거야. 적어도 고노란 방면으로라도 옮겼으면 하는 거야. 아이세노딘 주둔군은, 장차 적의 반격이 시작되면 바다 가운데 고립될 위험이 있어. 고노란이면 패전의 경우에도 훨씬 유리하지. 아니크 방면으로 후퇴할 수 있으니까. 사령부에는 줄이 있으니깐 자네가 원한다면……"

그러나 마야카는 여기까지밖에 말하지 못했다. 오토메나크가 주먹으로 탁자를 탕 두드렸다.
"더 이상 말씀하지 마십시오. 만일 한 마디라도 더 하시면 이 자리에서 헌병대에 연락하겠습니다."

오토메나크 중위의 주먹이 탁자 위에서 부들부들 떨렸다. 마야카 씨는 희미한 조명 속에서 청년의 얼굴이 금방 울음을 터뜨릴 어린아이처럼 일그러지는 것을 보았다. 마야카 씨는 돌처럼 굳어버렸다. 아이세노던 댄서가 무대에서 젖가리개를 벗어던졌다. 음악 소리가 갑자기 낮아졌다.

열대의 아침은 눈부시다. 바다 쪽에서 오렌지빛이 쫙 사방으로 뻗치는 순간이 먼저 온다. 온 누리가 오렌지빛 꽃잎처럼 시뿌옇게 달아오른다. 그러나 이 순간은 잠깐이다. 꽃불처럼 이 빛깔이 순식간에 스러지면서 보랏빛이 깔린다. 이번의 빛깔은 좀 오래간다. 다음에 오는 것이 낮의 햇빛과 바뀌면서 오전 내내 차차 스러지게 될, 아침의 빛깔이다.

아침의 빛깔 속에서 보이는 것은 우선 안개다. 안개는 이 항구에 밤사이 상륙해와서 아침을 청결한 강보처럼 싸고 있다. 안개가 서서히 걷히면서, 어제 있던 것들이 그 자리에 다시 모습을 나타낸다. 변함없는 열대의 하루가 이렇게 시작된다. 보통 사람에게는.

그렇지 않은 사람도 있다. 오토메나크 중위 같은 사람이다. 이 아침에 그의 얼굴이, 열어놓은 창문의 공간에, 액자에 든 초상처럼 밖을 내다보고 서 있다. 그렇다. 누가 보았다면 오토메나크는 창틀에 박힌 초상이 지금 막 마술이 풀려서 이 세상을 내다보고 있는 것처럼 보였음이 분명하다.

눈이 크게 떠져 있다. 밤사이 나이를 몇 살이나 먹은 것처럼 눈자위가 두드러져서 눈이 움푹해 보인다. 그는 열심히 밖을 내다보고 있다. 움직이지도 않고. 무얼 보고 있는 것일까. 로파그니스의 아침을 보고 있다. 오렌지와 보랏빛과 안개가 차례로 그의 눈에 비쳤다. 이 아침이 오기 전에는 무얼 보고 있었는가. 물론 로파그니스의 밤—뜰에 가득 찬, 뜰만 한 로파그니스의 밤을 보고 있었다. 그 밤 속에서 무얼 보았는가. 늘 보는 나무와 꽃을 본 것은 사실이다. 그러나 그런 것은 별스러울 것은 없었다. 그는 그 밤의 한복판에 있는 한 남자를 보았다. 그 남자의 얼굴은 유리창에 어려 있었다. 이 남자는 하룻밤 사이에 스물 몇 해를 살아온 인생이 와르르 무너져버린 한 아시아인이었다. 식민지에 태어났으면서도, 자기를 종으로 삼고 있는 나라를 적으로 생각해보지 못한 청년이었다.

한 시대의 이름 있는 사람들이 모조리, 그렇다고, 글로 쓰고 말로 하고 행동으로 보여줬기 때문에 자기가 태어난 나라와 자기들을 통치하는 나라가 정말 한 나라인 줄로 믿고 살아온 청년이었다. 그의 집안 형편이 그로 하여금 그렇게 생각하는 게 편하도록 만든 것은 사실이었다.

마지막으로 그 자신의 책임이 있었다. 한 시대가 보여주는 징조의 껍질을 뚫어 볼 힘이 없었다는 책임이다. 그의 세계가 깨어진 것도 그 자신의 힘에 의해서가 아니었다. 그를 오늘날과 같은 사람으로 키워온, 바로 그 손이 전혀 뜻밖에 그 껍질의 안쪽을 보여췄던 것이다. 갑자기 변한 그 목소리가 장난이 아님을 즉각 알아차렸다. 그들은 같은 족속이었기 때문에 서로의 참과 거짓말을 알 수 있었다. 청년은 스물 몇 해의 시간을 갑자기 빼앗긴 사람과 같았다. 이런 남자가 유리창에 어려 있었다. 자기가 산 시간을 모두 잃어버린 이 남자는 유령과 같았다.

아침 햇빛이 솟아오르자 이 남자는 처음에 오렌지빛으로 물들고 다음에는 보랏빛으로 물들었다가 마지막에는 사라졌다. 오토메나크는 그 남자를 쫓기 위해서 창을 열었다. 간 곳이 없다. 그 청년은 자기 오토메나크였다. 오토메나크는 자기가 유령이 된 것을 알았다. 지금 열린 창틀 안에 서 있는 것은 오랫동안 그림 속에 갇혀 있는 동안에 유령이 되어버린 오토메나크라는 청년이었다. 항구 쪽에서 기적이 붕 울려왔다.

마야카 씨 일행은 로파그니스에서 일주일 머무르고 해협을 건너 고노란 경유로 본국에 돌아갔다. 그동안 오토메나크는 마야카 씨를 찾지 않았다. 첫날에 십자성에서 대접한 줄을 알기 때문에 아카나트 소령도 달리 생각할 리가 없었다. 어쨌든 오토메나크는 마야카 씨를 다시 만날 수는 없었다.

겉보기에는 오토메나크는 더 일에 충실해졌다. 아만다나, 아마다이, 토사이에게는 그렇게 보였다. 오토메나크 자신은 어떤가 하면 지금까지보다 신문을 훨씬 꼼꼼하게 읽게 되었다. 사실 남방 전선의 한 방면인 로파그니스에 주둔한 이래 나파유군은 주요한 전투를 하지 않고 있었다. 동부 아이세노딘을 공격하지 않는 것은 현재로서는 동부 아이세노딘이 니브리타군이나 아키레마군과 접촉할 가능성이 없기 때문이다. 아이세노딘은 피차간에 주요 공격 코스에서는 벗어나 있었다. 나파유군이 남진할 때에도, 주요 공격 방향에서의 작전이 끝난 다음에 로파그니스를 공격 점령했고, 가령 적의 반격이 있다면 역시 초기 목표는 아닐 것이었다. 그렇기 때문에 로파그니스 사령부의 분위기에는 절박한 데가 덜했다. 동부 아이세노딘을 정치 공작으로 묶어두기 위해서 민족 지도자인 카르노스를 흥정감으로 이용한다는 생각도 그런 분위기에서 나온 것이었다. 오토메나크도 이런 분위기에 싸여 있는 하급 장교에 지나지 않았다. 갑자기 큼직한 정치 공작을 거들게 된 탓으로 큰일에 한몫하고 있다는 그의 감정은 판단을 가리기 십상이었다. 한마디로 전쟁에 진다는 생각이 절로 생길 수는 없는 처지였다.

　마야카는 불쑥, 그런 말을 했던 것이다. 하기는 구체적인 설명을 한 것도 아니었고 증명할 수 있는 일도 아니었다. 그러나 마야카의 말은 치명적이었다. 오토메나크는 순간에 그렇게 느꼈다. 말은 간단하지만 그 말을 한 사람은 간단하지 않았다. 그런 사람이 그런 말을 하게 된 사정도 또한 그 말의 중대함을 뒷받침했다. 친나파유의 거물이 친구의 아들에게 패전을 알려주어 몸을 보전하라고 권한 것이다.

　그날 이후로 오토메나크는 일에 더 성실하게 꼼꼼해진 것이 사실인데, 그 까닭인즉 그의 머릿속이 갈피를 잡을 수 없이 복잡했던 것이다. 나날의 일과에 매달리는 것이 오토메나크로서는 내심을 가리는 일이 돼주었던 것이다. 신문을 꼼꼼하게 뜯어보니 여태껏 왜 의문을 가지지 않았는지 의아스러울 징조가 널려 있지 않은

가. 그렇게 보기 시작하니 여러 가지가 보이는 것이었다.

패전하면? 만일 패전하면 어떻게 되겠는가? 오토메나크는 눈앞이 캄캄해진다. 그는 애써 둘레를 살피게 되었다. 사령부에 드나들 때에도 무슨 기미를 알 수 없을까를 늘 생각하게 된다.

그는 범죄자와 같다. 속에 두려움을 지녔으면서도 아무에게도 털어놓을 수 없다. 마야카는 일주일 후 떠나갔는데 그는 마지못해 작별하러 갔다. 마야카는 부드럽게 바라보면서 눈으로 많은 것을 전하고자 애썼다. 오토메나크는 마야카가 징그러웠다. 그리고 부친에 대해서는 혐오스러움을 느꼈다. 자기 아들을 빼돌리면서 남의 자제들을 전쟁으로 몰아넣고 비행기를 헌납하는 친나파유파派. 아버지를 벌하는 수단이 된다면 오토메나크는 죽고 싶었다.

마야카 씨가 돌아간 지 한 달쯤 지났을 때였다. 오토메나크는 신문을 읽다가 긴장하면서 한 기사를 읽었다. 마야카가 쓴 기사였다. 그는 아이세노딘의 정세를 자세히 소개하고 있었다. 전황에 대해서는 공식 발표를 그대로 따른 평범한 것이었고 아이세노딘 풍토에 대해서 여행자다운 관찰을 하고 있었다. 그런데 이 글 속에서 마야카는 현지에서 믿을 만한 데서 들은 이야기라고 전제하면서, 만만찮은 소식을 쓰고 있는 것이었다. 그에 의하면 현재 아이세노딘 정계에서는 아이세노딘의 마지막 황제이며 현재 어떤 곳에 은거 중인 이타오바 전 황제를 추대하여 아이세노딘 제국을 중흥하려는 움직임이 있다는 것이었다. 황제가 아이세노딘 안에 있는지, 밖에 있는지를 분명히 밝히지 않은 채, 문장의 기미로 보아서 나파유군이 접촉하고 있는 것을 짐작하게 쓰고 있다.

오토메나크는 놀랐다. 자기가 알기에, 나파유군의 현재 목표는 카르노스의 전향을 얻어내는 것이 첫째로 노리는 바요, 안 되면 동부 아이세노딘의 중립과 바꾸는 볼모로 삼는다는 방침이었다. 아이세노딘 전 황제를 끌어내어 왕정王政을 부흥한다는 소리는 여태껏 어디서도 듣지 못한 일이었다. 오토메나크는 소식 자체도 놀라웠거니와 마야카라는 사람이 징그러워지는 것이다. 아이세노딘에 머무르는 동안에 이런 엄청난 일에 관여하고 있었던 것이다. 그러면서 한편으로 오토메나크에게 나파유의 패전을 알려주지 않았는가. 이타오바 황제를 추대한다는 소문을 우연히 들었을 리도 없고, 순전히 삼자의 입장에서 기삿거리로만 쓰고 있는 것도 아닐 것은 분명했다. 무슨 목적이 있어서 나온 이야길 것이고, 마야카는 그 목적을 잘 알고 있을 터이었다. 그는 나파유군의 비밀공작에 참여하여 신문을 통해서 장단을 맞추고 있다. 그 인물이 한편에서는 다른 마음을 가지고 있다니. 오토메나크는 무서운 생각이 들었다.

전번에 말했듯이, 지금은 물러서려야 설 도리가 없이 되어 태연히 그 길을 가는 것일 게다. 자기가 하고 있는 일이 머지않아 큰 추궁을 받을 것이라 예측하면서도 그 길을 간다는, 이런 삶의 방식이라니. 마야카는, 오토메나크는 그런 삶을 택할 필요가 없다고 했다. 오토메나크는 마야카와의 그 밤이 있은 후 줄곧 그 생각을 하면서 지냈다. 그렇게 해서 얻은 결론은 이러했다.

적어도 지금까지 행적으로서는, 자기가 나파유에 건 금액은 마야카의 그것에 비할 바 없이 근소하다는 사실이었다. 그는 나파유주의자로서의 자기에게서 자기 것이 아닌 것을 될수록 많이 끌어 대려고 애썼다. 아버지, 집안, 그가 받은 교육—그러고 보니 오토메나크에게 남는 것은 아무것도 없었다. 모든 것이 자기 책임이 아니고 부친의, 교육의, 역사의 책임인 것처럼 보였다. 이전 같으면 모두 자기 재능이라고 치부할 것을, 거꾸로 남의 탓이라고 셈하고 보니 그는 책임 없이 홀가분했다. 그런데 애써 얻은 이 홀가분함이 그를 괴롭혔다. 자기가 아무것도 아니라는 것을 그는 참기 어려웠다. 순결한 홀가분함보다 죄 많은 무게를 바라는 마음이 사람에게는 있는지도 모른다. 그에게 이 무서운 비밀의 번뇌를 실어 준 그 사람은 본국에서 신문에다 요술을 부리고 앉아 있다. 문에 노크 소리가 울렸다.

아만다가 들어왔다. 그녀는 문을 닫고는 두어 걸음쯤에서 걸음을 멈추었다.

"카르노스 선생께서 뵙자고 하십니다."

신문을 읽었군, 하고 오토메나크는 곧 짐작했다.

"네, 알았습니다."

오토메나크는 부드럽게 대답했다. 그녀는 머리를 약간 숙여 인사를 하면서 문을 열고 나갔다. 오토메나크는 잠깐 그대로 앉아 있다가 그녀가 카르노스의 방에서 나와 자기 방문을 여는 소리를 듣고 일어섰다. 카르노스는 앉은 채 그를 맞으면서 소파를 가리켰다. 그가 앉는 것을 기다려 카르노스가 입을 열었다.

"읽으셨습니까?"

카르노스가 탁자 위에 펼친 신문을 가리켰다.

"방금 읽었습니다."

카르노스는 오토메나크를 바라보았다. 말이 계속될까 기다리는 모양이었다. 오토메나크는 그렇게 말만 하고 마주 쳐다보았다.

"알고 계시는 일인가요?"

카르노스가 한참 만에 조용히 묻는 말이다.

"아닙니다."

카르노스는 다시 입을 다물었다. 아만다가 과일 접시를 가지고 들어와서 탁자에 놓았다. 저며놓은 파인애플이다.

"아카나트 소령을 만날 수 있습니까?"

카르노스가 한 손으로 과일을 권하면서 물었다.

"연락하겠습니다."

카르노스는 머리를 끄덕였다. 오토메나크는 자기 방으로 돌아와서 전화기를 들었다. 아카나트 소령은 자리에 없었다. 잠깐 기다려서 다시 불러봤으나 아직 돌아오지 않았다는 당번 병사의 대답이었다. 오토메나크는 돌아오는 대로 자기에게 알려달라고 병사에게 이른 다음 카르노스에게로 건너왔다.

"지금 자리에 계시지 않습니다."

"……"

"계속 연락하겠습니다."

카르노스는 끄덕였다. 오토메나크는 자기 방에 와서 전화를 기다렸다. 신문을 접어 들고 문제의 기사를 다시 읽어보았다. 이런 종류의 기사를 마야카 씨가 함부로 썼을 리가 없었다. 아카나트 소령은 알고 있겠지. 한 시간쯤 기다려도 연락이 없다. 이쪽에서 걸어보니 아직 돌아오지 않았다는 것이다. 카르노스가 방에서 나와 계단 쪽으로 걸어간다. 오토메나크는 아마다이에게 연락되는 단추를 눌렀다. 그러고는 카르노스의 방에 가서 창문으로 내다봤다. 카르노스가 식당 옆문을 열고 뜰에 내려서는 참이었다.

그 뒤를 이어 아마다이 상사가 나온다. 아마다이는 언제나처럼 등나무 차일 밑에 놓인 의자에 앉는다. 카르노스는 나무 사이로 천천히 걸어들어간다. 전화가 울린다. 오토메나크는 급히 자기 방으로 건너갔다.

카르노스와 아카나트 소령은 오랫동안 얘기했다. 오토메나크는 자기 방에 앉아서 아카나트 소령이 나오기를 기다리고 있다. 이야기가 길어지는 것으로 보아 아카나트 소령이 그 일을 알고 있었다는 짐작이 맞았던 모양이다.

오토메나크는 어리둥절해진다. 이렇게 되면 카르노스의 위치가 어떻게 되느냐가 문제였다. 이타오바 황제를 추대한다면 카르노스는 필요 없는 사람이 된다. 그렇게 되면 동부 아이세노딘과의 협상에서 차지하는 카르노스의 값도 내려가는 셈이다. 협상은 좀체 진전이 안 되는 걸로 알고 있다. 나파유 사령부로서는 적어도 지금까지는 협상이 되나 안 되나, 실지 현상 유지에는 변함이 없었던 것이다. 동부 아이세노딘은 해협을 사이에 둔 섬이므로 그들 임시 정부의 군사력이 큰 위협이 되자면 아키레마나 니브리타의 해군과 연합하지 않는 한 불가능했다. 유럽에서 나파유의 맹방인 게르마니아와 힘든 싸움을 하고 있는 니브리타가 이 지역에 돌릴 힘이 있을 리 없고 태평양에서의 주요한 적인 아키레마의 반격은 아직 시작되지 않고 있다. 니브리타가 물러간 틈을 타서 임시 정부를 세우고 나파유의 진주를 거부했다는 동부 아이세노딘의 행동은 분명히 나파유군에 대한 저항이지만 그렇다고 옛 주인인 니브리타가 다시 진주하는 것을 허락한다는 태도는 아니다. 적어도 공식으로는 그런 언질을 나타낸 일이 없다.

이렇게 해서 현재까지는 동부 아이세노딘은 교전하는 쌍방의 어느 쪽에 대해서도 중립인 셈인데, 나파유군이 바라는 것은 이 중립을 앞으로도 보장받자는 것이다. 그 대가로 동부 아이세노딘이 정부 주석으로 추대한 카르노스를 석방한다는 것—이것이 협상의 골자였다. 그런데 만일에 나파유 점령 지역인 서부 아이세노딘에 왕정을 세우고 전 황제인 이타오바를 추대한다면 어떤 변화가 올 것인가. 그동안 카르노스는 서부 아이세노딘 자치 정부에 참여하기를 권고받아왔다. 그렇게 되면 카르노스는 자동적으로 아이세노딘 전역에 대한 권위를 가지게 되기 때문에 카르노스는 이 요구를 거절했다. 그는 나파유군에게는 아무 협력도 하지 않겠다는 뜻을 분명히 해왔다. 지금 이타오바 황제가 등장한다면 카르노스가 여기서 할 일은 없어진다. 신문 보도를 보고 카르노스가 아카나트 소령을 만나자고 한 것은 무슨 까닭일까. 태도를 바꾼다는 말인가. 궁금한 일이었다. 어쩌면 자기 임무의 시작도 임박했는지 모른다고 생각하니 긴장이 되었다. 지금은 대기 상태였다. 카르노스 일행을 동부 아이세노딘으로 호송하는 임무가 시작되기까지의 대기 기간이다. 그 기간이 끝나가고 있는 것인가. 아카나트 소령은 전혀 그런 말을 하지 않았기 때문에 이 사태의 의미를 짐작할 수 없는 것이다.

 오토메나크는 의자에서 일어나 열어놓은 문간으로 갔다. 맞은편 방문도 열려 있다. 두런거리는 말소리가 들리기는 하나 알아들을 수 없다.

 아카나트 소령이 건너왔다. 한 시간쯤 이야기한 것이다. 소령은 아까 오토메나크가 앉았던 의자에 앉았다. 그리고 턱으로 오토메나크에게 앉으라고 한다. 오토메나크는 상관을 쳐다보았다.

 "내일 손님이 올지 모르겠어."

 "네."

 "세이나브 수상."

 "세이나브 수상, 카르노스가 원하는 겁니까?"

 "아니야…… 세이나브 쪽이지."

 "알겠습니다."

 "특별한 준비는 필요 없어. 저녁 식사 후가 될 테니깐."

 "왕정王政 복고라는 건 무슨 말입니까?"

 "글쎄, 사령부 안에 그런 의견이 있는 모양이야. 협상이 잘되지 않으니깐."

 "그게 해결에 도움이 됩니까?"

 "도움보다도, 아이세노딘 독립 운동 전체에 대해서 충격은 되지. 민족적으로 본다면 독립 운동이지만, 정치적으로는 반反왕정 운동이니깐."

 "반왕정反王政……"

 "음, 반왕정이라기보다, 비非왕정이라는 게 옳겠지. 아이세노딘 제국이 망한 뒤에, 아이세노딘 독립을 왕정복고의 선에서 구상한 파벌은 없으니깐."

"당연히 공화제로······"

"그렇지. 나라를 잃어버린 왕조를 다시 받든다는 생각은 않는 거지. 우리 나파유의 왕당 사상과 근본적으로 다른 점이지."

"그렇습니다."

맞장구를 치면서 오토메나크는 흠칫 놀란다. 우리라는 말이 걸렸던 것이다. 아무렇지 않게 들려왔던 말이. 아카나트는 계속한다.

"그건, 역사가 다른 데서 오는 것이겠지."

"카르노스는 물론─"

"물론 반대지. 또 세이나브도 반대고."

"그러면 어떻게 되는 겁니까?"

"몰라. 이건 내가 관여한 일이 아니니깐. 아무튼 그 문제로 세이나브 수상이 카르노스를 만나겠다는군. 카르노스도 만나겠다는 거고."

"네."

"내일 회담에는 자네도 들어오게. 알아둬야 하니깐."

"협상 진행은 어떻습니까?"

"별 진전이 없어."

"이번 일이 협상에 영향을 주게 됩니까?"

"우리한테 불리할 건 없을 거야. 경위로 따진다면 내가 주관한 공작과 관계없이 뛰어든 사건이지만······ 마야카 씨가 오더니 일을 만들어놓고 갔군."

아카나트 소령은 부드럽게 웃었다. 오토메나크는 그 웃음을 알아보았다. 거물급 인사를 뒷줄로 가지고 있는 부하에게 상급자가 표시하는 감정이다. 언제나 불리하지 않은 조건이지만 오토메나크에게는 특히 유리한 일이었다. 애로크 출신이지만, 너는 우리와 한편이라는 신임의 보장이기 때문이다. 그런데 이제껏 의당히 누려온 이 특권에 대한 언급이 또 걸리는 것이었다.
"뭘 멍청하고 있나. 자, 난 가네."
오토메나크는 황망히 일어서서 상관을 배웅하러 그의 뒤를 따랐다.
이날 밤 카르노스는 늦게까지 깨어 있었다. 갇힌 생활을 규칙 바르게 보내기로 결심이나 한 것처럼, 카르노스는 잠자는 시간이 일정했다. 그렇게 정해진 것은 아니지만, 오토메나크도 그에 맞추어 왔다. 집 생김이 계단 어귀의 문만 잠그면 이층에 있는 사람은 밖으로 출입할 수 없이 돼 있으니, 감시를 위한 것은 아니었다. 그런데도 이 두어 달 동안 오토메나크는 그의 포로가 잠든 다음에야 자리에 들었다.
오늘 밤에 카르노스는 처음 그 버릇을 어기고 아직 자리에 들지 않고 있다. 오토메나크는 자기 방 의자에 앉아서 환히 알 수 있었다. 카르노스는 의자에 앉아 있다가 가끔 일어나 걸어다니는 모양이었다. 거의 소리가 없지만, 밤 시간에 맞은편 방에서 나는 기척은 손에 잡히는 것처럼 알린다. 카르노스의 방은 닫혀 있지만, 오토메나크는 자기 방 문을 열어놓고 있다.
적에게 잡혀 갇혀 있으면서도 굽히지 않고 견디는 인물. 사람이 잘나기를 어느 만하게 되면 결코 함부로 다룰 수 없이 된다는 사정. 오토메나크는 지금 저 방에서 생각에 잠기고 있는 한 인물이 과연 보통 사람이 아니라는 것을 느낀다. 사람은 저렇게도 사는 것이다. 청년이라는 시절은, 스물 몇 해라는 자기 시간을 결코 어떤 완성물로 생각하지 않는다. 젊은 사람은, 삶은 이제부터라고 생각한다. 그리고 두리번거린다. 가장 그럴듯한 모범을 찾아서. 지금껏 오토메나크에게는 그 모범이란, 나파유주의의 자랑스러운 전사戰士라는 것이었다. 마야카 같은 사람으로 사는 것이었다. 마야카 씨의 저 자자하게 알려진 논문들. 나파유와 애로크는 원래 한 민족이었고, 지금 다시 하나가 되어 아시아 사람이 하나로 뭉치는 본보기가 되고 있다는 이론. 오토메나크는 이 이론을 믿었고 그렇게 살 작정이었다. 그런데 그 이론의 주장자가 열렬한 숭배가 앞에서 탈을 벗어 보였던 것이다. 바다 한가운데서 나침반이 망가진 것을 알게 된 선장과 같다. 오토메나크라는 배는 방향을 잃어버렸다. 나침반 없이 배를 몰자면 그는 대신에 의지할 것을 찾아야 할 것이었다.

건넌방에 있는 인물이 그 '대신'이라는 생각은 아직 오토메나크에게는 떠오르지 않았다. 현재까지 카르노스는 오토메나크의 마음 밖에 있었다. 전쟁이라는 날개를 타고 열대의 이 고장에 와서 처음 본 여러 자연이나 관습처럼 야자나무나 파파야처럼, 또는 아이세노딘 사람의 피부가 갈색인 것이 그저 그런 것으로 알면 되는 것처럼 카르노스라는 사람이 나파유군에 저항하는 것도, 따질 것 없는 기정사실로 알고 한 지붕 밑에 살아왔던 것이다. 그런데 지금은 달랐다. 저 사람은 이 두 개의 섬과 그 위에 살고 있는 갈색의 피부를 가진 사람들은 니브리타인이 될 수도 없고, 나파유인이 될 수도 없다고 완강하게 고집하고 있는 것이다. 이것은 마야카 씨와 정반대의 삶의 이론이었다. 카르노스의 기척을 살피면서 앉아 있는 지금 오토메나크는 자기가 초라한 생각이 든다. 젊은이란, 가장 높은 것조차 자기와 견주어보는 행복한 경솔함이다.

이튿날 카르노스와 세이나브 수상의 회견이 이루어졌다. 당초 예정이 바뀌어서, 아카나트 소령과 오토메나크까지 참석한 만찬이 베풀어졌다. 오랜만에 일층 식당의 문이 열리고 식탁이 준비되었다. 카르노스는 시간에 조금 앞서서 식당 옆 홀에 와서 손님을 기다렸다. 오토메나크는 다른 소파에 앉아서 카르노스를 바라보고 있자니, 이 사람이 전에 없이 커 보였다. 무력하게 포로가 되어 있고, 자기가 그를 감시하고 있다는 사실이 어쩐지 겸연쩍다는 느낌이 퍼뜩 스치는 것이었다. 이 느낌은 기분 좋은 것이 아니었다. 무엇보다 포로에게 끓린다는 것은, 그것이 어떤 포로이든 자존심이 상하는 일이었다. 다음에, 이 느낌은 어지간히 두려운 조짐이었다. 카르노스가 그저 무력한 포로가 아니라면, 반대로 오토메나크의 자리라는 것도 바위처럼 든든하지만은 않다는 말이 된다.

오토메나크는 애써 여유 있는 태도를 지으려고 했다. 지금 그의 입장에서 여유 있는 태도란 것은, 군인답게 엄격하면서 예의를 잃지 않는 것이었다. 그래서 겉보기로는 오토메나크는 더욱더 모범적인 시종무관처럼 보였다.

밖에 차가 멎는다. 오토메나크는 일어서서 현관으로 나갔다. 흰 양복을 입은 사람이 현관을 향해 걸어오고 있다. 같이 걸어오는 것은 아카나트 소령이었다. 손님은 현관을 들어서면서 집을 둘러보는 것처럼 약간 걸음을 늦췄다.

홀에서는 카르노스가 자리에서 일어나 손님을 맞으러 걸어나왔다. 홀의 중간에서 카르노스는 그의 정치적 반대자이며, 친나파유 주의자며, 현 서부 아이세노딘 자치 정부 수반인 세이나브를 맞이했다. 두 사람은 손을 잡지 않은 채 만났다. 카르노스는 다만 '세이나브 씨'라고만 말했다. 세이나브도 '카르노스 선생' 하고 받았다. 세이나브는 카르노스처럼 호리호리한 편이었지만 좀 부드러운 인상이었다. 그들은 홀의 소파에 앉았다. 카르노스와 세이나브가 같은 소파에, 다른 소파에 두 사람의 군인이 앉았다.

"건강은 어떠십니까?"

세이나브가 밝은 목소리로 물었다.

"고맙습니다, 덕분에 건강합니다."

카르노스의 목소리는 좀더 가라앉은 느낌이다.

"아카나트 소령을 통해서 말씀드린 바와 같이 이번 일에는 선생님께서도 방관하실 수 없겠지요."

카르노스는 끄덕였다.

"그래서 뵙게 되었습니다."

세이나브가 미소를 지었다. 그리고 말했다.

"그렇지 않아도 저는 선생님을 뵙고 싶을 때가 많습니다."

만찬은 부드러운 분위기로 시작되었다. 카르노스는 맞은편에 아카나트 소령과 나란히 앉은 세이나브에게, 아만다가 새 접시를 갖다놓을 때마다, 친절하게 권하기도 하고 접시에서 떠내 주기도 했다.

세이나브가 오늘의 주제를 먼저 꺼냈다.

"아이세노딘 왕조를 부흥시킨다는 것은 이 나라에 사는 어떤 사람도 반대일 것입니다."

카르노스는 커다란 게를 포크로 누르면서 이 말을 받았다.

"그래도 누군가가 진행시키고 있으니 말이 난 게 아닙니까?"

"제가 알기로는 로파그니스 주둔 나파유 사령부에는 그런 생각이 없을 것입니다."

"그렇습니다."

아카나트 소령이 말했다.

"선생님."

세이나브가 카르노스를 불렀다.

"선생님께서 너무 엄격한 태도를 가지시기 때문에 이런 말도 나는 게 아닌가 생각도 듭니다."

"엄격하다니요?"

"현재 아이세노딘에는 두 개의 자치 정부가 있습니다. 이 두 개의 정부는 선생님만 뜻을 돌리신다면 통합이 가능한 것입니다."

"그렇지 않습니다."

카르노스는 포크를 게 다리에서 떼었다.

"그렇지 않습니다. 나는 한낱 포로입니다."

잠깐 침묵이 흘렀다. 세이나브가 침묵을 깨었다.

"나파유군의 의사는 선생님을 부자유하게 하자는 데 있는 것은……."

"나는 지금 아이세노딘의 통일에 대해 힘을 미칠 입장이 못 됩니다. 비록 나의 동지들이 나를 임시 정부의 책임자로 지명했다 하더라도 여기에 앉은 나와는 상관없는 일입니다. 사람은 감당하지 못할 자리를 맡아서는 안 됩니다."

아만다가 커다란 도미 접시를 갖다놓았다. 세이나브가 고개를 끄덕였다. 그리고 자기가 한 말을 누그러뜨리듯이 말했다.

"네, 저의 진정을 말했을 뿐입니다. 물론 그것은 선생님이 정하실 일입니다."

"네, 옳습니다. 그러나 아이세노딘에 왕정을 복구한다는 것은, 지금의 나의 자격으로서도 반대의 뜻을 분명히 할 수 있습니다."

"고맙습니다."

"세이나브 씨, 왕정을 반대한다는 것은 우리들 독립 운동자들의 공동의 강령입니다."

"이런 복병伏兵이 나타날 줄은 몰랐지요."

"이 복병의 기습에 대해서는 우리는 동지입니다."

아카나트 소령이 끼어들었다.

"나파유군軍 역시 마찬가지입니다."

그러자 세이나브가 술잔을 잡으면서 말했다.

"이 문제에 관한 한 삼자三者의 동맹이 이루어진 것이군요. 건배를."

세 사람을 따라 잔을 들면서 오토메나크는 자기가 제사자四者인 것처럼 느꼈다.

세이나브는 기분이 좋은 모양이었다.

"저는 처음에 로파그니스 사령부를 원망했지요."

이렇게 말하면서 아카나트 소령에게 말머리를 돌렸다.

"억울한 일입니다."

아카나트 소령이 손에 들었던 게 다리를 접시에 놓으면서, 그 손을 흔들었다.

"아마, 본국에서 사정을 모르는 양반들이 짜낸 생각일 겁니다. 로파그니스 사령부 안에서는 제가 알아본 결과로는 그런 움직임이 없습니다."

"그러나 보도에 의하면, 현지에서 들은 움직임이라고 하지 않았습니까?"

짓궂게 세이나브는 추궁했다. 아카나트 소령도 약간 호들갑스럽게, 변명하기에 바쁜 체한다.

"오늘, 이 자리에 저는 로파그니스 사령부의 뜻을 대표해서 참석하고 있습니다. 이 이상의 증거가 필요하겠습니까?"

"당신네 본국의 정객들이 장난하는 것이군요."

"아마……"

이때, 카르노스가 입을 열었다.

"아이세노딘 사람들은 이번 장난만은 모두 좋아하지 않습니다."

세이나브가 끄덕였다. 카르노스는 계속했다.

"우리는 니브리타 사람들이 물러간 것을 기뻐합니다. 비록 우리 힘에 의한 것이 아닐망정, 우리가 나라를 잃은 이후 싸워온 목표가 그들을 몰아내는 일이었기 때문입니다. 우리는 니브리타만이 아니라 어떤 나라도 다시 니브리타의 뒤를 잇기를 원치 않습니다. 그러나 오랫동안 이 나라 사람을 괴롭힌 자들이 물러간 다음에 아이세노딘 왕조를 다시 받들기를 바라는 사람은 아무도 없습니다. 그것은 국민에 대한 모욕입니다. 우리는 왕을 모시려고 타민족에게서 해방되려는 것이 아닙니다."

세이나브가 끄덕였다. 아카나트 소령은 씁쓸한 표정으로 듣기만 한다.

"다행스럽게 왕을 받들고 부강해진 나라의 국민들은 왕을 사랑할지도 모릅니다. 그러나 왕들이 약했기 때문에 불행해진 아이세노딘에는 왕조에 대한 미련은 없었습니다. 그러나 아이세노딘 왕조는 한 가지 미덕은 남겼습니다. 약한 탓으로 정복은 당했지만, 남을 정복하지는 않았습니다. 만일 왕조의 관계자들이 경거망동한다면, 이 미덕의 기억조차 잃을 것입니다. 타민족에 정복당한 왕조는 못난 대로 불쌍하기나 하지만, 그 후손들이 다시 자기 국민을 정복하려고 한다면 그것은 범죄입니다. 자기 국민을 정복하는 권력 — 그것이 가장 나쁜 권력입니다. 하물며 남의 손을 빌려서……"

오토메나크는 넘기고 있던 부드러운 게 살점에 목이 꽉 메었다. 나라를 망친 자기 나라 왕에 대한 원한이, 자기들을 망친 다른 나라 왕에 대한 충성으로 변한 사람들— 그 속에 자기가 있음을 오토메나크는 이 순간에 직감했다.

두 시간 남짓 걸린 만찬이 끝나고, 세이나브 수상과 아카나트 소령은 자리에서 일어났다.

"나하고 같이 가지."

아카나트 소령이 말했다.

"네."

오토메나크는 자기 방에 올라가서 모자를 벗어 들고 방을 잠그고 내려왔다. 카르노스와 세이나브가 작별하는 악수를 하고 있었다. 이 인물이 처음 악수하는 것을 본 오토메나크는 그 광경이 약간 놀라웠다. 세이나브의 차가 떠난 다음, 아카나트와 오토메나크를 태운 차가 떠났다.

"내 방에 가서 한잔하자구."

"네, 고맙습니다."

"높은 양반들하구 마시니 어디 기분이 나야지."

"카르노스 씨가 기분이 좋았던 모양입니다."

"그의 말대로 오늘 모임이야 기분이 나쁠 리 없었지."

"세이나브 수상은 후배가 되는 겁니까?"

"후배?"

"카르노스 씨와의……"

"음, 물론이지. 권위로 보아서 아이세노딘의 모든 정치가가 그의 후배인 셈이지."

"카르노스 씨가 자기 적수에 대해서 그만큼 부드럽게 대할 줄은 몰랐어요."

"이 사람아, 그야 웬만한 사람들이어야지. 니브리타 놈들도 가뒀다가는 내놓구 하면서 막보지는 못한 사람이 아닌가?"

"복잡하다는 생각이 듭니다."

"하하, 이것도 전쟁이야. 중요한 작전이야. 간단할 수 없지."
"카르노스가 전향할 가능성은 없지 않겠습니까?"
"현재로서는. 그러나 그것도 알 수 없지."
아카나트 소령은 잠깐 생각에 잠기는 모양이었다. 오토메나크는 창문 밖으로 얼굴을 돌렸다. 중심가를 지나고 있었다. 가로등 밑에 전을 벌인 과일 가게가 한결 깨끗하고 화려해 보인다. 아이들이 그 앞에 모여 있다. 저녁 나들이를 나온 사람들이 느릿한 걸음으로 오간다. 카페에서 찬 것을 마시고 있는 사람들이 보인다. 포장 없는 인력거가 지나갔다. 낮에 보면 그들은 이쪽을 보는 일이 없다. 눈이 마주치지 않게 애쓴다. 밤에도 마찬가지다. 그들은 지금 이 밤의 시간에도 그런 표정을 하고 있을 것이다.
차는 사령부 뒷문으로 들어간다. 아카나트 소령이 있는 건물은 전에 오토메나크가 잠깐 들르기도 한 장교 숙소다. 차가 멎는다. 그들은 내려서 현관으로 들어갔다.
"자, 새 기분으로 시작해볼까, 모자두 벗구, 저고리도 벗구."
아카나트 소령은 자기부터 저고리를 벗으면서 부하에게 권했다.
"네."
오토메나크는 모자만 벗어 걸고 소파에 앉았다.
"가만, 자네 목욕 안 하겠나?"
"안 하겠습니다."
"그럼 잠깐 실례하겠네."
"어서."
아카나트 소령은 방 한구석에 달린 욕실 문을 열고 안으로 사라졌다. 이어 물소리가 난다. 오토메나크는 소파에 앉은 채 창문 가까이 세워놓은 자그마한 책꽂이를 바라보았다. 책은 많지 않지만, 오토메나크도 즐겨 읽는 책이 몇 권 들어 있다. 이키다다 키타나트의 유명한 『신국의 이념』도 있다. 나파유 왕당王黨 사상과 유럽 사회주의를 결합시킨 책이다. 나파유 본국과 식민지인 애로크의 여러 갈래의 정치적 불평자들에게 이 책은 복음의 역할을 했다. 나파유가 아니크와의 전쟁이 장기화하자 강행한, 정당의 해체는 직업적 민간 정치가들의 기반을 뺏어버렸다.

그들은 새 체제에 한몫 끼기를 원했으나, 그때까지 유럽식인 시민 정치의 이념을 내걸어온 처지에 당장 명분을 세울 수 없었다. 『신국의 이념』은 이 명분을 만들어주었다.

왕도王道의 이념이란 다름이 아니라, 나파유의 고대古代에서 모든 백성이 가족처럼 단란하게 사랑과 협력으로 지냈던 때를 회복하자는 것이다. 유럽 사상은 나파유 국가의 이 가족의 윤리를 파괴했다. 그 결과 나라는 서로 이해를 다투며 싸우는 집단과 개인으로 갈라졌다. 이것을 구하는 길은 오직 하나, 옛길로 돌아가는 길밖에 없다.

―『신국의 이념』은 보수파의 민간 정치가들에게는, 유럽의 평등사상에다 내셔널리즘을 칠한 것으로 비쳤다. 그래서 그들은 명분보다 잇속이라는 생각에서 이 이념을 받아들였다. 혁신파가 보기에 왕이 전능을 내세우기는 할망정, 이 이론은 혁명적으로 보였다. 왕당의 전사戰士라는 이 자리에 진보進步의 전사라는 말을 바꿔 놓으면 될 성싶었다. 이 이론의 힘은 컸다. 혁신파에서 숱한 전향

자가 생겼던 것이다.

저자인 키타나트가 쿠데타를 일으켜 실패한 극우파 군인들과의 관련을 이유로 처형된 것은 그의 이론의 과격함을 두려워한 군부軍部의 보수파의 의사였다. 그럼에도 불구하고 키타나트는 죽은 다음에도 영향력을 잃지 않았다. 군부의 소장파 장교들은, 나파유는 '유럽'식인 개화를 통하여 이기주의의 독으로 병들었으며 나라를 구하는 길은 황제가 독재하는 고대 체제로 돌아가는 것이며, 이 이념으로 아시아를 구해야 한다고 믿고 스스로를 이러한 운동의 지사志士로 자처하고 있다. 아카나트 소령도 그런 장교였다. 그의 책꽂이에『신국의 이념』이 있는 것은 당연한 일이었다. 오토메나크도 자기 방에 가지고 있다.

오토메나크가 이 이념을 받들게 된 것은 그러나 다른 길에서였다. 한마디로 그는 이 책을 정치적 이론으로서가 아니라, 아름답고 취하게 만드는 음악으로 받아들였다. 아름다운 문장과 책임 없이 풍부하게 사용한 비유 속에서 오토메나크는, 유토피아의 설계와 영웅적 인생관을 음악에 홀리듯 빨아들였던 것이다.『신국의 이념』과 현실 사이에 있는 모순을 알아볼 사이도 없이 그는 군인이 되었고, 정치적 모험극의 등장인물이 되었다. 거기에 불쑥 마야카 씨가 나타난 것이었다.『신국의 이념』의 포교사布教師 한 사람이. 그리고 그 '신국'이 망하리라고 귀뜸해준 것이다. 카르노스라는 사람은 그 신국 밖에서도 저토록, 인간적 의젓함을 지니고 있다. 카르노스 '신국'은 어떤 것인가? 그렇다면 '신국'은 하나가 아니라 여럿이란 말인가.

"자네도 할 걸 그랬지."

아카나트 소령은 수건으로 머리를 닦으면서 욕실에서 나왔다.

"괜찮습니다."

"그래? 그럼 마시기로 할까?"

아카나트 소령은 찬장에서 술을 꺼내왔다.

"자, 우리도 성공을 위해서."

아카나트 소령은 매우 흡족한 모양이었다. 오토메나크도 그 기분은 알 수 있었다.

"그 양반, 이번 일에도 싫다고 하면 좀 곤란할 뻔했어."

"싫다고요?"

"세이나브가 만나자는 걸 거절할까 봐 조마조마했단 말일세."

"그렇습니다."

"본국에 앉아 있는 사람들은 사정이 어두워서 탈이야."

"본국에서 난 말이겠지요?"

"물론이지. 현지에서 일하는 우리는 아이세노딘에 대한 사랑을 가지고 있지 않나. 정치 공작이란 건 권모술수만 가지곤 성공할 수 없지. 현지 주민의 이익에 원칙적으로는 들어맞는 선에서 공작해야지, 속임수나 강요를 해서는 안 돼. 자네 알아두게."

아카나트 소령은 형님처럼 타이르는 말투가 된다. '신국' 이론의 신봉자다운 이야기였다.

"카르노스란 사람은 대단한 사람이군요."

"적일망정 훌륭하지. 그러니 놓아주자니 아깝고, 잡고 있자니 협력을 안 해 쓸모가 없고."

"이번에는 협력한 것이지요."

"이해가 일치된 게지. 그런데 자네 출장을 갈 일이 생길지 모르겠어."

"출장이라뇨?"

"음. 그때 가서 얘기하지. 자네두 정치 공작의 요령은 조금 알았을 테니 많이 써먹어야지."

상관이 믿음을 보이는 것이 도리어 괴로운 것이었다. 이런 인연으로 겹겹이 얽힌 자리에서 마야카 씨의 귀띔을 들었다는 것은 불안한 일이었다.

"아이세노딘의 정치 정세는 이제 알 만한가?"

"대강 짐작하겠습니다."

"카르노스나 세이나브나 모두 훌륭한 지사志士야. 성의를 가지고 대하는 게 기본이야."

그렇다. 아카나트 소령도 훌륭한 장교다. 나파유인인 그가 자기 국가를 위해서 일하면서 적에 대해서 이만한 순정을 지니고 있다는 것은 훌륭한 일이었다. 내가 문제다. 마야카 씨의 말에 의하면 애로크 사람인 우리가 이 싸움에 목숨을 걸 필요는……

"자, 받게."

"네, 마시겠습니다."

"자네 연애할 생각이 있으면 내 소개하지."

"괜찮습니다."

"괜찮을 리가 있나. 우수한 공작자는 여자도 잘 다루어야지. 가만있어. 근간 기회를 만들지."

아카나트 소령은 잔을 비우면서 껄껄 웃었다. 이 우정을 위해 죽어야 하는가. 큰 것에 눈이 열려서 괴로워하고 있는 사람에게는, 작지만 자상스러운 친절은 빚을 지는 느낌이 든다. 오토메나크는 스물여섯 해의 생애를 통해서 자기 주변에서 나파유인과 불쾌한 사이가 돼본 경험이 없었다. 아버지는 친나파유의 거물이며, 오토메나크는 아버지의 힘으로 동포인 애로크 사람들이 식민지 사람으로 겪게 마련인 모든 괴로움과 불편함으로부터 보호돼 있었다. 그에게는 나파유와 애로크가 동조동근同祖同根이라는 이론이 곧이곧대로 들렸다. 그것은 그가 지내온 생활 탓이었다. 다른 민족일망정 같은 계급 사이에서는 싸울 일이 없었던 것이다. 마야카의 귀띔을 받고도 오토메나크가 그 말의 의미하는 바를, 그리고 그 결과를 실감으로 받아들이지 못하고 마음속에서 갈팡질팡하는 것은 이런 까닭이었다. 지금 눈앞에 앉은 나파유인 장교도 아직 오토메나크를 불쾌하게 한 적이 없는 인물이었다.

해협의 밀사

 밖에서 차가 멎는 소리가 들렸다. 오토메나크는 방에서 나왔다. 아만다의 방 문이 열리면서 그녀가 나왔다.
 "저……"
 급히 나오는 길이었던 모양이다. 그녀는 우선 그렇게 불렀다. 오토메나크는 멈춰 서서 그녀의 말을 기다렸다.
 "지금 나가시는 길입니까?"
 "네."
 "저, 가시는 길에 태워다주셨으면."
 "어디로 가시려구?"
 "카르노스 선생님께 소용되는 걸 사려구 합니다."
 오토메나크는 잠깐 생각했다. 아만다는 똑바로 쳐다보면서 대답을 기다린다.
 "좋습니다. 준비는?"

"됐어요."

아만다는 약간 몸짓을 하면서 제 차림을 내려다본다. 오토메나크는 다시 방에 들어가서 모자를 들고 나왔다.

"갑시다."

아래층에서는 아마다이가 현관에 나와 있었다. 가끔 있는 일이기 때문에 뒤따라 내려오는 아만다에게는 주의를 돌리지 않는다. 그들은 차에 오르고 차는 곧 떠났다. 토사이가 오토바이를 가지고 사령부로 보급품 수령을 간 사이에, 아카나트 소령에게서 오라는 연락이 있었다. 그래서 자동차를 신청하고 기다리는데 다시 소령에게서 전화가 왔다. 한 시간 후에 오라는 것이었다. 아만다와 같이 가서 일을 보고, 다시 왔다가 가면 된다.

"어딥니까?"

오토메나크가 얼굴을 돌리면서 옆자리의 여자에게 물었다. 그녀는 운전사에게 거리 이름을 일러줬다. 그러고는 얼굴을 돌려 오토메나크를 쳐다본다. 오토메나크는 눈길을 피했다. 아만다에게서 받는 느낌은 처음부터 인상에 남는 일이었다. 망설이지 않고 똑바로 쳐다본다. 오토메나크는 언제나 지금처럼 눈길을 피하게 되는 것이었다. 손아랫사람에게서 이런 시선을 대하는 것은 별로 없는 일이었다. 갈색의 피부와 함께, 이 특이한 눈길 때문에 그녀는 늘 무슨 얇은 벽 하나 건너에 있는 사람처럼 보였다. 그 눈의 표정 속에 오토메나크는 어떤 이해의 빛을 느낀 적이 없고, 짙은 갈색의 눈동자가 늘 인형의 눈처럼 보였다. 인형의 눈이 똑바로 사람을 쳐다보니 당황할 수밖에 없었던 것이다.

오토메나크는 약간 우스워져서, 그녀를 돌아보면서 웃었다. 그녀는 마주 보면서 하얀 이를 드러내며 웃었다. 좀 큰 편인 입술이, 위로 말려올라가면서 벌어졌다가 오므라든다. 수줍음이 전혀 없다. 사람이 보지 않는 데서 꽃잎이 벌어지는 모양 같다.
"어딥니까?"
운전사가 앞을 본 채로 말했다.
"좀더."
앞을 내다보면서 아만다가 말했다.
아만다를 집에 내려놓고 사령부로 왔을 때는 소령이 말한 시간보다 약간 일렀다. 오토메나크는 주인이 없는 방에서 기다리기로 했다. 옆방에서 상사 한 사람이 나왔다가 오토메나크인 줄 확인하고는 도로 건너갔다. 방 안은 선선하고 문이 닫히자 아무 소리도 들려오지 않았다. 잠깐 졸았던 모양이다. 어깨에 닿는 기척에 정신이 들었다. 아카나트 소령이 서 있다.
"고단한가?"
소령은 웃으면서 책상 앞자리에 앉았다.
"네, 그만."
오토메나크는 바로 앉으면서 머리를 긁었다.
"먼저, 일부터 처리하세. 자네 출장을 가게 됐네."
"네."
"고노란으로."
"고노란?"
해협 건너다.

"음. 고노란 주둔 사령부에 가면 자네를 안내할 사람이 있어. 그 사람의 안내를 받아서 이타오바 황제를 만나보게."

"황제가 고노란에 있습니까?"

"그래. 황제를 다시 끌어낸다는 얘기는 지나가는 소리만이 아닌 모양이야. 후방에 앉아서 알지도 못하면서……"

아카나트 소령은 입을 꽉 다물면서 주먹을 쥐었다.

"현지의 관계자들은 모두 반대야. 고노란 사령부에서도 본국에 반대 의견을 상신했지만, 그대로 앉아서 기다릴 것이 아니라, 할 수 있는 일은 여기서도 하는 것이 좋아. 여기 세이나브 수상이 황제에게 보내는 편지가 있어. 황제가 다시 나오는 것을 만류하고 강력히 반대하겠다는 사연이야. 전날 밤 약속에 따라서 카르노스도 같은 내용의 편지를 쓰도록 권고해서 두 사람의 편지를 자네가 가지고 가서 황제한테 전하는 일이야."

"알겠습니다. 언제입니까?"

"비행 편이 나는 대로. 이삼일 안으로 출발해야 해."

황제. 황제를 만난다. 황제라는 큰 이름이 주는 눌리는 느낌에 못지않게, 점점 깊은 수렁에 빠져든다는 판단이 퍼뜩 스친다. 마야카 씨가 본국에서 벌이고 있는 일에. 같은 인물이 만들어놓은 미궁迷宮 속에서 헤매는 자신의 모습이 남의 일처럼 빠르게 머릿속에 떠올랐다.

"황제를 만난다니 떨리나?"

오토메나크는 어색하게 웃었다.

"아이세노딘 사람들이 우리에게 비교적 우호적인 것은 우리가 니브리타 군대를 쫓아버리고, 그들의 민족 세력에 권한을 많이 넘겨줬기 때문이야. 만일 황제를 끌어내면, 이 세력은 우리에게 반항하는 세력이 돼. 군대가 피 흘려 얻은 지지 세력을 망쳐서는 안 돼. 황제가 자리에 오른다고 해서, 동부 아이세노딘이 귀순하지도 않고, 결국 아무 소득 없는 불장난이야."

아카나트 소령은 일어섰다.

"카르노스한테로 가세."

오토메나크는 따라 일어서면서 가벼운 멀미를 느꼈다.

카르노스도 잠든 모양이다. 깨어 있는 것은 오토메나크뿐일 것이다.

카르노스는 기꺼이 편지를 썼다. 그는 아카나트 소령에게 편지를 보여줬다. 오토메나크도 읽었다. 강경한 편지였다. 황제에게 권고한다는 것보다도 협박에 가까운 글이었다. 아이세노딘과 황제 자신의 안전을 위해서 현명하게 처사하시기를 빈다고 하는 내용에는 쓴 사람의 격한 감정이 숨김없이 배어 있었다. 아카나트 소령이 편지를 가지고 돌아간 다음에, 카르노스는 만난 이래 처음으로 오토메나크의 이번 임무는 아이세노딘 사람들에게 좋은 일을 하는 것이 되리라는 말이었다.

오토메나크는 의자에서 일어서서 방 안을 서성거렸다. 마야카 씨에게서 그 얘기를 들은 이후에 수없이 생각해오는 터이지만, 오토메나크의 머리에는 이렇다 할 결론이 맺어지지 않았다. 나파유 군이 패전한다 치고 그 패전이 어떤 모양으로 진행되고, 그 다음에는 어떤 일이 일어날 것인지를 알 수 없는 것이었다.

철든 이후로 자신을 나파유 국민으로 생각해온 터에, 아닌 밤중에 홍두깨 같은 말 한마디로는 무엇을 어떻게 생각하면 좋은지 알 수 없었다. 지금 생각하면 그때 화를 낼 것이 아니라 마야카에게 자세하고 깊은 얘기를 물어서까지 들어야 했던 것이다. 적어도 공식으로 알려진 바로는 전투는 그만하게 머물러 있는 상태다. 싸움이 시작됐을 때의 그 기막힌 전진의 속도는 주춤해진 것이지만, 점령 지역은 그대로 가지고 있다.

마야카만 한 사람이 그런 말을 할 만한 변화가 어디서 있은 것일까? 아이세노딘에서는 더욱 태평한 것처럼 보인다. 니브리타 총독부 위에 나부끼는 나파유 국기와, 평화스런 거리와 우호적으로 보이는 사람들과 — 이런 평상시의 모습에는 두려운 패전의 결말은 좀체 풍기지 않았다. 이런 식으로 오토메나크는 문제를 전투의 상황에만 관련시켜 생각했다. 그보다 더 큰 문제 — 전쟁이 나파유의 패전으로 끝나면, 애로크는 나파유에서 분리하여 독립하고 오토메나크 자신은 나파유인임을 그치는 날이 올지도 모른다는 생각은 전혀 떠오르지 않았다. 그의 머릿속에서는 나파유 제국帝國은 나파유와 애로크의 연합 국가였다. 다른 유럽 식민지 — 아이세노딘처럼 애로크는 식민지가 아니라 나파유와 통일했다고 그는 믿고 있었다. 철든 이후로 그렇게 배웠고 알아온 것이다. 그것이 거짓임을 믿을 만한 환경이 아니었다. 그의 주위에는 친나파유인 부친이나 마야카 씨 같은 선배만 있었고 자기와 같은 환경의 동년배만 있었다.

지금 오토메나크가 불안한 것은 그에게 어떤 판단이나 짐작이 있어서가 아니었다. 지금까지의 자기 세계를 받쳐준 사람인 마야카 씨의 입에서 그런 말을 들었기 때문이었다. 누구에게 의논할 데도 없는 일이었다. 어떤 순간 아카나트 소령의 터놓은 얼굴을 대하고 있으면 자기의 의심이 부끄럽고 비겁하게 느껴질 때가 있다. 그러면서도 불안은 사라지지 않았다. 될 수 있다면 지금 이만한 자리에서 시간이 흘러갔으면 제일 바람직하다. 그런데 그는 점점 이 큰 정치 공작에 말려들고 있지 않은가. 멈춰 서고 싶은데 그렇게 안 되는 것이 두려운 것이다. 사방이 막힌 우리에 든 짐승처럼 그는 방 안을 오락가락 걸어다녔다.

탁, 하고 무엇이 떨어지는 소리에 오토메나크는 그쪽으로 돌아섰다. 벽에 걸려 있던 탈이 마루에 떨어진 것이다. 오토메나크가 이 집에 오기 전부터 거기 걸린 채 수수께끼 같은 웃음을 지니고 있던 나무를 파서 만든 액신厄神의 탈이었다. 붉은 융단 위에 떨어진 그 얼굴 크기의 탈을 오토메나크는 집어 들면서, 그것이 걸렸던 자리를 올려다보았다. 손이 미치는 거리보다 한 뼘쯤 더 올라간 자리에 칼자루 꼭지만 한 걸쇠가 붙어 있다. 그리고 꽤 큰 도마뱀 한 마리가 걸쇠에 뒷발을 걸고 붙어 있었다. 이놈의 짓이었다. 탈과 벽 사이를 비집고 꿈틀거리다가 탈을 걸쇠에서 밀어낸 모양이다.

오토메나크는 손에 든 탈을 내려다보았다. 흔한 탈이었다. 이 집 수집실에도 여러 개. 어느 아이세노딘 가옥에나 한두 개는 걸려 있는 탈이다. 그는 탈을 한 손에 쥐고 바라보다가 걸쇠에 손을 뻗쳐보았다. 걸쇠는 보기보다 뻗친 손끝의 두어 뼘이나 위에 붙어 있었다. 도마뱀이 빠르게 도망쳤다.

오토메나크는 소파를 들어다 걸쇠 밑에 놓고 그 위에 올라섰다. 한 손을 걸쇠에 거는데 발이 헛디뎌지면서 몸이 기울어졌다. 휘청하면서 걸쇠를 잡아당겼다. 걸쇠는 사람의 무게를 이기지 못하고 벽에서 빠져나오고 말았다―고 느꼈으나 오토메나크의 착각이었다. 걸쇠는 쑤욱 당겨지기는 했으나 빠지지는 않았다. 오토메나크는 그것을 손에서 떼지 않았던 덕택에 간신히 소파 위에서 몸을 추스를 수 있었다. 그런데……

"음?"

오토메나크의 눈이 휘둥그레졌다. 걸쇠 바로 아래, 사람 키 높이만 한 데서부터 벽의 한 부분이 움직이는 것이다. 소리 없이 천천히 벌어진다. 사람 하나가 어깨를 펴고 드나들 만한 출입구가 나타났다. 오토메나크는 소파에서 한 발 내려서면서 홀연히 나타난 출입구를 보았다. 한 발을 소파에 올려놓은 채 오토메나크는 귀신에 홀린 사람처럼 그쪽을 바라다보고 있었다. 한참 만에야 그는 이 잠깐 동안 얼빠진 상태에서 빠져나올 수 있었다. 내렸던 한쪽 발을 다시 소파에 올리면서 걸쇠를 잡고 천천히 잡아당겼다. 벽은 열렸을 때 모양, 천천히, 소리 없이 돌아가더니 감쪽같이 아물어 붙어버렸다. 문 자리가 벽의 장식선과 겹쳐 있는 것이다.

"흠……"

손으로 만져보아도 감쪽같고, 눈으로 보아도 어림없다. 알고 보는 눈에도. 다시 걸쇠를 당긴다. 조심스럽게 벽과 문 사이에 들어서서 살펴보았다. 벽이 열리고 보니, 벽 두께가 일 미터쯤 된다. 속에 들어서니 좁고 길다란 골방이다. 이중 벽 사이에 이런 공간이 있었던 것이다.

문을 통해 방에서 오는 불빛으로 골방 안은 약간 어두운 대로 대강 살피기에는 족했다. 여러 가지 물건이 있다. 먼저 눈에 띈 것이 몇 자루의 소총이다. 세어보니 아홉 정이다. 그것들이 들어서는 데 가까운 마루에 수북이 뉘어져 있다. 쇠 상자에 든 것은 탄알인 모양이다. 발이 무엇인가를 밟으면서 소리를 냈다. 잠깐 기척을 살핀다. 한 가지 생각이 떠오른다. 과연 그렇다. 올려다보니 걸쇠의 안쪽 부분이 보이고 배의 키같이 보이는 톱니바퀴의 강철 로프에 연결돼 있다.

오토메나크는 탄알 상자에 올라서서 걸쇠를 밖으로 밀었다. 천천히 불빛이 어두워지더니 캄캄해졌다. 문이 닫힌 것이다. 오토메나크는 두 개의 벽 사이에 만들어놓은 골방 속에 갇혀 있다. 그런데 아주 캄캄해야 할 어둠 속에 반딧불이 같은 것이 둘 양쪽 벽에 붙어 있다. 하나는 그대로 잡고 있던 걸쇠의 끝부분이다. 눈을 가까이 가져간 오토메나크는 또다시 흠, 하고 속으로 뇌까렸다. 걸쇠에 작은 구멍이 뚫려 있는데, 방 전체가 환히 바라보인다. 그는 돌아서서 또 하나의 반딧불이에 눈을 갖다 댔다. 보인다. 아만다의 방이 보인다. 벽 쪽에 붙인 침대에 그녀가 잠들어 있는 것이 보인다.

오토메나크는 한참 그렇게 바라보았다. 그녀는 잠들어 있다. 움직이지 않는다. 반딧불이를 잡아서 밀어붙인다. 맞았다. 같은 식으로 벽이 열린다. 아만다의 방 쪽으로. 두 방이 각기 문이 달려서 통하게 돼 있는 것이다. 그대로 아만다의 기척을 살핀다. 여전히 꼼짝 않고 잠들어 있다. 걸쇠를 밀어 문을 잠근다. 다시 그는 벽 사이에 갇힌다.

문을 열고 자기 방으로 나와서 손전등을 찾아 든 다음, 탈을 걸쇠에 걸고 바라보았다. 귀신의 왼쪽 눈에 걸쇠 끝의 구멍이 맞게 되어 있다. 벽 속에 들어와서 문을 닫고, 걸쇠 구멍으로 내다보니 아까와 마찬가지의 시야가 눈에 들어온다. 걸쇠는 문을 여닫는 손잡이자, 방을 들여다보는 구멍이기도 한 것이다.

손전등을 켰다. 총과 탄알이 있는 안쪽으로 걸어 들어가보니, 여러 가지 물건이 있다. 벽에 기대어 가늘고 긴 나무 상자가 여러 개 쌓여 있고, 밧줄 뭉치, 도끼, 털가죽, 맨 끝에 의자가 있고, 의자 위에 캠핑용 접는 침대가 접어서 세워져 있다. 이번에는 반대편으로 가서 불을 비춰본다. 이쪽에도 그 홀쭉하고 기름한 상자가 여러 개 있고 소총, 탄알 상자가 있다. 웬만한 무기고다. 상자 속에 든 것이 궁금한데, 자물쇠가 있으니 당장에는 어쩔 도리가 없다. 끝에 가까이 왔을 때 전등빛이 쑥 내려간다. 마루에 달린 뚜껑이 벽에 붙어 젖혀져 있고 밑으로 계단이 빠졌다.

불빛을 아래로 휘둘러보니 그것은 세 단밖에 안 되는 짧은 층계였다. 그는 그 계단을 내려갔다. 내려선 자리는 앉아서 머리를 굽혀야 겨우 움직일 펑퍼짐한 공간이다. 자기와 아만다의 방 마루 밑이자 일층 홀과 식당의 천장이다.

그는 굵은 기둥들이 V자 모양으로 얼기설기 엉킨 사이를 기어가면서 불을 비췄다. 내려온 구멍의 대각점이 되는 위치에 같은 식의 계단 구멍이 있다. 식당과 부엌 사이에 두꺼운 벽이 있고, 역시 벽 사이에 빈 공간이 있는 모양이다. 이번 계단은 배의 그것처럼 곧바로 달린 사닥다리다. 타고 내려간다. 바닥에 내려서서 위쪽으로 불을 비춰보니 굴뚝 안쪽에 달린 사닥다리 같은 형국이다. 발밑에 불빛을 비춰본다. 여기서 막힌다면 말이 안 된다. 쭈그리고 앉아서 살펴보니 발판의 절반쯤이 아무래도 덮개일 것 같다. 마침 굵은 못이 하나 떨어져 있는 것을 주워서 널 짬에 넣고 살며시 건드려본즉 마룻널 하나가 움직인다.

불을 끄고 못에 지그시 힘을 준즉 널이 일어났다. 널장으로 희미한 밝음이 내려다보인다. 지하실 식료광이다. 땅 위에 솟은 쇠창살에서 달빛이 들어와 있다.

지하실이다. 여기로 빠지게 된 것이군. 널장을 밀어넣고 사닥다리를 올라간다. 천장 위를 지날 때 넘어졌다. 한참 주저앉아 있다가 천천히 움직여서 마지막 층계 아래까지 와서 층계를 올라온다. 벽 사이 끝 방으로 올라와서 뚜껑을 덮었다. 그 자리에 서서 잠깐 기척을 살핀다. 들리는 소리가 없다. 골방의 가운데로 옮겨 딛다가 또 무엇인가에 걸렸다. 그것은 쇳소리를 내면서 미끄러져 바닥에 굴렀다. 얼굴이 화끈해지면서 숨이 막힌다. 꽤 큰 소리였기 때문이다. 그것은 짧은 군용 삽이었다. 잠시 기다렸다가 다시 움직여서 손잡이가 있는 곳으로 왔다. 탄알 상자 위에 올라서서, 먼저 아만다의 방을 들여다보았다.

그녀는 아까는 반듯하게 누운 것 같은데 지금은 벽 쪽으로 돌아누워 있었다. 엷은 이불을 덮은 대로지만 몸의 굽이굽이가 능선처럼 뚜렷하였다.

그리고 자기 방을 들여다본다. 아무 일도 없었다. 있을 턱이 없다. 지금은— 시계를 비춰보니 새벽 두 시다. 걸쇠를 밀어서 문을 열자, 골방 안이 환해졌다. 인제 마음 놓고 골방의 물건들을 살펴볼 수 있겠다. 오토메나크는 걸쇠에서 손을 떼고, 탄알 상자에서 내려서면서, 한숨을 쉬었다. 탄알 상자에 걸터앉으며 신기한 눈빛으로 새 살림붙이들을 둘러보았다. 세상에는……

오래 앉아 있지는 않았다. 궁금증이 앞서서 그럴 수 없었다. 벽문을 열어놓은 채 골방 속의 물건을 차근차근 훑어갔다. 소총은 니브리타 육군의 것이었다. 오래 손질 안 한 셈치고는 녹슨 것이 심하지 않았다. 노리쇠를 열고 약실을 보아도 가볍게 녹이 간 밑에서 은은한 빛이 보인다. 탄알 상자는 가득 차 있다. 밧줄은 또아리 진 대로 묶은 새것이다. 나무 상자에는 자물쇠가 있어서 도리가 없는데 그중에 한 개가 자물쇠 없는 것이었다. 위에 있는 상자를 옮기고 뚜껑을 열어보니, 서류 묶음이다. 표지를 붙여서 차곡차곡 쌓인 속에서 하나 빼어 들고 펼쳐보았다. 니브리타 말이다.

읽어가면서 오토메나크의 얼굴에는 놀라운 빛이 번져갔다. 니브리타 총독부의 정부 기관에서 아이세노딘인의 독립 운동 현황을 조사한 문서다. 손에 잡히는 대로 다른 서류들을 빼보니 모두 같은 계통의 정보를 항목별로 번호를 붙여서 정리해놓은 것들이다. 정보비 지출 계산서도 있다. 받은 첩자의 영수증이 첨부된 것도 있다. 관계자들이 서명한 원본들이다. 아이세노딘에서 움직인 니브리타 기관의 사업을 대강 짐작할 만하게 자세한 기록들이다. 니브리타 당국이 독립 운동 조직을 어느 정도까지 알고 있었는가, 어떤 대응책을 썼는가, 첩자는 누구였는가, 얼마나 돈을 썼는가를 환히 알 수 있을 것이다.
 이 상자들을 모두 열고 샅샅이 검토하면, 현재 나파유군 점령하에 있는 아이세노딘 독립 운동 조직의 전모를 알 수 있을 것이다. 그 조직의 어떤 자가 현재도 우리 지역에 남아 있는가, 누가 없어졌는가도 알 수 있다. 무엇보다 나파유와 협조 관계에 있는 세이나브 영도하의 아이세노딘 자치 정부의 중앙에서 말단까지의 조직을 이루는 관리들의 과거를 모조리 알 수 있을 것이다. 자물쇠가 없는 다른 상자를 찾아본다. 잠겨 있다.
 상자가 있는 안쪽으로 가본다. 의자, 접어놓은 침대, 털가죽, 칼, 이런 것들이 있다. 다음에 입구의 반대편 골방을 조사해보았다. 여기도 소총이 다섯 자루와 탄알 상자가 있고, 그 안으로 나무 상자가 있다. 아, 여기는 자물쇠가 없는 상자가 많다. 차례로 열어보니 같은 내용의 서류들이다.
 상자 하나를 열어보고 또 한 번 놀랐다. 상자 뚜껑을 여니, 서랍이 가득 나지는데, 열어보니 서랍마다 귀금속과 보석이 가득 차 있지 않은가. 장식표, 노리개로 된 것도 있고, 보석만 알로 든 서랍도 있다. 엄청난 값어치의 재물이다. 서랍을 빼놓지 않고 모두 조사해보니, 빈 것이 하나 없다. 도대체 얼마만 한 값이 될지 알 수 없다. 이런 상자가 이것뿐이 아니라면. 흠칫, 손을 멈춘다. 무슨 소리가 난 듯싶었다. 한참 그대로 있다가 문 쪽으로 와서 아만다의 방을 들여다본다. 그녀는 저쪽으로 돌아누운 채다. 그는 도둑놈처럼 안도의 숨을 쉬었다. 자물쇠 없는 상자 하나를 또 열어보니, 검정 엿을 말려놓은 것 같기도 하고, 어찌 보면 아교 덩어리

같기도 한 물질이 든 것이 있다. 아편이다.

이 건물은 니브리타 총독부의 소유였던 것을 로파그니스 점령과 동시에 접수해서 사용하고 있는 것이었다. 카르노스를 여기다 연금하기 전에는 사령부 정보참모의 영외 숙소로서 아카나트 소령이 사용하고 있었고 그의 재량으로 적절히 여러 가지 행사마다 사용해왔다. 정보참모부에 주어진 걸로 봐서 니브리타 시대에도 그 계통의 관할에 들어 있던 건물인 것은 틀림없다. 다른 시설도 대개 예전 계통의 소속을 따라서 새 지배자에게 귀속되고 있다.

아카나트 소령은 점령 이래 이 집에 살면서도 이 거창한 비밀 금고를 알지 못해온 것이다. 말하자면 겉으로 본 집은 이 금고를 위한 속임수나 마찬가지다. 껍데기 밑에 숨겨진 이 비밀 골방이 이 집의 중심인 셈이다. 아카나트 소령이 이것을 찾아냈더라면 그것만으로도 굉장한 업적이 됐을 것이다. 어떤 까닭으로 이만한 물건이 처리되지 않고 남겨진 대로 방치됐는지는 모르나 보통 때가 아니고 갑작스러운 패전에 의한 철수이고 보면 그럴 수도 있는 일이었다.

성질로 봐서 이런 비밀문서와 재물을 숨긴 장소를 아는 것은 관계하는 한두 사람, 어쩌면 단 한 사람만 알게 돼 있을 수도 있기에 그 한 사람에게 사고가 있으면 이 비밀은 정상적인 관리의 그물 밖으로 영원히 벗어나버리고 말 수도 있다.

한 마리의 도마뱀이 아니었던들 오토메나크에게도 영원한 비밀이었을 것이다. 또 그가 넘어질 뻔해서 걸쇠를 잡아당기지 않았던들 마찬가지였을 것이다. 탈은 아이세노딘에서도 제일 흔한 집 안

장식이기 때문에 주의해 볼 사람도 없으니 건드릴 손도 없다. 그렇게 여러 겹으로 보호된 장치를 오토메나크가 건드리게 된 것이었다.
　그는 흥분하고 있었다. 문서의 내용이 그럴 만하고 보물 또한 엄청난 것이었다. 니브리타 놈들. 오랜만에 나파유주의 극우파로서의 본능이, 키타나트의 제자로서의 사상적 노여움이 불끈 솟구치는 것이었다. 이따위 짓을 해온 것이구나. 총과 돈과 아편. 으르고, 낚고, 녹이고 한 니브리타 놈들의 흉악한 살림살이 골방을 찾아내고 보니 오토메나크는 근래에 없이 즐거웠다. 이키다다 키타나트의 신국(神國) 이론 가운데서 니브리타가 아시아 국민을 괴롭힌 데 대한 부분만은 여전히 진리라는 생각과 자기가 그 이론에 취한 제일 떳떳한 측면을 새삼 되새기는 느낌이 들어 흐뭇했다.
　역사(歷史)라고 하는 물건이 홀연 눈에 보이는 모습으로 손에 총을 들고 주머니에 돈과 아편을 감추고 나타났다. 그렇게 싱싱한 감각이다. 카르노스라는 인물을 맡게 됐을 때보다 더 벅차다. 지금 뒤져본 서류에서 그는 느낄 수 있었다. 아이세노딘을 누르고 앉아서 목을 죄는 손을, 늦췄다 죄었다 하는 니브리타의 살찐 무게와 술 냄새를.

　다음 날 아카나트 소령에게서 비행기 편이 아직 정해지지 않았다는 전화를 받으면서, 그 전화가 끝날 때까지 간밤의 발견을 입에 올리지 않았다. 찰칵, 수화기를 놓는 소리가 울렸다. 그러자, 오토메나크는 자기가 어젯밤 발견을 보고할 기회가 영영 지나가버린 것처럼 느꼈다. 사실은 이 느낌은 간단한 착각으로 말미암은 것이었다.

만일 이 다음에 보고한다면, 왜 지금 통화에서 보고하지 않았느냐를 설명할 수 없어진다는 단순한 착각이었다. 착각인 것이, 반드시 어젯밤에 발견했다고 할 필요는 없는 일이고, 언제든지 지금 막 발견했노라면 그만일 것이 아닌가. 그런데도 그는 그렇게 느꼈다. 더군다나, 한편 불안스러우면서도 왜 그런지 흡족했다. 이 근무를 시작한 이래, 소용돌이 속에 휩쓸린 채 자기라는 게 한없이 미미하게만 여겨졌는데, 어느 모서리를 붙든 기분이었다. 이런 마음 돌아가는 품이 골방 속의 보물에 대한 욕망 때문이 아닌 것은 제일 확실한 일이었다.

물질에 대한 가장 건강한 감각 때문이 아니었다. 그만큼 중요한 물건이 다른 사람의 손을 거치지 않고 직접 자기하고만 연락이 되어 있다는 기쁨이었다. 그 속에 있는 것을 영원히 꺼내지 않아도 좋은 일이었다. 그것들이 그 속에 있다는 것만으로 만족스러웠다. 한 푼 쓰지 않으면서 금고에 넣은 돈을 가끔 세어보는 것만으로 만족하는 수전노처럼 — 아마 이런 심리였다. 그래서 아카나트 소령에게 보고하지 않은 일도 과히 큰 죄스러움이 되지 않았다.

아무튼 달리 사용할 뜻은 없었으니 말이다. 적의 정보 문서를 애완愛玩용으로 숨긴다는 이상한 행동을 하면서도 오토메나크는 이 정도로밖에 생각하지 않았다. 탄로가 되면 어떻게 되리라는 것을 떠올리지 못한 것이다.

밤이 아쉽게 기다려졌다. 이날 밤에는 골방에서 시작된 통로가

지하실 말고도 연결된 곳이 없는지 알아보았다. 전지를 비추면서 천장 사이를 돌아다니다가 문득 불안한 생각이 덮친다. 움직인 자리가 먼지 위에 뚜렷이 나타난 것이다. 먼지 앉음새로 봐서 얼마쯤 된 자린지 대뜸 알 수 있다. 만일에 시일이 지난 다음에 보고한다면 이 점이 문제될 것 같았다. 그러자 어둠 속에서 그는 싱긋 웃었다. 그것은 자기가 보고하는 경우가 아니라, 다른 사람이 혼자서 발견했을 때의 일이었다. 그러므로 다른 방에도 이 길이 통해져 있는지 어쩐지를 더욱 알아봐야 하는 것이다. 먼지에 자리를 내는 데 이제는 겁을 내지 않고 마음대로 돌아다녔다. 지하실로 통하는 길 말고는 다른 길은 보이지 않았다. 카르노스의 방에 연결된 쪽을 세심하게 살펴보았지만 아무 흔적도 보이지 않았다. 낮에 그의 방에 가서 돌아보았을 때도 이쪽 벽에는 아무것도 없었지. 혹시 다른 장치일 수는 있지만 안쪽에서 보아 이만큼 말짱한 데야 아마 없다고 봐도 좋을걸. 아무튼 그의 방을 더 알아보기 전에는 어쩔 수 없는 일이다. 자 돌아가자.

비행기 편이 마련되지 않아서인지, 다른 사정 때문인지, 오토메나크의 고노란 출장은 매일같이 연기되었다. 아카나트 소령의 전화도 처음에는 비행기 편이 오늘도 없다는 연락이었는데 나중에는 이틀에 한 번쯤, 카르노스의 안부를 묻고는 고노란 문제에 대해서는 말이 없게 되었다. 이타오바 황제에게 편지를 전하는 계획 자체가 무슨 까닭에선지 보류되고 있는 것이 아닌가 하는 짐작을 갖게 하는 것이었다. 늘 쾌활하던 아카나트 소령의 목소리가 요즈음에 들어 가끔 침울하게 들리는 때가 있었다. 보통 같으면 성미를 잘 아는 상관에게서 엿보이는 이런 변화에 민감하게 마음을 썼을 터이지만, 오토메나크는 그보다 좀더 큰 충격 속에 살고 있었기 때문에 전화를 받는 순간에만 그때마다 문득 전황戰況과 연결시킨 추측을 해볼 뿐이었다.

  열흘 동안, 밤마다 골방에 묻혀서 문서들을 읽는 동안에 오토메나크는 무서운 교육을 받고 있었다. 골방에는 커다란 상자에 축전기가 가득 찬 것도 발견되었고, 전등도 마련돼 있었다. 모든 준비가 비밀문서 창고답게 돼 있는 것이었다. 이 문서야말로 지난 백년 동안 아이세노딘의 참말 역사였다. 이키다다 키타나트의 저서라든가, 그런 종류의 알려진 책들—— 아이세노딘에서의 니브리타 통치의 내막을 폭로했다는 어떤 자료도 이 문서에 비하면 어린애 장난 같은 것이었다.

  이 문서는 그런 식이 아니었다. 오토메나크는 그동안 상자 하나도 아직 채 보지 못했는데도 인상은 놀라웠다. 독립 운동자들의 계보에 대한 세밀한 자료가 있었다. 전향한 사람들에게서 받은 서약서가 있다. 그들이 밀고한 동지들에 대한 조처가 있다. 니브리타 당국이 전향자들에게 대어준 돈의 계산 보고서가 있다. 드러나지 않게 파묻어둔 첩자들의 활동에 대한 평가 보고서가 있다. 더구나 일급의 독립 운동자로 분류된 사람들과 니브리타 당국과의 내통을 분명히 말하는 문서들이 많다. 내통이라기에는 얼핏 봐서 단정하기 어렵지만, 일종의 간접 조종이라 할 수 있는 것은 아주 많다. 니브리타 당국은 아이세노딘의 각 분야의 민족적인 저명인사의 사업에 돈을 대주고 있는 것이다. 예산 명세서에 기록된 것을 보면, 다른 서류에서 불온 인사로 분류한 사람이나 단체만을 골라서 지출한 난이 있다. 그리고 비고란에 'A루트를 통하여' 'C 루트를 통하여' 하는 것이 있는데, 자금을 전달한 경로를 말하는 모양이다. 설마 니브리타 총독이 독립지사를 총독부로 불러서 줬을 리는 없다. 받은 사람조차 그 돈이 나온 자리를 착각하는 수가 많았을 것이라는 생각이 든다. 문서들을 읽어가는 동안에 그런 짐작하는 요량이 어느새 생긴다. 그런 요량을 곁들여서 읽어가면 문서의 세계는 더욱 현란스러웠다. 문서에는 사진이 붙어 있는 것이 많다. 아이세노딘 남녀들의 수많은 사진들은 문서의 기록과 어울려 간단하면서도 생생한 인생을 묘사해준다. 어떤 기록에서는 그 인물이 마치 구면이거나 한 것처럼 다시 보게 된다. 두번째 나오는 사람인 경우이다.

아침에 일어난다. 어젯밤 읽은 문서의 내용이 무서운 꿈처럼 머릿속에 어른거린다. 그럴 때 벽 위에서 수수께끼 같은 웃음을 띠고 내려다보는 탈의 눈길을 느낀다. 아카나트 소령에게 아침의 보고를 한다. 이상 없습니다.

카르노스의 방에 가서 문안한다. 그는 끄덕이고 가만히 돌아선다. 그 방에서 나오는 길에 아만다를 복도에서 만날 때가 많다. 대개 카르노스에게 차를 가져가는 길이다. 소녀처럼 겁 없이 똑바로 쳐다본다. 스칠 때 과일 같은 그녀의 몸냄새가 풍긴다. 아래층에 내려가서 방마다 한 바퀴 돌아본다. 부엌에서 분주하게 돌아가는 두 사람의 아이세노딘 부인. 문을 열고 있는 아마다이. 아마다이가 일어나 있을 때는 토사이가 야간 숙직이었던 날이다. 토사이는 잠자리에 들어 자고 있다.

뜰에 나가면 군용견 네쿠니가 달려와서 매달린다. 밤의 숙직은 그가 주력이다. 뜰을 한 바퀴 돈다. 이것으로 아침 사열이 끝난다.

소집된 예비역 상사인 아마다이는 민간에서는 철도청에 근무하고 있었다. 나이라든지 군대 경력이 자기보다 후배인 오토메나크에게 공손하다. 오토메나크가 애로크 사람으로 이런 임무를 가지게 된 것으로 여러 가지를 미루어 알고 있는 모양이다. 소속은 특무 부대지만, 로파그니스에 온 다음에 일반 부대에서 파견 형식으로 충당된 요원이다. 그는 홀 입구의 자기 책상에 가서 앉는다. 오토메나크는 이층으로 올라온다.

이렇게 하루가 시작된다.

카르노스와 오토메나크의 식사가 끝나고, 이윽고 토사이가 일어난다. 오전에 보급품 수령 때문에 사령부로 가거나, 오후에 신문을 받으러 가는 것이 그의 임무다. 정원 손질도 그의 책임이다. 조용한 생활이다. 아만다가 아래위층을 제일 자주 오르내린다. 카르노스가 가끔 잠자리채를 들고 뜰로 나간다. 그러면 토사이나, 그가 없을 때면 아마다이가 부엌 앞, 차양 밑에 나서서 포로를 지켜본다. 감시가 아니고 먼발치에서 심부름을 기다리는 요령으로. 이렇게 하루가 보내진다.

오토메나크는 이 모든 일을 방 안에 앉아서 모두 알고 있다. 지금 누가 어디에서 무엇을 하는지 가끔 집 안을 한 바퀴씩 돌아본다. 아만다는 자기 방에 있을 때는 대개 수를 놓거나 바구니를 짜고 있다. 그녀가 만든 바구니가 집 안에는 수두룩하다. 이렇게 조용한 살림이다. 날마다 똑같은 일과여서 힘이 들지 않는다. 더욱 오토메나크에게는 이즈음 매일은 거의 꿈결 같았다. 거의 상자 하나를 다 읽어간다. 밤마다 골방에서 보내는 시간에 비하면 낮의 생활은 허깨비놀음 같다. 빨리 밤이 되기를 기다리면서, 어젯밤 읽은 요지경 속의 모습이 머리에 가득 차서 가끔 엉뚱한 일— 예컨대 아마다이나 토사이의 말에 당치 않은 대답을 할 때가 있다. 조심해야겠다. 아무튼 이 낮의 생활에서 벗어나서는 안 된다. 비밀문서의 내용이 너무 벅찬 것이었기 때문에, 낮의 생활은 꼭 피난처같이 여겨지는 것이다.

어느 날 마침내 오토메나크에게 의당 오고야 말 결론이 떠오르고 말았다. 이 문서들과 똑같은 것이, 애로크에 있는 나파유 총독부의 어느 문서 창고나, 혹은 관계자만이 아는 이런 장소에 보관되어 있다면? 아니 반드시 있다. 생각이 여기에 미치자, 쇠망치로 가슴 한복판을 얻어맞은 듯 숨이 막혔다.

오토메나크가 태평스럽게 지내온 스물여섯 해의 안쪽에, 전혀 다른 역사가 또 하나 있었다는 것이 된다. 처음부터 나파유와 애로크의 통합을 반대하던 사람들이 나라의 안팎에서, 눈에 안 보이는 곳에서 이 문서에 있는 아이세노딘 지사들처럼 줄기차게 반대 활동을 해온 역사다. 그렇다. 애로크에는 나의 부친이나, 마야카 같은 사람이 아니라, 카르노스 같은 사람도 있을 것이다. 오, 애로크 민족의 카르노스. 그는 누군가. 어디 있는가. 오토메나크는 들어본 일이 없었다. 그러나 그런 사람이 있을 것임이 분명하다는 것을 느낀다. 지난 열흘 동안에 그가 읽은 비밀문서가 그에게 그런 판단하는 힘을 주었다.

이날 이때까지 나는 이 세상의 반쪽만을 보면서 살아온 것이다. 니브리타 통치가 백 년이 되는 아이세노딘에, 아직도 카르노스 같은 사람을 꼭대기로 이 방대한 문서에 가득 찬 반니브리타주의자가 있다면, 애로크에는 합병 당시의 당사자들의 세대가 아직 살고 있는 것이다.

그들에게는 바로 어제 같은 세월일 것이다. 그 세월을 오토메나크는 옛날부터 있어온 세상처럼 살아온 것이다. 하필이면 친나파 유파의 거물을 아버지로 가지다니. 만일에 내가 그놈의 시니, 소설이니 하는 것 말고, 정치학이나 그런 것을 대학에서 택했다면 이런 사실을 알지 않을 수 없었으리라.

자기 나라의 글도 아닌 나파유 고대 문학의 한 줄을 가지고, 며칠씩이나 생각에 잠긴 대학 시절. 그 노래들을 나는 결코 나파유 말이어서 사랑한 것이 아니건만, 노래를 사랑하듯이 다른 민족과 하나가 될 수는 없다는 이치를 알지 못했다. 이키다다 키타나트의 이론은 정치를 노래 부르듯 아름답게 꾸미자는 것이었지. 키타나트의 노래도 나파유 민족의 노래는 될망정, 애로크 노래는 못 된다는 것을— 이 어둠 속에 갇혀 있는 아이세노딘의 마음과, 그들을 총과 돈과 아편으로 가둬놓고 있는 니브리타의 마음이 지난 열흘 동안 그에게 증언해주었다.

아카나트 소령은 어떻게 생각하고 있을까. 나를. 아마 우세한 입장에 놓인 국민의 한 사람으로서 편한 자리에 있는 그는 내가 나파유인이기를 택한 태도를 이상스러워하지는 않을 것이다. 마치나 자신이 친나파유주의자인 아버지 때문에 누린 혜택에 빠져서, 그렇지 못한 편에 있는 사람들의 마음을 알지 못했듯이. 초라한 상상력. 이토록 피투성이의 삶의 알맹이에 대해서 캄캄했던 문학적 상상력이라는 것.

그는 이제야 카르노스의 태도와 세이나브의 행동을 알 수 있었다. 그들이 나파유군을 대하는 태도가 자기하고 다른 까닭도 알 수 있었다. 그들에게는 니브리타와 나파유가 다름없이 보이는 것이다. 나와 같은 자만이 이키다다 키타나트의 반反니브리타주의에 눈이 어두워서, 애로크 사람에게는 나파유가 바로 니브리타라는 환한 이치를 몰랐구나. 자기의 무지함을 생각하고, 두려운 앞날을 생각하면서 어두운 비밀의 골방에서 그는 절망하였다.

이럴 즈음에 뜻하지 않은 사건이 일어났다.

그날도 오토메나크는 아만다와 같이 사령부의 자동차를 타고 외출했다. 그녀는 늘 있는 나들이였고, 오토메나크는 오늘은 그녀를 따라 나온 길이었다. 울창할 만큼 나무가 들어서서 가뜩이나 조용한 장소가 더욱 기척이 없는 어느 수풀 속의 별장 지대 같은 이 구역을 지나서 자동차는 큰길로 나왔다.

오토메나크는 요즈음 특별히 조심하고 있었다. 마음속이 어지럽기 때문에 가끔 주의력이 흐트러지기 때문이었다. 비밀 창고에서 문서들을 보아갈수록 그의 마음은 괴로웠으나 그렇다고 현실적으로 지금의 자리를 바꾸는 길은 없다. 할 수 있는 한 가지 길은 마음속에 이런 일을 묻어둔 대로 아무 일 없는 듯이 사는 일이었다. 그래서 전과 다름없이 일을 보고 무엇보다 아카나트 소령을 비롯한 모든 사람에게 달라진 데가 없이 보이려고 애썼다.
제일 괴로운 일은 카르노스 씨를 대하는 일이었다. 지금까지 그는 여유 있게 그를 대해왔었다. 그러나 지금은 자기가 하고 있는 일이 무엇인가를 알고 있다. 니브리타인들이 카르노스에게 하던 일을 넘겨받고 있는 것이 아카나트와 자기라는 것을. 사람으로서 가장 나쁜 일이었다. 아만다와 자기는 겉보기에 똑같은 일— 높은 사람을 같이 모신다는 일을 하면서 전혀 다른 세계에 살아왔던 것을 느낀다. 지금 오토메나크는 그녀에 대해서 어떤 다정한 느낌이 들었다. 마음속에 있는 말을 하지 못하는 것이 안타깝다. 나는 너의 동지다. 오토메나크는 문득 웃으면서 아만다를 돌아봤다.
비밀 창고를 발견한 이래 오토메나크는 이 여자가 자는 모습을 밤마다 보아온다. 지금 옆에 단정하게 앉아서 언제나처럼 겁 없이 마주 보는 그녀가 어쩐지 우스웠다. 약간 미안하지만 유쾌한 일이었다. 그녀는 영문도 모르고 활짝 웃었다. 과일 냄새가 그 순간 훅 끼쳤다.
"여깁니다."
그녀가 말했다. 그들은 내려서 가게 안으로 들어갔다. 거기는 힌디아 사람이 경영하는 장식품 상점이었다. 로파그니스에는 힌디아 사람이 많이 산다. 도시에서 웬만한 장사는 그들이 끼지 않는 데가 없고, 신용 있는 실력자들이다.
진열대 저편에 서 있는 머릿수건을 친 힌디아 사람이 웃으면서 그들을 맞았다. 힌디아 사람치고도 준수하게 생겼다. 거의 신비스러운 지경이다. 키도 크다. 저런 사람들이 어떻게 외국 사람의 지배를 그토록 오래 참으면서 살아왔을까 하는 생각이 문득 일 만큼 그토록 빼어난 용모였다. 하느님이 있다면 저런 얼굴일 것이다. 하느님은 가무스름한 얼굴에 하얀 이를 드러내고 한껏 애교를 부리면서 진열대 유리판 너머로 웃고 있었다. 아만다는 그 앞으로 가서 진열대 속을 들여다보았다.

힌디아 사람은 속으로 유리문을 열고 진열대 위에 물건을 올려 놓았다. 아만다는 끄덕이면서 그것을 손바닥에 올려놓았다. 부처였다. 이런 부처는 처음 본다. 쇠로 만든 거무스레한 불상인데 보통 보아온 것들과 달리, 이 부처는 젓가락처럼 야위었다. 앉은 모습으로 십 센티쯤 되는 이 부처는 갈비뼈가 모두 내솟고 흡사 미라처럼 보인다.

"카르노스 선생께서 부탁하셨어요."
"이런 불상은 처음 봅니다."
"그러세요?"
"네, 여기서는 이런 불상이 많은가요?"
"네."
"그렇습니까?"

얼굴도 말할 수 없이 야위었으나, 점잖게 웃음을 지니고 있다. 물기가 모두 빠진 것 같은 부피 잃은 몸에 견주어져서 더욱 다가드는 웃음이다.

"카르노스가 이런 부처를 말씀하셨습니까?"
"그렇습니다."

아만다가 그를 올려다보면서 웃었다. 아만다와 힌디아 사람 사이에 흥정이 벌어졌다. 한정 없이 그들은 주고받는다. 살찐 힌디 아인은 부처보다도 신비한 웃음을 띠면서 갈비뼈가 앙상한 조상을 두둔한다. 아만다는 고개를 흔들면서 듣고 있다가 힌디아 사람의 말이 끝나면 불상의 여기저기를 가리키면서 흠을 말한다.

오토메나크는 몇 번 동행할 때마다 그녀의 끈기에 놀란다. 그것도 조그만 차이를 가지고 이토록 끈질기다. 그러나 아무 말도 하지 않고 지켜보다가, 진열대 속의 물건들을 구경하기 시작했다.

상아象牙로 만든 물건이 많다. 빗, 목걸이, 파이프, 젓가락, 칼, 조각—이런 것들이다. 불상이 또 많다. 지금 흥정하고 있는 것과 같은 모습의 것들이 많다. 그렇지 않은 것도 본국에서 보는 것처럼 풍만해 보이는 모습은 없다. 여기 사람들 취미에는 살찐 부처가 맞지 않는 모양이다. 그 다음이 보석이다—비밀 창고의 그 보석. 그 찬란한 모양이 유리 속 보석 위에 겹치는 바람에 잠깐 눈의 초점이 흐려진다. 여기 있는 것들은 비교도 안 된다. 질은 모르겠지만, 큰 상자 하나에 가득 담긴 그 분량은 더럭 겁이 나는 물건이었다. 로파그니스 시내에 있는 모든 보석점을 털어도 그만한 분량이 안 될 것이다. 옆으로 긴 진열대가 모양이 닮은 탓인지 그 어두운 비밀 창고 속의 광경이 자꾸 그 속에 겹쳐진다. 기분이 무거워진다.

과일 냄새가 옆에서 풍겨났다. 포장한 상자를 들고 아만다가 옆에 와 서 있었다. 오토메나크는 그녀가 손에 든 물건을 보면서 샀느냐고 웃었다. 그녀는 끄덕이면서 활짝 웃었다. 진열대 너머에서 힌디아 사람이 신비하게 웃었다.

그는 앞장서 상점을 나와 거기 세워둔 차 쪽으로 걸어갔다. 문을 열고 기다리다가 그녀를 태우고 차에 올랐다. 운전사가 발동을 걸었다. 그러자,

"잠깐."

갑자기 오토메나크가 문을 열면서 운전사에게 대고 말한 다음

"이리 와요"

하고 아만다에게 내리기를 권했다.

아만다가 차에서 내렸다.

"나도 살 것이 있어요."

방금 나온 가게 쪽으로 걸음을 옮기면서 오토메나크는 말했다. 아만다는 상자를 손에 들고 따라왔다. 다시 들어오는 그들을 힌디아 사람은 더욱 신비한 웃음을 보이며 맞아들였다.

오토메나크는 보석이 있는 쪽으로 가서 들여다보았다. 그를 따라 훈훈한 과일 냄새도 옆에 와서 들여다보았다. 힌디아 사람이 맞은편으로 와서 만족한 듯이 손을 비빈다.

"아만다 씨."

진열대 안을 들여다본 채 오토메나크가 그녀를 불렀다.

"네."

그녀도 열심히 들여다보면서 하는 대답이다.

"좋은 걸 하나 골라요."

과일 냄새가 놀란 듯이 흩어지면서 그녀는 고개를 들어 오토메나크를 쳐다봤다.

"네?"

깜짝 놀라는 양이 귀여웠다.

"사드리겠습니다. 고르세요."

그녀는 두 손으로 상자를 가슴께서 모아 잡고 어리둥절한다.

"사드립니다. 고르세요."

빤히 쳐다보는 눈의 동자 속에서 자그마한 태풍 같은 것이 오락가락한다.

"자"

하면서 자리를 내주고 오토메나크는 한 발 진열장에서 물러섰다.

"골라보세요. 물건이 좋습니다."

신비한 웃음을 지니며 보기만 하던 힌디아 사람이 한마디 거들었다. 힌디아인의 말을 기다리기나 한 것처럼 비로소 아만다는 진열장으로 눈을 가져갔다가 다시 오토메나크를 쳐다봤다. 오토메나크는 진열장을 가리키면서 웃었다. 아만다는 깊은 강물에 들어서는 사람처럼 조심스럽게 진열장에 다가섰다.

힌디아인이 진열장에서 반지를 하나 꺼내놓았다. 한번 강물에 들어서자 아만다는 오토메나크도 잊어버린 것처럼 보석 고르기에 빠져버렸다. 그러다가는 문득 생각난 듯이 고개를 들어 오토메나크에게 웃어 보이고는 다시 열중한다. 힌디아 사람도 못지않게 열중해 있는데 이쪽은 그래도 하느님답게 아만다보다는 여유가 있다. 어슬렁거리면서 상점 앞에 와서 문밖 보도에서 진열장을 들여다보고 서 있는 운전병에게 오토메나크는 잠깐 기다리라는 시늉을 했다.

힌디아 사람이 두번째로 반지 하나를 꺼내놓았다. 의견을 구하는 모양으로 그녀가 오토메나크를 올려다봤을 때였다. 굉장한 폭음이 울리면서 상점의 유리문이 깨어져버렸다. 오토메나크는 돌아서면서 운전병이 진열장 앞에서 비틀거리는 것을 보았다.

비틀거리는 운전병의 건너편 상점과 엇비슷하게 길가에 세워진 그들의 자동차가 불타고 있다. 오토메나크가 튀어나갔을 때 운전병이 길에서 일어나서 뒤를 쫓아왔다. 자동차는 바퀴를 쳐들고 맹렬한 불길에 싸여 있다. 문 한 짝과 바퀴 하나는 떨어져나갔고, 그밖에도 차체에서 부서져나온 부분이 사방에 흩어진 것이, 힘껏 꼬나박아놓고 불을 지르기나 한 것처럼 보인다.

운전병에게 고함쳤다.

"어떻게 된 거냐!"

"모르겠습니다. 소리가 나서 돌아봤을 때는 이 모양이……"

"엔진을 끄고 있지 않았나?"

"물론입니다. 보십시오, 이건 폭탄입니다."

오토바이 소리가 요란하게 나더니 헌병이 사람들을 비집고 다가왔다.

"장교님의 찹니까?"

"그렇다."

"어떻게 된 겁니까?"

"모르겠다. 차를 세워놓고 저 상점에 들어간 사이에 폭음이 들렸다."

연이어 다른 헌병들이 현장에 도착해서 구경꾼들을 쫓아버리고 불타는 차를 사방에서 에워싸고 경계 대형을 잡았다. 구경꾼들이 몰렸다가는 우 쫓긴다.

날카로운 소리를 지르면서 소방차가 왔다. 불은 잠깐 동안에 꺼졌다. 부서지고 비틀어진 채 새카맣게 탄 잔해가 보도 위에 덩그렇게 남았다. 현장에는 소방수와 병사들, 헌병과 트럭을 인솔하고 온 장교만 남았다. 교통을 막은 모양이어서 넓은 차도가 아래위로 텅 비어버리고 로파그니스의 몇 개 번화한 거리 가운데 하나인 장소가 갑자기 빈 도시의 한복판처럼 돼버렸다. 건물의 문간마다 창문마다 무수한 눈들이 이쪽을 지켜보고 있지만 모습은 얼씬도 않았다.

오토메나크는 헌병에 둘러싸여 줄곧 대답을 해오고 있지만, 이 모든 일이 거짓말 같은 착각이 문득문득 들었다. 오토바이가 연이어 도착하고 더 많은 헌병들이 현장에 나타났다. 여러 사람의 헌병이 반장의 지시를 받으면서 자동차를 이모저모에서 모양을 기록하고, 파편이 튀어나간 거리를 하나하나 측량하고 있다.

헌병 중위 한 사람이 다가와서 오토메나크에게 말했다.

"갑시다."

오토메나크는 끄덕이면서, 비로소 아만다가 생각났다. 힌디아인 상점 쪽으로 한 발 내딛자, 장교가 손을 저었다.

"왜요?"

"동행한 사람을 알아보고 오겠소."

"저기."

훨씬 저편에 서 있는 모터사이클의 탑승석에 아만다가 보였다. 그 바로 뒤의 트럭 운전대에는 힌디아 사람의 머릿수건이 보였다.

헌병 중위가 중사 한 사람을 불러서 지시를 주고 있는 사이에 오토메나크는 시커먼 차의 잔해를 바라보면서 불길한 공포를 느꼈다. 헌병 중위가 돌아와서 오토메나크가 탈 오토바이를 지시했다.

데리러 온 아카나트 소령의 차를 타고 돌아오면서 세 사람은 저마다 생각에 잠긴 채, 집에 이르렀을 때까지 말이 없었다. 안쪽에 앉은 아만다는 무릎에 불상을 모아 쥐고 앞만 보고 있었다.
오토메나크의 머릿속에서는 그 자동차가 아직 타고 있었다. 심각한 사건이었다. 로파그니스 점령 이래 아직 이런 사고가 있어본 일이 없다. 대낮에 나파유군 자동차가 한길에서 폭파되었다는 것은. 사령부는 지금쯤 큰 소동이 났을 것이었다. 헌병대에서 증언한 대로, 오토메나크 자신의 책임은 없다.
그들이 차를 비운 것은 잠깐 사이였고, 그 짧은 동안에 폭발물이 장치된다는 것은 불가능하다. 폭탄은 그 전에, 아마 차가 사령부에서 떠나기 전에 장치되었을 것이었다. 그런데도 오토메나크의 마음은 무거웠다. 점령 이후 처음의 사고에 그 자신이 관련됐다는 사실이 짐이 되는 것이었다.
헌병대에서 조사를 받고 있는 동안에 언짢은 일도 그렇다. 헌병 장교가 오토메나크의 이름으로 애로크 출신임을 알고 있는 눈치가 말끝에 느껴졌다. 이런 기분은 근래에 없던 일이다. 더구나 카르노스 사건에 관여하고부터는 오토메나크는, 가장 기밀 사항에 가까이 있는 것이 허락된 사람의 여유 속에 살아왔다. 그런 여유 있는 자리에서 본다면 헌병대 같은 것은 정보 분야의 말단을 맡은 노동판 같은 것이었다. 그런데 막상 자신에게 일이 생겨 그 속에 들어가본 기분은 달랐다. 조사받는 도중에 들려온 비명 소리 때문이었을까. 같은 계급인 헌병장교의 은근한 무례함 때문이었을까. 아무튼 그는 눌렸던 게 사실이었다.

아카나트 소령이 오기까지 그는 자신에 대해서는 이전 소속을 말했을 뿐이었다. 아카나트 소령이 모든 일을 대신 처리하고 돌아오는 지금, 학부형 보증으로 훈육실에서 풀려나온 것 같은 형국이 느껴지는 것도 언짢은 일이었다. 차에서 내려 현관으로 걸어가는 사이에 아카나트 소령이 말했다.

"오늘 일은 말해서는 안 돼."

아만다에게 하는 말이다. 그녀는 말한 사람을 똑바로 쳐다보면서 끄덕였다. 소령은 손가락으로 안경테를 밀어올렸을 뿐 그녀를 쳐다보지 않았다.

비밀 창고를 보고할까. 불쑥 오토메나크에게 떠오른 생각이었다. 아만다는 이층으로 올라가고 장교들은 현관에 남았다.

"피해가 없어 다행이야."

여태껏 시무룩했던 것에 대해 변명하는 울림을 주면서 소령이 말했다.

"네."

잘못은 없는데도 공연히 죄송스럽다는 투의 대답이 된다.

그들은 이해하였다.

"우리 일인데—오늘내일 사이에 출발하게 될 거야."

"알았습니다."

"연락하지."

소령은 자동차 쪽으로 걸어갔다. 중위가 뒤를 따라갔다. 말할까. 소령이 차에 올랐다. 말할까. 차가 움직였다. 오토메나크는 경례했다.

비행장교에 의하면 바람이 조금 있다지만 활짝 갠 날이다. 내려다보이는 고노란 해협은 눈이 부시다. 이 지역의 바다는 물빛이 아름답기로 이름이 났거니와, 이토록 황홀할 줄 몰랐다. 가끔 지나가는 배가 있으면 굉장히 신기해 보인다. 바다와 배는 그토록 뚜렷이 달라 보인다. 저렇게 반듯하게 다듬은 모양은 과연 사람의 손으로 만들어진 물건이라는 느낌이다. 배꼬리에 달려가는 물거품이 마치 하얀 치마꼬리처럼 보인다. 무수한 파도 꼭대기에서 햇빛이 부서지고 부서진 햇빛은 서로 부딪쳐서 또 한 번씩 부딪친다. 바다는 쉴 새 없이 흔들린다. 로파그니스에 부임할 때는 배로 건너왔다. 그때도 이 바다는 볼만했다. 그러나 지금 쌍발 수송기의 창문에서 내려다보는 바다에 비하면 아무것도 아니었다. 지금 이 순간에는 비밀 창고도, 카르노스도, 마야카도, 그리고 이틀 전의 폭발 사건도—아무래도 좋은 느낌이었다. 이토록 단조한 광경이 이토록 싫증 안 나게 주의력을 붙잡아둘 수 있는 일이 신기하다. 잔인하도록 인간사와 무관하다.

로파그니스에서 비행기에 오른 이래 줄곧 바다만 보면서 온다. 뒷줄에 앉은 그에게는 고급 장교들의 뒤통수만 보인다. 그와 나란히 앉은 중령은 처음부터 졸고 있다. 이러고 보면 바다밖에는 볼 것이 없기는 하다.

현관을 나설 때의 아만다의 눈빛이 불쑥 바다 위에 떠오른다. 섬뜩했다. 그토록 호소하는 무엇이 있었다. 아마, 오토메나크가 다시 돌아오지 않을지도 모르겠다는 생각을 했는지도 모른다. 오토메나크와의 이별에 그런 눈빛을 보이게 된 것은 분명히 폭파 사건 때문이었다.

천행이었다. 그들 옆으로 죽음이 다가섰다가 손을 잡으려— 하다가 물러간 것이다. 노리개 하나를 사주려다가 결국 오토메나크는 그 가게에서 아만다에게 목숨 하나를 사준 셈이 된다.

바다 위에 두 개의 눈이 두 개의 배처럼 미끄러지면서 따라온다. 바다가 자기를 보고 있다. 눈은 바다 가득히 퍼진다. 바닷속에 눈이 있다. 눈 속에 바다가 있다. 어느 것이 어느 쪽인지 모르게 된다.

자연— 이만한 자연을 마주 대하고 보면, 사람은 오랜 진화進化의 나그넷길을 순간에 거슬러올라가서 그 앞에 자기도 맨 처음의 자연이 되어 서게 된다.

배가 한 척 지나간다. 꽤 크다. 보이기는 손바닥만 하지만 생김새로 보아 큰 배다. 로파그니스로 부임할 때 타고 온 수송선 비슷한 생김새다.

그때나 지금이나 바다는 여전하다. 그런데 그동안에 나는 얼마나 달라졌는가. 올 때와 가는 지금 오토메나크는 딴사람이다. 그의 인생은 만사 잘된 인생이었다. 마음에 거리낌도 없고, 사명감에 부풀어 있었다. 게다가 전쟁에 이긴 군대의 한 사람으로 들떠 있었다. 또 있다. 열대의 바다를 건너 어렸을 때 이후 무슨 별천지

같이만 여겨온 나라로 온다는 기쁨이 있었다.

 잘못된 사상이라도 당사자가 정말 믿고 있다면, 그 사람의 머리통 안에는 분명한 질서와 평화가 있다. 이 바다를 건너올 때 오토메나크 중위의 머리통 속에는 그런 질서와 평화가 있었다. 나파유주의라는 신념을 가진 애로크 출신의 젊은이였다. 아무튼 그의 머릿속에서는 이 세계는 다 정리돼 있었던 것이다. 나파유와 애로크는 하나이며, 이 세계의 악마는 니브리타와 아키레마라는 것이었다.

 어느 날, 마야카란 이름의 사나이가 나타나서 십자성 카바레의 그 컴컴한 좌석에서 그 얘기를 한 이래 모든 것이 뒤집어지고 말았다. 나파유와 애로크는 하나가 아니라는 귀띔이었다.

 어느 날, 그의 방에 걸려 있는 아이세노딘 가면이 도마뱀 한 마리의 발톱에 채어 마루에 떨어졌을 때 이 귀띔은 거의 의심할 수 없어졌다.

 모든 아이세노딘 사람들이 나파유 점령군에게 적어도 적대심은 없는 것으로 알고 지나간 로파그니스 거리에서 낮에 그의 자동차가 부서지고 불길에 싸였을 때 오토메나크는 자기들이 아이세노딘에서 무엇을 하고 있었는가를 깨달을 수밖에 없었다. 이 해협을 건너온 다음 이런 일이 일어났고, 그래서 지금 해협을 다시 건너가는 오토메나크 중위는 그때의 그 사람일 수는 없었다. 그런 모든 일이 있었지만 인제 와서 어쩌는 도리가 없었다. 이제까지의 그는 나침반 있는 배였다. 좋든 궂든 자기 가고 싶은 데로 키를 잡으면서 자기라는 배를 몰아왔다. 지금 그 배는 나침반이 없다. 나침반이 가짜였다는 것이다. 그 기계에 맞추려고 애쓴 과거가 모두 그만한 절망과 피로가 되어 되돌아왔다. 아무튼 항해는 끝난 것이다. 배는 움직이고 있지만 이것은 항해가 아니라 표류다.

난파선 갑판에 누워서 하늘에 눈길을 보내고 있는 배꾼처럼, 오토메나크는 해협을 내려다보면서 자기 일이 남의 일처럼 아득하게 되새겨졌다. 지금 눈 아래 지나가는 수송선이 해협을 건너오던 자기가 타고 온 그 배 같아 보인다. 배꼬리에서 퍼지는 하얀 물이랑이 점점 물러나면서 비행기 꼬리 뒤로 사라졌다. 그 배 속에 정말 자기를 태워 보내기나 한 것처럼 허전해진다. 아무 까닭 없이 잔인스럽게 파란 바다만 남는다.

고노란은 훨씬 웅성거리는 도시였다. 로파그니스에서 방금 건너 온 눈에는 그렇게 보였다. 거리에 있는 나파유 군인과 차량도 로파그니스와 비길 수 없었다. 군인들을 가득 실은 트럭이 자주 오가는 것이었다. 거리는 사람들로 붐비고 소란스러웠다. 아니코딘 반도의 관문이자 가장 큰 이 도시는 콩메 강 하류에 퍼진 델타를 사방에 거느린 항구이기도 해서 사람과 물건이 쉴 새 없이 드나든다.

오토메나크는 선창 거리를 인력거를 타고 고노란 주둔 나파유 사령부 쪽으로 가고 있었다. 오전 열 시의 선창은 한창 붐비고 있었다. 지금 걸어가는 구역은 과일과 야채 시장이었다. 선창에 바로 잇닿은 바다 위에도 수많은 작은 배들이 빽빽하게 들어차 있는데, 모두 과일과 야채가 뱃전이 넘치게 실려 있다. 바나나, 야채, 파파야, 망고, 레몬, 파인애플, 토마토, 양배추, 파, 오이— 금방 밭에서 따온 싱싱한 과일과 푸성귀 무더기가 질펀하게 깔리고, 둑처럼 이어진다.

아이세노딘 사람보다 약간 몸집이 작고 가냘픈 아니코딘 남녀들이 앉고 서고 걸어다니면서 장사를 하고 있다. 배에 실은 과일 무더기 그늘에서 식사를 하는 가족도 있다. 콩메 강을 따라 훨씬 위쪽의 마을에서 새벽같이 배를 저어온 사람들일 것이다. 터놓고 어린애다운 데가 있는 아이세노딘 사람에 비해 아니코딘 사람은 과묵해 보인다. 바다 하나 건너편 이만한 차이가 있다. 대륙에 잇닿은 탓일까. 아이세노딘 사람들이 이국적으로 느껴지는 만큼 별스러워 보이지 않는다.

색깔이 검다는 것을 제쳐놓는다면 거의 아니크 사람이다.

아니크는 그 넓은 본국에서 여기까지 뻗어왔다. 일 년 동안 아니크 전선에 있으면서 느꼈던 그 한없이 넓다는 느낌이 되새겨진다. 아니크 — 넓은 땅이었다. 그 넓이를 다 메울 병력은 없으니 나파유군은 도시와 도시를 연결하는 한 줄기 전진을 하는 수밖에 없었다. 그때만 해도 오토메나크는 그 넓은 땅덩어리에 아무것도 해놓은 것이 없는 아니크의 무능을 경멸하였다. 조상들이 차지한 땅을 몇천 년 그저 그 식으로만 파먹고 산 역사를 경멸하였다. 장비도 허술하고 전투에도 익숙지 못한 아니크 군대를 경멸하였다. 그는 아니크를 정복한 나파유 군인의 눈으로 그 땅과 사람들을 보았다. 그러나 지금은 그때와는 달리 되새겨진다. 니브리타를 비롯한 숱한 유럽 사람들이 어쩌다 앞질러 만들어낸 무기를 가지고 쑤시고 저며내고 했는데도 끝내 삼키지 못하고 만 아니크. 나파유군이 그 속에서 매번 싸움에 이기면서 아직도 숨통을 누르지 못하고 헤매고 있는 아니크 대륙. 이 열대의 반도에까지 밀려와서 악착같이 살고 있는 아니크 인종—그의 눈에는 색깔이 검은 아니크인으로만 보이는 아니코딘 사람들의 물결을 보면서 오토메나크는 생각하였다.

아니크의 그 커다란 덩치는, 유럽의 폭력에 대항해서 이길 수 있을 때까지, 아시아 사람들이 숨 돌리기 위해, 몸을 뜯어먹히면서 막아선, 역사의 방파제가 아니었을까 하고. 세상은 그렇게도 볼 수 있었구나 싶으면서 그런 지각이 없었던 자신의 어제까지의 시간이 어둡고 긴 낭떠러지처럼 그를 어지럽게 했다.

고노란 사령부가 보이는 네거리에서 오토메나크는 인력거에서 내렸다.

나파유군의 고노란 사령부로 쓰이고 있는 이곳의 지배자였던 세나프르의 아니코딘 총독부 건물은, 로파그니스 사령부와 똑같은 모양의 둥근 지붕을 하늘 높이 치켜세우고 서 있었다.

아니크 전선에서 아이세노딘으로 전속할 때 들렀던 곳이다. 고노란 사령부는 나파유군의 남방 전선 총사령부였기 때문이다. 그때는 사령부 강당에서 사령관 훈시가 있었다. '깨끗하게 죽어라.' 사령관은 긴장해서 정렬하고 있는 백 명쯤 되는 장교들에게 그렇게 말했다. 나파유군의 정신 교육의 전통을 따른 그 죽음에의 축복을 장교들은 묵묵히 듣고 있었다. 그렇게 알고 자라왔고, 훈련 받아온 그들에게는 당연하기도 하려니와, 유별나게 느낌이 있을 것도 없는 늘 듣던 말이었다.

사령부 위병소 앞으로 걸어가면서 오토메나크는 반사적으로 좀 더 허리를 펴고, 턱을 당기면서, 나파유 장교의 표준 규격에 맞게 자신의 외양을 가다듬었다. 위병소에서 정보참모부에 전화를 걸었다. 한참 있더니 들어오라고 한다. 위병 상사에게 정보참모부 위치를 물어본 다음 넓은 연병장 옆을 따라 찾아갔다.

더 많은 장교와 사병들이 오고 간다. 승용차가 연달아 지날 때마다 깜짝 놀란 사람처럼 경례를 했다. 이 방면에 온 나파유군은 자동차는 흔해빠지게 노획했다. 아니크 전선 같으면 말을 타고 다닐 계급의 장교에게도 여기서는 고급 승용차가 돌아갔다. 그래서인지 쉴 새 없이 경례를 해야 했다.

정보참모부는 노란 칠을 한 독립 건물이었다. 오토메나크가 들어간 방은 참모 보좌관실이었다. 천장에서 선풍기가 돌아가고 있었다.

눈길이 매서운 소령이 방의 안쪽 책상 건너에 앉은 채로 그를 맞았다.

"오토메나크 중위입니다. 로파그니스로부터 고노란으로 출장 명령을 받았습니다."

"알고 있네. 나는 참모 보좌관 키므라트 소령이야. 앉게."

생김보다 말씨는 부드러웠다.

오토메나크는 책상 옆에 놓인 의자에 앉았다. 선풍기 바람이 비껴 위에서 시원하게 내려와 닿았다.

"아카나트 소령에게서 연락을 받고 기다리고 있었네. 편지를 가져왔나?"

"네."

오토메나크는 줄을 매서 목에 건 주머니 속에서 편지를 꺼내 키므라트 소령에게 주었다. 키므라트 소령은 봉투를 받아 조심스럽게 편지를 꺼내 읽었다.

"꽤 강경하군."

소령은 읽기를 마치고 오토메나크를 보면서 싱긋 웃었다. 아카나트 소령의 동기생이라고 한다.

"그렇습니까?"

"괜찮겠지. 이만큼은 해야 할 거야."

소령은 편지를 오토메나크에게 돌려주었다.

"편지는 오늘 저녁에 건네기로 하겠네. 자네는 내 영외 숙소로 나가서 기다리게."

소령은 오토메나크가 편지를 도로 넣는 것을 쳐다보면서 책상 옆에 붙은 초인종을 눌렀다.

그날 저녁에 오토메나크는 키므라트 소령의 안내로 이타오바 황제를 방문했다. 황제의 숙소로 가는 도중 차에서 내다보이는 고노란의 저녁 풍경도 로파그니스보다 훨씬 활기에 넘쳐 보였다. 커다란 전쟁이 이 도시와 연결돼 있다는 분위기가 충만해 있었다. 무엇보다 군용 트럭이 밀려다니는 모양이 눈에 띄었다. 이맘때 시간에 로파그니스에서는 볼 수 없는 풍경이었다.

해안을 따라 자동차는 번잡한 거리를 천천히 빠져나갔다. 거기서부터는 교외가 시작되고 있었다. 별장들이 열대 수풀 사이에 드문드문 나타났다. 길에서 훨씬 들어간 별장 앞에서 차가 멎었다. 현관 위에 발코니가 내민 하얀 이층 건물이었다. 그들은 차에서 내려 현관으로 걸어갔다. 오토메나크는 편지가 든 가방을 들고 있었다.
 안에서 민간복을 입은 남자 두 사람이 현관으로 나왔다. 그들의 몸놀림으로 봐서 군인이라는 것을 오토메나크는 곧 알 수 있었다. 두 사람은 현관 왼쪽에 있는 응접실에 안내되었다.
 "황제께서 곧 나오십니다."
 안내하는 군인이 말했다. 오토메나크는 긴장해서 서 있었다. 키므라트 소령도 차렷 자세를 취한 채 말없이 서 있었다. 응접실에서 이층으로 통하는 계단 위에서 기척이 났다. 반짝거리는 구두가 맨 위쪽에서 천천히 걸어내려왔다. 오토메나크는 얼굴은 앞을 향한 채 곁눈으로 내려오는 사람을 쳐다보았다.
 흰 양복에 나비넥타이를 맨, 뚱뚱한 쉰 살쯤의 남자가 맞은편에 와 멈췄다. 테가 없는 안경 너머로 가느다란 눈이 앞에 서 있는 두 사람의 군인을 바라보고 있었다.
 키므라트 소령과 오토메나크는 경례하였다.
 황제가 가볍게 끄덕였다. 키므라트 소령이 한 발 나서면서 말했다.
 "전하, 로파그니스에서 편지가 왔습니다. 아이세노딘 정치 지도자들이 보내는 의견서입니다."
 황제는 끄덕이면서 의자에 앉았다. 키므라트 소령이 한 발 물러서면서 오토메나크를 소개했다.
 "로파그니스 사령부에서 근무하는 오토메나크 중위입니다. 세이나브 수상과 카르노스 씨의 편지를 가지고 왔습니다."
 황제가 끄덕였다.

키므라트 소령이 오토메나크를 돌아보면서 비켜섰다. 오토메나크는 가방에서 꺼내 들고 있던 두 통의 편지를 들고 앞에 나가 황제에게 건네었다. 황제는 편지를 받아 일단 탁자에 놓았다가 한 통을 집어 들어 속을 꺼내 읽기 시작했다. 오토메나크가 보니 그것은 세이나브 수상의 편지였다.

황제의 낯빛이 점점 찌푸러지는 것을 오토메나크는 조마조마하게 보고 있었다. 편지 내용을 알고 있는 터이므로 그가 읽고 있는 대목이 황제에게 줄 충격을 짐작할 만했다.

황제는 읽은 편지를 책상에 던지듯 내려놓고, 또 하나의 편지를 뽑아 읽었다. 카르노스의 편지다. 오토메나크는 그 사이가 고통스러웠다. 빨리 이 자리가 끝나기가 기다려졌다. 마침내 그 편지를 끝내고 황제는 고개를 들었다. 안경이 번쩍 빛났다.

"이 편지는 무슨 까닭에 가져온 것이오?"

표정보다는 가라앉은 목소리였다. 키므라트 소령이 조심스럽게 대답했다.

"로파그니스 사령부가 현지 사정을 전하께 알려드리라고 주선한 것으로 알고 있습니다."

이타오바 황제는 잠깐 침묵했다. 오토메나크는 황제가 흥분을 누르려고 애쓰는 것을 알 수 있었다. 황제는 잠깐 눈을 감았다가 떴다. 그리고 말했다.

"나는 매우 유감스럽게 생각합니다. 나파유 정부와 현지 사령부 사이에 어떤 견해 차이가 있는지 알 필요가 없소. 당신들은 나에게 말하러 올 때 서로 상의하는 것이 좋을 것 같소. 오는 사람마다 책임 없는 말을 한다면 나는 이제부터 당신들하고는 아무 말도 하고 싶지 않소."

키므라트 소령은 고개를 숙인 채 대답하지 않았다.

황제는 일어섰다. 시중드는 사람이 다가섰다. 황제는 두 사람에게 잠깐 눈길을 멈췄다가 계단 쪽으로 걸어갔다. 오토메나크는 황제의 모습이 이층으로 사라지자 숨을 내쉬었다. 오토메나크는 황제가 그대로 놓고 간 책상 위의 편지를 쳐다봤다. 키므라트 소령이 돌아서서 응접실에서 나가는 뒤를 따라 나오면서 오토메나크는 일이 끝난 것만이 시원했다.

돌아오는 차 안에서 키므라트 소령이 오토메나크를 위로하듯이 말하는 것이었다.

"황제가 그만하기를 다행이군. 자네도 짐작은 했겠지만."

"네, 황제의 말은 당연했습니다."

"고노란 사령부는 로파그니스 사령부와 전혀 의견이 같은데, 과격분자들이 좀 골치거든."

"과격분자라니요?"

"고노란 사령부 통제를 받지 않는 공작대가 독자적인 활동을 하고 있는 모양이야."

"여기서 말입니까?"

"음, 그 친구들이 황제를 끌어내리려는 운동을 하고 있어. 물론 본국에서 찬성하는 사람들의 후원을 받고서 말이야."

"황제하고도?"

"접촉이 있겠지. 나파유 점령 지역에 공화共和 정체를 세울 것이 아니라 왕정王政을 하나라도 부흥해야 한다는 것이지. 딱한 형식주의자들이야."

머리를 저으면서 키므라트 소령은 입맛이 쓴 모양이었다. 창밖을 내다보며 그의 말을 들으면서도 오토메나크는 왜 그런지 모든 일이 어느 먼 곳의 얘기처럼 공허하게 느껴졌다.

우기

 고노란에서 돌아온 지 열흘쯤 될 무렵부터 우기가 시작되었다. 한낮에도 몇 번씩 소나기가 퍼부었고 날씨가 무더워졌다. 카르노스는 오토메나크에게서 이타오바 황제가 편지를 받고 하던 말을 들으면서도 아무 말도 하지 않았다.
 자동차 폭파 사건은 시한폭탄에 의한 것으로 결론이 내려지고, 모든 차량은 발차 전에 반드시 안전 검사를 받도록 새 규칙이 생겼다고 한다. 시한폭탄이 장치되었다면 자동차가 사령부 수송부에 있을 때였다는 말이 된다. 놀라운 일이었으나 그 후 아직까지는 같은 사고가 일어나지 않고 있었다. 본국에서 오는 신문에도 이타오바 황제에 대한 보도는 다시 나오지 않았다. 다시 어떤 일이 있을지는 아무도 예측할 수 없는 일이고, 어느덧 그 일은 일단락된 것으로 가라앉아버렸다. 아카나트 소령도 더 말이 없었고, 카르노스도 마찬가지였다.

비가 와서 뜰에서 거닐 수 있는 시간이 짧아진 카르노스는 현미경을 들여다보거나 먼젓번 아만다가 사온 부처를 모셔놓은 책상 앞에서 생각에 잠겨 있는 일이 많아졌다.

다시 조용한 생활이 이어져나갔다. 다만 그것은 다른 사람들에게만 그러했다. 오토메나크는 밤마다 비밀 창고에서 문서를 읽어나갔다. 그의 생활은 날마다 새로웠다. 아무의 눈에도 띄지 않고 그는 밤마다 자신과 싸우고 있었다. 이제 그는 자기가 대학에서 정치학을 배우지 않은 것을 한탄하지는 않았다. 물론 배워야 했을 때 배우지 못한 일은 어쩔 수 없는 일이었지만 지금 늦은 대로 오토메나크는 엄청난 공부를 하고 있는 것이었다.

밤마다 그는 절망했다. 문서의 한줄 한줄이, 오토메나크의 지금까지의 삶이 잘못이었다는 것을 너무도 알기 쉽게 설명하는 격이었기 때문이었다. 겉보기에 그토록 힘없는 아이세노딘 사람들의 얼굴은 아이세노딘의 얼굴의 반쪽일 뿐이었다. 다른 반쪽의 얼굴들은 분노하고, 울부짖고, 배신하고, 뉘우침으로 흐느끼고 있었다. 그 다른 쪽에 그들을 찾아내어 고발하고, 회유하고, 타락시키고, 처벌하는 니브리타의 얼굴이 있었다.

이 문서는 정치라는 것의 피 묻은 발이 밟고 지나간 자국이었다. 어떤 정치학 교과서도 이렇게 철저한 증거와 실물 크기의 표본을 가지고 사람을 가르칠 수 없는 일이었다. 묘한 일이지만 오토메나크는 밤마다 황홀한 만족을 느꼈다. 자신의 지난 삶이 큰 착각이었다는 것, 따라서 돌이킬 수 없는 잘못을 저지르고 말았다는 것을 알려주는 것이 이 문서들이었다. 오토메나크는 마땅히 이 문서

속의 사람들처럼, 애로크의 빼앗긴 자유를 위해서 싸워야 했고, 지금 그는 나파유 군복이 아니라 나파유를 반대하는 사람들의 제복을 입었어야 할 것이었다.
　문서는 그렇게 가르쳐주고 있었다. 오토메나크의 삶은 희극적으로 잘못된 삶이었다. — 문서는 밤마다, 그렇게 말하는 것이었다. 그런데도 그 무서운 단정을 들으면서 오토메나크는 황홀하였다. 만일 이런 것을 알지 못했다면 얼마나 억울했겠는가 하는 생각에 서였다. 그렇게 해서 그의 값비싼 황홀함이 더하면 더할수록 그의 절망도 마찬가지로 더해갔다. 날마다 더해가는 이즈음의 비처럼.

　어느 날 공병 분대가 와서 하루 종일 작업했다. 집 안팎에 경보 장치를 하는 것이었다. 대문에서 현관에 이르는 사이에서부터 시작하여, 집의 둘레와 뜰에 빈틈없이 전깃줄을 묻고, 건물의 문에도 장치했다.
　병사들이 손에 익은 작업을 묵묵히 뜨거운 햇볕 아래서 진행시키고 있는 사이를 오토메나크는 오가면서 감독했다. 한 손에 설계도를 들고 가끔 자기 의견을 말했다.
　원래 설계에는 이 모든 회로의 스위치가 하나로 통일돼 있었는데, 안 될 일이었다. 회로를 몇 개의 단위로 나누어서, 각 단위마다 스위치를 따로 두어야만 쓸모가 있다. 한 군데에 스위치를 집중시키면, 밤에는 몰라도 낮 동안에 적절히 분할해서 운용할 수 없다. 고장이라도 나게 되면 모든 회로가 기능하지 못한다. 인솔하여 나온 조장은 오토메나크의 말을 곧 찬성했다. 오토메나크는 이 공사가 자기가 출장 간 사이에 실시되지 않은 일이 다행스러웠다. 비밀 창고 때문에. 막상 공사를 관찰해보니 비밀 창고의 장치에 접근할 일은 없었다.

이 집의 전깃줄들은 지붕 속에 들어가지 않고 모두 표면에 드러나 있었기 때문이었다. 그렇기는 하나 여러 사람의 공병이 연장을 들고 복도와 방의 이모저모를 만지고 돌아가는 것을 보고 있으면, 조마조마하기는 마찬가지였다.

작업을 대낮에 드러내놓고 하는 것은, 이 작업의 성질상 당연하였다. 이 집이 몰래 침입하기에 불편하도록 되어 있다는 것이 충분히 시위되면 그것도 이 작업의 목적에 맞는 일이었다.

작업하는 동안 카르노스가 불편하지 않게 무척 마음을 썼다. 카르노스는 탈출할 생각을 하고 있을까. 문득 이런 의문이 떠올랐다. 이 모든 일이 거기에 연결된 작업이다. 그리고 오토메나크는 자기가 여태껏 카르노스가 탈출 같은 것은 염두에 두고 있지 않다고 혼자 짐작해온 것을 깨달았다. 지금은 생각이 다르다. 기회만 있으면 그는 탈출한다. 점잖은 사람이 몰래 문을 열고 도망한다는 광경이, 전혀 있을 수 없는 것처럼 무의식적으로나마 생각해왔던 것이다. 지금 있는 질서가 요지부동의 가장 자연스러운 모습이라는 전제에서만 그런 무의식은 가능하였다.

지금은 그렇게 생각되지 않았다. 기회가 있으면 카르노스는 탈출한다. 그의 동지들은 그가 감금된 이래 끊임없이 탈출 계획을 진행시켜왔다고 보는 것이 옳고, 카르노스는 조용하지만, 주의 깊게 그런 순간을 기다려왔다고 봐야 했다. 비밀 창고의 문서들을 읽고 있는 사이에 세상은 겉보기보다는 훨씬 많은 움직임을 지니고 있으며, 여러 힘이 서로 상쇄하여 실지로 변화로 나타나지 않는 경우가 많을 뿐이지, 언제든지 놀랄 만한 변화는 터져나올 수 있다는 것을 알게 되었다. 지난번 폭파 사건이 좋은 증거였다.

그렇다면 이런 생활이 계속되면 어떻게 된다는 것인가. 이 문제에 부딪힐 때마다 그의 생각은 낭떠러지 끝에 선 사람처럼 걸음을 멈췄다. 나파유가 패전한 다음 자기의 인생. 그는 한없는 깊이를 흘깃 들여다보고 눈을 돌리는 사람처럼, 늘 여기서 돌아서고 만다.

차는 시내를 빠지자 속력을 내기 시작했다. 국도는 오른편으로 강을 바라보면서 야자 농원 옆을 달리고 있다. 야자 농원에서 국도까지 사이에 퍼진 풀밭에 검은 물소가 여러 마리 풀을 뜯고 있다. 밝은 햇빛 아래에서 자세히 보면 물소는 검다기보다 짙은 회색이다.

"자네한테 얘기 안 했었지."

"무슨 말씀입니까?"

오토메나크는 아카나트 소령의 시선을 따라 물소 떼를 바라보던 눈길을 상관의 옆얼굴로 옮기면서 되물었다.

"고노란에서 사고가 있은 모양이야."

"사고라뇨?"

"키므라트 소령이 괴한들에게 습격을 받았다는군."

"습격이라니요?"

처음 보는 인상보다는 부드러운 인품이던 고노란 사령부 정보보좌관의 얼굴을 떠올리면서 오토메나크는 깜짝 놀랐다. 아카나트 소령은 잠깐 말을 잇지 않고 차창 밖만 내다보다가 다시 계속했다.
"고노란 사령부 정보부가 이타오바 황제의 출마를 반대하는 것을 불만으로 아는 그룹이 있는 모양이야."
오토메나크는 그런 말을 키므라트 소령에게서 들었었다.
"네, 소령님이 말씀하시더군요."
"그래?"
"네, 잠깐 들었습니다."
"아마 그쪽에서 한 것인 모양이야."
"습격이라니?"
"목숨은 건진 모양인데……"
"그럴 수가 있습니까?"
"딱한 놈들이지. 덮어놓고 왕정王政이면 그만인가."
아이세노딘에 왕정을 부활시키는 것은 적당치 못하다는 것이 고노란과 로파그니스의 사령부 방침이었다. 습격자들은 키므라트 소령을 테러하면서 역적이라고 욕했다고 한다.
"황제한테 편지를 전한 것이 그들을 자극했던 모양이야. 자넨 운수가 좋아. 잘못했더라면 자네가 당할 뻔했지."
오토메나크는 입을 다물었다. 왕정이라는 형식에 사로잡혀서, 실지로 나파유에 불리한 일을 추진하면서 지각 있는 사람을 테러한 일은 딱한 일이었다. 그러나 오토메나크에게는 이제 와서는 아무래도 좋은 일이었다. 다만 아카나트 소령 앞에서 적당하게 관심을 나타내 보이는 것뿐이었다. 하마터면 자기가 화를 당할 뻔했다는 얘기도 크게 울리지 않았다. 요즈음 만사에 그런 것이었다. 자기를 둘러싼 모든 일이 남의 일처럼 허공에 떠 있는 느낌이었다. 지금 그들은 로파그니스에서 내륙 쪽으로 들어와 설치된 포로수용소로 가는 길이었다. 니브리타인 여자 포로들만 수용한 곳이다.

카르노스가 동부 아이세노딘에서 석방될 때면 꺼묻어서 보내게 될 포로들이었다. 아카나트 소령이 오토메나크를 데리고 수용소를 시찰하는 데는 까닭이 있을 것이었다. 물론 장차 호송하게 될 포로들을 보아두게 하자는 것일 터이었다. 그리고 아마 카르노스와 이들 여자 포로들의 송환이 임박한 것인지도 모른다. 이런 생각을 하면서도 오토메나크에게는 그런 일들이 조금도 절실하지 않았다. 기계적으로 생각이 떠올랐을 뿐이다.

"저기야."

아카나트 소령이 말했다. 벌판 한가운데 있는 수도원이었다. 남쪽으로 멀리 산맥이 바라보일 뿐 그 밖에는 거칠 것이 없는 무인지경이다. 수도원은 붉은 벽돌담으로 둘려 있고 높은 탑 위에 십자 표지가 오후의 햇빛 속에 빛나고 있었다. 근처에는 부락도 논밭도 없었다. 자동차는 사보텐이 무더기무더기 자란 사이를 구불거리는 길을 따라 수도원으로 다가갔다.

수도원의 철문은 굳게 닫혀 있었다. 차가 멈춰 서자 철문 옆에 토치카의 총구멍보다 조금 클까 말까 한 창문 안에 병사의 얼굴이 나타났다. 운전사가 내려가서 창 안에다 대고 얘기하였다. 운전사가 돌아와 자리를 바로잡는 사이에 철문이 열렸다. 자동차는 천천히 문 안으로 들어갔다.

뾰족탑이 높이 솟은 예배당을 중심으로 부속 건물이 사방에 둘러서 있었다. 자동차는 그들 건물 중에서 철문이 가장 가까운 이층 감색 벽돌집 앞에서 멎었다.

중위 한 사람이 현관으로 나오면서 그들을 맞았다.

"기다리고 있었습니다."

아카나트 소령에게 경례하면서 수용소장이 말했다. 아카나트 소령이 오토메나크를 소장에게 소개했다. 병사들이 긴장한 걸음으로 뜰을 오고 갔다. 자기 방에서 소장은 수용소 현황을 설명했다.

이 수용소는 군의 로파그니스 점령 후 참모부 지시에 따라 설치되어 오늘에 이르렀음. 현재 120명의 니브리타인 여자 포로를 수용하고 있음. 그중 85명이 준전투원이며 나머지가 민간인 억류자임. 전투원의 성분은 간호원, 타자수, 교환수 기타의 순위임. 현재 경비 병력은 3개 분대와 아이세노딘 의용여군 1개 분대로 임무에 임하고 있음. 포로의 주일과는 하루 다섯 시간의 피복 제작 노동임.

"질문은?"

아카나트 소령이 오토메나크 중위를 돌아보면서 물었다.

"네."

오토메나크는 잠깐 생각하고 물어보았다.

"민간인 억류자의 성분은?"

"로파그니스 점령 당시, 동시에 거류하고 있던 민간인들로서 다양합니다."

"어려운 점이 있으면 말하게."

아카나트 소령이 소장에게 말했다.

"네, 현재로선 이렇다 할 사항이 없습니다. 건물 자체가 외부와 차단되어 있으며, 근처에 민간인이 없는 탓으로 경비나 보안상 유리합니다. 보급도 원만합니다."

"그건 우리 쪽 사정이고, 수용자들의 상태는 어떤가?"

"약간 반항적이지만, 아직껏 탈출 기도나 소란 등의 사고는 없습니다."

"그런데 반항적이란 건 무슨 말인가?"

"네, 그것은……"

소장은 머뭇거렸다.

"그것은?"

아카나트 소령이 재촉하듯 묻는 말에 소장은 계속했다.

"대단히 비협조적입니다."

"비협조적? 규칙을 위반하는가?"

"아닙니다."

"그러면?"

"네, 즉 수용소 당국에 대해 마음속으로부터의 신뢰가 모자란다는……"

아카나트 소령이 껄껄 웃었다.

"그만해두게."

아카나트 소령이 웃음을 거두면서 소장에게 말했다.

"니브리타 여자들이 하루아침에 충용한 나파유 신민이 될 수는 없지 않은가."

소장은 얼굴을 붉혔다. 오토메나크는 소장이 말하고 싶었던 바를 짐작할 수 있었다. 아카나트 소령이 일어섰다.

"백문이 불여일견이니 어디, 약간 반항적인 니브리타 부인네들을 둘러보기로 할까?"

"준비되어 있습니다."

"가세."

그들이 사무실에서 나서자, '각 반班 사열 준비'의 구령이 뜰 안에 울렸다.

수용자들의 숙소는 경비대 본부 뒤쪽에 있는 이층 건물이었다. 원래는 이 수도원에서 경영하던 양로원 건물이다. 아래층 입구에서 안경을 낀 마흔 줄의 여자가 사열자에게 인원을 보고했다.

아카나트 소령은 그녀의 보고를 들은 다음, 안으로 들어섰다. 들어서면서 오른편 넓은 강당에 수용자들은 가운데 통로를 끼고 두 줄로 정렬해 있었다. 각기 자기 침대 머리에 서 있는 것이다. 들어서면서 느낌이 병원 입원실을 방불케 했다. 여자 포로들이 모두 작업복을 입고 있는 인상이, 환자들의 집단을 연상시켰다.

그녀들 앞을 지나면서 오토메나크는 소장의 말을 이해했다. 백문이 불여일견이었다.

그 방에는 30명이 들어 있었는데 여자들만 사는 방에서 풍기는 독특한 분위기만 하더라도 오토메나크에게 벅찼는데, 게다가 얼굴마다 거침없이 나타내고 있는 적의가 섬뜩할 지경이었다. 아래층에 또 하나 같은 모양의 숙소가 있었고, 나머지는 다음 건물에 수용돼 있었다. 이쪽에 민간인 억류자를 몰아서 수용하고 있었다. 작업복을 입고 있기 때문에 민간인이라고 해서 달라 보이지도 않고, 싸늘한 적의의 분위기도 마찬가지였다.

사열자에게 조금도 두려움이나 아부를 나타내지 않는 것으로 한껏 반항하고 있는 표정들이었다. 오토메나크는 전임 부대에서 남자 군인 포로들을 다루었기 때문에 니브리타인들의 몸가짐에 익숙해 있었지만, 그때는 남자 포로들이었다. 포로일망정 그들의 적의와 음울한 기분이 군인으로서 자존심의 한 모습인 것을 이해할 수 있었다.

그러나 이 천장이 높은 수도원 건물 안에서 환자나 수녀를 연상시키는 니브리타 여자들이 풍기는 분위기는 허를 찔린 느낌이었다. 그러나 오토메나크에게는 그녀들의 한껏 표시한 반항을 갸륵하다고 생각하기보다는 못마땅한 생각이 앞질렀다. 그녀들은 아마 그런 눈초리와 몸가짐으로 아이세노딘 국민을 대하면서 살았으리라는 짐작 때문이다. 그녀들의 남성들이 정복한 땅에서 몸에 밴 지배자로서의 교만한 몸매가 여자들에게는 어울려 보이지 않았다.

오토메나크가 보니 아카나트 소령은 매우 유쾌한 양, 웃음을 띠고 있었다. 웃음을 띤 사열관과 잔뜩 부어 있는 수용자들이라는 것은 미상불 기묘한 모습이었다. 내무반 사열 후 그 다음 건물에 설치된 피복 공장을 보았다. 창고 안에 재봉틀이 정렬되어 있었다. 토요일 오후였으므로 작업장은 말끔히 치워져 있었다.

사열이 끝난 뒤에 소장실에서 포로 대표와 면담이 있었다.

포로 대표는 사열 때 인원 보고를 한 마흔 줄의 안경 낀 여자였다. 그녀는 니브리타의 로파그니스 군 병원의 간호부였다고 한다. 엷은 갈색 머리에 키가 큰 그녀는 의자에 단정하게 앉아서 아카나트 소령에게 포로들의 요구를 전달했다.

일요일에는 평복을 입고 예배를 보도록 허락해줄 것, 더 자주 목욕할 수 있도록 해줄 것, 세탁비누의 배급을 늘릴 것, 책을 제공해줄 것, 포로들이 사용으로 재봉틀을 쓸 수 있는 시간을 늘려줄 것.

이런 내용의 요구를 그녀는 또박또박한 말씨로 진술했다. 옆에서 보기에 마치 그녀가 아카나트 소령을 타이르고 있는 것처럼 보였다. 알아듣기 쉽게 말을 천천히 하는 것과 가끔 반응을 살피듯, 말을 끊고 이쪽 얼굴을 새겨보는 동작 때문에, 그렇게 보이는 것이었다.

아카나트 소령은 점잖게 열심히 그녀의 요구를 듣고 종이에 적었다.

"알았습니다."

그녀가 말을 마치자 소령은 자기가 적은 것을 들여다보면서 말했다.

"요구 사항은 대체로 이유가 있다고 봅니다. 충분히 검토해서 되도록 희망에 응하도록 하겠습니다. 조처는 소장을 통해서 통고 받으십시오."

아이세노딘 여군 병사가 차를 가져왔다.

아카나트 소령은 포로 대표에게 권하면서 이렇게 말했다.

"불편한 일이 많을 줄 압니다. 그러나 지금은 전시입니다. 당신들의 보급만 하더라도 나파유군보다 좋은 것입니다. 이것을 알아야 합니다. 니브리타군은 현재 고생하고 있을 것입니다. 그들을 생각해서라도 어려운 점을 참아야 할 것입니다."

그녀는 찻잔을 내려놓고 소령을 똑바로 쳐다봤다. 그리고 말했다.

"니브리타 군대는, 우리들이 보다 나은 대우를 받게 하기 위해서 싸우고 있는 것입니다."

오토메나크는 긴장했다. 그녀의 말도 그렇거니와, 아카나트 소령의 미간에 살벌한 기운이 번졌기 때문이다. 아카나트 소령이 찻잔을 내려놓는 소리가 딸깍 울렸다. 스산해졌던 소령의 낯빛이 금시 흩어지면서 껄껄 웃음을 터뜨렸다.

"그렇습니까. 그렇다면 아무쪼록 니브리타군이 당신들의 대우 개선에 성과를 올리게 되기를 희망합니다. 그러나 니브리타군의 성과 여부에 관계없이 저도 가능한 한도까지는 선처하겠습니다."

전직 간호부는 정중하게 고맙다고 치사했다.

"사실상 어려운 문제는 포로 대우에는 전반적인 기준이 있으므로 이곳 수용소에만 특례를 만들기가 어렵다는 것입니다. 희망 사항에 응하지 못하는 경우에는 그것도 한 원인이라는 점을 알아주십시오."

전직 간호부는 큰 선심이나 쓰는 듯이 의젓하게 알 만하노라는 표정을 지었다. 그런 다음 그녀는 일어서서 똑바른 걸음걸이로 방에서 나갔다.

포로 대표의 모습이 문밖으로 사라지는 것을 보면서 아카나트 소령이 소장에게 말했다.

"자네가 반항적이라 한 말을 알겠군."

소장은 겸연쩍은 듯이 웃었다. 그리고 말했다.

"만사가 저런 식입니다."

"니브리타군은 저희들의 대우 개선을 위해 싸우고 있습니다— 좋은 배짱이야."

"얄미울 때가 한두 번이 아닙니다. 자기들 처지를 헤아리는 눈치가 전혀 없어요."

"저런 식으로 오래 해먹은 사람들이니깐 그럴 수 있지. 세계 어디를 가나 자기 나라 위세가 통하지 않는 데가 없이 살아오지 않았나."

"특히 병사들이 화를 냅니다."

"걸려들어서는 안 돼. 말할 것 없이 이 여자들 개인에게는 죄가 없어. 남의 땅에 와서 호의호식하던 특권을 빼앗겼다고 해서 저러는 건데, 그 특권 자체가 과연 어떤 것이었는가를 반성할 힘은 없는 아녀자들이야. 개인적으로 관찰하면 그럴듯한 위엄인 것 같지만, 더 넓은 자리에서 자신을 돌아볼 힘이 없는 데서 오는 것이니깐, 일종의 희극이지."

그렇다고 오토메나크도 생각하였다.

"그럴수록 흥분해서는 안 돼. 그들을 반성시킬 생각은 할 필요가 없어. 힘을 가지고 있으면 그 자체가 교육이 되는 거야. 우리는 외국인을 통치한 경험이 없어서 통치받는 사람에게서 과도한 복종을 기대하는 편이야. 그럴 필요 없어. 니브리타인들처럼 약자에 대해 좀더 냉정할 필요가 있어. 약자의 마음까지를 원하는 건 자기 힘에 대한 자신이 없을 때이기가 쉽지. 니브리타인들의 눈을 봐. 사열하면서 관찰하니 그들은 우리를 아이세노딘 사람 정도밖에는 생각하고 싶지 않은 모양이야. 그런 상대편에게 흥분해서는 안 돼. 기계적으로 냉정하게, 포로가 된 짐승들쯤으로 알면 돼. 짐승을 상대로 화를 내면 되는가."
"알겠습니다."
소장이 대답했다. 아카나트 소령이 굉장히 화가 났구나 하고 오토메나크는 생각했다. 그들은 일어서서 밖으로 나왔다. 철조망으로 막힌 수용소 입구와 반대편으로 걸어가서 인쇄소로 들어갔다. 수도원에서 운용하던 것인데 수도사들이 전쟁이 나자 본국으로 철수한 이후 쓰이지 않고 있다. 인쇄소에 이어 목공소 대장간 시설이 있다.
이것들도 지금은 문이 닫혀 있다. 본당을 중심으로 배치된 이들 시설을 한 바퀴 돌자 다시 철조망이 나타나고 보초가 서 있다. 수도원 구내가 본당 건물을 중심으로 반으로 나뉘어서 저쪽이 수용소고 나머지가 경비대 구역이다. 피복 공장만이 포로 구역 안에 들어 있다. 본당 건물들은 폐쇄된 채 포로들 중의 천주교도들에게도 예배 장소로 허락되지 않고 있다 한다.
"예배당을 쓰게 해달라는 것입니다."
소장이 큰 나무문이 굳게 닫힌 본당 입구 앞을 지나면서 말했다. 아카나트 소령이 끄덕였다.
"니브리타군에게 통보하겠네."
그렇게 대답한 아카나트 소령까지 합쳐서 세 사람의 나파유 장교들은 깔깔 웃었다.
사열관 일행이 다시 소장실로 들어서서 조금 있자니 비가 뿌리기 시작했다. 요즈음은 하루에 한두 차례 으레 내린다. 오토메나크는 내려다보이는 수용소에서 빨래를 걷어 들이는 분주한 움직임을 보고 있었다.

여기서 보면 건물 밖에서 돌아가는 포로들의 움직임이 모두 보인다. 여러 겹으로 친 줄에 널어놓은 빨래는 물색 옷이 많다. 포로들이 빨래를 한 아름씩 안고 달려가는 사이로 아이세노딘 여군 한 사람이 움직이면서 지시를 주고 있다.

벌판 가득히 세찬 빗발이 맹렬히 쏟아붓는다. 소장과 아카나트 소령은 방에서 나가고 없었다. 이윽고 내려다보이는 철조망 그쪽에는 사람의 자취가 끊어졌다. 포로 숙소에서 열렸던 창문들도 모두 닫히고 지붕 위에 부딪혀서 흘러내리는 빗물이 슬레이트 기와의 평평한 면을 쏜살같이 흘러내린다.

철조망 앞 초소 안에 들어선 보초가 착검한 총만을 앞에 내세우고 잔뜩 속으로 웅크리고 있었다. 철조망 이쪽 경비대 구역에도 밖에 나다니는 그림자가 없다. 아카나트 소령은 아마 경비대 내무반을 보고 있을 것이었다.

아까 포로 대표를 상대한 소령의 태도와 나중에 하던 말이 오토메나크의 마음속에 좀 어수선한 물결을 일으켰다. 자기 입장에서 보면, 어느 편이든 나보다는 낫다는 느낌이었다. 포로 대표의 당돌함에도 놀랐거니와, 괄괄한 편인 아카나트 소령의 응대도 그럴 듯한 것이었다.

서로 자기 나라를 업고 사람답게 주고받는 움직임이 있었던 것이다. 그래서 나는 어떻게 되는 것인가. 전쟁은 분명히 좋지 않은 쪽으로 기울어지고 있다는 생각이 점점 확고해진다.

이번 전쟁은 이 지역을 점령해서 지금처럼 미적미적하는 식이어서는 안 될 성질이었다. 처음 속도대로 승리가 계속되어 아키레마 본토로 싸움터가 접근하든지, 아니면 지금 차지한 테두리에서 유리한 조건으로 휴전이 이루어져야 하는 것이었다. 지금 상황은 어느 쪽도 아니었다. 그렇다면 좋지 않은 일이었다. 발표되는 전과는 쌍방 간의 군함과 항공기에 의한 소모전에 관한 것뿐으로 점령 지역의 변동은 없었다.

그와 같은 발표에서는 늘 근소한 우리 쪽 피해에 막대한 적의 피해가 비교되었다. 오토메나크는 그와 같은 발표 이외의 특별한 정보를 알지는 못하였다. 그러나 국면이 재미없는 쪽으로 기울어지고 있다는 것은 알 수 있었다. 이 큰 전쟁에서 만일 진다면 그 후에 올 일들이란 생각만 해도 얼이 빠질 만큼 굉장할 것이었다. 오토메나크의 생각은 거기에 이르자 더 어떻게 나갈 수 없었다.

더 가까운 문제로 날이 갈수록 점점 거북한 일이 있다. 비밀 창고 문제다. 발견한 당장에 아카나트 소령에게 알렸어야 할 일인데, 지금까지 알리지 않고 있는 것이다. 지금도 밤에 출입할 때는 꼭 장갑을 끼고 다룬다. 언젠가 보고하게 될 때 부자연스럽게 지문을 남기지 말자는 염려가 마음 한구석에 있는 증거다. 그런데도 보고할 마음이 일지 않았다. 입수한 정보를 상급자에게 보고하지 않고 있다는— 군인으로서 반역 행위를 하고 있는 처지가 점점 무거운 짐이 되어 눌러대는 것이었다.

비는 좀체 그치지 않았다. 이렇게 되면 오래 퍼부을 채비다. 아카나트 소령은 출발하기로 했다. 수용소를 벗어나 벌판에 나오니 비는 한결 세게 내리는 것처럼 보였다. 가리는 데 없이 쏟아붓듯 내리는 비가 허옇게 앞을 가리는 속을 차가 뚫고 나간다.

열대의 장마철 비는 이 고장 식물이 그런 것처럼 시원스럽고 걸차다. 지금보다 수풀이 더 많고 거주 구역이 더 작았을 때는 이 쏟아붓는 비가 내려도 다 자연이 삼켜버렸을 것이다. 그러나 지금은 수풀 면적이 작아진 데 비해서, 노출된 부분을 흐르는 자연수 관리는 허술하다.

식민지 당국은 지난 백 년 동안, 우선 따먹기 좋은 곶감만 골라서 빼먹기에 바빴던 것이다. 그렇기 때문에 장마철에는 아이세노딘은 으레 홍수 소동이 벌어진다. 교통이 끊어지고 논밭이 잠기고, 마을이 떠내려가곤 한다. 그러나 워낙 늘 여름의 조건 때문에 회복도 빠르다. 자연은 휘저어놓고는 곧 아물려준다.

이만큼 내리면 또 홍수 난리가 나겠구나, 앞창 유리에 강물처럼 흘러내리는 빗물을 보면서 오토메나크는 말했다.

"많이 오겠습니다."

"음."

그들이 이렇게 주고받았을 때였다.

차가 한쪽으로 쑥 기울어지면서 두 사람은 포개져서 한쪽으로 꼬나박혔다. 운전사가 내리는 것을 보고 두 사람도 문을 열고 빗속으로 나왔다.

길이 허물어져내린 자리에 차의 오른쪽 바퀴가 빠진 것이었다.

"야단났는데요."

금방 물투성이가 된 운전사가 마찬가지 모습의 상관들을 향해 말했다.
"어떻게 하면 되나?"
아카나트 소령이 다시 차 안으로 들어오면서 고함쳤다. 차는 빠진 오른쪽 바퀴 쪽으로 내쏠려서 기울어졌기 때문에 들어간 소령은 구부정하게 내려다보다가 다시 밖으로 나와, 빠진 바퀴 옆에 와서 쭈그리고 앉았다.
"돌을 주워다가 메워야 합니다."
"그러면 빠질 수 있겠나?"
"해봐야죠."
빗속에서 도로 공사가 시작될 판이다. 일등 국도가 이 모양이다. 게다가 부드러운 화산회火山灰질의 토질은 벌써 진수렁이 되어 있고 언저리에는 주먹만 한 돌도 눈에 띄지 않는다. 세 사람의 군인은 길에서 벗어나서 돌을 찾아 벌판을 헤맸다. 세 사람이 금광 캐듯 돌멩이를 찾아서 날랐지만 돌멩이를 구하기도 어렵거니와 모두 주먹보다 크지 않은 것들이어서 내일 아침까지 날라도 될 것 같지 않았다.
"나뭇가지를 꺾어서 받치는 게 빠르겠군."
아카나트 소령이 오토메나크 중위에게 말했다.
"나뭇가지로 되겠습니까?"
아카나트 소령이 숲을 가리켰다.
"저리로 가자."
세 사람은 벌판 가운데 드문드문 뭉쳐 있는 관목 숲 쪽으로 다가

갔다. 바닥에 물이 괴어서 늪지대가 된 데를 피해 숲까지 가보니 굵은 나무는 없고 대와 여린 줄기가 무성한 숲이다. 운전병이 대검으로 나무를 잘라내고 두 사람은 맨손으로 가지를 꺾어서 나뭇단을 만들었다.

비는 쉬지 않고 내렸다.

숲은 둘레가 작은 정글이었다. 하나밖에 없는 대검으로 굵은 가지만 골라 치는 것은 시간이 걸리는 데 비해서는 일에 축이 나지 않았고, 더구나 맨손으로 하는 두 사람은 그저 운전병을 따라다니는 데 지나지 못했다. 아카나트 소령이 모자 차양에 걸린 가시나무의 가지를 휘어서 밀어내면서 이쪽으로 걸어왔다.

"이것 안 되겠는데."

"다른 도리가 있습니까?"

아카나트 소령은 자동차 쪽으로 머리를 돌렸다. 자욱한 빗발 속에 길 모서리에 기울어져 있는 자동차는 장난감처럼 보였다. 로파그니스와 수용소의 가운데쯤 되는 대목이어서 어느 쪽으로 가든 걸어가기에는 너무 먼 거리였다. 오토메나크는 시계를 보았다. 수용소에서 떠난 지 한 시간 넘어 지나 있었다.

그들은 다시 나무하기를 시작했다. 숲이라고 하지만 비는 나뭇가지 사이로 곧장 쏟아져내리기 때문에 가림이 되지 못했다. 젖은 나무는 심술스럽도록 질겼다. 커다란 나뭇짐이 세 개 만들어졌다. 하나씩 맡아서 끌고 갔다. 처음에는 메고 가보았는데 발 놓이는 데가 마땅치 못해서 글렀던 것이다. 수렁에 빠져서 사람과 나뭇짐이 진흙 범벅이 되었다가도 금방 쏟아지는 비에 씻기기 때문에 간신히 길까지 나왔을 때도 일행의 몰골에는 변함이 없었다. 가져온 나뭇짐을 길과 바퀴 사이에 밀어넣었다. 길이 끊어진 데까지 잘하면 나뭇단 위를 차바퀴가 지나갈 수 있음직해 보였다. 운전병은 발동을 걸고 차를 전진시켰다. 두 사람의 장교는 뒤에서 차를 밀었다.

차가 움직였다.

그러나 앞이 아니고 더 깊이 가라앉은 것이었다. 운전병이 문을 열고 나와서 빠진 데를 들여다보더니 고개를 흔들면서 허리를 폈다. 자세히 본즉 그들이 나무를 하고 있는 사이에 허물어진 자리가 더 패고 차도 더 기울어져 있었다. 이대로 가면 차가 엎어질 염려가 있었다.

"야단났군."

아카나트 소령이 길 아래로 내려서면서 말했다. 오토메나크도 따라 내려가서 허물어진 자리를 살펴보았다. 밀어넣었던 나뭇단은 찌그러져서 처음 부피를 아는 눈에는 거짓말처럼 얄팍하게 바퀴 밑에 깔려 있었다. 진흙에 묻혀서 더구나 작아 보이는 모양이었다. 장교들은 길 아래에서 올려다보고 운전병은 길 위에서 내려다보면서 잠깐 그들은 맥을 놓고 서 있었다. 운전병이 홱 돌아섰다. 그들이 떠나온 방향의 길 쪽으로 몇 걸음 나가면서 살펴보는 모양이다.

"차가 오나?"

"그런 것 같습니다."

길 아래에서 두 사람이 올라왔다.

뿌우연 빗발 저편에서 엔진 소리가 들리는 것 같은데 차의 모양은 보이지 않았다. 이윽고 저편 숲 모퉁이를 돌아 차 한 대가 나타났다.

가까이 오는 것을 보니 군용 트럭이었다. 운전병이 길 가운데 나서서 두 손을 저어 차를 세웠다. 차가 멎자 문이 열리면서 뛰어내린 것은 수용소장이었다.

"사고가 났습니까?"

그는 다가오면서 말했다.

"잘 왔네. 이 지경이야."

"네, 출발하시고 나서 사령부에 보고했는데 도착하시지 않으니까 다시 연락이 왔더군요. 그래서 이렇게 나왔습니다."

"됐어. 로프를 가져왔나?"

"네, 있습니다."

두 사람의 운전병이 트럭에서 쇠밧줄을 끌어내렸다. 금방 물투성이가 된 수용소장이 운전대에 올라가서 트럭을 앞으로 옮겼다. 그 사이에 운전병들은 밧줄을 승용차에 비끄러맸다.

"자 이쪽에 연결시켜."

운전대에서 내려서면서 소장이 말했다.

"우리는 뒤에서 밀자."

아카나트 소령이 말했다. 운전병들이 자기 차에 올라가서 핸들을 잡았다. 두 대의 자동차가 연이어 발동하느라 부르릉거렸다.

"자, 밀어."

세 사람의 장교가 진흙 속에 들어선 채 온몸을 앞으로 기울여 팔에 힘을 주었다.

차는 가볍게 길 위로 올라섰다.
"됐습니다."
"와주기를 잘했네."
"차에 이상은 없을까요?"
"운전병."

아카나트 소령의 뒤를 따라 그들은 승용차와 트럭의 가운데로 걸어갔다. 앞에서 보니 차의 모양은 변한 데가 없었다. 운전병이 내려서 나와서 차를 살펴보았다.
"이상이 없습니다."
"다행입니다."
"그렇군."
"고생하셨습니다."
"말 말게."
"도중에도 이런 데가 몇 군데 있었습니다."
"앞에도 있을 거야."
"차에 오르십시오."

소장이 손짓하면서 말했다.

다행스럽게 차 안에는 물이 스미지 않았다. 아카나트 소령이 빗속에 서 있는 소장에게 손을 흔들었다. 소장이 경례했다.
"가자."

아카나트 소령이 말하자 차가 움직였다. 오토메나크는 뒤창으로 소장에게 손을 흔들었다.
"천천히 가라. 살피면서."

아카나트 소령이 운전병에게 일렀다. 오토메나크의 머리에 아까 차가 빠질 때 스친 생각이 되살아났다. 그 순간 시한폭탄이라는 생각이 떠올랐던 것이다. 조금도 수그러지지 않은 빗속을 차는 로파그니스를 향해 천천히 움직여갔다.

아만다

이튿날 아침에 일어나려고 했더니 팔굽이 맥없이 주저앉았다. 나른하고 열이 있었다. 오토메나크는 한 손으로 머리를 짚어보면서 다른 손으로 전화기를 들었다.
"오토메나크입니다. 편히 주무셨습니까?"
"응, 별일 없나?"
"네, 근무는 이상 없습니다. 그런데 몸이 좀 이상합니다."
"그래? 열이 있나?"
"네, 열도 있는 것 같고 몸살 기운이 있는 것 같습니다."
"말라리아일지 모르니 조심하게."
"네, 좀 누워 있을까 합니다."
"그렇게 하는 게 좋아."
오토메나크는 수화기를 놓았다. 단추를 눌렀다. 곧 아마다이 상사가 올라왔다.

"좀 쉬어야 할 모양이니깐. 필요한 일은 언제든지 보고해."
"알았습니다. 병원에 가보시는 게 좋지 않겠습니까?"
"비를 맞아서 그런 거니까 하루쯤 누워 있으면 낫겠지."
"약은 가지고 계십니까?"
"음, 감기약이 있어."
아마다이 상사는 내려갔다. 단추를 눌렀다. 문에 노크가 울렸다.
"들어와요."
아만다가 들어서면서 오토메나크가 아직 자리에 있는 것을 보고 멈칫했을 때에야 오토메나크는 아차 싶었다. 아마다이에게 일러 보낼 걸 그랬던 것이다. 순간에 보인 주저는 곧 없어지고 아만다는 침대 쪽으로 걸어와서 바로 앞에서 멈췄다. 병이 난 것을 알아본 모양이었다.
"몸이 불편해서 누워 있겠습니다. 카르노스 선생님께 아침 문안을 드리지 못합니다."
"어디가 아프십니까?"
아만다는 눈을 크게 뜨면서 오토메나크를 들여다보았다.
"몸살인 모양입니다."
아만다는 성큼 다가서면서 오토메나크의 이마를 짚었다. 오토메나크는 허를 찔려서 놀랐다. 이런 동작은 전혀 짐작 못 했기 때문이다. 손바닥이 이마에 와서 닿자 그 부분이 화끈해졌다.
"열이 있어요."
아만다는 병자에게 일러준 다음 방에서 나갔다. 얼떨떨하고 있는 사이에 그녀는 돌아왔다.

"입을 벌리세요."

가져온 체온계를 입에 물린다.

"약이 있습니까?"

오토메나크는 눈으로 서랍을 가리켰다. 입을 벌릴 수 없기 때문에. 그러자 그는 갑자기 환자가 되었다. 아만다는 서랍에서 약을 꺼내 손바닥에 담아 들고 왔다. 체온계를 뽑고 말했다.

"입을 벌려요."

벌린 입에 약을 털어넣었다.

"마셔요."

컵을 받아 마셨다.

"자."

앙 벌린 입에 체온계가 물려졌다. 아만다가 끄덕였다. 오토메나크는 완전히 환자가 되었다.

저녁때 아카나트 소령이 들렀다.

"어떤가?"

그는 들어서면서부터 물었다.

"괜찮아, 괜찮아."

그는 일어나 앉으려는 오토메나크를 손짓으로 말리면서 침대 맡에 와 섰다. 머리를 짚어보면서 고개를 저었다.

"열이 굉장하군."

"괜찮겠지요."

"말라리아가 아니면 좋겠는데."

머리맡에 앉으면서 소령이 말했다.

"약은 먹었겠지?"

"네, 말라리아 약을 먹었습니다."

"이 사람아, 젊은 사람이 그까짓 비를 맞았다고."

"미안합니다."

"아무튼 빨리 낫게. 명령이야."

"알았습니다."

"과일을 가져왔으니깐 나중에 먹지."

"고맙습니다."

"다른 생각 말고 잘 조섭하게. 난 오늘 밤에 일이 있어서 가봐야 겠어. 고노란에서 온 신임 참모의 환영회가 있네."

"그렇습니까? 어느 참모이십니까?"

"작전참모야."

"빨리 가보십시오."

"음, 내가 있어야 도움이 될 것도 없겠지."

"네."

아만다가 큰 쟁반에 과일을 담아 들고 들어왔다.

"좀 드십시오."

환자가 말했다.

"아니, 난 가보겠네. 아만다 씨, 잘 부탁합니다."

아카나트 소령이 일어나면서 아만다에게 말했다.

그녀는 쟁반을 탁자에 내려놓고 허리를 펴면서 동시에 머리를 끄덕였다.

"카르노스 선생한테 들러서 가보겠네."

"네, 안녕히 가십시오."

아만다는 아카나트 소령을 따라 방에서 나갔다가 곧 돌아왔다.

"카르노스 선생께서 문안하셨습니다."

"고맙다고 전해주십시오."

카르노스는 아침에 다녀갔었다.

카르노스의 방문이 열리고 발소리가 계단 쪽으로 사라졌다.

"저는 괜찮으니 카르노스 선생께서 일이 없으신지 살펴보십시오."

아만다가 방긋 웃었다.

"선생님은 괜찮으니 중위님을 돌봐드리라고 선생님께서 말씀하셨습니다."

바라보고 있는 그녀의 눈이 유별나게 아름다웠다. 열이 있어서 눈앞이 약간 흔들리는 때문에 그녀의 얼굴도 흔들려 보였다. 창문에 비 뿌리는 소리가 들린다. 어제부터 줄곧 퍼붓는 비다.

"좀 자겠습니다."

"어서 주무세요."

그때까지 서 있던 아만다는 이렇게 말하면서 아카나트 소령이 비운 침대 맡 의자에 앉았다. 이것도 짐작 못 한 동작이었다. 으레 나갈 줄 알았는데. 말을 한 탓인지 좀 피로했다. 오토메나크는 눈을 감았다.

넓은 강당 한복판에 서 있었다. 사령부 강당 같기도 했으나 확실하지는 않았다. 누군가를 기다리고 있었다. 언제부터인지 모르지만 꽤 오래된 기분이었다. 강당에는 창문이 여러 개 있었다. 교회당에 있는 그런 창문이다. 낮에 다녀온 수도원의 창문 같기도 하였다. 밖에서는 비가 내리고 있었다. 강당 안은 어두웠다. 창문은 불빛을 받은 것처럼 희미한데 방 안에는 전등이 하나도 보이지 않았다. 장마철 한낮의 어슴푸레한 방 안이다.

이윽고 저쪽 단 위에 사람들이 하나둘 나타났다. 누군지 모를 사람들이었다. 그들은 단 위에 몰려서서 오토메나크를 손가락질하면서 의논하고 있었다. 그중에 한 사람은 아버지인 것 같았다. 자세히 보려고 해도 잘 분간이 되지 않았다. 아버지를 알아보지 못하다니. 이상한 일이었다. 그토록 방이 어두운 것도 아닌데, 보면 볼수록 어슴푸레해지는 것이었다. 그 밖의 사람들도 모두 아는 사람들 같은데 누구라고 알아볼 수가 없다.

아무튼 그들은 오토메나크에 대해서 무슨 의논을 하고 있는 것만은 틀림없었다. 가끔 일제히 이쪽을 쳐다보는 것이라든지, 손가락질하는 것으로 보아 그 점만은 의심할 수 없었다. 또 다른 사람들이 길다란 상자 같은 것을 단 위에 끌어내었다. 모여 섰던 사람들은 그 나무 상자를 둘러싸고 들여다보면서 여전히 수군거리고 있었다. 자기를 어쩌자는 것일까. 비는 여전히 내리고 있었다. 귀를 기울이면 빗소리가 들리는 것도 같았지만 사실은 들리지 않았다. 그런데도 비가 온다는 것이었다. 창문 유리에 빗방울도 튕기지 않았다. 그래도 비가 오는 것만은 틀림없었다. 단 위에 서 있는 사람들이 긴 나무 상자를 단 아래로 밀어 던졌다. 검은 관이었다. 마루에 떨어지는 바람에 관 뚜껑이 열리면서 그 속에서 사람이 꾸

부정하게 일어섰다. 그 사람은 관 밖으로 나서더니 오토메나크 쪽으로 한 발 내디뎠다. 꽤 멀찍이 보이는데도 그 사람이 손에 들고 있는 것을 알 수 있었다. 올가미였다. 그 사람은 올가미를 단단히 비껴들고 한 발짝씩 다가섰다. 오토메나크는 한 발짝씩 물러섰다. 그 사람은 서두르지 않고 한 걸음씩 내디뎠다. 물러서다 보니 오토메나크는 벽을 등지는 데까지 왔다. 더 물러설 데가 없다. 그래도 그 사람은 여전히 한 걸음씩 내디디는 것이었다. 그 사람은 한 손에 비껴들었던 올가미를 고쳐 잡았다. 벽 속에 잦아들고 싶었다. 따뜻한 손이 오토메나크 손을 잡아 벽 속으로 끌여들였다. 과일 냄새가 강하게 풍겼다.

"중위님."

아만다가 그를 들여다보면서 근심스럽게 부르고 있었다. 그녀는 오토메나크의 오른손을 두 손으로 붙잡고 있었다.

그녀의 얼굴은 거의 맞닿을 만큼 오토메나크의 얼굴에 가까이 있었다.

오토메나크는 무서운 꿈에서 깬 사람의 순수한 행복감을 그대로 나타내듯이 손에 힘을 주었다.

"고맙습니다. 아만다 씨."

"괜찮아요."

남자가 여자를 끌어당겼다. 여자의 풍성한 머리가 남자의 얼굴 위에 구름처럼 덮였다.

아만다는 바다처럼 미끈하고 따뜻했다.

오토메나크는 카누를 타고 눈부신 바다를 저어갔다. 바다는 요람처럼 출렁거렸다.

　강한 과일 냄새가 풍기는 바람이 후끈하게 스쳐갔다. 바다는 흔들리고 있었다.

　카누를 앞으로 밀면서.

　바다의 고기처럼 카누는 흔들리면서 미끄러져갔다.

　바다는 푸르고 육중한 몸서리를 쳤다.

　머리카락이 얼굴을 스치면서 바닷속의 풀처럼 물결을 따라 흩어졌다.

　카누는 숨찬 듯이 헐떡이면서도 바다에 지지 않았다.

　구름이 물속으로 피어올랐다.

　카누는 구름 위로 속으로 숨바꼭질했다.

　섬들이 시샘하듯이 낯을 돌리면서 빠르게 곁을 스쳐갔다.

　비늘이 찬란한 고기 떼들이 바다에 잠긴 구름의 그림자를 타고 지나가다가 카누와 부딪쳐서 수없는 붉은 꽃잎처럼 흩어져 구름의 그림자를 물들였다.

　바다는 그래도 카누를 놓지 않았다.

　섬 그늘에 숨으려는 카누를 따라잡아 바다 가운데로 몰고 나왔다.

　지치면서도 카누는 파도에 몸을 맡겼다.

　꽃이 지면서 봉오리가 터지는 늘 여름의 나라의 꽃나무처럼 지침 속에서 또 다른 기쁨의 파도가 머리를 들었다.

　바다는 끝이 없고 카누는 싫증을 몰랐다.

　아주 옛날부터 바다와 카누는 그렇게 살아왔기 때문이다.

　어느 항구에서 떠났는지를 카누는 잊어버렸다.

어느 기슭에서 비롯했던가 바다는 잊어버렸다.
십자성보다도 더 오래전부터 카누는 바다 위에 있었다.
잊어버린 것이 돌아온 것이었다.
잊음의 고향에 들어온 바닷속의 카누는 이름을 모두 잊어버렸다.
오토메나크라는 이름의 섬이 아득하게 지나갔다.
아만다라는 이름의 섬도 멀리 지나가버렸다.
카누가 남기는 물거품처럼.
이름 없는 바다는 이름 없는 카누를 태우고 이름 없는 고향에 들어섰다.
카누는 따뜻한 팔처럼 바다에 잠겼다. 카누는 두려움 없는 다리처럼 다리를 휘저었다.
바다에 사는 새들이 카누에 내려앉아서 날개를 쉬었다.
새들이 날아간 다음 바다와 카누는 깊은 잠에 빠졌다.
문득 오토메나크가 눈을 떴다. 아만다는 곁에서 깊이 잠들어 있었다. 오토메나크는 얼마나 오래 잤는지 분간이 가지 않았다. 여자는 가득 흩어진 구름 같은 머리를 베고 옛날부터 거기 잠들어 있는 사람처럼 깊이 잠들어 있었다.
오토메나크는 잠자는 여자를 들여다보았다. 이렇게 가까운 여자와 조금 전까지 남으로 지냈다는 일이 신기하기 짝이 없었다.
밖에서는 아직도 비가 내리고 있었다. 방에서 듣기에 이만한 기척이면 굉장한 비임이 틀림없었다. 그러나 빗소리는 곧 그의 주위를 벗어나버렸다. 시계를 보고 싶었으나 아만다를 깨울 것 같아서 움직이지 않고 가만히 누워 있었다. 그는 옆으로 누워 있었기 때문에 이쪽으로 누운 아만다의 얼굴을 가깝게 볼 수 있었다.

벌어진 입술 사이로 하얀 이빨이 보인다. 알맞게 두툼하고 큰 입술이었다. 살며시 그녀의 허리에 손을 얹었다. 굉장히 큰 엉덩이가 만져졌다. 그는 놀랄 만큼 퍼진 그 부분에 얹은 손을 쉽게 움직이지 못했다. 깰까 봐 염려해서였다. 아만다는 꿈쩍도 않고 잠들어 있었다. 오토메나크는 엉덩이에서 살며시 손을 옮겨 허리를 안았다. 미끈하면서 무겁게 휘어 있는 부분에 손을 얹은 채 여자를 들여다보고 있노라니 또다시 욕망이 솟아올랐다.

꿈지럭거리더니 부스스 눈을 뜬다. 잠깐 어리둥절한 표정이 스치더니 그녀는 어리광스럽게 웃었다. 오토메나크는 허리를 끌어당겼다. 여자는 가슴에 안기면서 턱을 쳐들었다. 가슴과 배가 부드럽게 따뜻하게 와 닿았다.

빗소리를 들으면서 그들은 한참 누워 있었다. 오토메나크가 시계를 찾아보았다.

"몇 시?"

아만다가 속삭였다.

"두 시."

어머, 하고 놀라면서 그녀는 일어나 앉았다. 오토메나크의 얼굴 앞에 커다란 엉덩이가 드러났다. 그녀는 침대에서 내려서 마루에 흘러내려 뭉쳐진 옷을 하나하나 주워 입었다.

벗은 여자가 차례로 옷을 걸쳐가는 것을 오토메나크는 황홀하게 보고 있었다. 자기 품에서 나간 여자가 눈앞에서 옷을 걸치고 있는 것을 보면서 느끼는 남자의 행복을 그는 처음 느끼는 것이었다.

붙들고 싶었으나 그럴 수 없었다. 그동안 두 사람이 함께 잠든 시간이 아마 삼십 분쯤은 될 것이었다.

옷을 다 입자 아만다는 침대에 걸터앉아 누워 있는 오토메나크를 끌어안으면서 입을 맞췄다. 그녀는 방에서 나갈 때 돌아보면서 활짝 웃었다. 소리 없이 문이 열리고 그녀는 밖으로 나갔다.

비밀 창고를 이용하지 못하는 것이 안타까웠다. 잠에서 깬 직후에도 문득 그런 생각이 떠올랐었다. 말할 것도 없이 안 될 일이었다. 아무에게도 알려서는 안 될 비밀이었다. 지금 또 그 생각이 난 것은 그녀를 그리로 나가게 했으면 싶어서가 아니었다. 여자의 모습이 사라지기가 무섭게 그녀가 보고 싶었다. 그래서 비밀 창고의 구멍으로 그녀를 들여다보고 싶은 생각이 불쑥 치밀었기 때문이었다.

그는 일어나 앉으면서 침대 아래로 다리를 내려놓았다. 그제서야 열도 가시고 몸이 개운한 것을 깨달았다. 그는 침대에 걸터앉은 채, 방금 여자가 몸을 구부리고 옷을 집어 들던 자리를 내려다보면서 멍하니 빗소리에 귀를 기울였다.

새벽까지 오토메나크는 잠을 이루지 못했다. 비밀 창고에 들어가서 아만다의 방을 들여다보자던 생각도 그만두고 다시 자리에 누워 엎치락뒤치락하면서 새벽을 맞았다. 꿈속의 일이 생생하게 기억에 남아 있었다. 넓은 강당에서 얼굴이 분명찮은 사람이 올가미를 들고 다가서던 장면이 너무 뚜렷이 머리에 남아 있었다. 실지로 어젯밤에 생긴 일 같았다.

반대로 아만다와의 일은 꿈처럼 허전하게 새겨졌다. 그것이 몹시 안타까웠다. 생시와 꿈이 그토록 뒤바뀌어 있는 느낌이. 몸살 기운은 없었다. 그녀가 하던 몸짓을 하나하나 떠올려봤다. 팔다리의 느낌을 떠올려봤다. 무서운 꿈의 기억을 밀어내기 위해서였다. 왜 그런지 어느 때보다도 허전했다. 지금 이 자리에 누워 있다는 일까지가 꿈 같았다. 마야카 씨가 왔다 간 이후에 생긴 증세의 한 가지였다. 고향의 집도 꿈처럼 허망했다. 지금까지처럼 멀리 떨어져 있다는 느낌만이 아니라, 자기와 상관없는 느낌이 드는 것이었다. 로파그니스의 지붕 밑에 누워서 새벽에 눈을 뜨고 있는, 이 자기라는 것이 주체할 수 없이 허망하였다. 다만 지금 처음으로 한 자리에 누웠던 아만다라는 아이세노딘 여자만이 의심할 수 없이 가깝고 실감이 있었다. 오토메나크라는 사람은 그 여자와 어울려서만 실감이 있었다. 그의 머리에는 한밤중에 사람들의 마음에 떠오르는 온갖 공상이 뭉게뭉게 피어났다. 저 비밀 창고에 있는 보석을 가지고 아만다와 같이 멀리 도망한다는 공상이 떠올랐다. 그렇게 못 할 것이 분명할수록 그 공상은 취하게 하는 힘이 있었다.

 카르노스 씨를 석방하는 날이 가까워지고 있음이 틀림없다. 그때 아만다와도 헤어져야 할 것이었다. 아만다는 나파유군이 로파그니스를 점령했을 때 총독부 식당의 종업원이었다. 카르노스 씨가 나파유군에 잡히고 얼마 된 다음에 선발되어 여기서 일하게 된 것이었다. 그녀의 경력에 대해서는 그 이상 알지 못한다.

 지난번 폭파 사고가 두 사람을 가깝게 한 것은 틀림없었다. 그 일이 그녀에게는 큰 충격이 되었던 모양이다. 그 일 이후로 그녀가 뜨거운 눈길을 자기에게 보내는 것을 가끔 보아왔지만 이렇게 되리라는 예감은 없었다. 외국 사람이라는 것, 지금의 신분, 이 집의 생활의 특수성, 이런 것들이 그들 사이에 가로놓여 있었다. 그런 것들은 거의 절대적이었다. 보통 생각에는 적어도 그랬던 것이다. 이제 와서 돌이켜보면 그는 아만다를 종으로밖에는 생각하고 있지 않았다. 그러나 지금 그에게는 그 여자가 아이세노딘 사람이라든지 신분이 낮다든지 하는 느낌은 전혀 없었다.

그녀가 보인 대담한 동작은 외국인이라는 까닭으로 이해가 되었고, 그녀의 신분은 상냥스러운 성품으로 보상되어 있었다. 그녀가 처음 여자는 아니었지만 오토메나크는 자기가 아는 어떤 여자들보다도 그녀가 마음에 들었다. 그래서 지금 비밀 창고에 있는 보물을 가지고 그녀와 함께 도망한다는 공상은 현실성 여부에 관계없이, 오토메나크의 그녀에 대한 애착을 말하는 증거였다. 그녀와의 사이에 아무 일도 없을 수도 있었다. 어느 날 카르노스는 떠나게 되고, 오토메나크는 그를 호송할 것이며, 아만다는 장교 식당으로 돌아가고, ─그 이후에 다시 그들의 인생이 마주친다는 것은 있음직한 일이 아니었다. 그런데 이런 일이 생기고 만 것이었다. 남녀 사이에 무슨 일이 생기고 안 생기는 갈림목은 그렇게 종잡을 수 없는 일이었다.

기적 소리가 항구 쪽에서 들려온다.

창문에 아침 기운이 뽀얗게 어려 있었다.

로파그니스에 와본 사람이면 진주 해안을 잊지 못한다. 그 해안이 오른편으로 멀리 보이는 항구의 한쪽 끝에 이 배가 정박해 있다. 가끔 바람이 불어올 때마다, 두 장교의 모자에 달린 가리개가 펄럭거렸다.

갑판에는 사람이 없었다. 시에스타 시간이라 선원들은 모두 자고 있었다. 선장이 브리지에서 내려와 이쪽으로 걸어왔다.

"들어오십시오. 차나 한잔하시지요."

앞에 와 멎으면서 선장이 말했다. 진주 해안 쪽을 바라보고 서 있던 두 장교 가운데서 오토메나크가 먼저 돌아서면서 선장을 맞았다.

"여기가 좋습니다."

오토메나크가 선장에게 대꾸했을 때 아카나트 소령도 돌아서면서 말했다.

"좋군요."

아카나트 소령은 진주 해안을 눈으로 가리키면서 말했다.

"―언제 봐도."

"니브리타 놈들이 한사코 지키려고 할 만했지요."

그 해안을 니브리타 놈들에게서 자기가 마치 빼앗기라도 한 것처럼, 좀 으쓱해지면서 선장이 맞장구를 쳤다. 마흔 살 안팎의 작달막한 키에 어깨가 벌어진 나파유인 선장이다.

"배에 관해서 더 보실 일이 있습니까?"

선장이 난간에 기대면서 소령에게 물어보았다.

"대강 보았습니다."

아카나트 소령이 담배를 꺼내면서 말했다. 선장은 얼른 라이터를 꺼내서 불을 댕겨주었다. 아카나트 소령은 첫 모금을 들이마시면서 고개를 들었다. 무지하게 더운 날이었다. 그래도 바다 위는 뭍보다도 한결 시원했다. 금방 소나기가 지나간 탓이기도 하다.
"오토메나크 중위와 잘 협조가 되면 요는 되는 겁니다."
오토메나크는 잘 부탁한다는 눈인사를 하였다. 어떤 사람들을 태우고 간다는 말을 선장에게는 알리지 않고 있다. 실어 나를 사람의 수와, 여자가 많다는 것만을 통고하고, 오토메나크에게 배를 보이기 위해서 나온 것이었다.
"힘껏 하겠습니다."
선장이 아카나트 소령에게, 이어 오토메나크에게 다짐하듯 끄덕였다.
"배를 타면 사공에게 맡겨야지."
아카나트 소령이 오토메나크를 돌아보면서 웃었다.
"물론입니다."
오토메나크가 선장에게 말하면서 웃었다.
"무슨 말씀을, 저는 군의 명령에 따라 직무를 다할 뿐입니다."
선장이 말했다.
맞은편 해군 비행장에서 폭음 소리 요란하게 A2 전투기 한 대가 활주로에서 떠오르고 있었다. 그들은 나란히 난간에 기대어 비행기를 바라보았다. 소령은 연기를 뿜어내면서 다른 생각을 하는 모양이었다. 오토메나크의 시선도 비행기가 이미 떠난 활주로에 머물러 있었다. 선장만이 마음껏 흐뭇하다는 듯이 가까워지는 비행기를 위해 부산스럽게 턱의 각도를 바꿔갔다.
선장실에 올라가서 그들은 차를 마셨다. 오백 톤짜리 여객선의 선장실도 꽤 아담했다. 나파유 근해 항로를 달리던 이 징용 선박은 지금은 주로 로파그니스 주主섬과 그것을 둘러싸고 아직 지도에 옮겨지지 않은 섬이 많다고 하는 무수한 종從섬 사이를 왕래하는 임무를 맡아왔다. 로파그니스－고노란 정기 여객선인 일천 톤짜리 아르타무스 호를 제외하면, 비전투 선박으로서는 이 근처 해역에서는 그리 나쁜 배가 아니다.

"점령 이래 아이세노딘 근무지요?"

아카나트 소령이 찻잔을 내려놓고 등받이에 기대면서 말했다.

"점령 이래요? 아닙니다."

"아닙니까?"

"이래가 아니라 점령한 것이지요. 이 배가……"

"그러면……"

"로파그니스 진공 작전 때 이 배에 29군 육전대를 싣고 들이닥친 것입니다."

"그렇습니까, 그렇습니까."

아카나트 소령이 선장의 성이 풀리게 거푸 놀라 보였다.

"기막혔지요."

선장은 팔을 벌리면서 입을 꾹 다물었다가 말을 이었다.

"아직 니브리타 동양 함대가 살아 있을 때가 아닙니까? 설마 고노란 해협을 건너 쳐들어올 줄은 몰랐지요. 니브리타 놈들이……"

사실이었다. 육군 부대의 수송과 니브리타 해군 주력에 대한 공격이 동시에 이루어졌던 것이다. 적진 상륙도 성공하고, 니브리타 함대의 주력함 셀라포 페니스 호號와 닐렉스톤 호를 가라앉힘으로써 제해권도 단숨에 뺏어버린 작전은 나파유 국민들을 기쁨에 미쳐 날뛰게 했었다. 몇 세기에 걸쳐 이 바다 위에 서슬이 퍼렇게 도사리고 식민지 민족들을 감시하던 무력이 그렇게 무너진 것이었다. 그 바람에 숱한 사람의 눈이 뒤집혔다. 나파유의 손으로 정의의 새 세계가 열리는 듯했었던 것이다. 막차를 놓칠세라 나파유 군국주의에 저항하던 국내 정치 세력이 와그르르 무너지면서 어제의 자유주의자들이 '새 질서'의 나팔꾼이 되는 사태가 벌어졌었다. 오토메나크의 경우는 이 축에도 끼지 못하는 부류였다.

  나파유 고대 문학의 세계를 꿈속처럼 헤매던 친나파유의 외아들이, 첫사랑 대신에 시대의 미친바람에 휩쓸렸다는 것뿐이었다. 마야카 같은 당대의 친나파유 애로크 사람이 속주머니를 열두 개나 차고 있는 줄 알기에는 오토메나크는 너무 평범한 위인이었다. 선대가 물려준 재산을 착실하게 늘리면서도 골동과 옛 책에 묻혀 사는 아버지의 근엄한 모습이 그의 방파제 같은 것이어서, 그 방파제가 어떤 풍랑을 막고 있는지를 넘겨다보지 못한 채 그는 나파유 국수주의자가 됐던 것이다.

  로마 철학에 미친 게르만 추장의 아들이었던 오토메나크가 나파유주의자가 된 것은 그 승리 때문이었다. 같은 게르만 민족의 한 부족이 로마를 쳐부순 데 감격해서 그는 승리한 부족의 일원이 되려고 하였다. 지파支派는 다를망정 같은 게르만 민족이기 때문에 그럴 수 있다고 생각하고. 다만 한 가지 잘못은 로마를 쳐부순 부족은, 자기 부족을 쳐부수기도 했다는 것을 편리하게 잊어버렸던 것이다.

두 사람의 장교는 모터보트를 타고 진주 해안 쪽으로 항구를 빠져나갔다. 그것은 배로 올 때와는 다른 방향이었는데 아카나트 소령은 보트 운전사에게 그렇게 가라고 일렀다. 보트는 점점 빨라지면서 왼쪽으로 보이는 제2군항軍港을 지나 바닷가에 야자나무가 늘어선 진주 해안에 들어섰다.

"사령부 별장으로."

아카나트 소령이 운전사의 등에 대고 말했다.

"네."

운전사는 짧게 머리를 끄덕이면서 대답했다.

집이 절반쯤 바닷속으로 내민 사령부용 휴게소에 그들을 내려놓고 보트는 돌아갔다. 두 장교는 보트에서 옮겨 디딘 계단을 올라가 식당에 들어섰다. 식당은 비어 있었다. 그들은 바다로 나앉은 베란다로 가서 자리를 잡았다. 출렁거리는 바다가 발밑에 있었다.

아이세노딘 소녀가 다가왔다. 알릴락 말락 과일 냄새 같은 것이 풍겼다. 어린 소녀였다. 얼굴 생김도 닮은 데가 없었다. 몸냄새만이 아만다를 문득 떠올려주었다. 오토메나크는 소녀를 향해 웃어 보였다.

"시원한 것 뭐가 있나?"

아카나트 소령이 물었다.

"수박이 있습니다."

소녀가 대답했다.

"어떤가?"

"좋습니다."

소녀가 물러가자 소령이 말했다.

"대체로 타협이 성립할 것 같아."

"네."

"서로 유리한 조건으로 마무리를 지으려고 아직 끝을 보지 못하고 있는데 원칙은 합의되었다고 보지."

"석방하기로……"

"그렇지. 카르노스 씨와 포로의 일부를 말이야. 출발할 날짜는 예정대로라면 합의가 이루어진 후가 되겠지만 좀 달라질지도 모르겠어."

"……"

"완전한 합의가 임박했다고 생각되면, 자네는 석방자들을 배에 싣고 미리 출발할지도……"

"그래서는?"

"포로를 넘겨주는 장소가 동부 아이세노딘 가까운 바다 위가 아니면, 동부 아이세노딘 항구가 되기를 우리는 희망하는데 자네는 미리 점령 지역 최전방까지 항해해서 기다리고 있다가 지시에 따라 합의된 곳에서 포로를 넘겨주게 말이야."

"그쪽이 빠르겠군요."

"음, 합의와 교환 사이에 여유를 두지 말자는 게지. 사령부는 동부의 생각이 달라지는 것을 염려하고 있어. 정보에 의하면 카르노스와 교환 조건으로 중립하는 것에 반대하는 세력이 동부 아이세노딘 정부 안에 있는 모양이야."

"그래서……"

소녀가 수박을 가져왔다. 물씬하는 수박 냄새가 또 오토메나크에게 사흘 전 한밤중에 그의 품에 있던 여자를 느끼게 했다. 아카나트 소령에 대해서 또 한 가지 지니게 된 그 비밀은, 출발이 임박했음을 통고받은 지금 배가 부서져 바다에 떠도는 사람의 눈에 비친 섬의 환상처럼 안타까웠다.

철썩, 철썩, 물결이 베란다 기둥에 부딪히는 소리가, 말이 끊어진 두 사람의 사이를 채웠다. A2 전투기의 기침하는 소리 같은 특유한 폭음이 가깝게 다가왔다가 멀어져갔다. 망망한 고노란 해협이 섬 그림자 하나 없이 눈앞에 있었다. 이맘때 햇빛은 하루 중 제일 강렬하다. 더구나 바다 위에서는 물결마다 조명탄이 터지듯 빛난다. 바다가 이만하면 사람이 서 있는 땅도 크게 느껴진다.

아카나트 소령은 사령부 사정을 얘기했다. 새로 온 작전참모가 강경파라고 한다. 동부 아이세노딘 상대로 화평 교섭을 하는 것을 그는 반대하는 모양인데 사령관의 방침이 화평 쪽이므로 앞으로 약간 마찰이 있을 것 같다고 한다.

"육군에서도 이름난 과격파 장교니까, 무슨 일로 충돌이 생길지 모르겠군."

"그러나 사령관 방침이……"

"그 사람들이 상급자를 두려워하나? 아니크 사변을 일으킨 영관 그룹의 한 사람이니깐, 무서운 것 모르지."

"우리 계획에 지장은 없겠습니까?"

"글쎄, 그러니까 아까 얘기한 대로 하루라도 빨리 송환자들을 출항시켜서 기정사실을 만들자는 것이지."

"알겠습니다."

"고노란 사령부의 키므라트 소령 습격 사건 같은 것도, 모르긴 하되 작전참모가 모르지는 않을 거야."

"네?"

"아마 그럴지도 모르지."

"그럼 카르노스를 어쩌자는 것인가요?"

"카르노스는 그대로 잡아두고, 동부 아이세노딘을 점령한 다음, 이타오바 황제를 앉히자는 것이지."

"협상이 다 되어가는 마당에 그런 일을 할 수 있습니까? 그렇게 하면 나파유군은 협상을 양동 작전으로 삼았다는 비난을 받게 될 게 아닙니까?"

"누구한테?"

"네?"

아카나트 소령이 껄껄 웃었다.

"누구한테 말인가?"

"그야……"

"세계가 우방과 교전국으로 갈라져 있는데, 이제 어떤 여론을 두려워한단 말인가?"

"아닙니다. 아이세노딘 국민의 여론이 있지 않습니까?"

"맞았네."

소령이 말했다.

"그것이야말로 내 생각이야. 로파그니스 사령부가 무엇보다 중히 알아야 하는 여론은 아이세노딘 국민의 여론이야. 난 그런 원칙 아래 여기서 정치 공작을 해왔지."

"그것이 옳지 않습니까?"

"안 그렇다고 생각하는 사람들도 있으니까 세상이 어렵다는 것이지."

철썩거리는 파도 소리가 다시 높아졌다. 문득 한 생각이 떠올랐다. 작전참모의 강경론이 채택된다면 카르노스는 지금대로 갇혀 있게 되고…… 막힌 길이 뚫린 것처럼 그럴듯한 생각이었다. 소령의 얼굴을 쳐다보기가 그 순간에 거북해졌다. 오토메나크는 불쑥 말했다.

"헤엄치시지 않으렵니까?"

"음……"

소령은 시계를 보았다.

"좋아."

소령이 말했다.

"사실은 난, 먼저 가봤으면 좋겠지만……"

베란다 끝에 있는 방에서 수영복을 입으면서 소령이 말했다.

"그러시다면……"

오토메나크는 옷 벗던 손을 멈추고 미안한 듯이 허리를 폈다.

"괜찮아. 이렇게나 되지 않고서야. 언제 헤엄칠 겨를이 있겠나."

"네."

"잘됐어. 잘됐어."

소령은 팬츠 하나의 몸이 되면서 크게 기지개를 폈다. 그들은 방에서 나와 물가로 내려가는 계단을 내려갔다. 발바닥에 닿은 모래가 불처럼 뜨거웠다. 소령은 걸어가면서 팔을 휘둘러 준비 운동을 했다.

"자네 몸이 좋군."

소령은 연신 팔을 놀리면서 말했다.

"뭐……"

"비를 좀 맞았다고 감기는 들망정."

"미안합니다."

"그렇게 좀 쉬는 것도 좋잖아?"

오토메나크는 얼굴이 붉어지는 느낌이었지만 벗은 살에 쬐는 햇빛이 더 맹렬했기 때문에 얼굴이 달아오른 것이 속의 열기 때문이라고는 보이지 않았다. 그들은 나란히 서서 물에 들어섰다.

가슴께까지 올 때까지 걸어나가서 바다에 몸을 맡겼다. 알맞은 온도였다. 바다 밑의 경사도 밋밋하고 파도도 세지 않다. 이 지역뿐 아니라 세계에서 꼽히는 해수욕장이다.

손발을 저어 앞으로 나가자, 물의 힘살 같은 것이 부드러우나 실팍하게 몸을 휘감으면서 스쳐갔다. 오른쪽 약간 앞에 아카나트 소령이 떠 있었다. 깨끗한 헤엄이다. 속력을 내서 앞질렀더니, 소령도 빠르게 쫓아왔다. 오토메나크는 나가기를 멈추고 등으로 누우면서 파도에 몸을 맡겼다. 해안이 멀리 보였다. 하얀 별장들을 뒤로하고 들어선 야자나무가 손바닥만 하게 보인다. 추어올리고 내리는 파도의 출렁거림이 움직이는 산줄기처럼 믿음직하게 즐거웠다. 머리를 들어 찾아보니 소령도 비슷한 위치에서 쉬고 있었다. 얼굴 위로 물결이 스쳐갈 때마다 입 안에 바다가 잠깐 들어왔다가 나갔다. A2 전투기가 항구 쪽 하늘 위에 아직도 떠 있었다.

이대로 잠깐 눈을 붙이고 싶게 노곤했다. 소령은 다시 나가고 있었다. 오토메나크는 파도에 실려 바닷가 쪽으로 밀려온 것을 알았다. 그는 다시 앞으로 나갔다. 소령에게 다가가보니, 그 자리에서 떠 있다가 손을 들었다. 돌아가자는 것인 줄 알았는데 소령은 여전히 떠 있는 대로였다. 그래서 오토메나크도 드러누웠다. A2 전투기가 장난감처럼 재주를 부리는 것이 보였다. 팔다리를 가끔 움직이면서 눈을 감았다.

바다에서 나와 식당에서 잠깐 쉬었다.

"그리고, 카르노스 씨가 떠나기 전에 세이나브 수상과 만나게 될 걸세."

"그래야 옳겠군요."

"세이나브 수상 쪽에서 할 말이 있는 모양이더군."

"황제에 대한 동맹 관계는 아직 살아 있는 셈이니까요."

"그렇지. 화평이 성립하게 되면, 동서 아이세노딘 정부 사이에도 양해하여야 할 일이 많이 있지. 그러니까, 카르노스로서도 마다할 일이 아니지."

"네."

"그렇게 알고만 있게. 자네가 그동안 보여준 근무에 대해서는 만족하고 있어. 카르노스 씨의 송환까지 무사히 치르면 자네는 표창 대상이야."

"……"

"카르노스 송환 후에도 자네가 할 만한 일은 얼마든지 있어. 내가 자네를 뽑아 온 것은 자네의 출신과 열렬한 키타나트주의자라는 것 때문이었지."

"제가 키타나트주의라는 것을……"

"허허, 그건 거짓말이지만. 자네가 아시아주의자란 건 사실이 아닌가. 그동안의 근무에 대해 나는 만족하네. 자네의 재산은 무엇보다, 우리가 점령한 지역의 국민에 대해서 사랑을 가지고 있다는 점이야."

오토메나크는 또다시 낯이 뜨거워졌다. 그러나 이번에는 어느 의미로나 자연스러웠다.

"자네와 같은 정열이 다른 길을 갈 수도 있지. 힘만을 믿고, 니브리타에 대한 증오심만 확실하면 어떤 일도 용서받는다는 식으로 말이야. 그러나 자네 말대로 우리는 아이세노딘 사람들을 존중해야 해. 그들이 마음속으로부터 니브리타 대신에 나파유를 택할 때 우리는 정말 이긴 것이 아니겠는가."

오토메나크는 굳은 표정으로 듣고 있었다. 조금 전 이 자리에서 오토메나크는, 아카나트 소령이 이토록 굳은 믿음을 가지고 밀어온 일이 뒤엎였으면 좋겠다고 생각한 것이었다. 두 사람 사이에는 마야카 씨와 비밀 창고와 그리고 아만다라는 벽이 가로놓여 있다. 그런 것을 모르는 소령의 한마디 한마디는 오토메나크를 괴롭혔다.

"출발까지는 바쁠 테지만 잘해주게."

"알고 있습니다."

지금 오토메나크에게 제일 염려스러운 것은 전황이었다. 비밀 창고의 문서들을 보면서 자기 가정과, 자기 자신이 어떤 인생을 살았는가를 알 수 있었고, 그런 자각이 처음 생긴 사람답게 그는 괴로웠다. 그러나 너무 큰 잘못이었기 때문에 이제는 어찌할 도리가 없는 일이라는 것이 그의 어슴푸레한 짐작이었다. 단 여기에는 한 가지 조건이 있었다.

그런 인생으로 사는 데는 나파유군이 승리하지 않으면 안 된다. 그 전망이 매우 흐리다는 것이 점점 느껴졌다. 나파유가 이 싸움에 진다면? 말할 것도 없이 그것을 아는 수는 없었다. 그러나 승리의 확신이 아니라, 승패에 대한 불안이 되었다는 것은 두려움을 갖기에 넉넉한 일이었다. 진다면? 상상할 수도 없다. 그 다음의 자기 인생을. 아무튼 끝장일 것이다. 그런데 스물여섯 살에 인생이 끝난다는 것을 그는 믿을 수 없었다.

집에 돌아왔을 때, 부엌 앞에 무더기로 피어 있는 칸나 옆에 아만다가 서 있었다. 차에서 내릴 때부터 그녀는 거기 서서 지켜보고 있는 모양이다. 아무도 보는 사람이 없는데도 오토메나크는 당황했다. 그토록 그녀는 대담한 감정을 드러낸 태도를 보였기 때문이다. 그는 피하듯이 얼른 현관으로 들어서놓고는 대뜸 미안한 생각이 들었다. 그들의 관계는 감춰야 할 것임은 틀림없었으나 야박스러웠다 하고 느꼈기 때문이었다. 가슴이 찌릿했다. 노여움이 치밀었다. 이렇게 해야 하는 사정 모두에 화가 났다.

그는 감정을 삭이듯이 천천히 계단에 올라섰다. 그때 복도 저편 부엌에서 아만다가 나오는 것이 보였다. 아마다이 상사가 일어나서 경례를 하고는 상관이 방으로 올라가는 것을 층계 아래에서 지켜보고 있었다. 그의 시선을 등으로 느꼈기 때문에 오토메나크는 돌아보지 않았다.
 자기 방에 와서 모자와 권총을 벗어놓고 카르노스 방으로 갔다. 카르노스는 천장의 선풍기 아래에 앉아 있었다. 아만다와 그런 사이가 된 이후, 오토메나크는 이 사람에게도 면구스러웠다. 이치로 따진다면 그럴 것은 없었다. 아만다는 카르노스라는 사람을 가두어두고 있는 이 감옥의 요원의 한 사람이지, 카르노스 쪽 사람이 아니었다. 그런데도 오토메나크는 그를 대하기가 약간 쑥스러웠다. 황제 몰래 시녀를 사랑한 시종무관처럼.
 황제는 언제나처럼 표정에 큰 움직임 없이 시종무관을 맞았다.
 "더우시죠?"
하고 오토메나크가 말했다.
 "괜찮습니다, 중위."
 카르노스는 오토메나크가 고노란 여행을 다녀온 후부터 훨씬 부드럽게 대해주었다. 황제하고 만난 이야기를 자세하게 듣고는 오토메나크의 수고를 치하해주었다.
 "중위는 아이세노딘에 온 지가 얼마나 됩니까?"
 "진주 후 곧입니다."
 "견딜 만합니까?"
 "여기가 더 좋습니다."
 말해놓고, 다른 이유 때문에 오토메나크는 낯이 뜨거웠다. 카르노스는 인사치레로 알고는 빙긋 웃었다.
 "아이세노딘은 좋은 나랍니다."
 "사실입니다. 저는 진정으로 그렇게 생각합니다."

"왜 그렇습니까?"

"추운 지방에서는 활동하는 데 능률이 나는 계절이 차이가 있습니다. 그런데……"

"여기서는 늘 능률이 안 난다……"

"아닙니다."

오토메나크는 황급히 부정했다. 카르노스가 유쾌한 듯이 다음 말을 눈으로 재촉했다.

"지금까지는 그랬을지도 모르겠습니다. 그러나 기계라는 것이 널리 사용된다면, 더위는 추위보다 낫습니다."

카르노스는 깍지를 끼고 약간 생각에 잠기더니 고개를 들어 오토메나크를 쳐다보면서 말했다.

"좋은 생각입니다."

"그렇지 않을까 싶습니다."

이 화제에 아주 흥미가 있다는 듯이 약간 열중하는 시늉을 했다. 문간에 기척이 나고, 과일 냄새가 등 뒤에 풍겼기 때문이었다.

카르노스의 방에서 나와 오토메나크는 아래로 내려갔다. 아마다이 상사가 부엌 쪽에서 걸어와서 오토메나크를 따라 뜰로 나왔다.

"근무 중 이상 없습니다."

"음."

카르노스가 이 집에서 보낼 날짜가 얼마 남지 않은 지금, 마지막 기간의 시중을 좀더 잘하고 싶다는 심정이었다. 그러나 아마다이 상사에게 사정을 설명할 수 없었기 때문에 일방적으로 지시를 하는 길밖에 없었다. 부엌문에 가까운 차양 지붕 밑에 놓인 의자에 오토메나크가 앉자, 네쿠니가 달려와서 손등을 핥았다. 이 의자는 카르노스가 뜰에 나와 있을 때면, 누군가 앉아서 감시하는 자리다.

뜰은 이글이글 타고 있었다. 모퉁이의 칸나가 불길처럼 솟아 있었다. 야자나무의 줄기가 분칠한 기둥같이 하얗게 빛나고 있었다. 보이는 풍경은 무서운 더위 속에 허덕이고 있었으나, 그늘 속에서는 그다지 덥지 않은 것이 이 고장 특색이다. 그늘에는 언제나 바람이 있다고 아이세노딘 사람들은 말한다. 그러나 오토메나크는 오늘 날씨가 말할 수 없이 더웠다. 바닷가에서 살갗에 쬐인 햇빛이 되내솟는 느낌이었다.

그는 일어서서 부엌문을 통해 집 안으로 들어왔다. 부엌에 아만다가 있는 것이 보였다. 그녀는 돌아서 있었다. 방에 올라와서 목욕을 했다. 찬물을 끼얹고 나니 몸의 불기운이 겨우 가셨다. 대나무 의자를 선풍기 밑으로 옮기고 걸터앉았다.

항구가 똑바로 내다보였다. 훨씬 오른쪽에 있는 진주 해안은 언덕에 가려서 보이지 않는다. 누런 빛깔이 승한 벽돌빛 지붕 기와가 풍성한 나무숲 사이에 들어차 있는 모습. 그것은 지난번 고노란에 갔을 때, 강물에 떠 있던 과일 시장의 배들 같았다. 로파그니스. 로파그니스 항구. 요즈음 자주 썩어드는 느낌이 또 일어났다. 로파그니스라는 이 열대의 도시에 앉아 있다는 사실이 꿈 같다는 느낌이다. 이 느낌은 불현듯 덮쳐들어서는 그에게서 온갖 균형을 뺏어버렸다. 이럴 때면 온갖 것이 이상스러워 보인다. 지붕 색깔이 왜 하필이면 누런 벽돌 빛깔인가. 야자나무의 저 줄기는 왜 저렇게 하얀가. 이런 따위가 자못 심각하게 의아스러워지는 것이다. 그중에서도 나는 왜 오토메나크인가 하는 것이 제일 짜증 나는 의문이었다.

깜박 잠이 들었다 깬 모양이었다.

곁에 과일 냄새의 기척이 있었다. 오토메나크는 그녀의 몸에 손을 댔다. 야자나무의 줄기처럼 둥그런 넓적다리가 만져졌다.

"오늘 밤."

야자나무의 따뜻한 줄기에 대고 오토메나크가 말했다. 줄기가 가볍게 떨면서 야자열매처럼 말 한마디가 굴러떨어졌다.

"네."

남자는 여자를 기다리고 있었다.

선풍기 소리가 끊임없이 사르락거리고 아무 다른 기척은 없었다. 밤이 깊었다. 선풍기 소리 말고도 가끔 들리는 소리가 있기는 하였다. 도마뱀이 우는 소리였다. 부지중 탈을 올려다보았다. 탈은 움직이지 않고 신비한 웃음을 지니면서 내려다보고 있었다.

오토메나크는 문서 창고에 들어가서 아만다의 방을 들여다보고 싶은 욕망을 가까스로 눌렀다. 아만다에 대해서 점잖지 못할 것이 첫째며, 비밀 유지를 위해서 물론 그래선 안 될 일이었다.

몇 시라고 정하지 않았지만 곧 그녀가 올 것이었다. 그날 이후로 두번째 밤이 된다. 문득 뉘우치는 일이 있다. 그 밤 이후의 사흘 동안, 오토메나크는 그녀가 분별없이 기미를 드러낼까 봐 미리 굳어져 있었다. 집 안에서 그녀를 만날 때마다 딱딱한— 그렇다고 해도 예전과 같이라는 정도지만— 그런 몸가짐을 보인 일이 뉘우쳐졌다.

지금 그녀를 기다리는 마음에서 돌이켜보면 그런 몸가짐이 야박스러워 보였기 때문이다. 집 안의 눈을 꺼리면서 일어난 일이므로 어쩔 수 없는 일이었으나 지금 이 순간에는 자기가 굉장히 나쁜 놈인 것처럼 느꼈다. 그녀가 몸을 맡기던 때의 스스럼없이 믿는 태도에 견주어 더욱 미안한 일이었다. 그런 미안함을 갚으려는 듯이 대담한 생각이 떠올랐다. 결혼, 결혼한다면. 그러나 전혀 될 성싶은 일이 아니었다. 그는 얼른 이 생각을 떨쳐버렸다. 지금 당장에는 이 성실한 생각조차 방해였다.

그는 소파에서 일어나서 열어놓은 창 쪽으로 걸어갔다. 로파그니스는 잠들어 있었다. 시가지와 항구의 불빛이 별하늘과 어울려 반짝이고 있었다.

별하늘은 무지하게 아름다웠다. 짙은 청색 하늘은 또 하나의 바다 같고, 별들은 문서 창고의 보석 상자를 쏟아놓은 것 같았다. 모든 것이 있을 데 있고, 모든 일이 알 만했다. 이상한 것은 아무것도 없었다. 자기가 오토메나크라는 것은 확실했다.

도마뱀이 우는 소리가 또 들렸다. 그는 돌아서서 문 쪽을 보았다. 문은 닫힌 채로였다.

침대를 가린 모기장이 선풍기 바람에 한쪽으로 몰려 떨고 있었다. 그는 다시 돌아서서 밤의 항구를 내다보았다. 빈방을 더 이상 마주 보고 있기가 힘겨웠다. 문득 그녀가 오지 않는 것이 아닌가 하는 의심이 들었다.

그는 획 돌아섰다. 그러자 문간에 그만한 키의 야자나무처럼 아만다가 기척도 없이 서 있었다. 오토메나크는 야자나무 쪽으로 천천히 걸어갔다.

작은 전등에서 비치는 불빛이 모기장 안을 으스름달밤처럼 부옇게 밝히고 있었다. 아만다는 어린 야자나무처럼 하얀 시트 위에서 잠들어 있었다.

야자나무는 이 모기장 안에서는 갈색이었다. 야자나무는 머리에 인 풍성한 잎사귀를 머리카락처럼 헤쳐놓고 있었다. 나무의 겨드랑이와 줄기 한가운데서 머리카락처럼 가는 섬유질의 잎사귀가 바람에 날려 뭉쳐진 거미줄처럼 붙어 있었다. 역시 갈색의 둥그런 열매가 두 개 무겁게 빛나고 있었다.

오토메나크는 강물에 비친 나무 그림자를 보듯이 아만다를 들여다보면서 곁에 일어나 앉아 있었다. 선풍기에서 보내는 바람을 따라 모기장이 흔들릴 때마다 강물에 비친 야자나무는 물결 밑에서 흔들렸다. 금방 떨어질 것 같은 열매가 숨 쉬듯 움직였다.

도마뱀이 또 울었다. 이것은 밖에서 우는 모양이었다. 도마뱀 울던 그 밤에. 오토메나크는 혼자 싱긋이 웃었다. 그리고 조심스레 침대에서 내려서 모기장 밖으로 나왔다.

그는 잠옷을 걸치고 창가로 가서 뜰을 내다보았다. 지금 갑자기 불안한 생각이 들었기 때문이었다. 그녀가 들어와서 지금까지, 외계와 교섭을 끊었던 주의력이 문득 살아나자, 깜박 졸다가 깨어난 보초병처럼, 황급히 두리번거리게 된 것이다. 뜰에는 외등의 환한 불빛 바로 밑에 네쿠니의 모습이 보였다. 네쿠니는 문득 머리를 들어 올려다보더니 몸을 일으켰다. 한밤중 외등 불빛 아래서 주인을 올려다보고 서 있는 개의 모습은 '보초 수칙'을 상징하는 동상처럼 보였다. 오토메나크는 손을 흔들어 보이고 창가를 떠났다.

문을 열고 복도로 나와서 계단을 내려가, 그 어귀에 있는 출입문을 당겨보았다. 이상이 없다. 그는 다시 계단을 밟아 올라왔다. 방으로 돌아오는 길에 아만다의 방 앞에서 걸음이 멎었다. 잠깐 망설이다가 손잡이를 지그시 돌리면서 어깨를 곁들여 문을 밀었다. 갑자기 들여다보고 싶었다.

작은 등을 켠 방 안에 빈 침대가 유별나게 선명했다. 방이 비어 있다는 일이 무언가 신비스러웠다. 또 한 사람의 아만다가 거기 있어야 하는 것이 옳기나 하듯이. 문을 닫고 자기 방 앞에 와서 한참 서 있었다.

카르노스의 방문은 닫혀 있었다.

세 방에서 들리는 선풍기 돌아가는 소리가 똑똑히 들렸다. 문을 열고 방에 들어선다.

모기장 밖에서 아만다를 들여다보았다. 엷은 안개가 낀 강물에 야자나무의 그림자가 잠겨 있었다. 안개가 바람에 밀려 조금씩 움직일 때마다, 잎사귀와 열매가 숨 쉬듯 흔들렸다. 안개를 손바닥으로 들어올리면서 오토메나크는 강물에 들어섰다.

아만다는 여전히 자고 있었다. 한 팔을 들어올려 낯을 가린 그 모양대로 반듯하게 누워 있었다. 낯을 가린 팔은 미끄러져서 지금은 손끝만 한쪽 볼에 닿아 있는데, 겨드랑 밑의 그늘이 굉장히 퍼져 보였다. 옷을 입었을 때를 어림해서는 생각할 수 없을 만큼 완강한 몸집이, 모기장으로 막힌 좁은 터와, 올이 가는 모기장 발에 받쳐 들어오는 불빛 때문에 더욱 커 보였다. 그중에서도 가슴에 달린 두 개의 갈색 열매는 너무나 진짜를 닮아 보였다. 오토메나크는 모기장 안에 들어서서 침대 곁에 선 채 이러한 그녀를 바라보았다. 첫날에는 정신없이 그 시간이 흘러가버렸던 터라, 나중에 여자의 몸을 떠올리려 해도 되지 않았다. 지금 오토메나크는 문단속까지 다시 돌아본 여유 있는 마음으로 그녀를 내려다보고 있노라니, 여자의 허우대가 금시 커 보이다가는 어찌 보면 팔이며 종아리 같은 데가 형편없이 가냘파 보이기도 하는 것이, 그녀가 누워 있으면서 둔갑을 하는 느낌을 받았다.

오토메나크는 침대 가장자리에 조심스럽게 엉덩이를 올려놓은 다음, 그녀의 몸을 만져보았다. 뭉클한 데와 팽팽한 데, 깊숙하게 팬 데를 떨리는 손으로 만져보았다. 그것은 어딘지 인조 고무처럼 너무도 미끄럽고 단단한 살갗이었다. 그녀가 조금 움직였다. 남자는 손을 멈췄다. 그대로 커다란 두 개의 야자열매를 바라보았다. 한 여자가 옷을 벗고 누워서, 한 남자의 앞에서 잠을 자고 있다는 일이 너무나 황송스러웠다.

전에 잠자리를 같이한 여자들은 모두 화류계 여자들이었다. 본국에서와 아니크 전선에서의 그런 여자들과의 밤에는 병에 대한 불안과, 돈으로 거래하는 손쉬움 때문에 멋대가리가 없었다. 아이세노딘에 와서는 나파유 술집에서 잔 일이 몇 번 있었으나, 군대를 따라 이 고장까지 벌이를 나온 여자들에게서는 삶의 고통스러움만 전달되었었다. 지금 옆에 누운 이 아이세노딘 여자는 전혀 다른 경험이었다. 사춘기의 몇 가지 깨끗한 기억에다 보기 좋은 여자의 몸이 어울린 그런 벅찬 느낌이었다.

장방형의 모기장 안의 이 평화는 적어도 지금 그가 가지고 있는 가장 확실한 것이었다. 어느 하나도 겉돌지 않고 꽉 째어 있었다. 이 모기장 밖의 세상은 너무나 오묘해서 오토메나크에게는 끝없는 미궁처럼 보였다. 마야카라는 사람이 이곳에 나타나기 전까지는 세상은 깨끗이 마무리되어 있었다. 니브리타와 아키레마는 귀축鬼畜이고, 그는 귀축들을 몰아내기 위해 아이세노딘에 온 천병天兵이었다. 이런 믿음이 모두 무너진 지금 아만다는 그가 믿을 수 있는 단 한 사람이었다. 카르노스의 석방이 임박했다는 사정 때문에 마음은 더욱 산란했다. 이토록 마음속에 거침없이 들어와버린 여자가 여기서 헤어지면 그만이 된다는 것은 있을 수 없는 일이었다. 어느 누구와도 다른 특별한 운명으로 이 여자와 맺어졌다고 그는 느끼고 있었다.

처음으로 서로 상대를 제 뜻으로 골라 이런 사이가 된 남녀들이 모두 만나게 되는 '운명'이라는 것이 나타났던 것이다. 여자가 몸을 움직였다.

그녀가 눈을 떴다. 잠시 멍청하게 오토메나크를 보고 있더니, 입술이 빙긋 벌어지면서 손을 오토메나크의 허벅다리에 올려놓았다. 오토메나크는 그 손을 잡아주었다. 잡힌 손이 힘주어 되잡아왔다. 그 쥘힘이 아까 어울렸을 때의 억센 느낌을 떠올려주었다. 그러자 새로운 욕망이 불끈 솟구쳤다. 남자는 여자의 손을 들어올려 입술에 대었다. 흐릿한 불빛 때문에 흐리게 그늘이 진 그녀 눈동자가 더욱 흐려졌다. 남자는 손에 입술을 대면서 그것을 알 수 있었다.

"아만다."

낮게 불렀다.

"네."

목쉰 듯한 음성으로 그녀는 대꾸하면서 눈을 좀더 크게 떴다. 그것이 마치 다시 잠들었다가 정신을 차리려는 사람처럼 보였다.

"아만다의 부모는 살아 계시나?"

"어머니뿐입니다."

"아버지는?"

"돌아가셨어요."

"어머니는?"

"친정에, 시골에 계세요. 전쟁이 났을 때 시골로 갔어요."

"아만다는 왜 따라가지 않았나?"

"저도 가려고 했지요. 그런데 전세가 갑자기 급해지면서 붐비는 통에 어머니를 잃어버렸어요."

"그러면 그동안 어머니를 만나지 못했겠군."

"네, 편지가 와서 시골에 계신 줄 알았어요."

"시골이 먼가?"

"멀어요. 저희 아버지도 같은 고향입니다. 아버지는 소학교 선생이었는데 독립 운동에 관계하다 감옥에서 돌아가셨어요."

"그래!"

이것은 충격이었다.

"언제 돌아가셨는가, 아버지는……"

"제가 열 살 때."

"그러면 살기가 어려웠겠군."

"어머니도 소학교 선생이었어요. 저를 여학교에 보내주셨지요. 그런데 전쟁이 나기 전 해에 병이 들었어요. 그래서 제가 취직하게 됐어요."

"총독부……"

"네, 총독부 식당에. 어린 제가 취직할 데가 어디 있었겠어요?"

"니브리타 관리들은 어떻던가?"

"그 사람들은 점잖고 거만해요. 아이세노딘 사람들을 같은 사람으로 생각하지 않아요."

"음."

"어머니는 아버지를 죽인 원수들의 밥시중을 들게 한다면서 울었어요. 하지만 밥을 먹자니 할 수 있나요?"

오토메나크는 그녀의 손에 다시 입술을 대고 잡은 손에 힘을 주었다. 아이세노딘 애국자의 딸이 니브리타 놈들에게 밥 때문에 부엌데기 노릇을 했다는 이야기가 뭉클했던 것이다. 아만다는 잠시 남자를 보고 있다가 말했다.

"당신의 얘기를 해주세요."

"나는 부모가 모두 살아 계시고 외아들이며, 학교에 다니다가 군대에 들어왔지."

애로크 사람으로서 나파유 군대에 들어왔다는 말을 할 수는 없었다.
"잘하셨어요. 군대에 들어와서 아이세노딘에 잘 오셨습니다."
그의 손을 끌어 가슴에 대면서 여자가 말했다.
두번째 충격이었다.
나파유 군인이 되었으니 아만다를 만났다. 원수의 군대에 잘못 들어왔다는 일과, 난생처음의 사랑을 얻었다는 일—이 두 가지 일이 조화될 수 있을까. 이 모순에는 조화가 있을 수 있을까. 아만다의 갈색 몸뚱어리가 아이세노딘만큼 크고 벅차 보였다.
갑자기 아이세노딘 땅덩어리만큼 크고 벅차 보이는 아만다의 몸에 오토메나크는 입술을 댔다. 용서를 비는 어두운 마음으로. 아만다는 자기 가슴에 입 맞추는 남자의 머리를 쓰다듬어주었다.
"아만다."
그녀의 손을 머리에 올려놓은 채 오토메나크가 여자를 불렀다.
"……"
그녀는 남자를 올려다보았다.
"나하고 결혼합시다."
아만다의 눈이 한껏 크게 떠졌다. 어슴푸레한 불빛 속에서도 동자가 희미하게 빛났다.
"결혼합시다."
아만다는 가만히 누워 있었다.
"아만다."
불안을 느끼면서 오토메나크가 여자를 흔들었다. 사실, 결혼하자는 한마디는 그녀의 가슴에 입을 대는 움직임을 따라 저절로 흘러나왔는데, 그녀가 대답을 않자 눈앞이 캄캄해지는 듯했다.

"아만다, 결혼합시다."

그의 목소리는 오래전부터의 결심을 말하기나 하듯 단호해졌다.

"안 돼요."

이것이 한참 만에 그녀의 입술에서 나지막하게 새어나온 답이었다.

정말 캄캄한 절벽이 오토메나크의 발밑에 열렸다.

"왜? 왜 안 돼?"

그녀는 답하지 않았다. 대신에 눈이 감기면서 눈물이 번져나왔다. 오토메나크는 그녀와 결혼하지 못한다는 것이 곧 인생이 없는 것이나 마찬가지인 것처럼 느껴졌다.

"결혼하지 못할 까닭이 없지 않아?"

그는 잡고 있는 손에 힘을 주었다. 그녀는 천천히 눈을 떴다.

"우리는 외국 사람끼리예요."

"외국 사람끼리?"

"네."

"그게 어쨌단 말인가?"

"어려워요."

"어려워? 아이세노딘에는 아니크 사람이 많지 않은가? 그들은 아이세노딘 사람이 되지 않았나?"

"그렇지만……"

"니브리타 사람과 결혼한 아이세노딘 사람도 있지 않은가?"

그녀는 또 입을 다물어버렸다. 살이 섞였던 여자가 천 리나 멀리 떨어져가는 느낌이었다.

"아만다, 그건 우스운 걱정이야."

아만다가 그를 빤히 올려다보았다. 그리고 한숨 쉬듯 이렇게 말했다.

"사실은 그게 이유가 아니에요."

"그러면?"

"당신은 나하고 결혼하지 않아요."

"그게 무슨 말인가?"

"당신은 이 자리에서만 그렇게 말하는 겁니다."

기쁨이 북받치는 음성으로 오토메나크가 말했다.

"아만다, 나는 농담이 아니야. 그러니까 아만다도 똑바로 말해 줘."

"당신은 내가 곧 싫어질 거예요."

"당신이 나하고 결혼하지 않는다면, 당신은 나를 나쁜 사람으로 만드는 것이 돼."

아만다는 돌아누우면서 팔로 남자의 목을 감고 그 눈을 들여다보았다.

오토메나크 쪽으로 돌아누우면서 남자의 목에 손을 얹고 아만다는 상대방을 들여다보았다. 부드럽게 목에 얹힌 여자의 손을 잡으면서 오토메나크도 그녀의 눈을 마주 보았다. 흐릿한 불빛 속에서도 그녀의 눈동자는 빛을 뿜어내듯 치열했다. 눈동자는 잠시 가끔 흐려졌다가는 다시 희미하게 빛났다. 의심해서가 아니라 너무 뜻밖의 행복을, 거푸 정신을 가다듬어 다짐해보려는 안간힘 같았다.

"정말입니까?"

그녀가 잠시 후 입 밖에 밀어낸 속삭임은 앓는 소리처럼 약하고 떨렸다.

"대답해요."

흑, 하는 소리를 내면서 그녀는 남자의 목을 안은 팔에 힘을 주면서 이쪽의 품속에 얼굴을 묻으며 가슴과 배를 기대어왔다.

"대답해요."

"정말입니까?"

"대답해요."

"그럴 수 있다면 얼마나 좋겠어요?"

"아만다, 대답해요."

"네, 좋아요. 결혼해주세요."

"아만다."

오토메나크는 여자의 목덜미에 입술을 대면서 말했다.

"우리는 결혼한 거야."

그는 여자의 턱을 받쳐들고 입술을 맞추었다. 아만다는 힘 있게 매달리면서 오토메나크의 눈을 들여다보았다. 너무 가깝게 마주 보기 때문에 여자의 눈은 광막한 공간으로 뚫린 구멍 같았다. 두 눈까풀과 속눈썹이 벌어진 카누 모양의 육체의 틈으로, 그 건너편에 있는 희미한, 잴 수 없이 아득한 세계를 오토메나크는 들여다보았다. 그리고 이상스럽게도 그 공간을 들여다보고 있노라니 오토메나크는 자기 눈길이 처음에, 다음에는 온몸이 그 속으로 빨려 들어가는 것을 느꼈다. 자기는 어느새 그 공간 안에 들어와 있었다. 그리고 마침내 자기는 그 공간이었다. 푸르고 희미한 막막한 어떤 것이 되어버리는 것이었다. 오토메나크도 아만다도 없었다. 있는 것은 벌써 어떻다고도 할 수 없는 그 무엇이었다.

문득 꿈에서 깨듯이 오토메나크는 공간의 밖에 있었다. 그것은 도마뱀 우는 소리였다. 그 소리가 그들을 꿈에서 깨어나게 했다. 아만다도 같은 꿈을 꾸다가 갑자기 깨어나서 마주 보는 사람처럼 몽롱하게 그를 보고 있었다. 오토메나크는 그녀를 더 세게 끌어안았다. 그녀의 부드럽고 굳센 팔과 다리가 사지에 감겨왔다. 터질 듯한 야자열매가 두 사람의 가슴 사이에서 진하게 냄새를 풍겼다. 바나나 속처럼 녹아 흐르는 그녀의 속으로 오토메나크는 자기를 들여보냈다. 부드러운 과일은 그를 감싸고, 사랑스럽게 다독거리면서, 죄었다. 또다시 그, 가없는, 소유자 없는 공간 속에 그들은 있었다.

번개보다도 빠른 순간 정신이 들었다가는, 곧 자기를 잊어버리곤 하면서 두 몸은 흠뻑 땀을 흘렸다. 여자는 몇 번이나 몸서리를 쳤다. 소리를 내지 않으려고 애쓰기 때문에 목소리가 될 힘은 모두 몸서리가 되었고, 서로의 몸에 손자국이 나게 힘을 주었다. 썰물이 차츰 물러가는 바닷가의 모래사장처럼 시간이 한 치씩 되돌아왔다. 이윽고 썰물이 물러간 다음에 남는 조개껍질처럼, 조각난 그들의 '나'가 띄엄띄엄 현실의 바닷가에 남아 뒹굴었다.

남자가 먼저 바닷가에 밀려온 '자기'의 조각들을 하나하나 주워 들었다. 조개껍질만 한 그 조각들은 몹시 무거웠다. 힘겹게 주워 모아 하나씩 '자기'를 이어 맞췄다. 눈을, 머리를, 팔을, 오토메나크라는 이름을, 애로크라는 고향을, 나파유 군인이라는 신분을, 로파그니스라는 지리地理를—그렇게 해서 그는 다시 오토메나크로 돌아왔다.

아만다는 아직 자기를 수습하지 못한 모양이었다. 조개를 줍다가는 고개를 들어 바다를 보는 사람처럼 꿈지럭거리면서 그녀는 누워 있었다. 그녀가 줍고 있는 것의 무게를 오토메나크는 짐작할 수 있었다. 그녀를 도우려는 듯이 오토메나크는 그녀에게 손을 빌려주었다. 머리를, 목을, 가슴을, 야자열매를, 둥그런 배를, 든든한 다리에 차례로 손길을 옮겨 쓰다듬었다. 남자의 손은 흩어졌던 조각을 불러 모은 지남철과 같이 여자를 빚어내었다.

마침내 아만다가 되살아났다. 그녀는 먼 길에서 돌아온 사람처럼 멍청하게 남자를 쳐다보았다. 얼굴은 고달파 보였다. 바닷가에 밀려온 물에 빠져 죽은 시체처럼 그들은 반듯하게 누워 있었다. 선풍기 소리. 사르락거리는.

"오토메나크."

남자는 가슴이 뭉클했다. 그녀가 처음 자기를 이름으로 불렀기 때문이다. 이름을 불린 시체는 천천히 그녀 쪽으로 돌아누웠다. 그리고 몇 번 스쳐보아도 정다운 여자의 손을 어루만졌다.

"아만다, 우리는 결혼했어."

여자는 대꾸하지 않고 가만히 있었다.

"우리 결혼은 어쩌면 아만다가 생각하는 것보다 훨씬 쉬울지도 몰라."

띄엄띄엄 남자는 스스로 다짐하려는 사람의 말투로 중얼거렸다.

이번에는 여자가 대꾸했다.

"왜 그렇습니까?"

지친 듯한 음성이지만 주의해서 내는 음성이었다.

"왜냐하면……"

현지에 온 나파유 군인으로서 아이세노딘 여자와 결혼한 기왕지사는 없었다. 사실은 이상한 일이다. 아시아 공동체가 하나라면, 그들 사이에 결혼이 없다는 것이 이상하지 않은가. 그런데도 사실은 반대였다. 아이세노딘—점령한 이 나라는 그만두고라도, 한 나라가 된 나파유와 애로크 두 민족 사이에도 서로 혼인하는 예는 드물다. 여기에서도 나파유와 애로크가 한 나라라는 명분은 속 빈 강정인 셈이었다. 엊그제까지 나파유-애로크가 한 나라임을 의심치 않았던 남자가, 한 여자와의 결혼이라는 일에 부닥치자, 이 점이 대뜸 모순으로 느껴진 것이다. 오토메나크의 머릿속은 빨리 돌아갔다. 몸은 여전히 먼바다 헤엄 뒤끝처럼 고단했지만. 그런 사람이 나서지 않아서 그렇지, 나파유 군인과 아이세노딘 여자의 결혼은 '아시아 공동체'의 나팔에 맞춘 정책적 효과가 있을 이치가 아닌가. 나파유의 아편에 인생을 망친 청년은 그 아편을 되잡아 사랑을 이루려는 지혜가 떠올랐던 것이었다. 한편 부친의 승낙 여부는 아무 걱정거리로 느껴지지 않았다. 마야카 씨의 방문 이후 오토메나크의 머리에서 부친의 근엄한 눈매가 지닌 예전의 권위는 허물어져 있었다. 그렇다면 아만다와의 결혼은 그녀가 생각하는 것처럼 꿈이 아니다.

"나를 믿어줘. 나한테 좋은 생각이 있으니깐."

오토메나크는 들뜬 음성으로 속삭였다.

"어떤 생각?"

그녀는 말끔한 눈매가 되면서 다그쳤다.

"작전에는 비밀이 있어. 나를 믿어줘야지?"

"정말 그렇다면 얼마나 행복할까."

"화낼 테야."

"네, 화내주세요. 그러면 더 믿어지니깐요."

"나파유 군대는 아이세노딘 사람을 형제처럼 생각하려구 해."

"네."

"그러니깐 아이세노딘 처녀하고 결혼하는 사람이 생기면, 높은 사람들이 싫어할 리 없어."

아만다는 대답하지 않았다.

"인제 됐어?"

"네."

그러나 그녀의 목소리는 맥이 빠져 있었다.

"왜? 신통치 않아, 내 생각이?"

"아니…… 당신의 부모님이……"

"부모님? 부모님이 결혼하나? 내가 하지."

"그래두……"

"아만다는 어머님이 반대하면 결혼 못 하겠어?"

문득 불안이 스치는 음성으로 오토메나크가 물었다.

"아니에요. 저희 어머닌 그런 분이 아니에요."

"우리 부모님두 그런 분이 아니야."

물론 이것은 자신 없는—아마 거짓말이기 쉬운 말이었으나, 거짓말이 안 되게 할 결심이 있었고, 태산 같던 부친에 대해 변한 심정의 표현으로서는 정말이었다.

"오토메나크."

"응."

"거짓말이라도 믿겠어요."

오토메나크는 대답 대신에 그녀를 힘껏 껴안았다. 그녀는 숨이 막혀 한두 번 기침을 했다.

"더 꼭. 죽여두 좋아요."

"그렇게 해줄 수는 없어."

그녀는 묻었던 고개를 쳐들고 활짝 웃었다.

오토메나크는 무언가 큰일을 마무리한 느낌이었다. 민족 반역자. 패전. 그 후에 올 인생—줄곧 시달려오는 요즈음의 괴로운 불안 속에 무언가 한 가닥 빛 같은 것이 생긴 것 같았다. 이 빛을 중심으로 산산조각이 난 자기 삶이 다시 자리 잡아질 것 같은 막연한 느낌이 들었다. 그것이 어떤 식으로 이루어질지는 갈피가 잡히지 않으면서도.

이 모든 얘기를 그들은 속삭이듯 주고받았고, 모든 움직임은 도둑놈처럼 소리를 죽인 가운데 이루어졌다. 시종무관과 시녀의 사랑은 숨은 사랑이어야 했기 때문이다. 그래서 그들은 짧은 동안에 더 많이 사랑해야 했다. 남자가 또 여자를 끌어안자, 여자는 취한 듯 눈을 감으면서 몸을 열었다.

모기장 밖으로 나가서 아만다가 옷을 입었다. 오토메나크는 모기장 밖에서 움직이는 그녀의 몸을 자리에 누운 채로 바라보았다. 굵은 넓적다리에 젖이 닿을 만큼 등을 구부리면서 옷을 걸치고 있는 모습은 처음 볼 때와 마찬가지로 가슴을 두근거리게 했다. 차례로 벗어놓았던 것을 걸치자 오토메나크는 금방 나간 여자가 또다시 그리워졌으나 가만히 누워 있었다.

　아만다는 매무시를 마치자 모기장에 다가가서 거기— 모기장에 입술을 댔다. 그러고는 돌아서서 소리 없이 문을 열고 방에서 나갔다.

　아직도 여자가 거기 서 있는 듯이 오토메나크는 그녀가 입술을 댄 모기장 언저리에서 눈길을 옮기지 않았다. 어느 편에서나 새벽까지 같이 있어도 힘이 진할 것 같지 않았으나, 역시 어느 편에서나 마음은 조급했다. 그래서 여자가 일어났을 때가 가장 알맞은 때인 것처럼 느껴졌었다. 그런데 한번 그녀가 나가고 나니, 아쉬움은 너무 컸다. 오토메나크는 이것저것 두서없는 생각을 막연히 좇음으로써 아쉬움을 달래려고 했다. 결혼. 오늘 그들은 결혼을 약속한 것이었다. 그녀에게 말한 것이 진실이었다. 나파유인으로 산다는 일의 허망을 알게 된 지금, 오토메나크에게는 웬만한 일은 놀랄 것도 없고, 엉뚱할 것도 없었다. 사랑하는 여자와 산다는 일은 그리 어려운 일이 아니라는 생각이 들었다. 부친이 반대한다 해도 할 수 없는 일이었다.

　그의 청춘이 지금까지 잘못된 것이라는 것은 확실했으나, 이 사랑만은 잘못일 수 없었다. 아이세노딘 애국자의 딸이라는 새 발견이 충격이었다. 애로크 반역자의 아들과 아이세노딘 애국자의 딸.

비통한 일이었다. 그렇다고 어떻게 하면 좋겠는가. 언젠가는 그녀에게 이 사실을 말해야 할 것이었다. 그러나 그녀가 이 일 때문에 크게 놀랄 것 같지는 않았다. 한편 전쟁이 한창인 지금, 그들이 결혼한 다음의 일 같은 것은 생각해봐도 쓸데없는 일이었다.

카르노스를 송환하고 돌아온 다음 아카나트 소령에게 의논하기로 하자. 나를 표창할 뜻이 있다면 그녀와의 결혼을 도와달라고. 그 다음에, 그 다음에 전쟁이 어떻게 될 것인가, 그것 역시 생각해봐야 부질없는 일. 전쟁이 어떻게 되든 사랑은 사랑이다. 만일 적군이 상륙하게 되어 내가 죽는다면? 이것도 생각해야 부질없는 일이다. 그런 일은 일어날 것 같지 않았다.

지금 품에서 나간 여자의 목숨이 너무 생생하게 몸에 남아 있었기 때문에, 자기가 전사할지도 모른다는 생각은 조금도 절실하지 않았다. 게다가 현재 나파유군이 싸우고 있는 적은 그 주력이 니브리타가 아니고 아키레마였다. 아키레마군은 그들의 작전 범위에서 아이세노딘을 빼놓고 있는 것이 분명했다. 사령부의 정보 판단에 의하면, 니브리타가 자기네 식민지였던 아이세노딘에 대해서 동맹군인 아키레마군이 먼저 작전을 시작하는 것을 누르고 있는 것 같았다.

그렇다면 앞으로도 꽤 오래 이 고장은 지금 모양대로 있을 가망이 크다. 본국 근처 싸움에서 어려운 고비를 겪고 있는 니브리타가 멀리 떨어진 여기 식민지 아이세노딘에서 되밀어올 힘은 한동안 없을 테니까. 전쟁이라는 태풍은 한쪽은 아이세노딘에서 아주 가까우면서 비껴 있거나, 다른 하나는 멀리서 휘몰아치고 있었다.

태풍이여, 지나가다오. 태풍이여, 멀리 거기서 주저앉아다오.

　이런저런 생각에 얼른 잠이 오지 않았다. 오토메나크는 일어서서 모기장 밖으로 나왔다. 그러고는 조심스럽게 탈을 벗기고 손잡이를 당겨, 문서 창고의 문을 열었다. 고노란 출장에서 돌아와서는 처음이었다. 전등을 켜고 문을 닫았다. 장갑을 끼면서 돌아보니 창고 안은 달라진 데가 없었다. 잠깐 망설이다가 끌리듯이 아만다의 방 쪽으로 난 손잡이 구멍에 눈을 가져갔다. 어두운 불빛에 모기장이 안개처럼 걸려 있었다.
　작은 구멍으로 보는 탓으로 눈의 초점이 순간적으로 흔들려서 모기장은 더욱 흐릿한 안개를 닮아 보였다. 그 속에 누운 아만다의 모습은 더욱 어렴풋해서 어느 것이 이불인지 어느 것이 그녀의 몸인지 분간이 가지 않았다. 그러나 오토메나크는 만족했다. 그녀의 방을 몰래 들여다보는 일이 거북할 것 같던 짐작도 들어맞지 않았다. 옆에 누운 여자의 잠든 모습을 보았을 때처럼, 대견하고 사랑스러웠다.
　구멍에서 눈을 떼고 방 안을 돌아본다. 조심스럽게 궤짝 옆으로 다가갔다. 지난번까지 읽어온 문서 궤짝이다. 뚜껑을 열어봤다. 변고가 없었다. 뚜껑을 열어놓은 채 궤짝 안에 차곡차곡 담긴 문서를 내려다보면서도 얼른 그것을 손에 잡을 마음이 일지 않았다. 처음 이것을 읽었을 때의 강한 충격은 이미 자기 안에 들어와 있었다. 그의 안을 뒤죽박죽으로 만들고, 새 오토메나크가 되는 데 절대한 힘을 미친 문서들이었다. 자물쇠가 없는 이 궤짝의 내용을 겨우 반쯤 읽어본 끝에, 나머지 궤짝 속도 짐작이 갔다. 만일 이 문서들만 읽으면서 매일 지내라고 한다면 조금도 싫증이 나지 않을 것이다. 그러나 지금은 몹시 산란한 마음이었다. 오늘 밤에는 그만두기로 하자. 그는 궤짝 뚜껑을 닫았다. 그런 다음, 보석 궤짝을 열어보았다. 이루 말할 수 없는 광채가 눈을 쏘아봤다. 이 궤짝 속에 다져놓았던 빛이 뚜껑을 열자 터져나오는 느낌이었다. 오토메나크는 손으로 보석들을 더듬어보았다. 장갑을 통한 느낌은 눈에 비치는 이 귀한 보물들의 찬란함에 비해서 너무나 가난했다.

아만다에게 보석을 사주려고 힌디아 사람 가게에 갔던 일이 떠올랐다. 보석은 끝내 사주지 못했지만, 그녀의 목숨 — 삶이라는 보석을 사준 셈이고, 사랑이라는 보석을 얻은 셈이었다. 아만다에게 이것을 보여준다면, 생각만 해도 즐거웠다. 그녀를 이 보석 궤짝 위에 벗은 채 앉혀놓는다면. 침대에 이 보석을 온통 쏟아부어 놓고, 그 위에 그녀가 누워 있으면. 모랫벌에서 모래 속에 파묻히듯. 이것들로 그녀를 파묻어보면. 정말 그런 일이 있어서, 그녀의 몸이 닿기나 했던 것처럼 느껴졌다.

이것들이 니브리타의 식민 통치의 자금이었다든가 약탈품이었다든가 하는 생각은 떠오르지 않았다. 아름다운 돌들을 보니, 이걸 가지고 사랑하는 암컷의 몸을 치장하고 싶다는 꿈만이 머리에 가득 찼다. 물론 이 가운데 단 한 개의 보석도 밖으로 내갈 수는 없는 일이었다. 절대로 위험한 일이었다. 그렇다면 나는 무엇 때문에 이 창고가 있음을 아카나트 소령에게 말하지 않는 것인가. 자기 마음이면서 이것 또한 풀이할 수 없는 심사였다. 아무튼 보고하고 싶지 않았다. 니브리타 놈들과 마찬가지 목적으로 쓰일 것임이 분명하다는 것—이것 때문이라고 하면 풀이가 되기는 된다. 그러나 그런 버젓한 풀이로는 다할 수 없는 무슨 응어리 같은 것이 마음속에 도사리고 있어서, 오토메나크가 이 비밀 고방庫房을 윗사람에게 보고하는 것을 가로막고 있었다.

학살과 어둠과 사랑

소나기가 지나간 다음의 들판과 숲은, 미역 감고 강가에 나선 여자의 싱싱한 모습이다. 지난번 허물어져서 고생한 길목은 말끔하게 고쳐져 있었다. 옆에 앉은 오토메나크에게 눈으로 거기를 가리키는 운전병에게 오토메나크는 끄덕였다.

야자나무 수풀이 나타났다. 야자열매는 현재 통제품이 되어 있다. 방독 마스크에 쓰이는 여과용濾過用 숯의 재료로 야자열매가 쓰이기 때문이다. 야자열매와 너무 닮은 아만다의 젖통이 떠올랐다. 한 가지 사물이 가진 너무나 동떨어진 뜻이 이상한 느낌을 주었다. 감미롭고 슬픈 느낌이었다.

야자 수풀이 지나자 벌판이 나진다. 물소가 여기저기 흩어져 풀을 뜯고 있는. 키 낮은 관목과 사보텐 무더기가 널려 있다. 모래가 많은 황무지다. 자동차는 좀더 속력을 냈다. 센 바람이 창으로 쏟아져들어왔다. 오토메나크는 너무 속력을 내지 말라고 하려다가 그만두었다. 어쨌든 시원한 것은 좋았기 때문이다. 이윽고 수용소 건물인 수도원의 모습이 멀리 나타났다. 소장의 말처럼 지형지물이 튄 탓으로 방어하는 편으로는 유리하다. 수도원 꼭대기의 십자가가 하얗게 빛난다. 벌판 자욱하게 열기가 이글이글 피어오르고 있다.

수도원 앞에 차가 닿았다.

경비 창문이 열리고 병사가 내다보더니 곧 문이 열렸다. 오토메나크가 차에서 내려 돌아섰을 때 경비대 본부 쪽에서 걸어오는 관리소장의 모습이 보였다. 그와 오토메나크는 서로 걸어가고 걸어와서 경례를 하였다. 같은 계급이었음에도 불구하고 상급 부대에서 나온 오토메나크에 대하여 소장은 공손하게 대했다. 관료나 군인이면 다 아는 사정이다. 오토메나크는 소장의 그런 태도를 잘못 받아들이지 않게 애썼다. 그들은 종이꽃이라 불리는 조화처럼 이쁘장한 작은 꽃이 듬뿍 달린 꽃나무가 양쪽에 심어진 현관을 들어섰다. 소장실에 들어가자 소장은 자기 자리를 권했으나 오토메나크는 사양하고 옆에 놓인 쇠의자에 앉았다. 당번병이 야자열매를 가져왔다.

"시원합니다."

소장이 권했다.

"드십시다."

오토메나크는 소장에게도 권하면서 껍질을 벗겨 윗꼭지를 따낸 야자열매에 빨대를 꽂아 한 모금 빨았다. 걸쭉하면서 메슥메슥한 속에 들큰한 맛이 있는 즙이 빨대에서 입 안으로 번져들어왔다.

도중에서 하던 생각이 떠올라 그 메슥한 맛이 한순간 아찔한 느낌을 주었다.

"우물에 담갔던 것입니다."

"네."

차가웠다. 이 고장에 와서 처음 먹을 때는 메슥한 맛이 역했는데, 먹어 버릇하니 그 맛이 진짜였다. 선풍기 돌아가는 소리만 들리는 방에서 두 장교는 잠시 말 없는 가운데 야자열매를 빨았다.

"포로 명부를 보여주시겠습니까?"

빨대가 꽂힌 야자열매를 쟁반에 내려놓으면서 오토메나크가 말했다.

"네."

소장은 일어서서 자기 책상 뒤에 있는 금고를 열고 서류를 꺼내 책상 위에 놓았다.

"여기 앉으십시오."

재차 소장이 자기 자리를 권했다. 서류를 꺼내놓고 보니 그렇게 하는 것이 형국이 알맞을 것 같았다. 오토메나크는 소장이 비운 자리에 앉으면서 머리를 숙였다. 대신 소장은 오토메나크가 앉아 있던 쇠의자에 앉았다. 오토메나크는 가지고 온 가방에서 서류를 꺼내 명부 옆에 놓았다. 송환 대상자를 확정하기 위해 온 것이다. 참모부에서 몇 가지 기준을 세워놓은 데 따라서, 소장의 의견을 참고하여 마지막으로 선정해 오라는 지시였다. 소장에게는 다른 수용소로 옮긴다는 것으로 알려두고 있다.

1. 소행이 양순한 자

2. 관등官等이 낮은 자

3. 건강한 자

4. 교육이 낮은 자

5. 미혼자 혹은 배우자 없는 자

6. 나이가 적은 자

7. 군사성이 적은 직종의 자

이런 기준에 의해 골라진 포로들 50명의 명부를 오토메나크는 훑어보았다. 일곱 가지 난으로 나누고, 사람마다 각 항목에 대한 설명이 적혀 있었다.

"네, 잘되었습니다."

오토메나크는 소장이 만든 서류가 작성 방식의 지시대로 되었다는 점을 지적하였다.

"면담하셔야겠지요?"

소장이 말했다.

"그렇습니다."

"준비되어 있습니다."

"시작합시다."

"장소는?"

"여기가 좋지 않겠습니까?"

"네, 여기도 좋습니다만, 포로 구역과 인접해서 본당 건물이 있지 않습니까. 철조망과 연결해서. 거기 신부실이 조용합니다."

"교회당 안에 말이지요."

"네, 보통 때도 포로 면담은 행정반이 있는 이곳이 아니라 거기서 하고 있습니다."

"무슨 까닭이라도……"

"병사들과 될 수 있는 대로 접촉할 기회를 적게 하기 위해서지요."

"좋습니다."

오토메나크는 서류를 가방에 넣으면서 일어섰다.

이층인 소장실에서 나와 아래층으로 내려가 연병장에 나섰다. 햇빛이 칵 눈부시다. 소장 말대로 연병장과 포로 구역을 가르고 있는 철조망의 한끝은 본당 건물에 연결돼 있고, 바로 곁에 초소막이 있는 포로 구역으로 들어가는 문이 있다. 심문받는 포로들은 문을 나서 왼쪽으로 몇 걸음 옮겨 본당 건물 옆구리에 달린 문으로 들어서면 된다. 소장은 너덧 개 되는 돌계단을 걸어올라가서 열쇠를 꺼내 문을 열고 오토메나크를 돌아보고 난 다음, 먼저 안으로 들어갔다.

들어서면서 소장이 벽 안쪽의 스위치를 눌렀다. 천천히 돌기 시작한 천장의 선풍기에서 눈을 옮겨 방 안을 돌아보았다. 지난번 아카나트 소령과 왔을 때는 와보지 않은 곳이다. 혼자서 소장실에 남아 있었을 때 아카나트 소령만은 안내받았는지도 모르지만.

"여기가 신부실입니까?"

"그렇습니다."

선풍기는 높이 달려 있었고 꽤 넓다. 소장이 창문을 열었다. 그 쪽이 포로 구역의 마당이었다. 포로들이 일하고 있을 공장 쪽에서 재봉틀 돌아가는 소리가 들려왔으나, 떨어진 탓으로 멀리서 부드럽게 울려오는 소리였다.

묵직한, 장식 있는 나무 책상에 소장이 권하는 대로 자리를 잡고, 가방에서 서류를 꺼내 펼쳐놓았다. 물감으로 그림이 그려진 유리가 끼워진, 세로로 길쭉한 창문이 양쪽 벽에 들어찬 방 안은 밝았으나, 그림 유리 탓인지 방 안 빛깔은 차분해 보였다. 그리고 앉아 있는 의자를 비롯한 방 전체에서 오랜 손때 묻은 냄새 같은 것이 풍겼다. 면담을 여기서 한다고 하지만 자주 쓰이지 않음이 분명했다. 어제오늘의 냄새가 아니던 것이다.

"고해성사란 걸 여기서 합니까?"

"아닙니다. 고해실은 따로 있습니다. 여기 처음입니까?"

"지난번에 보지 못했습니다."

"그래요? 참모님은 보시고 가셨습니다."

"네."

"나중에 보여드리죠."

"고해할 생각은 없습니다."

"고해를 받을 사람도 없지요."

"송환된 것입니까?"

"모르겠습니다. 수용소가 이곳에 차려졌을 때는 승려들은 없었습니다. 듣기로는 아이세노딘에 있던 천주교회는 중립적이었다고 합니다만……"

"아이세노딘에는 니브리타 국교 계통이 더 세력이 있었던 모양입디다, 자료를 보니깐……"

"전번에도 말씀드렸습니다만, 포로 가운데 신자들이 본당에서 예배를 보기를 요구했습니다만, 허락하지 않았습니다."

"물론 옳습니다. 황궁皇宮 요배를 그들이 거부하는 한, 그들도 부자유를 받아들여야지요."

"워낙 염치없이 살아온 자들이라, 자기들 말은 모두 당연하고, 이쪽의 지시는 모두 부당하다는 식입니다."

"꿈에서 덜 깬 것이 아니겠습니까."

"오랜 영화였지요. 참모님 말씀대로 힘이 아니면 깨우칠 수 없는 꿈이지요. 식민지 착취에서 얻는 호강이란 것은……"

"고생이 많겠습니다."

"저놈만 보고 지내자니 죽겠습니다."

소장이 가리킨 창문 밖 멀리 바지랑대에 울긋불긋 널린 빨래가 보였다.

"호강하십니다."

"모르시는 말씀."

그들의 웃음소리가 웅 하고 울렸다. 소장의 웃는 품이 죽을 지경인 근무를 하는 사람 같지만은 않았다.

이때 문을 두드리는 소리가 났다.

"들어와."

소장이 웃음기를 재빨리 거두면서 문간에 대고 말했다. 문이 열리고 상사 한 사람을 따라 포로 하나가 들어섰다. 상사는 포로를 들여놓고 밖으로 나갔다. 포로는 문간에 서 있었다.

"이리 오시오."

소장이 말했다.

포로는 머리를 흔들어 젖히는 동작을 한 다음, 오토메나크가 앉은 책상 앞에 와서 멎었다.

"앉아."

소장이 의자를 턱으로 가리켰다.

스무 살 안팎의 금빛 머리칼의 여자였다. 여자는 의자에 앉고, 오토메나크를 똑바로 쳐다보았다. 겁 없이 눈길을 맞추는 품이 문득 아만다의 눈매를 떠올렸다.

"이름은?"

"메어리나."

"나이는?"

"스물하나."

"전 소속은?"

"제29육군병원."

"관등은?"

"간호원."

"학력은?"

"엔제일 간호기술학교."

"결혼은?"

"미혼."

"건강은?"

"좋습니다. 그러나 저는 의사는 아닙니다."

"본인의 의견을 물었습니다."

"좋은 편입니다."

모범 기준의 해당자인 셈이다. 육군병원의 평간호원이라면 군사성이 없는 자라는 기준에는 부적당하지만, 다른 조건과의 종합에서 보면 상쇄할 수 있다.

"수용소의 대우에 대해서 어떻게 생각합니까?"

"어느 부분의?"

"노동 조건은 어떻습니까?"

"놀고먹을 수야 없겠지요."

포로는 싱긋 웃었다. 오토메나크도 따라서 웃었다. 아가씨, 백만 원짜리 웃음을 웃었소. 당신은 집에 가시오.

"수용소에 대해서 건의할 말은?"

"건의요?"

"무엇이든지."

"집에 보내주세요."

오토메나크와 소장은 큰 소리로 웃었다. 포로는 시치미를 떼고 있었다. 오토메나크는 한바탕 웃은 다음 말했다.

"고려해보겠습니다."

여자는 여전히 빙긋도 하지 않았으나 얄미워 보이지는 않았다. 그러나 포로의 신분으로 이만큼 다부진 — 그것도 한낱 아녀자의 이런 몸가짐은 무언가 생각게 하는 데가 있었다. 오토메나크가 전에 관리한 남자 포로들이 이렇게 나왔을 때는 건방져 보였지만, 여자고 보면 그런 나쁜 인상이 덜한 반면에 피부 색깔이 다른 데서 오는 것과 흡사한 어떤 '다름'이 느껴졌다.

"좋습니다. 돌아가시오."

여자는 일어서면서 머리를 흔들었다. 버릇인 모양이었다.

그녀는 활발하게 걸어가서 문을 열고 나갔다. 문이 열렸을 때 밖에서 기다리고 있는 상사의 모습이 보였다.

오전 중에 서른 사람의 포로를 불러서 알아보았다. 모든 포로가 처음 여자처럼 마음에 들지만은 않았다. 노랑머리, 갈색머리, 파란 눈, 까만 눈, 키다리, 작달막한 여자, 고분고분한 여자, 토라진 여자— 이런 가지각색 여자 수십 명과 만나고 나니, 아닌 게 아니라 이 여자들과 매일 상종해야 한다는 일은 조금은 죽을 지경일 것도 같았다. 더구나 여자들에게 심문 결과에 대해서 통일된 인상을 갖게 하지 않기 위해서, 필요한 일을 다 묻되, 묻는 방식은 다양하게 하느라 애쓴 탓으로 기운은 더 들었다. 요즈음 심경이 어떻든, 맡은 일을 하다 보면 그는 어느새 정보 심문 요령에 따라 행동했던 것이다.

그동안 소장도 한 번 밖에 다녀온 것뿐, 줄곧 같이 있었다.

"오전에는 이만 합시다."

팔뚝시계를 들여다보면서 오토메나크가 말했다.

"수고하셨습니다."

상급 사령부에서 나온 검열관을 대하는 태도로 소장이 말했다.

"아닙니다."

같은 나이 또래의 이 나파유인 장교에 대해 먼젓번부터 오토메나크는 좋은 느낌을 받고 있었다. 군대의 때가 아직 스미지 않은, 그래서 전쟁 목적에 대해서도 신념을 갖고 있는 그런 장교로 보였다. 실지로 이런 데서 여자들 바느질 감독이나 하기보다는 적의 진지를 공격하고 싶은 혈기가 있을지도 몰랐다. 오토메나크도 얼마 전까지 그랬으니깐. 나파유인으로서는 그의 혈기는 옳고, 그는 행복한 군인이다.

"이쪽을 보시겠습니까?"

소장이 예배당 쪽으로 난 문을 열면서 돌아보았다. 오토메나크는 그쪽으로 걸어갔다. 제가 관리하는 물건은 아무나 자랑하고 싶은 법이다.

"여기가 고해실입니다."

본당으로 통하는 문을 열고 한 발 들어선 자리 오른편에 있는 보초막같이 따로 떨어진 한 군데를 가리키면서 소장이 말했다. 소장은 그리로 다가서면서 앞을 가린 휘장을 들쳤다.

그때 들쳐진 휘장 안에 숨을 죽이고 서 있는 남자, 검은 옷을 입고 손에는 올가미를 거머쥔 남자—의 환상이 오토메나크의 눈앞을 스쳤다. 꿈에 본 그 남자였다. 소장이 휘장을 내리고 돌아서면서 말했다.

"이리로."

그들은 또 하나 문을 거쳐서 예배당으로 들어섰다. 소장은 오토메나크의 낯빛을 살피지 못한 모양이다. 그들이 들어선 홀에는 여느 예배당처럼 좁고 긴 그림 창문이 양쪽에 빽빽하게 박혀 있고 거기서 비쳐들어오는 햇빛 속에 줄줄이 늘어앉힌 의자들이 있었다. 그들은 제단 옆에 서서 의자들을 마주 보고 있는 것이었다. 그림 유리의 무늬를 받아 햇빛은 얼룩덜룩 그늘을 의자들 위에 던지고 있었다. 그러자, 텅 빈 그 예배당의 모습이, 꿈속에서 검은 옷을 입은 남자가 관속에서 나와서 올가미를 꼬나들고 한 걸음 한 걸음 다가서던, 그 강당으로 보였다.
오토메나크는 손등으로 이마의 식은땀을 닦았다. 소장이 말했다.
"좀 덥지요."
사실 천장이 높은 이 돌집 안은 선선하였다.
소장실에 올라가서 점심을 먹었다.
"포로들이 굽는 빵입니다."
소장은 광주리에서 빵을 집어 들면서 말했다. 맛이 좋았다.
"이 고장 음식도 먹어낸 여자들이니깐 식사에는 큰 불편이 없겠지요?"
오토메나크가 말했다.
"버터나 치즈 같은 것은 구할 수 없지 않습니까?"
"그렇군요."
그제야 오토메나크는 자기가 관리하던 남자 포로들의 불평도 버터, 치즈, 우유에 대한 것이었음을 떠올렸다. 카르노스 씨를 대우하듯 니브리타 포로를 먹일 수는 없었던 것이다. 이 시각에는 버터, 치즈, 우유가 넉넉하게 차려져 있었다.
"그래, 어떻게 해결합니까?"
"한 달에 한 번 급식하고 있습니다."
남자 포로수용소에서는 전혀 없었다.
"그 대신, 해산물과 과일은 넉넉하게 주고 있습니다. 영양에는 큰 지장이 없을 겁니다."
"육류도 모자라겠지요."

"그렇습니다. 할 수 없지요. 그 대신 바다 생선은 보급이 좋습니다."

비프스테이크를 자르면서 소장이 말했다. 할 수 없는 일이었다. 전쟁에 진다는 것은 그런 것이므로. 오토메나크는 고기를 입속에 넣으면서 소장의 말을 시인했다. 전쟁에 진다는 것은. 전쟁에 진다는 것은. 오토메나크는 고기와 함께 이 생각을 되씹었다. 모르겠다. 생각해서 될 일인가. 아까 예배당에서의 환상을 가까스로 뿌리쳤을 때처럼, 이 생각도 우물우물 씹어서 넘겨버렸다.

포로들이 식당 앞에 줄을 서 있는 것이 창으로 내다보였다.

"식당이 좁습니까?"

오토메나크의 눈길을 좇아, 그가 본 것을 얼른 확인하면서 소장은 말했다.

"안을 고치고 있습니다. 보통 때는 전원이 한꺼번에 들어갈 수 있습니다."

검열관의 질문에 답하는 어투가 되는 소장의 태도가 미안해서, 오토메나크는 지나가는 말이었다는 식으로 아무렇지 않게 젓가락을 분주하게 놀렸다.

후식으로 나온 바나나와 수박을 먹고 나니 약간 과식한 느낌이었다.

"잘 먹었습니다."

"그렇습니까. 고맙습니다."

소장은 활짝 웃었다. 그러면서 담배를 꺼내 피워 물면서 말했다.

"근무 중이라 술을 내놓지 않았습니다."

"그거 유감입니다. 한잔쯤 있었으면 했는데, 없는 줄 알고 청하지 않았습니다."

소장은 난처한 낯이 되었다.

"이거 참 실수했습니다. 지금 한잔……"

"아닙니다. 배가 불러서. 시에스타는 몇 시까집니까?"

"한 시에서 세 시까집니다."

"그동안에는 심문할 수 없겠군요."

"필요하시면……"

"낮잠 시간은 그대로 지킵시다. 유별난 기미를 내지 않기 위해 그쪽이 좋을 겁니다."

소장이 담배 든 손을 내리면서 끄덕였다.

"시간은 충분합니다. 정각 세 시에 면담을 시작합시다."

"그러면 우리도 한잠 잡시다."

사실 오토메나크 자신이 지금 시에스타가 간절하게 필요했다.

나머지 포로의 심문을 마치고 돌아오는 길에 올랐을 때는 지평선 위에서 해는 아직도 두어 뼘이나 솟아 있었다. 자동차가 수용소 문을 빠져나와 사보텐이 무더기로 피어난 들판에 나오자 오토메나크는 등받이에 깊이 기대면서 눈을 감았다.

오후 심문은 오전에 비하여 요령도 생긴 탓인지 빨리 끝난 셈이었다. 수용소장의 선발은 거의 흡족한 것이었다. 아무려나, 오토메나크의 관심은 어중간한 것이었다. 누가 송환되든 상관없었다. 여자 포로 가운데 대과학자가 있는 것도 아니겠고, 카르노스의 송환에 덤으로 얹어 보내는 선물이다. 아마 동부 아이세노딘 정부가 니브리타의 요청을 받고 요구한 조건일 것이다.

　심사에 당하고 보니, 하급 장교의 괜한 사무 본능이 있어서 꼼꼼한 심문을 한 것뿐이다. 이런 생각도 지금 일을 마치고 돌아오는 길에서야 떠올랐다. 이제 돌려보낼 포로도 정해졌으니 출발을 위한 모든 준비는 끝난 셈이다. 교섭 진행이 어떻게 되고 있는지 몰라도, 아카나트 소령 말로는 다 된 것이나 다름없고, 어쩌면 완전한 합의가 되기 전에라도 출항할지 모른다고 했지. 그렇다면 당장 내일이라도 명령을 내릴지 모른다.

　관료나 군인들이 전속이나 작전 명령을 기다리는 초조한 마음이었다. 내일. 아니, 오늘일지도. 까마득한 위에서 예고 없이 사정없이 내려오는 지엄한 명령. 하급 관료나 하급 장교에게는 '운명'이란, 그런 형태로 배급된다. 아만다에게 결혼을 약속한 것이 어젯밤이었다. 결혼이라는 결심을 하기 전에는 돌아와서 아만다와 다시 만난다는 기약을 하기 어려웠다. 카르노스가 없고 보면 지금의 건물은 다른 목적에 쓰이게 될 터이고, 아만다도 어디로 가게 될지 알 수 없다. 그러나 결혼을 결심한 지금은 훨씬 불안이 덜하다. 그녀가 어디 있든 돌아온 다음에 아카나트 소령에게 고백하기로 하자. 임무 수행에 대한 상여로 그녀와의 결혼을 밀어달라고 하자. 이런 생각이었기 때문에, 이번 항해는 지난번 고노란 여행이나 다름없기도 하였다. 그때는 그러나 아만다와는 남이었다. 이번에는 신혼한 이튿날, 출항하는 배꾼이나 같았다. 사실 그녀와 지낸 이틀 밤은 그것만으로도 짧기는 했으나, 유독 짧은 느낌이었다. 그녀가 침대에서 일어나 옷을 입는 순간에 다시 붙들고 싶은 욕심이 틀림없이 불끈 솟구치는 것이었다. 더군다나 이삼 주일은 걸린다고 봐야 할 동안을 떨어져야 하고, 돌아온 다음에도 곧바로 만날 수는 없는 것이고 아카나트 소령에게 털어놓으면 더욱 손쉽게 만나는 일이 삼가져야 할 것을 생각하면 미칠 것 같았다.

지금 오토메나크의 머릿속에서는 전쟁, 패전, 그 후의 일, 원수의 군대에 들어온 일, 그렇게 부실했던 자기라는 인생 — 이런 모든 것은 멀리멀리 뒷전에 물러나 있었다. 오직 한 가지, 아만다와의 약속을 지키는 일 — 이 생각만이 꽉 들어앉아 있었다. 오토메나크는 빨리 돌아가서 아만다를 보고 싶었다.

"사격하는 소리가 아닌가?"

어느새 졸았던 모양이었다. 문득 눈을 뜨면서 오토메나크는 운전병을 바라보았다. 운전병은 얼른 고개를 돌려 오토메나크의 눈길을 받은 후 다시 앞을 내다보면서 대꾸했다.

"네, 그런 것 같습니다."

"이상하지 않은가?"

근처에는 사격장이 없다. 전번 사고 지점을 지나와 있었다. 조금 더 가면 진주 해안이 나지는데, 그 사이에 사격장은 없었다. 그러자 또 총소리가 들려왔다. 소총이다. 산발적이지만 한두 명이 쏘는 소리가 아니다. 방향은 아무래도 진주 해안 쪽인 것 같았다. 멀리 보이는 야자 숲에 가려서 보이지 않는, 거기 말고는 허허벌판이라 다른 데서는 보이지 않는, 사격을 할 데가 없다.

"글쎄요."

운전병이 조금 굳어지면서 혼자 말했다.

"너는 언제부터 들었나?"

"네, 조금 전부터……"

"왜 말하지 않았나?"

"아닙니다. 중위님이 깨시기 바로 전입니다."

"그때 처음 들렸단 말인가?"

"네."

다시 총소리가 들려왔다. 진주 해안 쪽이 틀림없다. 웬일일까. 그 방향에서 사격이 있을 리 없다. 식전이 있어서 의전 사격을 하는 것도 아닐 것이다. 총소리가 통제돼 있지 않다.

"사고가 났는지 알 수 없다. 좀더 빨리 달려라."

"네."

오토메나크는 권총집을 바로잡으면서 운전병에게 또 물었다.

"무기를 가져왔나?"

"네, 자리 밑에 있습니다."

"좀 들어."

엉덩이를 들게 하고 그 밑에서 소총을 꺼내 살펴보았다. 총알이 재어져 있었다. 그는 총을 넘어지지 않게 시트 틈에 끼워 내려놓았다. 먼지를 날리면서 있는 속력을 다해 차는 달리고 있었다. 벌판이 바다처럼 한 빛깔이 되어 뒤로 물러갔다. 또 총소리가 일어났다. 분명 무슨 일이 일어났다. 무슨 일이란 말인가. 점점 가까워지는 야자 숲 언저리에는 아무 기척이 없었다. 아무튼 숲 모퉁이를 돌면 알 수 있을 것이다. 다시 총소리가 들려온다.

"떠드는 소리가 들리지 않아?"

"그런 것 같습니다."

야자 숲이 점점 다가섰다. 총소리는 이어 들려왔다. 훨씬 잦은 총소리에 섞여 사람들이 소리치는 것이 들린다. 틀림없이 무슨 일이 벌어지고 있었다.

후려치듯, 하얀 둥치와 잎사귀를 나부끼면서 야자 숲이 쏟아져 왔다. 숲 모퉁이를 돌았다. 곤두박질하듯 차가 섰다. 믿을 수 없는 일이 벌어지고 있었다.

여기서 깊은 바다— 진주 해안까지 곧게 뻗어서 진주 해안을 따라 직각으로 꺾여 로파그니스로 통한다. 길 좌우는 벌판이다. 길 위에는 승용차와 트럭이 줄줄이 서 있었다. 길에서 조금 떨어져 약 오백 명쯤 되는 아이세노딘 사람들 남녀가 한군데 꿇어앉아 있었다. 그들을 둘러싸고 착검한 총을 든 병사들이 지키고 있었다.

아이세노딘 사람들은 차례대로 한 줄씩 끌려 벌판 가운데로 끌려나갔다. 앉아쏴 자세로 퍼진 2개 분대 정도의 사격수들이 그들에게 총격을 가한다. 희생자들은 엎어지고 자빠지면서 달아난다. 사격이 계속된다. 대부분 쓰러지고도 한두 명은 반드시 그대로 달려간다. 사격이 멈춘다. 왼쪽에서 총에 칼을 꽂은 병사 1개 부대가 돌격한다. 도망하던 희생자는 총검에 찔려 쓰러진다. 돌격 분대는 방금 사격을 받아 쓰러진 희생자들을 총검으로 한 사람씩 찌른다. 돌격조가 제자리로 돌아간다. 다음 희생자들이 내몰려온다. 사격수들이 총을 겨눈다. 희생자들이 뛴다. 사격 개시. 희생자들이 무더기로 쓰러진다. 몇 명은 그래도 뛴다. 사격 중지. 돌격조가 이번에는 오른편에서 달려든다. 도망하던 희생자들이 벌판에 쓰러진다. 돌격조는 사격받아 쓰러진 희생자들을 풀 더미 사이에서 찾아가면서 총칼로 찌른다. 벌떡 일어나서 다시 도망치는 희생자가 있다. 병사들은 에워싸고 달려들어 찌르고 까뭉갠다. 돌격조 제자리로. 다음 사격조 앞으로. 울부짖으면서 — 모두 손을 뒤로 묶인 희생자들이 뻔한 자리로 내몰린다. 아이들도 섞여 있다. 남녀노소다. 사격 준비. 앉아쏴 자세로 총을 올리는 사격 분대. 사격 분대도 좌우 벌판에 넓게 퍼져 총부리를 밖으로 향하고 경계 태세에 있는 병력 속에서 교대로 나온다. 사격 개시. 일제히 뿔을 뿜는 소총들. 개시는 한꺼번이지만, 다음부터는 목표에 따라 사격수들의 사격 리듬은 달라진다. 달아나는 희생자들. 같은 방향이다. 같은 동작이다. 한쪽만 틔어 있으니 그럴 수밖에 없다. 사격 중지. 이번에는 왼쪽 돌격 분대다. 돌격 분대도 경계 병력과 교대로 나온다. 벌판 전체에 퍼져 깔린 병력은 대대쯤 되어 보인다. 길 위에는 장교들이 늘어서서 지켜보고 있다. 훈련을 관전하고 있는 사열관들처럼. 전 대대의 장교들이다. 어떤 장교는 쌍안경을 가끔 눈에 가져간다. 풀숲에 넘어진 희생자를 보기 위해서일 것이다. 하사관과 장교들이 구령을 부르면서 바쁘게 돌아간다. 사격과 돌격조가 번갈아 바뀌기 때문에 병사들이 벌판에서 이리저리 달려간다. 길 위에 있는 상관의 지시를 받고, 뒤로 돌아 뛰어가는 하사관. 꿇어앉은 희생 대기자들의 애곡 소리. 개머리판으로 후려갈기는 경비 병사. 발길에 채어 넘어지는 늙은이. 아이를 부둥켜안은 젊은 여자. 사격 개시. 일제히 불을 토하는 총들. 쓰러지는 희생자들. 여부없이 살아남아 도망치는 희생자 몇 사람. 사격 그만. 돌격. 번뜩이는 총칼. 번뜩이는 눈알들. 고함 소리. 길 위에 있는 장교들의 호령 소리. 게다가 이 더위. 화약 냄새와 피비린내가 구역질 나게 퍼진 이 더위. 소나기라도 퍼부었으면 오죽 좋겠는가. 피차에 말이다.
덥다.
햇바퀴.
고함 소리.
애곡 소리와 비명.
사격.
화약 냄새.
피어오르는 화약 연기.
호령 소리.
달리는 희생자들.
뒤로 손이 묶인 희생자들.
운동회 때 뛰는 학부형처럼.
돌격.
돌격조의 총칼.
넘어지는 희생자들의 비명.
내리찧는 총칼.
두 번 세 번.
벌떡 일어서서 뛰는 죽은 사람.
죽은 사람도 또 한 번 죽는다.
교대하는 돌격 분대.
햇바퀴.

피비린 냄새에 구역질 나는 공기.
대기하는 희생자들의 애곡 소리.
돌격 그만.
제자리로.
다음.
아이를 안고 내몰리는 젊은 여자.
안고 나가는 심사는.
그렇게 되는 모양이다.
안 나가겠다고 버티고 뒹구는 사람.
군화로 짓이겨진 얼굴.
피.
쓰러지는 풀떼기.
찢어지는 옷.
젖가슴.
걷어차는 군홧발.
사격.
이동 목표에 대한 사격 요령.
뒤뚱거리는 달리기.
엎어졌다가는 일어나는.
사격 그만.
돌격조 앞으로.
번뜩이는 총칼.
손 없는 희생자들을 향한 돌격.

깊이 찔러 빨리 뽑기.
한 발로 가슴을 걷어차면서.
총칼이 잡히지 않게.
죽어라.
사람 살려.
살려가 어디 있어, 죽어라 이년.
엄마.
엄마가 어디 있어, 죽어라 요 꼬마.
아가야.
여보.
헷바퀴.
덥다.
벌떡 일어나서 뛰는 사람.
돌격 그만.
제자리로.
다음.
살려줘요.
발길.
터지는 얼굴에 번지는 피.
또 안고 나오는 아이.
사격 준비.
사격.
돌격조 교대.

앞으로.

경계조 일어서.

돌격 위치 앞으로.

덥다.

소나기가 이럴 때.

한줄기.

어느 하늘에 벼락 칠 것인가.

햇바퀴는 그래도 모른 척.

끓기만 한다.

오토메나크가 차에서 나와 본 것은 이런 광경이었다. 처음에 차가 멈춘 곳에서 걸어들어가면서 이 모든 것을 보면서도 그는 대뜸 이 장면의 뜻을 알아보지 못했다. 적어도 그의 상식으로서는. 길에는 승용차와 트럭, 오토바이가 늘어서 세워져 있었기 때문에 자연 왕래는 막혀 있었다.

"어떻게 된 겁니까?"

길 위에서 처형 광경을 내려다보고 서 있는 한 대위에게 다가서면서 오토메나크는 물어보았다. 대위는 질문자를 아래위로 훑어보았다.

"귀관은 어느 부댄가?"

"네, 정보참모부 근무 오토메나크 중위입니다."

"아니크계系 아이세노딘 놈들이야."

대위는 포위되어 있는 희생자들을 가리키면서 말했다. 처형장 오른쪽 끝에 서 있는 그들에게서 반대편 끝에 몰려 있는 희생자들

가운데서 이때 또 한결 높은 애곡 소리가 터져나왔다.
"그런데 무슨 까닭에 처형되고 있는 것입니까?"
대위는 핏발 선 눈으로 노려보면서 내뱉었다.
"이적 행위를 한 자들이야."
오토메나크가 더 묻기 전에 대위는 길에서 벌판으로 내려서서 사격 분대 쪽으로 가버렸다.
처형은 여전히 계속되고 있었다. 처형장을 넓게 둘러싸고 있는 병사들의 총칼이 번쩍번쩍하면서 쉴 새 없이 움직이고 있었다. 사격조와 돌격조가 교대로 나가기 때문이다. 돌격 임무를 마치고 경계 위치로 옮아가는 병사들의 총칼이 피로 물들어 있는 것이 똑똑히 보였다. 길 위에서 이 광경을 보다가는 걷고 걷다가는 보면서, 오토메나크는 지휘 본부 뒤쪽까지 이르렀다.
지휘 본부는 사격조 뒤쪽 길에서 벗어나서 십 미터쯤 되는 곳에 천막을 치고 마련돼 있었다. 천막 밑에 의자가 놓여 있고 거기 장교들이 앉고 서 있는 것이 보였다. 오토메나크는 천막 쪽으로 걸어갔다. 아무도 그를 말리는 사람이 없었다. 장교와 하사관 병사들이 쉴 새 없이 천막 둘레에서 오고 가기 때문에 누가 누군지 가려볼 수가 없었다. 천막 속 의자에 앉은 장교들은 모두 영관급이었다. 그들 가운데 대령의 계급장이 보였다. 그는 나란히 앉은 장교들을 돌아보면서 웃고 있었다. 다른 장교들도 서로 웃어가면서 학살 광경을 손가락질하고 있었다. 쟁반에 맥주를 얹어 든 병사 한 사람이 오토메나크 곁을 지나 장교들이 앉은 책상에 가져다놓았다.

누군가 어깨에 손을 올려놓는다.

다라하 중위였다.

"이게 웬일인가?"

다라하 중위는 눈짓을 했다. 오토메나크는 그를 따라 천막 밖으로 나갔다. 송환을 받아 사령부에 출두했던 날 만난 이후 처음이었다. 작전참모부는 바로 이웃인데도 피차 근무가 다르다 보니 만나지 못한 동기생이다.

"좀 설명해주게."

다라하 중위는 큰 키를 구부리고 방금 총질이 끝난 사격 분대 쪽을 바라보고만 있었다. 한참 만에 그는 말했다.

"보면 모르는가, 미친놈들이 사람을 잡고 있지 않나."

오토메나크는 동기생의 입을 지켜보았다.

다라하 중위는 오토메나크가 곁에 있는 것을 잊어버린 사람처럼, 사람을 잡고 있는 광경을 지켜보고 있었다. 오토메나크는 이 동기생이 자기를 어떻게 알고 있는지를 짐작할 수 있었다. 애로크 사람이면서 나파유 군국주의에 얼이 빠진 놈—적어도 바로 몇 달 전까지는 그랬음이 틀림없는 오토메나크로 알고 있을 것이다. 근래에 이 순간처럼 부끄러웠던 순간은 없었다. 오토메나크는 동기생을 지켜보던 눈길을 옮겨 그가 바라보고 있는 쪽을 보았다. 돌격 분대가 총칼을 치켜들고 달려들고 있었다.

"—아니크계 아이세노딘 사람들이 적과 내통했다는 거지."

다라하 중위가 고개를 돌려 이쪽을 보고 말했다.

"자네도 정보를 들었는지 모르지만, 근래에 적성 게릴라 활동이 나타나기 시작했어. 지난번 시내에서 있었던 아군 승용차 폭파 사고도 그 한 가지지. 서부 아이세노딘 여기저기서 군사 시설에 대한 공격이 있었어. 그리고 다른 정보에 의하면, 니브리타 혹은 아키레마 잠수함이 활동하고 있는 모양이야. 게릴라에게 보급과 지령을 주고 있다는 것이지. 아니크계 아이세노딘 사람들이 내통하고 있다는 증거가 드러났다는군."
"— 그렇다고."
"그래. 그렇다고 아이들까지 내통했을 리야 없지 않나."
오토메나크가 끄덕였다.
"공포를 주어서, 반항이 퍼지지 않게 하자는 것이겠지. 새로 온 작전참모의 강경책이 채택된 모양이야."
"사령부에서 모두 아는 일인가."
"물론이지. 아카나트 소령도 아까 다녀갔네."
"그래? 자네 보았나?"
"음, 보았어. 아마 오전 중에 각 참모들이 한 번씩 다녀갔을 거야."
"그럴 리가 없을 텐데……"
"그럴 리가?"
"우리 참모가……"
"아카나트 소령은 비둘기파라 이 말이지? 그러면 무슨 소용인가, 아무튼 이런 일이 벌어졌는데."
"……"
"이게 나파유적 아시아 공동체야."

오토메나크는 고개를 떨어뜨렸다. 다라하 중위의 눈길을 견딜 수 없었기 때문에. 동기생은 지금 오토메나크를 믿고 하는 말이 아니었다. 나파유 장교보다 더 나파유적인 식민지 출신 애로크인에 대한 경멸의 표시로, 감히 자기를 드러내는 위험을 무릅쓰고 있는 것이었다. 저기 앉아 있는 장교들에게 호통을 못 칠 바에는, 다라하에게는 오토메나크를 만난 것이 그나마 분풀이가 되는 모양이었다.

고개를 숙인 채 오토메나크는 동기생의 곁을 떠나 길 쪽으로 걸어갔다. 그는 길 위에 올라서서 처형장 쪽으로 돌아섰다. 그의 머리는 텅 비어 있었다. 다만 그의 눈만이 한 가지 의지를 나타내고 있었다. 아무튼 잘 봐둬야 하겠다는 의지 — 지금 그의 두 눈알이 나타내고 있는 의지는 그것이었다. 이럴 때 몸의 이목구비라는 것은 그 소유자의 의지에 관계없이 지극히 분명한 의지만을 가진다. 그들이 만들어진 목적에 충실하려는 본능이다.

길을 막고 세워져 있는 승용차, 트럭, 오토바이 사이를 누비면서 오토메나크 중위는 자기 차가 있는 쪽으로 내려갔다. 총소리가 일어날 때마다 반사적으로 그쪽을 바라보면서 걸어갔다. 운전병의 모습은 보이지 않았다.

오토메나크는 문을 열고 차 안에 들어가 뒷자리에 앉았다. 불볕에 세워둔 차 안은 아궁이 속처럼 화끈거렸다. 그는 차 유리를 양쪽 모두 내렸다. 열린 창문으로 총소리와 고함 소리가 불같은 공기에 밀려들어왔다. 보기에 희생자들은 늘지도 줄지도 않은 것 같았다. 팔뚝시계를 보니 한 시간이 지나 있었다. 운전병이 나타나서 자리로 기어들어왔다.

"돌아가십니까?"

"음."

부르릉거리면서 차가 움직이기 시작했다. 길은 세워져 있는 차들로 막혀 있었기 때문에 그의 차는 처형장과는 반대편 벌판으로 내려가서 길을 옆으로 보면서 천천히 움직였다.

시내에 들어서자 곳곳에 병력이 깔려 있었다. 점령 이래 이런 일은 없었다. 점령 지역 가운데서 가장 평화스러웠던 곳이 아이세노딘이었다. 오토메나크의 눈에는 고노란의 거리 모습처럼 살벌하게 변한 거리가 다른 도시처럼 보였다. 칼을 꽂은 총을 든 병사들이 거리 모퉁이마다 지켜 서 있고 발코니에 기관총이 걸려 있었다. 거리에는 나파유군 차량만이 오고가, 아이세노딘 사람들의 모습은 보이지 않았다. 중심 거리에서도 넓은 길은 휑뎅그러니 비어 있었다. 언제나 바쁜 일이 있게 마련인 아이들만이 더는 참지 못하겠다는 듯 골목에서 뛰어나와서는 맞은편 골목으로 사라졌다.

해안 거리와 선창 사이에 있는 해군 사령부에도 무장한 해병들이 경계 위치를 지키고 있었다. A2 전투기의 편대가 항구 하늘에서 기침하듯 하는 폭음을 울리면서 날고 있었다. 과일장과 생선장이 늘 열리는 선창에도 빈 목판들만 즐비하고 사람의 그림자는 비치지 않았다. 노란색 벽돌로 지은, 꼭대기에 돔을 얹은 중앙 해관 海關의 발코니에도 기관총구가 거리를 향하여 빛나고 있었다. 병사들을 가득 실은 트럭이 맞은편에서 달려와서 스쳐갔다.

사령부 정문에서 오토메나크의 차는 저지되었다. 완전 군장을 한 위병이 다가와서 안에 있는 오토메나크를 기웃하고 들여다보더니 화난 듯이 말했다.

"위관 탑승 차량은 옆문을 통과해주십시오. 여기는 영관 이상 승용차만 통과하게 통제받고 있습니다."

오토메나크가 중위밖에 안 되는 것이 못마땅하다는 듯 그는 옆문 쪽을 가리키면서 말했다. 운전병은 로터리를 돌아 차를 옆문 쪽으로 몰고 갔다. 영내에 들어서자 오토메나크는 차에서 내리고, 운전병에게 수송부에서 기다리도록 일렀다.

아직 해는 남아 있었으나, 보통 같으면 한산한 일과 후의 시간일 연병장과 각 참모 부처에는 어느 때보다 많은 인원이 붐비고 있었다. 점령 직후에 부임한 탓으로, 점령 당시는 모르는 일이지만, 이후로는 본 적이 없는 소란스러움이었다. 정보참모부 근처도 마찬가지였다.

참모부에 들어가보니 거기도 분위기는 마찬가지였다. 장교와 사병들이 입을 꽉 다물고 바쁘게, 그러나 되도록 기척 없이 걸어다니고 있었다.

오토메나크가 참모 방에 들어갔을 때는 방은 비어 있었다. 짐작에도 지금 이 상황에 아카나트 소령이 참모실에 앉아 있을 것 같지는 않았다. 그는 모자를 벗어 걸고 의자를 끌어당겼다. 허리를 꼿꼿이 세우고 앉아 있는 그를 모르는 사람이 본다면 이 방에 처음 오는 다른 부처의 장교로 알았을 것이다. 원래 몸가짐이 반듯하기는 하지만 지금은 좀 달랐다. 지금 그의 몸과 마음은 아귀가 맞지 않는 그릇과 덮개처럼 비딱하게 어긋나 있었다. 몸이라도 똑바로 가누지 않으면 그의 마음이 맥없이 굴러떨어질 것같이 불안했다.
선풍기가 돌아가는 소리가 한 겹 건너에서처럼 들렸다. 이 자리에 앉아 있는 자기가 오토메나크라는 일이 그 선풍기 소리처럼 한 겹 건너 일처럼 느껴졌다. 근래에 가끔 겪는 상태가 또 일어난 것이었다. 선풍기 소리에 귀를 기울이고 있는 사람 같은 시늉으로 그는 앉아 있었다.
"—참모님은 사령관실에 계십니다."
오토메나크는 고개를 돌렸다. 선임하사가 곁문으로 들어서면서 말한 것이었다.
"그래?"
"네."
"그러면……"
오토메나크의 임무는 참모 혼자 통제하는 일이었기 때문에 정보참모부 근무면서도 다른 사람과의 연락은 없었다. 포로 명부를 맡기고 갈 사람이 없다.
오토메나크는 일어섰다. 그때 참모 보좌관이 들어왔다. 답례를 하고
"참모님은 오래 걸리실 거야."
가지고 들어온 서류를 책상에 올려놓으면서 보좌관이 말했다.
"상사."
보좌관이 말했다.
"그대로 하라고 말하게."
"네."

상사가 급히 방에서 나갔다.

"참모 회의가 두 시간째 계속되고 있네."

"네. 오는 길에 보았습니다."

"아니크 거리를?"

"아니 처형장 말입니다."

보좌관은 대답 없이 허공을 쳐다보는 눈빛이 되었다. 오토메나크는 알고 싶은 말이 많았으나 보좌관에게 묻는 것은 온당치 못할 것 같아서 그만두었다. 포로 명부도 그에게 맡겨서는 안 될 일이었기 때문에 주지 않는 대신 받아서도 안 된다는 심정이었다.

"저는 돌아가겠습니다."

"참모님에게 전하지."

"네."

오토메나크는 방에서 나왔다. 수송부도 북새판이었다. 타고 온 자동차를 찾아 탄 후에도 붐비는 속에서 빠져나오는 데 시간이 걸렸다.

"너 식사를 안 했지?"

"네."

"내가 돈을 주지."

돈을 꺼내서 운전사에게 주었다.

"나중에 주보에서 사 먹어."

"네."

차는 해군 사령부 앞을 지나고 있었다.

해군 사령부 발코니에 걸어놓은 기관총 옆에서 장교가 한 사람

쌍안경으로 진주 해안 쪽을 살피고 있었다.

"아니크 타운으로 가자."

똑바로 앞을 내다보면서 오토메나크가 말했다.

"아니크 거리로?"

나란히 앉은 오토메나크를 돌아보면서 운전병이 말했다.

"음."

"네."

차는 오른쪽으로 돌아서 자치 정부가 저만큼 보이는 중앙 거리로 나섰다. 창문마다 환히 불이 켜져 있었다. 아직도 해는 다 넘어가지 않았는데, 안뜰으로 비치는 조명 때문에 황색이 승한 벽돌 건물이 굉장히 화려해 보였다. 아이세노딘 국민병 소대 병력쯤이 건물 앞 광장에 열을 맞추어 앉아 있었다. 그들이 짚고 있는 총 끝에서 총칼이 번쩍거렸다.

아니크 타운 입구에서 차는 저지되었다.

"어디서 나오셨습니까?"

바리케이드 앞에 서 있던 병사가 운전병에게 얼굴을 향하고 말은 오토메나크에게 하는 식으로 물어왔다.

"전속 부관실이야."

"네, 그러나 현재 어떤 차량도 통과시키지 말라는 명령입니다."

"괜찮아, 열어."

"그러나……"

"전속 부관실이라지 않았나!"

"네, 알겠습니다."

바리케이드가 열리고 차는 아니크 거리로 들어섰다. 로파그니스의 아니크 타운은 이 도시에서 제일 붐비는 거리다. 그 거리가 그들의 음력 철시撤市 때처럼 모두 덧문을 내린 채 왕래가 없었다. 아니, 원래 덧문을 내렸던 것이겠지만 지금은 거의 모든 덧문이 부서져 있었다. 성하게 남아 있는 덧문과 부서진 덧문의 모양으로 그렇게 알 수 있었다. 거리에는 가게의 물건이 사방에 흩어져 있었다. 약탈까지 한 모양이다. 차는 천천히 움직였다. 뒤로 손이 묶인 아니크인들이 병사들의 총검에 몰리면서 이 집 저 집에서 나오고 있었다. 아이세노딘 국민병들이었다. 지휘하는 것도 아이세노딘 국민군 장교였다. 나파유군이 포위를 맡고 아이세노딘 군대가 체포하고 있는 것이었다. 소속을 속인 오토메나크에게는 다행이었다. 나파유 장교가 있었다면 빈 거리를 올라오는 승용차를 검문했을지도 몰랐다. 길의 폭이 넓지 않은 거리였지만, 지금 거리에는 다른 차가 없었기 때문에 오토메나크의 차는 마음대로 속도를 조절하면서 체포가 진행되고 있는 광경을 볼 수 있었다. 한 가지 이상한 일은 거리가 조용한 일이었다. 체포가 끝나가는 무렵이어서 그런 모양이었다. 넘어진 덧문과 흩어진 건물들, 아직도 끌려나오는 아니크인들 — 이런 광경과 사람의 소리가 없다는 일이 어울리지 않았기 때문에, 더욱 꿈속처럼 괴상해 보인다.

"세워."

창살 모양의 쇠덧문이 넘어져 있는 가게 앞에서 오토메나크는 차에서 내렸다.

"기다리고 있어."

운전병에게 일러놓고 그는 가게 안으로 들어섰다.

장식품 가게였다. 부서진 진열 유리 상자 안에는 상아 젓가락, 빗 같은 것이 널려 있고, 벽에 붙여 세워놓은 진열대 위에도 거북 등으로 만든 안경테며 부채, 유리 그릇 같은 것이 남아 있었다. 마룻바닥에도 그런 붙이들이 널려 있었다.

그는 안으로 통하는, 발이 드리운 문으로 들어갔다. 거기는 책상 하나가 놓인 작은 방인데, 아무도 없었다. 방바닥에 갓이 찌그러진 탁상 전등이 뒹굴고 있었다. 닫혀 있는 문을 열고 다음 방으로 들어갔다. 한쪽에 몰려 있는 사람들의 그림자가 보였다.

"불을 켜시오."

입구에 서서 컴컴한 방 안을 들여다보면서 오토메나크는 부드럽게 말했다. 곧 켜진 전깃불 속에서 그에게 향하고 있는 질린 얼굴들이 드러났다. 너덧 살 돼 보이는 계집아이를 가운데로 하고 늙은 남녀가 서 있었다. 계집아이는 늙은 여자의 아니크 옷자락에 절반쯤 머리를 쑤셔박고 눈 하나로 뚫어지게 침입자를 보고 있었다.

"당신네 집이오?"

오토메나크는 방 안을 둘러보면서 물었다.

"그렇습니다, 나으리."

남자가 대답했다.

"당신들은 부부요?"

"아닙니다. 제 누이동생입니다."

"아이는?"

"손자올습니다."

"부모들은 어디 갔소."

"잡혀갔습니다."

"언제?"

"낮에."

"다른 식구는?"

"없습니다. 점원은 여기서 자지 않습니다."

"왜 잡혀갔소?"

"모릅니다. 모릅니다. 우리는 나쁜 일 한 것 없습니다. 그들이 잡아갔습니다."

"국민병들입니다, 나으리."

"나파유 군대는 오지 않았소?"

"아이세노딘 국민병들밖에 보지 못했습니다, 나으리."

한마디마다 머리를 조아리는 노인의 허리 아래에서 올려다보고 있는 눈 하나를 오토메나크는 시야의 그 모퉁이에서 부시게 느꼈다. 그는 돌아서서 나왔다. 밖으로 나와 처마 밑을 걸어가는 그를 자동차가 천천히 따라왔다. 결박한 아니크인을 앞세운 국민병들이 여기저기서 거리로 나왔다. 두 군데를 더 들어가보고 오토메나크는 차에 올랐다.

"가자."

운전병은 올 적보다는 약간 속력을 내어 차를 몰았다.

타앙, 하고 총 쏘는 소리가 났다. 운전병은 오토메나크를 쳐다보았다. 장교는 움직이지 않고 앞을 보고 있었다. 두 줄기 빛이 앞으로 쫙 뻗었다.

"꺼."

"네."

차는 어두운 거리를, 오던 길과는 반대쪽으로 거리를 빠져나
갔다.

"수고했다."

아침부터 수용소에 갔다가 지금까지 타고 다닌 차를 보내면서,
오토메나크는 운전병을 치하하는 한마디를 거의 입속으로 중얼거
리면서 내렸다.

"근무 중 이상 없습니다."

아마다이 상사가 현관에서 마중했다.

"아마다이 상사."

"네."

"오늘 밤에는 특별 경계를 하도록."

"알았습니다."

"알고 있나?"

"네, 토사이가 사령부에 다녀왔습니다."

"음, 나도 자세한 일은 모른다. 오늘은 시내 일원이 비상 상태
에 있으니깐, 우리도 경계를 철저히 해야 한다."

"네, 잘 알았습니다."

오토메나크는 말을 마치고 계단을 올라가서 방으로 들어갔다.
권총을 풀어놓고, 가방을 치운 다음 소파에 앉았다. 굉장히 고단
했다. 오전 오후의 포로 심문이 며칠 전 일 같았다.

그는 잠깐 앉았다가 카르노스 씨 방으로 갔다.

"지금 밖에 다녀오는 길입니다."

"그렇습니까."

그는 짧게 대꾸했다. 앉아서 깊은 생각을 하고 있었던 분위기였다. 카르노스라는 이 사람이 어느 때보다 커 보이고 대하기가 거북했다. 약간 미소를 띤 얼굴로 바라보고 있는 카르노스는 처음보다 훨씬 부드러워졌다고는 하나, 거의 얘기다운 얘기는 없이 지내오기는 마찬가지였다. 오늘 일어난 일을 안다면 그는 어떻게 할 것인가. 어느 정도인지는 모르지만, 아니크계인지, 어떤지도 모르지만, 게릴라가 나타났다는 것은 사실일 것이다. 이 사람도 이 집에 갇혀 있으면서도 바깥세상과 무슨 연락이 있는지도 모른다. 그러자 그를 대하기가 더욱더 거북해졌다.

인사를 하고 방에서 나왔다. 자기 방으로 돌아와 의자에 앉았을 때 문을 두드리는 소리가 나고 아만다가 들어왔다.

"식사는?"

아만다는 걸어오면서 말했다.

오토메나크는 일어서서 그녀의 손을 잡았다. 손에다 입술을 대고 가슴과 입술에 입 맞췄다. 그녀는 오토메나크의 허리를 안고 눈을 감고 있다가, 잠을 뿌리치는 사람처럼 진저리를 치며 눈을 떴다.

"식사는?"

오토메나크는 그녀의 머리카락을 쓰다듬었다.

"오토메나크, 식사를 하셔야죠?"

오토메나크는 끄덕이면서 여자의 손을 잡고 문 쪽으로 걸었다.

"아래 가서 하지."

복도로 나서면서 그들은 떨어졌다. 아만다는 오토메나크를 따라 아래층으로 내려와서 부엌 쪽으로 들어갔다.

입맛이 전혀 없었다. 국을 몇 숟가락 뜨다가 말고, 커피를 청해서 천천히 마셨다.

아만다는 유심히 남자를 쳐다보고 있었다. 그러나 아무 말도 하지는 않았다. 오토메나크는 커피를 마시면서 줄곧 그녀에게서 눈길을 떼지 않았다. 그러나 쳐다보는 눈길 속에 지난밤에 같이 잔 여자를 보는 남자의 눈빛과는 다른 것이 문득문득 섞이는 것을 여자는 유심히 살피고 있는 모양이었다.

커피 잔을 내려놓으면서 오토메나크는 부드럽게 웃었다. 그러나 여자의 낯빛이 도리어 굳어지는 것을 보고 오토메나크는 자기 웃음이 글렀던 모양임을 알았다. 그는 식당을 나와 아마다이와 토사이의 방을 들여다보았다. 아마다이는 없고 토사이가 총을 손질하고 있었다. 아마다이는 뜰에서 네쿠니의 사슬을 풀어주고 있었다. 달려드는 네쿠니를 어르면서 오토메나크는 엄지손가락을 들어 위를 가리켰다.

"어떻게 지내셨는가?"

"네, 아침결에 뜰에 나와 삼십 분쯤 지내셨습니다."

아마다이는 포충망으로 벌레 잡는 시늉을 했다.

"그리고?"

"오후에는 내려오시지 않았습니다."

"음."

오토메나크는 권하는 의자에 앉으면서 또 물었다.

"토사이가 무어라 하던가."

"보급 수령 날이 아닙니까. 가며 오며 보았는데 아이세노딘 민간인들이 트럭에 실려가더라고 했습니다."

"음."

"사고가 생긴 것입니까?"

"그런 모양이야. 지난번 내 차가 폭파되지 않았나?"

"네."

"그런 종류의 사고인 모양이야."

"현지민입니까?"

"아니크계라는군."

"놈들이 여기서까지……"

아니크 대륙에서 벌어진 싸움이 이 열대에까지 번진 셈이다. 뜰 양쪽에 서 있는 전깃불에 벌레들이 몰려 있다. 아마다이를 따라 네쿠니가 그 전깃불 아래를 지나 집 모퉁이를 돌아갔다. 달려드는 모기를 손으로 치면서 그는 그대로 앉은 채, 불빛을 맴도는 벌레들을 바라보았다. 갈팡질팡하는 벌레들. 불빛을 찾아 살겠다는 미물들의 움직임. 벌판에서 미칠 듯이 총칼에 몰리던 사람들의 무리. 며칠째 비가 오지 않아 불같이 뜨거운 벌판에서 죽어간 사람들. 하얗게 몰린 벌레들은 미친 듯이 날고 있다. 뜨거운 풀냄새가 풍겨온다. 벌판의 냄새다. 해 떨어진 다음이라 더위는 대단치 않았으나, 한번 풀냄새가 역해지자 더 견디기 어려웠다. 모기도 극성스러웠다. 그는 일어나서 집 안으로 들어왔다. 부엌문 앞에 있는 계단을 올라갈 때, 아마다이 상사와 네쿠니가 다른 모퉁이를 돌아 나오는 것이 보였다.
　전화기 앞에 앉아서 오토메나크는 기다리고 있었다. 아직 사령부에서는 회의가 끝나지 않은 모양인가. 전화기와 선풍기 소리가 엇바뀌어 머릿속을 차지했다.
　작은 구멍이 뚫린 검은 입과 손잡이가 달린 귀. 사르락거리는 스치는 소리. 멀리 시내 쪽에서 총소리 같은 것이 들렸다. 귀를 기울여본다. 가까운 데를 자동차가 지나가는 소리. 집 안에서는 달그락 소리도 들리지 않는다. 창문으로 가서 그물 너머로 뜰을 내려다봤다. 벌레들이 부옇게 몰린 전깃불 밑에 네쿠니가 앉아 있었다. 시내의 불빛은 다름없이 반짝거리고 있었다. 그 위에 짙은 남색의 하늘에 은하수가 흐르고 있었다.
　벨이 울렸다.
　"네, 접니다."
　"음, 별일 없나?"
　"네, 이상 없습니다. 오늘 밤은 특별 경계를 하고 있습니다."
　"음, 내일 연락하겠어."
　"네, 이상입니까?"
　"내일."
　"네, 계속 근무하겠습니다."
　"수용소의 일은?"
　"모두 마쳤습니다."
　"알았네."

찰각 수화기를 내리는 소리를 들은 다음, 자기 수화기를 걸었다. 쓰러지듯 소파에 누웠다. 고단하다. 소파의 모서리에 머리를 얹고 길게 눕자 단박 잠이 들었다. 목이 말라서 물을 찾는 꿈을 꾸다가 문득 잠에서 깨어났다. 아만다가 소파 곁에 앉아 있었다. 오토메나크는 여자의 머리를 끌어다 안았다.

"언제 왔어?"

아만다는 낯을 들어 그의 입술을 찾았다. 그러고는 일어나려는 남자를 눌러서 다시 뉘었다.

"물."

누우면서 남자가 말했다. 아만다는 탁자에 놓인 그릇에서 물을 따라 남자의 손에 쥐여줬다.

"하나 더 드릴까요?"

"응."

두번째 컵도 다 비우는 것을 지켜보다가 아만다는 컵을 받아 제자리에 놓고 남자 곁에 와 앉았다.

"언제 왔어?"

남자가 또 묻는 말에도 아만다는 대답하지 않고 활짝 웃었다.

"지금이……"

오토메나크는 팔목을 들어 시계를 보았다.

"이게 뭐야."

그는 놀랐다.

새벽이었다.

그는 벌떡 일어나 앉았다.

"염려 마세요. 전화도 없었고, 아무 일도 없었어요."
남자는 여자를 보았다.
"아만다는 언제 왔어?"
"어젯밤에."
오토메나크는 여자의 머리를 붙잡고 이마에 입술을 댔다.
"미안해."
아만다는 고개를 저었다.
"아니에요. 당신이 주무시는 걸 보고 있는 게 좋았어요."
 오토메나크는 아만다의 손을 놓고 창가로 가서 바깥을 내다보았다. 안개다. 바다 쪽으로 희미한 파파야 빛깔이 비껴 있었다. 어둠과 새벽이 어우러진 고요함이 안개에 싸여 항구와 시가지 위에 덮여 있었다. 지붕들은 전혀 보이지 않고, 어둠의 강보에 싸인 채 잠들어 있었다.
 무서운 살인이 무더기로 치러진 도시의 모습은, 어디도 달라진 데가 없었다. 언제나 그런 안개 낀 로파그니스의 새벽이었다. 뜰에는 밤을 새운 정원등의 하얀 불빛이 나무들을 무대 장치처럼 희미하게 떠올리고 있었다. 불빛을 받아 안개 속에 비쳐 보이는 나뭇잎새와 줄기와 잔디는 어딘지 정말 같지 않고 가져다 꾸며놓은 물건들처럼 보였다. 새벽에 일어나서 둘레를 살펴보았을 때, 자기가 왜 이런 데 와 있는가를 의아스러워하는 버릇도 근래의 일이었다.
 오토메나크는 소파 앞에 서 있는 아만다 곁에 돌아와서 그녀의 손을 잡아 앉히면서 머리카락을 쓰다듬었다.
"잠깐."

그러고는 문을 열고 복도로 나왔다. 뜰의 양 끝에 켜놓은 작은 불빛이 넓은 복도를 호젓하게 비추고 있었다. 조심스레 계단을 내려가서 계단 끝에 있는 중간 문을 열쇠로 열고, 아래층에 내려갔다. 토사이는 잠들어 있고 아마다이가 의자에 앉아 졸고 있다가 열린 문으로 상관이 들어서자 거의 동시에 퍼뜩 고개를 들었다. 일어서서 마주 걸어오는 아마다이는 문득 네쿠니처럼 보였다. 그들은 뜰로 나와 집 둘레를 한 바퀴 돌았다. 네쿠니가 두 사람의 군인을 따라 안개 속을 걸어갔다. 그만은 어젯밤 특별 경계를 했을 것이다. 아니 그에게는 특별 경계 말고는 없다. 굉장히 고단했던 모양이다. 제 입으로 오늘 밤은 특별 경계라고 해놓고 특별 취침을 했으니. 그러나, 그런 생각이 떠올랐을 뿐이었다. 실수를 했다든가 그런 느낌은 들지 않았다. 나온 문으로 다시 집 안으로 들어온 그들은 토사이의 방 앞에서 갈라졌다. 중간 문을 잠그고 계단을 올라가면서 오토메나크는 자기가 너무나 아무 일 없는 데 놀랐다.

아만다는 앉혀놓고 나온 소파 그 자리에 앉아 있었다. 그는 그녀의 발밑 마루에 앉았다. 잠옷 아래로 내민 아이세노딘 샌들을 신은 그녀의 발이 바로 눈길 아래 있었다. 샌들의 열린 앞부리에 가지런한 다섯 개의 발가락은 기름한 발톱이 엷은 갈색의 살 속에 부드럽게 박혀 있었다. 오토메나크는 한쪽 팔꿈치로 마루를 집고 그 발가락들에 입술을 맞췄다. 열 개의 발가락이, 저마다 살아 있는 물건들처럼, 남자의 입술을 맞이할 때마다 몸을 사리듯 알릴락 말락 까부라졌다.

낯을 들었을 때, 그녀는 두 손을 들어 가슴에 모아 잡고 한껏 벌려 뜬 눈으로 남자를 내려다보고 있었다.

"오토메나크."

그녀는 아주 낮게 남자를 불렀다.

오토메나크는 일어나서 여자 곁에 앉으면서 꼿꼿이 앉아 있는 그녀의 몸을 등받이에 밀어붙였다.

여자는 남자가 미는 대로 몸을 소파 등받이에 기댔다. 긴 속눈썹 사이에 열린 갈색의 눈동자를 남자는 들여다보았다. 그 속에 한 남자의 얼굴이 비쳐 있었다.

"오토메나크."

여자는 남자의 머리를 쓰다듬으면서 이름을 불렀다.

"시장하시지요?"

오토메나크는 머리를 저었다.

"토마토 주스를 드세요."

그녀는 일어나서 탁자 위에 놓았던 컵을 가져왔다. 오토메나크는 컵을 받아 절반쯤 마시고 나머지를 그녀의 입에 가져갔다. 아만다는 한 모금 마시고 이번에는 자기가 컵을 잡고 남자가 마시게 했다. 그녀는 빈 컵을 탁자에 얹어놓고 다시 소파에 앉았다.

"오토메나크."

남자는 대답 대신 여자와 입술을 맞췄다. 토마토 냄새가 났다.

"무슨 일이 있었나요, 오토메나크?"

"왜?"

"그렇게 보여요."

"왜."

"주무시면서 중얼거렸어요."

"그래?"

"네."

"무슨 말을 했나?"

"누구를 불렀어요."

"불렀어?"

"네."

"누구를?"

"어떤 여자 이름을."

오토메나크는 으스러지게 여자를 끌어안으면서 입술을 맞췄다. 뜻밖의 장난이 그렇게 사랑스러웠다.

"꿈을 꾸었지."

"어떤?"

"아만다가 어디로 가는."

"어디로 가요?"

"몰라. 어떤 남자하고."

"그게 누군가요?"

"내가 모르는 남자야."

이번에는 여자가 남자의 허리를 끌어안으면서 남자의 가슴에 입술을 댔다. 뜨거운 입술이었다.

"오토메나크."

"응."

"무슨 일이 있었는지는 몰라도, 저는 무서워요."

"무서워?"

"네."

"무서울 일은 없어."

"그랬으면 얼마나 좋겠어요."

"아무 일도 없어."

아만다는 남자의 가슴에서 고개를 젖혀 올려다보았다. 아만다. 그랬으면 얼마나 좋겠는가.

"이런 행복이 언제까지나 갈 리가 없지 않아요?"

오토메나크는 꾹 막혔다. 그녀의 말과 자기의 대구 사이의 순간적인 끊어짐이 굉장히 길게 느껴짐을 안타까워하면서 오토메나크는 말했다.

"아만다, 언제까지나."

남자의 허리에 감긴 아만다의 팔에 힘이 주어졌다.

"바냐왕가."

그녀는 취한 사람처럼 그 아이세노딘 말을 뇌었다. 바냐왕가. 언제까지나. 언제까지나. 바냐왕가.

"오토메나크, 바냐왕가."

"아만다, 바냐왕가."

여자는 남자의 가슴에 얼굴을 비비면서 울었다. 그것은 아이세노딘 여자였다. 애로크 여자나 나파유 여자와 판연히 다른 그런 몸부림이었다. 오토메나크는 여자를 달래면서 불안해지는 자신을 애써 부추겼다. 그녀가 이럴 만한 낌새가 드러나 보인 것임이 틀림없었다.

"아만다, 나를 나파유 군인으로 생각하지 말고, 아만다를 사랑하는 남자 하나로 알아줘."
"알아요."
"그러면 염려할 건 없어."
"그래도 당신은 나파유 군댑니다."
오토메나크는 또 꾹 막혔다.
이번에는 얼른 말을 잇지 못했다.
"맞아."
남자의 목소리는 무거웠다.
"나파유 군대지. 그러나 그래서 우리한테 방해되는 게 있나?"
"나파유 군대가 왔기 때문에 당신도 온 것이지요."
"그래 맞는 말이야."
"군대는 언제까지나 한군데 있지 않아요."
아만다. 곧 돌아올게. 카르노스를 보내고 돌아와서 꼭 결혼하마. 아시아 공동체의 이념대로—이렇게 다짐할 수 있었을 게다. 어제 그 일이 일어나기 전까지는. 그러나 아이세노딘 사람들을 그처럼 학살한 것은 어떤 변명도 댈 수 없이 만들었다. 과연 카르노스 씨를 보내게 될 것인지. 보내지 않는다면 어떻게 되는지. 모든 일이 예정과 달라질 수가 있다. 모든 것은 아카나트 소령을 만나보면 훨씬 분명해질 것이었으나, 아주 나쁜 쪽으로 일이 움직이고 있는 것은 사실이다. 그렇다면 그녀의 염려는 아주 정확했다. 정보장교로서는 낙제군. 그러나 오토메나크는 이렇게 말했다.
"아만다, 공연한 걱정은 하지 말아."

"네."

"어떤 일이 있든 우리의 약속은 바뀌지 않아."

"네."

"아만다가 바뀌면 몰라도."

남자의 허리에 감긴 여자의 팔에 또 힘이 주어졌다.

"오토메나크."

"응."

"제가 너무 욕심이 많았어요."

"욕심?"

"네."

"무슨 말이지, 아만다?"

"내일이 없어도 저는 행복해요."

"아만다."

"그날 보석 가게에서 당신은 제 목숨을 구해주셨어요. 그러니 지금 저는 덤으로 받은 목숨을 사는 것이지요. 덤에다 덤을 얹으려는 마음이 욕심이지요. 네?"

오토메나크는 벽을 바라보았다. 비밀 문 손잡이 가면이 그들을 내려다보면서 웃고 있었다. 비밀 창고 속으로 들어가 보석함을 열고, 그녀가 지금 말한 말의 수효만 한 보석을 꺼내서 그녀에게 줄 수 있다면.

마루에 앉아서 올려다보는 아만다에게 오토메나크는 넌지시 물어봤다.

"아만다네 집안은 순종 아이세노딘인가?"

"네, 그래요."
"다른 피는 섞이지 않았군?"
"가까운 조상에는 외국 사람이 없어요."
"그렇군."
"그런데 왜 그런 걸 물으세요?"
"우리가 결혼하면 아만다네 집안에는 처음 외국인이 들어오는 셈이겠지?"

혹시 아니크계나 아닌가 해서 물어본 말이었으나 오토메나크는 그렇게 대꾸했다. 아만다는 알았다는 듯이 웃었다. 먼 옛날과 먼 앞날을 떠올리는 빛이 그녀의 낯빛을 약간 꿈꾸는 사람처럼 보이게 했다.

"아이세노딘 사람 속에는 다른 피가 많이 섞여 있어요. 옛날부터 여러 나라 사람들이 이 섬에 왔어요. 그렇지만 온 다음에는 다 아이세노딘 사람이 됐어요. 나파유는 어때요?"

오토메나크는 태연하려고 애썼다.

"나파유는—나파유도 마찬가지지. 어느 고장이나 사람들이 오가면서 살지 않는 곳이 있겠나?"

"참말 그럴 거예요."

아만다는 꿈꾸는 눈빛이 한층 짙어지면서 말을 끊었다가, 이렇게 이었다.

"오토메나크, 저도 훌륭한 나파유 사람이 될 거예요."

"음, 그렇구말구."

괴로운 얘기가 되고 말았다. 아만다는 남편의 나라에 가서 살게 될 얘기를 하고 있는 것이다. 남편의 나라. 아만다는 오토메나크를 나파유 사람으로 알고 있는 것이다. 나는 애로크 사람이며, 애로크는 니브리타의 사슬에 매여 있던 때의 아이세노딘처럼 나파유의 식민지이며, 나는 얼빠진 애로크 사람이기 때문에 나파유 군인이 되어 이곳에 온 것이라는 사정을 말한다면 아만다는 무어라 할 것인가. 그러나 그런 말을 할 날은 오지 않을 것 같았다. 아이세노딘 사람들에 대한 대학살을 보면 전쟁은 심각한 판국이 되어가는 모양이다. 아이세노딘의 민심을 영원히 잃은 것은 둘째로 치더라도, 그렇게밖에는 할 수 없을 만큼 다급해졌다고 볼 수 있기 때문에. 전쟁에 진다면, 하는 일이 가정이 아니라 현실로 다가오고 있는 증거이기 때문에. 전쟁에 진다면. 오토메나크는 비밀 창고 쪽을 바라보았다. 전쟁이 끝나면, 저 벽 속에 갇혀 있는 비밀들이 사슬에서 풀려 아이세노딘 천지를 뒤덮을 것이다. 나의 고향 애로크에서도 사정은 마찬가질 것이다. 지금은 보이지 않는 비밀들이 하루아침에 터져나와 나라든지 아버지와 마야카 같은 얼빠진 사람들을 처단하게 되겠지. 그때에 내가 설 자리가 어디 있겠는가. 원수의 군대를 따라간 고장에서 만난 여자와의 사랑. 그런 까다롭고 행복한 처지가 허락될 신세가 아니다. 아만다는 또 어떤가. 아버지의 덕을 그때에야말로 아만다는 보게 된다. 민족 반역자의 아들과 애국자의 딸과. 너무나 뻔한 패다. — 이것이 예상되는 내일이다. 이런 것을 지금 말할 필요가 있는가. 없다.

  아침빛이 완연해졌다. 그들은 일어섰다. 그들은 아침이 원망스러운 사람들이었다. 아침이 오면 헤어져야 하기 때문에.

아카나트 소령에게서 전화가 온 것은, 막 아침 식사를 마쳤을 때였다. 오토메나크는 토사이가 운전하는 오토바이를 타고 사령부로 갔다.

거리는 평상시로 돌아와 있었다. 시내 곳곳에 널려 있던 병력은 보이지 않았다. 여느 때나 다름없는 로파그니스의 평화스러운 아침이었다. 자전거를 타고 학교로 가는 아이세노딘 처녀들의 모습도 여전히 평화스러웠다.

사령부도 제 모습을 찾고 있었다. 증강되었던 경계 초소도 없어지고 고급 사령부의 막연한 여유 같은 것이 되살아나 있었다. 이런 징조들은 본능적으로 오토메나크를 마음 놓게 했다. 어둠 가운데 오래 있은 짐승처럼 날이 새는 것이 두려웠다. 어둠이라도 좋으니 지금 평화가 바뀌지 말기를 바랐다. 두려운 일이 기다리는 대낮보다는 신분과 여자가 보장되는 밤이 나았던 것이다.

아카나트 소령은 그를 기다리고 있었다. 상관과 눈길이 마주치는 순간에 오토메나크는 가슴이 내려앉았다. 아카나트 소령은 그런 낯빛을 하고 앉아 있었다. 오토메나크는 포로 명부를 소령 앞에 내놓았다.

"수용소장이 선정한 대로입니다. 심문 결과를 적어넣었습니다."

소령은 서류를 잠깐 훑어본 다음 서류함에 넣고 쇠를 잠갔다.

"우리 일이 큰 난관에 부딪혔어."

돌아앉으면서 소령이 말했다.

"앉게."

오토메나크는 소령과 마주 앉았다.

"알고 있겠지?"

"네, 돌아오다가 현장을 보았습니다."

"이번 일은 신임 작전참모가 사령관의 결재를 얻어 다른 참모에게는 알리지 않고 움직였어."

"게릴라는 사실입니까?"

"사실인 모양이야. 그러나 주민 속에서 게릴라가 나왔다고 해서 무차별 학살한다면 우리는 무엇 때문에 이곳에 와 있단 말인가?"

"그렇습니다."

"작전참모는 아니크 전선에서의 게릴라 대책을 여기서도 적용하겠다는 생각이야. 그러나 아니크 전선과 아이세노딘은 사정이 달라. 아니크는 어쨌든 유력한 반나파유 세력이 아직도 저항을 계속하고 있는 곳이야. 그러나 아이세노딘에는 아직 두려워할 만한 조직된 반항 세력은 없어. 우리는 해방자로서 이곳에 왔어. 니브리타 놈들의 손에서 아이세노딘을 해방한 거야. 아이세노딘 사람들은 우리를 원망할 까닭이 없어. 만일 일부 반항자가 있다면 그것은 니브리타 밑에서 민중과 떨어져서 단물을 빨던 자들뿐이야. 그 자들이 쫓겨간 니브리타 놈들과 연락해서 꿈틀거린다는 것은 있을 수 있지. 그러나 거의 모든 민중은 우리 편이야. 쥐를 잡으려고 독을 깰 수 있는가 말이야."

아카나트 소령은 격한 투로 말했으나 목소리는 낮았다. 그는 안경을 벗어 손수건으로 닦으면서 잠깐 말을 멈췄다. 안경 자리가 난 얼굴이 초췌해 보였다.

소령은 안경을 꼈다. 그러자 날카롭고 정력적인 모습이 순간에 되살아났다.

"이 정보가 동부 아이세노딘에 전해지면 우리들의 화평 교섭에 말할 수 없는 방해가 돼. 현재 동부 아이세노딘 정부의 평화파의 명분은 나파유 점령군은 니브리타의 군사력을 완전히 이 섬나라에서 물리치기 위한 군사력이지, 아이세노딘 국민에게 적대하는 폭력이 아니라는 원칙 위에 서 있어. 그런데 죄 없는 아이세노딘 사람을 이렇게 처형하고 보면 그 명분이 서지 않아. 아니크계라는 데 문제는 있지. 작전참모의 설명에 의하면 아니크계族는 아이세노딘 국민의 원한과 질투의 대상이라는 거야. 이 나라에 와서 좋은 경제적 자리를 잡고 니브리타 놈들의 앞잡이가 되어 아이세노딘을 좀먹어왔다는 거야. 그런 아니크계를 탄압한다는 것은 아이세노딘 국민에게 나쁜 인상을 안 준다는 것이지. 하나만 알고 둘은 모르는 난폭한 판단이야. 아니크계는 어제오늘 이 나라에 사는 사람들이 아니야. 아니크계라지만 이곳의 아니크계는 다른 어느 곳보다 아이세노딘 사람과의 통혼通婚율이 높아. 수백 년을 그렇게 내려왔어. 그들이 단결해서 아니크의 생활 양식대로 사는 것은 일종의 경제적 상표商標 구실을 하고 있는 것이야. 그들은 아이세노딘 국민과 고립돼 있기는커녕, 아이세노딘 국민과 뗄 수 없이 맺어져 있어. 아니크계를 치면, 아이세노딘도 피를 흘린다 이 말이야."

"아이세노딘 아니크계는 다른 지역과 차이가 분명합니까?"

"어떤?"

"현지민과의 통혼 상태가."

"음, 확실해."

소령은 무뚝뚝하게 대답했다.

"이번 일은……?"

소령은 계속했다.

"이번 일은 동부의 화평파의 입장을 어렵게 만들 거야. 그러나 이렇게 되고 보면, 화평 교섭은 더욱 밀고 가지 않아서는 안 돼. 기어이 성사시켜야 돼. 니브리타 놈들이 나파유 군대와 아이세노딘 국민을 이간하려는 술책에 말려들어서는 안 돼."

"니브리타 놈들이 어부지리를 얻게 해서야."

니브리타라는 이름만은 아직도 변함없이 마음을 흔들어놓는 것을 깨달았다.

"카르노스 씨는 꼭 돌려보내야 해."

오토메나크는 끄덕였다.

"그렇습니다."

"포로 교환을 위한 모든 준비는 끝나고, 교섭이 마무리될 순간에 이런 일이 일어났어."

소령은 일어나서 방 안을 왔다 갔다 하다가 돌아섰다.

"카르노스는 반드시 돌려보내야 해. 그 대가로 나파유군과 아이세노딘 국민 사이에 평화를 보장하기 위해서. 늘 준비하고 기다리게."

"알았습니다. 참모님."

오토메나크는 의자에서 일어섰다.

참모부에서 나오면서 잠깐 망설였다. 작전참모부로 가서 다라하 중위를 만나고 싶었다. 학살 현장에서 만났을 때의 다라하 중위의 얼굴이 떠올랐다. 다라하 중위는 화를 내고 있었고, 자기는 할 말이 없었다. 그는 나파유 사람이고 자기는 애로크 사람이다. 후보생 시절에 다라하는 사고뭉치였고, 자기는 모범 생도였다.

그 이후 그는 다라하 중위를 나파유 사람답지 않은 나파유 사람으로 여겨왔다. 답지 않다는 그를 비난받을 사람으로 안다는 말이었다. 그런 다라하 중위가 그날 화를 내었고, 자기는 할 말이 없었다. 이곳 로파그니스 사령부에서 처음 만났을 때의 패배주의적인 인상이 지금은 다른 뜻으로 되새겨진다. 그는 다른 세상을 살아온 모양이었다. 애로크 사람인 오토메나크가 나파유 사람보다 더 나파유 사람처럼 살아온 세월을, 다라하 중위는 나파유 사람이면서 나파유 사람답지 않으려고 애써왔다는 말이 된다.

아카나트 소령의 안경 자리가 까칠하던 모습. 그 모습은 무엇인가가 허물어진 얼굴이었다. 예전에는 소령을 대하면 늘 안심이 되었다. 지금 오토메나크의 머릿속에서는 아카나트 소령은 다라하 중위보다 그다지 무게 있어 보이지 않았다. 다라하 중위를 만나고 싶다는 생각은, 아카나트 소령을 만나고 나온 다음에도 여전한 불안을 달래는 데 도움이 될 것이었다. 경멸하는 눈초리일망정, 지금은 그쪽에 무엇인가 믿을 만한 이야기가 있을 것 같았다. 걸어가면서 이런 생각을 하다가 끝내 오토메나크는 작전참모부 앞을 지나쳤다.

불볕이었다.

수송부에서 오토바이를 찾아 타고 사령부를 빠져나왔다. 탑승석

발밑에 병참부에서 가져온 보급품 꾸러미가 놓여 있었다. 거리는 좀 전보다도 붐비고 있었다. 시청 앞에는 아이세노딘 사람들의 행렬이 보였다. 무슨 배급이 있는 모양이다.

"아니크 타운으로 가자."

오토메나크는 배급 행렬을 바라보면서 토사이에게 말했다. 오토바이는 로터리를 돌아 아니크 거리로 가는 길에 들어섰다. 아니크 거리는 말끔하게 치워져 있었다. 너무나 빨리 질서가 되찾아져 있는 것이 부자연스러워 보였다. 하기는 거리를 오가는 사람은 보통 때에 비하면 반도 돼 보이지 않았다. 가게들만이 빠짐없이 문을 열고 있었는데 컴컴한 안쪽에도 전같이 부산한 인기척은 보이지 않았다.

"세워."

한 가게 앞에서 오토바이를 세웠다. 그는 길에 내려서서 가게 안으로 들어갔다. 어제 그 가게였다. 가게 안은 부서진 자리를 쓸어 모은 폐허와 같았다. 널려 있는 부스러기는 없었지만, 선반 위에는 부서진 물건들이 얹혀 있었다. 그런 탓으로 골동 가게같이 보였다. 가운데 문으로 얼굴 하나가 내밀더니, 나무탈처럼 굳어버렸다.

오토메나크는 한 걸음 다가서면서 말을 건넸다.

"나를 알겠소?"

나무탈이 삐걱 끄덕였다. 남자 노인네다.

"아들 내외는 어찌 됐소?"

노인이 고개를 저었다.

"돌아오지 않았단 말이오?"

나무탈이 끄덕였다.

"곧 돌아올 거요."

나무탈은 움직이지 않았다. 오토메나크의 얼굴도 불시에 나무탈이 되었다. 오토메나크는 굳어진 제 얼굴을 가지고 웃어주려고 했으나 되지 않았다. 돌아서 나오다가 뒤를 돌아본 오토메나크는 쭈뼛해졌다. 눈을 부릅뜬 악귀의 탈이 노려보고 있었다. 오토메나크가 돌아보는 찰나에 탈은 비참하리만큼 당황스럽게 쭈그러진 늙은 탈로 돌아가려고 애를 썼다. 다시 고개를 돌려 걸어나오는 오토메나크의 망막에는 둔갑하려고 애쓰는 악귀의 탈이 남아 있었다.

"가자."

오토바이는 아니크 거리를 달려갔다. 집 앞에 오토바이가 멎었을 때 오토메나크는 꿈에서 깨듯 흠칫하면서 탑승석에서 빠져나왔다. 아마다이 상사가 현관에서 걸어나왔다.

"뜰에 계십니다."

아마다이는 뒤뜰 쪽을 돌아보면서 보고했다. 오토메나크의 낯빛을 보자 그는 거기서 입을 다물었다.

이층에 올라와서 오토메나크는 창가로 가서 시내 쪽을 바라보았다. 아니크 거리의 지붕이 멀리 바라보였다. 그 지붕 밑에 그를 노려보던 무서운 악귀의 탈이 있을 것이었다. 그 지붕뿐이 아닐 것이다. 야자 숲에 싸인 저 파파야빛 지붕들 하나하나마다 그런 탈들이 지금 눈을 부릅뜨고 있을 것이었다.

거의 모든 아이세노딘 사람들은 나파유 군대를 지지하고 있어.

우리는 해방군이니까. 아카나트 소령은 그렇게 말했었다. 그 말이 맞은 것은 어제까지다. 적어도 모든 아니크계 아이세노딘의 지금 얼굴은 그 늙은이의 얼굴이다.

모든 일이 끝났다. 군인이면서 아시아의 해방을 위해 일하는 지사志士라는 명분도 사라져버렸다. 아카나트 소령이 스스로 아무리 애를 쓰더라도 죄 없는 양민이 죽음을 당하는 것을 막지 못했다. 앞으로도 보장은 없다. 카르노스를 송환한다는 일도 지극히 어렵다. 학살은 비밀히 치러진 것이 아니고 내놓고 버젓하게 행해졌다. 위협의 목적을 이루기 위해서 그런 수단까지 감히 쓴 사람들이 못할 일이 있겠는가. 오토메나크는 얼른 뒤뜰을 내려다보았다. 벌레 그물을 든 카르노스가 나무 그늘 밑에서 움직이고 있었다.

오토메나크는 권총을 풀어 서랍에 집어넣고 아래층으로 내려갔다.

카르노스 씨 쪽으로 걸어가면서 보니, 장미 수풀 그늘에 아만다가 앉아서 채집함을 지키고 있었다. 아만다에게 웃어 보이면서 오토메나크는 카르노스 씨 곁에 가서 멈춘다.

"잡히는 것들이 많지 않겠습니다."

"가짓수가 말입니까?"

"네."

카르노스 씨는 활짝 웃었다.

"중위, 이 뜰에는 현재 적어도 백 가지 이상의 벌레가 살고 있습니다."

"그렇습니까?"

"아이세노딘은 벌레들의 낙원입니다. 니브리타의 생물학자 윈다르가 아이세노딘에 와서 조사를 하면서 한 유명한 말이 있지요. 윈다르 박사 왈, 니브리타 제국이 아이세노딘 민족은 내놓을망정 아이세노딘 벌레들을 내놓을 수는 없다—어떻습니까? 이만하면 아이세노딘 벌레들의 명예는 보장된 셈이지요?"

황제와 시종무관은 입을 크게 벌리고 껄껄 웃었다.

아만다도 앉은 채 활짝 웃었다. 오토메나크는 아내와 같이 장인을 모시고 있는 행복한 착각을 떠올렸다.

"니브리타 친구들은, 물론 아이세노딘 벌레도 내놓지 않았으려니와 사람들도 내놓지 않았지만 말이야."

"네."

탁, 하고 벌레그물이 휘둘러졌다. 카르노스 씨는 무릎을 꿇고 조심스럽게 그물 안으로 손을 넣었다. 허리를 구부리고 들여다보는 오토메나크의 뒤에서 과일 향기가 풍겼다.

"가만있게, 여보소."

나비 한 마리가 그물 안에서 펄럭거리고 있었다. 오토메나크는 고개를 돌려 아만다에게 그물 속을 손가락질했다.

"됐다."

카르노스 씨는 거의 손바닥만 한 나비를 집어내어 사람의 눈앞에 쳐들어 보였다.

"어머, 이뻐라."

사실이었다. 까만 바탕에 환한 파파야 빛깔의 무늬가 박힌 그 나비는 황색 오팔을 수놓은 벨벳 천 조각 같았다.

"자."

카르노스 씨는 나비를 아만다에게 내밀었다.

이 자리가 꿈 같았다.

깔깔 웃는 아만다의 목소리가 먼 데서 들려왔다.

나무 그늘에는 솔솔 바람이 있었다.

또 한 번 아만다의 웃음소리가 들렸다.

오토메나크는 맡겨진 벌레그물을 들고, 채집함 위에 머리를 맞대고 꿇어앉은 두 사람을 내려다보았다. 그들은 평화스러운 아이세노딘의 아비와 딸처럼 보였다. 이 사람이 어제 있은 동포들의 대학살을 알게 된다면. 불쑥 늙은 아니크계 아이세노딘 사람의 무서운 탈이 떠올랐다.

오토메나크는 미친 사람의 지랄증 같은 것이 치밀어오르는 것을 느꼈다. 카르노스의 무릎 아래 몸을 내던지면서 모든 것을 털어놓고 싶었다. 그리고, 저는 어쩌면 좋습니까, 하고 하소연하고 싶었다. 다시 아만다의 웃음소리가 아득히 들려왔다.

아만다의 웃음소리를 따라 두 사람의 곤충 채집자의 모습을 다시 눈여겨보려는 찰나, 오토메나크는 돌아앉은 그들이 서로 눈짓을 하는 것을 본 것 같았다.

그들이 몰래 주고받은 표정은 무서운 얼굴이었다. 아니크 늙은이의 그 얼굴이었다. 오토메나크는 일어서는 카르노스에게 잠자리채를 건네면서 얼굴을 보았다. 카르노스는 웃고 있었다. 아마 잘못 본 것임이 틀림없었다.

오토메나크는 두 사람을 남겨두고 처마 밑으로 와서 의자에 앉았다. 그 사람에게 자기 괴로움을 하소연하고 싶다는 충동이 불쑥 일어난 순간에 스쳐간 무서운 착각이 사실이기나 했던 것처럼 오토메나크의 마음은 어두웠다.

아만다는 아까처럼 장미 그늘에 앉아 있고, 카르노스는 천천히 걸어다니고 있었다. 아만다는 얼굴을 돌려 오토메나크를 보았다. 그것은 여전히 사랑스러운 여자의 얼굴이었다. 나뭇가지와 잎사귀 사이로 흘러내리는 햇빛이 그녀를 얼룩져 보이게 했다. 얼굴은 해맑아 보였다. 아만다의 살색은 갈색이 아니라 하얀군, 하고 그는 생각하였다. 그녀의 살색조차 확실히 몰랐던 일이 우스웠다. 입고 있는 흰옷 탓일까.

확실한 것이 하나도 없다는 생각이 들었다—

아만다가 햇빛 때문에 눈을 가느스름하게 뜨면서 이쪽을 바라보다가 고개를 돌린 잠깐 사이에, 오토메나크는 이런 생각을 했.

카르노스 씨의 마음속이 저 잠자리채같이 가볍지 않을 것은 알고 있는 일이다. 태풍이 부는 바다 같을 게다. 그러면서 겉으로 저렇게 태연하다는 것이 무서운 일이었다. 그러나 아만다는 저기 보이는 저대로의 아만다일 것이다. 오토메나크가 모르는 또 하나의 아만다가 그녀 속에 숨겨져 있으리라는 환상은 우스운 일이었다. 그런데도 그녀와 카르노스가 서로 눈짓을 주고받은 듯이 느낀 환상은 여전히 사실처럼 그를 괴롭혔다. 아니크 늙은이의 그 무서운 얼굴이 머리에서 떠나지 않았다. 아카나트 소령이 하던 말을 떠올리면서 평화 교섭의 앞날을 생각해보려 했지만, 생각의 갈피가 잡히지 않았다. 그러자 오토메나크는 문득 깨달았다. 이렇게 뒤숭숭

한 것은 자기가 어느 사람에게도 자기의 모두를 털어놓지 못하기 때문이라는 것을. 아만다, 카르노스, 아카나트 소령, 다라하 중위— 이들 누구에게 대해서도 오토메나크는 한두 가지씩 숨기는 것이 있었다.

아만다에게는 자기가 애로크 사람임을 숨기고 있었다. 카르노스에게도 나파유 장교로서만 대하고 있고, 자기가 이미 나파유주의자가 아님을 알릴 길 없이 지내왔다. 아카나트 소령에 대해서는 자기가 찾아낸 비밀문서 창고를 숨기고 있다. 다라하 중위는 여전히 오토메나크를 애로크 출신의 나파유 과격분자로 알고 있을 것이었다.

이렇게 모든 사람에게 자기를 숨기고 있는 데서 오토메나크의 답답함은 비롯되고 있었다. 어느 한 사람에게라도 자기가 숨기고 있는 일을 고백한다면 그 방향에서 길은 틜 것이었다. 그럼에도 불구하고 어느 한 가지도 고백할 수 없는 성질의 것뿐이었다.

아만다에게 자기가 애로크인임을 알렸을 때 그녀는 아무렇지 않아 할는지를 알 수 없었다. 혁명가를 아버지로 가진 여자가 식민지 백성이면서 침략자들의 장교가 된 자기를 어떻게 볼 것인지. 오토메나크는 사랑을 잃을는지도 몰랐다.

카르노스가 자기를 감시하는 점령군 장교의 국적과 지금 심경을 안다면 어떻게 되는가. 오토메나크는 아카나트 소령이 맡긴 임무를 해낼 수 없이 된다. 그래서 이것도 불가능하다. 기껏 카르노스를 극진 공손히 대접한다는 금을 넘어설 수 없다.

아카나트 소령에게 비밀 창고를 보고한다는 일은 어떤가. 물론 발견 즉시 보고하는 형식이 돼야 한다. 이것은 안 될 말은 아니다. 지금이라도 그에게 달려가서 방금 이러저러한 비밀 장치를 우연히 발견했다고 하면 그만이다. 속에 있는 물건은 그대로 있는 터이며, 그대로가 아닌들 누가 의심하겠는가. 지문 검사 같은 것은 하지 않을 것이며, 있더라도 상관없다. 발견자가 현장에서 그만한 것은 만질 수 있는 일이다. 그러나 이 일은 하고 싶지 않았다. 전쟁이 어떻게 되리라는 확신이나 증거가 있는 것은 아니었다. 어쩌면 현 상대로 강화 조약이 있을지도 모르고, 혹은 이길지도—그렇다, 혹은 이길지도 모른다. 근세에 나파유가 서양에 대해 나라를 연 이후 나파유가 주변 여러 나라가 어물어물하는 사이에 약삭빠르게 니브리타를 비롯한 서양 식민주의자들의 하수인 노릇을 하면서 성공을 거듭해온 역사만을 알고 있는 오토메나크에게는 나파유 제국의 무력은 신비한 마취력을 가지고 있었다. 그래서 그에게는 나파유가 진다는 일은 아직도 실감에서 가장 먼 일이었다. 그러므로 비밀 창고를 보고할 생각이 들지 않는 까닭은 패전의 경우를 생각해서가 아니었다.

 창고에 있는 물건들을 읽어본 끝에 오토메나크는 니브리타와 나파유가 같은 나라라는 것을 알았다. 자기가 전혀 그릇된 삶을 걸어온 것도 알았다. 이런 사정을 알았다면 자기는 이런 길을 택하지 않았을 것이었다. 그는 나파유주의를 옳다고 믿고 나파유 장교가 되었던 것이다. 그 믿음이 잘못이었다는 것이 명백해진 이상, 그는 더 이상 나파유를 이롭게 할 일은 하고 싶지 않았다.

 번연히 그른 일인 줄 알면서 이런 길을 걸어왔다면 전쟁의 추이가 어찌 되든 신념과는 상관이 없을 것이었다. 그러나 오토메나크는 이 길이 옳은 줄 알고 이렇게 살아왔다. 오토메나크는 마야카 씨한테서 청천벽력을 맞고 난 이후로, 무엇보다도 아버지를 원망하고 있었다. 그러나 지금은 그런 원망도 넘어서고 있었다. 아버지도 결국 보통 사람에 지나지 않았다면 원망해도 별수 없는 일이었다. 오토메나크는 다음에는 자신의 못났음을 뉘우쳤었다. 아무에게도 하소연할 수 없는 나날, 그는 자기를 심문대에 세우고 몰아세웠다. 그러나 이것도 소득 없는 일이었다.

마음의 증언대에 나온 오토메나크는 또 한 사람의 오토메나크에게 증언하는 것이었다. 나는 나쁜 줄 알고 한 일이 아니다라고. 이 한 가지만은 오토메나크의 숨 쉴 구멍이었다. 그러나 이것은 그의 자존심에만 관계되는 일이었다. 알고 했건, 모르고 했건, 그가 도둑놈 편에 들어온 것만은 움직일 수 없는 결과였다. 그렇다면 어떻게 하면 좋은가. 어떻게 할 수 없었다. 큰 바다 한가운데서 타고 온 배가 해적선인 것을 알았을 때, 어떻게 하면 좋단 말인가. 바다에 뛰어들어야 하는가. 온 배를 상대로 싸움을 걸어야 하는가. 어느 것도 할 수 없었다.

멀리 열대의 이 섬나라에 실려온 군대의 한 사람이 여기서 자기 생애가 모두 잘못인 줄 알았다고 해서 해볼 도리란 없었다. 탈출한다는 생각은 전혀 떠오르지 않았다. 오토메나크는 옳은 것은 이기고, 이기는 것은 옳은 것이라고 배워온 세대였다. 옳은 것이 지기도 하며 이기는 것이 모두 옳다고만 할 수는 없다는 늙수그레한 슬기에 대해서는 들어본 적이 없었다. 애로크나 아니크, 또 나파유 같은 아니 모든 민족이 몇천 년을 살다 보면 으레 깨닫게 되는 그 슬기를 오토메나크의 조상들도 깨달았을 테고 그것을 연장 삼아 역사를 살았을 테지만, 애로크가 나파유에게 먹혀버린 근래의 반半세기 이쪽으로는 모든 사람이 옛날 사람이 공들여 알아낸 슬기를 헌신짝처럼 돌보지 않은 시대였다.

 권력의 말과 진리의 말이 갈라서지 못하고, 권력은 진리가 되어버렸다. 어느 시대에나 역사가 새 단계에서 창업될 때마다 일어나는 환각에 시대 전체가 취해 있었다. 그래서 어떤 운명으로 이 환각의 뒷구멍을 보게 된 경우에 많은 사람들은 미쳐버렸다. 그들에게는 세상을 보는 다른 눈이 없었기 때문에 기성의 진리가 무너지면 그들의 인간성도 파산하고 말았던 것이다.

 오토메나크도 마찬가지였다. 자기의 길이 잘못이었음을 알게 되었으나, 그렇다고 지금 다른 길에 들어설 생각은 엄두를 내지 못했다. 사랑도 하나, 충성도 하나였다. 왜냐하면 목숨은 하나였기 때문에. 한 목숨을 가지고 여러 번 산다는 문명의 슬기를 잃어버린 시대의 아들이었다. 그에게 남은 길—그것은 오직 하나가 있을 뿐이었다. 임금(이데올로기)과 더불어 순사殉死하는 일이었다. 머지않아 나파유 총참모부는 이런 죽음을 위해 특별한 말—'옥쇄玉碎'를 발명할 터이었다.

 멀리서 여자의 웃음소리가 들려왔다.

등화관제

 오랜만에 내리는 비다. 방에 앉아서 오토메나크는 줄기찬 빗발이 쏟아지는 뜰을 내려다보고 있었다. 로파그니스 시내는 뿌옇게 안개가 서려 보였다.
 열두 시 뉴스를 듣기 위해서 라디오를 켰다. 세이나브 수상의 담화가 있겠다고 아나운서의 말이 끝나자 곧 당자의 목소리가 흘러나왔다.
 세이나브 수상은 식량 문제에 대해 말하고 있었다. 그는 현재 식량 문제가 어려움을 솔직히 시인하면서 이 문제의 근본 원인을 분석하고 있었다.

 ─적의 스파이들이 여러분의 귀에 대고, 나파유가 이 고통의 원인이라고 속삭이고 다니고 있으나 이것은 거짓입니다. 몇 달 전 니브리타 식민지 힌디아가 기근으로 고통 받고 있음을 온 세계가 알았

습니다. 연합국 역시 불행 속에 빠져 있으며, 한 조각의 빵을 위해 매일 줄을 서고 있습니다. 만일 그들이 안 그렇다고 한다면 그것은 새빨간 거짓말입니다. 몇 년 전 니브리타 수상은 이미 식량 부족을 한탄하고 있었습니다. 전쟁이란 것은 어디서나 어려움을 가져오는 것입니다. 이전에는 쌀은 마르비나, 다닐라트에서 수입되었으나 지금은 전쟁 때문에 그러지 못합니다. 부족은 전쟁의 당연한 결과입니다. 그러나 우리나라가 애당초 식량을 수입하게 된 책임은 누구에게 있습니까? 니브리타에 있습니다. 나파유에가 아닙니다. 니브리타는 우리들의 가장 비옥한 논을 사탕이며 담배 같은 수출용 작물의 재배를 위해 강탈했던 것입니다.

그래서 우리는 제국주의의 착취에서 해방되는 날까지 쌀의 수입에 의존해야 하게 된 것입니다―

세이나브 수상은 승리의 날까지 나파유를 지지하는 것이 아이세노딘 국민의 의무임을 강조한 다음, 식량 문제 해결을 위한 몇 가지 방안을 말했다. 정부가 배급하고 있는 파파야 씨앗을 빈터에 심을 것, 옥수수를 모든 가정에서 심을 것, 자기 집 뜰만 이용하면 이들만으로 충분히 가족의 식량 문제가 해결될 것이라고 수상은 강조하고 있었다.

수상의 담화에 이어 전과 발표가 있었다.

나파유 군대는 모든 전선에서 적의 병사와 비행기와 군함을 격파하고 있었다. 그러나 맹방 게르마니아는 유럽에서 전쟁 이후 처음의 패배를 당하고 있었다. 동부 전선에서 30만의 게르마니아군이 포위되어 버티다 못해 끝내 전 부대가 항복하고 말았다는 것이다.

오토메나크는 청천벽력 같은 소리에 얼떨떨해졌다. 게르마니아. 근대 과학의 가지가지 분야에서 빛나는 발전과 발명으로 이름난 과학의 나라. 이 지구를 나파유와 더불어 나누어 가지기로 한 그 나라. 동부 전선에서 약간 고전하고 있는 것으로 알았던 게르마니아 군대의 이 패배는 놀라운 일이었다.

오토메나크는 뉴스가 끝나고 난 다음에도 라디오 앞에 꼼짝 않고 서 있었다.

오토메나크는 아카나트 소령에게 전화를 걸고 싶었다. 게르마니아 군대의 패전에 대해서 몇 마디 의견이라도 묻고 싶었다. 그러나 그렇게 할 수는 없었다. 임무 밖의 일에 대해서 전화를 하는 것은 삼가야 했고, 좋지도 않은 얘기를 전화에 대고 주고받자는 것은 미련한 일이었다.

문을 두드리는 소리가 났다.

아만다가 들어왔다. 가져온 신문을 책상에 놓았다. 두 사람은 끌리듯 다가서면서 끌어안았다.

"아만다."

여자가 올려다보았다. 눈벌판에서 무참하게 사로잡힌 게르마니아 기계화 부대의 모습이 이 순간에는 사라져버렸다. 그런 것들은 그녀의 속눈썹 사이에 열린 깊은 갈색의 호수 위를 잠깐 지나가는 구름, 한 조각의 그림자 같았다.

"어젯밤 보고 싶었어."

"저두요."

어젯밤 그들은 만나지 못했다. 즉 이틀 동안 아니크계 학살 사건 이후 만나지 못한 사이가 굉장히 오래된 것처럼 느꼈다. 지난 밤에 그는 정신없이 잤다. 실은 비밀 창고를 정리해보자고 마음먹고 아만다와 밤의 약속을 않은 것인데 내처 자고 만 것이었다.

아만다가 품에서 빠져나갔다. 남자는 붙들지 않았다. 그녀가 방에서 나가는 것을 기다려서 오토메나크는 신문을 펴들었다. 게르마니아 기계화 부대는 아직 동부 전선의 적 포위 속에서 반격을 노리면서 버티고 있었다. 한 주일 늦어 도착하는 신문은 벌써 역사가 되어 있었다. 역사란, 이렇게 판가름이 난 다음에야 모습이 뚜렷해지는 것이었다. 이 신문에 있는 모든 소식은 지금은 다른 모습이 되어 있다, 고 생각하니 허망한 느낌이 들었다.

카르노스의 방문이 여닫히는 소리가 들렸다. 카르노스도 방송을 들었을 것이다. 카르노스가 눈앞에 있기라도 한 것처럼 거북했다. 열어놓은 문 앞의 복도를 아만다가 지나갔다. 그녀가 계단을 내려가는 기척을 들으면서 그는 서 있었다.

그는 신문을 내려놓고 카르노스의 방으로 건너갔다. 카르노스는 신문을 보다가 고개를 들어 들어오는 사람을 바라본 다음, 다시 신문에 눈길을 돌렸다. 오토메나크는 맞은편 소파에 앉아서 그를 바라보았다. 카르노스는 그대로 신문을 읽어갔다.

창밖에서 새들이 지저귀는 소리가 들려왔다.

비는 그쳐 있었다.

뜰에서 네쿠니와 어울리고 있는 토사이의 목소리가 들렸다. 보급을 받아 온 고기를 먹이고 있는 모양이다.

카르노스가 신문에서 낯을 들었다.
"볼일이 있습니까, 중위?"
차분한 목소리였다.
"아닙니다."
카르노스는 끄덕이면서 다시 신문으로 눈길을 돌리려고 했다.
"게르마니아 군대가 패전했군요."
카르노스의 고개가 다시 들렸다.
"그렇군요, 중위."
아무렇지 않게 카르노스가 받았다.
"한마디 논평을 듣고 싶습니다."
"논평?"
"네, 게르마니아 군대의 패전은 유럽 전쟁 이후 처음입니다."
"전쟁에서는 이기기도 하고 지기도 합니다."
카르노스는 예사롭게 말했다.
"선생님."
오토메나크는 지어서 웃으면서 말을 이었다.
"선생님을 모시면서 여러 가지 배우는 것이 많습니다."
무슨 말을 하려는가 하는 기색을 나타내면서 듣고 있는 카르노스의 눈을 똑바로 쳐다보면서 오토메나크는 말했다.
"전쟁이 어떻게 되리라 보십니까?"
카르노스는 웃음을 지었다.
"갇혀 있는 사람이 무얼 알겠습니까?"
"선생님, 아카나트 소령과 마찬가지로 저는 선생님을 존경하고 있습니다. 선생님을 모시는 동안에 저는 배우고 싶습니다."

"고맙습니다, 중위."

카르노스는 부드럽게 대꾸했다.

"그러나 내가 한 말은 사실입니다. 나는 지금 누구에게 가르친다거나 논평할 처지가 아닙니다."

"……"

"내가 할 수 있는 일은 될 수 있으면 중위의 임무에 협조하는 것이겠지요."

부질없는 일이기는 했다. 게르마니아 군대의 패전이 충격적이었다고 해서, 이 사람에게 하소연해본 일이 부끄러웠다. 오토메나크는 소리내어 웃었다. 스스로 놀랍게도 밝은 웃음소리가 나오는 것이었다.

"선생님 말씀이 옳으십니다."

간수가 죄수에게서 신임을 받으려고 하는 것은 결국 가망 없는 일이었다.

"선생님은 늘 점잖으십니다. 그 점을 제가 배우면 되겠지요."

카르노스는 대꾸하지 않았다.

"제가 욕심이 많았습니다."

아만다가 하던 말을 자기가 흉내를 내고 있는 느낌이 들었다.

"미안합니다, 중위. 나는 중위의 친절에 감사하고 있습니다."

이것만은 약간 진정인 듯한 말투였다.

"제 임무가 그것입니다, 카르노스 씨."

간수와 죄수 사이에는 이 금을 넘어설 수 없는 일이었다. 이 사람을 배에 태워가지고 돌려보내게 될 때가 오면, 그때는 지금보다는 다른 얘기를 할 수 있을 것이었다.

　오후에 아카나트 소령에게서 전화 연락이 왔다. 아래층에 내려가서 토사이에게 오토바이를 준비시켰다.

　"다녀오겠어."

　"네."

　아마다이가 따라나오면서 말했다. 그도 방송을 들었을 것이다.

　오토바이를 타고 시내에 들어서면서 공연히 살펴졌다. 길가 가게에는 여전히 과일이 그득하고 시에스타에서 깨어난 거리는 평화스러워 보였다. 동부 유럽의 눈벌판에서 벌어진 비극의 그림자는 커녕, 이틀 전 야자 수풀에서 있은 살육의 어떤 자취도 느껴지지 않았다.

　또 한 번 소나기가 간절하게 해는 뜨거웠다. 맨발의 아이들은 시청 앞 공원 벤치에서 놀고 있었다. 조금 떨어져서 양식 배급을 기다리는 행렬이 늘어서 있었다. 저 행렬 속에도 게릴라는 있을지 몰랐다.

　얼마 전부터 군사령부와 자치 정부의 발표나 담화에는 으레 스파이에 대한 언급이 끼어 있었다. 모든 것이 스파이 때문이었다. 이러다가는 가뭄까지도 스파이 때문이라고 할 때가 올지도 몰랐다. 과장이 섞이기는 했을망정, 하필이면 갑작스레 스파이 소리가 많아진 것은 그만한 사실이 있기 때문일 것은 짐작할 수 있었다.

　작전참모부 근처에서 밖으로 나오는 다라하 중위와 딱 마주쳤다.

　"방송 들었겠지?"

말해놓고 보니 반가운 인사 같은 투로 말이 나왔다. 그 생각을 골똘히 하던 마음과 다라하 중위를 만나 반가웠던 느낌이 어울려 버려서 그렇게 된 것이었다.

"음."

멈춰 서면서 마주 보는 다라하 중위의 낯빛도 헝클어져 있었다.

"알고 있었나?"

"응."

거짓말이 서투른 사람답게 다라하 중위는 얼른 대답했다.

"빠르군."

"자네는 정보장교면서 그런 소릴 하나?"

다라하 중위는 심술궂게 받았다. 오토메나크는 후끈 더워졌다. 할 말이 없었다.

"정보장교라구 다 알 수 있나?"

다라하 중위는 끄덕이면서 오토메나크를 유심히 보는 눈치였다. 어딘가 좀 이상스러운 눈치였다. 이틀 전 학살 현장에서의 일을 생각하면 상대방이 이렇게 대범스레 나오는 일이 이상해 보임직하기는 한 일이었다.

"자네 어디 가는 길이지?"

"음, 경리부까지."

"언제쯤 돌아오나?"

"가봐야 알겠는데."

"나도 지금 참모한테 들어가는 길인데 이따가 좀 만나고 싶군."

"그러게, 기다리지."

다라하 중위는 휘청거리면서 걸어갔다. 나파유 사람 기준이 아니라도 큰 편인 키가 옛날에는 바보스러웠는데 지금 오토메나크의 눈에는 어쩐지 의젓해 보였다.

"이리 앉게."

아카나트 소령은 이틀 전보다는 침착해 보였으나 훨씬 소심해 보였다. 오토메나크는 앉으면서 상관의 낯빛을 그렇게 보았다.

"참모님, 유럽 전선에서……"

아카나트 소령은 고개만 끄덕였다. 선풍기 소리가 두드러지면서, 뜸한 사이가 있었다.

"라디오에서 들었나?"

"네."

라디오 말고도 소식을 들을 수 있는 사람의 말투였다. 정보장교라지만 하기는 가지가질 수밖에. 밀봉 주택에서 요인 감시만 하고 있는 처지에 난들 별수 없을 수밖에.

"세계는 이틀 전의 사건을 벌써 알고 있어."

"……"

"우리 군대가 무고한 아이세노딘 국민을 학살했다고 선전하고 있어."

"방송입니까?"

"음. 니브리타 중앙 방송이 처음 보도하고 거의 같은 시간에 동부 아이세노딘 정부가 비난 성명을 냈어."

"불리하군요."

"물론. 어리석은 일이었어."

"게릴라 위협은 심각합니까?"

"보기에 달렸지만 무시할 수는 없지."

"그러나……"

"물론이지. 나파유군이 게릴라의 공격 대상이 되는 사태를 미리 막아야 했지."

"네."

"해방군이 민중의 공격을 받는다는 건 말도 안 되지 않는가."

"그렇습니다."

"지금 그런 형국이 되고 말았어."

"……"

"니브리타 놈들이 모략전에서 이긴 거야."

두 사람은 선풍기 소리를 들으면서 저마다 짧은 침묵을 지켰다.

"우리가 걸렸어. 그들을 몰아넣어야 할 덫에 말이야."

사실이다. 수백 년 동안 이 나라를 괴롭힌 니브리타 놈들이 무슨 명분으로 나파유 군대를 비난할 수 있었겠는가. 조금만 머리를 썼더라면.

"아이세노딘의 호랑이를 알겠지?"

"물론입니다."

"그가 죽었네."

"네? 언제?"

"어제."

"어떻게?"

"자결이야."

"왜?"

"아니크계 처단에 항의해서 유서를 남기고 자결했어."

오토메나크는 입을 다물었다.

아이세노딘 진공 때, 한 사람의 민간인이 영웅적인 공을 세웠다. 그는 아이세노딘에 살던 나파유계 이민의 2세로 휘하의 뒷골목 깡패들을 동원하여 니브리타군의 후방에서 파괴 활동을 폈고, 로파그니스의 무혈점령에는 그의 대담한 심리 전술의 힘이 컸던 것이다. 영화가 되고 노래로 불린 이번 전쟁의 영웅이다. 그가 별명 '아이세노딘의 호랑이'로 불린 토니크 나파유트였다. 그가 죽다니.

"토니크 나파유트는, 사령관 앞으로 보낸 유서에서 자기가 더 살 면목이 없어졌다고 썼네. 나파유트의 부하들 가운데는 아니크계가 많아. 그러니까 이번 아니크계 처단으로 나파유트의 입장이 얼마나 난처해졌는지를 짐작할 수 있겠나. 자기가 나파유 군대의 아이세노딘 점령을 도운 것은 그렇게 하는 것이 조국과 아이세노딘을 다 같이 위하는 것이 된다는 믿음에서 한 일인데, 그 두 가지가 어긋나게 된 이상, 자기라는 사람은 살 수 없이 되었다는 거야."

큰 충격이었다. 아카나트 소령은 눈을 감고 있었다. 한참 만에 오토메나크는 말했다.

"토니크도 소령님 휘하에 있었습니까?"

"음."

"유서는 사령관께 전달되었습니까?"

"아니."

"그러면 자살 이유는 밝혀지지 않겠군요?"

"아니야."

"밝힌단 말씀인가요?"

"토니크 나파유트는 스파이의 손으로 암살당했어."

오토메나크는 입을 다물었다.

이것은 아카나트 소령의 머리에서 나온 꾀임이 틀림없다.

"내일 고별식을 올리기로 했네."

오토메나크는 여전히 말을 하지 않았다.

"자네는 지금 나하고 같이 갈 데가 있네."

아카나트 소령은 말을 이었다.

"토니크 나파유트의 부하 한 사람을 동부 아이세노딘으로 보낼 생각이야……"

"……"

"이번 아니크계 처단의 내용을 될수록 우리 쪽에 유리하게 해명하고 이것은 나파유 사령부 안의 일부 과격파의 단독 행위였음을 알리고 화평 교섭은 계속하기를 희망한다는 것을 전하는 것일세."

"부하를 보내는 것입니까?"

"그렇네. 니브리타는 스파이 활동을 강화해서 민심을 어지럽히고, 동부 아이세노딘을 전쟁에 끌어들이려고 하고 있으나, 동부 아이세노딘은 나파유에도 협조 않지만, 니브리타에도 협조 않는단 주장이야. 안 그렇겠나? 어제까지 니브리타 감옥의 중죄수였던 사람들이 그쪽의 지도자들이니깐."

"카르노스 노선이군요?"

"그렇지. 또 한 가지는, 니브리타는 아이세노딘 전선에 아키레마 군대가 참가하는 것을 원치 않아. 단독으로 반격할 힘이 없으면서도 말이야. 결국 아이세노딘에서의 우리 질서를 위태롭게 할 만한 군사력은 당분간 나타나지 않는다는 말이야. 우리가 화평 교섭에 승산이 있다는 것은 이런 상황 분석에서 나오는 결론이야. 비록 이번 불행한 사태가 있었지만, 동부는 화평에 응하지 않을 수 없을 거야. 명분보다 실리가 아니겠나, 가세."

아카나트 소령은 일어섰다. 들어서는 상사에게 소령이 말했다.

"차를 불러."

차가 사령부 정문을 나설 때 소령이 운전병에게 말했다.

"토니크 나파유트의 집으로."

그리로 가는구나, 하고 오토메나크는 속으로 끄덕였다. 나파유트의 집은 아니크 타운과 이어진 구역에 있었다. 넓은 잔디밭에 사람들이 붐비고 있었다. 그들은 현관에서 조위자 명부에 서명하고 안으로 들어갔다. 일층의 넓은 홀에 빈소가 마련되어 있었다. 아이세노딘 승려들이 독경을 하는 사이로 걸어나가서 두 장교는 웃고 있는 고인의 사진 앞에 향을 피웠다. 토니크 나파유트의 어머니가 나와서 인사를 했다. 아이세노딘 옷을 입은 그 나파유 1세는 완전한 아이세노딘 사람으로 보였다.

부인의 안내를 받아 두 사람은 안으로 들어갔다.

넓은 집이었다. 나파유 점령 후에 군사령부가 토니크 나파유트에게 제공한 이 집은 아마 니브리타 상인이 아니면 친니브리타계 아니크 사람의 집이었을 것이다.

"애통하시겠습니다."

소령은 의자에 앉으면서 다시 한 번 늙은 모친에게 위로의 말을 건넸다.

"토니크는 나라를 위해 목숨을 바쳤으니 무슨 여한이 있겠습니까?"

토니크 나파유트는 효자로 이름난 사람이었다. 그는 죽음의 장소를 로파그니스 호텔에 잡았는데, 나중에 유해가 집으로 옮겨진 것이다. 이 모친은 아들이 정말 간첩의 테러에 희생된 것이라고 생각하고 있을 것이었다.

"명예스러운 죽음이었습니다. 군인이 싸움터에서 죽은 것이나 다름없습니다."

노모는 머리를 숙였다.

"토니크 나파유트 군의 생전에나 마찬가지로 유족의 생활은 군사령부가 돌보아드리겠습니다."

노모는 합장했다.

이때 열린 문으로 한 남자가 들어섰다. 서른 살쯤 되는 아이세노딘 사람이었다. 날렵한 몸매가 운동선수같이 보였다. 노모가 일어서서 나갔다. 소령도 일어서면서 남자에게 손을 내밀었다. 남자는 내밀어진 손을 두 손으로 잡으면서 머리를 조아렸다. 소령은 오토메나크를 소개했다. 자리에 앉자 소령이 입을 열었다.

" '아이세노딘의 호랑이'가 가고 없는 지금, 자네가 그의 뜻을 이어야 하겠지?"

"네, 나으리."

"나는 토니크 나파유트에게 대하는 심정으로 자네한테 이 일을 맡기려는 것일세."

"힘껏 하겠습니다."

'아이세노딘의 호랑이'의 오른팔이었던 이 아이세노딘 청년은, 로파그니스 대학에 재학 중, 동료인 니브리타 학생을 싸움 끝에 죽인 사건 때문에 깡패의 세계에 몸을 담게 된 내력을 오는 차중에서 소령이 말해주었다. 아카나트 소령은 품에서 편지를 꺼내 그에게 주었다.

"오토메나크 중위."

아카나트 소령이 돌아보면서 불렀다.

"자네는 밖에서 감시해주게."

오토메나크는 일어서서 방을 나와 문간에 지켜 섰다. 열어놓은 문으로 소령과 청년이 이마를 맞대고 있는 것이 보였다.

오토메나크는 뒷짐을 지고 돌아서서 복도의 저쪽 끝을 향했다. 홀이 있는 그쪽에서는 아직도 경 읽는 소리가 들려왔다. 분향할 때 마주 본 '아이세노딘의 호랑이'의 웃는 눈매가 떠올랐다. 아마 자기 나이 또래일 것이다. 그는 죽어서까지 조국을 위해 일하고 있다. 그의 행적이 이름났던 만큼 그의 죽음은 아쉬움을 받을 것이다. 스파이의 손에 죽었다고 알려진다면 더욱 영웅의 죽음답게 보이지 않겠는가.

완전한 삶이었다. 어머니 말마따나 여한 없는 떳떳한 삶이었다. 깡패였다가 조국이라는 큰 테두리를 깨닫자 영리하고 날쌘 게릴라가 되었고, 자기가 충성을 바친 사람들이 잘못을 저지르자 죽음으로써 항의한 젊은이.

　무식한 밑바닥 생활자였는데 대학을 다닌 이곳 젊은이가 사후까지 홈모케 하는 무엇인가를 가졌던 사람. 무엇이었을까. 사내다움. 그렇다. 자기가 한 일에 책임을 지는 사내다움이다. 아시아 공동체를 말 그대로 믿고 실천하고 죽었다. 조국과 아이세노딘을 모두 사랑하는 것이 아시아 공동체라기에 그것을 믿었고, 아니크계 처단은 그 믿음에 어긋나기에 그는 항의한 것이다. 오토메나크 앞에 그는 한 표본으로 우뚝 솟아 있었다.

　그렇다. 아시아 공동체를 다른 사람이 어떻게 이용하건 말 그대로 실천하면 되는 것이다. 적어도 그 길은 아직 다 막히지는 않았다. 아카나트 소령은 아이세노딘 사람을 참다운 나파유의 벗으로 남겨두기 위해서 끝까지 싸울 모양이다. 아시아의 모든 나라가 한 가족이 되어 살아가는 길. 그 길을 위해서 세이나브 수상은 나파유에 협조하고 카르노스 씨는 중립을 지키고 있다.

　그렇다. 남은 문제는 애로크 사람으로서의 나의 문제다. 아시아 공동체를 위하면서도 아이세노딘은 아이세노딘이어야 한다면 같은 이치로 애로크는 애로크여야 하지 않겠는가. 그 점에 나의 잘못이 있었다.

　이 큰 잘못. 이 잘못을 바로잡을 수 있을까. 어떻게 하면 좋은가. 이것은 나파유와 싸우는 길이 된다. 어떻게? 나파유 군복을 입은 내가 나파유와 싸운다는 것은. 게릴라가 된다? 그 게릴라는 니브리타가 조종하고 있지 않은가? 니브리타. 머리에 피가 올랐다. 나파유와 싸우자면 니브리타의 편이 되어야 한다면 말도 안 된다. 아시아 공동체는 니브리타를 몰아내는 싸움인데, 애로크가 독립하자면 니브리타와 손을 잡아야 한다? 너무나 괴상한 결론에 오토메나크는 소름이 끼쳤다.
"오토메나크 중위."
부르는 소리에 문득 정신이 들었다.
그는 돌아서서 방 안을 들여다보았다.

'아이세노딘의 호랑이'의 고별식이 있은 지 일주일이 지난 날 아침결이다. 그날 오토메나크는, 고인의 훌륭함을 다시 눈앞에 보았었다.
시청 앞 광장에 마련된 고별식장에는 굉장한 사람이 모였다. 이런 모임일수록 모인 사람들의 열성은 드러나는 법인데, 이날 모임은 가짜가 아니었다. 로파그니스 시민들이 참말로 이 외국인 출신의 사나이를 좋아했던 것이 역력했다. 아이세노딘 사람들은 '아이세노딘의 호랑이'를 니브리타를 몰아낸 영웅으로 알고 사랑한 것이었다. 말하자면 나파유트가 아이세노딘 사람들에게 그렇게 보이고 싶어 하는 모습대로 이 젊은이를 받아들이고 있었다. 비록 나파유 사람일망정 아이세노딘 물을 마시고 자란 2세요, 바로 이 로파그니스 거리에 산 사람이었다. 점령 후에도 그의 인기는 사그라지지 않았다. 나파유 군대가 온 처음 무렵에 수다하게 일어난 민폐 사건마다 '호랑이'는 아이세노딘 사람 편이 되어 시민을 보호하는 몫을 맡았었다.
세이나브 수상의 고별사는 아마 진정이었을 것이다. 니브리타로부터 아이세노딘을 해방시킨 영웅. 아이세노딘의 영원한 벗. 그는 나파유 사람이 아니라 아이세노딘 사람이며, 로파그니스의 아들이었다. ─ 세이나브 수상은 그렇게 말했던 것이다.

오랜 니브리타 점령으로 쌓인 이 사람들의 슬픔은, 토니크 나파유트의 전설 속에 그들의 민족적 영웅을 보고 있는 것이었다. 그가 외국인이라는 것이 더 신비스러웠고 나파유 사람이지만 점령군이 아니라 이 거리의 골목에서 자란 일이 대견했고, 소학교도 다 마치지 못한 처지가 통했던 것이다.

식이 무르익어가자 여기저기서 울음소리가 터지기 시작했다. 이날도 타는 듯이 더운 날이었다. 번져가는 울음소리를 들으면서 오토메나크는 깊은 절망 속에 가라앉았다.

같은 또래의 한 젊은이가 이런 삶을 이루고 간 것이다. 광장에 넘치는 이 슬픔의 파도 속에서 오토메나크는 자기의 초라함이 부끄러웠다. 거의 시샘이라고 할 만큼 안타까워서 머리가 띵했다. 저보다 못한 처지에 있는 이 젊은이가 그렇게 기막힌 삶을 살았다는 일에 눌렸다. 높이 솟은 그의 커다란 초상화는 웃고 있었다. 아이세노딘 옷을 입은 그 초상화는 한 씩씩한 아이세노딘 청년으로 보였었다.

오토메나크는 자리에서 일어났다. 오토바이 소리가 대문 앞에서 멎었다. 그는 아래층으로 내려갔다. 오토바이 곁에 토사이와 아마다이가 서 있었다. 그들이 이쪽을 보았을 때 오토메나크는 섬뜩했다. 그런 무엇이 그들의 낯빛에서 느껴졌다. 토사이가 가져온 소식은 정말 그럴 만했다. 아마다이 상사가 다가와서 문서 봉투를 건네면서 이렇게 말했다.

"등화관제랍니다."

오토메나크는 숨이 막혔다. 그러나 겉보기로는 아마다이가 한 말을 못마땅해하는 사람처럼 나타났다. 그는 문서 봉투를 받아들고 이층으로 올라갔다. 방에 들어서기가 무섭게 봉투에서 부대 회람을 집어내어 걸어가면서 읽었다. 문서를 다 읽자 약간 휘청거리면서 그는 의자에 앉았다. 천천히 선풍기를 올려다보았다. 빠르게 돌아가는 기계를 그렇게 쳐다보면서 오래 앉아 있었다. 뜰에서 아만다의 목소리가 들려왔다. 카르노스 씨는 조금 전부터 뜰에 나가 있었다.

오토메나크는 문서를 다시 손에 들고 나머지를 읽었다. 그 부분은 단위 부대에만 관계되는 일이어서 해당 사항이 없었다. 일주일 후부터 등화관제를 실시할 것이다. 그는 전화기를 들었다.

"오토메나크입니다."

소령의 짧은 응답이 울려왔다.

"지금 회람을 받았습니다."

응, 하고 소령은 짜증난 듯이 대꾸했다.

"등화관젭니까?"

음, 좀더 무겁게 그러나 분명하게 소령은 확인했다.

"알았습니다."

오토메나크는 전화기를 놓았다. 그는 벌떡 일어서서 아래로 내려갔다. 현관에 서 있던 아마다이 상사가 상관의 뒤를 따라 응접실로 들어왔다. 그들은 응접실 안쪽의 박제 호랑이 옆에서 마주 섰다. 아마다이 상사는 회람을 받아들고 읽었다.

"커튼을 만들어야겠군요."

"음."

오토메나크는 아마다이의 눈빛에 어린 어두운 그림자를 보았다. 자기 눈에도 그런 빛이 있으리라는 생각에 화가 났다. 회람을 부하의 손에 남겨둔 채 그는 뜰로 나갔다.

무엇인가가 한 걸음씩, 어김없이 다가들고 있다. 꼼짝없이 서서 그것을 기다리는 수밖에 없는 것이다.

그는 카르노스와 아만다가 있는 쪽으로 걸어갔다. 카르노스는 고무나무 아래를 오락가락하고 있고, 아만다는 거기서 가까운 바나나나무 아래에서 채집 상자를 지키고 서 있었다. 그녀는 남자가 가까이 오는 것을 보자 방긋 웃었다. 그 언저리가 환해지는 것 같은 웃음이었다. 오토메나크는 큼지막하게 끄덕였다. 갑자기 대담해지고 싶은 그런 치받치는 무엇이 그렇게 나타나는 것이었다. 남자는 여자 쪽으로 걸어갔다. 우리 시간은 얼마 남지 않은 모양이야, 아만다. 오토메나크는 아만다가 앉은 자리에서 가까운 야자나무 옆에 와서 멎었다. 등화관제가 실시된다는 것을 알릴까 말까, 하고 그는 망설였다.

감시하는 자리에서 생각하면 알리지 않는 것이 좋다. 죄수가 바깥 사정을 모를수록 지키기 편하다. 어떤 작은 일이라도 알리기보다는 숨기는 편이 이롭다. 일주일 지나고 갑자기, 오늘부터 밤에 불을 켤 수 없다는 것을 알게 하는 것이 옳다. 그러나 이것은 야박한 일이었다. 카르노스라는 사람이 어떤 사람인가를 알고 있으면서 그렇게 한다는 것이 면구스러운 일이었다. 카르노스에게 마음속을 털어놓고 어떻게 하면 좋으냐고 묻고 싶은 심정은 거짓말이 아니었다. 그런데도 등화관제를 알린다는 간단한 일을 망설이는 것이었다. 아이세노딘에 적의 공습을 대비한 조처가 실시된다는 지금 이 순간에도 오토메나크의 마음은 여전히 갈피가 잡혀 있지 않았다.

아니크계를 몰아내서 죽인 일이나, 30만의 게르마니아 기계화 부대가 동부 전선의 눈벌판에서 고스란히 포로가 된 일이나, 지금 닥친 등화관제나 — 그것들을 처음 대한 순간의 놀라움이 지나가자 으레 그럴 수도 있었던 일처럼 받아들여지는 것이었다. 죽음이라는 것을 실감할 수 없듯이 이 커다란 역사라는 것도 마지막 날이 올 때까지는 끝장을 실감한다는 것은 어려웠다. 이 세상에 있는 모든 것이 자기가 있다는 전제 위에서 움직이는 까닭에, 자기가 없는 세상이란 것을 요량하기는 어려웠다. 오토메나크도, 나중에 돌이켜보면 너무나 뻔한 막다른 골목에서, 희망의 빛을 찾기에 기를 썼다.

'아이세노딘의 호랑이'처럼 살면 될 것이 아닌가. 이것이 지금 오토메나크가 매달린 짐작이었다. 아시아 공동체에는 두 가지가 있는 셈이다. 하나는 작전참모가 생각하는 아시아 공동체다. 이 공동체에서는 이타오바 황제가 즉위하고, 니브리타와 싸우던 카르노스는 다시 감옥에 가야 한다. 아시아의 해방을 말하면서 애로크는 나파유의 밥이 돼야 한다. 형제인 아니크계 아이세노딘을 집단으로 쏘아 죽인다 — 이것이 작전참모와 같은 사람들의 아시아주의다. 다른 하나는 아카나트 소령이나 '아이세노딘의 호랑이'의 아시아주의다. 여기서 아시아주의는 말 그대로의 아시아주의다. 이 길을 가면 된다. 이 길 끝에 죽음이 있다면 할 수 없지 않은가. '아이세노딘의 호랑이'는 더 면목이 없으면 사람은 죽어야 한다는 본을 보여주었다. 면목. 볼 낯이 없다는 것. 아이세노딘 국민에 대해서였다. — '호랑이'가 들 낯이 없었던 대상은. 내 경우는? 내 경우는 — 애로크 사람들이다.

그토록 자신 있게 그들 속에서 걸어나왔을 때, 의심스럽고, 못마땅하게, 그러나 긴가민가하고 바라보던 눈길들. 애로크 국민이 나를 보고 있는 셈이다. 그리고. 애로크의 카르노스들이, 애로크의 카르노스. 이 생각은 목줄기에, 칼날처럼 섬뜩 와 닿았다.

"한 놈 잡았소."

카르노스 씨가 말했다. 아만다는 성큼 일어서서 잠자리채를 풀숲에 누르고 있는 그에게로 걸어갔다.

그들을 남겨두고 오토메나크는 돌아섰다. 등화관제에 대해서는 알리지 않는 게 좋겠다.

부엌문으로 들어서면서 돌아봤다. 아만다와 카르노스는 잠자리채 위에서 머리를 맞대고 있었다. 그들의 그런 모습은 꼭 자기가 모르는 무슨 말을 주고받고 있는 것처럼 보였다.

고개를 돌리면서 복도에 들어섰다. 아마다이 상사가 자기 방 창문의 치수를 재고 있었다. 아마다이는 오토메나크가 무슨 지시를 하는가 싶어서 잠깐 이쪽을 바라보았다. 오토메나크는 그냥 지나쳤다.

 응접실 창문 사이에 놓인 커다란 산호 줄기에 햇빛이 곧바로 부딪쳐서 언저리가 불그무레하게 환해 보였다. 박제의 표범도 그 빛을 받아 유별나게 생생해 보였다. '아이세노딘의 호랑이.' 똑바로 말하면 '호랑이'가 아니라 '표범'이다. 그저 호랑이, 호랑이 하다 보니 그렇게 불린 것인데 아이세노딘 말로는 하리오마는 표범이다. 박제된 호랑이 — 아니 표범은 매서운 눈으로 이쪽을 노려보고 있었다.

 오토메나크는 다가서서 표범의 머리를 쓰다듬었다. 폭력의 밀림에서 살다가 권력의 앞잡이가 되어 끝내 반니브리타 선전의 제물이 된 토니크 나파유트. 박제가 된 그의 이름만이 이 밀림의 짐승처럼 역사에 남게 되겠지. 살아 있는 눈을 뺏기고 세도 있는 사람의 응접실에 못 박힌 짐승처럼.

 오토메나크는 짐승의 눈을 만져보았다.

 손끝에 차다.

 나는 너처럼 되지는 않겠다.

 오토메나크는 짐승의 머리를 쓰다듬었다.

 그러나 어려운 일이었다. 이미 이날 이때까지 박제보다 나은 신세였던가. 길들여진 표범처럼 주인의 지시에 따라 재주를 부려온 세월이 아니었던가. 표범이랄 것도 못 된다. 토니크 나파유트쯤이면 그렇게 불려도 좋지만.

 네쿠니쯤이겠지. 네쿠니라. 오토메나크는 응접실 안에 어쩌다 들어온 네쿠니가 부르르 떨면서 뒷걸음쳐 도망가던 일을 떠올렸다. 죽은 표범도 산 개를 쫓을 만은 했던 것이다. 토니크 나파유트와 자기의 관계가 바로 그것이었다. 집 지킴이라. 지킴 개라. 그런 말이렷다. 아무튼 할 수 없다. 아카나트 소령이라는 사람을 만나게 된 것이 그나마 다행이다. 전쟁의 결과가 어떻게 되는가도 생각하지 말기로 하자. 나의 신념을 언제까지 지킬 수 있는가만 생각하기로 하자. 그 끝에 오는 것이 죽음이라면 그 또한 할 수 없지 않은가. 죽음을 알기를 티끌같이 하고. 그렇게 배우지 않았는가. 그대로 하면 될 게 아닌가.

점심때 카르노스의 요청으로 일층 식당에서 식사를 같이했다. 이 집에 온 후론 이런 일은 처음이었다. 점심은 아이세노딘 국수였다. 쇠고기 육수에 고추가 많이 들어가고 레몬즙을 넣은 이곳 음식이다. 난데없는 회식 요청에 오토메나크는 좀 어리둥절했다. 이 집을 떠날 시간이 각각으로 다가오는 것을 알고 있는 오토메나크로서는 카르노스의 갑작스런 회식 요청에도 무심할 수 없었다. 무슨 낌새를 눈치 채고 이러는가 싶은 생각이 들기 때문이었다.

회식 그 자체로 말할 것 같으면 즐거운 일이었다. 이 집에서는 모든 일이 카르노스 위주이기 때문에 오토메나크가 그에게 회식을 요청할 수는 없었다. 아카나트 소령이 할 수 있는 일이었다. 이 집은 겉으로는 요인의 거주 장소요, 속으로는 요인의 단독 감금 장소였지만, 겉보기가 늘 유지돼야지 속이 드러나서는 안 되었다. 오토메나크는 시종무관과 연락장교와 포로 감시원이라는 세 가지 일을 실수 없이 해내야 했다. 그 사이의 균형이나 계산을 잘못하면 안 되었다.

"중위는 국수를 좋아합니까?"

길게 썰어넣은 아이세노딘 고추를 젓가락으로 집어올리면서 카르노스 씨가 물었다.

"네, 좋아합니다. 우리나라에도 국수가 있습니다."

"그렇습니까? 우리 것하고 다르겠지요?"

"네, 아마 이 재료가 다른 것 같습니다."

"아마 아니크에서 퍼진 것이니 기본은 비슷하겠지요. 이 국수는 참파라는 것으로 만듭니다."

"네. 우리나라 것보다 좀 부드러운 것 같군요."

"맛은 어떻습니까?"

"더 좋습니다."

"그렇습니까?"

카르노스 씨는 기쁜 듯이 아만다를 올려다보았다. 아만다가 환하게 웃었다. 오토메나크는 아만다를 곁에 세우고 카르노스 씨와 식사를 하고 있으니 마치 아만다와의 관계를 인정받은 것 같은 착각이 들었다.

오토메나크도 내놓고 웃으면서 아만다에게 말했다.

"이 국수는 아만다 씨가 만든 것으로 알고 있습니다."

"아닙니다. 이것은 아주머니가 만든 것입니다."

아만다는 큰 누명이나 쓴 사람처럼 황급하게 대꾸했다.

"아만다 양은 아마 솜씨가 더 좋을 겁니다."

카르노스 씨가 아만다를 도와주려고 이렇게 말했다.

"네, 다음번에는 제가 만들겠습니다. 아주머니보다 못할 겁니다만."

아만다는 선생님에게 대답하는 학생처럼 공손히 대꾸했다.

알리지 말자. 과일 접시를 들고 들어오는 아만다를 바라보면서 오토메나크는 속으로 그렇게 말했다. 이 단란한 식탁의 분위기대로 앞으로 일주일을 보내는 것이 낫다. 일주일 후에 로파그니스의 밤이 불빛 없는 밤이 된다는 것을 알리는 것은 아무짝에도 이로울 것이 없었다.

오토메나크가 늘 속으로 궁금해하는 일은 이런 일이었다. 이 사람 카르노스는 이 집에 살면서 과연 얼마만큼 바깥세상과 연락하고 있는가 하는 일이었다. 그런 연락이 있어서는 물론 안 되었다. 오토메나크는 그런 연락이 없게 하게 위해 그의 옆방에 살고 있다. 그리고 실지로 그가 바깥과 연락할 가능성은 전혀 없었다. 그런데도 이 사람이 여기 갇힌 채, 주는 신문과 다이얼을 고정시킨 라디오밖에는 바깥과 통하지 못하고 있다는 실감을 갖기가 어려웠다. 카르노스라는 사람의 전설적인 분위기와 그의 무게 때문에 그렇게 생각하는 것이었다.

"자."

카르노스가 파인애플을 집어 들면서 권했다.

오토메나크는 손을 내밀어 과일을 집었다. 갓 따온, 사탕에 절이지 않은 파인애플은 싱싱했다.

"아이세노딘에서 나는 것은 모두 좋습니다."

"그렇습니까? 언젠가도 그렇게 말했던 것을 기억합니다. 더운 날씨까지도 좋다고 하셨지요?"

"네, 추위보다는……"

카르노스 씨는 아만다를 올려다봤다.

"아만다 양, 눈을 본 적이 없지?"

"있어요."

"어디서?"

카르노스 씨가 뜻밖이라는 듯이 손을 멈췄다.

"영화에서요."

두 회식자는 함께 웃었다. 카르노스 씨가 소리내어 웃는 것을 처음 듣는다. 아만다는 꽤 능청맞게 서 있었다.

"그래, 그래, 영화에서 본 것도 본 것이니까. 그러고 보니 아만다 양에게 자랑할 건 아무것도 없는 셈이군."

카르노스는 매우 즐거워 보였다.

더럭, 겁이 났다. 정말 카르노스는 외부와 아무 연락이 없을까. 적에 감금된 채 속수무책으로 이렇게 농담만 하고 있는 것일까. 이게 모두일까. 오늘 난데없이 회식을 자청하고 기분도 좋아 보이는 카르노스가 오토메나크에게는 아무래도 심상치 않았다. 그러나 즐거워하는 사람에게 왜 즐거우냐고 물을 수도 없었다.

모든 사람이 저마다 남모르는 곡절을 가지고 있다. 오토메나크는 답답한 마음을 잊으려는 듯이 크게 웃어보았다.

카르노스 씨와 회식을 마치고 식당에서 나왔을 때, 아마다이 상사가 곁에 와서 말했다.

"참모님에게서 전화가 왔습니다."

"언제?"

"10분쯤 전입니다."

"왜 알리지 않았는가?"

"카르노스 씨와 회식 중이라고 했더니 끝나면 알리라고 하셨습니다."

계단을 다 올라가, 이층 복도의 모퉁이를 막 돌아가고 있는 카르노스를 올려다보면서 아마다이 상사는 그렇게 말했다.

오토메나크는 자기 방으로 가서 사령부에 전화를 했다.

"오토메나크 중윕니다."

아카나트 소령은 오토메나크에게 사령부로 오라고만 짤막하게 말했다.

"알았습니다. 곧 가겠습니다."

전화기를 내려놓고 권총을 찬 다음 오토메나크는 아래로 내려갔다. 아만다가 부엌에서 나와 이층 계단 쪽으로 걸어왔다. 나가느냐고 아만다가 눈으로 물어왔다. 오토메나크는 웃으면서 끄덕였다. 아만다는 잠깐 걸음을 늦추었으나 멈추지도, 더 언저리에서 머뭇거리지도 않고 계단을 향해 걸어가서 이층으로 올라갔다. 과일을 닮은 그녀의 몸냄새가 희미하게 남았다.

"오토바이를……"

방에서 나오던 아마다이 상사는 오토메나크의 말을 받아 부엌 옆문으로 해서 밖으로 나갔다. 오토메나크는 현관 어귀에 서서 오토바이가 나오기를 기다렸다. 곧 토사이가 오토바이를 끌고 나타났다. 아마다이 상사가 네쿠니의 사슬을 쥐고 따라왔다. 낮은 울타리 문밖으로 토사이가 오토바이를 끌어낸 다음 오토메나크가 올라타고, 이어 발동이 걸렸다.

　이층 복도의 창문에 아만다의 얼굴이 보였다.

　"사령부다."

　주택 지역을 빠져나오면서 오토메나크가 말했다.

　"네."

　들어서 알고 있다는 투로 토사이가 대꾸했다. 점심을 먹고 있을 때 내린 소나기 끝이라 거리와 나무들이 한결 싱싱해 보였다. 젖은 거리를 뛰어가는 아이들의 맨발바닥이 물기로 빛나 보였다.

　연이어 일어나는 큼직한 사건이 있은 탓인지, 또 무슨 뜻밖의 일이 기다리고 있을 것 같은 생각이 들었다. 사령부에 들어서 보니 이렇다 할 다른 낌새는 보이지 않았다.

　무슨 일일까.

　참모부 안의 동정도 다른 구석이 보이지 않는다. 고급 사령부라는 것은 우군의 전 부대가 전멸해도 이럴 수밖에 없는지도 모른다.

　오토메나크는 사령부에서 곧 집으로 돌아왔다. 돌아올 때는 참모부의 승용차를 타고 왔다. 집 앞에 자동차를 세워놓고 현관에 들어선 그는, 마주 나오는 아마다이 상사에게 말했다.

　"카르노스 씨는?"

　"이층입니다."

　"아만다는?"

　"식당에 있습니다."

　"내 방으로 오라고 하게."

　"네."

오토메나크는 방으로 올라와서 옷장을 열었다. 걸려 있는 군복 틈에서 민간 옷을 꺼내서 소파에 갖다놓고 권총을 풀었다.

과일 냄새가 방에 들어섰다. 그녀는 걸어오면서 웃었다.

"나하고 외출을 해줘야겠어."

그녀는 소파에 놓인 민간 옷을 보고 호기심이 당긴 낯이 되었다.

"네"

하고 물음이 섞인 대답을 하면서 어중간한 몸짓을 지었다.

"빨리 준비하고 이리로 와요."

그녀는 고개를 숙여 보이고 자기 방으로 건너갔다. 한참 만에 다시 남자의 방에 들어왔을 때, 그녀는 자기 애인이 민간 옷을 입고 방을 오락가락하고 있는 것을 보았다. 그녀는 눈이 휘둥그레졌다. 남자는 그런 여자를 보고 웃으면서 다가섰다.

"자, 내려가자."

오토메나크는 옷을 바꿔 입은 여자를 눈부신 듯 쳐다보면서 복도를 나섰다. 계단을 내려갔을 때 아마다이 상사도 어리둥절해서 상관의 차림을 바라보았다. 오토메나크는 아무 말도 않고, 아만다를 데리고 현관을 나섰다. 기다리고 있는 승용차에 아만다와 같이 들어갔다. 차가 움직였다.

"박물관을 알지?"

"네."

"그리로."

차가 속력을 내고 창문으로 바람이 세게 들어왔다. 오토메나크는 부드러운 눈매로 아만다를 쳐다봤다. 그녀는 앞을 보고 있다가 돌아보았다. 즐거운 듯 상기한 얼굴이었으나, 별로 굳은 빛은 보이지 않았다. 오토메나크도 쳐다만 보고 말은 하지 않았다. 중앙 거리를 차가 지나갈 때, 처음으로 남자가 말했다.

"심심해서 나들이를 시켜주는 거야."

아만다는 고개를 돌려 남자를 똑바로 보면서 대답했다.

"고맙습니다."

"박물관에는 가보았겠지?"

아만다가 웃었다.

"저는 로파그니스 시민입니다."

잎이 무성한 가지들이 길 쪽으로 내민, 박물관 담이 시작되는 곳에서 오토메나크는 차를 멈추게 하고 아만다와 같이 내렸다.

"두 시간 지나서 이 자리에 와서 기다리고 있어."

오토메나크가 창문에서 얼굴을 떼자, 차는 그대로 지나갔다. 그들은 박물관 쪽을 향하여 나란히 걸어갔다. 담 너머로 내민 나뭇가지 때문에 그녀의 얼굴이 푸르무레하게 얼룩져 보였다.

"놀랐지?"

자기 행색을 눈짓으로 가리키며 오토메나크가 말했다. 그녀는 도리질을 했다.

"아니요."

무엇이 놀라우냐는 듯 그녀는 가볍게 말했다.

"갑자기 박물관에 왔는데도?"

하고 오토메나크가 물웅덩이에서 그녀를 비키면서 말했다. 아만다는 팔을 잡은 남자의 손에 자기 손을 얹으면서 웃었다. 이빨도 나뭇잎 그림자 때문에 푸르무레하게 보였다.

 햇볕이 숨넘어갈 듯 센 데다가, 비 온 끝이라 잎사귀들이 먼지가 씻겨 햇빛을 내리 되비치기 때문에, 나무 그림자가 언저리 모두에다 푸르무레한 그늘을 던지고 있는 것이다.

 "심심해할까 봐 나들이를 시켜주시는 거 아닙니까?"

 오토메나크는 강한 느낌이 서린 눈매로 여자를 쳐다봤다. 정말, 얼마나 이상한 사랑인가. 벌통 같은 집에서, 남의 눈을 피해가면서 만나는 사이. 사랑이란 것은 왜 이렇게 숨어서 시작되는 것일까. 햇빛 아래 여자를 데리고 나무 그늘을 걸어가면서 남자는 잠깐 앞뒷일을 잊었다.

 하얀 여름옷에, 해에 그을린 얼굴이 아이세노딘 사람으로도 보이는 젊은 남자가, 시에스타가 한창인 시간에, 레이스가 달린 옷을 입고 샌들을 신은 여자를 데리고 로파그니스 중앙 박물관 정문을 들어섰다. 몇 걸음 옮기자, 공기가 완연히 싱그럽고 새들이 지저귀는 소리가 흥겨웠다. 잔모래가 밟히는 길은 이곳 어디나 그런 것처럼 녹슨 쇳가루 빛이었다.

 여자가 남자의 옷소매를 만졌다. 소매를 사이한 팔뚝을 느껴보는 것 같기도 하고, 처음 대하는 매무시를 어루만져보는 것처럼도 보이는 그 손짓이 남자를 기분 좋게 했다. 오토메나크는 그녀 걸음걸이에 맞춰 천천히 걸어갔다. 팔짱은 끼지 않았으나, 다가서서 걸어가는 사이에 공간은, 그들 두 사람이 어울려서 만들어낸 보이지 않는 공동의 육체처럼 그들의 걸음을 따라갔다.

 얼룩져 쏟아지는 햇빛이 어떤 데서는 조명탄처럼 그곳 한 군데

만 터지듯 눈부셨다. 지저귀는 새소리와는 달리 매미가 우는 소리는 어쩐지 시에스타의 이 시간에 어울려 보였다. 마치 지금 낮잠 속에 있는 로파그니스 시민들의 영혼이, 꿈속에서는 이곳에 와서 잠깐 동안 매미가 되어 있다는 듯이.

코끼리 우리 앞에 와서 두 사람은 걸음을 멈췄다. 두 마리의 힌디아 태생 코끼리가 사탕무 줄기를 코로 감아올리고 있었다.

"당신 나라에 코끼리는 없지요?"

아만다가 돌아보면서 말했다.

"있습니다."

"그래요?"

"동물원에."

아만다가 굉장히 큰 소리로 웃었다. 둘레에 사람들은 보이지 않았다. 코끼리는 입속에 넣은 사탕무를 옴지락거리면서 넘기고 있었다.

"동물원에도 눈은 내리고요."

아만다가 웃음을 채 거두지 않은 채 말했다. 그녀는 아주 즐거워 보였다. 문득, 어려서 동물원에 갔을 때의 어느 장면이 오토메나크에게 떠올랐다. 코가 긴 신기한 동물 앞에 서 있는 열 살 안팎의 자기가 보였다.

"눈이 내리면 난방이 된 방에 옮기지요."

한참 만에 평범하고 고지식한 이런 대답이 나왔다. 잠깐이었으나 그는 고향에 다녀온 것이었다. 아만다는 매점에서 사탕무를 사다가 코끼리 우리 속에 던졌다. 땅에 떨어진 사탕무를 커다란 짐승이 코로 집어 들어서는 입으로 가져갔다.

무심하게 사탕무를 던지고 있는 아만다는, 아무 딴생각이 없어 보였다. 시에스타 시간에 동물원에 들어온 흔한 아이세노딘 시민으로 보였다. 바뀐 오토메나크의 차림에 대해서도 아만다는 아무 다른 눈치를 보이지 않았다. 처음부터 그런 차림을 한 아이세노딘 사람이기나 했던 것처럼.

그들은 코끼리 앞을 지나서 곰의 우리 앞에 왔다. 얼굴판이 둥글고 코가 뭉툭한 아니크산 곰이다. 이 친구들은 시에스타를 즐기고 있었다. 아주 사람처럼 번듯하게 누워서 한쪽 다리를 쇠울타리에 척 걸치고. 아만다는 손가락으로 그들을 가리켰다. 오토메나크는 끄덕이면서 그녀의 손을 꾹 잡았다 놓았다. 낮잠 자는 곰 동지들의 발바닥을 들여다보면서 그들은 서 있었다. 머리 뒤에 나뭇가지가 무성하게 덮여 있어서 그늘을 이루었기 때문에 덥지는 않았다. 박물관, 식물원, 동물원이 한울타리에 있는 이곳은 원래 아이세노딘 왕궁의 하나였던 곳이다. 파파야 빛깔의 벽돌로 지은 큼지막한 집들이 울창한 숲 속에서 여기저기 박혀 있다.

곰 동지 앞을 지나서 걸음을 옮긴다. 짐승 울타리가 연이어 있다. 표범이 있다. 그는 말쑥한 자세로 앉아서 눈을 감고 있다. 두 사람이 우리 앞에 멈춰 섰는데도 눈을 뜨지 않는다.

연못 쪽으로 걸음을 옮긴다.

연못 위에 걸린 다리를 지나간다.

연꽃이 하얗게 머리를 들고 있다.

나무 다리다.

붕어들이 펄쩍 뛰어오르곤 한다.
언제 샀는지 아만다가 모이를 던진다.
오토메나크의 손에도 모이를 쥐여준다.
남자는 여자를 따라 못에다 모이를 던진다.
물속에서 그림자가 움직이면서 물 위에 닿는 모이를 채어간다.
그때마다 물에 주름이 잡힌다.
뛰어오른 고기가 펄쩍 빛난다.
큰 붕어들이다.
다리를 건너가면 정자가 있다.
둥근 지붕의 기와는 마찬가지 파파야 빛깔이다.
정자에는 난간 안쪽에 의자가 붙어 있다.
앉아서 연못을 바라본다.
붕어가 뛰어오를 때마다 그들의 얼굴이 그쪽으로 돌아간다.
"오랜만에 와보니 좋군요."
오토메나크는 처음이다. 아만다의 말을 들으면서 자기도 오랜만에 다시 온 곳처럼 느낀다.
마찬가지다.
동물은 어디나 마찬가지다.
아만다와 같이 있으면 언제나 이런 느낌이다.
옛날부터 그녀와 아는 사인 것 같은 이 느낌 말이다.
자기도 아이세노딘 사람 같은 느낌이다.
아만다.
오토메나크는 그녀의 옆얼굴을 슬쩍 쳐다본다.

햇빛 속에서 보니 그녀의 살결은 역시 엷은 갈색이다. 방에서 전등빛 아래에 있을 때는 희게 보이던 생각이 떠오른다. 그렇게 여자의 살결 빛깔은 갖가지로 보인다. 아만다는 손에 있던 모이를 다 뿌리고 한쪽 팔꿈치를 난간에 괴고 연못 속을 꿈꾸듯 보고 있다. 왜 그녀하고 같이 있으면 이렇게 편안할까. 아까부터 그런 생각이 가끔 떠오른다. 슬쩍 팔목시계를 본다. 아직 멀었다.

아만다가 보고 있는 쪽으로 눈길을 돌린다.

연못에는 드문드문 빈자리를 남기고 연 잎사귀가 깔렸는데 굉장히 큰 잎사귀다. 쑥 솟아난 줄기 위에 하얀 꽃이 탐스럽게 햇빛을 되비친다. 아만다는 꿈결처럼 꽃을 보고 있다. 무슨 말을 하려다 오토메나크는 그만둬버린다. 무거운 느긋함이 입을 막아버린다.

맴맴 지르르.

울창한 숲 속에서 매미들이 가끔 울어대는데 이 세상에서 제일 좋은 소리같이 들린다.

연못 위를 그림자가 지나간다.

구름이 졸면서 지나가는 그림자다.

드리웠던 그림자가 걷히고 연못은 다시 환해졌다.

일주일 지나면 등화관제가 된다는 것. 그토록 싸움은 만만치 않은 데까지 와 있다는 것. 아마도 카르노스는 송환될 것이라는 것. 이런 일들을, 곧 닥쳐올 이런 일들을 오토메나크는 떠올리고 있었다. 전쟁은 재미없는 쪽으로 기울어지고 있다. 게르마니아 군대가 눈벌판에서 망했듯이 나파유군은 야자나무 밑에서 망할지도 모른다. 그렇게 되면 어떤 세상이 벌어지는가. 니브리타가 다시 아이세노딘에 돌아오겠지. 그러면, 카르노스는 다시 감옥에 가야 하는가. 아이세노딘은 그렇다 치고, 애로크는 어떻게 될 것인가. 아마 니브리타의 식민지가 되겠지. 나파유에게서 빼앗아 자기들 것을 만들겠지. 니브리타 놈들이. 니브리타 식민지가 된 애로크에서 내가 설 자리는 없을 게다. 더구나, 카르노스 같은 사람들을 도운 일이 드러난다면. 고향 애로크 사람들도 나를 비웃을 게 아닌가. 나파유가 이긴다면 나의 선택은 옳은 것이 되었을지도 모르지만, 진다면 나는 민족 반역자다. 숱한 이름 있는 애로크 지도자들. 나파유의 승리를 믿고 민족주의를 버린 사람들. 내가 이 길에 들어서게 믿음을 준 사람들. 그 사람들 역시 딱한 처지가 되겠지. 내 인생은 끝장이다. 이런 모든 일은, 내가 이 싸움터에서 살아서 돌아갈 때 나를 기다리고 있을 일들이다. 그러나 살아서 돌아갈 가망은 없다. 싸움에 지는 경우에는 거의 모든 장교가 전사하게 될 것이다. 아카나트 소령의 편에 서서, 싸움이 끝날 그날까지 아이세노딘 독립을 위해 싸우다 죽는 것. 이것이 거의 틀림없는 앞날이다. 아만다와의 약속. 결혼하기로 한 약속은 지킬 수 없는 일이 된 셈이다. 물소리.

붕어가 펄쩍 뛰어올랐다.

물방울이 햇빛의 낱알이 되어 튀었다.

아만다는 꿈꾸는 사람처럼 연못을 들여다보면서 움직이지 않는다.

아만다.

한 남자가 지구 위에 태어난다. 그의 나라는 식민지다. 식민주의자들의 교육 때문에 그는 지배자들의 나라를 자기 나라로 잘못 안다. 지배자들이 전쟁을 시작한다. 다른 압제자들과. 그는 이 싸움에 기꺼이 참가한다. 피부 빛깔이 다른 압제자들만이 눈에 보였기 때문에. 싸움터에 온다. 야자나무 우거진 늘 여름의 나라. 여기서 그는 이 세상의 참모습을 알게 된다. 겉보기에 뒤에 숨은 이 세상의 저쪽 얼굴들. 스물 몇 해의 삶이 모두 잘못이었다는 것이 드러난다. 잘못을 바꿀 가망은 거의 없다. 그럴 때 야자나무 아래에서 자란 한 여자를 사랑하게 된다. 인생은 파장 가까운데 사랑은 지금 시작됐다.

이럴 때 어쩌면 좋은가.

그늘이 연못을 덮어온다.

멀리 있는 큰 것의 그림자가 조그만 꽃밭에 그늘을 던진다.

어떻게 하면 좋은가.

그늘이 걷혀간다.

연못은 환해져도 마음은 어둡다. 여전히. 그러나 꿈속처럼.

아만다의 옆얼굴이 꿈속 같았다. 왜냐하면, 그토록 분명한 파장이 가까웠는데도, 옆에 선 여자의 얼굴이 그토록 아름다웠기 때문에.

그늘이 걷힌 연못은 눈부셨다. 연꽃 봉오리들이 꼼짝도 않고 햇빛을 견디고 있었다. 로파그니스 시민들의 영혼이 가끔 맴맴 지르르, 먼 데 가까운 데서 울었다. 벌판에서 학살된 아니크계 사람들의 영혼도 어디선가 쉬고 있었다.

끊임없이 이 시간에도 전쟁은 계속되고 있었다. 까닭도 모르면서 머나먼 이 끝까지 와서 사람들은 싸우고 있었다. 아시아주의의 이름 밑에 노예 소유자가 되려는 사람들은 눈을 부릅뜨면서 계획을 만들고 있었다. 옛날의 단꿈을 잊지 못하는 사람들이 빼앗긴 보물을 되찾으려고 커피를 마시면서 지도를 들여다보고 있었다. 어느 편이 되거나 상관없는 사람들은 야자나무 밑에서 잠을 자고 있었다. 이 섬이 생긴 이래의 잠에서 자기 형제들을 깨우기 위해서 밖에서 온 침략자들과 싸우기로 한 사람들은 누구보다도 괴로웠다. 적들의 약점을 조금씩 공격하기 시작하고 대담하게 타협하고 있었다.

배들은 기름을 나르고 마을에서는 혼례식이 있었다. 삶을 만드는 날줄과 씨줄은 한시도 멈추지 않았다. 어떤 옷감이 되는가를 상관 않는 어느 보이지 않는 손이 끊임없이 틀을 움직이면서 슬픔과 기쁨의 무늬를 짜낸다. 무늬가 문득 자기를 알아보고 스스로 잘 보이려고 하면 그때 괴로움이 비롯한다. 베틀에 앉은 무정한 손에 맞서면서 씨줄과 날줄이 자기를 주장한다.

전쟁과 약탈과 반항의 무늬가 이렇게 짜인다.

먼 나라. 이곳까지 실려온 병사들 속의 한 실오라기가 자기가 들어갈 무늬에 불안을 느낀다. 오토메나크라는 실오라기다. 그는 그의 씨줄 쪽으로 손을 내민다. 아만다라는 실오라기가 손을 맞잡아온다. 오토메나크는 그녀의 손을 잡고 일어섰다. 다리를 건너면서 그녀는 우산을 폈다. 대가 긴 해우산이 머리 위에 걸리자 두 사람은 그 밑에 어깨를 모았다.

"좀 걸어볼까요."

오토메나크가 여자에게 말했다.

"좋아요."

꿈속에서 깨듯 아만다가 말했다. 걸어가는 길은 나무 그늘이 빈틈없이 드리워 있어서 해우산이 필요 없었으나, 여자는 여전히 받치고 걸었다. 그들은 큰 나무 아래에서 잠깐 멈췄다. 굉장히 크다. 여러 사람이 손을 맞잡아야 하리만큼 굵고, 까마득히 쳐다보인다. 팻말을 보니 7백 년 된 나무다.

"7백 년."

오토메나크가 여자를 돌아다봤다. 아만다는 7백 년이라는 세월을 속으로 만들어보기라도 하는 것처럼 7백 년 같은 눈빛이 된다.

"여러 가지 사건을 보았겠군."

남자가 말했다.

"그래요, 정말."

아만다는 우산을 바꿔 쥐었다. 나무 앞을 지나서 다시 걸어간다. 식물원이다. 다른 데하고 다른 점은, 꽃나무가 몰려 있는 것이다.

"아이세노딘에 와서 느낀 일이 있어요."

"어떤?"

"여기 나무, 여기 꽃들을 보고, 극락에 있는 나무나 꽃은 아마 이런 종류일 거라고 생각했습니다."

"그래요?"

"어쩐지 그래요. 우리 고향의 식물들하고 느낌이 달라요."

"어떻게?"

"여기 나무나 꽃들은 즐거워요."

"즐거워 보이지 않는 꽃이 어디 있습니까?"

"그야……"

하고 남자가 웃었다.

"그야, 그렇겠지요. 그러나……"

"설명이 어려우세요?"

"느낌이니깐 어렵지요."

"저도 당신 나라에 가보면 알겠지요."

"그렇습니다."

"언젠가 가게 되겠지요?"

"물론, 언젠가는……"

오토메나크는 자신 있게 말했다. 결코 그렇게 되지는 않겠지.

"나무나 꽃만이 아닙니다. 사람들도 그래요."

"사람들이……"

"극락에 사는 사람들은 아이세노딘 사람들을 닮았을 거라는 느낌입니다."

아만다는 도리질을 했다.

"아이세노딘 사람들은 괴롭게 살아왔어요."

"그래도 니브리타 사람이나, 나파유 사람보다는 여기 사람들이 점잖아 보여요."

"잘 모르겠군요."

"당신은 더욱."

아만다는 활짝 웃었다. 오토메나크는 여자의 허리를 어루만졌다. 사실이다. 아만다가 외국 사람이기 때문에 더 좋았다. 그것을 오토메나크는 이렇게 말했다.

"극락에 사는 인종이니깐 나는 아만다가 좋아."

아만다의 하얀 이가 또 드러났다.

"니브리타 사람들이라면 그걸 어떻게 말하는지 알아요?"

"니브리타 놈들? 어떻게?"

"나의 천사."

오토메나크는 껄껄 웃었다. 그러면서 아만다가 총독부 식당의 급사였다는 것을 떠올렸다. 천사를 노예로 삼은 놈들. 그놈이 지금, 또다시 목을 죄어오고 있는 것이었다.

"나쁜 놈들."

오토메나크가 내뱉듯이 말했다. 슬쩍 남자의 눈치를 보면서 아만다가 말했다.

"능글맞은 사람들이에요."

아만다에게 농을 걸고 있는 니브리타 장교의 모습이 떠올랐다.

"나쁜 놈들."

오토메나크는 쓴웃음을 지으면서 또 한 번 말했다.

"나쁜 사람들이지요."

아만다가 웃으면서 끄덕였다.

니브리타라는 이름 때문에 약간 기분이 망가졌다. 총독부 식당에서 니브리타 놈들 사이를 오락가락하는 아만다의 모습이 떠올랐던 것이다. 자기와 만나기 전의 여자의 삶을 질투하는 남자들의 버릇이, 조금 머리를 들었다. 오토메나크의 마음속에서. 모든 것이 니브리타 놈들 때문이다.

꽃나무를 휘어서 만든 아치 밑을 지나간다.

"천사들을 노예로 삼았으니 니브리타는 더욱 나쁩니다."

결론을 내리듯이 남자가 말했다.

"그래요, 오토메나크. 이제 나쁜 놈들은 다시 못 오게 됐지요?"

"못 옵니다."

자신 있게 남자가 말했다. 아만다가 남자의 손을 꼭 잡았다. 오토메나크는 그 손에 입술을 댔다. 천사의 손이었다. 틀림없는. 꽃나무 아치 그늘에서 보니 여자의 얼굴은 꽃다웠다.

"아만다."

"네?"

"당신은 천삽니다."

"저는 아만다예요."

아치를 지나서 나가는 걸음마다, 탐스러운 꽃들이 그들을 맞았다. 아만다는 꽃 이름을 가르쳐주다가, 모르는 꽃이면 붙여놓은 팻말을 들여다보고 소리내어 읽었다.

"언제 와봤소?"

"여기 와본 지가 오래돼요. 전쟁이 나기 전이었어요."

"나는 처음이오."

"달라진 게 없어요."

"좋은 곳입니다."

"박물관을 보지 못해서 안됐어요."

시에스타 시간에는 거기 문은 닫혀 있다. 관리 당국에 가서 말하면 볼 수 있겠지만 오늘은 안 된다.

"또 옵시다."

"네, 또 와요."

아무 말에나 수월하게 그녀는 대답하였다. 영리한 여자가 오늘 나들이를 무심하게 생각할 리가 없는데도 그런 티를 조금도 보이지 않았다.

"그늘에는 언제나 바람이 있다."

걸어가면서 오토메나크가 말했다.

"언제나."

우산을 빙그르 돌리면서 아만다가 다짐을 주었다. 그늘이 어쩌다 끊긴 데서 비치는 햇빛은 숨이 막혔다. 그럴수록 그늘은 천당 같았다.

분수가 나타났다. 탑 모양의 물꼭지에서 뿜어올려진 물이 무지개를 만들면서 떨어지고 있었다. 무지개는 연이어 뿜어지는 안개 때문에 늘 그 자리에 있었다. 분수 가에 붙어 있는 꼭지 쪽으로 걸어가서 아만다가 물을 마셨다. 문득 오토메나크가 불렀다.

"아만다."

입 가장자리를 수건으로 누르면서 여자가 얼굴을 들었다.

"점심을 먹었습니까?"

점심 회식이 끝나고 사령부에 다녀온 사이가 얼마 되지 않았다.

"먹었어요."

오토메나크는 마음을 놓았다. 급한 마음에 물어볼 사이도 없이 집을 나온 것을 생각하니 미안했다.

"여기 앉읍시다."

분수가 한 모서리만 보이는 모퉁이에서 오토메나크가 의자를 가리켰다.

"걸어요."

여자가 말했다.

"그럴까?"

"네, 분명히 점심은 먹었어요."

의자를 지나 걸어가면서 아만다가 말했다. 점심때 카르노스 씨에게 눈을 보았노라고 시치미를 떼던 때같이 천연스러웠다. 숲 사이에 난 공터 옆으로 조촐한 벽돌집이 한 채 나타났다. 창문과 출입문에 쇠덧문이 붙어 있는 그 작은 집은 숲 속에 자리 잡은 비어 있는 별장 같았다.

두 사람은 집 둘레를 한 바퀴 돌았다. 뒤쪽에 있는 창문과 출입문도 바람이 통하는 쇠창살문으로 막혀 있었다. 벽돌 색깔의 커다란 도마뱀이 현관 돌마루 위에 죽은 듯이 누워 있었다. 그들이 가까이 가자 도마뱀은 풀숲으로 미끄러져 내려갔다. 나란히 서서 두 사람은 현관 창살문 틈으로 안을 들여다보았다. 넓은 복도가 보이는 끝에 달린 문이 열려 있어서 방 안이 드러나 있었다. 문의 넓이만큼 열린 방 안의 공간에는 아무것도 놓여 있지 않았다.

"보여?"

"아니요."

창살에서 떨어져 공터를 걸어나올 때 햇볕이 무섭게 뜨거웠다. 그늘에 들어서자 거짓말처럼 시원하다.

오토메나크는 발부리를 내려다보다가 아만다의 샌들 신은 발을 보았다. 전날 밤에 입을 맞춘 발가락들이 잔디를 밟고 있었다. 오토메나크는 그녀의 허리에 한 손을 얹고, 다른 손으로 여자의 손을 잡아 입술로 가져갔다. 취한 사람처럼 흐려지는 여자의 눈동자와 벌어지려는 입술 때문에 무너지려는 집처럼 위태로워 보이는 여자의 얼굴이 어깨에 와 닿았다. 남자와 여자의 입술이 마주 물리고 커다란 연 잎사귀 같은 해우산이 그들의 머리 위에서 한쪽으로 기울어졌다.

맴맴 즈르르.

우산은 그들의 어깨 위로 옮아왔다가, 마침내 잔디밭 위에 굴러떨어졌다.

한번 입맞춤이 있자 두 사람의 입술은 걸음마다 서로 찾았다. 눌렸던 욕망이 한꺼번에 터져나오는 것 같았다. 매미 소리밖에 들리지 않았다. 이 시절, 더구나 시에스타 시간에 박물관에 올 시러배 놈도, 년도 없었다. 적어도 아이세노딘 현지 사람 속에는. 그래서 그들 두 사람 말고는 아무도 없었다. 걸어가면서 그들은 아무 소리도 듣지 못했다.

두 사람이 처음으로 밤을 함께 지낸 것은 겨우 한 달 전 일이었다. 횟수로 말하면 한 손으로 헤아릴 밤들이었다. 서너 걸음 옮기다가는 부둥켜안고 입술을 찾았다. 여자의 허리, 가슴 그리고 배의 닿음새가 입맞춤 속에 녹아들어서 남자를 더욱 뜨겁게 했다. 한낮에, 비록 보는 이 없을망정, 터놓고 서로 애무한다는 경험이 더욱 그들을 취하게 만들었다.

지르르, 지르르.

매미 소리에 팔을 풀고 다시 걷다가는, 또 끌어안았다. 아만다는 오토메나크가 칭찬한 열대의 초목들처럼 시원하고 즐겁게 몸을 움직였다. 지칠 줄 모르고 되풀이하면서도 마디마디가 깨끗한 입맞춤이었다. 그녀의 혀는 닳지 않는 바나나 열매였다. 여자의 입술은 파파야의 속살처럼 부드러우면서 진했다.

　야자열매의 속물처럼 취하게 느끼한 액체가 그녀의 혀와 입술에서 끊임없는 샘처럼 번져나왔다. 극락의 입술을 가진 여자였다. 오토메나크는 처음에는 장난처럼, 마지막에는 정말 참을 수가 없어서 거의 걸음마다 여자를 끌어안고, 극락의 입술을 빨았다. 두 번에 한 번은 여자가 남자를 끌어당겼다. 여자의 젖통과, 배와 다리가 바람에 밀리는 돛처럼 부풀어 있었다. 그러한 여자의 몸의 구석구석이 입술로 끌어올려져서 몸뚱어리 하나가 입술이 되고 마는 것이었다. 입맞춤 속에서 남자는 그들의 많지 못한 밤의, 기쁨의 모두를 다시 경험하였다. 끈질긴, 엷고 부드러운 살의 죔과 풀어줌을. 끊임없이 적시는 눅진한 액체를. 깊숙이 밀어넣는 사랑의 더듬거림을.

　"바냐왕가."

　영원히, 아이세노딘 말 가운데 가장 아름다운 그 음향이, 기쁨의 헐떡임의 틈바구니를 간신히 비집고 여자의 입술 사이로 흘러나왔다.

　"바냐왕가."

　그 한마디를 통하여 그녀 속으로, 그녀를 통하여 이 아이세노딘의 햇빛과 바람 속에 잦아들기라도 하려는 것처럼, 헐떡이면서 남자의 입술이 발음하였다.

해우산은 자꾸 잔디 위에 뒹굴어야 했다. 해우산 쪽에서 본다면 오늘 일진은 낙상살이 흡족히 낀 셈이었다.

해우산을 집어올리면서 아만다가 활짝 웃었다. 물속에서 머리를 내밀고 숨 쉬는 해녀처럼 몰아쉬는 웃음이었다. 윗몸을 수그렸다 일어나는 그녀의 몸을 보면서 남자는 또 욕망이 솟아올랐다. 가슴의 둥그런 부분이 몸을 바로잡았을 때와, 해우산을 올려 받칠 때 출렁거리는 것을 꿈속의 열매처럼 남자는 보고 있었다.

솔솔 바람이 끊임없이 불고 있었다.

음식이 쉬지 않는다는 아이세노딘의 깨끗한 공기가, 그렇게 움직이고 있었다.

남자는 또 여자를 붙잡았다. 갈색이 어린 붉은 입술 사이로 흰 이빨이 드러났다. 겸연쩍은 틈을 주지 않으려는 듯이 남자는 거칠게 여자의 입술을 더듬었다. 보이지 않는 손에 눌리듯이 여자의 속눈썹이 아래로 누우면서 여자는 눈을 감았다가 천천히 다시 속눈썹이 올라갔다. 갈색의 눈동자 속에 짙은 녹음이 무르녹아 있었다. 속눈썹은 키 높은 갈대처럼 보이기도 하고, 야자나무의 잎사귀처럼 보이기도 했다. 야자나무는 뜨겁고 시원했다. 남자의 더듬는 손을 따라, 나무는 몸을 틀고 가지를 벌렸다. 남자의 손은 정글을 헤매는 젊은 사냥꾼이 되어, 나무의 구석구석을 어루만졌다.

남자는 몽롱하게 생각했다. 겨우 한 달. 그녀를 사랑한 동안이 짧은 것을 안타깝게 떠올렸다. 그리고 떠날 날이 임박해 있었다. 카르노스를 감시하면서 지낸 넉 달 남짓한 동안 아무 일 없이 한 지붕 밑에서 지낸 일이 거짓말 같았다.

"아만다."

작은 정자 쪽으로 나 있는 오솔길에 들어서면서 남자가 불렀다. 이 수풀 속에 있는 수많은 비슷한 정자의 하나였다. 파파야 빛깔의 엷은 기와를 얹은 정자는 화단 저쪽에 절반쯤 가려 보였다.

"오토메나크."

바다를 건너고 돌아온 메아리처럼 여자가 남자를 불렀다.

"곧 결혼합시다."

사실 그렇게 해야 할 일이었다. 카르노스의 송환이 끝나고 돌아오는 대로 아카나트 소령에게 말하기로 하자. 그렇지 않으면 아만다와 다시 같은 장소에 있기가 어려울지 모르기 때문에. 아카나트 소령은 이해해주겠지. 아무 나쁜 일이 아니니깐. 전쟁에 진다면 그때는 죽음만 기다린다. 그런데도 결혼한다는 것은 옳은 일일까. 그녀는 침략군의 장교와 결혼했다는 눈총 속에 여생을 살게 된다.

"벌써 결혼하지 않았나요, 우린."

그렇군. 나는 아직 살길이 있는 것처럼 생각하고 있었군. 이 여자를 두고 죽어야 한다는 두려움이 그에게 환상을 품게 한 것이었다. 그렇다. 이 시간이. 지금 이 시간만이 틀림없는 시간이다. 우리에게는. 남자는 부드럽고 뜨거운, 사람 키 높이의 시간을 더욱 세게 끌어안았다. 남자의 팔 속에서 시간은 입술을 벌렸다.

꽃밭 그늘에 가린 정자 쪽으로 걸어가면서 오토메나크는 여자의 허리를 안은 손에 힘을 주었다. 결혼하지 않더라도 아카나트 소령에게는 말해야 할 일이었다. 카르노스를 송환하러 간 사이에 아만다가 다른 데로 옮겨진다는 일도 있을 수 있었고 그 후에라도 지금처럼 한 지붕 밑에 있는다는 일은 오히려 바라기 어려울지도 몰랐다.

 결혼은 하지 않고 그녀를 만날 수 있는 길이 없지는 않았다. 오래전부터 오토메나크는 그 길을 생각했다. 아만다가 지금 근무를 그만두는 방법이다. 방을 얻고 자유로운 몸으로 돌아가면 되는 것이다. 그러나 비교적 후한 봉급을 받고 있는 그녀의 생활비를 대는 것은 아무 문제도 아니었으나 그녀는 고향에 가 있다는 어머니한테 돈을 부쳐주고 있었다. 아마 봉급의 모두일 것이다. 이 돈까지 오토메나크가 내겠다는 제의를 받아들일지가 의문이었다. 그에 못지않게 어려운 문제는 결혼하지 않고 아만다와 사귄다는 형식이었다. 그것은 현지인 첩을 둔다는 것이 된다. 그의 계급으로 보아서 이것은 용서될 수 없는 일이었다. 마지막으로 가장 어려운 문제가 있다. 카르노스 송환 후에 오토메나크 자신이 어디에 보직될 것인가 하는 문제다. 계속 정보참모부 요원으로 있는다 하더라도 아만다와 만나는 문제는 쉽지 않다고 할 수밖에 없다.

 이런 일들을 생각하면, 길은 하나, 결혼한다는 방법밖에는 없다. 그런데 패전의 가능성이 짙고 그렇게 되는 날에는 아만다에게 평생의 짐이 될 침략군 장교의 미망인을 만들 수는 없다. 오토메나크는 요즈음 이 궁리를 할 때마다 전번에 아니크 타운의 그 가게에서 본 늙은 아니크인의 그 얼굴이 떠오른다. 원한과 미움의 악귀가 되어 있던 그 얼굴은 패전의 날에 모든 부역자들을 기다리고 있는 아이세노딘 민중의 얼굴이었다.

참으로 이상한 일이었다. 삼백 년 식민지 통치를 한 니브리타 놈들이 아이세노딘 게릴라를 조종하고 그들을 쫓아낸 나파유군이 민중을 두려워하게 되다니. 매파니, 비둘기파니 하는 것은 나파유 군대 안에서 가릴 시비고 민중의 눈에는 나파유 군대는 한 덩어리다. 그 언젠가 그날이 왔을 때, 아만다가 나는 아이세노딘을 사랑한 나파유 군인을 사랑한 것뿐이라고 한들 소용이 있을 것 같지 않다.

이러지도 저러지도 못할 진퇴유곡이었다.

그러나 정말 유곡은 그와 아만다 사이에 있었다. 전쟁이 나파유에 불리하게 되고 있다는 사정을 그녀에게 알려줄 수 없다는 것이 진정한 어려움이었다. 그렇게 할 수 있다면, 그녀와 솔직한 의논을 할 수 있지 않겠는가. 그러나 오토메나크는 그 말을 할 수 없었다. 군대의 비밀이기도 하겠지만, 무서웠다. 그때 아만다가 뭐라 할지를 예측할 수 없었으므로. 그것이 정말 문제였다. 진실을 말하기가 두려웠던 것이다.

"아만다."

남자는 정자의 계단을 오르면서 죄인처럼 허리를 굽혀 그녀의 손에 입을 맞췄다.

난간 안쪽에 붙은 의자에 앉으면서 오토메나크는 여자를 바라보았다. 이렇게 보면 그녀의 낯 빛깔은 흰 바탕에 약간 불그스름해 보였다.

진실. 물론, 전쟁에 대한 진실을 말할 수는 없었다. 그의 마음을 위해서는 군사 비밀을 말할 수 없다는 변명을 댈 수 있었으나, 반드시 그 때문에만 입을 다무는 것이 아니었기에 그는 죄스러웠다.

이 정자 주변은 손질이 잘 미쳐 있지 않았다. 꽃밭은 마음대로 가지를 뻗쳐서, 가꾸어놓은 울타리를 넘어 퍼져 있었다. 그들이 앉은 의자에도 먼지가 앉아 있었다.

그들은 이 정자에서 오래 앉아 있었다.

가끔 눈이 마주치면 붙잡고 애무했다.

그러고는 매미 소리에 귀를 기울였다.

오랜 시간이 흘렀다.

정자에서 일어나 계단을 내려올 때 여자는 남자를 올려다보면서 웃었다. 지금 이 자리에서 무슨 슬픈 이야기를 마치고 나가는 여자의 낯빛 같았다. 아만다가 지레짐작을 할까 봐 겁이 났다. 해우산을 받친 여자의 팔이 대를 한 번 바꿔 잡으면서 따뜻한 뱀처럼 그의 팔에 감겨왔다.

그들은 천천히 걸었다. 오던 길을 되밟아오면서 그들은 끊임없이 서로를 어루만졌다. 금방 지나온 자리가 먼 옛날에 걸어본 길 같았다. 동물 우리들 앞을 차례로 지나, 코끼리 우리도 지났다.

코가 긴 짐승은 오만하게 서서 코를 흔들고 있었다.

여기서부터는 길이 넓어지고 큰 건물이 있는 구역이다. 박물관은 여전히 닫혀 있었다. 아직 시에스타는 끝나지 않은 것이다. 꿈길의 마지막 끝을, 꿈인 줄 알면서 꿈꾸고 있는 사람처럼 두 사람은 나무 아래를 걸어나갔다.

관리 사무실 앞을 지나면서 보니 두 사람의 남자가 의자에 앉은 채 졸고 있었다. 그들은 박물관을 나섰다. 쏟아붓듯, 강한 햇빛이 길 위에서 되비치고 저편 거리의 집들을 휘감고 있었다. 그러나 그들의 머리 위에는 가로수와 박물관 안에서 담 넘어온 나뭇가지가 공중에서 얽힌 녹음의 지붕이 있었다.

지붕 밑을 그들은 걸어갔다.

한 쌍의 아이세노딘 남녀가 시에스타 시간을 골라 박물관을 거닐고 나오는 길이었다. 니브리타인들의 오랜 통치로 이 고장 남녀 풍습은 나파유나 아니크보다 훨씬 니브리타식이었다.

그들이 거의 자동차 앞에 이르렀을 때, 한 소년이 작은 광주리에 담은 꽃을 내밀었다. 오토메나크가 광주리를 받고 돈을 주자, 소년은 박물관 정문과는 반대쪽으로 뛰어갔다. 마치 시한폭탄이나 안긴 꼬마 게릴라처럼. 시한폭탄은 아닐 것이었다. 적어도 아카나트 소령의 말대로라면 광주리 속에는 편지가 들어 있을 터이었다. 이것이 오늘 나들이의 임무였다. 꽃바구니를 들고 두 사람이 오르자, 차는 달려갔다.

항해

배는 섬 사이를 누비면서 미끄러져갔다.

몇천 개라고 알려진 아이세노딘 군도群島는 뱃길 나그네들을 숨막히는 즐거움 속에서 빠져나가지 못하게 한다.

크고 작은 섬들이 연이어 뱃길을 맞이한다.

배가 로파그니스 만灣을 빠져나와 왼쪽으로 어렴풋이 수평선 위에 가물거리는 아니코딘 반도의 물줄기를 바라보면서 한참 지나면 그때부터가 '열대의 진주 목걸이'라 불리는 아이세노딘 섬들 속을 헤매며 나가는 연해沿海 항로가 된다. 연해라고 하지만 아이세노딘 주도主島의 연해라는 말이 아니다. 물론 그것이 말하자면 주主 연해가 되지만, 항로를 잡기에 따라서 나타나는 섬의 줄거리는 가지가지다. 열대의 진주 목걸이는 한 개가 아니라, 수없다는 것이 된다. 항로航路는 실로 꿰기에 달려서, 목걸이를 이루는 진주는 갖가지가 될 것이 아닌가.

섬들도 지질적인 나름이 같지 않기 때문에, 모르는 사람일지라도 여러 가지 모양의 신기함은 곧 알아볼 수 있다. 그중 제일 볼 만한 것이 환초環礁다. 이것은 화산火山에 의해 생긴 섬들로서 지금은 그 꼭대기까지 바다 밑에 들어가고 바로 바다 밑의 그 꼭대기에 환상環狀 산호가 자라 있는 것이다. 이러한 산호초에서는 독특한 시큼한 냄새가 풍겨서, 바닷길을 가는 사람에게는 보통 공기만 마시다가 사이다를 한 병 마시는 기분을 갖게 한다.

 냄새로 말할 것 같으면 바닷가가 개펄로 된 곳에 무성하게 자란 맹그로브 나무의 유황 냄새 또한 신기하다. 소나기가 그친 후에 풍겨오는 정글의 부드럽고 따뜻한, 흙냄새 섞인 수풀의 냄새라든지, 육계肉桂 수풀의 툭 쏘는 냄새에다, 마을에서 풍겨오는 냄새 — 사람과, 짐승들과 음식의 냄새가 섞인, 말하자면 인생의 냄새 — 이런 여러 가지 냄새가 번갈아 배 위에 있는 사람들을 맞이하게 된다.

 유독 냄새가 이렇게 이야깃거리가 되는 데는 까닭이 있다. 바닷길에서는, 눈으로 보는 것과 냄새 말고는, 배 밖의 세상과 닿을 연줄이 없기 때문이다.

 지금 바다 위에는 약한 바람이 불고 있었다. 환초의 그 시큼한 냄새가 이 바람을 타고 언저리에 퍼져 있었다. 환초는 여기저기 널려 있었다. 이것들은 마치 누군가가 장난으로 바다 위에 띄워놓은 꽃바구니처럼 보인다. 이 근처는 깊은 대목이다. 물빛이 짙다. 그 위에 산호초의 그림자가 빠져서, 바다 밑의 뿌리를 보는 착각이 생긴다.

배는 오늘로 사흘째 항해하고 있었다.

반드시 주 연안을 따라갈 작정이 아닌 모양이어서 지금 항로는 아이세노딘 군도의 뒤쪽, 그러니까 고노란 해협과는 아이세노딘을 사이에 낀 바다 쪽을 가고 있었다. 그것도 보통 항로에서 많이 벗어난 섬 사이를 누벼가고 있다. 한 가지 눈에 띄는 것은 섬 그늘에 들어서다시피 바짝 해변을 끼고 간다는 점이다.

이 배는, 사흘 전 로파그니스 항구를 밤중에 몰래 빠져나온 오백 톤 급의 여객선 '바리마' 호였다.

오토메나크는 여자 포로들이 있는 선실 쪽으로 걸어갔다. 그곳에 이르기 전에 쟁반에 점심을 들고 가는 여자 포로들이 몇 사람 옆을 스쳐갔다. 그러자 아침에 선장이 한 말이 떠올랐다. 포로와 선원들이 때를 엇바꿔 식당을 쓰기로 한다는 것이었다. 처음 이틀은 포로들이 음식을 자기네 선실에 날라다 먹었다.

식당 쪽으로 길을 바꿔 돌아가면서, 연이어 포로들이 그를 스쳐갔다. 어떤 여자들은 지나면서 알은체를 했다. 오토메나크는 웃으면서 끄덕였다. 여자들의 마음을 알 만했다. 뜻하지 않게 돌아가는 복을 잡은 마흔 사람의 이 니브리타 여자들의 얼굴은, 말은 안 해도 속이 비쳐 보였다. 다시 살아난, 위신을 차리자는 허세와, 그러나 갈 데 닿을 때까지는 데리고 가는 쪽의 위신도 세워주는 게 이롭다는 궁리다.

식당에는 모두 반쯤 되는 여자들이, 자기가 날라온 음식을 먹고 있었다. 거의 모두 이쪽을 쳐다봤다가, 곧 음식 먹기를 계속했다. 알릴 일이 있어서 온 게 아니라는 것을 알아본 모양이다.

오토메나크는 식당을 지나서, 일등 선실 쪽으로 갔다. 열려 있는 방문으로 들어섰을 때, 카르노스 씨는 창밖을 내다보면서 방 안을 오락가락하고 있었다.

카르노스 씨는 돌아서면서 오토메나크를 맞았다. 오토메나크는 카르노스가 내다보고 있던 창문으로 보이는 산호초 쪽을 한 번 바라보고, 이렇게 말했다.

"날씨가 좋아서 다행입니다."

카르노스 씨는 끄덕였다.

"뭍에서는 이 가뭄 때문에 고생하지만, 여기서는 그렇군요."

"그렇습니다."

사실 우기(雨期)에 들어서 아직껏 예년만 한 비는 오지 않았다. 자치 정부 말이 게릴라가 생긴 것은 식량 때문이기도 했다는 것은 심각한 일이었다. 니브리타 잠수함이 벽지의 주민들에게 식량을 주면서 무기도 주었다는 것이다.

"해군 근무가 어떻습니까?"

해군 중위의 차림을 바라보면서 카르노스 씨가 말했다.

"네."

좀 겸연쩍은 듯이 자기 아래위를 살피면서 오토메나크가 웃었다.

"명령으로…… 아마 해상에서의 지휘를……"

정보장교는 군별도 없고, 병과도 없다. 그는 만능이다.

"만능이 아닌 것은 잘 아시지 않습니까? 출발 계획도 몰랐으니깐요."

농담기와 교활함이 반쯤씩 섞인 빛이 카르노스의 얼굴을 잠깐 스쳤다.

"괜찮습니다. 좋은 일은 갑자기 당하는 게 제격이지요. 다만 더 많은 사람들이 이 배에 탔더라면……"

동지들을 두고 혼자 풀려난 것이 섭섭하다는 것이다.

"제 마음대로라면……"

오토메나크는 말끝을 마무리지 않았다.

송환이 결정된 것을 오토메나크가 알기는 박물관에 다녀온 날이었다. 꽃바구니 속에 들었던 편지를 보고 아카나트 소령은 송환이 합의됐다는 것과 하루 이틀 여유밖에는 없으니 출발 준비를 하라는 지시를 주었다.

이튿날 사령관 관저의 정원에서 베풀어진 연회를 떠올린다. 니브리타 총독의 관저였던 이 집은 로파그니스 시내에서 가장 살기 좋은 집이었다. 연회에서 느낀 일이지만, 주둔군의 생활은, 만일에 본국의 국수주의자가 와본다면 굉장히 반국체反國體적이라 할 물이 들어 있었다. 물론 까닭은 대단하지 않다. 점령지에서 적이 쓰던 가장家藏 집물과 적이 길들여놓은 심부름꾼과, 역시 적이 길들여놓은 현지민들을 부리면서 살자니 그렇게 될 수밖에 없다. 더구나 적이 쓰던 이런 것들을 쓴다는 데는 승리자의 야릇한 기쁨이 곁들여진다. 그래서 겉모양은 니브리타적인데 속마음은 지극히 국수주의적이라는 비빔밥 같은 것이 된다.

사령관저의 그날 밤 연회도 니브리타식 뜰놀이였다. 진행 방식, 그릇, 먹을 것. 물론 터자리까지가 그랬던 것이다. 남의 일이 아니라 오토메나크 자신이 그랬다.

니브리타 총독과 그의 막료 군관민 우두머리들이 서성거리던 자리에, 이날은 로파그니스에 있는 나파유 군관민 고위층이 각기의 벼슬과 높낮이대로 떨쳐입고 넘쳐 있었다. 며칠 후면 이 도시에 어둠의 밤이 퍼진다는 것을 믿을 수 없었다. 그렇게 전황이 급박하다는 것 역시.

점령군 장교들은 본국에서는 이미 적풍敵風이라 해서 못 하게 된 지가 오랜 니브리타식 생활 양식을 떳떳하게 누리는 것이었다. 승용차를 비롯하여 적이 남긴 막대한 군수품은 점령군 고위층이 앞으로도 몇 해 써대도 바닥나지 않을 만큼 있었다. 연회에 나온 술, 담배, 안주 모든 게 니브리타붙이였다. 사람들은 적의 물자를 마음껏 쓰고, 사랑함으로써 적을 비웃고 애국하는 것이 되는 셈이었다. 그것은 '점령군'에게만 용서되는 모순이었.

개화 이래로 니브리타의 물건과 범절과 방식을 따르면서도, 늘 개운치 않던 열등감이 지금 같은 물건을 쓰면서도 느긋한 마음으로 변해 있었다. 나파유 국수주의자들의 마음의 고통은 이 나라에서 해결된 것이었다. 전쟁으로까지 터져나온 오랜 미움의 뿌리가. 적어도 그 자리에서는, 오토메나크도 절반은 진심으로 나파유인이었다. 반反니브리타주의라는 술잔만은 기꺼이 더불어 마실 수 있었다. 그 틈에서는 카르노스는 더 돋보였다. 더 가까이에서 니브리타인들을 보았고, 지금은 '불온분자'도 '억류자'도 아닌, 아이세노딘 동서부 간의 평화의 열쇠를 쥔, 니브리타에 대해서도 영향력 있는 국제적 정치가였기 때문에.

그날 밤처럼 점잖게 웃는 카르노스의 얼굴을 앞에 바라보면서,

막상 그 밤이 몇 년 전같이 멀어 보였다.

수병水兵이 와서 식사 준비가 되었음을 알렸다. 카르노스와 오토메나크는 방을 나와 선장실로 갔다. 병사는 뒤에 따라왔다. 이 배는 선장만 민간인이고 나머지는 해군 병사들이다. 바리마 호는 점령 당시 로파그니스 항구에서 붙잡힌 니브리타 배였다. 그 후 주로 점령군 요원을 위한 수송과 연안 순찰의 임무를 맡아오는 배였다. 지난번에 아카나트 소령과 같이 와서 보고 간 후로 그동안 선장은 이 배로 옮겨 근해를 한 바퀴 돌고 왔었다.

두 사람이 들어서자 선장은 자리에서 일어났다가 카르노스가 자리를 잡은 후에 앉았다.

"배 음식이 맛이 좋습니다."

도미 요리를 집으면서 카르노스가 말하자, 선장의 입이 벌어졌다.

"네, 요리사가 솜씨 있는 친굽니다. 입에 맞으시면 다행입니다."

"훌륭합니다. 요리사라면 나는 복이 있는 모양입니다. 로파그니스에서도……"

카르노스 씨는 오토메나크를 쳐다보았다. 오토메나크는 손을 멈추고 고개를 숙여 보였다.

"냉각 시설이 좋아서 재료를 갖춰가지고 있는 편입니다."

"니브리타 배였다지요?"

"그렇습니다. 아무튼 전격적으로 달려들었으니깐요."

선장은 포크를 들어, 이번 전쟁이 시작되면서 모든 입에 오르내리는 전격적電擊的이란 말을 어떻게 풀이할까 망설이듯 포크를 움찔거리다가 전격적으로 접시의 도미를 푹 찔러서 입에 넣었다.
"굉장했습니다."
선장은 바야흐로 아이세노딘 진격 작전 때 얘기를 또 꺼내려는 것이었다.
"사실입니다."
오토메나크가 얼른 끼어들었다.
"그때 이 선장께서 큰 활약을 하신 것입니다."
"그러니까 사실은 해군이나 마찬가진 셈이군요."
카르노스 씨가 듣기 좋게 말했다.
"그렇습니다. 현역 군인들을 부하로 다루자면 보통 사람으로는 어렵습니다."
선장은 매우 만족해서 카르노스 씨를 존경 어린 눈으로 바라보았다. 오토메나크가 사흘 동안 보기에도 그는 솜씨 있는 사람이었다. 현역 해군인 승무원들도 잘 따르고 있었다. 게다가 오토메나크에 대해서도 사실상 이 배의 책임자가 이번 항해에서 자기가 아니라 오토메나크임을 잘 알고 움직였다. 해군 장교의 복장을 입힌 상부의 뜻을 헤아린 그러한 마음속이 오토메나크로서는 무척 고마웠다. 기술 문제는 선장이, 전반적인 문제는 오토메나크가. 이런 분담이 첫날이 지나자 분명하게 이루어졌다.
카르노스 씨가 아이세노딘 도미에 대해서 얘기했다. 선장에게는 매우 전문적인 얘기였기 때문에 카르노스를 보는 눈길이 더욱 우러러보는 그것이 되었다. 오토메나크는 이 사람의 지금 마음속을 짐작하면서, 얘기에 귀를 기울였다.

식사를 마치고 그들은 선실 밖으로 나가서, 발코니 모양의 복도 끝 난간에 기대섰다. 뒤쪽으로 높은 세모꼴의 산이 솟아 있는 해안을 지나고 있었다. 세모꼴의 모양은 부자연스러울 만큼 반듯했다.

"피라미드 같군요."

오토메나크가 말했다.

"저것은 화산입니다."

카르노스 씨가 말했다.

"활화산입니까?"

선장이 말했다.

"현재 연기가 나지 않으니까, 그것은 아니지요. 그러나 사死화산은 아닙니다. 보십시오. 밭이 있지 않습니까?"

오토메나크는 쌍안경으로 관찰했다.

"그렇습니다. 산꼭대기까지 밭이 있군요."

카르노스는 아이세노딘 화산에 대해 얘기했다. 아이세노딘에는 백이 넘는 휴화산이 있다. 화산은 용암을 흘리고 독한 가스를 뿜기 때문에 밭을 해치는 것은 사실이다. 그러나 이런 불길이 지나가면, 무기질의 재를 듬뿍 남기기 때문에 거센 비로 씻겨내려간 땅의 양분을 대어줘서 토질을 살찌우기도 한다. 농민들은 이 하늘이 내리는 거름의 은혜를 입으려고 화산의 비탈에 밭을 일구게 된다. 저런 풍경은 도처에 볼 수 있다.

"그렇군요."

선장이 받았다.

"사실 연안에서도 많이 봅니다."

"산중턱에 밭이 있는 산이 물론 모두 화산은 아닙니다."

"그야 그렇겠지요."

하고 선장.

"그 밖에도 농민들이 화산 비탈에 밭을 일구는 까닭이 있지요."

"뭡니까?"

오토메나크.

"아마 그것이 어쩌면 가장 가까운 까닭인지는 모르겠습니다만. 저런 장소는 대개 임자 없는 땅일 수가 많지요. 아니 임자 없는 땅이 아니세노딘에 있을 리가 없습니다. 지난날에는 아이세노딘은 모두 니브리타의 것이었으니깐요. 이를테면, 버려두는 땅이랄까요. 농민들이 밭을 일궈도 가만 놔두는 땅이지요."

피라미드처럼 반듯한 비탈은 쌍안경으로 보니 위에서 아래로 굴곡과 기복이 심하다. 아마 용암이 흐르면서 이룬 골짜기와 언덕일 것이다.

"보십시오."

오토메나크는 쌍안경을 카르노스 씨에게 넘겼다. 선장이 자리를 뜨고 두 사람만 남았다. 쌍안경을 들여다보고 있는 카르노스 옆에서 오토메나크는 방금 쌍안경 속에서 본 지형지물을 알아보려는 듯 주의 깊게 산을 바라보았다.

"그것은 쉬고 있는 화산입니다."

나는 쉬고 있는 화산입니다. 그렇게 말한 것처럼 들렸다. 아이세노딘 말로 '그것'이라는 말과, 애로크 말로 '나'라는 말이 같은 발음이었다.

오토메나크는 카르노스를 남겨두고 계단을 내려갔다. 식당을 지나서 여자 포로들의 선실로 걸음을 옮겼다. 여자 포로들은 열 개의 선실에 나뉘어 들어 있었다. 그들의 선실이 시작되는 어귀에서 메어리나를 만났다. 그녀는 대개 복도에 나와 있었다. 그녀는 애교 있게 웃었다.

"재미있는 산이죠."

그녀는 턱으로 산을 가리켰다.

"그렇군요."

오토메나크는 곁에 서면서 바람에 날리는 그녀의 금발을 쳐다봤다. 이 여자는 심사할 적부터 좋게 보아서 그런지 오랜 구면 같았다. 아침과 저녁 점호를 마치면 나머지 시간에는 될수록 이 근처에 오지 않는 것이 편했다. 아닌 게 아니라, 감출 수 없이 드러나는 그녀들의 분위기에 비위가 상했던 것이다. 자격지심이 곁들여서 더욱 그렇게 느껴진다. 이 속에 들어 있지 않지만, 수용소의 그녀들 대표자 말대로, 니브리타 군대는 그녀들을 데려가기 위해서 싸웠고, 결국 데려가고 마는 것이었다.

여자들에게서는 이런 사정이 잘 드러나 보였다. 지금이 이런데 정말 니브리타가 이기기나 한다면 그때는 어떤 인간들이 될지 조금은 짐작이 갔다. 그 짐작은 아니크 거리의 노인의 얼굴과는 또 다른 뜻에서 섬뜩한 것이었다. 한마디로 그것은 견딜 수 없는 일이다. 그때면 나라는 것도 이 세상에 없을 테지만 이렇게 생각하면 이번 임무가 새삼스럽게 고통스러웠다.

이 여자만은 그러나 좀 다르다. 심사를 받을 때나 배를 탄 지금이나 다르지 않았다.

"화산인가 봅니다."

"네, 아이세노딘에는 화산이 많아요."

그녀도 혹시 쉬고 있는 화산인가. 금방 위에서 들은 말을 떠올리면서 여자의 약간 위로 당겨진 윗입술을 쳐다보았다. 그 부분이 닮았다. 오토메나크는, 잠깐 사이였지만 뭉클해졌다.

"중위님은 육군이 아니셨나요?"

오토메나크는 웃었다.

"그때는 육군 복장을 하고 간 것입니다."

"왜요?"

"명령이어서."

"명령."

그녀는 눈 위로 덮이는 머리카락을 쓸어올렸다.

"고맙습니다, 중위님."

"왜요?"

"제가 그때 집에 돌려보내달라고 하지 않았어요?"

"기억합니다."

"그대로 해주신 거 아닙니까."

"명령입니다."

그녀는 낮게 웃었.

아가씨만은 축하합니다. 잘 돌아가시오. 저편에 서 있는 여자가 흘끗 쳐다보았다. 오토메나크는 발길을 돌렸다.

자기 선실에 들어와 앉아서 모자를 벗어 선반에 놓았을 때, 열린 문 앞에 사람의 그림자가 비쳤다. 무전사였다.

"들어가도 좋습니까?"

오토메나크는 일어섰다.

"무전인가?"

무전사는 들어섰다.

"그렇습니다."

오토메나크는 종이를 받았다.

"ㅎㅕㄴㅇㅟㅊㅣㄷㅐㄱㅣ"

현 위치 대기.

"알았어."

방에서 무전사가 나가는 것을 기다려서, 오토메나크는 선장실로 갔다. 선장은 앞창으로 뱃길을 내다보고 있다가 돌아섰다.

"무전입니다."

선장은 용지를 받아서 읽었다.

"현 위치 대기."

"네."

"그러면 가장 가까운 데서 정박합시다."

"지금 어느 지점입니까?"

선장은 해도 위에 몸을 구부리면서 오토메나크를 돌아봤다.

"여깁니다."

"그러면 이쯤에서."

"그렇습니다."

"시간이 얼마나 걸립니까?"

"지금 속력대로면 한 시간입니다."

"네, 그렇게 해야겠지요?"

"알았습니다."

선장은 다시 해도를 들여다보았다. 오토메나크가 선실에 돌아왔더니, 아이세노딘 여군 중위 마랑가가 기다리고 있었다. 수용소의 관리장교였던 아이세노딘 국민군이다.

"중위님, 환자가 생겼습니다."

"그래요?"

"네, 한 사람입니다. 말라리아인 것 같습니다."

마랑가 중위는 간호장교였다.

"지금 단독 선실에 옮기고 오는 길입니다."

"잘했습니다."

"상태에 변화가 있으면 보고하겠습니다."

"그렇게 해주십시오."

귀찮게 됐군. 오토메나크는 그녀를 문밖에 바래다주고 들어와 의자에 앉았다. 어젯밤에 잠을 설친 탓으로 좀 고단했다. 배를 탄 첫날은 짧은 시간이나마 푹 잘 수 있었는데 어젯밤에는 고단하면서도 잠들지 못했다.

무엇보다 한잠 푹 자고 싶었다.

지금, 여자 하나가 말라리아인 것 같다는 보고를 받고도, 한잠 자야겠다는 생각은 여전했다. 이런 따위의 일을 위해서 아이세노딘 여군 장교 한 사람과 병사 두 사람이 타고 있으니까, 그들에게 맡기는 것이 좋았다. 그는 침대에 옷을 입은 채 편하게 자리를 잡고 눈을 감았다.

한잠을 죽은 듯이 자고 일어나서 갑판으로 나가보니, 배는 개펄이 넓게 퍼진 해안을 끼고 가는 중이었다. 시계를 보니 삼십 분 지나 있었다. 몸이 개운하고 머릿속이 부드러웠다.

개펄 저쪽으로 맹그로브 수풀이 보였다. 그 독특한 냄새가 여기까지 풍겨왔다. 어둠 속에서 소리가 잘 들리는 것처럼, 바다에서는 냄새가 잘 퍼진다. 개펄은 지금이 썰물 때인 모양으로, 번들거리면서 배를 따라 움직이는 진흙 바다같이 보였다.

선장실에 올라갔다.

"좀 쉬십시오. 배가 멈추면 알려드리지요."

선장은 돌아보면서 말했다. 이럴 때면, 약간 허풍기 있는 모습은 전혀 풍기지 않았다.

"네, 잤습니다. 살 것 같군요."

"잘하셨군요. 배에서는 잘 먹고 잘 자야 합니다."

그는 파이프에 불을 붙이면서 말했기 때문에, 말끝은 파이프 속으로 사라져버렸다.

니브리타 담배의 구수한 냄새가 풍겼다. 오토메나크는 곁에 서서 앞창으로 내다보았다. 개펄은 끝이 보이지 않았다.

"해안 가까이 정박할 수 없겠군요."

선장은 파이프를 입에서 떼었다.

"마땅한 데를 찾고 있습니다. 정 안 되면 좀 멀리 닻을 내리는 수밖에 없겠지요."

"될 수 있으면 지형이 마땅한 데면……"

"물론입니다."

잠시 두 사람은 뱃길을 내다보면서 서 있었다.

"네, 개펄이 끝날 것 같군요."

한참 만에 여전히 해안을 보면서 선장이 말했다. 그리고 전성관을 통해 명령을 보냈다. 배가 약간 머리를 틀면서 해안 쪽으로 향했다. 오른쪽 갑판에서 병사들이 바삐 움직였다. 선장과 그들 사이에 있는 보이지 않는 줄이 조종하고 있는 그 움직임을 보면서 오토메나크는 환자의 용태가 궁금해졌다. 마랑가 중위가 오지 않는 걸 보면 아직 다른 상황은 없는 모양이다.

선장은 연이어 지시를 보냈다. 배 여기저기서 좀더 활발한 움직임이 일어나고 있었다. 오토메나크의 눈에도 개펄이 반쯤 좁아지고 있는 것이 알려졌다. 맹그로브 나무의 냄새가 더 강하게 풍기고, 썰물 때문에 드러난 문어발 같은 뿌리가 보였다.

"저기를 돌아가면 될 것 같군요."

전성관에서 입을 떼면서 선장이 앞을 가리켰다. 거의 개펄이 사라지는 데서 높은 곶 모양의, 숲으로 덮인 육지가 내밀고 있었다.

거기를 돌아가니 절벽으로 이루어진 자그마한 만灣이 나타났다. 배는 천천히 그 속으로 들어갔다. 절벽의 발치에는 폭이 겨우 이삼 미터쯤 돼 보이는 모래사장이 달려 있는데, 그것이 마치 높은 하늘에서 내려다본 넓은 해수욕장의 모래사장처럼 보였다.

배는 만의 한가운데서 닻을 내렸다. 배가 멎었다. 여기서 보이는 배의 여기저기에 수병들의 모습이 불어났다.

"여깁니다."

선장이 말했다.

"좋을 것 같습니다."

"해변을 정찰하렵니다. 같이 가시겠습니까?"

"그러지요."

두 사람의 지휘관은 갑판으로 내려갔다. 이미 보트는 내려져 있었다. 그들이 타자 보트는 해변으로 저어갔다.

가까이 가면서 보니 그것은 절벽이 아니라 굉장히 키 큰 나무가 병풍처럼 둘러서 있는 것이었다.

"크군요."

오토메나크는 까마득하게 쳐다보이는 가지 끝에 눈길을 보낸 채 놀랐다.

"커요. 멋대가리 없이 크군요."

보트의 바닥이 닿았다.

지휘자 두 사람만 해변에 내려섰다. 그것은 장난감 같은 모래펄이었다.

높은 나무의 아래쪽에는 양치류며, 덩굴이 빽빽하게 자라 있었다. 거인의 겨드랑 밑에 선 보통 키의 사람들처럼 보였다. 선장은 만의 저쪽 끝까지 훑어보았다.

"이렇게 돼 있군요."

"뚫고 나갈 길은 없지 않겠습니까?"

"뭐 더 볼 필요가 있겠습니까?"

"중위님께서 결정하십시오. 찾아보면 뚫린 데가 있을 수가 있지요."

"아니 그럴 필요가 없습니다. 항해 명령이 올 때까지의 사이니깐, ……됐습니다."

그들은 걸어서 보트 있는 쪽으로 돌아갔다. 모래와 바다가 되비치는 햇빛과 머리 위에서 후끈거리는 열기가 굉장했다. 두 사람의 노 젓는 병사들은 제자리에 꼼짝 않고 앉아 있었다.

"돌아가자."

오토메나크를 따라 보트에 오르면서 선장이 명령했다. 병사가 노로 물 밑을 밀어냈다.

"해가 떨어지면 해수욕을 할 수 있겠군요"

하고 오토메나크가 말했다.

"누가요? 병사들은 잠자는 쪽을 좋아합니다. ……여자들 말입니까?"

"아니, 병사들 말이었습니다. 여자들은 배에 머물러 있는 게 좋겠지요. 환자가 한 사람 생긴 모양입니다."

병사들이 보는 데서 여자들이 헤엄치게 할 수는 없었다. 다음 항해 명령이 언제 올는지도 알 수 없는 일이었고. 여자들은 난간에 매달려서 이쪽을 보고 있었다. 무엇 때문에 닻을 내렸는지 모르는 그들이고 보면 궁금할 만했다.

배에 올라가자, 오토메나크는 여군 중위를 불러서, 포로들에게 정박 예정을 알리게 했다. 중위는 곧 알리겠다면서 나가려고 했다.

"환자는?"

"미안합니다. 말라리아가 아닌 모양입니다."

"다행입니다."

다행이었다. 그저 아무 일 없이만 끝나달라. 그리고 빨리.

카르노스 씨 선실로 간다.

"여기서 잠깐 쉴 모양입니다."

"그래요?"

카르노스는 더 묻지 않았다. 이 사람이야말로, 로파그니스에서나 여기서나 다름이 없다. 쉬고 있는 화산이다. 쉬고 있을 동안은 철저하게 쉴 작정일까. 아무튼, 그 사이도 많이 남지는 않았다.

"술 좀 하시렵니까?"

"아니요."

"언제든지 말씀해주십시오. 배에 준비가 웬만큼은 돼 있습니다."

"고맙습니다."

수병이 마실 것을 가지고 들어왔다.

"여기 계셨군요. 이리로 가져오겠습니다."

수병이 오토메나크에게 말했다.

"그래."

오토메나크는 의자에 앉으면서 말했다.

"우선 명령에 따라 움직이고 있습니다. 여기서 잠깐 머무르게 되겠습니다."

"좋습니다. 기왕에 가는 길이면 유람 삼아 가는 것도 좋지요. 쉬엄쉬엄."

"저 역시 그렇습니다. 로파그니스 근무보다는 나으니까요."

물론 이것은 거짓말이었다.

"그렇군요. 모든 사람이 찬성한다면 그제 제일 좋은 일이지요."

"부인네들 생각은 모르겠습니다만."

"그 사람들도 마찬가지겠지요."

"니브리타 사람은 전 아무래도 좀."

"어떤가요?"

"거만하군요."

"그런 사람들입니다."

"아이세노딘 국민들의 고통을 알 만합니다."

"네, 오랜 악몽이었지요."

수병이 마실 것을 가져다 오토메나크 앞에 놓았다. 오토메나크가 물었다.

"선장이 어디 계신가?"

"갑판입니다."

수병이 나갔다. 두 사람은 만을 내다보면서 파인애플 주스를 마셨다.

"자리가 마땅하면, 상륙해보셔도 좋을 텐데, 정글로 완전히 막혔습니다."

"저런 데가 많습니다."

카르노스는 쓰다듬는 듯한 눈길로, 만을 병풍처럼 두른 정글을 바라보았다. 빽빽하게 이어진 정글 위를 새들이 날아다닌다. 정글의 발끝에 내민 좁다란 모래사장은 옷자락처럼 보였다. 새들이 몇 마리 모래사장에 내려앉았다가는 푸드득 날아올랐다.

사흘 동안 오면서도 배는 가끔 쉬었고, 밤이면 으레 닻을 내렸기 때문에 배에 있는 사람들도 이번 항해의 성질을 대강 알고 있었다. 저녁 식사는 로파그니스에서도 그만하면 빠지지 않을 성찬이었다. 이 배의 최고위층인 세 사람은 선장실에서 식탁에 둘러앉아 반주를 조금씩 한 다음에 식사를 했다.

"개펄이 바로 저긴데 여기는 곶 하나 사이를 두고 전혀 다르군요."

선장이 만을 내다보면서 말했다.

"그렇습니다. 많이 보셨겠지요. 그런 곳은 흙으로 메워서 농토를 만드는 게 옳지요."

"농토가 많이 생기겠어요."

선장이 그렇게 말하자 카르노스는 끄덕였다.

"많이 생기지요. 농민들이 화산 꼭대기까지 올라가지 않아도 될 테지요."

"개펄에서 가끔 고기를 잡는 걸 보았어요."

"고기를요?"

"네, 마을 사람들이 얕은 데서 잡고 있더군요."

"네, 아마 게일 겁니다."

"그렇습니까?"

"아마 그럴 겁니다. 저도 어렸을 때 많이 잡았던 일이 떠오릅니다."

"고향이 바닷가이셨던가요?"

"그렇습니다. 바닷갑니다."

선장이 무슨 대단한 고백이라도 들은 것처럼 끄덕였다.

"고향에 다녀오신 지도 오래겠군요?"

"어렸을 때 떠난 후로 가보지 못했습니다."

"친척들은?"

"부모님은 돌아가셨고, 형제들은 고향에 있습니다."

"선생님의 고향은……"

"동부지요."

"기뻐들 하겠습니다."

오토메나크는 아까부터 조마조마했다. 넉 달 남짓을 모시고 지내면서도 한 번도 이런 화제를 이런 식으로 주고받은 적이 없었다. 선장이 손쉽게 보통 사람들 하는 대로 내력을 묻는 것이 위태로워 보였다. 카르노스를 보통 사람으로 다루고 있는 것이, 자기 자신이 무슨 모욕을 받고 있는 것처럼 보였다. 그러나 당자는 선선하게 선장과 어울려주었다. 뿐더러 스스로 얘기보따리를 풀어놓았다. 약간 샘이 날 지경이었다. 그러나 당자가 귀찮아하지 않는 바에는 귀빈을 위한 좋은 대접이 되는 셈이다. 더군다나 이런 식의 대접을 하기에는 오토메나크는 익숙지 못했다.

그는 오토메나크를 요인要人으로만 알아왔다.

처음에, 근무 의욕이 왕성했을 때, 카르노스와 얘기를 나누고 싶어 했을 때도 이런 얘기를 하려던 것은 아니었다. 아시아 공동체의 목적을 토론해보든지, 카르노스의 정치적 주장에 대한 비판 같은 것을 말해보기가 소원이었다. 지금은 물론 아니다. 그러나 카르노스의 고향과 어릴 적 얘기를 궁금해하기에는 아직 이르지 못하고 있었다. 그래서 이 배의 최고 책임자는 이 식탁에서 먹새가 좋아 보였다.

 만灣을 둘러선 정글의 머리 쪽이 불그무레하게 물들기 시작했다. 지루하도록 긴 열대의 하루가 끝나가고 있었다. 저녁놀은 정글의 꼭대기를 넘어서 바닷물 속에도 어려 있었다.

 선장의 말과는 달리 배 언저리에는 보트가 내려지고, 수병들이 헤엄치고 있었다. 오토메나크는 두번째로 환자 보고를 하고 나가는 아이세노딘 여군 병사를 내보내고 자기 선실 의자에 앉은 채 헤엄치는 수병들을 보고 있었다. 병사들은 배와 모래사장 사이의 바다에서 헤엄치고 있었다. 그들은 놀이를 나온 훈련병처럼 보였다.

 이어 들어온 무전 지시에 의해서 오늘 밤 정박은 확실해졌다. 아카나트 소령의 명령은 간단했었다. 항해 및 포로 인도는 모두 무전에 의해 명령할 테니깐, 그대로 하라는 것이었다. 사흘 동안 그런 식으로 항해를 했다.

 배는 느린 속력으로, 자주 닻을 내리면서 무전이 지시하는 구불구불한 항로를 따라 연안을 굼벵이 걸음으로 기어오다시피 했다. 카르노스가 유람선 탄 기분이라 한 말은 사실이었다.

 협정이 아주 매듭지어지기 바로 앞인 모양으로, 교섭을 보아가면서 배의 속력을 지시하는 모양이었다. 그러나 오토메나크가 알기로 배가 일찍 로파그니스를 떠난 데는 다른 까닭이 있었다. 배는 로파그니스에 등화관제가 실시되기 하루 전에 떠난 것인데, 혹 교섭의 완전 타결을 기다려서 떠나자고 하면, 어려운 일이 생길 염려가 있었다. '매'파派에서 카르노스를 놓아주는 데 반대할 염려가 있다는 듯한 얘기를 소령은 비쳤던 것이다. '매'파의 대표인 작전참모는 관운장關雲長의 단기천리單騎千里를 거들더라는 것이었다.
　평화 교섭의 책임자인 아카나트 소령으로서는 다 된 일을 끝판에서 망치게 될까 봐서, 한 가지 길은 배를 빨리 출발시키는 일이라고 판단한 모양이었다. 해군 사령관이 '비둘기'파였기 때문에 바다에 내보내면, 간섭의 손에서 완전히 벗어나는 길도 되는 것이었다. 지금까지 받아온 무전도 로파그니스 해군 사령부에서 오는 것이었다.
　조금씩이나마 배는 동부와의 경계선 쪽으로 움직이고 있었다. 마치 평화 교섭의 진도를 알리는 것처럼. 출항한 날만 밤길이었고 이튿날부터 오늘까지 사흘 동안 낮에만 가고 밤에는 닻을 내렸다. 카르노스 씨와 포로들 못지않게, 이 굼벵이 뱃길에 갑갑증이 나는 것은 오토메나크 당자였다. 빨리 돌아가고 싶었다. 카르노스 씨에게 마지막 접대를 할 수 있는 기회라는 것을 떠올리는 것이 그나마 그의 갑갑증을 식히는 몫을 했다.
　갑자기 큰 그늘이 퍼졌다.
　정글 꼭대기는 붉은빛이 바래지고 보랏빛이 짙어져 있었다.
　해가 막 떨어지려는 참이었다.
　수병들의 왁자지껄하는 소리를 들으면서 오토메나크는 떠나던 날의 일이 떠올랐다.
　명령은 출항하던 날 아침에 내렸었다.
　명령은 먼저 카르노스 씨에게 아카나트 소령의 입으로 통고되었다. 어젯밤 사령관 관저에서의 연회 때부터 짐작은 했던 모양인지, 카르노스는 놀라지 않았을뿐더러, 그를 따르던 동지들의 동행 여부를 물었다. 송환자는 카르노스 혼자뿐이라고 듣자, 그는 실망한 빛을 감추지 않았으나 그것으로 질문을 끝내버렸다.

아카나트 소령이 물러간 다음, 카르노스의 소지품을 챙기는 일로 집안이 분주하게 움직였다.

박물관에 다녀온 날 밤에 송환 결정을 들어서 알고 있던 아만다는 바쁘게 움직이는 사람들 속에서 조용히 카르노스의 짐을 챙기고 있었다. 오토메나크가 두번째로 사령부에 다녀왔을 때 아만다가 눈짓을 했다. 오토메나크가 방에 와서 기다렸더니 그녀는 곧 따라 들어왔다.

"카르노스 씨가 저더러 같이 갈 생각이 있느냐고 해요."

"같이?"

"동부로 갈 생각이 있으면, 데리고 가겠다고 나파유 사령부에 요청하겠다는 거예요."

오토메나크는 끄덕였다. 그동안의 수고를 치하해서 로파그니스에서 빠져나가게 해주자는 것이었다.

"그래서?"

"어머니가 이쪽에 계시니깐, 그렇게 할 수 없다고 했어요."

왜 그런지 그녀는 더듬거렸다. 그것이 약간 불안했다. 나흘 밤을 타이르고, 알아들은 끝이라 오늘 일은 마음으로 마련이 된 일일 터이었다. 출발 날짜가 오늘이라는 것까지는 모르기로 말하면 오토메나크도 같은 사정이다.

"잘했군."

말하면서 여자를 안아주었다.

"이 집도 그대로 둔다니깐, 잠깐 기다리고 있으면 돼. 고노란 출장 때나 마찬가지야."

"달라요."

"응?"

오토메나크는 놀라서 여자를 들여다보았다.

"그때는 당신은 아직 애인이 아니었어요."

오토메나크는 힘 있게 여자를 안았다.

"맞았어. 내가 한 말을 생각하면서 기다려요. 돌아오면 곧 결혼합시다."

그녀는 남자의 얼굴을 끌어다 입맞춤을 하고 방에서 나갔다. 오토메나크는 지금 그때 생각을 하면서 여자가 금방 이 방에서 나갔던 것처럼 느꼈다. 박물관에 다녀온 날부터 출발하던 날까지 나흘 밤, 여자는 더할 나위 없이 사랑스러웠다. 그녀의 걱정거리는 이 집에서 그대로 근무하게 되느냐는 것이었다. 근무하든 안 하든, 결혼하면 그만이 아니냐는 오토메나크의 달램을 알아들으면서도, 카르노스의 시중을 든다는 일이 없어진 다음의 두 사람의 결합이라는 형식이 믿어지지 않는다는 듯이.

오토메나크는 사무실로 가서 간단한 이상 유무 보고를 지시했다. 보트가 한 척 모래사장에 대어지고 수병들이 모래사장에 올라가 앉아 있었다. 선장실로 가보니 방의 주인은 보이지 않았다. 잠깐 앉아 있었더니 선장이 들어섰다.

"잠깐 상륙시켜볼까요?"

오토메나크가 말했다.

"상륙?"

"부인네들 말입니다."

"네, 중위님이 결정하실 일이지요."

오토메나크는 잠깐 생각했다.

"희망자가 있으면 잠깐만 내려보내지요."

일어서면서 군인이 말했다.

"언제든지 좋습니다."

민간인은 그렇게 대답했다.

열 명쯤이 희망했다. 큰 보트가 새로 내려지고 여자들이 오르자, 보트는 해변에 닿았다. 만은 보랏빛으로 덮여 있었으나 해변에 내려서 움직이는 여자들이 똑똑히 보였다. 남은 여자들도 난간에 기대서 동료들을 바라보고 있었다.

기왕 돌려보내는 길이라면, 힘 안 드는 대접을 해서 나쁠 것은 없을 터이었다. 여자들이 약간 건방진 탓으로 저도 몰래 맞서는 기분이 되어온 것이 어리석게 느껴졌던 것이다. 갑판에서 보고 있자니, 여자들은 해변을 오락가락하고 있었다. 보트는 그 앞에 멈춰 있었다. 끝에 앉은 병사가 치켜든 총대가 가끔 번쩍거렸다.

"곧 어두워집니다."

곁에서 선장이 말했다.

"네, 삼십 분 지나면 불러주십시오."

여자들을 바라보면서 오토메나크가 말했다. 바람이 약간 세게 불어왔다. 오토메나크는 무전실로 가서 보고를 하였는지도 알아보았다. 좀 전에 접수되었다고 한다. 오토메나크는 무전실을 나와 앞쪽 갑판으로 가다가 메어리나를 만났다.
"올라가볼 걸 그랬지요."
오토메나크는 그녀가 남아 있는 것이 좋게 보였다. 자기 권리를 조금은 양보하는 것이 그의 성미에 맞았다. 그가 받은 교육에 의하면 모두 양보하는 것이 제일이었으므로.
"장난감 해변 같군요."
"그렇습니다. 심심풀이는 되겠지요."
"고맙습니다."
"환자는 어떻습니까?"
"괜찮을 것 같아요."
"이상이 있으면 알려주십시오."
"알았습니다."
그녀는 간호원이었기 때문에 환자가 생긴 후부터 자진해서 환자를 돌보고 있었다. 그녀와 갈라져 갑판에 나와서 모래사장 쪽을 보았다. 걸어다니고 있는 여자들의 모습이 야영 훈련을 하고 있는 걸 스카우트처럼 보였다.
그러나 정글이 노래 부르기 시작했다. 처음에는 약한 바람 소리 같더니 이윽고 소리는 불어났다. 아마 매미 울음소리가 아닌가 싶었다. 매미 소리가 이만하자면 굉장한 수가 울어야 할 게다. 소리는 왁자하게 높아졌다가는 조금 그만했다가 다시 높아지곤 한다. 이 소리가 무슨 신호였던 모양인지 뒤를 이어 갖가지 소리가 터져나왔다. 곤충과 짐승이 어울려 큰 소리굿이 시작됐다. 보노라니 상륙한 여자들도 어리둥절해서 마주 선 정글을 쳐다보고 있었다.

이것은 누구에게나 신기한 경험이었다.

수병들도 여럿이 갑판에 나왔다. 정글은 아랑곳없이 노래를 계속하고 있었다. 참으로 그곳에 사람과는 관계없이, 그러나 분명하게 목숨을 가진 것들이 있어서 하루해가 막 떨어지려는 이 무렵에 무엇 때문인지는 모르지만 합창을 하고 있는 것이었다.

새들은 더 많이 날아다녔다. 자세하지는 못하지만 박쥐가 많은 것 같았다. 모래사장의 여자들이 보트 쪽으로 몰려왔다. 이어 여자들이 보트에 오르는 것이 보였다. 여기서 듣기에 정글의 합창은 재미난 것이었지만 지척에서 듣는 그녀들에겐 좀 언짢은 모양인가 보았다.

보트는 여자들을 태우고 배로 돌아왔다. 여자들은 배에 올라 남아 있던 동료들과 어울리자 왁자하게 떠들고 있었다. 아무튼 상륙은 해본 것이니깐 대접은 됐겠지.

오토메나크는 보트에서 수병들이 올라오는 것을 지켜보다가 마지막 한 사람이 올라서는 것을 확인한 다음 무전실로 갔다. 무전병은 일어서면서 말했다.

"상황 없습니다."

"음, 무전이 있으면 언제든지 즉시 알려야 해. 취침 중이더라도 당직 사관에게 전해서는 안 돼. 반드시 나한테 직접 전해야 돼."

"알고 있습니다."

무전실을 나와 지휘탑으로 올라가서 선장을 만났다.

"처음이시지요."

정글을 턱으로 가리키면서 선장이 웃었다.

"그렇습니다."

"해 떨어질 무렵이면 이렇더군요."

"밤새……?"

"아닙니다. 좀 있으면 멎을 겁니다."

지휘실에 앉아 이런 얘기를 주고받는 사이에 말대로 소리가 잠잠해졌다. 잠깐 귀를 기울이면서 기다려도 더는 들리지 않았다. 그러나 구경거리는 다한 것이 아니었다.

보랏빛이 점점 짙어지는가 싶은 사이에, 어느덧 어둠으로 변해 있었다. 남십자성이 뚜렷하게 나타났다. 갠 하늘에 달이 떠 있어서, 해가 넘어간 만의 사방은, 또 다른 조명 속에서 다시 떠올랐다. 해변을 따라 반딧불이 수없이 날아다닌다. 어슴푸레한 달빛 아래에서 작은 벌레들의 몸에서 나오는 그 불빛은, 말할 수 없이 신비한 빛깔을 풍경에 보탰다.

오토메나크는 선장과 늦게까지 앉아 있었다.

이야기가 전쟁의 앞날에 미칠 때면, 선장은 능란하게 말머리를 돌렸다. 어느 쪽에서나 거북한 얘기라는 듯이. 그것이 안 좋은 징조였다. 선장은 싸움이 시작됐을 무렵에 대해서는 제 자랑도 겸해서 허풍을 떨면서도, 지금 전세에 대해서는 피하는 눈치였던 것이다. 사실 선장으로 말할 것 같으면, 오랫동안 밀봉 가옥에서 요인 감시만 해온 오토메나크보다 소식이 더 빠를 수 있는 처지였다.

"아무튼 만만찮게 됐어요."

선장은 싸움의 앞날에 대해 이렇게 말했다. 오토메나크는 대꾸하지 않았다. 벌써부터 그런 것을 생각하지 않으면서 지내오는 터였다. 끝장까지 다 생각해봤기 때문에 이제는 생각할 여지가 없었다. 그의 인생에 남은 한 가지 보람은 빨리 돌아가서 아만다와 같이 지내는 삶을 하루라도 더 많이 가지는 일이었다. 그날이 올 때까지. 마지막.

앞에 앉은 선장이 갑자기 꿈속에 있는 사람처럼 보였다. 로파그니스에서도 가끔 일어나던 증세다. 나파유인 선장과 함께, 이런 데서 배를 타고 있는 자기라는 사람. 이런 일이 남의 일 같고, 그런 남의 일에 간섭하고 있는 자기 역시 신기한 어떤 남 같았다.

나쁜 증세였다.

오토메나크는 일어섰다. 선장이 올려다보았다.

"돌아보고 자겠습니다."

"그렇게 하십시오."

오토메나크는 포로들 선실로 내려갔다. 복도에는 아무도 나와 있지 않았다. 계단 앞에 서 있던 보초가 이상 유무 보고를 했다. 그 앞을 지나서 무전실로 간다. 무전사는 한 손으로 턱을 괴고 있다가 벌떡 일어섰다.

"앉아. 무전이 오면 곧 알려."

"네."

서 있는 무전병에게 두번째 다짐을 남겨놓고 방에서 나왔다. 자기 방 앞까지 와서 난간에 기대어 서서 해변을 바라보았다. 반딧불이 천천히 떠돌고 있었다.

바닷속에도 불빛이 떠 있었다.

어스름 초승달이 비치는 누리 속에서 작은 불빛들은 꿈속의 초

롱 같았다.

 잠이 오지 않았다. 배에서는 모든 소리가 멈춰 있었다. 모든 사람들이 고단한 잠에 빠져 있을 것이었다. 오토메나크도 잠들기가 소원이었다. 그런데도 잠이 얼른 들어주지 않았다. 특별히 궁리할 일이 있는 것도 아니고, 궁리해봤자 달리 트일 일도 아니었다.

 눈을 뜬다.

 작은 전등이 켜진 방 안으로 가끔 바람이 지나가면서 커튼이 날린다.

 띄엄띄엄, 지난 일들이 떠올랐다. 근래에 없이 고향 집이 떠올랐다. 부친의 서재의 모습도 보였다. 말없이 앉은 부친에게 아들 걱정을 하고 있는 어머니가 보였다. 이런 모습들이 한동안 오락가락하더니 마야카 씨의 모습이 나타났다.

 오토메나크는 한숨을 쉬었다.

 마야카라는 사람이 만일에 로파그니스에 오지 않았더라면 어떻게 됐을까. 아마 지금 같은 내가 되지는 않았을 것이었다. 아니크계를 학살한 사건을 당했다 하더라도 다르게 생각했을지도 몰랐다. 아버지나 마야카가 두 마음을 가지고 있는 것을 몰랐다면, 오토메나크의 나파유주의는 아직도 무너지지 못했을 것이다.

 여태껏 아버지 그늘에서 세상을 보아온 것이었다. 마야카가 그 늘에서 그를 끌어냈다. 그렇게 해서 지금 오토메나크는 앞길에 죽음만을 보고 있는 사람이 됐다. 이제는 설령 아버지나 마야카 씨가 전번에 한 말을 번복한다 해도, 예전대로의, 즉 젊은 나파유주의자로서의 오토메나크는 돌아올 수 없었다. 모든 사람이 다 그런 것처럼, 오토메나크도 자기가 이런 돌이킬 수 없는 인생이 되어 있다는 것이 꼭 남의 일 같았다. 생각했자 소용없는 일이었다. 돌아누우면서 잠을 청한다. 사흘 전 헤어진 여자의 얼굴이 그쪽에 보인다.

아만다.

모든 일의 마지막 매듭이 '아만다'라는 이름으로 웃고 있었다. 여기까지 온 앞의 사정이 어찌 됐건, 이 마지막 매듭을 피할 생각은 없었다.

아만다.

어둠 속의 여자를 불러본다. 여자는 활짝 웃었다.

박물관에서 돌아온 날 밤에 카르노스가 돌아가게 된다는 얘기를 처음으로 알려주었을 때, 아만다는 별로 놀라지 않았다. 그녀가 걱정한 일은 카르노스가 간 다음에도 이 집에서 두 사람이 근무할 수 있는가 하는 일이었다. 이것은 약간 뜻밖이었다. 그러나 그녀의 아버지가 독립 운동자였다고 해서 딸인 그녀까지 카르노스에게 동지애로 대하라는 법도 없었고 동부로 돌아간다면 걱정할 것도 없기는 했다. 걱정할 사람은 그녀 당자였고 오토메나크 자신이었다.

차근차근 물어보던 일이 떠올랐다. 사흘 전 일이 아득해 보이는 것은 이상한 일이었다. 또 한 번 돌아눕는다.

이튿날 배는 닻을 올리고 뱃길을 다시 옮겼다. 새벽에 들어온 무전 명령에 따라 동쪽으로 하루 종일 항해했다. 만을 나와서 조금 지나자 꽤 큰 고기잡이 마을이 나타났다. 얕은 바닷가여서 배는 멀찍감치서 이 마을을 지나간다. 바닷가에는 집 지을 때의 비계飛階같이, 대나무로 만든 그물 걸이가 보였다.

"아마 오십 미터쯤 될 것입니다."

선장이 이 언저리 바다 깊이를 그렇게 일러주었다.

"네, 그렇습니다."

카르노스 씨가 말했다.

아침 식사가 막 끝난 선장실 식탁을 둘러싸고 세 사람은 차를 마시면서, 해변의 그물 걸이를 바라보고 있었다.

"카마라 해협, 와자 해협, 이타 해협이라는 남부 아니크 해 같은 데는 깊이가 대개 그 정도입니다. 여기는 육붕陸棚 지대여서 바다에 잠긴 지 얼마 안 된 곳입니다. 바다도 따뜻하구요. 보십시오. 저기 강이 보이지요? 마을 옆으로."

"네, 집이 보이는 쪽으로……"

"맞습니다. 이 근처에는 강이 많을 겁니다. 이런 얕은 바다는 강물 때문에 소금기가 엷어져서 맛이 냇물에 가깝습니다. 그리고, 무기물無機物이 많이 쌓여 있습니다. 이 무기물들이, 플랑크톤을 자라게 합니다. 모든 고기를 위해 먹이를 댄다는 말이지요. 바다가 얕아서, 해류海流나 상승류上昇流가 플랑크톤이나 자양분을 휘저어주는 일이 없더라도, 여러 가지 생물이 살 수 있게 되는 것입니다."

선장은 커피 잔을 잡고, 넋 나간 사람처럼 카르노스의 입만 쳐다보다가, 입의 움직임이 멎자 이렇게 말했다.

"선생님은 잘도 아십니다. 정치가가 선생님처럼 박식하기는 정말 어려울 텐데요."

카르노스는 소리 없이 웃었다.

"니브리타 친구들이 우리들에게서 정치를 빼앗았기 때문에 생물이라도 보아둘 수밖에 없었지요."

선장은 알아들었는지 어쩐지 그저 우러러보는 눈빛이 달라지지 않았다. 오토메나크는 송구스러운 마음이 들었다. 니브리타 놈들이라고 하지만 나파유 놈들도 끼어 있는 셈이다. '나파유 놈들'이 그 말에 들어 있다고 해서 송구스러워야 하는 자기 처지에 화가 났다. 나는 애로크 사람입니다. 용서하십시오. 선생님, 저는 어떻게 할 도리가 없어진 불쌍한 놈입니다. 이렇게 말해볼 수 있는 기회는 없고 만 것이다. 이대로 헤어지면, 오토메나크는 자기가 나파유 군대에 잡혀 있을 때, 감시와 접대를 맡은 나파유 장교로만 이 사람의 머리에 남게 되겠지. 진실이라는 것이 그렇게 파묻히고 말다니. 엉뚱한 이름으로 역사에 남은 거짓말로 그 역사라는 것이 만들어지다니. 이래도 좋은가. 세상이란, 이렇게 엉터리란 말인가.

이들 마을에서나, 연안의 어느 곳에도 나파유 주둔 부대의 모습은 보이지 않았다. 부대는 대개 고장의 큰 도회지 근처에 있었고, 바닷가에는 가끔 망보는 데를 둔 곳도 있겠지만, 나흘째 되는 이 날까지, 그런 데는 눈에 띄지 않았다.

이 배가 가고 있는 바닷가는 아이세노딘의 뒤쪽이었다. 뒤쪽이라는 뜻은 큰 항구나 도시가 없고, 길도 제대로 된 것이 없는 지방이란 말이다. 침략과 문명은 모두 반대쪽, 고노란 해협이 있는 쪽에서 왔다. 로파그니스 같은 도회지에서 오래 있으면, 불편한 데 없는 도회지의 모습이 아이세노딘 모두의 모습으로 알기 쉽다. 그러나 로파그니스는 말할 것도 없고, 몇몇 도회지는 니브리타가 이 섬나라에서 단물을 빨아올리기 위해 마련한 빨대 같은 곳이다. 자연 그들의 입에 맞는 여러 시설을 만들게 마련이다. 몇 개의 그런 도시에서 한 발만 밖에 나가면, 이 섬이 생겨 사람이 살기 시작한 이래부터 달라진 게 별로 없는 살림을 하는 사람들이 살고 있다. 그들은 체격부터 도회지 사람들하고는 다르다. 깡마르고 빨리 늙는다. 키도 작다. 그런 사람들이 불볕에서 모를 심고 김을 맨다. 여러 식구가, 때로는 4대, 5대까지가 한 집에서 산다. 도회지가 경기 좋다는 소식을 들은 젊은 사람들이 이 마을을 빠져나가는 수가 있다. 또 가뭄이나 홍수를 만나면 식구 모두가 도시에 흘러든다. 가봐야 별수가 없다. 허드렛일이 있다 말다 하는 게 아이세노딘 도회지의 벌이다.

  손쉬운 일이 니브리타인의 집안에 들어가서 머슴, 식모가 되는 길이다. 나머지는 막벌이꾼이다. 선창에서 짐꾼이 되거나 고무, 파인애플 밭의 품팔이꾼이 되는 것도, 잘 풀린 편이다. 도둑놈이나, 갈보가 되는 것도 모두 마을에서 흘러온 사람들이다. 교육을 받은 아이세노딘 사람들은 이런 가련한 형제들을, 니브리타 사람들을 위해서 감독하는 일을 맡는 대신, 니브리타 사람 비슷한 살림을 할 수 있다. 이런 경우의 어느 것도 마음에 차지 않는 아이세노딘 사람들도 있다. 이들이 독립 운동자가 된다. 이들은 특별히 어느 층에서 나온다고 지목할 수 없다. 앞에 말한 모든 층에서 나오는 반항자들이다. 똑똑하면 똑똑해서 억울하고, 무식하면 무식해서 한이 맺힌 사람들이 반항자가 된다.

어제오늘 시작된 일이 아니다. 아이세노딘에 흰 살갗을 가진 해적들이 발을 디딘 이후 줄곧 사람들은 싸웠다.

그러나 원수들은 좋은 무기와 지식을 가지고 있었는데, 싸우는 사람들은 노여움밖에는 가지고 있지 않았다. 원수들은 나라 안팎에서 저희들끼리 사람들을 꿈쩍 못하게 눌러놨다. 이번 전쟁이 끝나면 사정이 달라질 것이다.

"나파유가 아이세노딘을 쉽게 점령한 것은, 사람들이 니브리타를 미워했고, 나파유 군대를 도와줬기 때문입니다."

카르노스는 그렇게 말을 맺었다. 옳은 말이었다. 벽 속의 비밀 문서에서 배운 대로다. 다만 한 가지 아이세노딘 게릴라가 니브리타 무기를 가지고 나파유 군대를 괴롭히고 있는 것은 웬 까닭인지, 그의 입에서 듣고 싶었다.

저녁 무렵에 들어온 무전 명령에 따라, 닻을 내림이 없이 배는 밤을 도와 항해를 계속했다. 밤의 바다에는 가끔 희미한 빛이 보였다. 선장에 의하면, 아마 그 근처에 빛을 내는 고기가 떼 지어 움직이는 것이라는 말이었다. 여전히 달빛이 있었다. 섬과 바닷가의 정글은 달빛 아래에서 짙은 남빛이었고, 바다는 보다 환한 검은 빛깔이었다.

아마 평화 교섭이 잘돼가는 모양이었다.

배가 나갈 방향과 속력만을 알려주는 무전 명령만으로 짐작하는 것이지만, 사정을 아는 오토메나크는 대강 알 수 있었다. 지금 뱃길은 똑바로 동쪽을 가리키고 있다. 서부 아이세노딘의 허리쯤 되는 데를 지나고 있다. 이런 속력으로 하루만 더 가면 동부와의 경계 해역에 닿게 된다. 그 이전에 알맞은 데서 한 번쯤 쉬게 될 것을 짐작할 수 있었다.

어젯밤, 잠들지 못해 애를 먹은 터라, 오늘은 아예 견딜 수 있을 때까지 깨어 있기로 했다. 지휘탑에는 당직 사관인 상사가 근무하고 있었다. 선장은 잠깐 눈을 붙일 모양으로 자기 선실에 간 다음이었다.

"이 근처는 다녀본 곳인가?"

오토메나크는 앉은 채로, 앞쪽 유리 너머로 뱃길을 내다보고 섰는 상사에게 물었다. 상사는 돌아섰다.

"처음입니다. 저희들 배는 대개 반대편 해역에서 정기 항로를 다녔습니다."

"이 배에 근무한 지 오랜가?"

"일 년이 됩니다."

"이전에는?"

"사령부 근무였습니다."

"전투에 참가했었나?"

"네, 아이세노딘 진주 때에 참가했습니다."

"그때는 무슨 배를 탔던가?"

"구축함입니다."

"평화 근무가 지루하지 않은가?"

"이것도 근무라고 생각하고 있습니다."

"그야 그렇지."

배에 타고서 안 일인데 선장을 비롯, 아무도 오토메나크가 애로크 출신임을 알지 못했다. 로파그니스의 보석점 앞에서 차가 폭파 됐을 때, 헌병대에서 만난 장교는 곧 알아보던 일을 떠올렸다. 그런 기관에 있는 놈들은 다른 모양이었다. 굳이 밝힐 필요도 없는 일이므로, 그들이 알고 있는 대로의 행세를 해온다. 특수 임무를 지닌 지금, 그쪽이 유리하기도 했다. 육군 장교라는 사실 역시 내놓은 바 없다. 고급 사령부 근무의 간부 후보생 출신 정보장교면 해군이라도 별다를 게 없을 것이다. 이렇게 짐작하고 배포를 유하게 먹었다. 아무튼 오래지 않은 근무니간 카르노스를 넘겨주고 나기만 하면 해군이건 육군이건 아무래도 좋다. 이 상사에게 이번에는 나 자신의 해군 경력을 좀 말해줄까, 하는 생각조차 일어났다.

새벽에 잠깐 눈을 붙였다가 깨어나보니, 배는 섬들이 널려 있는 사이를 빠져나가고 있었다. 지휘실에 가서 선장에게서 현재 위치를 알아보았다. 하루 낮을 더 가면 동부와의 경계선에 닿을 것이라 한다. 그러는데 무전병이 들어섰다.

"무전입니다."

오토메나크는 무전을 받아들고 급히 자기 선실로 와서 암호표를 꺼내 풀어 읽었다.

"ㅎㅕㄴㅇㅜㅣㅊㅣㄷㅐㄱㅣ"

현 위치 대기다.

오토메나크는 답신을 암호로 적어준 다음, 지휘실로 돌아왔다.

"현 위치 대깁니다."

"그렇습니까?"

선장은 끄덕이면서 전성관을 손에 잡았다. 이윽고 배의 속력이 늦춰지고, 방향이 오른쪽으로 틀어졌다.

"이 근처를 돌면서 닻 내릴 데를 찾아봅시다."

선장의 말에 오토메나크는 동의했다. 짐작한 대로였다. 여기서 멈춰뒀다가 교섭이 완결되면 보낼 모양이군.

"아마 잘되는 모양입니다."

오토메나크가 말했다.

"그래야지요."

전성관에다 대고 연이어 지시하면서 선장이 받았다.

섬이 무척 많다. 작은 섬들이어서 해도에도 깨알만큼으로밖에 나타나지 않은 이름 없는 섬들이다. 바리마 호는 물 깊이를 재어 보면서 이들 섬 사이를 서성거렸다. 마침내 두 섬 사이에 배가 들어서면서 속력을 늦췄다. 짧은 해협같이 된 그 바다는 잔잔했다. 조심스럽게 섬 쪽으로 가까워진다. 섬의 그쪽은 높은 낭떠러지였다. 전번과 달리 이 섬의 이쪽 부분에는 나무가 없고 깎아지른 듯한 바위였다. 물빛이 짙었다.

벼랑에서 불과 십 미터쯤 되는 데서 닻을 내렸다. 그러자 배는 그늘에 들어선 것이 되었다. 뭍의 냄새가 풍겼다. 배가 멎은 다음에, 선장과 오토메나크는 아침밥을 먹었다. 오토메나크가 조금 먹다가 찻잔을 드는 것을 보고 선장이 말했다.

"많이 드세요. 배에서는 먹는 게 제일입니다. 늘 마지막 식사로 알라지 않습니까?"

커다란 새우를 집어 들면서 선장은 걱정했다.

오토메나크는 역시 손가락을 치켜세워 보였다.

"알려드려야지요."

새우를 물고 있었기 때문에, 선장은 대답할 수 없었다. 대신에 붙잡고 있는 새우 다리를 까딱까딱해 보인다. 오토메나크는 선장실을 나섰다.

배는 여기서 꼬박 하루 낮과 밤을 기다렸다. 다음 날 새벽이었다. 무전병이 방금 들어온 무전을 가져왔다. 암호표를 꺼내들어 읽은 오토메나크의 낯빛이 굳어졌다.

"ㅈㅡㄱㅅㅣ ㄹㅗㅍㅏㄱㅡㄴㅣ ㅅㅡㄹㅗㄷㅗㄹㅇㅏㅇㅗㄹㅏ"

즉시 로파그니스로 돌아오라.

선장은 지휘실에 없었다. 선실 밖에서 막 나오는 선장을 만났다.

"무전입니까?"

"그렇습니다."

선장은 파이프에 불을 켜 대느라고 얼굴을 숙이고 있었다.

"즉시 로파그니스로 돌아오랍니다."

"네?"

선장은 파이프를 입에서 떼었다.

"확실합니까?"

"그렇습니다."

"그럴 리가……"

그들은 잠깐 말없이 서서 새벽 바다를 바라보았다. 아직 해는 떠오르지 않고 있었다.

"한 번 더 알아보면……"

이윽고 선장이 불 없는 파이프를 만지작거리면서 제안했다.
"네, 한 번 더…… 좋겠지요."
오토메나크는 곧 무전실로 내려가서 로파그니스에 확인하는 무전을 보내게 했다. 곧 대답이 돌아왔다. 즉시 로파그니스로 돌아오라. 해 뜨기 전 새벽 바다에 닻 올리는 소리가 일어나고 배 안에 갑자기 소리가 가득 차면서 배가 움직이기 시작했다.
카르노스에게 뭐라고 할 것인지 처음에는 망설였다. 생각 끝에 그대로 알렸다. 이 마지막 기회에 카르노스를 속이고 싶지 않았다. 돌아가면 다시 그와의 생활이 전처럼 이어질 것을 떠올리고, 지금, 조금이라도 그가 노여워할 일을 하고 싶지 않았다.
처음 놀라움이 지나가자, 오토메나크는 기쁨의 물결이 가슴에 번쩍이는 것을 느꼈다. 모든 것이 다시 계속되는 것이다. 카르노스를 모신 나와 아만다와의 생활이, 카르노스의 지금 심경을 헤아릴 줄 아는 사람이라면, 너무 야박스러운, 그리고 점잖지 못한 기쁨이었다. 그러나 오토메나크의 가슴은 두근거렸다. 마치 일주일 전까지의 생활이 이 땅에서 제일 완전한 삶이기나 했던 것처럼.
알렸을 때, 카르노스는 얼핏 새벽 바다처럼 어둡게 눈이 빛났다. 무서운 눈빛이었다. 곧 그 빛은 사라졌다. 그는 앉은 채로 약간 갈라진 목소리로 말했다.
"고맙습니다."
오토메나크는 자기 몸이 말을 안 듣는 기계처럼 주체스러운 것을 느끼면서, 그의 포로 앞에서 물러나왔다.
오던 길을 되잡아 하루 동안 항해하자, 저녁때에는 낯익은 섬들이 다시 나타났다. 약간 바람이 일기 시작한 날씨였으나 여전히 화창한 바다를 배는 로파그니스로 돌아오고 있었다. 아침과 점심을 모두 카르노스 씨와 따로 먹었다. 피차에 얼굴을 맞대기가 거북할 것이어서 선장이 알아서 그렇게 했다.

놀라움과 그리고, 개인적인 기쁨이 거두어지자, 앞일이 걱정됐다. 지금 돌아가서의 생활은 겉보기에는 이전 상태가 되는 것이지만, 달라진 상태에서 그렇게 되는 것이다. 막판에서 돌아오라는 지시를 내렸다면 평화 협상은 일단 제자리로 돌아와버린 모양이다. 무엇 때문에 얘기가 깨어진 것일까. 그렇다면 동부를 공격하게 된단 말인가. 전세가 기울어져가는 마당에서 새 작전을 일으킨다는 일이 가능한가. 이런 의문이 연달아 일어났다.

선장은 태연하게 배를 몰고 있었다. 여전히 밥맛이 좋았고, 담배를 쉴 새 없이 피워댔다. 마음이 불안한 것은 이 배에 손님으로 탄 사람들뿐이었다. 대나무로 해변에 세운 그물 걸이가 멀리 바라보였다. 궁금하고 불안하면서도 오토메나크의 마음은 울렁거렸다. 아만다와의 재회는 확실해진 것이다. 무엇보다도 그 일이 기뻤다.

카르노스를 보내고 돌아간 다음, 막상 그녀와의 생활을 다시 꾸린다는 것은 가지가지로 번잡스런 어려움을 겪어야 할 문제였다. 카르노스 감금에 대해서 잘 알고 있는 아이세노딘 여자를 계속해서 그 집에 근무시킬지도 문제고, 이 어려운 판국에 현지인 여자하고 결혼한다는 일도 수월한 일이 아니었고, 그리되어도 어렵다. 결혼이란 형식이 아니고 아만다와 같이 사는 일…… 그것이 풀어야 할 숙제였다. 그 숙제가 도로 거두어진 것이었다. 예전대로의 생활이 다시 기다린다. 로파그니스에서. 알렸을 때의 카르노스의 무섭던 눈빛이 잠깐 떠올랐으나, 곧 힘없이 사라졌다.

평화 교섭은 어쩌면 동부의 콧대 때문에 깨어졌는지도 모른다. 나파유 군대가 불리해지고 있는 상태기 때문에 그들은 더 강하게 나왔을지도 모른다. 그렇다면 남은 세월은 얼마 없다. 카르노스는 어느 편에 있건 목숨이 위태로울 사람은 아니다.

불쌍한 것은 나파유 군대 — 아니 나와 아만다 두 사람이다.

선생님 용서해주십시오. 저에게는 마지막 시간입니다. 선생님은 잠깐만 기다리시면 될 것입니다. 그러나 저에게는 인생에서 남은 마지막 기간입니다. 제가 기뻐하는 것을 용서해주십시오. — 오토 메나크는 속으로 이렇게 빌었다.

그러나 뜻밖의 다른 사람들이 그를 용서하지 않았다. 이때, 갑자기 탕탕, 하고 연이어 총소리가 울렸다.

방에서 뛰어나갔을 때 또 한 번 총소리가 들렸다.

"반란이다"

하는 소리가 들렸다. 아래로 내려가는 계단 앞에 총을 든 수병이 돌아서면서 보고했다.

"여자 포로들이 반란을 일으켰습니다."

그 수병은 지휘탑을 가리켰다. 지휘실과 무전실 앞에 총을 든 여자가 보였다.

"무기는?"

"거의 여자들이 가졌습니다."

"바보 같은 자식들."

"위험합니다, 들어서십시오."

사실이었다. 지휘탑 쪽에서 탕, 하고 소리가 나더니 총알이 이쪽으로 지나갔다.

"망할 년들."

지휘탑에는 선장과 조타수, 무전사가 있다.

"탄알이 있나?"

"네, 있습니다."

"나머지 여자들은 어디 있나?"

"이 아래쪽에 있는 모양입니다."

수병들이 뒤쪽 갑판에 몰려 있는 것이 보였다.

"너는 이 목을 지켜라."

"네."

"넘어오거든 쏴."

"알았습니다."

오토메나크는 뒤쪽으로 돌아가면서 카르노스의 선실에 들어갔다. 카르노스는 방 가운데 서 있었다.

"선생님, 이리로 나오십시오."

"웬일이오."

"니브리타 년들입니다."

카르노스를 데리고 뒤쪽 갑판으로 내려갔다. 수병들이 몰려 있었다. 여자들은 그들의 선실과 지휘탑, 그리고 앞쪽 갑판을 차지하고 있었다.

"당직이 누구야?"

"접니다."

"어떻게 된 거야?"

"보초 교대를 하면서 당한 모양입니다."

"당하다니?"

"포로가 된 모양입니다."

"뭐?"

"교대한 병사가 보이지 않습니다."

"무기는?"

"소총 다섯 자루가 있습니다."

"무기고를 뺏겼단 말인가?"

"그렇습니다."

"총을 가진 자를 곧 출입구마다 배치시키고, 다른 인원은 무기가 될 만한 것을 가지고 숨어 있어야 해."

병사들은 재빨리 구석과 모퉁이에 들어가 박혔다.

"망할 년들."

이를 갈면서 오토메나크는 지휘탑을 올려다보았다. 총대만 오락가락할 뿐 사람은 보이지 않는다.

오토메나크는 숨어 있는 병사들에게 외쳤다.

"지휘탑 상공에 대고 1발씩만 사격한다. 사격 준비 — 쏘아."

오토메나크의 권총과 다섯 자루의 소총이 발포했다. 어른거리던 총대들이 쑥 들어갔다.

잠깐 아무 소리도 나지 않았다.

그러나, 갑자기 앞쪽 갑판과 여자들의 선실 쪽에서 연이어 쏘아왔다.

"스무 자루는 되겠군."

"그렇습니다."

"한 번 더 사격한다. 준비, 쏘아."

다섯 자루의 총이 두번째 발포했다. 잠깐 기다렸으나 이번에는 쏘아오지 않았다. 대신에 지휘탑에 선장의 모습이 나타났다. 한 여자가 총을 겨누고 또 한 여자가 이쪽을 향해서 날카롭게 외쳤다.

"우리는 포로를 갖고 있다. 책임 장교와 얘기하고 싶다. 올라오라."

오토메나크는 숨었던 데서 일어섰다.

"돌아올 때까지 쏘지 마라."

그는 계단을 올라가서 병사가 숨어 있는 쪽으로 올라갔다.

"넘어오려고 하면 쏘아."

병사는 끄덕였다.

오토메나크는 지휘탑으로 올라갔다. 지휘실에는 선장과 무전병이 벽에 붙은 의자에 앉아 있었다. 선장은 담배를 피우고 있었다. 총을 든 여자 넷이 포로를 지키고 있었다. 조타수는 키를 잡고 있었다. 오토메나크는 들어서면서 선장의 힐난하는 눈초리를 보았다. 울컥 피가 머리로 올라왔다.

"누가 대표인가?"

오토메나크의 말에 한 여자가 대답했다. 스물다섯쯤 된 민간 옷을 입은 여자다.

"나하고 얘기하자."

총독부에 근무했다고 진술한 것을 기억하고 있다.

"무슨 짓들인가?"

"우리는 알고 싶다."

"뭔가? 알고 싶으면 왜 정당한 방법으로 물어보지 않는가?"

"배는 지금 어디로 가고 있는가?"

"그대들이 알 일이 아니다."

"대답하라. 왜 돌아가고 있는가?"

"돌아가다니?"

"오던 길을 돌아가고 있지 않은가?"

"잘못 알았다. 배는 명령에 따라 항해하고 있다. 반드시 직선 항로를 따르지 않는다. 그동안 잘 보지 않았는가?"

"그동안에는 그랬다. 그러나 오늘 새벽부터 배는 돌아가고 있다."

"돌아가는 것이 아니라고 하지 않는가. 비밀 유지와 안전을 위해 직선 항로를 따르지 않는 것뿐이다."

"뒤로 가는 것을 당신들은 전진이라고 말하는가?"

"잘못 알았다. 배는 확실히 전진하고 있다."

이때 선장이 끼어들었다.

"틀림없다. 중위의 말대로다."

여자는 약간 목소리를 높였다.

"당신들은 신사가 아닌가? 왜 거짓말을 하는가?"

"신뢰를 배신한 자들이 신사를 따질 염치가 있는가?"

"이것은 우리들의 권리다."

"당신들을 보호하는 것이 나의 의무다. 무기를 놓아라."

"안 된다."

"어떻게 하겠다는 건가?"

여자는 곧 대답하지 않고 파란 눈을 매섭게 뜨고 오토메나크를 쳐다봤다.

"우리가 원하는 것은……"

하고 여자는 입을 열었다.

오토메나크는 때려죽이고 싶은 마음을 누르면서 얍슬한 입술이 움직이는 것을 지켜보았다.

"우리는 동부로 가기를 원한다."

니브리타 년들. 네년들을 동부로 보낼 바에는 내가 지옥으로 가고 말겠다.

"당신들은 동부로 가고 있습니다."

여자가 조타수 쪽을 가리켰다.

"우리는 나침반을 볼 줄 압니다."

"나침반이 어떻게 됐다는 거요."

"서쪽으로 가고 있어요. 로파그니스로 돌아가고 있어요."

"아니다. 당신들은 왜 그렇게 생각하는가? 엄청난 오해다. 당신들은 큰 죄를 지었으나, 이해할 만하다. 내가 보장한다. 당신들은 송환되고 있다. 송환 절차에 대한 사정 때문에 배가 시간을 벌고 있는 것이다. 내처 항해하면, 동부 경계에 이르고 말 것이 아닌가. 다른 한 가지 까닭은 이 해역은 서로 간의 전투 구역이다. 한 곳에 오래 닻을 내리고 기다리는 것은 위험하다. 니브리타군 잠수함은 몇 척쯤 남아 있다고 우리는 짐작한다. 그래서 우리는 옮겨가면서 시간을 기다리고 있는 것이다. 이것이 진상이다."

여자는 오토메나크의 얘기를 귀 기울여 듣더니, 말이 끝나자 이렇게 대꾸했다.

"좋다. 아무튼 우리는 이 배가 오던 길로 돌아가고 있다고 본다. 타협하자."

"타협?"

오토메나크는 언성을 높였다.

"여기서 배를 멈춰라."

"멈추라니?"

"우선 더 서쪽으로 가는 길을 멈추고, 배를 세워놓고 우리에게 설명을 해달라."

"안 된다. 무기를 놓아라. 당신들이 반란을 일으킨 목적을 아는 이상, 본부에 보고함이 없는 그대로 송환할 것을 보장한다. 이 배에는 당신들만 타고 있는 것이 아니다. 무기만 놓으면, 처벌 없이 송환하겠다. 이번 항해의 목적은 당신들을 송환하는 일이다. 설명이 부족했던 것은 내 실책이니 내가 돌아가서 책임지면 되는 일이다. 무기를 놓아라."

"안 된다. 우리는 실력으로 배를 몰고 동부로 가겠다."

"실력으로?"

"무기는 우리가 가지고 있다."

"우리가 사격하는 것을 못 보았나?"

"얼마 없을 것이다."

"무기를 못 놓겠는가?"

"배를 세우든지, 다시 동쪽으로 항해하라."

"좋다. 그렇다면 실력으로 진압하겠다. 항복하겠으면 언제든지 표시하라."

오토메나크는 선장을 향해 말했다.

"진로를 바꿔서는 안 돼요."

선장은 끄덕였다.

"뭐라고 했어요?"

뻔뻔스럽게 여자가 물었다.

잡아먹고 싶은 눈으로 여자를 노려보고서 오토메나크는 지휘실을 나오려고 했다. 지금까지 잠자코 있던 선장이 일어섰다.

"이번에는 내가 할 말이 있소."

오토메나크는 돌아서서 선장을 보았다. 그는 오토메나크와 여자 대표 앞으로 다가섰다.

"당신들이 실력 행사를 해서도 안 되고 배가 닻을 내릴 수도 없소."

무어라고 하느냐고 여자가 눈으로 묻는 것을 못 본 체하면서 오토메나크는 이 양반이 무슨 소린가 하고 선장을 지켜보았다. 선장은 앞쪽 창으로 돌아서면서 손을 들어 배가 가는 쪽을 가리켰다.

"보시오."

오토메나크는 가리켜진 쪽을 보았다. 뱃길 앞에 아직도 많이 남은 햇빛 아래 수평선이 바라보일 뿐이다.

"잘 보시오. 수평선 위에 구름이 몰려오는 것이 안 보입니까?"

보이지 않았다.

선장이 무슨 꾀를 내서 신파를 꾸미고 있는가, 하는 생각이 퍼뜩 들어서, 선장의 낯빛을 얼른 살폈다. 입을 다문 얼굴이 그쪽을 뚫어지게 보고 있었다. 그러고 보니 수평선 위에 얇은 줄이 한결 더 그어진 것처럼 보였다.

"태풍입니다."

"네."

"태풍이 다가오고 있어요. 빨리 피하지 않으면 안 됩니다. 이년들에게 그렇게 말하세요."

오토메나크는 여자 쪽으로 돌아섰다. 의심이 많게도, 그녀들은 얼른 물러서면서 총을 고쳐 잡았다. 오토메나크는 화난 목소리로 말했다.

"태풍이야."

여자들의 얼굴엔 작은 태풍 같은 것이 일제히 스쳐갔다.

"태풍?"

대표가 파란 눈을 의심쩍게 홉뜨면서 앵무새처럼 받았다.

"태풍이 오고 있어. 어물거리고 있으면 모두 죽어. 알았는가?"

여자들은 총을 부여잡고, 남자들이 금시 덤벼들기라도 할 것처럼 잔뜩 굳은 채 말이 없었다.

"시간이 없어. 빨리 이 방에서 나가!"

선장이 호통을 쳤다. 오토메나크가 니브리타 말로 옮겼다. 여자 대표는 머리를 흔들었다.

"우리는 선장을 방해하지 않겠다. 태풍이 사실이라면 곧 알게 된다. 그때까지 여기서 기다린다."

오토메나크는 이 말을 또 선장에게 옮겼다.

"망할 년들."

선장은 그녀들에게 눈을 부라렸다.

"태풍 속에 들어가면 총이고 뭐고 소용없어질 겝니다. 그때 해치우세요."

태풍은 사실이었다. 여자들은 선장의 말이 끝나자 오토메나크를 쳐다봤다. 오토메나크는 화난 얼굴로 그녀들을 노려봤다.

"자, 마지막 기회다. 총을 놓아라."

대표자는 머리를 흔들었다.

"안 된다. 우리는 여기서 기다린다. 당신들 돌아가달라."

오토메나크는 지휘실을 나와서 뒷갑판으로 내려갔다. 내려오면서 보자니, 여자들은 자기들 선실에서 갑판으로 내려가는 계단 언저리와 앞쪽 갑판 여기저기에 숨어 있었다.

"알아보았나?"

오토메나크는 지휘탑을 바라보면서, 곁에 선 상사에게 물었다.

"네. 승강구 두 개로부터 공격이 가능합니다."

"가보자."

"네."

그들은 갑판 아래로 내려갔다.

보일러실로 내려가는 승강구 옆을 지나면서 상사가 말했다.

"총의 숫자가 둘 늘었습니다."

"그동안에 만들었나?"

"보일러실 근무자가 가지고 있던 것이 있었습니다."

오토메나크는 멈춰 서서 내려다보았다. 네모난 승강구 밑에 깊은 우물 밑바닥처럼 보이는 속에서 수병 두 사람이 올려다보고 있었다. 손에 총을 들고 있었다. 오토메나크는 소리쳤다.

"년들이 오지 않았었나?"

"안 왔습니다."

"나타나거든 쏘아라."

"네."

수병이 올려다보면서 대답하는 것을 듣고, 그들은 앞으로 나갔다.

"여깁니다"

하고 상사가 사다리를 가리켰다.

"앞갑판 밑인가?"

"그렇습니다."

"또 하나는?"

"이쪽입니다."

상사의 뒤를 따라가보니 파이프와 전깃줄이 얽혀 있는 구석진 곳에 사다리가 있었다.

"어디로 통하나?"

"앞쪽 갑판 오른쪽입니다."

"드러나 있지 않단 말이지?"

"그렇습니다. 현재 저쪽에는 로프가 쌓여 있고, 이쪽에는 보트가 걸려 있어서 밖에서는 출입구가 있는 것이 보이지 않을 것입니다."

"음."

오토메나크는 잠깐 생각했다. 상사가 그의 입을 쳐다보았다. 그가 당직 사관이었다.

"상사."

"네."

"곧 태풍이 온다."

"네?"

상사의 얼굴빛이 변했다.

"선장이 하는 말이다."

"큰일 났군요."

"년들을 빨리 해치우고 태풍이 오기 전에 피할 데를 찾지 않으면 안 된다."

"태풍은 지금……"

"시간이 없다. 년들에게도 말했는데 곧이듣지 않는다. 희생을 내더라도 빨리 수습하지 않으면 안 된다."

"네."

"두 패로 가른다. 나는 현 위치에서 견제 사격을 하면서 주의를 끌겠다. 너는 나머지 병력을 데리고 여기서 기다리고 있다가, 신호가 있으면 승강구 문을 열고 갑판으로 올라가 육박전으로 년들을 해치워라. 아마 사격할 필요는 없을 것이지만, 해도 좋다. 그러나 될수록 적의 희생이 적게 해라."

"알았습니다."

두 사람은 오던 길을 되돌아서 뒤쪽 갑판으로 왔다.
수평선을 바라보았다.
"그렇습니다."
상사가 자기도 바라본 그쪽을 눈으로 가리키면서 말했다. 이제는 분명히 알리는 구름이 두껍게 수평선을 따라 깔려 있었다.
"자, 배치하라."
"네."
수병이 한 사람씩 갑판 아래로 사라져갔다. 마지막으로 상사가 내려갔다.
"기관병이 가진 총을 사용해라."
상사가 곁을 떠날 때 오토메나크는 얼른 일러줬다. 상사가 알아듣고 끄덕였다. 갑판 위에는 열 사람이 남았다. 소총은 세 자루, 오토메나크의 권총. 나머지는 빈손이다. 가까운 병사를 불렀다. 병사는 기어서 다가왔다.
"탄약은 충분하지?"
"네."
"제압 사격을 시작한다. 이쪽이 총을 많이 가진 것처럼 보여야 한다. 사격 사이에 중단을 두지 말고, 연속 사격한다. 지휘탑은 내가 맡는다. 사격하면서 위치를 이동하라. 너는 내가 신호하면 아래로 내려가서 상사에게 공격하라고 일러라. 전원에게 전달."
병사가 기어갔다. 자리를 옮겨가면서 명령이 전달되는 것을 지켜보았다.
"사격 준비, 쏘아."

세 자루의 소총과 한 자루의 권총이 불을 뿜었다. 겨눔에 치중하지 말라는 명령대로 세 자루의 소총이라고는 믿어지지 않게 치밀한 제압 사격이 계속됐다. 눌린 듯이 한참 응사가 없더니, 조금 지나자 흐트러진 사격이 이쪽으로 날아왔다. 지휘탑에서도 사격해 왔다. 총대만 얼른 내밀고 쏘는 사격이라 엉터리였다. 오토메나크는 될수록 잘 겨냥하면서 쉴 새 없이 쏘았다. 병사들은 일부러 사격 위치를 여기저기 옮기면서 소리를 질렀다. 화약 냄새가 순식간에 배 위에 퍼졌다.

"쉬지 말라."

오토메나크는 크게 외치면서 한 손을 번쩍 들었다. 기다리고 있던 병사가 갑판을 기어 승강구까지 가서, 아래로 내려가는 것이 보였다.

"돌격 준비!"

오토메나크는 계속 사격하면서 외쳤다. 앞쪽 갑판에서 고함 소리가 터졌다. 올라온 것이다.

"돌격!"

숨어 있던 병사들이 일제히 몸을 일으키면서 앞으로 내달았다. 오토메나크는 방패 삼을 데를 골라서 달리면서 지휘탑을 향해서 사격하기를 멈추지 않았다. 오토메나크가 앞쪽 갑판에 이르렀을 때는 싸움은 끝나 있었다.

여자들은 선실로 몰려들어가고 있었다. 수병들이 사정없이 총대를 휘둘러 여자들을 몰아넣고 있었다.

"부상자는?"

"아직 확실하지는 않습니다만, 큰 피해는 없습니다."
"년들은?"
"마찬가집니다."
"지휘탑만 남았다."
두 사람은 올려다보았다. 얼씬거리는 그림자 없이 조용했다. 오토메나크는 상사를 데리고 올라갔다. 방에 들어서자, 여자들이 총을 든 채 서 있다가, 선 자리에서 거북한 듯이 움찔거렸다. 선장은 여자들이 없기나 한 듯이 키잡이와 나란히 서서 뱃길을 내다보고 있었다.
"상사, 총을 거둬."
민첩하게 다가서면서 상사가 한 여자의 총을 낚아챘다. 여자들은 반항하지 않았다. 빈손이 된 여자들을 향해 오토메나크는 말했다.
"내려가."
상사가 거둔 총을 한옆에 세우고 돌아가면서 여자들에게 총을 들이댔다. 여자들은 한 사람씩 지휘실을 나섰다.
선장 쪽으로 돌아서면서 오토메나크는 기분이 무거웠다. 돌아서 있는 선장의 등이 벽처럼 느껴진다.
"어떻습니까?"
선장이 돌아다봤다. 낯빛에는 지금 당장 눈앞에 있는 위험—태풍을 걱정하고 있는 표정밖에는 보이지 않았다. 오토메나크는 이 선장의 단순성에 놀랐다. 그리고 비로소 마음이 가벼웠다.
"미안합니다. 끝났습니다."
"보시오."

이제 수평선 위에는 한 뼘가량 되는 구름이 빠르게 움직이고 있었다. 선장은 전성관에 대고 급한 소리를 보냈다.

"어떻습니까?"

"모릅니다. 대단히 위험합니다. 만일의 사태를 생각해두는 것이 좋습니다."

"만일의?"

"난파했을 때를."

오토메나크는 잠깐 입을 다물었다.

"구명구의 준비는?"

"반쯤밖에는 돌아가지 않을 겁니다."

"만일의 경우에는……"

오토메나크는 말을 끊었다.

"―역시 포로들에게 우선권을 주어야 할 것입니다."

이번에는 선장이 잠잠했다.

"그래 지금 어떻게 하는 겁니까?"

한참 만에 오토메나크가 물었다.

"피난처가 될 만한 정박지를 찾고 있습니다."

이런 얘기를 주고받는 사이에 무서운 바람이 몰려왔다. 배가 크게 흔들리기 시작했다. 바다가 일시에 일어서면서 달려들었다. 마치 네 발로 기던 짐승이 갑자기 앞발을 들고 일어선 것과 같았다. 배가 하늘 높이 치솟더니 다음에는 곤두박질하면서 짐승들이 서 있는 골짜기로 쏟아져내려갔다. 배는 태풍의 발톱에 걸려버린 것이다.

섬에서

누군가 부르고 있었다. 끊어졌다, 이어졌다 하면서 소리는 가물거렸다. 먼 데서 부르는 소리였다.

"중위님."

소리는 그렇게 부르고 있었다. 눈을 번쩍 뜨려고 했으나 그렇게 되지 않았다. 어둠 속에서 문을 찾듯, 눈을 뜨는 동작을 찾아 더듬거린다. 이윽고 눈에 이르는 손잡이가 잡혔다.

눈을 떴다.

뜨자마자 눈은 다시 감겼다.

너무 빛이 강했다.

"중위님."

대신, 말소리가 분명하게 들렸다.

"중위님."

이번에는 어깨를 흔드는 것이었다.

"물."

갑자기 찢어질 듯한 목마름이 그렇게 소리를 냈다. 조금씩 빛을 사귀면서 천천히 눈을 떴다.

"중위님."

사람 얼굴 하나가 크게 떠올랐다. 살았구나.

목이 탄다.

"물."

"중위님. 정신 차리십시오."

"물."

"네, 좀 기다리세요."

얼굴이 사라졌다.

오토메나크는 눈을 감았다.

목이 마르다.

목이 찢어질 것 같다.

아픔에 어울리게 정신이 맑아졌다.

눈을 뜬다.

눈부시다.

하늘.

푸른 것들.

나무다.

나뭇잎사귀다.

야자나무다.

푸른 하늘에 야자 잎사귀가 떠 있다.

목이 마르다.
사람은 돌아오지 않는다.
몸을 일으켰다.
신음 소리를 내면서 도로 눕는다.
마디마디가 부서질 것 같았다.
팔을 들어본다.
천근같이 무겁다.
내던지듯이 내린다.
정신이 맑아졌다.
여기가 어딘가.
눈에 들어오는 것은 야자 잎사귀뿐이다.
살았다.
또 있는 모양이다.
산 사람이.
목이 마르다.
목이 찢어질 것 같다.
물.
물.
"물."
대답이 없다.
어디로 갔는가.
부른 사람이 있었는데.
눈앞에 그림자가 덮인다.

눈을 뜬다.

"물입니다."

얼굴이 말했다.

목 언저리를 죄던 목마름의 손이 풀렸다.

"고마워. 자네군."

상사였다.

"어떻게 됐나?"

"모르겠습니다. 저는 정신이 들어보니, 중위님이 여기 계신 것을 보았습니다."

"다른 사람들은?"

"보이지 않습니다."

"배는?"

"보이지 않습니다."

"아무도?"

"네."

"나를, 일으켜줘."

"좀 누워 계십시오."

"일으켜줘."

상사는 겨드랑이를 껴서 오토메나크를 일으켰다.

아까처럼 아프지는 않았다.

일어나 앉았다.

바다.

모래펄.

야자 수풀 끝에 그들은 앉아 있었다.

해안선은 불과 오십 미터쯤이다.

좌우로 수풀이 막힌 짧은 모래사장 앞에 그들은 앉아 있는 것이었다.

"눕자. 자네도."

"네."

두 표류자는 쓰러졌다.

하늘.

무섭게 푸른 하늘이다.

넘치는 빛.

"물이 더 있나?"

"한꺼번에 많이 드시면 안 좋습니다."

"……"

"좀 쉽시다. 다치신 데는 없습니까?"

"없는 것 같군."

"쉽시다."

그의 말이 옳다.

쉬는 것이 좋다.

그들은 그늘에 누워 있었다.

"사람들을 찾아봐야 할 텐데."

"쉬었다가……"

"그래…… 그래."

눈을 감는다.

감아도 눈앞이 환하다.

감은 채로 말했다.

"상사."

"네."

"우리만 산 것일까?"

"글쎄요……"

"배는 어떻게 됐을까?"

"……"

상사는 잠잠했다.

눈을 뜬다.

무섭게 파란 하늘이다.

야자나무 잎사귀가 흔들린다.

바람이 있다.

그러나 아무것도 아닌 바람이다.

그들을 망하게 한 바람은 지나간 모양이다.

"상사."

잠잠하다.

고개를 돌려본다.

그는 코를 골고 있다.

오래 걸리지 않았다.

오토메나크가 뒤따라 코를 골기 시작한 것도.

두 사람의 표류자는 두 개의 시체처럼 나란히 누워, 깊은 잠이 들었다.

다시 눈을 떴을 때는 첫번보다 빨리 정신이 들었다. 옆으로 고개를 돌려보니, 상사는 죽은 듯이 자고 있었다. 여전히 목이 말랐으나 역시 처음보다는 덜했다. 오토메나크는 야자 잎사귀가 흩어진 하늘을 쳐다보면서 그런 자세대로 누워 있었다.

살아남은 것은 둘뿐인가 하는 생각이 먼저 떠올랐다. 그러나 말짱해진 머리는 곧 그 생각을 고쳤다. 이 자리에는 보이지 않지만 다른 사람들도 살았을지도 몰랐다. 누워 있는 자리는 아주 짧은 해안이어서 좌우가 숲으로 막혀 있었다.

언뜻, 항해 도중에 닻을 내렸던 섬의 모래사장이 아닌가 싶었으나 그보다는 넓었다. 상륙해봤기 때문에 확실했다. 바다는 비어 있었다. 바리마 호의 모습은 보이지 않았다. 빈 바다는 눈부셨다. 오토메나크는 일어나 앉았다. 그러자 그는 행색을 비로소 알아보았다. 옷이 갈기갈기 찢어진 사이로 여기저기 살이 드러나 있었다. 상사도 마찬가지였다. 찢어진 옷 사이로 아랫도리가 드러나 있었다.

"상사."

오토메나크는 잠을 깨우는 것이 미안스러운 듯이 첫마디는 입속으로 불렀다. 끄떡없이, 깊은 숨소리만 없다면 상사는 여전히 죽은 사람이었다.

"상사."

크게 불러도 움직이지 않았다. 오토메나크는 상사의 어깨를 잡아 흔들었다. 끙, 소리를 내면서 상사가 눈을 떴다. 눈부신 듯이 다시 눈을 감는 것을 또 흔들었다.

"상사."

천천히 눈을 뜨면서 상사는 오토메나크를 쳐다봤다.

"그만 정신 차려."

상사가 눈으로 알았다는 표시를 하면서 일어나 앉았다. 오토메나크는 일어섰다. 휘청거렸지만 이로써 큰 탈이 없는 것을 알았다. 휘둘러본 자리는 누워서 본 대로 좌우가 막힌 작은 모래펄이었다.

"여기가 어딜까?"

상사가 따라서 일어섰다.

"상사."

"네."

"아까 물을 줬지?"

"네."

"더 마시고 싶군."

상사는 얼른 대답하지 않았다. 그는 바다를 쳐다봤다.

"바닷물이었습니다."

오토메나크의 입속에서 그 시원하던 물맛이 짭짤하게 변했다.

"여기가 어딘가 알아봐야지."

이렇게 말하면서 오토메나크는 왼쪽의 수풀을 향해 걷기 시작했다. 상사가 따라왔다. 그들은 수풀가를 따라서 나란히 걸어갔다.

그쪽으로 막아섰던 수풀의 짧은 지름길을 뚫고 나가자 다시 눈앞이 틔었다.

두 사람은 우뚝 멈췄다.

그들이 누워 있던 곳보다 좀더 넓은 모래펄에 여남은 되는 시체가 창창한 햇빛 아래 누워 있었다. 헤아릴 수 없이 오래전부터 그렇게 누워 있는 사람들 속에 갑자기 뛰어든 사람처럼, 오토메나크와 상사는 잠시 서 있었다.

하나, 둘, 셋…… 시체는, 모두 열 개였다.

오토메나크는 그쪽으로 걸어갔다. 상사는 가까운 시체 옆에 꿇어앉아서 더듬어보았다.

"살았습니다."

가슴에서 귀를 떼면서 상사가 말했다.

"그래?"

사실이다. 심장이 뛰고 있었다. 그들은 차례로 열 개의 육체를 검사해보았다. 모두 살아 있었다.

"자."

상사를 돌아보면서 오토메나크가 말했다.

모래펄에는 부서진 배에서 나온 것이 분명한 나뭇조각이 널려 있었다. 상사는 쇠붙이가 달린 나무토막을 주워들었다. 그것은 작은 컵처럼 돼 있었다. 오토메나크는 그것보다 큰 조각을 찾아들고 바닷물을 길어왔다. 상사가 자고 있는 얼굴에 물을 끼얹었다. 그리고 세게 흔들었다. 오토메나크도 길어온 물을 다른 얼굴 위에 끼얹으면서 몸을 흔들어주었다. 힘은 들었으나 일은 간단했다. 잠자던 병사들은 차례로 깨어났다. 뜨거운 햇빛 때문에 그들은 기진맥진했다. 비틀거리면서 병사들을 나무 그늘 아래로 옮겨오는 것이 오래 걸렸다. 이미 잠에서 깨고서도 수병들은 몸을 가누지 못했다.

열 개의 나무토막을 그늘 아래로 옮겼을 때는 오토메나크와 상사는 이미 지쳐버렸다. 그들은 쉴 때마다 바닷물을 마셨다. 맛이 좋고, 그때마다 힘이 났다. 그늘에 끌어다놓은 수병들은 신음 소리를 내면서 뒤적거리면서도 일어나 앉는 자는 없었다.

오토메나크와 상사는 지친 몸을 땅에 내던지고 누웠다.

"선장님이……"

상사가 느릿느릿 말했다. 선장은 열 사람의 생존자 속에 없었다.

"아직 몰라."

열두 사람이면 승무원의 삼분의 일이다. 카르노스 씨와 여자들은 모두 죽은 것일까.

"네, 그렇긴 합니다."

다시 졸리는 목소리로 상사가 말을 이었다.

"좀 쉬기로 하자."

상사의 대답은 없었다.

오토메나크도 더 말할 기운도 없었다. 무섭도록 푸른 하늘에는 구름 한 조각 보이지 않았다.

다시 잠에서 깨었을 때 오토메나크는 수병들이 일어나 앉은 것을 보았다. 일곱이었다. 세 명은 아직도 그늘에 누워 있었다. 그들은 무엇인가를 먹고 있었다. 오토메나크가 일어나 앉는 것을 보자, 수병 하나가 그들이 먹고 있던 것을 가져왔다. 야자열매였다. 옳은 일이었다. 이 생각을 못 한 일이 오히려 신기했다. 바닷물에 비할 것이 아니었다. 지쳤던 팔다리도 한결 나은 것 같았다.

"나머지는……?"

누워 있는 수병들을 눈으로 가리키면서 물었다.

"많이 지친 모양입니다."

"상처는?"

"모두 대단치 않습니다."

야자 물을 다 마시고 드러누웠다. 수병들도 드러누웠다. 이번에는 잠이 오지 않았다.

"상사."

"네."

"여기가 어딘지 알겠는가?"

"모르겠습니다."

"그것을 아는 게 먼저 해야 할 일이다. 자네 지금 기운은 어떤가?"

"괜찮습니다."

"걸어다닐 만한가?"

"네."

"그러면 나하고 정찰을 나가자."

"네."

두 사람은 일어섰다.

잠과 야자 물 덕분에 그럭저럭 온전한 기분이었다. 두 사람이 일어서는 것을 보고 수병들이 일어나 앉았다.

"어떤가?"

오토메나크는 그들 앞에 서서 내려다보았다. 걸레가 된 옷을 걸치고 앉아 있는 그들은 흠뻑 지쳐 보였다.

"다친 데가 있는가?"

"없습니다."

"또."

아무도 다친 사람은 없다.

"걸을 수 있는가?"

한 수병이 일어섰다.

"또."

두 사람이 더 일어섰다.

"좋아. 그러면 너희 셋은 같이 간다. 나머지는 여기서 기다려라. 내가 올 때까지 자리를 바꿔서는 안 된다."

수병들은 끄덕였다.

오토메나크, 상사, 그리고 세 사람의 수병은 걷기 시작했다. 여기가 육지의 해변인가 아니면 섬인가 하는 것이 먼저 알아야 할 일이었다. 해변이 좁고 둘러선 야자나무 수풀이 키가 크기 때문에 이 자리에서는 가려낼 수 없었다.

그들은 모래펄이 끝나는 데서 수풀로 들어섰다. 이 수풀은 전형적인 수풀이어서, 걸음을 옮기는 것이 힘들었다. 덩굴과 가시나무를 조심스럽게 한쪽으로 밀면서 헤쳐나가지 않으면 안 되었다.

지름은 그리 길지 않은 그 정글을 넘어섰을 때, 다섯 사람의 난파자들은 눈앞에 벌어진 광경 앞에서 우뚝 걸음을 멈췄다. 거기는 좁고 긴, 병 모가지같이 생긴 만(灣)이었다. 물가까지 정글이 내밀어 있고 높이 자란 나뭇가지들은 좁은 만의 양쪽에서 서로 손을 맞잡고 거의 지붕을 이루고 있었다. 만은 초입이 넓고 들어올수록 좁아져 있어서, 바로 말하면 나팔 모양이라고 하는 것이 옳았다.

이 만 속에 바리마 호가 처박혀 있었다.

첫눈에 바리마 호는 말짱해 보였다.

이상한 느낌에 사로잡혀 — 배가 육지에 처박혀 있는 모습은 그렇게 이상스러웠다 — 멍청하게 서 있던 일행 다섯은 부쩍 다리 힘을 내어 배 가까이 다가갔다. 가까이 가서 보는 배는 겉보기에는 말짱했으나 배 밑이 완전히 갈라져 있었다. 그래서 지금 배는 만 위에 떠 있는 것이 아니라 갈라진 밑을 깔고 만의 바닥에 주저앉아 있는 것이었다.

수병들과 상사가 선실을 돌아다니는 사이에 오토메나크는 기관실이 있는 맨 아래에 내려가서 이것을 확인했다. 기관실은 좌우로 갈라져서 물이 차 있고, 바닥에는 바다 밑바닥이 밟혔다. 위에서 흘러드는 희미한 햇빛 속에서 좌우로 갈라진 기관실은 쪼개놓은 복숭아 같았다.

바닥에 괸 물에 섞인 기름이 햇빛에 가끔 번쩍거렸다. 흘러들어오는 햇빛 자체가 고르지 못하기 때문인데 그 탓으로 물이 출렁거려 보였다. 이것이 배의 치명상이었다. 어느 지점에서인가 바위에 걸려 밑바닥이 갈라진 채 바람에 몰려서 이 묘한 호리병 모가지 같은 만에 처박힌 모양이었다. 이 파손은 그들이 배에서 떠난 다음에 일어난 일이었다.

오토메나크는 이것을 똑똑히 본 다음에 위로 올라왔다.

"아래를 보셨습니까?"

"기관실을."

"어떻습니까?"

"배 밑바닥이 갈라졌어."

"기관실의."

"물론. 기관실에서부터 아마 꼬리까지 완전히 쪼개져 있어."

"보고 오겠습니다."

상사는 내려가고 오토메나크는 올라왔다.

위쪽은 거의 피해가 없었다. 유리창조차도 말짱한 것이 있었다. 식당에서 수병들이 아귀처럼 입에 처넣고 있었다. 오토메나크가 들어서도 그들은 멈추지 않았다. 그래도 한 수병이 쇠쟁반에 쇠고기 통조림을 담아서 가져왔다. 오토메나크는 손으로 한 점 집어먹었다. 천국 같은 맛이었다. 접시를 한 손에 들고 오토메나크는 부하들보다 약간만 못한 분주한 손놀림으로 그 향긋한 천국을 연거푸 입속으로 옮겼다.

병사 한 사람에게 먹을 것을 가지고 동료들에게 가게 한 다음, 남은 네 사람은 정찰을 다시 계속하기로 했다. 이 지역이 섬인지 육지인지 아직 분명치 않았으나, 비슷한 모래펄이 바다를 따라 이어져 있는 모양이었다. 사실 정글을 또 하나 지난 다음 해변에서 그들은 여자들을 찾아냈다. 마찬가지로 그녀들도 바닷가에 널려서 쓰러져 있었다.

"열아홉입니다."

상사가 말했다.

아마 구명구를 우선적으로 준 덕일 것이었다. 여자들은 거의 알몸이었다.

"상사."

"네."

"자네가 한 사람을 데리고 여기를 맡아. 나는 정찰을 계속하겠다."

"네."

"요령은 알 테니까. 배에서 먹을 것도 가져다가 쓰도록."

"네."

당직 중에 반란을 당한 사람이 반란자들을 구해야 하게 된 것이었다. 당직 책임에 대한 규명도 할 겨를이 없이 이 지경이 된 것이다. 돌아가면 나 다음으로는 책임이 무거울 인물이다. 오토메나크는 상사와 수병 한 사람을 남겨놓고 남은 수병과 함께 바다를 끼고 더 나갔다.

이번 정글은 좀 깊었다.

온전치 못한 옷을 걸치나 마나 한 터에, 가시가 사정없이 긁어댔다. 두 사람은 구두를 신고 있었다. 자기들 구두가 아니라 배에서 찾아낸 것이었다.

"보십시오."

정글을 빠져나가자 수병이 가리켰다. 이번에는 바다로 트이지 않고 큰 골짜기가 나타난 것이다. 골짜기에는 좁은 냇물이 뻗쳐 있고, 골짜기의 맨 끝은 꽤 먼 고갯길처럼 보였다. 그들은 냇물을 따라 꼭대기 쪽으로 올라갔다. 정글을 빠지기보다 쉬웠다. 처음에는 냇가를 따라 걷다가 그럴 필요가 없음을 깨닫고는 아주 강물에 들어서서 걸었다. 무지한 더위와 수풀의 냄새가 취할 것 같았다. 그들은 몇 번씩 강물을 마셨다. 맛이 좋았다.

"좀 쉬자."

그들은 그늘에 누워서 쉬었다.

먹을 것을 가지고 올 걸 그랬군, 하고 생각하는데, 수병이 야자 열매 두 개를 주워다가 강가의 돌멩이에 대고 쪼개는 것이었다. 느끼하고 들크무레한 맛이 양분 있는 느낌이 들었다. 가끔 정글 속에서 소리가 날 때마다 귀를 기울였으나 별일이 없었다.

"가자."

그들은 일어서서 강물에 들어섰다. 강물은 미지근했지만 어떤 데서는 꽤 시원하다. 꼭대기가 점점 가깝게 보였다.

한 번 더 쉬고, 다시 출발했을 때는 두 사람 모두 어지간히 지쳤다. 마침내 강의 꼭대기에 올라갔을 때 두 사람은 잠시 말없이 서서 벌어진 모습을 바라보았다.

섬이었다.

그들이 서 있는 곳은 이 섬에 있는 몇 개의 높은 지대의 하나였다. 큰 섬이었다. 봉우리와 봉우리 사이에는 속이 들여다보이지 않는 수풀이 덮여 있었다.

위에서 내려다보니 수풀은 넓은 풀밭처럼 보였다. 섬의 사방에 모래펄이 들락날락한 것이 보이는데, 그들이 누워 있던 곳이며, 배가 들어와 있는 만灣은 보이지 않았다. 바다는 둥글게 섬을 둘러싸고 있었다. 우람하고 아득한 경치였다. 강물은 바위틈에서 흘러나오는데, 겹쳐 있는 바윗덩이들의 훨씬 안쪽에 솟아나는 구멍이 있는 모양이었다. 여기서는 물은 한결 차가웠다. 그들은 손으로 받아서 물을 마셨다.

섬에서

오토메나크는 섬의 사방을 샅샅이 둘러보았다. 종이와 연필이 없는 것이 아쉬웠다. 대신 잘 머리에 담아둘 요량으로 찬찬히 구석구석을 살펴보았다. 그렇기는 하지만 보이는 것은 굽이쳐 흐르는 풀밭 같은 수풀의 꼭대기뿐이었다.

섬에는 세 개의 봉우리가 솟아 있었다. 다른 두 개는 이곳보다 낮았다. 섬은 대충 둥글게 보였다. 그 속에 세 개의 봉우리가 삼각형으로 벌려 서 있었다.

"내려가자."

내려오는 것은 쉬웠다. 어마어마하게 큰 나무들이 있었다. 어떤 것들은 이십 미터가 넘어 보였다. 정글 속에서는 가끔 분명히 짐승 소리가 들렸다. 그러나 한 번도 그들은 모습을 나타내지 않았다. 나무 뒤에 숨어서 보지 못하던 동물 두 마리가 강을 따라 내려가는 것을 보고 있는 모양이었다. 물을 먹은 구두가 무거웠지만, 강바닥이 고르지 못했기 때문에 벗을 수 없었다.

올라올 때나 마찬가지로 여러 번 물을 마셨다. 물이 나오는 곳까지 다녀온 터라 안심하고 마셨다. 내려와보니, 여자들은 모두 정신을 차리고 있었다. 누운 채 눈을 감고 있다가, 오토메나크가 도착하자, 눈을 뜨고 바라보았다. 오토메나크는 벌거숭이로 누워 있는 여자들을 천천히 걸으면서 한 사람씩 내려다보았다. 메어리 나라는 여자는 보이지 않고, 반란 때의 지휘자 노릇을 하던 여자는 끼여 있었다. 그녀도 거의 벌거숭이였다. 걸레 같은 천으로 아래를 가리고 있었으나, 나머지는 드러나 있었다. 여자는 몸을 가리는 시늉도 없이 반듯하게 누운 채, 오토메나크를 올려다보았다.

"네가 무슨 일을 저질렀는지 알겠나?"

오토메나크는 여자의 얼굴 옆에 서서 발끝에 있는 얼굴에 대고 말했다.

여자는 대답하지 않았다.

그러나 여전히 눈길은 피하지 않았다.

"대답해."

오토메나크는 발끝을 들어 여자의 귀 바로 옆을 밟았다. 머리카락이 구두 밑에 깔렸다. 여자는 머리를 움직이려다가 머리카락이 걸려서 얼굴을 찡그렸다.

"대답해!"

발에 힘을 주면서 오토메나크가 또 소리쳤다.

"무얼 대답하라는 거예요."

더 이상 밟히는 것을 피하려는 듯이, 여자가 얼른 대답했다.

"무얼? 네가 한 일의 결과를 알겠느냔 말이야."

"결과?"

"그렇다."

"태풍이 내 탓이란 말인가요?"

"너희들이 아니었다면, 무전을 받을 수 있었을 게다. 그랬더라면 무사히 피할 수 있었으리란 말야."

"태풍이 올 줄 알구 한 일은 아니었어요."

"태풍이든 아니든, 그렇게 해서는 안 되었어."

"그래서 어쩌겠단 말인가요?"

오토메나크는 돌아섰다.

그리고 상사를 불렀다.

상사는 가까이 왔다.

그는 상사를 데리고 여자들에게서 떨어진 곳으로 갔다.

"자네는 여기서 년들을 감시하고 있어."

"네."

"어떤 여자들인지 알고 있지?"

"면목 없습니다."

"나는 가서 저쪽을 보겠다. 오늘은 우선 배에 와서 자기로 한다. 이 여자들도 좀 쉬었다가 배로 옮긴다."

"걸려서 말입니까?"

"업고 오겠나?"

"……"

명령을 마치자 오토메나크는 혼자서 부하들이 있는 쪽으로 나갔다. 지나온 곳이어서 마음은 덜 쓰였으나, 나뭇가지와 덩굴을 걷어올리면서 가기에는 여럿일 때만 못했다. 모래펄 나무 그늘에는 수병들이 누워 있다가, 그가 나타나자, 한 사람만 빼고는 모두 일어나 앉았다.

"어떤가?"

누워 있는 수병을 가리키면서 물었다.

"다친 데는 없습니다만, 지친 모양입니다."

오토메나크는 그들을 내려다보면서 천천히 말했다.

"우리는 섬에 표류했다. 여기가 어디쯤인지는 알 수 없다. 생존자는 열두 명. 포로들은 열아홉 명. 카르노스 씨와 선장은 생존자

중에는 보이지 않는다. 배도 이 섬에 흘러와 있으나 파손되어 항해는 불가능한 것 같다. 그러나 선실에는 피해가 없으므로 그곳으로 옮기기로 한다. 걸을 수 있는가."

모두 있다고 대답한다.

"누가 선임잔가?"

"네."

"인솔하라."

수병들이 부스스 일어섰다.

오토메나크와 수병들은 보초를 한 사람 세우고 배에 올라가서 대강 정리를 했다. 오토메나크는 자기 방에 있던 물건들이 거의 그대로 있는 것을 발견했다. 무전기도 그대로였으나, 무전병이 없고 보면 쓸모없는 기계였다. 선장과 무전병, 그리고 카르노스가 없어진 것이다. 오토메나크는 무기가 무기고에 그대로 남아 있는 것도 확인했다. 기관총도 무사했다. 탄약도 충분했다.

얕은 물 위에 앉아 있는 배는 우선 오늘 저녁의 잠자리로 적합했다.

수병들은 열심히 닦아냈다.

호리병 모가지같이 생긴 만灣 속에 마개를 막은 듯이 들어와 박힌 배는 위에 덮인 빽빽한 나뭇가지 때문에 그늘이 져서 시원했다. 나무들은 굉장히 큰 것이었다. 큰 야자나무 사이에 그보다 훨씬 큰 나무가 여기저기 솟아 있었다.

여자들이 정글 사이에서 나타났다.

상사와 수병 한 사람이 여자 하나를 부축하면서 약간 처져서 나타났다.

"거기서 잠깐 기다려라."

오토메나크는 갑판에서 상사에게 소리쳤다. 그러고는 수병 한 사람을 무장시켜서 배에서 내려가게 하고, 상사를 불러올렸다.

"모두 데리고 왔습니다."

"음. 오늘 저녁은 여기서 자기로 한다."

"네."

"섬을 다 돌아보지 못해서 궁금하지만 오늘은 그만두기로 하자."

상사는 서쪽 하늘을 보았다. 해는 아직 많이 남아 있었다.

"여자들은 있던 방에 다시 넣되 감시를 잘해야 한다."

"네."

상사는 고개를 숙였다.

"무전기를 다룰 줄 아는 병사가 있는가?"

"없습니다."

"우리가 어디 와 있는지 모르는 것이 제일 큰일이다."

"배도 이렇게 되고……"

"음, 갇혀버린 셈이야. 천천히 생각하기로 하고 우선 여자들을 불러올려. 일을 시켜야지."

"알겠습니다."

상사는 육지에 대고 소리를 쳤다.

육지래야 눈 아래다. 배와 육지 사이를 이은 줄사다리를 타고 여자들이 하나씩 올라왔다. 상사는 그녀들에게 손짓으로 일을 맡겼다. 배 위에 한층 활기가 넘쳤다. 아래만 내려다보지 않는다면, 바다 위에서 보통 내무 사열을 준비하고 있는 배와 다를 것이 없었다. 가지 사이로 비치는 햇빛이 밝았다, 흐렸다 한다. 구름이 여기저기 흩어져 있었다. 정글에서 가끔 무엇인가 푸드득거리는 소리가 난다. 그때 여자의 비명이 들려왔다.

오토메나크는 소리가 난 좌현左舷 쪽으로 급히 걸어갔다. 여자가 갑판에 쓰러져 있고, 그 앞에 수병 한 사람이 서 있었다. 오토메나크가 나타나자, 여자는 얼굴을 들고 무엇인가 중얼거렸다. 수병이 때렸다는 것이다.

"웬일인가?"

눈치를 보듯 수병이 고개를 들었다.

"웬일이야?"

"반항하기 때문에."

"반항?"

"네, 일을 하려 들지 않습니다."

오토메나크는 쓰러진 여자를 내려다봤다. 그녀 역시 아랫도리만 겨우 가리고 있었다. 마음대로 내던진 허벅다리가 나뭇가지 사이로 비치는 햇빛에 얼룩져 보였다.

"수병의 명령을 들어야 해. 반항하면 처벌한다."

오토메나크는 말을 마치고 돌아서서 걸어갔다. 언저리에서 일하던 다른 수병들과 여자들이 보고 있다가 얼른 제 일로 돌아갔다. 오토메나크는 보트를 달아매놓았던 자리에 걸터앉아서 갑판에서 진행되는 일을 지켜보았다.

상사가 왔다.

"기름은 어떻게 할까요?"

"기름?"

"연료 말입니다."

"연료가 어떻게 됐단 말인가?"

"기관에서 흘러나오고 있습니다."

"가보자."

상사와 같이 내려가보니, 기름이 연료 탱크에서 새고 있었다. 탱크는 위쪽이 금이 갔는데 거기서 조금씩 새고 있는 것이었다.

"여기까지 새다가 말겠지. 도리가 없지 않은가?"

"네."

"받을 그릇이 있으면 받아놓는 게 좋겠지."

"네."

상사는 배에서보다 한결 고분고분했다.

"그리고 여자들 방 양쪽 복도에 바리케이드를 쌓아."

"네?"

"복도를 막아. 우리 인원은 적고, 할 일은 많기 때문에 감시가 수월하게 해야 해."

"그렇게 하겠습니다."

상사는 급히 내려갔다.

여자들 선실 쪽에서 물건 옮기는 소리가 분주하게 들려왔다. 카르노스 씨의 방에는 그의 트렁크가 방바닥에 뒹굴어 있었다. 모서리에 쇠를 박은 커다란 트렁크를 오토메나크는 침대 위에 들어 옮졌다. 이 방은 아무도 치우지 않고 있었다. 오토메나크는 이것저것 옮겨서 정리했다. 순간적으로 이 방에 있던 사람의 모습이 떠올랐으나 잠깐이었다. 왜 그런지 지금은 아무것도 생각하고 싶지 않았다.

이튿날, 오토메나크는 수병 한 사람을 데리고 정찰을 계속하기 위해서 배를 떠났다.

어제 산에 올라가서 대강 섬의 지리를 보아둔 것이 도움이 돼서, 망설이지 않고 길을 잡을 수 있었다. 바닷가를 따라서 섬을 한 바퀴 도는 길을 택한 것이었다.

짐작했던 대로 섬 둘레는 그들이 표착했던 자리와 비슷한 모래펄이 가끔 정글에 의해서 끊어지면서 이어져 있었다.

한낮쯤 되어 대략 섬의 반대편에 이르렀을 때 그쪽에도 산에서 흘러내리는 강이 있었다. 이쪽은 해안이 조금 넓은 대신 산이 가팔랐다. 한 군데 넓은 진흙 펄이 있었다.

수병이 그 펄 속에 게들이 굉장히 많은 것을 발견했다.

오목한 구멍 속에 제 깐에는 숨은 줄로 아는 게들이 쉽사리 찾아졌다.

오토메나크는 엄지손가락을 집혔다.

끌어내보니 색깔이 장난감처럼 울긋불긋한 손바닥만 한 게였다.

여기서 그들은 반시간쯤 쉬면서 게를 잡아서 가지고 온 범포 부대에 담았다.

새들이 자맥질을 하면서 먹이를 잡고 있었다. 유독 이 근처에만 맹그로브 나무가 많이 자라 있었다.

그들은 나무 밑에 앉아서 점심을 먹었다. 수평선에는 섬의 그림자 하나 보이지 않고 하늘에는 구름도 없었다.

완전히 유배당한 셈이군, 하고 오토메나크는 생각했다. 배는 부서지고, 무전병은 실종되고, 철저히 세계로부터 고립된 것이었다.

오면서 보니 야생의 야자나무가 굉장히 많았다. 무엇보다 이 많은 사람이 먹고살 일이 걱정이었다. 본능적으로 오토메나크는 바다에서 눈을 떼지 못했다.

세계로부터의 연락은 그쪽에서 올 터이었다. 지나가는 배에 의해서 발견되는 것만이 감금 상태에서 벗어나는 단 한 가지 길이었다. 그러나 지나가는 배가 우리 배인지 적의 배인지를 어떻게 안단 말인가?

다행히 쌍안경이 무사히 남아 있는 것이 떠올랐다. 열둘에 열아홉, 서른하나.

섬이기 때문에 경계가 쉬운 반면에 많은 입이 먹을 식량이 걱정이었는데, 섬에는 야생의 먹이가 어느 정도 있을 테고, 생선도 잡아먹을 수 있을 것이었다. 먹을 물도 있다. 굶어 죽지는 않을 것 같다는 일이 제일 반가웠다.

"아."

수병이 벌떡 일어났다. 부대 속에서 게가 한 마리 고향으로 돌아가고 있었다.

"놔둬."

오토메나크가 말했다.

수병은 주저앉았다.

두 사람은 기어가는 게를 바라보았다.

이윽고 탈출자는 펄 속으로 사라져버렸다.

"가자."

장교와 수병은 총과 부대를 들고 일어섰다.

배에 돌아와보니 저녁 식사를 막 시작하려는 참이었다.

"고단하시겠습니다."

상사가 사닥다리에서 갑판으로 올라서는 오토메나크를 맞이하면서 말했다.

"그동안에는?"

"별일 없었습니다."

배는 놀랄 만큼 깨끗해져 있었다.

상사는 배의 현 상태와 남아 있는 물자에 대해서 자세한 보고를 했다.

먼저 식량은 석 달 동안 먹을 것이 있다고 그는 말했다.

"상하지 않는가?"

"발전기가 무사하니깐 냉장고를 쓸 수 있습니다."

배가 부서진 지금에 와서 기름은 아껴둘 만한 값이 없었다. 그러나 전기를 쓰려면 기름을 아껴야 하지 않겠는가?

"기름은 얼마나 있는가?"

"냉장고와 등화용으로만 쓴다면 일 년은 갈 것입니다."

오토메나크는 상사를 쳐다봤다. 그리고 처음으로 그에게 다정한 느낌을 가졌다. 그가 순진했기 때문이었다. 이 친구는 이 섬에서 살 작정인가. 일 년이나 이 섬에 있으면 어떻게 된단 말인가. 갑자기 오토메나크는 자기 혼자의 판단으로 서른 사람의 목숨을 관리하고 있는 것을 깨달았다. 그러나 이러한 책임 의식에는 조금도 밝은 빛이 없었다.

"모두 수기手旗 신호는 할 줄 알겠지?"

"물론입니다."

"그러면 내일 저 봉우리에 망루를 설치한다."

"네."

"저기가 이 섬에서 제일 높은 곳이야. 저기서 바다를 감시해야 할 게 아닌가?"

"그렇습니다."

"감시병은 한 사람, 적당한 간격으로 교대를 시켜."

"네. 내일부텁니까?"

"내일부터. 꼭대기에는 물이 있다. 식량과 침구, 그리고 무기를 가지고 가게 하라."

"네."

"여자들은 어떤가?"

"별일 없었습니다."

"여자들이 문제다."

"네?"

"여자들을 배에서 재우는 것은 좋지 못하다."

"네."

"여자들을 감시하기 위해서 귀중한 병력을 쓰게 된다. 뿐만 아니라 우리 행동을 너무 가깝게 볼 수 있어서는 안 된다."

"어떻게 하시렵니까?"

"육지에 막사를 짓게 하는 것이 좋겠다."

"그것이 좋겠습니다. 여기서는 집이라고 해도 어려울 것이 없습니다."

"내일 가까운 곳에 알맞은 자리를 알아보라."

"네. — 식사를 하시겠습니까?"

"상사."

"네."

"식량도 아껴야 한다. 식량은 일 년 치가 없지 않은가?"

"……"

"현장 조달할 수 있는 범위를 빨리 알아보자."

"네."

상사는 시무룩하게 대답했다.

가지 사이로 달빛이 밝은 하늘이 비쳐 보였다.

모두 잠들었다.

오토메나크는 배를 한 바퀴 돌아보고 올라와서 지휘실에 와 앉았다.

깨끗이 치운 끝이어서 처음에 와봤을 때처럼 을씨년스럽지는 않았으나 휑뎅그렁하기는 마찬가지였다.

지금 깨어 있는 사람은 자기 말고는 불침번 한 사람뿐이다.

태풍을 만난 후로 처음 오토메나크는 제정신 같은 것이 들었다.

자 이제 어떻게 할 것인가. 배는 부서지고 카르노스는 죽었고, 위치를 알 수 없는 외딴 섬에 갇혀버렸다. 배가 지나다가 알아봐

주기를 기다리는 길밖에 도리가 없이 되었다. 다만 굶어 죽지는 않을 것 같다. 배의 식량을 아껴 먹고, 사냥과 고기잡이를 하면.

그래서 어떻게 되는가. 살아서 돌아간다면. 바다 위에서 반란을 당하고, 배를 부수고 중요한 인물을 잃어버린 책임은? 여자들에게 반란을 당하다니. 일시에, 모든 지난날의 정상적인 감각이 돌아왔다. 군법 회의에 넘겨질 것이다. 강등될는지도 모른다. 혹은 사형? 손해를 생각하면 그럴 만한 일이다.

이게 끝장이란 말인가. 한 인간이 이렇게 끝난단 말인가.

알 수 없는 미움 같은 것이 머리에 피를 끌어올렸다.

오토메나크는 일어서서 방 안을 걸었다.

이렇게 끝장인가. 어리석은. 아무것도 모르고 경거망동한 일생. 어떻게 할 수만 있다면 바로잡아보려고 한 일생.

그러나 이렇게 되고 말았단 말인가. 이 모든 것이 누군가에게 속은 탓인 것 같았다. 나파유. 그렇다. 모든 것이 나파유 놈들이 애로크를 침략한 데서 비롯했다. 아직도 나라 밖에서 나파유를 반대해서 싸우는 사람들이 있겠지. 그러나 나 같은 사람은 어떻게 할 수 있었는가.

말하자면 한 시대가 권력의 모두를 다해 취하게 한 환상 속에서 자기를 지키지 못했다는 죄. 내가 못났다는 죄. 그것이다. 이 죄에서 그 모두에 대해서 책임을 져야 하는가. 아무튼 책임을 묻는 사람들은 잔인할 것이다. 당장 로파그니스에 돌아간다면, 임무 실패에 대한 책임 규명이 있을 테고, 그것은 사정이 없을 것이 아닌가.

만일 강등되고, 그리고 이 전쟁이 끝났을 때. 나파유의 패전으로 끝났을 때. 그때가 어떤 세상이 돼 있든 나의 장래는 캄캄하지 않겠는가. 그때가 어떤 세상이 될 것인가. 모르겠다. 카르노스가 살아 있을 때 이런 일을 물어볼 기회가 있었더라면. 패전. 정말 그런 일이 있을 수 있을까. 나파유는 이 넓은 점령 지역을 그대로 지키고 있지 않은가.

전세가 불리하다 한들, 전진의 속도가 늦어졌다는 것뿐이 아닌가. 로파그니스 생활의 어디에 패전의 징조가 있었는가. 게릴라? 그것은 일부 지역에서 일어난 사건이다. 등화관제? 점령 지역에서 등화관제가 실시되는 것은 오히려 당연하다.

장기전長期戰으로 가기 위한 당연한 조치가 아닌가? 마야카는 후방에서는 말기 증상이라 했지. 말기 증상. 구체적으로 어떻다는 것인가. 화를 내지 말고 캐물었어야 할 일이 아니었는가.

오토메나크는 우뚝 섰다가, 급히 돌아서서 지휘실을 나왔다.

오토메나크는 무전실로 들어갔다. 휑뎅그렁한 느낌은 마찬가지인 그 방에 무전기는 말짱하게 남아 있었다.

기계 앞에 앉아서 리시버를 쓰고 먼저 전기를 넣는 장치를 찾았다. 의미 없는 숱한 꼭지들을 이리저리 돌려본 끝에 기계에 전기가 들어왔다. 꼭지마다 표시된 글자를 들여다보면서 기계를 만졌다. 수화기에는 이윽고 신호가 들어오기 시작했다. 그러나 물론 알아들을 수는 없는 일이었다. 그래도 오토메나크는 기계를 더듬기를 그치지 않았다. 마침내 그의 귀에 나파유 말 방송이 울려왔다.

"나파유 장병 여러분. 여러분이 기다리시는 '진실의 소리' 시간입니다. 이 방송은, 전쟁에 대한 진실한 현황을 나파유 장병 여러

분에게 알리기 위하여, 아키레마 사령부가 보내드리는 전쟁 보도의 시간입니다."

여자의 목소리였다. 미끈한 나파유 말이었다. 전쟁이 시작되기 훨씬 전부터, 나파유 여자가 이처럼 달콤한 애교를 목소리에 풍겨서 말을 해보는 기회라는 것은 사라지고 있었다. 전쟁에 대한 진실을 말해주겠다는 이 여자의 목소리는 마치 남자의 품에서 사랑을 속삭이는 자리 속의 여자의 그것처럼 간지럽고 부드러웠다. 먼저, 목소리의 이 울림이 오토메나크를 놀라게 했다.

비록 나파유 말일망정, 그것은 나파유 말이 아니었다. 나파유 말이 이렇게 부드럽게 소리내어지는 것을 철든 이후에 들어보지 못했다. 그래서 오토메나크는 놀랐던 것이다. 그러나 이 놀라움이 사라지기 전에 더 놀라운 것은 역시, 여자가 전하는 소식이었다.

아니크 대륙에서 나파유군은 진흙 펄에 빠진 채 움직이지 못하고 있었다. 고노란 반도에서는 니브리타의 가장 큰 식민지인 힌디아에 침공하려던 나파유 작전이 실패하여, 참가한 3개 사단이 무너져 정글 속을 헤매고 있었다. 나파유군이 차지했던 숱한 섬들은 하나하나 되뺏기고, 아키레마의 식민지였던 니필리피 군도는 아키레마군의 되뺏기가 눈앞에 있었다. 나파유 해군의 전함, 항공모함의 주력은 모두 이미 바다 밑에 내려갔고, 남은 전투함들은 아키레마 해군의 공격을 피하기 위해서 바다 위를 헤매고 있었다.

그리고, 무엇보다 소름 끼치는 일이 방송되고 있었다. 나파유 본토가 이미 한 달 전부터 공중 공격을 받고 있다는 것이다. 수화기 속에서, 나파유 군대의 피, 부서진 도시, 가라앉는 군함들의 검은 연기, 불타는 요새, 정글을 헤매는 패잔병들의 신음 소리, 가라앉은 수송선의 기울어지는 마스트, 죽을힘을 다해 달아나는 상처입은 함대—이런 것들이 범벅이 되어 좁은 귓구멍 속으로 흘러들어오는 것이었다.

"……"

누군가 부르는 소리에 오토메나크는 쭈뼛해지면서 권총에 손을 대면서 돌아봤다.

불침번이었다. 그는 흠칫했다.

"뭐야."

"아닙니다. 소리가 나서……"

"알았어."

"계속 근무하겠음."

불침번은 내려갔다. 핏발 선 눈으로 허공을 보면서 오토메나크는 앉아 있었다. 수화기를 귀에 대고 이쪽으로 향한 그 얼굴은 불침번이 흠칫할 만한 것이었다.

이튿날은 종일 비가 내렸다. 여느 해에 비겨, 장마철이 반이나 지났는데도 얼마 내리지 않았기 때문에 남은 동안에 온다면 많이 몰릴 것이었다. 먼 데 높은 바람 골이 생겨 있는 모양인지 세찬 비는 아니었으나 좀 심한 안개만 한 비가, 가끔 성겨지기도 하면서 꾸준히 하루를 내렸다. 따라서 모든 예정이 파해졌다. 망보기를 보내는 일도 미루어졌고, 여자들이 지낼 집을 뭍에 마련하는 일도 할 수 없었다.

자욱하게 내리는 짙은 안개비 속에서 보면 밀림은 자그만 덩치의 구름처럼 보였다. 가끔 밖에 나가 살펴보니 강물이 조금씩 불어나고 있었다. 강물이 흘러드는 만灣에 앉아 있는 배가 물이 불어나면 흔들리지 않을까 싶어서, 오토메나크는 상사를 불러 아래로 내려갔다. 먼저 대강 본 상태는 자세히 또 봐도 여전했다.

　배는 까놓은 밤 껍질을 엎어놓은 것처럼 뱃바닥이 완전히 벌어져서 그 위에 올라앉아 있는 것이었다. 웬만큼 물이 불어서는 바닥이 열린 배가 물에 뜰 염려는 없었다. 닻을 내릴 필요는 없을 것 같았다.

　"네. 염려 없을 것 같습니다."

　염려? 뜰 염려가 없다는 말이 절망적으로 어둡게 들렸다. 여자의 비명이 들려왔다. 상사가 몸을 움칫했다. 자기 눈치를 살피는 것을 알면서도 오토메나크는 가만히 파이프 위에 앉아 있었다. 발부리에 넓게 갈라진 바닥 사이로 바닷물이 강처럼 길게 뻗어 있었다. 흘러나간 기름이 진하게 퍼져 있었고, 물은 가끔 희미하게 기름을 번들거렸다. 꼭대기에 전등을 켜놓은 것이었다.

　"상사."

　"네."

　"위에 할 일이 있는가?"

　"오늘은……"

　"비가 그쳐야 하니깐 그냥 기다리면서 지내는 수밖에."

　"네, 내무 정돈을 하라고 일러뒀습니다."

　"잘했어.— 내가 하는 말을 잘 들어."

　"……"

"우리는 심상찮은 지경에 빠졌어."

"……"

"이 섬이 과연 어디쯤인지 알 수가 없는데, 우리 지역에 가까운 자리라면 문제는 없어. 그러나 만일 이것이 우리 작전 지역 밖에 있는 섬이라면……"

"……"

"심각한 일이 아닌가?"

"네."

"사정을 알 수 없는 바에는 가장 나쁜 상태를 짐작해두지 않으면 안 돼. 지금부터 하는 말은 그런 가정 아래서 어떻게 해야 할 것인가 하는 내 계획이야."

"알겠습니다."

"가장 기본적인 일은, 이 섬에 적이 다가와서 우리가 발견당했을 때 어떻게 할 것인가야."

상사의 온몸에 무엇인가가 흘러 퍼지면서 굳어지는 느낌이 알렸다.

"어떻게 했으면 좋겠는가?"

"싸워야 하지 않겠습니까?"

"그렇게 생각하나?"

상사는 의아스러운 입을 다물었다.

"만일 적이 훨씬 우세하다면?"

"……"

"싸워서도 이길 수는 없다면?"

"……"

"훨씬 우세하고, 싸워도 이길 수 없을 것은 틀림없지. 오기만 한다면."

"……"

"보트를 타고 오지나 않는 바에야 12명보다는 많을 게 아닌가?"

"네."

"만일에 상급 부대와 연락을 가지면서 이 섬을 지키는 처지라면, 명에 따라 움직이면 되지. 그러나 우리는 혼자 적과 만나서 싸워야 하고, 싸우게 되면 죽게 되는 것이 틀림없다."

"……"

"상사, 죽을 수 있겠나?"

상사가 벌떡 가슴을 폈다.

"중위님, 죽는 것은 군인의 본분입니다."

그렇다, 우린 모두 그렇게 배웠지.

"옳지. 그 각오는 틀림없겠지?"

"살아서 욕을 보느니 죽어서 이름을 남기라고 보병 교범步兵 敎範에 있는 대롭니다. 저도 제국 군인으로서 군대밥 신세를 졌습니다. 죽을 때 죽는 일이 억울하지는 않습니다. 다만 귀중한 배와 중요한 인물을 잃어버린 책임, 년들 따위를 방심했다가 실수를 해서 그렇게 된 일이 한입니다."

"한이라?"

"네, 년들을 갈아 마시고 싶습니다."

"그게 한인가?"

"그렇습니다."

"상사."

"네."

"한 정도가 아니야."

"네?"

"군법 회의에서의 처단거리야."

"……"

"그리고 자네보다 내가 더 책임질 일이고……"

"그러나 당일 당직은……"

"그래그래, 나 혼자 죄를 독차지하지 않을 테니 염려 말게. 공평하게, 그러나 장교는 장교대로 하사관은 하사관대로, 우리 둘이 모두 군법 회의의 중죄인이라 이 말이야."

"……"

"사형일 수도 있다."

"죄송합니다. 중위님은……"

"무슨 소리, 나도 군인이야. 죄가 있으면 죽어야지."

"……"

"즉, 우리는 돌아가도 죽고, 여기서 적을 맞아도 죽는다. 그런데 돌아갈 길은 없다. 그렇다면 싸우다 죽는 것이 다행하지 않은가?"

"죽겠습니다."

"죽자. 미련은 없겠지?"

"저는 괴로웠습니다. 계집년들에게 당했다는 경력을 가지고 살 일이 괴로웠습니다."

"그렇게 살기보다는 죽기가 소원인가?"

"그렇습니다."

"됐다. 나도 그렇다. 적이 오면 죽기로 싸워 한 놈이라도 더 죽이고 죽자."

오토메나크는 일어서서 상사의 어깨에 손을 얹었다.

이틀을 두고 비가 내리는 동안, 사람들은 배에 갇혀서 지냈다.

열대熱帶에는 해마다 겨울과 여름 두 번에 걸쳐 장마철이 온다. 이것은 이 고장에 각기 다른 힘을 미치는바, 이는 또한 각기 다른 상황에서 일어나는 장마다. 땅거죽에 가까운 공기는 식어지면 부피가 오므라들어, 그 분자分子가 배게 모여서 기압이 올라간다. 거꾸로 공기가 따뜻해지면 부피가 부풀어서, 기압이 내린다. 찬 공기와 더운 공기가 맞닿으면, 이를테면 호수라든가 해변에서는 찬 기운이 따뜻한 기운 쪽으로 흘러가서 기압의 균형을 잡으려고 한다. 이 공기의 움직임이 바람인데 그것이 가장 큰 넓이로, 또 가장 얽혀서 일어나는 경우가 열대의 계절 바람이다.

정월이 되면 땅덩이의 남반구南半球가 해 쪽으로 기울기 때문에, 중앙아시아는 대단히 차가워서 높은 기압이 생겨 거기서 차고 마른 바람이 흘러나온다. 이 바람은 힌디아 반도 언저리의 바람과 어울려 한 뭉치가 되어 적도赤道 쪽으로 밀려가는데 거기서 늘 힌디아 바다 위에 도사리고 있는 높은 기압골에서 나오는 바람과 부딪친다. 두 반구半球의 바람은 함께 높이 올라가서, 식어지며, 바다를 건널 때 머금은 물기가 큰비가 되어 쏟아지게 된다. 그러나 북쪽 아일라르타우스의 하늘에 낮은 기압이 있기 때문에 계절 바람의 비의 한끝은 아일라르타우스의 북쪽 바닷가 언저리에도 쏟아진다.

칠월이 되면, 이것이 거꾸로 된다. 북쪽 반구가 해 쪽으로 기울고, 중앙아시아는 따뜻해져서 겨울철 높은 기압氣壓은 사라진다. 북서北西 힌디아와 파크시나트는 해가 가는 길이 되어 대단히 뜨거워지므로 힘센 낮은 기압이 번성한다. 때를 같이하여 아일라르타우스의 온도는 내려가, 약한 높은 기압이 일어나, 늘 바다 위에 있는 높은 기압이 강성해진다.

이 두 개의 높은 기압골의 찬 공기가 바다를 건너, 뜨거운 기운과 물기를, 아이세노딘과 힌디아 반도半島 언저리에 뿜어내어 큰비가 내리게 한다. 이것이 여름 장마철이다.

아마도 이 바람과 비 들이 민족의식을 가졌다면, 자기들의 움직임을 역사라 부를 것이다. 만일에 이 바람과 비 들이 개인의식을 가졌다면 자기들의 몸 움직임을 한평생이라 부를 것이다. 또 이들 바람과 비가 자기를 신神이라 생각한다면 그들이 지나가는 자리에 무성해지는 곡식과 과일을 자기가 창조創造했다고 할 것이다. 헤브라이의 옛말에 나오는 노아의 궤짝 배처럼, 바리마 호도 얕은 만灣의 펄 위에 올라앉아서 이 비를 맞고 있었다. 그러나 그 옛날의 배와는 달리 바리마 호에 탄 사람들을 기다리고 있는 것은 삶이 아니라 죽음이었다. 아니, 이 배의 노아는 그쪽을 택한 것이었다.

죽음의 방주

 비가 개자 맨 먼저 산꼭대기에 망보기가 보내졌다. 오토메나크는 수병 한 사람을 데리고 올라가서 자리를 골라주었다. 고른 자리는 네 군데 바다를 모두 볼 수 있었고, 옆에 10미터쯤 되는 큰 나무가 있었다. 무슨 나무인지 이름은 알 수 없었으나, 줄기는 야자나무 비슷했다.
 이 나무에 줄사다리를 걸어놓고, 중간쯤 굵은 가지가 퍼진 한가운데가 큰 새 둥지처럼 펑퍼짐한 데를 망보는 곳으로 삼았다. 머리 위에는 윗가지가 울창하게 그늘을 만들었기 때문에 햇볕을 피할 수 있고, 바람기가 늘 있어서 오래 견디는 데도 불편하지 않을 것이었다. 여기서 바라보면 섬은 사다리꼴에 가까운 것을 알 수 있었다.
 바리마 호는 사다리꼴의 긴 변죽의 하나에 쐐기처럼 박힌 만에 들어와 파묻혀 있는 것이었다. 바리마 호는 나무숲에 가려서 보이지 않았다. 망보기와 배가 늘 연락하자면 불가불 배 가까이에 또 하나 망보기를 둬야 하는데, 모자란 병력에는 이 점이 불편했으나, 달리 풀 길이 없을 것이다.

오토메나크는 망보기를 세워놓고 산을 내려와서 산꼭대기와 마주 보는 자리를 찾아보았다. 배에 가까운 나무 위에 초소를 마련했다. 이 초소가 산에서 오는 신호를 배에 전하게 될 것이었다.

상사의 지휘 아래 여자들의 숙소가 그녀들 손으로 지어졌다. 배에서 백 미터쯤 떨어진 모래펄이 제일 넓은 데를 골라, 원두막 모양의 장방형 남방식 집을 지었다. 이따금 고함 소리와 찢어지는 목소리가 들렸는데, 오토메나크는 한 번도 가보지 않았다. 일주일 만에 다 지은 집을 가보니, 상사는 일러준 대로 잘 지어놓았다. 거기는 만의 안쪽이었는데, 집은 높은 나무 그늘 속에 들어앉았고 앞에는 만으로 흘러드는 냇물과 모래펄이 있었다.

"저것들이 살게 하기는 아깝습니다."

"자네 밑천이 든 것도 아니잖은가?"

"그렇기는 합니다만."

"올라가볼까?"

집은 옆으로 길게 되어 있는데 양쪽에 사닥다리가 하나씩 달려 있었다. 그들은 사다리를 타고 다락집으로 올라갔다.

"자넨 훌륭한 공병이군."

헤헤, 하고 상사가 웃었다.

오토메나크는 상사가 웃는 것을 보고 놀랐다. 그러나 웃지 않으면 어쩌겠는가. 오토메나크도 좀 싱겁기는 하나 웃어보았다. 그랬더니 제법 즐거운 듯한 웃음이 나오는 것이었다.
 다락집은 통나무를 배게 깔아놓아서 튼튼했고 창문은 없었다.
 "발을 만들어 드리울까 합니다."
 "배에 범포帆布가 많지 않은가?"
 "발을 거는 게 바람이 잘 통하지 않겠습니까?"
 "꽤 생각하는군."
 "그게 아닙니다."
 "비 올 때면 발로는 습기가 막아지지 않지."
 "네, 그럼 발과 범포 커튼을 겹으로 달겠습니다."
 "그게 좋아."
 그들은 아래 모여 있는 여자들의 눈길을 받으면서, 다락집에서 내려왔다. 이날부터 여자들은 모두 새집으로 옮겼다.
 여자들이 이사해 나간 다음 날, 이 배의 승무원 모두가 갑판에 모였다. 마스트에는 국기가 올려졌다. 말쑥하게 닦인 갑판에 나뭇가지의 그림자가 서늘한 무늬를 만들고 있었다.
 열 사람의 수병들이 두 줄로 지휘실을 마주 보고 차렷하고 서 있었다. 모든 물건이 비교적 잘 남아 있는 데 비해서 옷만은 물에 씻겨가버려서, 수병들은 표착漂着했을 때 누더기를 그대로 걸치고 있었다. 모자는 아무도 쓴 사람이 없었다. 다만 무기만은 온전해서 열 사람이 모두 앞엣총을 하고 있었다. 기름으로 닦은 총이 사람보다 으리으리해 보였다.
 지휘실에서 오토메나크가 나오는 것이 보였다. 상사가 구령을 내렸다.

"차렷."

오토메나크는 천천히 계단을 내려왔다. 그 역시 맨머리였다. 바지 아랫도리와 소매가 떨어져나간 몰골은 부하들의 그것과 미상불 좋은 짝이었다. 어깨의 표시만은 용하게 붙어 있었다.

"초소 근무 1명 외 전원 집합했습니다."

"진행하라."

상사가 약간 사이를 두고 다시 구령을 내렸다.

"국기를 향하여……"

상사와 오토메나크가 국기를 향해 돌아섰다.

"……받들어총."

쇠와 손아귀가 부딪치는 소리가 힘 있게 울렸다. 오토메나크와 상사는 손을 올려 경례했다.

"세워총."

상사와 오토메나크가 열을 향해 돌아섰다.

"조난자를 위한 묵념."

한결같이 고개를 떨궜다. 오토메나크는 고개를 숙이면서, 머리가 돌같이 무겁게 느껴졌다. 그리고 잠깐 깜박 정신이 흐려졌다.

"바로."

오토메나크는 고개를 들었다. 스무 개의 눈이 뚫어지게 자기를 지켜보고 있었다.

"중위님 훈화."

오토메나크는 돌아서서, 두어 걸음 떨어진 계단의 첫 단 위에 올라섰다.

"잘 들어라. 본 선은 중요한 임무를 띠고 항해하던 중 불행히 조난하여 이렇게 되었다. 우리가 호송하던 가장 중요한 인물을 비롯하여 선장, 하사관, 수병 그리고 니브리타 여자들의 반수가 죽었다. 배는 알다시피 다시는 항해가 불가능하다. 무전기는 아무 고장이 없는 것 같으나, 무전병의 조난 때문에 쓸모가 없다. 이 섬의 위치는 알 수 없다. 이 섬이 만일 우리 지역에 있다면 우리는 구출당할 수 있을 것이다. 그러나, 만일 적의 구역에 있다면 우리는 언젠가 적과 상면하지 않으면 안 된다. 이 배는 전투 임무를 받지는 않았다. 그러나 군대는 임기응변으로 언제나 전투에 들어갈 수 있다. 지금 우리가 그런 처지에 놓여 있다."

오토메나크는 일동을 돌아보고는 말을 다시 이었다.

"호송하던 인물을 잃고, 위치를 알 수 없는 섬에 옴으로써, 우리가 로파그니스를 떠날 때 받은 임무는 일단 끝났다. 지금부터 우리가 치러야 할 목표는 두 가지다. 첫째는 만일 이 지역이 우리 지역이라면, 빨리 우리 위치를 알려 로파그니스로 돌아가는 길이다. 그러나 이것은 지나가는 배를 기다리는 수밖에 없다. 보트도 모두 없어졌기 때문에 보트로 돌아가는 것도 불가능하다. 이곳에는 보트 재료가 있기 때문에 배를 만들 수도 있으나, 현재 위치를 알 수 없기 때문에 안전한 항해를 기대할 수 없다. 그래서 나는 현재 자리에서 지나가는 배를 기다리는 것을 우선 택하기로 한다. 이것이 첫째 목표다. 이 목표를 위한 근무는 주로 바다를 감시하는 일과가 될 것이다. 다른 임무는, 불행하게 이 섬이 적의 구역인 경우, 언젠가 적에 의해 발견당할 가능성에 대비하는 일이다. 가능한 한, 우리는 발견당하지 말아야 한다. 다행히 섬에는 사람이 다녀간 흔적이 없다. 그러나 적의 함선이 지나갈 가능성은 언제든지 있다. 적이 이 섬에 상륙할 경우, 우리는 부득이 싸워야 한다. 그리고 싸우는 경우에는 적에게 우리 힘으로 가능한 최대의 손해를 주어야 한다. 적과의 접촉이 어떠한 형태가 될지 짐작할 수 없기 때문에, 우리가 취할 방법도 여러 가지를 생각해두지 않으면 안 된다. 현재 우리는 소총 마흔 자루와 기관총 한 대, 잠수함용 폭뢰 다수를 가지고 있다. 이것은 대단히 빈약하다. 그러나 쓰기에 따라서는 위력을 나타낼 수 있다. 이 무기를 가지고 어떻게 싸우느냐는 내가 알아서 지휘하겠다. 너희들은 제국 군인으로서 나의 지휘에 따르면 된다. 우리는 불명예스럽게 항해 도중 여자 포로들로부터 반란을 당했다. 이것은 나의 책임임과 동시에 너희들 모두의 수치다. 우리가 이 수치를 씻는 길은 이 섬에서 적과 만났을 때, 우리 목숨을 황제 폐하를 위해 티끌처럼 버리는 길밖에는 없다. 귀축鬼畜 아키레마와 니브리타는 싸움이 시작된 이래, 조금도 뉘우치는 빛 없이 그들이 자랑하는 물량物量을 믿고 제국의 성전聖戰의 수행에 끈질기게 반항하고 있다. 그러나 우리는 반드시 이길 것이다. 우리 나파유는 일찍이 나라가 비롯한 이후, 적의 침략을 받아본 적이 없는 신국神國이다. 우리에게는 황송하옵게도 신神의 직손直孫이신 황제 폐하의 지도하심이 있고, 폐하의 선조이신 신들의 가호가 있다. 이 믿음 아래 죽음을 두려워 않는 마음, 이것이 나파유 정신이다. 이 나파유 정신이 있는 한, 우리를 당할 자가 없다. 나파유 정신이란, 황제 폐하를 위해서는 죽음을 티끌같이 아는 마음이다. 이것은 제국 신민이 있는 곳이면 어디든 있다. 따라서 이 섬에서 임무에 임할 우리 역시, 나파유 정신으로 근무한다. 너희들은 오늘부터 이미 죽은 것으로 생각하라. 끝."

경례를 받고 오토메나크는 계단을 올라갔다. 등에는 그가 죽음을 선고한 스무 개의 눈길이 느껴졌다. 오토메나크는 힘들게 올라갔다. 죽음의 눈길이 마치 뒤에서 잡아끌기나 하는 것처럼.

날마다 망보기가 서고, 여자들은 바닷가에서 고기를 잡고, 남자들은 여자들의 감시와, 진지 만들기에 골몰했다. 진지 만들기란, 한 대의 기관총을 강의 상류 가까운 바위 위에 걸어놓고, 사계射界의 중요 방향에 대해서 미리 거리와 각도를 재어 사격표를 만드는 일이었다.

섬에 와서 보름째 되는 날에 여자 하나가 죽었다. 이 여자는 온몸에 멍이 들어 있었고, 금방 죽을 것 같더니 한동안 좋아지는가 싶었는데 끝내 죽고 만 것이다.

오토메나크가 상사를 데리고 여자들 막사로 갔을 때 여자들은 밖에서 기다리고 있었다.

"보시겠습니까."

상사가 물었다.

"곧 묻어."

"네."

막사 뒤쪽에 구덩이가 이미 마련돼 있었다.

여자들이 사다리를 올라가서 누더기에 싼 주검을 안고 내려왔다. 여자들의 옷은 더욱 남루해진 데다가, 사다리를 타고 오르내리는 동작 때문에 몸이 마음대로 드러나 보였다. 여자들은 주검을 묻고 십자 표지의 비를 세웠다. 노랫소리가 이어 일어났다. 아침 햇빛이 벗은 여자들의 살 위에서 세게 빛났다. 무덤 앞에서 머리가 풀어진 여자들이 거의 벌거숭이로 꿇어앉아 노래 부르는 모습은 오토메나크에게 짜증스러워 보였다.

"곧 일과를 시작해."

"네."

"총원 열여덟이 된 게지."

"그렇습니다."

"병자가 없어졌으니, 잘됐다."

"네, 당번을 남길 필요가 없어졌습니다."

"나는 진지 구축을 가 보겠다."

"네."

노랫소리를 뒤에 남기고 오토메나크는 강을 따라 올라갔다. 강물은 비 끝이라 물이 불어나 있었으나 거슬러 올라가기에 힘들지는 않았다. 아침 햇살이 나무 사이로 탐조등 불빛처럼 길게 수없이 뻗어내리고 강물은 유리처럼 번쩍거렸다. 그는 기관총 진지가 보이는 모퉁이에서부터는 걸음을 세었다. 진지에 도착해서 자기가 잰 거리와 지점을 알려주었다.

두 사람의 수병 중 키가 큰 쪽이 오토메나크가 일러준 숫자를 사격표에 적어넣었다. 기관총은 큰 바위 두 개가 약간 떨어져 있는 틈바구니에 걸려 있었다. 여기서는 강물을 따라 올라오는 적을 어느 굽이에서나 마음대로 쏠 수 있었다. 만일 적이 이 골짜기에 들어서

기만 한다면 독 안에 든 쥐였다. 보통 때는 기관총을 배에 뒀다가 적이 만일 올 기미가 있으면 진지를 이곳으로 옮겨서 싸울 생각이었다. 아직까지는 이보다 더 좋은 자리를 찾지 못했다. 수병 두 사람은 상관이 옆에 있는 것에 마음을 쓰면서도 열심히 움직였다.

그들을 남겨놓고 오토메나크는 산꼭대기의 망보기 쪽으로 강을 따라 올라갔다.

망보기가 새 둥지에서 얼굴을 내밀어, 상황이 없음을 보고했다. 망보기의 목소리는 분명하게 들리기는 했으나, 언저리의 우람한 자연 속에서 들어서 그런지 꾀죄죄하게 들렸다. 오토메나크는 '나도 올라가겠다'고 수기手旗 신호를 맨손으로 만들어 보였다. 망보기가 끄덕이면서, 줄사다리를 바로잡는 것이 보였다.

사다리를 올라가보니, 새 둥지에는 제법 세간살이가 즐비했다. 물통, 밥그릇, 모포, 모기장…… 이런 것들이 막사에서처럼 한쪽에 챙겨져 있고, 총이 그 옆에 놓여 있었다.

"너는 저녁까지지?"

"그렇습니다."

"내가 여기 있을 테니 너는 내려가봐."

"대장님이 계시겠습니까?"

"그렇다."

수병은 목에 걸었던 쌍안경을 벗어놓고 사다리에 발을 걸었다. 약간씩 흔들리는 줄사다리를 타고 수병이 내려가는 것을 오토메나크는 지켜보았다. 땅에 내려서서 수병은 위에다 경례를 하고 돌아서서 정글 속으로 사라졌다.

오토메나크는 쌍안경을 눈에 갖다 대고 사방을 보았다. 구름이 없는 갠 하늘 밑에 둥글게 퍼진 바다가 쌍안경 속에 가득 차 있었다. 점점 가까이 초점을 옮길수록 일렁이는 바다의 거죽이 자세하게 보였다. 어디를 봐도 같은 물건인 바다였다. 섬은 어디에도 보이지 않았다. 쌍안경을 이리저리 돌려봐도 내처 한 모습인 푸른 일렁임뿐이다. 바다란 것은 이상한 것이어서 그렇게 멋없이 한 모양이면서도 들여다보기에 지루하지 않았다. 오토메나크는 한동안 바다를 보면서 이리저리 몸을 움직였다. 센 햇빛이 바다 위에서 반짝거리고, 공기는 커다란 아지랑이의 덩어리처럼 이글거린다. 여기서는 이 섬의 어느 모래펄도 보이지 않는다. 모래펄이 좁고 나무의 키가 높기 때문이다. 오토메나크는 넓은 풀밭처럼 퍼진 숲을 바라보았다. 여기서는 정글의 꼭대기만이 보이는데, 어찌나 빽빽한지 밋밋하게 퍼지면서 높고 낮아진 언덕 모양의 풀밭처럼 보인다. 가끔 유별나게 큰 나무가 불쑥 솟아 보이는데 풀밭에 어쩌다 심어놓은 나무 한 줄기처럼 보인다. 이 풀밭은 바다에 비하면 빛의 되비침이 심하지 않다. 그래서 훨씬 부드러워 보인다. 오토메나크는 섬의 모양을 더 잘 알고 싶은 마음에서 쌍안경을 천천히 옮기면서 정글의 높낮이를 따라 눈길을 움직여갔다. 아직 한 발짝도 들여놓지 못한 곳이다. 먼저 해야 할 일이 얼마든지 있었기 때문이었다. 이제 대강 바쁜 일이 끝났으니 섬의 품속을 알아봐야 하겠다. 꽤 넓은 섬이고, 과일도 흔한데 사람이 오간 흔적이 없는 것은 배 댈 데가 마땅치 않기 때문일 것이다. 지금 바리마 호가 앉아 있는 만이 있는 데가 그중 괜찮은 편인데, 바리마 호도 그 지경이 된 걸 보면, 물 밑이 험하게 생긴 모양이다. 그렇다면 배가 오지 않을 것도 알 만하다. 아이세노딘에는 수천 개의 섬이 있다지 않은가.

빛깔이 엷고 진한 데가 마디져 보였기 때문에, 그런 데는 골짜기가 돼 있으리라 짐작되나, 보기에는 넓은, 평평한 풀밭의 얼룩 같았다. 지도를 읽는 기분으로 섬의 머리 위를 자세하게 살피고, 종이에 그려넣은 다음 쌍안경은 다시 바다 쪽으로 돌려졌다.

이글거리는 공기가 밋밋한 푸른 부피와 맞닿는 곳——그 저편에 엊그제 두고 온 세상이 다름없이 지금도 있다는 것을 떠올리고 오토메나크는 잠깐 눈을 감았다가 떴다.

틀림없이 모든 것들이 그대로 있을 것이었다. 로파그니스. 파파야 빛깔의 지붕과 야자나무의 그늘 아래, 흰 벽이 눈부신 로파그니스. 넓은 길에 가끔 군용 자동차들이 다닐 뿐 한낮에는 결코 붐비지 않는 거리. 장난감처럼 울긋불긋한 과일 가게, 보석 가게, 아니크 거리의 독특한 분위기. 마치 이 섬에서 영원히 살 것처럼 지도를 들여다보면서 니브리타 총독부의 돌집의 마루를 오락가락하고 있을 군인들. 모두 그대로겠지. 수평선 위에 야자열매처럼 싱싱한 얼굴이 해처럼 떠올랐다.——아만다, 아만다. 이렇게 되다니. 가슴에 총알이 와 박혀버린 듯 답답하다. 아만다, 이게 끝장이란 말인가. 이러고 그만이란 말인가. 수평선 위에 떠 있던 얼굴이 아지랑이 속에 어느덧 녹아들어버린다. 아무것도 없는 그저 막막한 하늘과 바다의 경계만 남았다. 오토메나크는 거기 보이다 만 섬 그림자라도 찾는 양 쌍안경 속에 보내는 눈길에 힘을 주었다. 이렇게 그만이란 말인가. 아니 그럴 수 없다. 이렇게 덧없을 수 없다. 이렇게 멀쩡하게 살아 있으면서, 나는 이 섬에서 죽고, 아만다 너는 로파그니스에서 언젠가 아이세노딘 남자의 아내가 되어, 그를 위해 네 몸을 열고, 그의 아이를 낳고, 아니 그럴 수 없다. 잠시 눈앞이 희미해졌다.

아만다가 생각나기는 섬에 온 후, 지금이 처음이었다. 게다가 아만다가 다른 남자를 위해 몸을 열고 있을 모양이 대뜸 떠올랐다는 것도 이상했다. 그러나 그 생생한 상상 때문에 아만다는 방금 이 나무 밑에서 헤어진 여자처럼 바로 다가왔다. 그녀의 모든 것이 떠올랐다. 늘 느끼하도록 진하고 달던 혀. 따뜻하고 부드럽던 입술. 손가락 사이로 한없이 더듬어지던 머리카락. 부풀어오른 너무 큼직한 젖통. 단단한 생고무 같은 허리. 약간 팬 것이 그렇게 깊어 보이던 배꼽.

그리고 자그마한 정글처럼 무성한 털 사이에 깊게 패어 있어서 열릴 때면 언제나 늪처럼 두렵던 그 사랑스러운 복잡함. 몇 번씩 입 맞춘 발가락. 남자처럼 굳세던 팔의 힘. 밤에 방에 들어설 때마다 풍기던 몸냄새. 고노란 출장에서 돌아오던 날, 그녀와 현관에서, 그 칸나 옆에서 만났을 때의 눈초리. 떠나던 날 밤은, 남자와 여자가 그렇게 남을 제 몸처럼 아낄 수 있다는 것을 그들은 처음 겪은 것이었다. 그런데 이것으로 그만인가. 그만이다. 틀림없이 그만이다.

밤에 오토메나크는 무전실에 가서 '진실의 소리'에 귀를 기울였다. 무전실에는 오토메나크 말고는 아무도 들어오지 못하게 돼 있다. 처음 때와도 달라서 오토메나크는 리시버에서 나오는 말에 맞서다든가 의심해보지는 않았다. 첫번만으로 그런 혼란은 넉넉했다. 군인으로서 판단하건대 그 소리는 거의 그대로다 싶었다. 그런데도 이상스러운 일은 그 모든 '진실'이 꿈 같기만 한 일이었다. 결코 의심하는 것이 아닌데도 그 방송의 모든 내용이 꿈속의 남의 일처럼 겉돌기만 하고 자기 목줄기에 들이닿는 '사실'로 느껴지지 않았다.

이럴 수 있는가. 오토메나크의 마음속에 있는 나파유 장교가 그렇게 말하는 것이었다. 아만다와 이 세상에서 더는 만날 수 없다는 일이 종시 마음에 자리 잡지 못하는 형국과 꼭 같았다. 어제까지 그가 믿어온 그 힘이 그런 지경이 됐다는 것이 아무리 애써도 마음 바닥에 가라앉지 않는다. 그러면서 전쟁의 전문가인 또 한 사람의 오토메나크는 방송의 거의 모두가 사실이라는 것을 받아들이는 것이었다. 진실眞實과 사실事實 사이에는 그렇게 깊은 골짜기가 가로놓여 있었다. 아마 이대로 간다면, 이 섬에서 죽는 순간까지도 자기 죽음을 믿지 못할 것 같았다.

리시버에서 연이어 흘러나오는 목소리는 모두 끔찍한 것뿐이었다. 보지도 듣지도 못한 일이 나파유의 밖에서 엄연히 차곡차곡 이루어져나가고 있었다. 이토록 감쪽같이 속아 살았단 말인가. 오토메나크는 니브리타나 아키레마의 세상이 된 아시아를 그려보았다. 거기에 제가 들어갈 자리는 없다. 그런데 니브리타와 아키레마는 도대체 어떤 자들인가. 아시아 여러 나라의 운명을 그르치고 나파유와 손잡고 약한 나라들을 괴롭히다가 저희들끼리 부딪친 놈들이 아닌가. 오토메나크는 방송의 가락에서 울리는, 해방자의 목소리처럼 점잔을 빼는 품이 미웠다. 마치 나파유가 그들에게 대들기 전의 세상이 천당이기라도 했다는 듯한 울림이 괘씸했다. 그것은 승리일지 모르나, 이겼다는 게 정의로 둔갑할 수 있는가. 니브리타 놈들. 그들을 부추겨 대를 물려받자는 아키레마 놈들. 아시아 사람에게 그들은 틀림없는 귀축鬼畜들이었다.

그들이 이제 와서 나파유를 이겼다고 해서 왜 갑자기 정의正義가 되는가. 내가 나파유 놈들에게 속은 것처럼, 니브리타 놈들에게 속는 사람도 있지 않겠는가. 그러다가 어느 날 자기가 한 일, 살아온 한세상의 어처구니없음에 넋이 빠지리라. 이렇게 되풀이되는 것인가. 똑같은 일이. 저벅거리는 소리가 들린 듯해서, 오토메나크는 리시버를 벗고 밖의 기척을 살폈다.

아무 소리도 들리지 않았다.

그 자신도 지금 서른 사람들을 이 기계에서 떨어져 있게 하고, 바깥소식을 가로막음으로써만 그들을 지휘할 수 있었다. 이렇게 거짓의 틀은 되풀이된다. 오토메나크는 리시버를 다시 썼다. 그렇게 끔찍한 소식이 첫정 든 여자의 몸처럼, 뿌리치지 못하게 끌어당긴다. 앎이란 그렇게 외설한 것이었다.

또 비가 내리기 시작했다. 그나마 분주하게 하루가 가고 오던 나날이 모두 따분한 하릴없는 기다림이 되고 만다. 망보기도 철수해서 배에는 수병 모두가 모여 있었다. 부엌간에는 당번인 니브리타 여자 두 사람이 일하고 있었다. 여자들은 따로 자기 막사에서 끓여 먹고 있다.

죽음의 방주 451

이런 비 오는 날이면 아침결에 배를 말끔히 닦아낸 다음에는 잠자는 일밖에 없다. 오토메나크는 술을 조금 나눠주도록 일렀다. 술은 창고에 풍족했으나 함부로 줄 수는 없었다.

오토메나크 자신의 앞날에 대해 뚜렷한 짐작이 있는 것은 아니었다. '진실의 소리'가 대체로 보아 사실이라고 그는 믿고 있었다. 싸움이 이쯤 됐는데 아이세노딘이 그토록 잠잠했던 것도 모를 일이 아니었다. 이번 싸움은 아키레마가 도맡은 싸움이었다. 늙은 식민지 소유자인 니브리타는 본국을 지키기에 허덕거리는 것으로 벅찼고 모든 싸움은 아키레마가 해내고 있었다. 여기까지는 로파그니스에서도 알 수 있던 일이었다. 다만 아이세노딘이 그토록 조용한 것 때문에 설마 싸움이 이 지경까지 된 줄은 몰랐다. 지금은 아이세노딘이 왜 그렇게 됐는지를 알 수 있었다. 아키레마 군대는 아이세노딘을 스쳐 지나가버린 것임이 틀림없었다. 니브리타 영토였던 아이세노딘에 아키레마 군대가 공격하기를 니브리타가 원하지 않았다는 짐작이 갔다. 니브리타는 아키레마가 힘차게 나무를 흔들어만 주면 아이세노딘은 자연히 떨어질 홍시감이라고 생각했을 것이다. 이만한 짐작이 정치 공작의 심부름이나마 다닌 덕분에 오토메나크의 마음에 떠올랐다. 하나 불쌍한 정보장교였다. 자기네 점령 지역의 사령부 근무일 때는 전황을 캄캄 모르다가 외딴 섬에 와서 비로소 진실을 알게 되다니. 무전기 한 대가 그토록 장한 것이었다.

문득 조난한 무전병은 늘 이 방송을 들었을 일이 떠올라서 야릇한 기분에 잠겼다. 무전병의 심사는 어떠했을지. 날에 날마다 들는 아군의 패전 소식과, 상급자들의 멍텅구리 같은, 이기고 있다는 훈시의 틈바구니에 살았을 무전병의 마음이 눈에 보였다.

오토메나크는 가끔 상사에게 전황을 되는대로 뜯어 맞춰 얘기해 주었다. 이기고 있지도 않지만 지지도 않고 있다는 것이 기본 내용이었다. 지구전持久戰에 들어갔다고 오토메나크는 말해주었다. 아무도 의심하지 않았다. 그토록 그들에게는 엉뚱한 상상력이라는 것이 갖춰져 있지 않았다. 큰소리할 처지는 아니었다. 오토메나크 자신이 엊그제까지 그 모양이었으니까. 수병들은 이윽고 섬 생활에 대한 신기함까지도 잃어버린 것같이 보였다. 먹을 걱정이 없고 근무는 미상불 정상의 그것보다 편했다. 가는 배에 타고 있는 것보다 뭍에 올라앉은 배를 타고 있는 편이 편한 것은 어련히 그럴 일이었다. 오토메나크의 마음속에만 고통이 있었다. 그리고 이 고통이 상황의 진실한 반응이었다.

오토메나크는 로파그니스에서 무시로 느끼던 괴로움을 여전히 겪어야 했다. 아무하고도 의논할 수 없다는 사정이었다. 카르노스 씨가 죽지만 않았더라면, 때때로 그런 생각이 들었다. 지금이라면 오토메나크는 모든 괴로움을 그에게 털어놓을 수 있다. 마음껏 물어보고 시원한 가르침을 받을 수 있었을 테지. 원통한 일이었다. 대학을 다녔다는 게 무슨 소용이 있었는가. 자기 운명의 뜻을 밝혀 알아볼 힘을 길러주는 대신 나파유 놈들은 그의 눈과 귀를 속여 왔던 것이다.

무전기를 독차지하고, 부하들에게 거짓말을 전할 때마다, 본능적으로 개운치 않은 느낌이 고개를 들 때마다 오토메나크는 부하들이 모두 나파유 사람임을 떠올리기로 했다. 그것은 효과가 있었다. 장교임에도 불구하고, 게다가 이 섬에서 죽이고 살리는 힘을 지녔음에도 불구하고, 오토메나크는 부하들이 나파유 사람이란 사실 때문에 가끔 두려운 마음이 들었다. 자기가 나파유주의자로서 처신했을 때는 전혀 느껴보지 못한 마음이었다. 다행스럽게 그들은 오토메나크가 애로크 출신임을 모르고 있었다. 오토메나크는 훈시를 할 때마다 황도정신皇道精神이니, 황제의 만세일계萬世一系니, 귀축鬼畜이니, 나파유 혼魂이니 하는 말을 흔하게 썼다. 사실 전에는, 그 말을 믿지 않아서가 아니라, 너무 떠벌린 표현이 지식인으로서는 겸연쩍었기 때문에 자기 나름으로 가슴에 울리는 식의 말로 같은 뜻을 나타내기는 할망정, 잘 입에 오르지 않던 말이었다. 그 밖에도 섬에 오기까지는 대개 동료 아니면 상급자와의 교섭이 많았는데, 그럴 때 이런 말은 별로 쓰이지 않았다. 아마 병사들 사이에서도 마찬가지겠지. 이 말은 상급자가 아랫사람에게 대할 때만 쓰이는 말인 모양이었다. 지금 오토메나크는 틈이 있으면 이런 투로 말을 했다. 나파유 놈들에게서 받은 것을 죽기 전에 나파유 놈들에게 갚아줘야 하지 않겠는가. 이렇게 생각하면 꺼림칙한 기분은 금방 사라졌다.

아마 상사에게 말한 대로였다. 천에 하나 이 섬에서 살아 돌아갈 가망은 없었다. 적이 오면 싸우다 죽는 길이다. 오토메나크 역시 나파유가 애로크를 차지한 후에 태어난 세대였고, 거의 평생을 진짜로 나파유주의자였고, 다 제쳐놓고 보더라도 어엿한 나파유 군인이었기 때문에 지금 같은 처지에서 죽는 일 말고는 다른 생각은 떠오르지 않았다. 산다는 것. 여기서 살아 돌아가서 무엇이 기다리는가. 생각하기도 싫었다. 차라리 죽는 것이 좋았다. 열한 사람의 나파유 부하들이 이 섬에서 자기와 같이 죽는다는 일에 대해서도 오토메나크에게는 아무런 아픔이 없었다. 그들이 나파유 사람이었기 때문에. 그들이야말로 망설임 없이 죽어야 할 사람들이었다. 자기 나라를 위해 죽는 것이 아닌가. 니브리타 여자들에 대해서는 더 말할 것도 없었다.

비가 개고 다시 사정없이 햇빛이 쬐는 날씨가 된 어느 날 밤이었다.

한밤중, 갑자기 불침번이 외치는 소리에 배는 일시에 소란스러웠다.

일어나라! 일어나라! 배의 모든 승무원이 지휘실 아래 갑판에 모여들었다. 오토메나크가 침대에서 일어났을 때 상사가 방에 들어섰다.

"웬일인가?"

상사가 급히 다가섰다.

"저 소리가 들리십니까?"

과연 들린다.

발동선의 모터 소리였다. 조용한 밤 속에 탁탁탁 하고 물을 때리는 소리가 분명하게 들렸다.

"모두 무장하고 배에서 내려가라. 기관총을 가지고. 여자들 막사에 감시병을 한 사람 보내라."

"네."

배를 비우고 모두 뭍으로 올라가서 냇물을 가운데 끼고 몸을 숨겼다. 여기서는 배가 내려다보인다. 후련한 달빛이 배 모습을 뚜렷이 드러내 보이고, 배 너머 만의 아가리가, 천장이 높은 굴의 초입처럼 바다를 향해 터져 있었다. 바다는 은빛으로 눈부셨다.

"내가 올라가보겠다."

"네. 아, 또 들립니다."

"들린다."

오토메나크는 망보는 나무에 걸린 사다리를 타고 올라갔다. 배를 가리고 있는 나뭇가지 위로 올라가자 갑자기 눈앞이 환해졌다. 섬의 생김새 때문에 양쪽이 막혀 있으나 꽤 넓은 바다가 눈에 들어오는 자리다. 모터 소리는 더 분명하게 들렸으나 바다에는 은빛의 눈부신 달빛 말고는 아무것도 보이지 않았다. 보이지 않는 쪽의 바다에 배가 닿은 것인가. 모터 소리가 뚝 그쳤다. 우리가 보지 못하면 저쪽도 우리를 보지 못했을 것이다. 처음보다 약간 멀어진 데서 다시 모터 소리가 울렸다. 그러다가 또 그쳤다. 멀어지는 소리가 아니고 멈추는 기미였다. 사다리를 타고 내려가서 오토메나크는 상사에게 지시했다.

"폭파 준비는?"

"배에 연결돼 있습니다."

"나는 여기서 적을 살피겠다. 한 사람만 남겨놓고 너는 주±진지로 인솔하라. 산꼭대기 초소에 빨리 올려보내라. 적이 나타나면 곧 나도 가겠다. 만일 내가 가지 못하면 너는 예정대로 공격하라."

"네."

"여자들 쪽에는 보냈는가?"

"보냈습니다."

"좋다. 가라."

오토메나크는 말을 마치고 다시 나무 위에 올라왔다. 여전히 아무것도 보이지 않고 모터 소리도 들리지 않았다. 달빛을 되비치는 바다는 지독하게 아름다웠다. 눈 아래에는 만 위에 지붕처럼 덮여 있는 나무들의 꼭대기가 풀밭처럼 내려다보였다. 거기서 이 나무만 쑥 솟아 있다.

더 소리가 들리지 않은 채 한 시간쯤 지났다. 오토메나크는 사다리를 내려가서, 남아 있던 병사를 대신 나무 위에 올려보내고, 주主진지로 올라왔다.

"보이지 않는다. 위쪽에서는 연락이 있는가?"

"없습니다. 적을 발견하면 한 사람이 내려오게 돼 있습니다."

"내가 올라가보겠다."

밤길에 여기를 다니는 것은 처음이었으나, 달빛 때문에 어렵지는 않았다. 가끔 헛디디는 발 밑에서 냇물이 큰 소리를 냈다. 그만큼 정글은 조용했다.

망보기 나무에 다가가자, 풀숲에서 그림자가 일어섰다.

"보이는가?"

"아닙니다. 발견하지 못했습니다."

여기서도 섬은 온전히 두루 바라보였다. 나무 위에 올라가면 해안선이 더 드러나 보일 뿐이다. 여기서 보이는 섬 둘레에는 아무것도 보이지 않았다. 사다리를 타고 올라가니, 새 둥지에서 팔뚝이 내밀면서 오토메나크를 끌어올렸다.

"안 보여?"

"안 보입니다."

한없이 넓은 둥근 바다가 거울처럼 빛나고 있었다. 섬의 어느 방향에도 배 같은 것은 보이지 않았다. 여기서 섬의 해안이 다 보이지는 않는다. 그러나 해안은 얕고, 바다 밑이 험하기 때문에 웬만한 배라면 훨씬 떨어져 있지 않으면 안 되기 때문에, 여기서는 보여야 한다.

"너는 진지로 가라. 내가 감시한다. 아래쪽에서 적이 나타나면 나를 기다리지 말고 행동해도 좋다. 상사에게 일러라."

소병은 소총을 등에 지고 사다리를 타고 내려갔다. 이윽고 사다리의 출렁임이 멎었다. 바다는, 보이지 않는 적을 감춘 채 둥글게 퍼져서 빛나고 있었다.

잠수함일까. 분명히 모터보트 소리였다. 잠수함에서 내보낸 보트가 섬에 다가온 것인가. 하늘에는 반쯤 이울어진 달이 파파야 조각처럼 걸려 있다. 그나마 그 달이 다행스러웠다. 달 없는 밤이었다면 아무것도 보지 못하면서 기다려야 했을 테니.

상사에게서도 기별이 오지 않았다. 그쪽에는 다른 일이 벌어지지 않았다는 뜻이다. 빨리 나타나라. 오토메나크는 적이 빨리 모습을 나타내주기를 빌었다. 마음에 떠오른 잠수함의 모습이, 지금은 저 바다 밑으로 옮겨가서 도사리고 있었다. 바다 위를 두루 헤매던 눈길이 번쩍이는 그 아래에 숨어 있는 적을 뚫어 보려고 애썼다.

무지하게 조용했다. 귓속에서 가끔 모터 소리의 기억이 희미하게 되살아날 때마다, 오토메나크는 자기가 깜박 졸고 있었음을 깨달았다.

동이 텄다.

하늘에 있던 파파야 조각이 바다에 녹아버리기나 한 것처럼, 수평선 위에 오렌지 빛깔의 불길이 훅 일어나더니, 숨 막히게 새빨간 덩어리가 둥실 떠올랐다.

하루 종일과 밤, 그리고 이튿날까지도 경계는 계속되었는데, 모터보트는 다시는 나타나지 않았다. 언제까지 그렇게 있기도 어려워서, 사흘째 되는 날 배에 돌아왔다.

이 일을 고비로 수병들은 눈에 띄게 달라졌다. 먼저 나타난 것이 여자들에 대한 태도가 난폭해진 일이었다. 반란 사건 이후 여자들에 대한 적의는 굉장했지만, 어딘지 처음 떠나올 때의 꼬리가 남아 있었다. 송환해야 하는 민간인들이라는 기분 말이다. 그들 때문에 배가 난파했다고도 볼 수 있는 것을 느끼면서도, 여전히 여자들에 대해서는 봐주는 기분이 있었는데, 보이지 않는 배가 다녀간 후로 수병들은 여자들을 분명하게 적으로 대했다. 그럴 만하기는 했다. 적이 상륙하게 되면 그녀들은 언제든지 위협이 될 수 있었다. 지금으로서는 그녀들은 좋은 일손들이었다. 부엌일, 빨래, 고기잡이, 과일 따기 같은 일은 거의 그녀들이 맡고 있다. 그러나 그 밤 이후로 수병들은 이 여자들이 하마터면 배를 뺏어버릴 뻔한 그 여자들임을 떠올린 모양이었다. 거칠게 다루는 것이 오토메나크의 눈에 여러 번 띄었다. 오토메나크는 아무 말도 하지 않앉다. 그녀들에 대한 관리는 상사에게 맡겨놓았다.

며칠 후, 오토메나크는 상사를 불러서 보트를 만들어야 하겠다고 말했다.

"달이 있었기 때문에 괜찮았지만, 요즈음같이 캄캄하면 꼼짝없이 앉아서 기다려야 하지 않겠나. 그럴 때 보트가 있으면 나가볼 수 있다."

"그렇습니다. 이 섬에서 나가지 못한다는 생각 때문에, 보트를 가질 생각을 못 했습니다."

"곧 만들기로 하자."

"네."

"만들 수 있겠나?"

"네, 될 것 같습니다."

그 말대로 나무랄 데 없는 배가 이틀 만에 만들어졌다. 쓰러진 나무가 마침 있어서, 나무를 말리는 시간이 감해진 까닭이다. 두 사람이 탈 수 있는 작은 배였으나 더할 나위 없이 쓸모가 있었다. 길을 익히기 위해서 아침마다 배가 섬을 한 바퀴 돌았다. 이것은 정찰도 되려니와 고기잡이도 겸해서 할 수 있는 길이었다. 돌아올 때면 배는 고기를 푸짐하게 싣고 왔다.

그러는 사이에 상사는 배를 한 척 더 만들었다. 처음 것보다 갑절쯤 되는 크기다. 이 배를 타고 오토메나크는 처음으로 섬을 한 바퀴 돌았다. 해변을 따라 돌 적에 길이 없어서 나가지 못한 해안도 자세히 볼 수 있었다. 섬은 거의 벼랑으로 돼 있고, 제일 지세가 평평하다는 게 바리마 호가 있는 만인데, 큰 배가 들어오기에는 너무 얕았다. 이 때문에 이 섬에 배가 다니지 않는 것이라면 다행한 일이었다. 앞길에 죽음밖에 남지 않은 사람들이었지만 굳이 죽음을 서두르고 싶은 사람이 있을 턱이 없었다.

한 달이 지났다.

밤중에 적이 나타났던 일도 사람들 머리에서 잊혀갔다. 어쩔 수 없이 되면 사람이란 어디서나 그렇듯, 수병들은 기지基地 근무를 하는 투로 나날의 일과를 아무 일 없듯이 치러나갔다. 오토메나크는 여전히 방송을 날마다 들었다. 싸움은 거의 끝나가는 모양이었다. 왜 아키레마 군대가 나파유 본 땅에 들어서지 않는지 모를 일이었다. 오토메나크는 로파그니스 시절에는 바보 같은 정보장교 노릇을 하다가, 이 섬에 와서 비로소 정보라고 할 만한 일들을 알았다. 그런데 이제 알아봤자 쓸데없이 된 판국에서 정말을 알 수 있게 된 것이 원통했다.

한 시대가 감쪽같이 속아서, 이 세상에 나파유의 칼 말고도 무서운 것이 있는 줄을 모르고 살다니. 대체 얼마나 슬기로우면 이 거짓의 안개 너머를 뚫어 볼 수 있단 말인가. 자기 짐을 벗으려는 마음이 스스로 변명해보는 것인데, 그럴 때마다, 죽은 카르노스의 모습이 떠올랐다. 카르노스 같은 사람들은 결코 속지 않았다. 니브리타와 나파유 사람들은 걸핏하면 아이세노딘 사람들은 게으르다고 말한다. 사대事大주의적인 민족성이어서 옛날부터 아니크, 힌디아, 니브리타 이런 차례로 바깥 힘에 붙어살기만 했다고 말한다. 제붙이 간에는 시샘하고, 잘난 사람을 적에게 일러바치고, 힘을 모아 뛰어난 일을 할 바탕이 없다고 말한다. 게다가 겁쟁이라는 것이었다. 오토메나크는 이런 소리가 너무나 괴로웠다. 다름 아닌 제붙이인 애로크에 대해 나파유 사람들이 그렇게 말하는 것을 들으면서 자란 세대가 오토메나크네였다.

  자기 민족이 부끄러웠다. 애로크의 안다는 사람들 역시, 자기 민족의 민족성을 깎아내렸다. 문둥병처럼 나쁜 피가 대대로 핏줄에 가닥가닥 흐르는 것이려니 했다. 이럴 때, 왁자지껄 쏟아져나온 소리가 '나파유—애로크 동근설同根說'이었다. 자기를 깡그리 버리고 싶도록 주눅이 든 사람들이 물에 소금 녹듯이 설說에 녹아버렸다. 오토메나크도 이 시대의 아들이었다. 빨리 나파유 사람이 되는 것이 사람다운, 다시 나는 길이라 믿었다. 그래서 그는 스스로 적의 군대에 들어왔고, 이 열대의 나라에까지 왔다. 그런데 제 나라에서 몰랐던 일이 여기서 하나하나 알아지도록 마련이 돼 있었다.

  카르노스라는 사람은 아이세노딘 사람이었다. 일찍이 그토록 슬기롭고 떳떳한 사람을 본 적이 없었다. 우연히 알아버린 비밀 창고의 기록으로, 아이세노딘에는 몇백 년 동안, 숱한 카르노스가 있어온다는 것도 배웠다. 그렇다면, 애로크에도 그런 사람들이 있을 것임이 틀림없었다— 여기까지가 로파그니스에서 오토메나크가 얻은 결론이었다. 무서운 진실이었다. 그런데도 그 무렵, 오토메나크는 한 가지 기쁨이 있었다. 아만다였다. 전쟁이 끝날 때까지 아만다를 사랑할 수 있다는 것이 그나마 그의 절망을 달래주었다. 나파유가 지는 날, 아만다와도 헤어져야 하고, 죽어야 하겠지만, 괜찮았다.

오토메나크의 마음속에 실은 나파유군의 군사력에 대한 지나친 믿음이 있었다. 마지막은 쉽사리 오지 않으리라는, 믿음이 있었다. 지금 그것까지도 무너져버리자, 오토메나크는 자기가 무엇인지 몰라져버렸다.

오토메나크는 자주 산꼭대기에 올라가서 몸소 망보기를 했다.

자기 시대의 이데올로기의 허망됨을 알게 된 사람처럼 괴상한 사람도 드물다. 게다가 오토메나크의 세대는 종교에 대한 느낌도 잊어버린 세대였다. 이데올로기도, 종교도 없는 사람이란 건, 이미 사람이 아니라 짐승 비슷한 무엇이다. 짐승에게 제일 두려운 건 죽음이다. 지금 오토메나크에게도 단 한 가지 두려운 것은 죽음이었다. 죽음은 눈에 보이지 않았다. 그것은 틀림없이 올 터인데 언제가 될지 알 수 없었다. 확실한 일은 죽음은 바다 쪽에서 오리라는 일이었다. 이렇게, 높은 나무 위에서 바다를 보고 있으면, 죽음이 갑자기 닥치는 일만은 막을 수 있다. 이 시간이 제일 마음이 평안했다.

커다란 구름들이 수평선 저쪽에서 움직이고 있었다. 구름이 그토록 다정한 것을 처음 깨달았다. 그 구름만큼 정이 가는 사람을 사실 이 섬에 가지지 못했다.

또 한 가지, 나무 위의 한때가 좋은 까닭이 있었다. 아만다가, 늘 구름이 있는 그 언저리에 떠올라 보이기 때문이다. 아만다는 마음 편해 보였다. 좋은 일이 있는 여자처럼 웃고 있었다. 아만다. 반년도 못 되는 생활. 그중에서 그들이 서로 살을 섞은 지는 한 달쯤이다. 너무 생생한 일이었다. 그런데도 다시는 만날 수 없는 일이었다. 로파그니스. 아만다. 당신은 거기서 아무 일 없이 남은 삶을 살겠지. 못 견딜 노릇이었다. 그 공원과 거리. 내가 죽은 다음에도 있을 로파그니스. 무엇 때문에 이런 장난이 있어야 한단 말인가. 헤어지기 위해서 만난 셈이 아닌가.

 구름 속의 아만다는 웃고 있었다. 그녀와 같이 있을 때면, 이 세상 처음부터 아는 사인 것 같던 그 느낌. 오입을 한 것이 아니었기 때문에 오토메나크는 단념할 수가 없었다. 한 남자와 여자가 그토록 사랑했는데, 이렇게 될 수도 있다는 일이.

 언제나처럼, 이런 푸념이 한바탕 지나가면 아만다는 사라지고 머릿속에는 아무것도 남지 않는다. 눈에 비치는 구름과 바다와 그 위에서 번쩍이는 햇빛뿐이다. 그것들은 아무리 바라보아도 싫증나는 법이 없다. 뭉게뭉게 피어난 구름은 자세히 보고 있으면 별의별 모양을 다 지어낸다. 그것을 보고 있으면 시간이 놀랍도록 쉽게 지나간다. 바다 위에는 새들이 낮게 날면서 가끔 자맥질을 한다. 정기 순찰을 하는 수병들의 보트가 만을 나가는 모양이 보인다. 번갈아 들리는 노가 반짝거린다. 보트는 천천히 저어간다. 두 사람 타기 작은 쪽이다. 바야흐로 더하는 더위 속인데 이 나무 위는 시원하다.

 무더운 밤이었다. 또 비가 오려는 것인지, 어제오늘 찌는 것 같다. 모기장 밖에서 유난스레 모기가 앵앵거린다. 꿈결처럼 부르는 소리가 들린 것 같다.

 "응."

 "접니다."

모기장 밖에서 그림자가 부르는 것도 아니고 안 부르는 것도 아닌 목소리로 말해왔다.

"음, 그래 왜?"

"아닙니다. 그저, 순찰 중입니다."

"무슨 일이 있나?"

"아닙니다."

"무덥군."

"또 비가 올 모양이지요."

"글쎄, 아무튼 인제는 어떻든 상관있나?"

"그렇기는 합니다."

오토메나크는 침대에 일어나 앉았다.

"자네 이리 들어와."

"좋습니다."

"나도 잠이 안 오고 하니, 들어와."

상사는 재빨리 모기장을 걷고 들어왔다.

"모기장은 다 돌아가나?"

"개인용은 모자랍니다만, 큰 게 몇 장 있어서 다 자랍니다."

"여자들 쪽은?"

"거기도 그렇습니다. 중위님 꽤 염려하십니까?"

"뭐? 이 사람이……"

오토메나크는 자기 부하가 갑자기 열 살쯤 손위의 늙수그레한 선배가 되는 기미를 당하고, 좀 어리둥절했다.

"아닙니다. 농담입니다."

"……"

"화나셨습니까?"

"그만해둬."

"실은……"

오토메나크는 쭈뼛해졌다. 내가 애로크 사람인 걸 눈치 챘는가. 이 생각이 불쑥 떠올랐다. 확실히 이것은 이치에 맞지 않았다. 부하가 갑자기 상하 관계의 보통 틀에서 벗어난 움직임을 보이는 마당에 자기 출신이 드러나지 않았을까를 염려하기보다, 더 그럴듯한 의심이 앞서야 했기 때문이다. 즉 오토메나크가 혼자 듣고 있는 방송에 대한 의심이 아닌가 하는 짐작이었어야 옳지 않았겠는가. 그러나 오토메나크는 대뜸 출신에 대한 일이 떠올랐다. 찰나에, 오토메나크의 몸가짐은 굳어졌다. 이 자식이.

"……실은 여자들 일에 대해서……"

"……"

상사는 오토메나크의 눈치를 살피듯 말을 끊었다. 방에는 불이 없었고 날씨는 흐린 밤이었다. 캄캄했다. 여자들 일? 그것은 아니었군. 어둠 속에서 오토메나크의 낯빛이 풀렸다. 그 모양이 보이기나 한 것처럼, 상사가 말을 이었다,

"여자들을 먹이기만 할 필요는 없지 않겠습니까?"

"먹여?"

"네."

"그러면 굶겨 죽이자는 건가?"

"그게 아니라……"

"여자들은 우리에게 요긴하게 도움이 되고 있지 않나?"

"그렇습니다. 그러니까……"

그 말인가. 오토메나크는 비로소 알아들었다.

"그건 안 돼……"

"……"

"왜 그런 소릴 하나."

"……안 됩니까?"

"제국 군인이 적의 부녀를 가까이할 수 있겠나?"

"……"

"군기를 지키기도 어려워져."

"……대장님."

"……"

"……저희들은 죽을 각오가 되어 있습니다."

"당연하지 않은가?"

"네, 죽는 데는 한이 없습니다. 그러나 모두 젊은 놈들입니다. 년들은 귀축鬼畜의 붙이들입니다. 무엇이 아깝습니까?"

"……"

"대장님 처벌하신다면 달게 받겠습니다."

"……"

"다만 년들을 곱게 살려두는 게 억울해서 말씀드렸습니다."

"……"

"……물러가겠습니다."

상사는 꿈지럭거렸다.

"상사."

"네."

"그건 수병들의 소원인가?"

"네?"

"수병들이 자네한테 요구하는 것인가?"

"아닙니다. 감히 그런 말을 할 리가 있습니까? 저 혼자의 생각입니다."

"……"

갑절이나 모기장 속이 후텁지근해졌다. 오토메나크는 침대에서 일어섰다.

"나가자."

오토메나크가 모기장에서 나오는 것을 도와주면서 상사는 아까처럼 얼른 밖으로 나왔다. 갑판으로 내려갔다. 하늘은 절반쯤 개 있어서 별이 보였다. 정글과 냇물이 희미하게 별빛을 되비치고 있었다. 이맘때면 정글에서는 아무 소리도 들리지 않는다.

"…… 중위님."

"……"

"잠을 깨워드려서 죄송합니다."

"상사."

"네."

"자넨 처자가 있나?"

"네, 아들이 하납니다."

"자네가 죽으면 살기 어렵겠군."

"연금이 있지 않습니까?"

"아니, 마누라가 말이야."

"나이가 젊습니다."

"안됐군."

"하는 수 있습니까?"

강의 기슭에서 정글에 이르는 좁은 빈터에 반딧불이가 날아다니고 있다. 어렸을 때 시골 외가에 갔을 때 냇가에서 본 반딧불이가 떠올랐다. 그런 것의 모두, 고향, 집, 어머니, 아버지 — 그들이 만들고 있는 피와 기억의 정밀한 그물이 먼 나뭇가지에 걸려 있는 거미줄처럼 덧없어 보인다. 이럴 수 있는가. 한 사람의 뿌리라는 것이. 거미줄의 뿌리. 그렇게 허망한 것인가.

"대장님."

좀 쉰 목소리로 상사가 불렀다.

"음."

"우리 수비대가 옥쇄玉碎한 데서 놈들이 우리 부녀들을 학살했다지요?"

"음."

"놈들은 정말 귀축이 아닙니까?"

"그런 놈들이니 우리가 싸우고 있지 않나?"

"이 섬에 적이 올라왔을 때, 년들을 어떻게 하시렵니까?"

"……"

"그런 상황이 되면 어떤 짓을 할지 모릅니다."

사실이다. 이미 밝혀진.

"아무것도 못 하게 해야지."

"언제는 하게 했습니까?"

"……"

"점잖게 대해주는 걸 모르는 년들입니다."

"……"

"배에서도, 보내는 길이니 좀 편하게 해주자고 한 처사를 나쁘게 이용한 것들입니다."

"내가 실수했어."

상사는 움찔했다.

"아닙니다. 제 탓입니다. 그래서 나는 년들이 더욱 밉습니다."

오토메나크는 상사의 눈에 핏발이 선 것을 보았다. 이거 무슨 일이 나겠군. 사실, 아무래도 좋은 여자들 때문에, 이러겠다, 안 된다 하고 있는 것이 짜증스러웠다.

"그러니 어쩌자는 거야?"

"……"

"적이 올라오기 전에 다 쏘아버리자는 건가?"

"……"

로파그니스의 해안, 야자 숲 벌판이 떠올랐다. 피비린내 나던 그 하루. 아니크계 학살 사건 같은 것도 이런 식으로 몰린 마음에서 나온 일이었겠군.

"좋은 생각이 있으면 말해보게."

"무슨 생각 말입니까?"

"이 사람이…… 적이 상륙하는 경우 여자들이 엉뚱한 짓을 못하게 하는 것 말야."

"글쎄요."

"설마 죽이자는 말은 아니겠지."

"그야 죽이지 않더라도……"

"……"

"가령 손발을 묶어둔다든지, 하기는 해야 하지 않겠습니까?"

"그렇지. 그것도 방법이군."

"네."

"그렇게 하자면 지금부터 묶는 훈련을 해야겠군."

"그것은 문제없습니다."

"왜?"

"밧줄 다루기는 수병에게는 총검술이나 마찬가집니다."

"그렇군. 돛대보다 사정 둘 것도 없을 테니 아무 염려 없군. 됐나?"

"……"

오토메나크는 상사가 왜 이런 말을 꺼냈는지 잘 알고 있었다. 그러나 안 될 일이었다. 그에게는 아직 명예라는 허영이 남아 있었다.

상사가 물러간 다음에도 오토메나크는 그 자리에 서서 반딧불을 바라보았다. 밤에 불을 켜지 못하게 하고 있는 여자들 초막은 멀리 수풀의 어둠 속에 묻혀 있었다. 여자들의 반란에 대해서 가끔 생각해본 줄거리가 다시 떠올랐다. 좀 다루기 어려운 줄거리였다. 행사가 괘씸하기는 상사의 심사와 다를 바 없지만 딴은 억센 년들이다. 감히 배에서 반란을 일으키다니. 먼젓번에 상사에게 그런 말을 했더니 그는 코웃음을 쳤다. 년들이 눈이 뒤집혔다는 의견이었다. 눈이 뒤집힌다고 모두 반란을 일으키지는 않겠지. 오토메나크의 마음속에 있는 니브리타 종자란 것은 나파유 사람들이 배워 준 대로의 모습이었다.

약한 자에게 잔인하고, 강한 자에게 비굴한. 목숨을 아끼는. 목숨을 아낀다는 건 가장 부끄러운 악덕이라는 것이 이 시대의 최고의 윤리였다. 오토메나크도 이 감각만은 요지부동이었다. 다만, 목숨을 바칠 만한 값이 없는 것에 속아온 것이 분할 따름이었다. 그것이 무엇이건 목숨이라는 것을 바칠 만한 불문곡직한 값이 이 세상에 과연 있는가라든가, 하다못해, 같은 결과라도, 목숨을 바치는 게 아니라, 목숨의 위험을 짐작하면서도 한다는 쯤의 누그러진 표현도 그의 머리는 가지고 있지 않았다. 목숨은 '버리는' 것이었다. 그것도 깨끗이.

'윤리倫理'라는 말 대신에 나파유 사람들은 '사생관死生觀'이라는 말을 즐겨 썼다. '죽음'이란 말을 초개같이 쓰고, 실지로도 초개같이 죽음을 요구했다. 군인 정신이란 다름 아닌 죽는 것이라고 그들은 말했다. 이 전쟁이 나파유의 패배로 끝난다면, 그 이전에 나파유 국민의 반 이상은 상륙한 아키레마 군대와의 싸움에서 죽으리라 쉽사리 짐작이 갔다. 마침내 황제도 자살할 것이라고 오토메나크는 생각했다. 나파유가 근세에 서양 문명과 무력에 맞서기 위해 달려오면서 가장 풍족하게 쓴 자원資源은 이 '죽음'이었다. 그것은 족히 '죽음 집약적 역사集約的 歷史'였다. 그들이 자기 나라 애로크의 원수임을 알게 된 지금에도 오토메나크에게는, 나파유인들은 죽음을 초개같이 안다는 과장된 믿음이 남아 있다. 그래서 그들을 미워하게 된 지금의 자기는, 그들만큼 얼마든지 깨끗이 죽을 수 있음을 보여주지 않으면 안 됐다. 그것이 오토메나크가 이 섬에서 죽는 순간까지도 벗어나지 못할 시대의 굴레였다.

니브리타 여자들을 어떻게 할 것인가는 여태껏 생각할 겨를이 없었던 문제였다. 그러나, 적이 상륙하기 바로 전에 죽여버린다거나, 그동안 노리갯감으로 쓴다는 생각은 뜻밖이었다. 나파유 수비대가 전멸한 섬에 상륙한 아키레마 군대가 부녀들을 능욕하고, 학살했다는 소식은 그 자신도 듣고 있었다. 그러나, 로파그니스의 아니크계 학살을 본 오토메나크로서는 그 때문에 상사에게 동정할 마음은 일지 않았다.

그렇지 않더라도, 지금도 오토메나크는 여전히 반反니브리타주의자였다. 니브리타를 미워하기 위해서는 나파유주의자일 필요가 있었다. 그러나 저 여자들도 그 미움의 과녁인가. 가장 절망적인 처지에 빠진 한 인간의 머리에 걸맞지 않은 희극적인 난문제가 생겼다. 오토메나크가 머리에 그리고 살아온 니브리타 제국주의자의 군상群像은, 당연하다는 듯이, 불알 달린 남자들만으로 그려져 있었기 때문에. 그는 여자들 초막 쪽을 또 쳐다봤다. 정글은 캄캄하게 잠들어 있었다.

로파그니스 — 30년 후

 태풍이 오리라고 예보된 침침한 날씨 때문에 더욱 돋보이는 가로등 불빛이 담 넘어온 큼직한 가지들을 비쳐주고 있다.
 박물관 앞길이다. 아이세노딘 주재 애로크 대사관 상무관商務官인 코드네주는, 달리는 차의 창문 너머로, 풋라이트에 비쳐진 가수의 치맛자락같이 보이는 나뭇잎사귀들을 바라보면서, 이 길은 언제 다녀도 좋은 길이라고 생각했다. 사실 로파그니스의 이 구舊시가지는 아름답다. 외국 공관들은 대개 여기 몰려 있다. 새 시가지보다 조용하기 때문이다. 그 새 시가지도 본국의 도시에 비하면, 반은 공원인 셈이다. 이 나라의 나무니, 꽃이니, 사람이니 모두 부드럽고 너그럽다. 처음에 와보는 사람이면 으레 도시가 공원 같다고 말한다. 가는 데마다 나무와 꽃투성이다. 게다가 사시사철이니 그럴 만하다. 겨울이 없는 기후라는 것은 북쪽에서 자란 사람에게는 그것만으로도 꿈나라다.

서른의 나이로, 아이세노딘 주재 대사관의 상무관이 되었다는 것도 요즈음 관례로는 약간은 꿈 같은 출세였다. 통일 이전의 과도기에는 스무 살 줄에서 장관이 된 사람도 있었다지만 옛날 얘기다. 애로크가 전쟁 후에 겪은 고통은 거의 강대국의 고의적인 정책 탓이었는데, 말할 것도 없이 거기서 나온 어려운 문제는 모두 애로크 자신이 앞으로도 져야 할 짐이 되고 있다. 그나마 전후 이십 년 남짓해서 애로크가 통일될 수 있었던 것은, 강대국들의 등쌀에 시달리면서도 슬기롭게 새로운 국제 질서의 본보기를 만들어낸, 약소국들의 뭉친 힘이었다. 그런 뭉침의 솜씨를 만들어낸 고장이 아이세노딘이었다. 그런 아이세노딘을 만들어낸 사람의 동상이, 이윽고 차가 가는 앞길에 나타났다.

박물관 광장에 서 있는 그 동상은 남십자성을 바라보면서 서 있었다. 카르노스. 위대한 이름. 어느 고장에 태어났으면서 그 고장 사람들만의 것이 아닌 이름. 카르노스도 그런 이름 가운데 하나다. 정치가란 것은, 정치라는 전문 기술의 터에서도 뛰어나면서 넓은 테두리에 걸쳐 사랑의 과녁이 된다는 것은 거의 바라기 힘들다. 카베말리의 말대로 무섭지 않은 사자란 없는 법이다. 그것이, 한때 이 나라에 와서 주인 행세를 한, 흰 살갗 가진 사람들이 믿은 정치의 방법 정신이었다.

카르노스는 이 정신을 뒤엎은 사람이었다. 그는 사자와 양이 어울려 사는 이 세상에서 양들이 씨가 마르지 않으면서 차츰 사자가 되는 법을 만들어낸 기술자다. 아이세노딘은 아직 사자는 아니다. 그러나 양이 아닌 지는 벌써 오래다. 마찬가지로 모든 약한 나라들이 아이세노딘 방법을 따라 그 어려운 때에 사자들의 이빨을 면하고, 이제는 다시는 사자들이 마음대로 못 할 다른 종자가 돼버렸다. 이것은, 아이세노딘이 앞장선, 슬기로운 국제적 뭉침의 전술에서 비롯된 약소국들의 끈질긴 싸움의 결과다.

이 시대의 모든 사람들과 마찬가지로 코드네주도 아이세노딘에 대해서 마치 30년 전의 약한 나라의 지식인들이 강한 나라에 대해 가지고 있었던 바와 같은, 여기가 자기의 인간적 믿음의 조국이라는, 따뜻한 사랑을 가지고 있었다.

카르노스는 죽은 지 벌써 10년이 되는데도, 거의 모든 아이세노딘 사람들은 그가 살아 있는 듯이 말한다. 이 지구 위 어디를 가나 그의 이름은 슬기와 착함이 보기 좋게 어울려 있는 경우의 별명으로 통한다. 역사라는 것은 엉뚱한 장난꾼이다. 어렵게 말해보자고 무진 애쓴 끝에, 결국 사람은, 역사라는 것은 10년, 20년의 셈만으로는 바른 답을 낼 수 없다는 낌새를 알게 된다.

카르노스가 아이세노딘 사람이라는 것도 30년 전만 해도 믿지 못할 일이었다. 이 민족을 가리켜 식민주의자들이, 바탕이 나쁘다느니, 뭉칠 힘이 없다느니, 게으르다느니 하면서, 사람과 짐승의 종種을 뒤섞은 얘기를 왁자하게 퍼뜨렸던 일은 정치사史에서 배우기는 했지만, 코드네주에게는 세대적으로 잘 떠올려지지 않는 우스갯소리 같은 옛말이다. 옛말 같은 이야기는 또 하나 근래에 있었다. '만하임 사건'이다. 시라엘리가 라브질에 살고 있던 전 게르마니아 비밀경찰의 간부이자, 사람 백정이었던 만하임을 빼내다가, 재판에 부쳐 사형한 그 사건은 코드네주에게는 특히 놀라움이었다. 자기가 이 세상에 태어나기 전에 벌어졌던 그 일을 책에서만 배운 사람으로서, 그 일의 당자가 갑자기 자기와 같은 시간 속에 살고 있다고 알게 된다는 것은 약간 어리둥절한 일이었다. 사람의 살과 뼈로 비누를 만들다니. 그런 일이 있을 수 있었던 것은, 아마 게르마니아 한 나라, 만하임 한 사람의 기질 때문에 난데없이 일어난 일은 아닐 것이었다. 그런 일이 일어날 만한 숱한 그 밖의 사정들이 어울려서 그렇게 된 것이라고 해야 옳을 것이었다. 그러니 거의 모든 나라가 시라엘리의 처사에 입을 다물었다. 만하임의 손이, 그 일에 대한 단 하나의 피 묻은 손은 아니다.

그것은 한 사람이 지구를 들어올릴 수 없는 것이나 마찬가지다. 그러나 만하임의 손이 그 일에 가장 가까운 손의 하나였던 것도 사실이다. 이럴 때 사람의 법은 그 손을 처벌한다. 실은 그 손은 자기 이외의 죄까지도 아울러 갚는 것이지만, 그 밖의 다른 도리가 없는 것이다. 본국 정부 역시 시라엘리의 처사에 대해 침묵을 지켰다. 오직 당사자 아닌 나라로서는 아이세노딘 정부만이 시라엘리의 만하임 재판에 대해서 항의했다. 역사적인 사건에 대해서 30년 후에 개인적인 책임을 묻는다는 것은 '불필요하게 잔인하다'는 것이었다.

어느 쪽이 옳은가. 한때 학자가 될까 하고 생각해보기도 한 젊은 상무관은, 이 어려운 문제에 대한 철학적 사변에 잠깐 잠겼다. 그러나 오래 그렇게 하지는 못했다. 가고 있는 곳이 가까워진 것을 떠올렸던 것이다.

코드네주는 잘못 알았다. 그 야자나무 숲은 시청 앞 광장에 연한 그것이었다. 물이 치솟아오르고 있는 광장 한가운데의 분수 곁에는 저녁 바람 쐬러 들른 사람들이 앉고 서고 있었다. 젊은 사람들은 서로 팔을 끼고 서성거리고 있었다. 아이들이 야자열매로 만든 이 나라의 독특한 장난감을 들고 어른들 겨드랑 밑을 빠져 달아나고 있었다.

딱딱딱, 하는 그 장난감의 소리가 들려왔다. 아이세노딘의 최근 역사책을 읽은 사람이면 이 광장이 이름난 곳임을 알고 있다. 나파유 전쟁 후, 니브리타와의 사이에 벌어진 독립 전쟁의 매듭이 이 광장에서 지어졌다. 나파유 전쟁이 끝난 다음, 카르노스가 첫 번째로 세상을 놀라게 한 일은 서슴없이 니브리타에 선전 포고를 하고 독립 전쟁을 시작한 일이었다. 사람들은 카르노스를 평화적 정치가로 알고 있었고, 친親니브리타주의자라고 생각한 사람들도 있었기 때문에, 나파유 패잔병이 우글우글하던 때에 니브리타와의 싸움을 시작한 것은 확실히 놀랄 만했다.

그때만 해도 흰 살갗 가진 사람들에게 갈색의 살갗을 가진 사람들이 나라 상대로 싸움을 벌인다는 건 엄두도 못 낼 일이었다. 일찍이 아니크가, 자기 나라에 아편을 싣고 들어오는 니브리타 밀수배를 공격해서, 니브리타와 싸움을 벌인 끝에 큰 봉변을 당한 후 흰 살갗 가진 나라에 덤벼든다는 일은 이 고장 사람들의 정치 감각에서는 미친 일이 되어온 지 오래던 때다.

한 번 져버린 상대방에게 사람들은 싸우기 전에 겁부터 먹는다. 더구나 서슬이 푸르던 나파유 군대도 별수 없이 지고 난 다음이다. 하기는 나파유 군대는 그런 흰 살갗 사람들에게 대든 사람이었다.

아이세노딘 사람들은 해가 서쪽에서 뜨고, 양이 사자를 물어뜯은 것처럼 놀라고 우러러보았다. 그래서 많은 아이세노딘 사람들이 나파유에 혹했었다. 나파유뿐이랴. 아니코딘·힌디아·니필리피·히타·야말라, 심지어 아니크의 일부 세력까지 나파유와 힘을 합해 흰 살갗의 해적들을 몰아내고, 해적들이 만들어낸 물건 다루는 힘을, 남을 누르지 않으면서도 살 수 있게시리 쓰는 세상을 만들어보자는 꿈을 참마음으로 꾸어보았었다. 꿈은 꿈이었지만 그토록 큰일이던 나파유 전쟁에서도 이기고 만 사람들에게 엊그제까지 종이던 사람들을 이끌고 싸움에 나섰으니 세상이 놀람직한 일이었다.

그러나 더욱 놀라운 일은 니브리타의 잔인한 토벌에도 불구하고, 카르노스가 거느린 독립군은 '소탕'당하지 않았을뿐더러, 곳곳에서 니브리타 군대를 곤경에 몰아넣고 삼 년 동안을 버틴 끝에 마침내 니브리타군이 물러나겠다는 약속을 받아낸 것이었다. 그 조인식이 있은 자리가 이 광장이다. 그래서 이 광장은 독립 광장이라고도 불린다. 카르노스의 마음은 그의 몸이 땅에 묻힌 다음에는 쇠붙이에 의지해서 자기가 참석한 독립의 자리에 저렇게 서 있다.

다시 야자 수풀이 나타난다. 코드네주는 앉음새를 고치면서 마음으로 만날 채비를 가다듬는 듯 낯빛이 약간 굳어졌다. 분칠을 한 듯 하얀 야자나무 줄기는 민속民俗춤을 추는 아이세노딘 여자들의 무대 화장을 한 허벅다리 같았다. 젊은 외교관은 무슨 생각이 떠올랐는지 알릴락 말락 한 웃음을 지었다. 로파그니스를 그는 사랑하고 있었다. 외교관이, 제가 와 있는 나라를 사랑해서는 안 된다는 말 역시 흰 살갗 가진 사람들이 하던 말이었다. 그러나 아이세노딘에서야. 이 카르노스의 나라에서야.

고향의 여름철 별채같이 시원하고 아늑한 지음새의 집들이 나타나기 시작한다. 구舊시가지에서도 유독 아늑한 살림집 구역이다. 차는 그중 어느 한 집 앞에 멎었다. 코드네주는 차에서 내려 낮은 새김이 있는 돌담 안에 들어섰다. 칸나가 사과나무만 하게 자라 있는 현관 앞으로 걸어갔다.

현관에 사람이 나왔다.

외교관은 젊은 아가씨에게 자기를 밝히면서 약간 얼굴을 붉혔다. 쓸데없이 이뻤던 것이다. 외교관은 자기가 와 있는 나라를 사랑해서는 안 되는데 이런 아가씨가 현지에 있으면 난감하다. 아가씨는 해바라기처럼 활짝 웃었다. 그리고 말했다. 가지런한 흰 이빨이 또 외교관 신조信條에 대하여 극히 위협적으로 빛났다.

"아버님이 기다리고 계십니다."

아가씨는 한 발 물러섰다.

"여기서 잠깐 기다려주세요."

외교관은 고개를 숙였다. 거기는, 현관을 들어서자, 가운데 이층으로 올라가는 계단을 사이에 두고 양쪽으로 퍼진 넓은 응접실이었다. 계단 초입의 마루에 커다란 표범이 이쪽을 노려보고 있었다. 코드네주는 그 앞으로 가서 짐승의 눈을 들여다보았다. 천장에서 드리운 구식의 샹들리에가 보내는 불빛이 짐승의 유리 눈알 속에서 맴돌이를 하면서 루비 비슷하게 빛나고 있었다. 본국의 호랑이(물론 동물원의 것까지 합쳐서 지금은 온 나라 안에 몇 마리나 될지 의심스럽지만 — 호랑이 담배 피우던 시절에 그랬다는)보다는 훨씬 작다. 벽에는 큰 왕대 돗자리만 한 거북 껍질이 걸려 있었다. 젊은 상무관은 그 껍질로 안경테 몇 개를 만들 수 있을까 하고 속으로 셈을 해보았다. 벽에 붙여 세운 장 속에 무지하게 많은 조개가 벌여져 있었다. 코드네주는 어린아이처럼 눈빛을 빛내면서 다가섰다. 조개란 물건이 이렇게 가짓수가 많은가. 크기, 빛깔, 생김새가 저마다 다른 조개가 그득 차고 넘친 장은 유리 너머에서 눈부시게 빛나고 있었다.

기척이 났다. 코드네주는 돌아다봤다. 계단으로, 한 인물이 내려오고 있다. 예순에 가까운 나이로 알고 있는데 그보다는 약간 젊게 보였다. 군인처럼 똑바른 몸매가 계단을 내려와서 코드네주 앞에 섰다. 몸매의 느낌과는 어울리지 않게, 학자라든가, 종교가들이 흔히 그런, 깊은 눈매를 가진 사람이었다. 이 사람이 애로크 출신이란 것은 적어도 지금 얼굴에서는 짐작할 수 없었다. 아이세노딘 사람 눈에도 토박이 아이세노딘 사람이라고 볼 것이 확실하다.

"코드네주 씨? 처음 뵙습니다."

주인이 말했다. 얼굴 인상과 몸매가 다른 것처럼, 그 목소리도 가라앉고 꿋꿋하면서도 부드럽고 어루만지듯 하는 울림이 섞여 있었다.

"애로크 대사관의 코드네주입니다. 새로 부임한 지 한 달쯤입니다. 진즉 찾아뵈오려고 했습니다만. 성함은 익히 듣고 있었습니다. 바냐킴 선생님."

"앉으십시오."

바냐킴이라 불린 이 집 주인은 가슴 높이만 한 붉은 산호나무가 놓인 조개장 옆의 긴 의자를 가리켰다. 주인과 손이 자리에 앉자 계단 뒤쪽의 구슬발을 헤치고 아까의 그 위협적인 이빨의 아가씨가 쟁반에 마실 것을 들고 와서 두 사람 앞의 탁자에 내려놓았다.

"내 딸입니다. 이분은……"

"네, 알고 있어요, 아버님."

아가씨는 또 재미적은 웃음을 방긋 웃었다.

젊은 외교관은 두번째 낯이 붉어졌는데 이번에는 화가 났다. 점잖은 자리에서 아무도 결코 입 밖에 내지 않으면서도, 속으로는 굳게 믿고 있는 믿음이라는 게 어느 직업에나 있는 법이다. 두 번씩이나 이 믿음에 거슬린 모습을 보인 자기 스스로에게 외교관은 화가 났다. 코드네주는 자기 자신의 잘못을 알 때마다 화를 내는 버릇이 있었다. 그래서 그런지, 코드네주는 서른 살이 아니라, 마흔 살이 돼 보이는, 가장 점잖은 목소리를 애써 지으면서 입을 열었다.

"바냐킴 선생님, 실은 제가 오늘 찾아뵌 것은, 선생님에게 큰 부탁 말씀을 드리러 온 것입니다."

바냐킴 씨는 잠깐 젊은 손님을 쳐다보았다. 그 눈빛 속에 무엇인가 빠른 것이 지나갔는가 싶었는데, 마침 이때 아직도 쟁반을 들고 한옆에 서 있던 아가씨가 또다시 그 괘씸한 재미적은 웃음을 방긋 웃는 바람에, 젊은 외교관은 주인의 눈 속에서 빛난 그 빠른 무엇이 어떤 성질의 것인가를 붙잡을 틈을 잃어버리고 말았다. 세 번째 실수였으므로 외교관은 이번에는 약간 당황했다. 바냐킴 씨의 눈빛은 곧 부드러워졌다.

"네, 좋습니다. 목이나 축이시고 제 서재로 올라가십시다. 너는 인제 됐다."

바냐킴 씨는 쓰다듬듯 하는 눈길을 딸에게 돌렸다. 아가씨는 구슬발 저편으로 들어가버렸다.

"자 드세요."

바냐킴 씨는 손님에게 아이세노딘 차를 권했다. 코드네주 상무관은 아이세노딘 수출 품목에서 중한 자리를 차지하는 이 차의 맛을 새기듯 혀끝에서 즐겼다. 과연 맛이 좋다. 이 고장 풍물 그대로 너그럽고 향긋하다. 코드네주는 문득, 좀 다른 화제를 꺼냈다. 용건은 서재에 가서 꺼내기로 하고.

"태풍이 온다지요?"

"네 그러더군요."

주인은 창밖을 한 번 내다봤다.

"참 만하임 사건 때는, 아이세노딘에서 낸 성명은 꽤 여러 사람들을 놀라게 했더군요. 근래의 정치적 태풍이었지요."

외교관은 말을 이었다.

"사실 그런 경우에 만하임을 두둔한다는 게, 우리들 아시아 나라에서는 좀, 너무 낙관적인 게 아니었던가, 하는 비판이 일부에 있더군요."

외교관은 아까 차 속에서 잠깐 꼬투리가 벌어졌던 정치 철학의 대문제가 떠올랐던 것이었다. 외교관은 말을 이었다.

"카르노스 선생의 철학은 얼핏 보기에 종교와 같은 너그러움이 감동적입니다만, 그것을 받치고 있는 깊은 리얼리즘을 보지 못하면 카르노스의 적들의 선전에 말려드는 게 아니겠습니까?"

젊은 외교관은 바냐킴 씨의 낯빛이 거의 흉악하게 한순간 변한 것을 그만 리얼리스트답지도 않게 놓쳐버리고, 애써 지은 웃음만을 보았다. 흉악함과 그 웃음 사이는 너무 짧았기 때문이다. 그러나 아는 사람이 보았다면 그것은 틀림없는 그 얼굴이었다. 30년 전에 오토메나크란 이름을 이 얼굴이 가지고 마야카라는 사람의 그 말을 들었을 때의 표정이었다. 그리고, 한때 매일같이 신문에서 사람들 눈에 익은 만하임의 얼굴과 몹시 흡사했다.

오토메나크──아니, 바냐킴 씨는 부드럽게 받았다.

"옳은 말씀입니다. 카르노스 선생은 착하기만 한 분은 아니었지요."

"그 점이 위대했던 게 아니겠습니까. 아이세노딘의 힘을 가장 사람들 마음에 맞게 안배를 한 것, 그는 예술가였습니다."

"과학자였지요."

"참, 유쾌합니다. 바루 과학자였습지요. 과학이란, 실은 모든 조건을 다 고려한 전천후全天候 정신이어야 하는데, 잘못된 관습으로 과科의 학學, 즉 부분적인 정밀 지식으로만 너무 강조된 것이지요. 그러다 보니, 사물의 가장 포괄적인 인식을 나타내는 데 알맞지 않은 기미가 생겨서, 그럴 때는 '예술'이라는 말로 대신들 하지만, 물론 과학이지요. 카르노스 선생께서는 종교와 과학과 민족주의를 완성한 분이었지요."

"맞는 말씀입니다."

상무관商務官 코드네주 씨는 흡족했다. 바냐킴 씨가 깊이 몇 번씩이나 끄덕였기 때문이다. 바냐킴 씨는 내 말이 마음에 든 모양이군. 하긴 바냐킴 씨와 카르노스는 보통 이상의 관계였다고 한다. 그들이 어떻게 해서 서로 협력자가 됐는지 조사를 해봐도 알 수 없었다. 그러나 바냐킴이 이 나라에서 카르노스의 정치적 유산遺産의 숨은 관리자의 한 사람이라는 사실은 외국 공관에서도 잘 알고 있는 일이다. 어떤 설에 따르면 그들은 동향同鄕이라고도 한다.

바냐킴이 일어서면서 손님에게 말했다.

"그럼 조용한 데로 가서 말씀을 들읍시다."

코드네주는 주인과 나란히 계단을 올라가서 이층에 들어섰다. 주인은 계단에서 왼편으로 복도를 걸어갔다. 방이 양쪽에 있다. 오른편 끝 방 문을 열고 손님을 들였다. 여기가 주인의 서재였다. 한쪽에 그리 크지 않은 책장이 있고 창 가까이에 책상이 놓여 있고, 그 위에 현미경이 한 대 놓여 있었다.

"앉으십시오."

코드네주는 현미경을 보면서, 알맞은 인사, 이를테면 생물학을 연구하십니까 따위 말을 떠올렸으나, 입 밖에 내지는 않았다. 그들은 앉았다.

주인은 코드네주를 쳐다봤다.

"실은 대사님께서 직접 오실 일이지만 저더러 먼저 선생님 의향을 여쭈어보라는 말씀이어서."

"……"

"간단히 말씀드리면, 선생님께 우리나라의 아이세노딘 총영사總領事 직을 맡아주십사, 하는 부탁입니다."

"총영사?"

"네, 명예 총영삽니다."

코드네주 씨는 매우 흡족했다. 바냐킴 씨의 얼굴에 감동의 빛이 떠올랐기 때문이다. 갑자기 말하자면 자그마한 태풍이라도 만난 바다처럼 낯빛이, 흔들리는 마음을 비쳐 보였다. 바냐킴 씨는 보이지 않는 태풍과 싸우는 사람처럼 말없이 앉아 있었다.

"어떻겠습니까? 선생님께서 허락하신다면 우리 정부는 매우 영광으로 생각할 것입니다."

바냐킴 씨는 꿈꾸는 사람처럼 좀 멍한 소리를 냈다.

"그런데…… 왜 저한테 그 명예를 맡기려 하십니까?"

만일 코드네주 상무관이 좀더 경험 있는 사람(아니, 상무관은 경험은 그렇다 치더라도, 관찰력이 없다든가 하는 정도의 사람은 아니었다. 그는 매우 총명하고 재빠른 사람이었으나 현관에서부터 나타난 그 판단력의 적, 매우 재미없는 웃음의 소유자가 마음에 걸려서, 바냐킴 씨를 그 소유자의 아버지로 자꾸 생각하고 있었기 때문에 이런 실수를 한 것이었다)이었다면, 이때 바냐킴 씨가 또다시 만하임의 얼굴이 돼 있는 것을 알아보았으리라. 법정에 마련된 유리 상자 속에서 리시버를 쓰고 있는 그 남자의. 요즈음 온 세계의 보도 매체에 넘치는 그 얼굴. 그리고 만일 그 만하임이 무죄 석방 선고를 받았다면 유리 상자 속에서 얼이 빠져 얼굴을 쳐들었을 그 찰나의 얼굴이 그랬으리라는 것을. 코드네주도 그 낯빛에 눈길이 가기는 했다. 그러나 달리 새겼다. 바냐킴 씨가 이번에도 감동했으리라고 생각했다. 상무관 코드네주는 매우 만족했다. 그는 자기 인품과 수완에 자신을 가지고 있었다. 훈장이라든가 그 밖의 명예를 남에게 전하는 것은 누군들 즐겁지 않을 리 없는 일이지만, 이 사람에 대한 이 경우는 어쩐지 그 즐거움이 꼭 갑절이었다.

꿈에서 깨어나듯이라기보다, 꿈속에서 중얼거리듯 바냐킴 씨의 목소리가 흘러나왔다.

"대단한 영광입니다. 그러나 저는 사양하는 것이 옳을까 합니다."

"선생님 사양 마십시오."

"아니, 사양이라면…… 저는 그 명예에 합당치 않습니다."

"겸사가 지나치십니다. 애로크 통일에 기여한 아이세노딘 정부의 힘은 세상이 다 아는 일입니다. 카르노스 대통령께서 아직 살아 계셨을 때인 만큼 애로크를 위해서는 매우 유리했습니다. 선생님은 대통령에 대한 영향력이……"

"……영향력이라니……"

나무라듯 바냐킴 씨가 가로막았다. 이번에는 코드네주가 상대방의 뜻을 알았다.

"실례했습니다. 제가 말씀드리고자 한 것은 대통령께서 선생님을 깊이 믿고 계셨다는 사실을 우리는 모두 알고 있다는 것이었습니다. 선생님께서는 특히 애로크의 통일 문제에 대해서 숨은 힘을 쓰신 것으로 알고 있습니다."

"사실과 다릅니다."

"그래서 심지어는 선생님께서 혹시 애로크계系가 아니신가 하는 농담까지 하는 사람이 있지요."

바냐킴 씨는 웃었다.

"그렇습니다. 아무튼 그만큼 선생님이 애로크에 대해 기울여주신 사랑은 우리 정부가 결코 잊을 수 없는 것입니다."

"제가 한때 사업을 한 적이 있습니다. 그때 애로크 사업가와 접촉했던 것뿐입니다."

"그렇습니다. 선생님은 바자오 섬의 석유를 캐는 권리가 애로크 사람에게 넘어가도록 애써주셨습니다."

"제일 유리했기 때문입니다."

"세계 석유 매장량을 단박 10퍼센트 늘린, 그 마술의 섬이 공표됐을 때 세상이 얼마나 놀랐습니까? 소문에 의하면 선생님께서 직접 그 섬을 발견하셨다고도 들었습니다."

이렇게 말하면서 코드네주는 창문 쪽을 슬쩍 바라보았다. 바냐킴 씨는 애로크 외교관이 무엇을 보는지를 안 모양이었다. 그는 그게 아니라는 듯 고개를 천천히 흔들었다. 머리에 섞인 흰 머리카락 올이 반짝반짝 빛났다.

"아닙니다. 아닙니다."

"선생님, 사람은 남들이 뭐라고 보는가에 따라 어떤 책임을 지는 것이 아니겠습니까?"

"……"

"세상은 선생님을 애로크계라고 농담할 만큼, 친애로크파派로 알고 있습니다. 우리 정부는 작년 통일 기념일에 선생님에게 훈장을 보내려 했습니다. 선생님은 사양하셨습니다. 이번 영사 취임의 부탁마저 거절하시면, 우리 아이세노딘 주재 공관에 있는 사람들을 본국 정부에서 무능력자들로 알 것입니다."

"……"

"물론 대사님이 다시 오실 것입니다만……"

바냐킴 씨는 감았던 눈을 번쩍 떴다.

"아닙니다. 그러실 필요는 없습니다. 저는 받을 수 없습니다."

코드네주는 당황해서 아이세노딘 정계의 숨은 실력자를 쳐다보았다. 그러면 정말 거절한단 말인가?

"선생님, 정말 사양하십니까?"

좀 다급하게 코드네주 상무관은 약간 몸을 내밀면서 물었다.

"받을 수 없습니다. 어떻게 되다 보니, 제가 애로크에 약간의 관계를 가졌던 것은 사실입니다. 그러나 그런 막중한 명예를 받을 만한 일은 한 적이 없고, 그만한 책임을 다할 준비도 없습니다."

"혹시 일이 고되실 것을 염려하십니까?"

바냐킴 씨는 웃었다.

그것은 바로 이 방에서 30년 전 오토메나크가 그토록 부러워한 이 방의 주인의 웃음과 너무나 닮아 있었다.

"그렇습니다. 나도 이제 먹을 만큼 나이를 먹었지요."

"그 점이시라면 얼마든지 융통성이 있을 수 있겠습니다."

상무관의 낯빛은 다시 밝아졌다.

"우리 정부가 이번 제의를 하게 된 의도는 원래 선생님에게 어울리는 명예를 드리는 방법을 마련해본 것이지, 선생님을 고달프게 해드리자는 것이 아닌 만큼 그 점에 대해서는 특별한 사무규정을 약속해드릴 수 있습니다."

바냐킴 씨는 손을 저었다.

"나이는 먹었으나, 나는 건강합니다. 반드시 고달플 것이 두려워서 그러는 것은 아닙니다. 나는 자격이 없다는 것입니다."

"무슨 말씀을!"

"사실입니다. 물론 사람은 남이 자기를 어떻게 보는가에 대해서 책임을 져야 하겠지요. 이른바 세상이란 것에 대해서. 그러나 사람이 져야 할 책임은 남에 대해서만은 아니겠지요."

"……"

"자신에 대해서도 책임을 져야 하겠지요. 제 마음에 대해서 말입니다. 제 마음에. 마음에 대해서. 사람은 그 마음이란 것을 어떻게 만드는 것일까요? 세상에서부터 가져오는 것이 아니겠습니까?"

제 마음에. 제 마음에 대해서. 제 마음에 다짐을 두듯 바냐킴 씨는 또박또박 그 말에 힘을 주었다. 실은 제 '비밀'에 대해서라고 말할 수 없는 일이 안타까웠다.

"대사께서 들으시면 섭섭해할 것입니다."

"미안합니다."

"왜 그토록 사양하십니까?"

바냐킴 씨는 방 안에 있는 보이지 않는 어느 사람을 보는 듯한 눈빛이 되었다. 섬에서, 다른 동굴에 숨어 있다가, 그들 앞에 나타난 카르노스 씨가 한 말. 당신은 무엇 때문에 죽으려 하는가. 그 길밖에 없기 때문입니다. 정말 그 길밖에는 없습니다. 왜 그런가. 니브리타의 세상에서 내가 설 자리가 어디 있겠습니까? 당신의 설

자리? 그렇습니다. 정말 그렇게 생각하는가? 사람은 거짓말 때문에 죽지는 못할 게 아닙니까? 그렇겠지. 거짓말 때문에 죽지야 못하겠지. 그러나 거짓말에 속아서는 죽을 수 있지. 그게 무슨 말입니까? 나는 아무도 믿지 않습니다. 따라서 아무한테도 속지 않습니다. 당신은 자기의 교만을 믿고 있소. 당신은 자기 교만함에 속고 있소. 지금 이 자리에서 그 사람이 말하듯 목소리는 생생하다. 지금 카르노스는 감금 시대에 자기가 앉았던 그 현미경 앞자리에 앉아 있었다.

"사람은 과분한 자리를 원하지 말아야 할 것입니다."

"과분하다니요?"

"교만하지 말라는 것이 카르노스 선생의 말씀이었습니다."

사실이다. 나파유 사람 부하들을 데리고 섬에서 죽겠다는 오토메나크에게 카르노스가 한 말이었다. 카르노스가 나타나 함께 살기 시작한 지 얼마 안 되어 아키레마 비행기들이 섬 근처의 하늘을 자주 다니기 시작했다. 바다에 적 함대가 나타나지 말라는 법이 없었다. 죽을 날이 가까워오고 있었다.

카르노스가 한 말. 보시오. 적들은 저렇게 강해요. 이제 당신은 나파유가 지리라는 걸 믿겠지요. 그 때문이 아닙니다. 나는 나파유가 지리라는 걸 안 지는 벌써 오래됩니다. 그렇다면 왜 죽어야 합니까? 나파유의 그 군인 정신 때문에? 아닙니다. 그러면. 자신은 나파유 사람이 아니라, 애로크 사람임을 고백했을 때 카르노스가 놀라던 일. 그 눈부신 바다. 그 고백을 한 망보기 나무 근처의 골짜기에서 바라보이던 그 바다의 눈부심이 그때 자기를 덮치던 부끄럼처럼 떠오른다. 그랬던가요. 그랬던가요. 알몸을 드러내 보인 자기를 바라보면서 카르노스는 한참 말이 없었지. 그렇다면 당신은 더욱 죽을 필요가 없지 않습니까. 아닙니다. 나는 동포들에게 죄지은 사람입니다. 무슨 낯으로 고국에 돌아가겠습니까. 아무도 풀 수 없을 것 같던 이 물음을 풀어준 정말 짐작도 못 한 카르노스의 해결. 당신은 아이세노딘 사람이 될 생각은 없습니까. 그러나 나는 애로크 사람입니다. 당신은 얼마 전까지 자기를 나파유 사람이라고 믿고 있지 않았습니까. 지금 당신은 자기를 애로크 사람이라고 말합니다. 당신은 아이세노딘 사람도 될 수 있습니다. 아니 니브리타 사람도 될 수 있을 것입니다. 인연이 다한 이름을 버리면 됩니다. 사람은 육체로서는 한 번 나는 것이지만, 사람으로서는, 사회적 주체로서는 몇 번이고 거듭날 수 있습니다. 곧 당신은 당신이 아이세노딘을 위해 할 수 있는 일에 참가할 수 있습니다. 나파유 군대가 무릎을 꿇은 다음 아이세노딘 사람들은 니브리타와 싸워야 합니다. 그때, 당신들의 무기, 당신들의 조직, 기술이 쓸 데가 있을 것입니다. 당신이 나파유 군대의 정보와 물자, 그리고 가능하면, 우수한 병력을 우리들에게 넘겨주는 데 협력한다면, 당신은 아이세노딘 독립의 은인이 될 것이오. 아니 독립에 공이 큰 아이세노딘 사람이 됩니다. 당신은 거듭날 수 있습니다. 왜 죽으려 합니까. 당신은 마흔두 사람의 목숨을 살리면서, 자기도 또 한 번 살 수 있을 것이 아니오. 카르노스가 동굴에서 데리고 있던 다른 생존자들 가운데는 메어리나도 들어 있었다. 카르노스는 끈질기게 설득했다. 카르노스뿐이 아니었다. 또 한 사람 못지않은 설득

자. 눈부신 바다와 하늘이 맞닿은 곳에 아지랑이의 그림자처럼 떠오르는 모습. 아만다. 그녀를 다시 만나서 살 수 있지 않은가.

코드네주 상무관은 바냐킴 씨의 얼굴에 갑자기 나타난 괴로운 빛을 보고 깜짝 놀랐다. 이쯤 되면 총영사 직을 맡을 생각이 없는 것은 확실했다. 그러자, 코드네주는 방문의 나머지를 즐거운 시간으로 만들 마음가짐을 만들었다. 문을 두드리는 소리가 들렸다. 외교관에게 그토록 직업적 실수를 거듭하게 한 아가씨가 들어섰다. 뒤따라 오십 대의 부인이 들어섰다. 아이세노딘 옷을 걸치고 있었고, 그 고장에 오래 산 타국 사람이 생활에서 만들어가는 고장 얼굴의 느낌이 밴 얼굴이기는 하나, 분명한 유럽계系였다.

"어머니가 인사드리겠습니다."

그쪽은 선천, 후천 양쪽으로 분명한 아이세노딘 아가씨인, 그 재미적은 웃음의 소유자가 손님과 함께 아버지를 번갈아 보면서 말했다. 손님이 황급히 일어나고, 주인도 따라 일어서면서 말했다.

"내 아냅니다. 메어리나, 이분은 애로크 대사관 상무관 코드네주 씨요."

메어리나 부인은 활짝 웃으면서 끄덕였다.

"말씀이 계시면 저는 사양하겠습니다."

이 집에서는 사양투성이군, 상무관은 속으로 투덜거렸으나, 급히 만류했다.

"아닙니다. 얘기는 끝났습니다."

아가씨는 나가고, 부인은 남편 곁에 앉았다. 바냐킴 씨가 아내에게 보낸 눈길을 보고 홀몸인 코드네주 상무관은 약간 부러운 생각이 들었다.

"아이세노딘에는 언제 오셨습니까?"

입술에서 코에 이르는 언저리만은 별나게 의붓딸을 닮은 메어리나 부인은 젊었을 때는 꽤나 예뻤으리라는 짐작을 주는 웃음(그러나 딸보다는 역시 못한)을 늙은이답지 않게 방긋 웃으면서 젊은 손님에게 말을 걸었다.

"네, 한 달쯤 됐습니다."

"그러세요? 차차 계셔보면 아이세노딘이 얼마나 좋은 나란가 아시게 될 겁니다. 저도 이 나라가 좋아서 여기 사람이 됐답니다."

메어리나 부인은 먼 옛날을 떠올리는 눈빛을 지으려고 했는데 그럴 사이가 없었다.

"여보, 그 얘기 좀 우습지 않소?"

"왜요?"

"당신, 무슨 아이세노딘 애국지사 같군."

"그야 물론 당신이 더 좋았지요. 당신 같은 분을 낳은 이 나라가 좋았던 것이지요."

세 사람이 한꺼번에 웃었다. 아가씨가 과일과 술을 들고 들어와서 손님과 부모 사이의 탁자에 벌여놓았다. 아까, 부인에게 보낸 것에 못하지 않은, 그러한 사무친 눈길을 바냐킴 씨가 이번에는 딸에게 보냈다. 젊은 사무관은 부러움에 보태어 약간의 샘이 났다. 아가씨는 이번에는 나가지 않고 약간 떨어진 빈자리에 앉았다.

"자"

하고 바냐킴 씨가 술잔을 들었다.

코드네주 상무관이 따라서 잔을 들고, 마지막으로 메어리나 부인이 잔을 들었다. 세 사람은 세 사람이 각기 다른 세 사람인 만큼, 각기 다르게 잔 속의 액체를 축내고, 잔을 탁자에 놓았다.

"아만다."

바냐킴 씨가 딸을 불렀다. 아만다는 눈을 크게 뜨면서 약간 턱을 치키고 아버지를 쳐다봤다.

"애로크 남자들은, 모두 이렇게 미남자가 많다는군."

상무관 코드네주 씨는 잘 익은 파파야 속처럼 빨개졌다. 아만다는 의붓어머니를 닮은 그 재미적은 웃음을 방긋 웃었다.

"코드네주 씨, 저 애는 카르노스 선생의 따님입니다."

도깨비의 따님이라고나 한 듯이 코드네주 상무관은 깜짝 놀라면서 자리에서 반쯤이나 몸을 일으키려다가, 그럴 필요가 전혀 없음을 생각하고 주저앉았다.

"그리고 지금은 제 딸이지요."

"그러면……"

"네, 카르노스 선생이 돌아가실 때, 저에게 양녀로 보내셨지요."

상무관 코드네주는, 이 식구의 핏줄기와 친족의 그물의 복잡한 국제 관계를 분주하게 머릿속에서 손질했다. 재미없는 웃음의 소유자가 자리에 있었기 때문에 그 일은, 본국에 한 달에 한 번씩 보내는 국제 상업 거래표를 만드는 일만큼이나 분주했었다.

"그러면, 카르노스 선생의 부인께서는……"

이것은 결정적인 실수였다. 메어리나 부인이 심상치 않은 눈빛이 됐기 때문이다. 그러나 두 가지 불행 중 다행을 부처님께서는 이 자리를 위해 마련해두고 계셨다. 한 가지는, 메어리나 부인의 그 심상치 않은, 눈 속의 태풍은 번개보다도 약간 빠르게 이내 숨어버린 일이었다. 두번째는, 상무관 코드네주 씨는 그 재미적은 웃음의 소유자의 눈길을 관자놀이 근처에 따끔따끔 느끼고 있었기 때문에 이번에도 그 태풍을 보지 못했다는 일이었다.

아무 일 없었다는 듯이 바냐킴 씨가 부드럽게 대답해줬다.

"네, 그분은 살아 계십니다."

"네."

비로소, 코드네주 씨는 자기가 물어서는 안 될 일을 물었음을 알았다. 아만다 양의 낯빛이 매우 안 좋은 것을 이번에도 못 보았다는 것은, 상무관을 위해 베푼 부처님의 특별한 세번째 자비였다.

"그럼 저는 이만 물러가겠습니다."

"대사님께 잘 말씀드려주십시오. 고맙습니다."

모두 일어섰다.

"이렇게 알게 됐으니 가끔 놀러 와주시겠습니까?"

메어리나 부인이 능란한 외교관처럼 마치, 실패한 상담商談의 뒷마무리를 하는 상무관처럼 상냥하게 손님을 쳐다봤다.

"영광입니다."

상무관 코드네주 씨는 마음속으로부터 그 제의를 받아들였다. 손님을 배웅해서 현관까지 나갔다. 상무관 코드네주 씨는 움직이는 차의 창문을 통해 현관에 줄지어 선 사람들에게(특히 한군데를 겨냥하여) 손을 열심히 흔들었다. 차는 지나갔다.

"아빠, 태풍이 지나갔대요."

늙은 부부는 손님이 사라진 쪽으로 향했던 눈길을 돌려 딸이 가리키는 곳을 보았다. 신新시가지 쪽 하늘 한 귀퉁이가 희미하게 그곳만 비구름이 엷어 보였다.

"로파그니스를 비껴서 바다 쪽으로 나갔대요."

"바다에 나간 사람들이 조심해야겠구나."

"엄마두. 라디오가 다 알려줬는데 다 마련이 있겠지요."

"그래, 그래. 요즘은 기상 예보가 좋으니까, 태풍을 만났다구 다 위험한 건 아니겠지."

바냐킴 씨는 아내의 손을 잡았다. 메어리나 부인은 무심코 맞잡고 서서 하늘을 쳐다보다가 문득 남편은 자기들이 보고 있는 쪽을 보고 있지 않음을 보았다. 남편은 자기, 메어리나의 옆얼굴을 보고 있었다. 옛날, 섬에서 자기를 품에 안을 때마다 보인 그 얼굴이었다. 나는 30년 동안이나 헛소문 때문에 쓸데없이 마음을 괴롭혔다. 그 얼굴이 나를 위한 것이 아니었을지도 모른다는. 그토록, 거의 미친 듯하던 그 사랑이 다른 사람을 겨냥한 몸부림이었는지도 모른다는. 그렇다. 괜한 것을 가지고 그 마음고생을 하다니. 그녀는 반생半生의 미망迷妄을 깨달았다. 왜냐하면, 지금 자기를 보고 있는 얼굴과, 그 섬의 낮과 밤의 풀섶 위에서, 하늘과 별을 바탕 삼아 올려다본 얼굴의 기억은 빈틈없이 같았기 때문에.

"여보."

남편은 메어리나 부인이 나지막하게 부르면서 힘을 주는 손을 자기도 힘주어 맞았다. 메어리나와 그런 사이가 되기는, 그녀가 카르노스 씨 일행과 함께 나타나서 보름쯤 될 무렵 아직 살아남을 결심을 하기 전이었다. 수병들이 니브리타 여자들과 어울리는 것을 허락해주고 보니, 눈앞에 죽음을 둔 처지에서 여자는 다 마찬가지였다. 처음부터 밉게 보지 않은 탓도 있었다.

마침내 모습을 드러낸 아키레마 폭격기. 카르노스의 설득. 결심. 항복. 다시 아이세노딘에 진주進駐한 니브리타군軍. 내란內亂. 독립 전쟁으로 번진. 니브리타 포로수용소에서의 전범戰犯 심사. 탈출. 아이세노딘을 가로질러 로파그니스로. 카르노스와의 재회. 거기서, 아만다가 비밀 가옥 시대 전부터 카르노스의 첩자이자 정부情婦였음을 알았을 때의 놀라움. 카르노스의 권고. 용병傭兵대장으로서의 빛나는 무훈. 허무주의자의 용기가 역사에 대해서 어떻게 비허무적으로 작용하는가 하는 경우. 아이세노딘의 독립. 퍼스트레이디가 된 아만다. 카르노스의 중립 비동맹 외교와, 섬에서 발견한 석유광의 교묘한 연결. 비밀 창고의 니브리타 재물과 정보를 써서, 카르노스가 정적政敵을 쓰러뜨리고, 니브리타를 협박해서 독립 전쟁을 빨리 끝내던 일. 메어리나와의 결혼. 카르노스의 심복으로서 20년의 숨은 정치 생활. 카르노스의 죽음. 아만다가 화교 선박업자와 재혼한 일. 메어리나에게서 찾은 다른 사랑.

"여보."

메어리나가, 그 섬의 그때처럼 젊고 사랑스럽게 불렀다. 아만다도 아빠를 보고 있었다. 바냐킴 씨는 약간 당황했다. 그래 얼른 말했다.

"아무렴 태풍을 만나도 사는 길이 있지."

세 사람은 서로 쳐다보면서 활짝 웃었다.

해설

식민지 시대의 개인과 운명

신동욱
(문학평론가)

『태풍』은 일본으로 읽히는 가상 제국 나파유와 그 적대국 니브리타(영국으로 추정됨) 사이에 벌어진 대전에 끼어든 애로크 민족(한국으로 상정됨) 출신의 젊은 육군 중위 오토메나크의 파란 많은 청년 시대를 문제화하여 식민지하 삶의 한 운명적 궤적 속에 그려낸 작품이다.

오토메나크는 친나파유파인 가정에서 자라나, 철저한 나파유 교육을 받고 바로 나파유군의 장교가 되어, 니브리타 식민지인 아이세노딘에 진주하고, 정보장교로서 니브리타군의 포로수용소에 근무하게 된다. 오토메나크 중위는 자신이 나파유의 자랑스러운 군인으로서 손색이 없음을 자부하며, 나아가서 나파유국 출신인 다른 장교들보다도 더 충실한 근무 태도를 지니고 산다.

작가는 이 젊은 애로크 출신의 장교가 완전히 본인의 자의적인 선택이나 결정에 의한 것이 아닌 상태에서, 즉 무자각 상태에서 나파유 국민임을 자랑스럽게 생각하게 되었음을 독자들에게 이해시킨다. 여기까지는 일제하의 한국인들 중에 어느 정도는 이러한 부류에 들 것이라는 가정을 기초로 하여 설정된 이야기로서 타당성이 있고 또 현실감도 있다.

그런데 작가는 이러한 내용을 설정하고는 곧 작가의 꿈과 정치적 해석을 위한 상상적 세계로 독자들을 이끌어간다. 그의 허구 세계는 제2차 세계대전이라는 것을 누구나 알아차리게 제시하고 있으며, 또 그의 독자적인 시대 해석을, 즉 하나의 이상적 경지를 계획하여 보여주는 이야기를 결말 부분에서 펼쳐 보인다.

나파유 사령부의 호출 명령을 받은 오토메나크 중위는 나파유군의 아카나트 소령의 지시를 받고, 아이세노딘의 거물 정치 지도자인 독립투사 카르노스를 가둔 호화 주택의 감시 책임자로 근무하게 된다. 이 근무지에서 젊은 오토메나크 중위는 정신적으로나 육체적으로나 놀라운 변모와 번민을 겪게 된다. 순진의 세계로부터 성년으로 성장하는 과정에서 한 개인이 자기 민족과 다른 나라에 끼여 어떻게 자각하고 적응하는지 상당히 설득력 있게 묘사 또는 전개되고 있다.

아카나트 소령의 설명에 따르면, 아이세노딘 독립 운동자들의 상황은 세 갈래로 나뉘어 있는데, 그 하나는 카르노스를 지도자로 하는 중립적이고 민족 주체적 입장을 노선으로 하는 한 줄기로서 임시 정부를 중심으로 결속된 동부의 세력이다. 다른 한 줄기는 니브리타를 밀어낸 나파유와 정치적 유대를 같이하는 자치 정부 세이나브 수상을 중심으로 하는 일파로서 과거에 아이세노딘을 정복하고 수탈한 니브리타를 쫓아낸 사실만을 만족스럽게 생각하는 계통이지만, 이들은 사자가 달아났다고 좋아하면서 새 정복자인 간악한 나파유 역시 독살스러운 호랑이라는 것을 모르고 있다. 이들과는 달리 아이세노딘의 옛 황실을 중심으로 하는 독립 운동자들의 세력이 있는데, 이들은 시대의 흐름에 역행할 뿐만 아니라 호응자가 많은 것도 아닌 듯하다.

그런데 아카나트 소령은 동부의 독립 운동자들이 쫓겨난 니브리타와 내통하여 새로운 침략자 나파유에 대항하는 움직임이 있으므로 나파유군 사령부는 포로로 갇힌 정치 지도자인 카르노스를 동부의 독립 운동자들에게 넘겨주고 또 니브리타의 여자 포로도 같이 넘겨줌으로써 동부와의 화해를 노린다는 것을 오토메나크에게 알린다. 화평 회의가 이루어지면 오토메나크 중위는 카르노스 일행을 안전하게 송환해야 하는 막중한 책임을 사령부로부터 위임받는다.

이러한 이야기가 제시되는 가운데 작가의 강대국에 대한 비판적 시각은 계속되지만, 그것을 표면화하기보다는 은연중에 깨닫도록 하고 있다. 그러던 어느 날 오토메나크는 고국에서 온 친나파유의 언론인 마야카를 만나 아버지와 어머니의 소식을 듣는 한편, 나파유는 패전할 것이니 어떻게 하든지 목숨을 보전하라는 아버지의 전언을 듣게 된다. 이 소식은 오토메나크에게는 상상도 할 수 없는 말이자 매우 불충한 말로 들리며, 동시에 친나파유파에 속하는 아버지나 소식을 전해주는 마야카에게 항언을 하기에 이른다. 그러나 오토메나크의 의식 내부에는 일대 혼란이 벌어진다. 상상을 초월한 세계 정세에 직면했을 때의 당혹감은 너무도 크고 감당하기 어려운 것이었다.

겹쳐서, 오토메나크는 카르노스를 감금한 저택에서 비밀 창고를 발견하고, 전 니브리타 총독측의 비밀문서를 접하고는 전혀 상상조차도 할 수 없었던 아이세노딘의 독립 운동자 명단, 계보, 모략적인 여러 조처, 전향자 명단, 간첩의 보고문, 처형당한 애국지사들의 명단 등을 상당히 알게 되며, 여기서 자신의 조국 애로크 반도의 상황도 같으리라는 생각을 하게 된다. 오토메나크는 그 비밀 창고에 쌓인 무기, 보석, 아편을 보고 니브리타가 아이세노딘을 어떠한 방법으로 통치했는지를 확연히 깨닫게 된다. 총으로 위협하고 혹은 살해하고, 돈으로 매수하고 전향하게 하고, 마약으로 유혹하여 아이세노딘을 착취했다는 것으로 미루어, 자신의 조국 애로크에도 이와 거의 똑같은 상황이 있을 것이라는 데까지 생각이 미친다. 이때 오토메나크는 자신이 살아온 스물 몇 해가 완전히 허무하고 무의미하다는 것을 깨달으면서 번민의 소용돌이에 휩싸인다. 식민지 시대의 한 개인이 겪어야 했던 하나의 운명적 삶이 선명하게 조명되기 시작하고, 동시에 작가의 정치적 투시가 조금씩 전면화한다. 오토메나크의 깨달음의 한 과정을 작가는 다음과 같이 그리고 있다.

한 시대가 보여주는 징조의 껍질을 뚫어 볼 힘이 없었다는 책임이다. 그의 세계가 깨어진 것도 그 자신의 힘에 의해서가 아니었다. 그를 오늘날과 같은 사람으로 키워온, 바로 그 손이 전혀 뜻밖에 그

껍질의 안쪽을 보여줬던 것이다. 〔……〕 자기가 산 시간을 모두 잃어버린 이 남자는 유령과 같았다.

이때를 같이하여 오토메나크는 카르노스에게 시중드는 아이세노딘의 아름다운 처녀와 깊은 사랑에 빠진다. 이 사랑의 장면은 매우 섬세한 시적 감각으로 묘사되고 있는데, 최인훈 문학의 서정성의 한 성취로 볼 수 있다. 우리의 삶이 험악한 국면이 있는 반면에 살 만한 가치가 있다는 이 사랑의 이야기는 전쟁의 비리와 비인간적 잔혹함에 대조를 이루는 귀중한 사랑의 시학을 보여준다고 하겠다.

작가는 로파그니스 항구의 아름다움을 묘사하여 삶의 낙원이라는 함의를 여러 번 되풀이하여 제시하여준다. 평화롭고 기름지고 풍요한 낙원이 외래자들에게 짓밟히는 것도 중요한 뜻으로 인식되게 하는 작가의 비판 의식이 어울려 제시되기도 한다.

그 다음 장면에서 작가는 나파유의 극렬분자들이 아이세노딘을 어떻게 학살하는가를 보여주는 일에 착수한다. 또 니브리타의 여자 포로들이 유색인들에 대하여 취하는 거만한 자세도 잊지 않고 보여준다. 아카나트 소령과 같은 인물이 보여주는 삶의 자세와 극단적 제국주의자들이 보여주는 잔학성은 좋은 대조가 된다. 인간의 존엄성이 머릿속에서 생각하는 수준과 실제적 행동 속에서 어떻게 다른가도 선명하게 노출하고 있다. 작가는 이와 같은 대조의 원리에 입각하여 삶의 제 국면을 지적인 인식 방법으로 제시하면서 인간의 밑바닥에 깔린 원초적 힘의 다양성을 집요하게 문제삼고 있는 것같이 보인다.

작가는 특히 카르노스의 나비 채집 장면을 여러 번 보여주고 있는데 이러한 장면의 제시도 삶의 국면으로서 중요한 뜻이 있음을 알려주는 것으로 볼 수 있다. 정치적, 비정적 모습만이 아니라 정치인의 인간다운 행위를 적절하게 보여주는 한편 권력에 집착하는 인간형 전체에 대한 비판적인 뜻을 나타내고 있는 것이다.

아만다는 아까처럼 장미 그늘에 앉아 있고, 카르노스는 천천히 걸어다니고 있었다. 아만다는 얼굴을 돌려 오토메나크를 보았다. 그것은 여전히 사랑스러운 여자의 얼굴이었다. 나뭇가지와 잎사귀 사이로 흘러내리는 햇빛이 그녀를 얼룩져 보이게 했다.

오토메나크의 눈에 비친 이 장면은 사람이 살 만한 세상의 한 아름다운 장면임을 암시하고 있다. 비록 전쟁의 와중이기는 하지만 인간은 인간답게 살아야 한다는 의미를 강조하는 듯이 보인다. 카르노스도, 아만다도, 오토메나크도 모두 상황 속에 갇힌 자들이지만 이 순간은 사람으로서 지녀야 할 아름다움으로 영원할 필요가 있다는 함의를 풍겨주고 있다. 작가는 아만다를 묘사하면서 향기로운 과일 냄새로 느끼게 했고, 그녀의 밝은 웃음을 통하여 행복의 의미를 주었고, 시대의 잔학과 비정에 대한 인간주의의 항거를 의미하게 하였다. 카르노스의 의연한 자세도 식민지 통치자들에 대해서 여유 있는 그러면서도 내면적으로 견실한 신념을 표현하고 있다.

드디어 포로 수송의 날이 다가오고, 오토메나크는 카르노스와 니브리타의 여자 포로들을 승선시켜 출항한다. 그런데 동부로 가던 배가 진로를 바꾸어 다시 로파그니스 쪽으로 항해를 하자 여자 포로들이 반란을 일으키고, 때마침 폭풍이 일어 일행은 절해고도에 갇히게 된다. 섬에 갇힌 채 어려운 나날을 보내면서 오토메나크는 무선으로 흘러드는 아키레마(미국으로 추정됨)의 나파유 말 방송으로 나파유가 패전에 직면한 것을 알게 된다.

이러한 사건의 배치는 상당히 영화적인 수법을 의식한 것같이 보인다. 말하자면 이야기 문학의 본령 중에서 가장 중요한 사건의 재미를 충분히 배려한 점도 이 작품의 장점이다.

작가가 설정한 이 태풍의 장면은 실상 이 작품의 전체적인 계획을 완성하는 데 불가피한 필연성을 지닌다. 동시에 조난당한 모든 사람들의 운명적 방향을 결정하는 데도 필요한 매개적 의미가 된다. 절해고도에 갇힌 이들의 생활은 매우 단조하고 또 불안한 것이지만 새로운 가치 세계를 향해 바야흐로 탈바꿈을 마련하는 일종의 시련이자 동시에 전환의 의식이기도 한 것이다. 새로운 인간의 탄생은, 죽은 줄 알았던 카르노스와 나머지 포로들을 만나 공동생활을 함으로써 차츰 싹튼 것이었다. 오토메나크는 어디에도 소속되지 못하는 자신의 위치를 깨닫고 죽음을 택하려고 했지만 위대한 지도자인 카르노스는 "사회적 주체로서는 몇 번이고 거듭 날 수 있습니다"라고 말하여 오토메나크를 아이세노딘의 독립투사로 키우고, 중요한 인물이 되게 한다.

작가는 이 이야기를 30년 후로 밀어내어 펼쳐 보이고 있는데,

그 30년 후라는 시기 설정에서 작가의 정치적 상상력의 질 높은 꿈이 아름답게 제시되어 있다. 말하자면 조국에는 직접적으로 기여하지 못한 시대의 희생자인 오토메나크로 하여금 아이세노딘의 애국자가 되게 한 다음, 아이세노딘의 대통령이자 독립 투쟁의 동지인 카르노스 대통령과 합심하여 분열된 조국 애로크의 통일에 지대한 공을 쌓게 하고 있다.

30년 후에 통일된 조국의 대사관원이 바냐킴으로 변성명한 오토메나크를 찾아 애로크 나라의 감사를 전하고 있는데, 이것은 작가가 일찍이 『광장』에서 제기했던 이념 선택의 고뇌를 다시 철학화하여 새로운 해답을 독자들에게 제시하는 것으로 볼 수 있다. 『광장』에서 젊은 주인공은 인도양의 푸른 바다를 절망의 상징으로 받아들였지만 소설의 내적 시간의 시대적 격차는 이것을 지양하여 최인훈 문학의 또 다른 성취를 이룩하는 데 의미를 집중하고 있다.

아마도 이 꿈은 오늘날 한국인들에게 설득력 있는 하나의 표적이 될 것으로 믿어 의심치 않는다. 게다가 오토메나크의 가족을 보여주는 데서 독특한 해석을 내리고 있는 것같이 보인다. 아만다를 그렇게 사랑했지만 그녀는 대통령 카르노스의 첩자 겸 정부였으며 후에 대통령 부인이 된 것으로 서술했고, 니브리타의 콧대 높은 여자 포로였던 메어리나가 오토메나크의 부인이 되어 있고, 카르노스 대통령의 딸 아만다는 아버지의 사후에 오토메나크의 딸로 되어 있다. 이 가족은 전쟁이 만들어놓은 일종의 국제 가족을 뜻하며 인종적 편견 없는 단란함을 지니고 있다. 작가는 특히 이념의 결속과 인간다움의 결속으로 다져진 한 가정을 의도적으로 보여준 듯하다.

말하자면 가족 미래학적 투시를 시도한 것으로 이해되며, 또 이 시도는 앞으로 국제 사회의 보다 차원 높은 긍정적 조화를 거두기 위한 하나의 철학적 통찰로도 판단할 수 있을 것이다.

전체적으로 보아 이 이야기는 한 개인의 테두리를 초월하는 정치적 역학이 개인의 운명을 어떻게 변화시키는가를 지적인 통찰로 해명한 것으로 이해할 수 있다. 그러나 작가가 굳이 사회 역사적 의미를 상징체계로 바꾼 것은 아마도 대상 국가를 구체적으로 쓸 경우 생기는 여러 복잡함을 의식적으로 피하려고 그렇게 한 것으로 보인다. 이러한 상징적 또는 암시적인 이야기 문학은 그것대로 특정한 사태를 뛰어넘어 보편성이나 일반성을 의미화한다는 특징이 있다.

〔1978〕

해설

존재 전이의 서사

정호웅
(문학평론가)

1. 크고 높은 봉우리

최인훈은 장편 『태풍』을 발표한 1973년을 전후하여 희곡으로 방향을 돌린다. 「어디서 무엇이 되어 다시 만나랴」(1970), 「옛날 옛적에 훠어이 훠이」(1976), 「봄이 오면 산에 들에」(1977), 「둥둥 낙랑둥」(1978), 「달아 달아 밝은 달아」(1978) 등, 우리의 옛이야기에서 얻은 소재를 가공한 작품들을 이어 발표하여 한국 희곡 문학의 영역을 크게 넓혔다. 그리고 오랜 침묵. 단편 「달과 소년병」을 발표하는 1984년까지 최인훈의 작품 연보는 비어 있다. (이후 최인훈은 1994년 장편 『화두』와 2003년 단편 「바다의 편지」 두 편을 더 발표한다.)

그러니까 『태풍』은 『광장』 「구운몽」 『회색인』 『소설가 구보 씨의 일일』 등으로 이어지던 웅장한 '최인훈 소설 산맥'이 일단 끝나고 그보다는 작은 산줄기인 '최인훈 희곡 산맥'이 시작되는 경계에 서 있는 작품인 셈이다.

하나의 산줄기가 끝나고 새로운 산줄기가 시작되는 경계에 솟은 봉우리는 대체로 높지 않으며 크지도 않다. 게다가 앞으로 나아가고 위로 솟구칠 동력이 소진되어 멈추어 선 듯한 정체의 느낌, 곧 무너져내릴 듯한 불균형과 허약의 분위기 때문에 보는 이의 마음을 안쓰럽게 만드는 경우가 대부분이다. 그러나 언제나 그런 것은 아니니 산줄기의 끝에 이르러 더 크고 높은 봉우리로 솟아오르는 경우도 있다. 『태풍』은 어떠한가?

2. 실제의 역사와 상상의 역사

『태풍』을 열면 낯선 국명과 지명, 낯선 인명이 무더기로 나오는데 본래의 이름을 뒤집어놓은 것들이다. 국명과 지명으로는 아니크(중국), 애로크(한국), 나파유(일본), 아키레마(미국), 로파그니스(싱가포르), 아이세노딘(인도네시아) 등이, 인명으로는 오토메나크(가네모토金本), 아카나트(다나카田中), 아마다이(이마다今田), 마야카(가야마香山, 이광수의 창씨명은 가야마 미쓰로香山光郎였다) 등이 나온다. 카르노스(수카르노)와 토사이(사이토齊藤)는 본래 이름을 두 조각으로 나누어 그 순서를 바꾸어놓은 방식으로 만들어낸 새로운 이름이다. 니브리타는 개명의 방식이 복잡하여 한마디로 일컬을 수 없는 예외적인 경우인데, 소설이 반영하고 있는 역사 내용으로 미루어 영국England을 가리키는 것이라 어렵지 않게 짐작할 수 있다.

무엇 때문에 이처럼 낯선 이름 짓기의 방식을 동원했는지는 물론 알 수 없지만, 이 낯선 방식의 이름 짓기와 관련하여 몇 가지 말해볼 수는 있다.

먼저 낯설게 하기의 효과. 제2차 세계대전이 막바지로 치닫던 때 일본이 지배하고 있던 동남아시아를 무대로 펼쳐지는 역사 이야기로서 실재했던 것으로 읽히기도 하지만, 이 낯선 이름들의 낯설게 하기 효과로 인해 그 같은 실제의 역사와는 무관한 가공의 시공간에서 전개되고 있는 이야기로 읽히기도 한다. 그리하여 실제의 현실과 상상의 현실 사이의 경계를 모호하게 만듦으로써 두 현실을 원만하게 하나의 세계 속에 통합하는 것이 가능해졌다. 실제이면서도 실제가 아니고, 상상이면서도 상상이 아닌 그런 복합성의 소설 세계가 떠오를 수 있게 된 것이다.

실제의 현실과 상상의 현실 사이의 경계가 모호해지고 이로 인해 상상과 실제의 현실이 서로 충돌하지 않고 원만하게 통합된 이 독특한 시공간에서 작가의 붓길은, 실재했던 과거에 갇혀 있는 통상의 역사소설 쓰기에서보다 훨씬 자유로울 수 있다. 인도네시아를 뒤집어놓은 아이세노딘, 싱가포르를 뒤집어놓은 로파그니스, 일본을 뒤집어놓은 나파유, 영국의 다른 이름인 니브리타 등이 뒤얽힌 소설 속 아이세노딘과 그 나라의 한 도시인 로파그니스의 역사는 인도네시아, 싱가포르, 일본, 영국뿐만 아니라 말레이시아, 네덜란드 등도 깊이 관련되었던 실제의 역사를 재구성한 것이다.

그 역사의 재구성은 관련된 나라들의 수를 줄이고, 밖으로는 나라들 사이의 지배/저항에, 안으로는 외세의 지배에 대한 대응 방식 곧 비타협 저항이냐 타협적 순종이냐에 초점을 맞춤으로써 실제의 역사를 크게 단순화하는 것이었다.

예를 하나 들어보겠다. 이 작품에서 로파그니스(싱가포르)는 아이세노딘(인도네시아)의 한 도시로서 아이세노딘의 다른 지역과 마찬가지로 오랫동안 니브리타(영국)의 식민 지배를 받아온 것으로 되어 있다. 그러나 실제의 역사는 이와는 조금 다르다. 싱가포르는 1819년 이래 영국의 식민지였으니 작품 속 로파그니스가 니브리타의 오랜 식민지였다는 것과 일치한다. 그러나 인도네시아는 19세기 초 유럽 정세의 변동에 따라 한때 영국의 지배 아래 들었을 뿐 오랫동안 네덜란드의 식민지였으니 소설 속, 아이세노딘이 영국의 오랜 식민지라는 설정과는 크게 다르다. 다른 점은 또 있다. 싱가포르는 말레이시아계가 개척한 땅으로 역사적으로 보아 인도네시아보다는 오히려 말레이시아와 더 깊이 관련된 곳인데, 작품에서는 이런 역사적 사실은 완전히 배제되었다.

이처럼 단순화 작업을 통해 재구성된 그 역사의 시공간 속에서 펼쳐지는 서사이기에, 실제 역사의 시공간 속이었다면 쉽지 않았을 구조적 집중의 확보가 가능하였다.

작가가 만들어낸, 상상의 현실과 실제의 현실이 경계를 넘어 뒤섞이는 이 독특한 시공간이 열어놓은 붓길의 자유로움에 힘입어 과거뿐만 아니라 미래까지도 앞서 그릴 수 있었다. 『태풍』의 마지막은 전쟁이 끝나고 30년 세월이 흐른 뒤, 통일된 애로크(한국)가

국제 무대에서 자주독립국가의 위상을 확보했다는 꿈의 가상 현실을 그리고 있다. 그것은 세 측면에서 설명될 수 있다.

1) 하나는 그렇게 되기를 바라는 간절한 희구를 드러낸 것으로 읽는 것이다. 분단 시대의 작가로서, 그리고 무엇보다도 월남자로서 피난처로서의 '북간도'와 '양간도'를 향하는 의식을 지니고 살아온 피난민 작가로서의 슬픈 바람悲願이 통일 한국의 가상 현실을 소설 속에 끌어들였다는 해석이다.

2) 다른 하나는 소설 구조와 관련짓는 해석이다. 『태풍』의 중심축은 주인공 오토메나크의 여로이다. 오토메나크의 여로를 요약하면 이렇다:

식민 지배 이데올로기에 완전 동화되어 식민 지배 이데올로기의 전사로서 살던 그가 식민 지배/피지배의 현실을 인식함으로써 피식민지인으로서의 새로운 정체성을 갖게 되었다. ─ 과거의 자신에 대한 부끄러움 때문에 해방된 조국으로 돌아가기를 포기하고 아이세노딘 사람이 되어 아이세노딘 독립 운동을 돕는 데 온 힘을 바쳤다. ─ 아이세노딘 독립 후 그는 아이세노딘 대통령의 최측근으로서 커다란 정치적 영향력을 행사할 수 있는 자리에 오르게 되었는데 그 힘으로 조국 애로크를 다방면으로 돕는다.

그 여로는, 다시 압축하면, 식민 지배를 벗어나 자주독립국가의 백성으로 살고자 하는 바람을 따라 전개되는 삶의 길이며, 억압과 수탈의 식민 지배 현실 속에 들어 고통 받는 사람들을 식민의 굴레에서 벗어나게 만들고자 하는 대의를 좇는 삶의 길이다. 오토메나크의 자신을 위하고 또한 아이세노딘 사람들을 위하는 그 같은 바람과 대의의 여로는 곧 모든 모순에서 해방된 유토피아를 지향하는 성격의 것이니 니브리타와 나파유의 지배 아래 고통의 긴 세월을 살아온 아이세노딘의 역사와 만날 때 자주독립국가의 건설을, 분단 조국의 역사와 만날 때 통일이라는 귀착점을 향해 나아가는 것이었다. 『태풍』이 애로크의 통일을 제시함으로써 끝나는 것은 그러므로 작품의 두 주된 구성소인 1) 주인공 오토메나크의 여로와, 2) 식민 지배에 맞서 싸워온 아이세노딘의 역사에 의해 규정되는 것이라는 해석이 가능하다.

3) 셋째는 이를 주인공 오토메나크의 죄의식과 관련지어 읽는 것이다.

카르노스가 한 말. 보시오. 적들은 저렇게 강해요. 이제 당신은 나파유가 지리라는 걸 믿겠지요. 그 때문이 아닙니다. 나는 나파유가 지리라는 걸 안 지는 벌써 오래됩니다. 그렇다면 왜 죽어야 합니까? 나파유의 그 군인 정신 때문에? 아닙니다. 그러면. 자신은 나파유 사람이 아니라, 애로크 사람임을 고백했을 때 카르노스가 놀라던 일. 그 눈부신 바다. 그 고백을 한 망보기 나무 근처의 골짜기에서 바라보이던 그 바다의 눈부심이 그때 자기를 덮치던 부끄럼처럼 떠오른다. 〔……〕 그렇다면 당신은 더욱 죽을 필요가 없지 않습니까. 아닙니다. <u>나는 동포들에게 죄지은 사람입니다. 무슨 낯으로 고국에 돌아가겠습니까.</u> (pp.491~92, 밑줄은 인용자)

작품을 자세히 읽어도 그의 죄의식이 어떤 내용의 것인지 분명하게는 알기 어렵지만 대강 짐작할 수는 있다. 1) 합병 당시 그의 할아버지가 "꽤 이름 있는 친나파유주의자"였다는 것, 그의 아버지도 친나파유주의자로서 국책 회사의 중역이었다는 것, 그런 집안 배경 덕분에 아무런 아쉬움 없이 자랐고 일본에 건너가 대학 교육까지 받을 수 있었다는 것 등, 식민 지배에 빌붙어 돈과 권력을 맘껏 누렸던 집안의 역사에 대한 치욕의 의식. 2) "자기가 피를 받은 민족이 광포狂暴하지 못했다는 사실에 화가" 나서 "자기 민족을 미워"하고 그것에서 벗어나고자 "부끄러운 피를 스스로 바꾸기로 결심"하고 "'나파유 정신'을 자기 피로 선택"(p.15)했던, 말하자면 몸속을 흐르는 민족의 피를 몰아내고 이민족의 정신을 수혈한 자신에 대한 모멸 의식. 3) "사관학교 출신보다 더 사관학교 출신다운 식민지 출신 장교"(p.14)로서 나파유의 침략 전쟁의 주구가 되어 날뛴 자신에 대한 부정 의식. 4) 아무리 다른 것에 책임을 돌리려 해도 끝내 뿌리칠 수 없는 그 자신의 책임, 곧 "한 시대가 보여주는 징조의 껍질을 뚫어 볼 힘이 없었다는 책임"(p.78) 의식.

그 죄의식은 무조건의 나파유주의자, 대동아공영권론자(반서구주의자), 황도주의자, 식민주의자에서 반나파유주의자, 반침략주의자, 반황도주의자, 반식민주의자로 오토메나크의 여로를 크게 굽이치게 하였고, 오토메나크의 여로를 따라 계속해서 커지고 깊어져 마침내는 그가 고국으로 돌아가는 것을 가로막았으니 이 소설에서 구성의 핵에 해당한다 말해도 지나치지 않다.

전쟁이 끝났는데도 고국으로 돌아가지 않는다는 것은 카르노스의 말대로 "인연이 다한 이름을 버리"(p.492)고 다른 이름의 존재가 되어 다른 나라 사람(여기서는 아이세노딘 사람)으로 산다는 것을 의미한다. 그것은 또한 부모 형제와의 인연을 포함한 모든 과거와, 심지어는 자신의 과거와 결별하는 것을 뜻한다. 단호하고 철저한 자기 처벌이 아닐 수 없는데, 그 죄의식의 깊이와 크기의 정도가 어떠한지 이로써 잘 알 수 있다. 타협의 여지라곤 조금도 깃들 수 없는 성격의 것이니 절대의 죄의식이라 이름 붙일 수 있겠다.

 서사 전략에 따라 이 같은 절대의 죄의식에 갇힌 영혼을 다루는 방식은 다양하여 예거하기 쉽지 않지만 이 소설의 방식이 그 하나임은 분명하다. 고국을 도움으로써 죄의식을 조금이라도 덜 수 있게 하는 것. 분단의 질곡에 묶인 불행한 고국을 돕는 설정보다는 통일을 이루어 훨씬 행복해진 고국을 돕는 설정이 그의 죄의식을 덜거나 약화하는 데 훨씬 더 효과적임은 새삼 말할 나위도 없다. 주인공 오토메나크는 바냐킴이 되어 불행의 역사를 헤쳐나온 통일 조국을 위해 일함으로써 그 절대의 죄의식에 시달려온 스스로를 조금은 위안할 수 있었을 터이다.

 식민지 백성으로 태어났다는 원죄 때문에 결국에는 스스로 혹독한 자기 처벌을 감행하는 주인공을 연민하는 마음이 이런 서사 전략을 택하도록 이끌었는지도 모른다. 주인공을 역사의 희생자로 인식하는 서술자의 기본 태도, 나파유주의의 덫에 걸려 철저한 나파유주의자가 되어버렸으면서도 섬세하고 따뜻하며 열려 있는 마음을 가진 인물로 그를 설정해놓은 데서 분명해 보이는 그에 대한 작가의 호의 등으로 미루어 이런 추측이 가능하다는 게 내 생각이다.

3. 정신의 자기 확인

『태풍』은 '태풍' 속에 휩쓸려들었으나 죽지 않고 살아남은 사람들의 이야기이다. 그들을 날카로운 '발톱'으로 낚아채 죽음, 절망, 패배, 치욕이 입 벌리고 있는 벼랑 앞까지 끌고 간 그 '태풍'은 작품 속에 등장하는 실제의 태풍만을 가리키는 게 아니다. 약소국 백성들을 죽음의 고통 속으로 몰아넣는 식민주의의 거센 바람, '신국神國'이란 허위의 상징을 날조하여 무수한 목숨을 죽음의 어둠 속으로 달려가게 만든 황도주의의 미친 바람, 때로는 웃는 얼굴 귓속말로 은밀하게 때로는 으르는 얼굴 거친 언행으로 노골적으로 다가오는 달콤한 회유와 유혹 또는 협박의, 걸려들기만 하면 배신자의 낙인을 이마에 새기고 마는 무시무시한 칼바람, 주인공을 지옥의 어둠 속에 떨어뜨리고 그 영혼을 잔인하게 고문했던 죄의식의 바람 등, 제목 '태풍'이 상징하는 것은 이처럼 다양하다.

많은 사람들이 그 바람에 휩쓸려 죽거나, 절망하여 낙백지사로 주저앉거나, 패배하여 전선에서 물러서거나, 배신하여 벗어날 수 없는 치욕 속으로 뛰어들거나, 그랬을 것이다. 『태풍』은 그런 사람들이 아니라 소설 공간을 무서운 바람 소리로 가득 채우고 있는 그 온갖 종류의 태풍들을 헤치고 나아가 살아남은 사람들의 여로를 추적하였다.

 태풍에 휩쓸렸지만 어기차게 나아가 끝내 살아남은 작품 속 그들은 하나같이 태풍의 힘에 굴복하지 않았고 좌절하지 않음으로써 스스로 고귀한 존재임을 증명하였다. 그 가운데 가장 우뚝한 사람이 카르노스인데, 그는 작품 구성의 중심에 해당하는 주요 구성소이기도 하다. 그는 아이세노딘 국민들은 물론이고 그와 관련된 소설 속 모든 인물이 존경하는 위인이다. 그를 체포해 관리하는 책임자인 일본군 정보장교조차 이렇게 말하는 정도이다.

 알다시피 임시 정부 수반 카르노스는 전설적인 인물이다. 니브리타가 아이세노딘에게 가한 수백 년의 폭력 정치에 대한 아이세노딘 국민들의 원망은 깊고 치열하다. 카르노스는 국민들의 이 원한의 대변자이며 니브리타에 대한 무력 항쟁의 상징이다. 카르노스는 한 사람의 자연인이 아니라 아이세노딘 독립 운동, 그 자체다. (p.28)

 그는 니브리타의 치밀하고 집요한 공작에도 불구하고 반니브리타 독립 투쟁의 전선에서 한 발짝도 물러서지 않았던 지조의 인물이며, 점령군인 나파유군이 힘을 합쳐 '공동의 적'인 니브리타와 싸우자고 협조 요청을 했을 때, "우리 자신의 힘으로 우리를 해방해야 합니다"(p.58)라고 거절하여 비타협 자주 노선을 굳게 지킨 원칙주의자이며, "국민과 더불어 이 어려운 세월을 고생해야"(p.43) 한다고 생각하고 실천하는 애민의 지도자이고, 적에게 잡혀 구금돼 있지만 의젓하고 늠름하고 의연한 큰 인물이다. (점령군 나파유군이 물러나자 다시 돌아온 오랜 식민 지배자인 니브리타에 맞서 불퇴전의 독립 투쟁을 벌인 끝에 마침내 독립을 쟁취하고 독립국의 초대 대통령이 되는 그는 이름과 행적에서 짐작 가능하듯 인도네시아의 건국 영웅 수카르노의 분신으로 보인다.)

앞에서 그가 소설 구성의 중심에 자리한 주요 구성소의 하나라고 했는데, 이 진술은 1) 식민주의와 식민 지배 세력과의 투쟁이라는 이 작품의 주제 가운데 하나가 주로 그의 삶과 사상을 통해 구현되고 있다는 것과 2) 그가 주인공인 오토메나크의 생각의 길과 삶의 길을 이끄는 지로자指路者로서 기능한다는 것을 가리킨다. 1)과 2)는 따로 떨어진 것처럼 보이지만 사실은 그렇지 않다.

오토메나크는 카르노스를 크게 존경하는데 자신이 감시인임에도 불구하고, "선생님을 모시면서 여러 가지 배우는 것이 많습니다"(p.292)라고 면전에서 말할 정도이다. 그는 삶의 길 생각의 길이 막혔을 때마다 카르노스를 생각하고 그의 가르침을 받을 수 없는 상황을 안타까워하곤 한다. 서사의 마지막에 이르러 그로 하여금 과거와 결별하고 존재 전이를 결심하도록 이끈 사람도 카르노스였다. 말하자면 카르노스는 주인공의 여로를 이끄는 중요한 역할을 수행하는 구성소이다. 카르노스가 수행하는 그 지로자 역할의 내용은 여러 가지이지만, 그 핵심은 역시 반식민주의의 실천과 관련된 것이다. 오토메나크는 그의 가르침과 삶을 좇아 식민주의의 의식에서 벗어날 수 있었으며, 나아가 반식민주의 투쟁의 전선에 서게 되었다.

스스로를 죽임으로써 자신의 잘못을 벌하고 식민주의 세력의 폭력성에 항거한 인물이 있다. 몸을 죽임으로써 정신을 살렸으니 살아남아 스스로의 위엄을 증명한 사람들과 나란히 서게 된 인물이다. 그는 나파유계 이민자의 2세로 나파유군의 아이세노딘 진공 때 큰 공을 세워 '아이세노딘의 호랑이'라는 영예의 이름을 얻었던 인물이다. 이름은 토니크 나파유트. 그런 그가 나파유군의 아니크계(중국계) 사람들의 학살 사태에 항의하여 유서를 남기고 자살하였다. 자기가 나파유군 진공을 도운 것은 피의 조국인 나파유와 자신이 살고 있는 아이세노딘 모두를 위한 행동이라는 믿음 때문이었는데 나파유군의 학살로 인해 그 믿음이 무너지고 말았으니 더 이상 살 수 없게 되었다는 것이 유서에 담긴 내용이었다.

  죄의식 때문에 스스로를 처벌한다는 점에서 그는 주인공 오토메나크와 동류다. 죄의식을 안고 고행의 생각 길을 떠돌다 마침내 자신을 처벌하는 데 이르는 이 준엄한 정신들로 인해 『태풍』은 사건의 더미로 구성된 역사소설이 아니라, 정신의 자기 확인을 문제 삼는 역사소설이 될 수 있었다.

〔2009〕